MW00451457

Una promesa de juventud

María Reig

Una promesa de juventud

Papel certificado por el Forest Stewardship Council®

Primera edición: agosto de 2020

Travessera de Gràcia, 47-49. 08021 Barcelona

Printed in Spain – Impreso en España

ISBN: 978-84-9129-425-2
Depósito legal: B-8178-2020

Impreso en Rodesa,
Villatuerta (Navarra)

SL 9 4 2 5 2

Penguin
Random House
Grupo Editorial

Para todas aquellas personas que regalan
su tiempo a la magia de las historias.

—Buenas tardes, soy la señorita Eccleston. ¿Podría hablar con la señora Geiger, por favor?

—Sí, aguarde un momento.

Silencio.

—¿Diga? ¿Con quién hablo?

—¿Es usted la señora Geiger? Disculpe, no quería molestarla. Soy Caroline Eccleston, estudiante de doctorado en la Universidad de Oxford. Estoy trabajando en mi tesis y me gustaría hablar con usted para preguntarle sobre su experiencia durante su último curso en el colegio St. Ursula.

—¿Sobre St. Ursula? ¿Quién la envía? No sé quién la ha puesto en contacto conmigo, pero no vuelva a llamar a este número.

—Pero...

El frustrante pitido del contestador interrumpió a mis ganas de dar explicaciones a aquella voz fría y cortante.

Mi nombre es Caroline Eccleston y esta no es mi historia.

I

7 de octubre de 1977

Cuatro días después de mi fallida conversación con la señora Geiger, seguía dándole vueltas a su reacción. Jamás habría imaginado que pudiera responderme de tal forma. ¿Quién se pensaba que era? ¿Un agente de Scotland Yard? ¿Un espía soviético? Acariciaba las páginas del último libro que había consultado en aquel intenso viernes de investigación mientras analizaba por enésima vez la desconfianza injustificada, la amenaza velada tras un auricular cobarde que no permitía dar la cara.

El bibliotecario me sacó de ese ensimismamiento en el que estaba sumergida, entre papeles, apuntes y olor a antiguos manuscritos, que se almacenaban desde el siglo XVII en la magnánima biblioteca Bodleian. Una burbuja en la que, sin percatarme, mi incomprensión había tomado forma entre mis cejas. Ya era la hora de cierre y esta no conocía de excusas, privilegios ni aplazamientos. Asentí y me dispuse a recoger aquella cobertura de celulosa y dudas con la que había tenido la deferencia de decorar el pupitre que se me había asignado aquella misma mañana.

El señor Hollins, encargado de la Upper Reading Room desde hacía más de diecisiete años, me sonrió. Mi asiduidad nos había convertido en conocidos e, incluso, en buenos amigos. Y es que, siendo sincera, desde hacía casi un año pasaba más horas entre aquellas cuatro paredes que en mi casa. Quizá mi tesis me abriría las puertas al mundo de la enseñanza superior, de la investigación, pero, por lo pronto, estaba lapidando mi vida social. El señor Hollins era un hombre de poca estatura al que la edad había dejado escasos cabellos blancos en la coronilla. Era paciente y amable con todos los estudiantes que pasábamos por aquella sala de la Bodleian que, otrora, había albergado una galería de arte.

Admiré una última vez las estanterías que, silenciosas y prudentes, habían respetado mi larga sesión de análisis y lectura una jornada más; también los cuadros que, sobre ellas, nos controlaban a todos con mutismo proverbial. Dejé caer mi mirada por encima de las mesas vacías, abandonadas temporalmente al abrigo de bombillas de luz blanquecina que se fundirían, en apenas unos minutos, en el anochecer del otoño. Exhalé un suspiro de agotamiento que, no obstante, guardaba para sí toda la admiración que, aun con todas las horas que había regalado a aquel templo del conocimiento impreso, me generaba cada rincón. Devolví los libros que había consultado y me despedí amigablemente del señor Hollins.

Catte Street me recibió con una cortina de lluvia que contrastaba sobremanera con los rayos de sol que, aunque débiles, me habían acompañado horas antes. Me coloqué la capucha y corrí a por mi bicicleta. El vaivén de mis pedales rozaba las gotas que empapaban lentamente mis pantalones. Atrás quedaron los imponentes edificios que constituían la biblioteca, la tradicional librería Blackwell, los numerosos *colleges,* las calles grises que se amamantaban de la excelencia académica de la ciudad de Oxford. Atrás las enredaderas, las verjas, las aceras, los árboles y las carcajadas que, de tanto en tanto, eran liberadas de entre las vetustas puertas de algún bar.

Como cada tarde, el bullicio de Broad Street daba paso a vías más estrechas y solitarias hasta llegar a Mount Street, casi al borde del canal, donde vivía desde 1976 con Ava y Billie. Aunque no éramos grandes amigas, habíamos logrado comprendernos y respetarnos en una no siempre fácil convivencia. Dejé que aquel inesperado chubasco, al menos para mí, mojara mis mejillas. Pero, entonces, cuando me disponía a aparcar frente a mi casa, frené de golpe. Abrí los ojos y arqueé aquellas cejas a las que sometía constantemente a un ir y venir de expresiones, de emociones.

—¡Maggie! —exclamé—. ¿Qué haces aquí?

—¡Sorpresa!

Aunque trató de mostrar indiferencia, verla sentada encima de su maleta con un paraguas chorreando de espera me comunicó que llevaba un largo rato aguardando a mi llegada. Coloqué el candado de la bicicleta con la agilidad que aporta la experiencia y fui a su encuentro. No podía creer que hubiera decidido visitarme. Mientras entrábamos en el estrecho recibidor del adosado, optó por explicarme el porqué de su repentino viaje desde Londres.

—El martes te noté muy rara por teléfono. Quería venir aquí para comprobar que no te habías tirado por la ventana.

Entrecerré los ojos e hice una mueca de desagrado.

—Muy graciosa.

—No, en serio. Tienes que intentar desconectar y dejar de darle tanta importancia a cualquier diminuto detalle que tiene que ver con tu investigación.

—El problema aquí no es mi susceptibilidad, Maggie. Tenía, por fin, una fuente directa de St. Ursula, una fuente oral primaria, y, de pronto, se ha ido todo al traste —espeté irritada.

—¿Crees que no lo sé? Recuerda que yo te conseguí el contacto de la señora Geiger. Pero si ella no quiere hablar, no puedes hacer nada...

Ava nos saludó con un graznido desde la cocina. Sí, aquella había sido su contribución verbal más rica e intensa en el último mes. Al parecer, estaba buscando trabajo y no le estaba yendo del todo bien. Subimos al trote las escaleras para que Maggie dejara su equipaje en mi habitación. Cuando subí la maleta encima de mi cama y fui consciente de su peso, me pregunté qué diablos habría dentro. ¡Si solo iba a estar dos días en Oxford! Ella, ignorando que había estado a punto de luxarme la clavícula, se acomodó en una butaquita tapizada con un estampado de flores y círculos que no dejaba indiferente a nadie.

—Muy a la moda, sí —valoró.

—La dejó aquí la dueña de la casa —puntualicé.

—En fin... ¿por dónde íbamos? Ah, sí. Que no debe condicionarte que esa señora Geiger te haya ignorado.

—Pero no es ignorado, Maggie, ella desconfió de mí, era como si temiese que hiciera preguntas inadecuadas, como si escondiera algo. ¿El embajador no te comentó nada?

—No, no, en absoluto. Bueno, él es amigo del señor Geiger, no tanto de la señora. Quizá nunca han hablado del pasado y, por eso, el embajador desconoce su reticencia a aludir el tema. —Rebuscó en su bolso—. ¿Puedo encenderme un cigarrillo?

—Sí, adelante... —respondí pensativa.

Recordé mi júbilo al saber que Maggie, mi gran amiga Maggie, me había conseguido un contacto en el colegio St. Ursula. En realidad, la opción había estado delante de nuestras narices todo aquel tiempo, pero, a veces, cuanto más concentrada estás en un asunto, menos capacidad tienes de cazar las oportunidades al vuelo. ¿Será por la obcecación? No sé. El caso es que después de un año tratando de abordar el estudio histórico y sociológico de los colegios internacionales suizos que estaban en funcionamiento antes y durante la Segunda Guerra Mundial, por fin, había dado con una posible llave para descubrir, de primera mano, los misterios que se escondían detrás de una institución concreta: St. Ursula Internationale Schule für Damen.

Todo había comenzado en el verano de 1976. Después de trabajar tres años como ayudante en el British Museum de Londres, había tomado la decisión de solicitar una plaza en mi antigua universidad para hacer un doctorado y convertirme en profesora de Historia. Conocí a la profesora Attaway dos semanas después de recibir la carta de admisión. Enseguida descubrimos que sentíamos la misma pasión por la materia en la que yo ansiaba especializarme. Me invitó a que me concediera unos días para reflexionar qué quería abordar en aquella investigación. Paseos, visitas a la biblioteca y conversaciones me llevaron a escoger aquella cuestión que tanto interés suscitaba en mí desde que, en mis años de estudiante, un profesor había planteado, en una conferencia en St. Hugh, aquellos interrogantes: ¿cómo se habían vivido los primeros momentos de la contienda en las escuelas internacionales ubicadas en un país neutral? ¿Qué papel había jugado Suiza en la Segunda Guerra Mundial?

Cuando, por fin, comuniqué a mi tutora cuál sería el objeto de mi investigación, se sorprendió. En ese momento me habló de la inacabada búsqueda del profesor Burrell. Pretendía escribir un artículo al principio. Un libro, después. Dar un ciclo de conferencias en Oxford, más tarde. Un montón de notas sin destino, al final.

—Siempre le obsesionó ese tema. Éramos compañeros de departamento. Se jubiló en 1969, aunque siguió dando charlas, de vez en cuando, en algunos *colleges*. Es un experto en la Segunda Guerra Mundial, pero, en sus últimas conferencias, siempre terminaba comentando algo de esa cuestión. Quizá fue entonces cuando lo escuchaste —supuso ella.

—¿Y se sabe por qué le interesaba, profesora?

—No tengo ni la menor idea. Sé que dejó todos los papeles de su documentación en la biblioteca de Historia. Creo que lo que halló, se lo aprendió de memoria. Y lo que no, optó por abandonarlo para evitar que siguiera carcomiendo sus entrañas. Si quieres, puedo conseguirte esas carpetas. Quizá te resulten útiles para comenzar. Aunque necesitaré algunas semanas para hacer la gestión.

Acepté sin dudar. Las palabras de la profesora Attaway empezaron a permear en mi curiosidad. Cuando tuve aquellos portafolios en mi poder, mi grado de conexión con esa investigación aumentó de golpe. Las anotaciones estaban incompletas. Estaba convencida de que el profesor Burrell se había quedado con los puntos más relevantes. Pero, por todas partes, allá donde mirara, dos palabras aparecían rodeadas y decoradas con interrogantes que narraban la ansiedad y frustración que generaban al autor: St. Ursula.

Mi tutora me animó a no dejarme embaucar por los vicios del ya pensionista Burrell, así que me dediqué a plantear el inicio de mi investigación y a aumentar mi abanico de fuentes. Con el paso de los meses, devoré guías telefónicas y llamé a todos los colegios que había incluido en mi análisis para dar con alguien que contestara a todas aquellas preguntas que reposaban sobre mis labios, a la espera de ser resueltas. Pero mis esfuerzos dieron pocos frutos. No era un periodo que a todo el mundo le apeteciera recordar y muchos alumnos o profesores, tristemente, habían fallecido durante la contienda. A otros, no obstante, la parca les había visitado mucho después, en el mundo bipolar en el que vivíamos desde hacía más de treinta años. La enfermedad, la vejez o la mala suerte habían sustituido a las trincheras en las que familiares y amigos habían perecido luchando por un orden mundial que, liberado del fascismo, se encaraba ahora contra el comunismo. Con decenas de cartas devueltas, arrebatando así al matasellos su utilidad, la ayuda de Maggie arrojó luz en aquel mar de incógnitas.

Conocía a Maggie McLuhan desde los primeros días en el colegio de Portsmouth. Desde entonces, habíamos sido inseparables, pese a que, con el paso de los años y el afianzamiento de nuestra personalidad, nos habíamos convertido en personas opuestas. Maggie era alocada e impetuosa. Yo, reflexiva y prudente. Maggie era práctica. Yo, teórica. Maggie vivía quitando importancia a los reveses. Yo analizaba todos los pormenores de cualquier situación en mi infatigable búsqueda de la lógica universal. Sin embargo, de vez en cuando, conseguíamos complementarnos. Como en aquella ocasión.

Maggie trabajaba como secretaria desde hacía dos años en la embajada de Suiza en Londres. El embajador era un hombre cercano que cuidaba con celo el trato con el personal. Una conversación de descansillo nada baladí sobre el matrimonio Geiger, con motivo de la reciente estancia del señor Geiger en Londres, despertó la curiosidad de mi amiga que, sin pensarlo dos veces, se lanzó a indagar en mi nombre. Según había comentado el diplomático, el señor Geiger era un renombrado químico suizo y su esposa era «una de esas mujeres recatadas y elegantes a las que su educación en un colegio de élite en Suiza había forjado el carácter y el saber estar de por vida». La buena relación entre los trabajadores de aquella oficina con su jefe se evidenció cuando Maggie le habló de mi investigación y de la pertinencia de contactar con la señora Geiger, que había resultado ser exalumna del colegio internacional suizo St. Ursula, el de las notas del profesor Burrell y del que yo, sin querer, no paraba de hablar. El embajador le proporcionó el único contacto con el que contaba: el número de teléfono de su residencia en Zúrich.

Con aquella prometedora vía de comunicación sobre la mesa, la perspectiva de avanzar con mi proyecto adquirió un cariz esperanzador. Di las gracias unas ochenta mil veces a mi querida Maggie y me dispuse a marcar aquellos dígitos cuyo prefijo encarecía sobradamente la conversación. Destensé mi mandíbula y coloqué el alargado auricular gris del teléfono sobre mi oreja. Esperé impaciente hasta que alguien descolgó.

—Buenas tardes, soy la señorita Eccleston. ¿Podría hablar con la señora Geiger, por favor?

El resto ya era historia…

Maggie apagó el cigarrillo en un vaso que, la noche anterior, había contenido leche y que, desde entonces, reposaba pringoso y solitario sobre mi mesilla.

—En fin, tienes razón. Tengo que dejar de darle vueltas al asunto. Encontraré a otras personas —afirmé sin convicción.

—Me gusta tu nueva actitud. Y para celebrarlo, vamos a ir a tomar algo a un pub. Dime, ¿cuánto hace que no pisas un pub?

—Si te lo dijera, te asustarías… —murmuré mientras cogía mi americana de pana.

Ava se despidió de nosotras con un segundo gruñido. Había dejado de llover.

El trayecto inverso me llevó, en compañía de mi amiga, desde las callejuelas más desangeladas a las vías más transitadas. Desembocamos, sin muchos rodeos, en Broad Street. No estaba la velada para mucho paseo pues las nubes amenazaban con traer de vuelta a la llovizna que había caracterizado aquella tarde de principios de octubre. En apenas veinte minutos llegamos al White Horse, uno de los pubs de la conocida calle. Maggie abrió la puerta con determinación y se dirigió a la barra.

Mi amiga era ligeramente más alta que yo, pero por algún motivo genético sus piernas parecían infinitas al lado de las mías. Y más todavía con aquella minifalda que se había puesto. El jersey negro de punto de cuello alto también conseguía alargar su torso y sus brazos. Su lisa y fina cabellera rubia, idéntica a la de Bo Dereck, y sus botas de tacón a la moda del momento, con caña alta hasta la rodilla, le daban un aire urbanita y moderno que no pasaba desapercibido entre los estudiantes que se habían dado cita en aquel tradicional bar de Oxford. Menos aún, teniendo en cuenta que yo lucía los pantalones vaqueros, la chaqueta y el jersey que me había puesto a las ocho de la mañana para ir a la biblioteca. Me atusé el pelo, como si aquel gesto fuera a mejorar el resultado de mi nula dedicación a las labores de coquetería y acicalamiento.

—Yo no podría llevar esa falda —aseguré, dejando que mis pensamientos se hicieran con el control de mi lengua.

—¿Qué? ¿Mi falda? ¿Por qué no?

—Es demasiado corta. No sé —valoré.

—Pues es muy cómoda. Y alarga la figura —comentó ella.

—Prefiero los pantalones o los vestidos más largos...

—Bah, tonterías. Eso es porque todavía no te has puesto ninguna minifalda. Pero es la nueva prenda de este siglo, Caroline.

—Ya, ya... —dije incrédula.

Con nuestras dos cervezas, conseguimos hacernos con un sitio en una de las mesas de madera que había distribuidas en el local.

—Deberías probar experiencias diferentes y no hablar como mi madre. Cada vez me recuerdas más a ella...

—Qué graciosa estás hoy, Maggie —contesté.

—No, pero es verdad. Tenemos veintisiete años y en menos que canta un gallo estaremos rodeadas de niños, casadas y con un sinfín de responsabilidades. Está muy bien eso de ser una rata de biblioteca, una intelectual, *cum laude* en Oxford, pero hay muchos aprendizajes que no conocen de libros ni manuscritos. Tienes que aprovechar el tiempo que te queda antes de madurar oficialmente...

—Creo que me estoy mareando... —bromeé.

Nuestro diálogo habitaba, diminuto, en aquel mar de palabras y frases, cuya oralidad daba forma a opiniones, pensamientos, rumores... La entrada era un colador de clientes ansiosos, en busca de una bebida que refrescara su despreocupada alegría, su juventud, puesta en pausa durante la semana, paralizada entre clase y clase.

—Vamos a brindar —decidió Maggie levantando su cerveza—. Por vivir y disfrutar antes de que sea tarde.

Golpeé suavemente mi vaso contra el suyo. Y nos reímos.

—Hablando de matrimonio e hijos... ¿Qué tal está Dennis? —me interesé.

—Pues tan poco resolutivo como siempre. ¿Cuánto tiempo llevamos saliendo? ¿Cuatro años? ¿Cuánto más necesita para pedirme que me case con él? En fin, estoy por darlo por perdido.

Continuamos hablando, charlando de anécdotas del pasado, hasta que mi amiga se acercó sigilosa.

—Por cierto, querida, hay un tipo en la barra que no te quita el ojo de encima —me susurró Maggie.

Arqueé las cejas y seguí las sutiles indicaciones que mi amiga me había dado con ayuda de dos leves movimientos de mentón. Sí, era cierto. Un estudiante corpulento de pelo excesivamente engominado y chaqueta de cuadros me analizaba colgado de su cerveza. Esbocé una sonrisa despreocupada y bastante desinteresada que se convirtió en un gesto de terror cuando Maggie me informó de que se iba al baño un momento. Estaba convencida de que lo había hecho a propósito. No me hizo falta volver a mirar al chico de la barra para cerciorarme de que venía hacia mí. Su americana estampada se detuvo al lado de la mesa. Di un sorbo a mi pinta.

—Buenas noches —me saludó.

—Buenas noches —respondí.

—¿Puedo sentarme?

—Claro, por supuesto.

—Permíteme presentarme. Soy Marcus Owston.

—Encantada, yo soy Caroline Eccleston.

—¿Estudias en Oxford?

—Sí, bueno, aunque no la carrera. Me gradué hace cuatro años en Historia e Inglés. Ahora estoy trabajando en mi tesis doctoral. Quiero ser profesora de Historia.

—Increíble. St. Hilda?

—St. Hugh College... ¿Y tú?

—Merton. Un clásico.

—Sí, ya lo veo —comenté y nos reímos—. ¿Cuál es tu especialidad?

La versión de The Beatles de *Twist and Shout* acompañaba el inicio de nuestra charla.

—Me gradúo en Biología a final de curso y, bueno..., además..., juego al críquet.

—¡Me gusta la Biología! En cuanto al críquet, no creo que fuera capaz de aguantar despierta partidos tan largos. No saber cuándo va a terminar debe de ser agotador...

Pensaba que era buena expresándome... hasta aquel día. Creía que había sido clara en mi valoración de los dos temas de conversación que, muy seguramente, se avecinaban tras su amable presentación. Pero no debí de serlo porque, después de aquello, solo recuerdo una interminable hora hablando de críquet. En un momento dado, conseguí desviar la atención hacia alguno de mis pasatiempos.

—Llámame rara, pero estoy absolutamente obsesionada con la literatura inglesa del siglo XIX. Las hermanas Brönte, Jane Austen, Charles Dickens, Lewis Carroll, Mary Shelley...

Continué unos minutos más con aquel monólogo sobre mis impresiones leyendo *Jane Eyre* o *David Copperfield*, pero pronto me percaté de que Marcus Owston no me estaba escuchando. Entonces, espontáneamente, me interrumpió:

—Tienes unos ojos preciosos, Caroline —admiró.

«Por supuesto, es mucho más entretenida mi mirada que mi discurso literario», murmuré para mis adentros. Agoté lo poco que quedaba de aquel intercambio verbal que no iría, ni por asomo, más allá de una fría despedida en aquella misma mesa en la que nos habíamos conocido hora y media antes. Localicé a Maggie con la vista y me reuní con ella.

—Bueno, cuéntame, ¿qué tal ha ido?

—Dice que tengo unos ojos preciosos —me burlé.

—¿Y por qué has venido? Vuelve con él, tonta.

—Maggie, prefiero disfrutar de la compañía de mi mejor amiga. Para una vez que me visitas...

—Ya sabes que a mí no me importa —me tranquilizó.

Lancé una última mirada a Marcus Owston, que pedía su tercera pinta al camarero.

—Creo que le aburro —concluí.

—¿No le habrás hablado de tu tesis? Te he dicho que tienes prohibido nombrar tu investigación este fin de semana, y eso incluye toda conversación que tengas con cualquier ser humano.

—No, no, no me ha dado tiempo —me quedé pensativa—. En realidad, creo que él me aburre a mí.

Maggie lanzó una carcajada y me abrazó.

—Mi querida Caroline... Anda, vámonos a casa.

8 y 9 de octubre de 1977

Durante el fin de semana que Maggie estuvo en Oxford logré distraerme. El sábado por la mañana visitamos el castillo, paseamos a lo largo del Támesis, admiramos al club de remo, a los estudiantes que habían decidido hacer *punting* y a los curiosos que se habían acercado desde alguna ciudad vecina a aquella villa del saber. Después, nos reunimos con Ava y Billie para cenar. Lo pasamos realmente bien. Pero, como cualquier periodo de tiempo en que todos tus sentidos están concentrados en evadirse y disfrutar, se pasó tan rápido que cuando me quise dar cuenta, ya estaba despidiendo a Maggie en la estación. No sabía, en el momento en que le dije adiós con la mano desde el andén, que tardaría más tiempo del que creía en volver a verla.

Cuando llegué al número tres de Mount Street, sentí el peso de la nostalgia sobre los hombros. Me hubiese encantado poder engañar al reloj y regresar a aquel viernes lluvioso. Subí las escaleras. Ava cantaba en la ducha y Billie ya estaba preparándose algo para cenar. Los domingos tocaba pasta con tomate. Olía al agua de cocción por toda la casa. Abrí la puerta de mi habitación y me di cuenta de que había algo sobre la colcha florida de mi cama. ¿Se le habría olvidado a Maggie? Me acerqué. Era su minifalda. Color caldera, con una fila de botones remache en medio. Había una nota: «Póntela. Te quiere, Maggie». Me reí. Siempre conseguía volver mis palabras en mi contra. Quizá por eso, precisamente, éramos amigas.

10 de octubre de 1977

El lunes, en compañía de una taza de té hirviendo, tomé la decisión de que no iba a permitir que una menudencia condicionase mi motivación. Hasta hacía una semana no tenía fuente alguna, así que no se acababa el mundo porque mi primer contacto, aparentemente fértil y prometedor, hubiera resultado un fracaso. Tenía mucho que hacer todavía y, entre mis tareas pendientes, no estaba rendirme.

Agarré mi americana de pana color mostaza, prenda de la que me había vuelto inseparable, y me dirigí a la biblioteca. Allí pasé toda la mañana. Repasaba una y otra vez mis notas, las pasaba a limpio y añadía mis últimos descubrimientos. No podía evitar apasionarme con aquel tema. La Segunda Guerra Mundial siempre había ocupado un lugar predilecto entre las etapas históricas que me atraían. Quizá, el hecho de que mi padre, Paul Eccleston, hubiera participado en el desembarco de Normandía con solo veintitrés años, había convertido los secretos, detalles y episodios de la contienda en un asunto cercano, familiar, sensible en mi mente y mi conciencia. Regresó a Gran Bretaña dos semanas después de su partida, herido gravemente en el brazo, e ingresó en un hospital militar cerca de Bournemouth. Allí conoció a mi madre, Nina, enfermera voluntaria.

Ella le curó más lesiones de las que se podían reconocer a simple vista, aunque papá nunca volvió a ser el mismo desde la guerra, según me habían contado mis abuelos. Cuando le dieron el alta en enero de 1945, papá regresó a Portsmouth, donde comenzó a ejercer la abogacía, culminación de sus estudios de Derecho en la Universidad de Bristol. No fue hasta un año después cuando se reencontró con mamá, en una excursión a la playa. De pequeños, mi hermano Robin y yo pedíamos, constantemente, que nos relataran aquella bonita historia de amor que había superado una operación secreta, una misión, una herida y a la maquiavélica distancia. Y es que, desde aquel día en la costa, no volvieron a separarse. Se casaron un año más tarde, en 1947, dos antes de que naciera yo y cuatro antes de que Robin llegara a nuestras vidas. Tal era mi interés en la Historia y en las vivencias de mi padre en tan traumático episodio que, de vez en cuando, si estaba receptivo, me dejaba ver algunas de las pocas fotografías que guardaba de aquella época.

—¿Cómo va la investigación, señorita Eccleston? —me susurró el señor Hollins.

—Va bien, señor Hollins. Aunque tengo mucho por pulir. Sigo sin relatos en primera persona. ¿Usted conoce a alguien que acudiera a un colegio internacional suizo en los años previos a la Segunda Guerra Mundial o durante la guerra y que esté dispuesto a contarme algo de lo que vivió? ¿Le suena St. Ursula?

—Señorita Eccleston, ¿tengo yo pinta de tener a esa clase de gente entre mi círculo de amistades?

Lo observé de hito en hito. No, no daba la impresión, pero tenía que preguntar.

—Gracias de todas formas —respondí con sinceridad.

—Chsss. Esto es una biblioteca... Parece mentira que usted sea el encargado... —nos chistó el hombre que estaba sentado a mi izquierda.

—Disculpe, disculpe, señor, tiene toda la razón —admitió el señor Hollins mientras se retiraba con discreción.

Después de cuatro horas enfrascada en aquella lucha contra las incógnitas que aún plagaban mi proyecto, opté por irme a casa. Seguiría desde allí, después de prepararme una taza de té caliente y algo de comer. Quizá podría comprarme una de esas raciones de pastel de pollo o uno de esos sándwiches que vendían en Queen's Lane Coffee House, en High Street. Saboreaba mentalmente mi ficticio banquete, mientras guardaba los apuntes en la cartera y devolvía los libros consultados al lugar al que pertenecían.

El cielo plomizo no influyó en mi ánimo. Volvía a ser optimista. Abrí la puerta de entrada, provocando que las cartas que el cartero había embutido en la abertura del buzón cayeran al suelo formando una cascada blancuzca. Me preocupé en recogerlas, tarea que se complicó teniendo en cuenta que el paquete de Queen's Lane Coffee House, mi cartera y las llaves ocupaban mis manos. Miré por encima los remitentes y destinatarios y cogí las que llevaban mi nombre. Una de ellas era de mi tía, una mujer que no había descubierto todavía las bondades del teléfono. De hecho, dudaba que supiera que la televisión se había inventado. Siempre me instaba a que la visitara. Y a veces lo hacía. Vivía a poco menos de una hora y media de Oxford, en Gloucester, cerca de Gales. Sin embargo, sus banquetes de *pudding*, carne enlatada y pastel de patata me hacían plantearme seriamente la frecuencia de nuestras citas..., si es que pretendía llegar a los cincuenta, claro.

Ya en mi habitación, mordisqueando lo que quedaba del club sándwich, recordé lo que me había preguntado Maggie a la vuelta del White Horse, saltándose su propia norma de no hablar de mi tesis.

—Solo tengo una duda, Caroline..., ¿por qué tiene tanta importancia el colegio de la señora Geiger?

—Ya te lo dije, Maggie. Por el profesor Burrell.

—Ah, sí, ya... Quizá es un desequilibrado. Lo sabes, ¿verdad? —me planteó.

—No lo es, en absoluto. Lo conocí el pasado junio. La profesora Attaway me dio su número de teléfono para concertar una visita y pude charlar con él. Sus conocimientos sobre la Historia del siglo XX son alucinantes, Maggie. Pero, sobre todo, me impactó el vacío que sigue sintiendo al no haber podido averiguar nada del colegio St. Ursula. Yo misma he podido comprobar lo complicado que es contactar con esas escuelas. Pero las fuentes de información sobre St. Ursula son especialmente herméticas.

—Pues céntrate en otra institución que quiera cooperar. Él debería haber hecho lo mismo. No se puede luchar contra un muro.

—Eso sería sencillo si no me hubiera contado los motivos que hay detrás de su interés. La esposa del profesor Burrell, la señora Eleanore Burrell, fue alumna del colegio. Al parecer, siempre le trasladó los buenos momentos que había pasado en esa escuela, la relevancia que había tenido en su juventud, y la forma abrupta en la que había cerrado sus puertas al finalizar el curso 1939-1940. Se envió una circular a todo el alumnado en julio de 1940 en la que se aseguraba que el colegio dejaba de existir de forma inmediata. Según el profesor Burrell, aquel desenlace siempre inquietó a su mujer, pero jamás se atrevió a indagar sobre los motivos exactos de aquel cese. En los últimos días de su vida, antes de fallecer prematuramente en 1963, ella le pidió que descubriera qué había sido de St. Ursula. Fue entonces cuando él empezó a investigar. Pero, a lo largo de seis años, no obtuvo respuestas. Puertas cerradas, teléfonos colgados, discursos oficiales, ausencia de fuentes directas fue todo lo que halló. No sé si fue porque, en el fondo, el profesor Burrell no sabía lo que estaba buscando. Antes de irme, me aseguró que uno de los últimos deseos que tenía en la vida era poder visitar la tumba de su esposa en Bourton-on-the-water para decirle que lo había logrado y narrarle hasta el último detalle. Dijo que veía en mi actitud y mis ojos que yo podía ser la persona que le haría ese tardío regalo. En ese momento, me sentí tremendamente poderosa, pero también noté cómo el peso de aquel compromiso y mi obsesión por complacer empezaban a abrirse camino en mí.

Con aquella charla todavía revoloteando en mi mente, volví a mis anotaciones. Observé la pregunta con la que había comenzado todo, escrita aún a lápiz al principio de la primera página:

> ¿Cómo influenció la Segunda Guerra Mundial a los alumnos de los colegios internacionales de Suiza, donde convivían jóvenes de los distintos países, beligerantes o no; cuáles fueron las consecuencias sociológicas de experimentar el conflicto desde ese ámbito y qué características históricas tuvieron tales instituciones en aquellos años?

Y más abajo…

> St. Ursula

Era contradictorio que lo único realmente estable en mi proyecto siguiera escrito de aquel modo, como si en cualquier momento pudiera borrar la interpelación con la que arrancaba mi investigación y modificarlo todo. Recogí en una coleta baja mi cabello castaño claro, delicadamente ondulado a causa de las capas que se había empeñado en hacerme la peluquera, y me preparé para iniciar mi sesión laboral vespertina.

Extendí todos mis papeles por la cama, el escritorio y parte de la moqueta. Los clasifiqué por temáticas y, una por una, las fui revisando. Como siempre que trabajaba en casa, el ruido y las distracciones no tardaron en hacer su aparición. Billie tenía la irritante manía de poner la radio a decibelios incompatibles con un tímpano humano, y absolutamente antagónicos a la calma que yo necesitaba para concentrarme. Una canción de Eagles me taladraba la sien cuando me harté de soportar aquella tortura acústica. Agarré el pomo de la puerta. Por lo menos, no le había dado todavía por el punk...

—¡Billie! —No me escuchaba.

Con señas, le pedí que bajara el volumen.

—¿Qué pasa?

—La música. Está muy alta. ¿Podrías bajarla?

—Te recuerdo que acordamos no estudiar en casa para no interceder en la vida de las demás —me respondió.

—Puedo trabajar con música, pero esto no es normal. Por favor, bájala un poco.

Ava se asomó de pronto.

—Es cierto, no es normal. Lo mismo tienes algún problema en el oído. Deberías ir al médico.

—Tú no me digas que baje la música. Ayer te dejaste las ventanas del salón abiertas y tuve que ir a cerrarlas a las tres de la mañana. ¡Eres una desconsiderada!

La tensión había estallado al ritmo de *Hotel California.* Intenté que regresáramos al asunto presente, al de la música, pero entonces comenzó a sonar el teléfono. Refunfuñé en la más absoluta de las ignorancias y me fui a atender la llamada. Descolgué el auricular gris alargado.

—¡Caroline! ¡Hola! Soy mamá.

—¡Mamá! —«Qué oportuna, como siempre», pensé.

—Hola, Carol, cariño. ¿Qué tal estás? Llevas más de una semana sin llamar. ¿Va todo bien?

—Sí, mamá, sí. Es solo que estoy bastante ocupada con el tema de la investigación y eso...

—Lo entiendo, pero no deberías obsesionarte. Recuerda lo que te pasó con los exámenes finales de la carrera...

—Sí, sí, no te preocupes. Todo está controlado ahora.

—Lo dudo. Te conozco y seguro que te pasas los días metida en la biblioteca. Caroline, tiene que darte el sol, la luz. Debes de parecer un fantasma.

—Mamá, vivimos en Reino Unido. No creo que nadie en este país tenga el bronceado más espectacular del planeta —contesté.

—Tú ya me entiendes, hija.

Mamá empezó a darme un discurso sobre los beneficios de estar al aire libre, al menos, veinte minutos al día. Como siempre que se ponía el traje de antigua enfermera, señalando las dolencias a las que me exponía mi forma de vida, o de perfecta ama de casa, recriminándome mi falta de dedicación a las tareas domésticas —es decir, cada vez que me llamaba—, yo hacía como que la escuchaba mientras aprovechaba para organizar algún papel o explorar la circunferencia de mi habitación disponible a mis limitados movimientos, acotados por la tensión del cable en caracol. Amontoné los folios que ya había repasado aquella tarde. Después coloqué los bolígrafos en paralelo. Saqué punta al lápiz con el que subrayaba las erratas. Y, más tarde, reparé en las cartas que había recogido de la moqueta malva del vestíbulo y que había dejado allí desamparadas sobre mi mesilla de noche.

Las esparcí con ayuda de mis dedos, fríos, alargados y pálidos. Ahí seguía la de mi tía. Otra del banco. Otra de Yolanda Turner, una de mis amigas de Oxford, de St. Hugh. Seguramente eran las fotografías de su primer hijo, Gregg. Ya me había anunciado por teléfono que me las mandaría. Otra era de una asociación de la que me había hecho socia en algún momento de mi existencia, aunque no recordaba dónde ni cuándo. Y mucho menos el porqué. Bajo esta carta, sin embargo, encontré una que no conseguí identificar a simple vista. No era de ninguno de esos remitentes archiconocidos por mi buzón.

—Robin piensa venir el próximo fin de semana a casa. ¿Qué opinas? Podríamos reunirnos los cuatro. Como en los viejos tiempos...

—Sí, mamá, podría estar bien —acerté a decir.

Separé con cautela al misterioso sobre de sus compañeros de viaje. Lo analicé curiosa. No había ninguna pista. Pero, entonces, me fijé mejor. Un sello. De Suiza. Mi corazón estaba a punto de desbordarse, palpitaba con potencia atroz, descontrolada. Estaba nerviosa. Desarmé aquella carta, dejándola desnuda en un segundo, descubriéndola para cazar el mensaje que ocultaba su elegante envoltorio. Cuando mis ojos marrones aterrizaron en las palabras que habían escrito en ella, me quedé muda.

—Mamá, ¿puedo llamarte más tarde?

—¿Por qué? Pero no me has contestado. ¿Vendrás el viernes o el sábado? Si vienes el viernes, papá podría ir a recogerte a...

—Mamá, te llamaré luego. Adiós —colgué.

La rugosa yema de mi dedo índice recorrió las cabriolas que la pluma había dibujado con finura. Me dejé caer en la butaca de sugerente estampado.

> *Si quiere saber cómo fue mi último año en el colegio St. Ursula, reúnase conmigo el próximo día 16 de octubre a las once y media de la mañana en el restaurante del Gran Hotel Dolder de Zürich. Pregunte en recepción por mí y le indicarán.*
> *Atentamente, Charlotte Geiger.*

II

15 de octubre de 1977

Tardé unos minutos en recomponerme después de leer el contenido de aquella carta. ¿Qué habría cambiado en la impredecible mente de la señora Geiger para que ahora sí quisiera atenderme? Sus instrucciones habían sido tan claras como su negativa. El tren se encajaba en las vías directo a mi destino aquel fin de semana. Y no era el que yo había planeado, pues la última parada no era Portsmouth sino Zúrich Hauptbahnhof.

El oeste de Europa acariciaba la ventanilla del ferrocarril como una preciosa y plástica aparición que no tenía fin, solo una mutable continuidad. Las prisas me habían condenado a comprar un billete de ferry desde Portsmouth hasta Saint Malo, línea recientemente estrenada por la compañía Brittany Ferries. De ahí, había tomado un autobús hasta Rennes, donde había cogido un tren a París. En la maravillosa ciudad de la luz había iniciado la que sería la última etapa de aquel inesperado viaje, un segundo tren que me llevaría hasta Zúrich. En total, más de treinta horas de trayecto que habían hecho mella en mis riñones, mis hombros y mi paciencia. Pero las tierras francesas que respiraban el dióxido de carbono suspendido en la atmósfera apaciguaban mis nervios. El rocío inventado por mi mente en los campos, en los paisajes frondosos, me despertó. El suave movimiento del tren, que me acunaba sin querer, me volvió a dormir. Y así hasta que la áspera voz de megafonía me comunicó que debía, por fin, abandonar mi asiento.

El vestíbulo de la estación estaba flanqueado por arcadas de ventanales imponentes y muros tostados, por los que se colaba el frío del exterior. Los pasajeros machacaban el suelo con zapatos que marcaban pasos de ida y vuelta, de bienvenidas y despedidas de la capital financiera de la Confederación Helvética. Los abrigos formaban ante mí cenefas marrones, negras, amarillas, granates, pastel, a cuadros escoceses. Traté de hallar mi camino entre aquel tumulto de viajeros anónimos que me rodeaba sin preguntarse qué cadena de situaciones y decisiones me había llevado hasta allí. Respiré hondo. Lo había hecho. Había conseguido dar un salto de altura sobre mis inseguridades e ir en busca de respuestas. Mi investigación lo merecía. También la señora Eleanore Burrell. Pero ¿valdría la pena el esfuerzo? Moví los hombros circularmente, desperezando la energía que seguía hibernando en un vagón de tren camino a lo desconocido. Reanudé mi trayectoria hacia alguna de las salidas y escogí la que daba a Bahnhofplatz. Al fin y al cabo, no había recorrido más de seiscientas millas para quedarme en el hall de la estación.

Un hilo fino de mi memoria, que no se había adormecido en el viaje, me llevó de regreso al momento en que, como le había prometido, volví a llamar a mamá para comunicarle que, finalmente, no podría ir a Portsmouth el viernes.

—¿Cómo que a Zúrich? ¿Y qué se te ha perdido a ti en Zúrich?

—Tengo que hacerle una entrevista a una de las exalumnas de los colegios que analizo en mi tesis —le conté.

—¿Y quién irá contigo? Porque no pensarás ir sola…, ¿no?

—Mamá, tengo que ir sola. No pasa nada. Tengo veintisiete años. Soy autosuficiente.

—Es una locura, Caroline. Ninguna chica de tu edad se va de paseo por Europa sin compañía alguna... ¿Por qué siempre tienes que ponernos en esta situación a tu padre y a mí? —se quejó la miedosa Nina.

—Mamá, hace menos de dos horas me pedías que saliera de la biblioteca. Bien, pues voy a salir. Me voy a Suiza.

—Pero ¡¿es que no tienes término medio?! O no sales a la calle o te tienes que recorrer medio continente... —se exasperaron sus prejuicios—. Caroline, cariño, es una decisión muy precipitada. Considero, y tu padre también —me lo imaginé a su lado asintiendo sin saber—, que es mejor que vengas este fin de semana a casa y lo valoremos juntos. Estoy convencida de que hay una alternativa...

—Mamá, de verdad, no te he llamado para pedirte permiso. Te estoy informando de que en un par de días me voy de viaje a Zúrich. No son unas vacaciones, por si no te has percatado.

—Carol, haz el favor.

—Os llamaré todos los días. Hasta luego, mamá.

—¡Caroli...! —*Pi-pi-pi-pi-pi.*

Media hora más tarde me llamó papá. Al parecer, a mamá le había dado una especie de ataque de pánico. En realidad, estaba convencida de que había usado la estrategia del chantaje emocional para persuadirme. También lo hizo cuando conseguí la plaza en Oxford. «Caroline, ¿por qué no estudias en Bristol o en Londres, que están un poco más cerca?», me sugirió. En aquella ocasión, sus temores e ideas preconcebidas sobre la distancia a la que su hija podía o debía cursar los estudios superiores no pudieron con mi terquedad. Ahora, casi diez años después, tampoco iban a salirse con la suya. Papá fue más comprensivo. Simuló charlar conmigo para que cambiara de opinión. En realidad, no tenía intención alguna de disuadirme. Salió al jardín para lograr la intimidad que precisaba nuestra clandestina conversación. Me recordó todos los cuidados que debía tener y me pidió que, en efecto, diera señales de vida cada noche. Al final, me deseó un buen viaje.

Sin embargo, cuando colgué, un agarrotamiento gélido aprisionó mis pies, mis piernas, mis muslos, mi estómago, mi garganta... ¿Qué estaba haciendo? ¿Recorrer tantas millas para intercambiar cuatro palabras de dudosa utilidad con una mujer que ni siquiera se había mostrado afable en nuestro primer contacto? Mamá tenía razón. Mi determinación era precoz e inmadura. De todos modos, ni siquiera sabía si habría billetes disponibles para llegar a mi cita... Además, ¿cuánto podría costarme? El salvavidas de Maggie llegó en medio de todas aquellas punzantes agujas de indecisión.

—¡Es fantástico, Caroline! ¡Tienes que ir!

—Pero, Maggie, la señora Geiger no parece muy de fiar. ¿Crees que es sensato?

—¿Sensato? Caroline, llevas un año con esto. Si no te arriesgas por un proyecto en el que has invertido tanto tiempo y esfuerzo ¿por qué lo harás? Si la señora Geiger resulta ser un fiasco, por lo menos conocerás Zúrich. Yo me encargaré de buscarte un alojamiento barato. No te preocupes por eso. Tú empieza a investigar para saber cómo demonios vas a conseguir llegar a tiempo al Grand Hotel Dolder... El domingo tienes una reunión importante.

Miré el papel arrugado en el que había anotado la dirección del hostal que me había encontrado Maggie. Mi reloj de muñeca marcaba las siete y media, ya era noche cerrada en la ciudad. La luz se convertía en un presente escaso en la urbe cuando las primeras hojas secas de tono cálido se balanceaban en el viento hasta fenecer en la tierra o en el asfalto mojado del otoño. «Dadá Herberge», leí. «Ankengasse, siete». Aquellas letras y los murmullos en alemán suizo me recordaron que no estaba en Reino Unido; también mis nulos conocimientos de la lengua germana. Volví a mover mis hombros. Según me había indicado Maggie, el hostal estaba a unos veinte minutos de la estación a paso lento. Crucé el Bahnhofbrücke y, justo en aquel tranquilo paseo, Zúrich y yo nos conocimos por primera vez.

En aquel preliminar encuentro ambas estábamos distantes. Nos observábamos escépticas, nos descubríamos bajo el halo luminoso de las farolas callejeras y nos dejábamos fluir en aquella batalla entre ciudad y humana. Ella estaba más aventajada que yo, llevaba existiendo, como ciudad, desde el siglo x, asentada a orillas del lago Zúrich. Y, quizá, desde el siglo XIX recibiendo a turistas de Europa y del resto del mundo, acogiendo a viajeros románticos que buscaban en ella lo que no habían encontrado en ningún otro rincón de la geografía. Pero yo era una simple chica, una figura que se difuminaba entre los caminantes zuriqueses, entre edificios cuyas originales fachadas parecían querer sumergirse en el río Limago, entre calles sin nombre para mí.

Zúrich era elegante, silenciosa y bella. Como un susurro que no cesa en medio de todo, nutrido por dos lenguas de agua, bañado de historias escondidas a buen recaudo, cincelado en documentos que nadie osa consultar, oculto entre lingotes de origen cuestionable, alicatado en forma de inmuebles que parecen sacados de los cuentos de los hermanos Grimm, acallado por el rugido del agua que arrulla a los paseantes y a los comercios de Limmatquai. Un susurro que no cesa, acogido por la naturaleza, custodiado al oeste por la conjunción del Albis y el Zimmerberg y varias millas al sur por los imponentes Alpes, rodeado de vecinos que no siempre fueron amigos, forjado en un pasado guerrero y mercenario que se había tornado en sólida neutralidad.

Las torres de Grossmünster se adivinaban, tímidas, entre los tejados del entramado de viviendas y comercios que poblaba la orilla derecha del río. En la izquierda, cobraban indiscutible protagonismo la aguja azulada de Fraumünster y la torre aledaña a Sankt Peter. Algunas bicicletas recorrían

Limmatquai. El tranvía cogía y dejaba viajeros. Me sorprendió el ayuntamiento, que parecía ser el perfecto nexo de unión entre el río y la avenida. Antes de poder admirar Grossmünster, donde creí que terminaría llegando, atendí a los garabatos que me había dibujado Maggie y me adentré en los soportales que daban abrigo a los privilegiados negocios que gozaban de aquella perspectiva de la urbe. Todos aquellos edificios desaparecieron tras mi espalda, así como el flujo de ciudadanos que aprovechaba la tarde de sábado, y la estrecha Ankengasse se abrió discreta y perpendicular desde Limmatquai.

Era un callejón peatonal. Algunas farolas encajadas en las paredes alumbraban el adoquinado que, como cuesta ascendente, dibujó la última etapa de mi viaje. Avancé, cansada, preguntándome cuál de todas las puertas sería la del hostal. En un microsegundo imaginé los interiores de cada una de las opciones que, en forma de portal, me acompañaban a ambos lados. Pasé por un par de tiendecillas cerradas y, finalmente, identifiqué el número siete. Un cartel de latón sobresalía por encima de la entrada, anunciando con un toque de entrañable tradición que allí se encontraba el Dadá Herberge. También tenía dibujado un conejo, detalle que me resultó curioso. Frente a la puerta, una suerte de plaza mínima a dos alturas con una fuente en piedra en su nivel inferior. Al cruzar el umbral, me quité la boina que llevaba para protegerme del frío y noté cómo la calefacción masajeaba lentamente mis extremidades. Me encaminé al mostrador de recepción, con la agradable sensación que confiere el saberse al final del itinerario. Solté mi equipaje con toda la desgana que reuní y dejé que percutiera con el suelo de madera.

—¿Hola? *Hallo*? —probé a decir, ante el aparente abandono de la mesa de admisiones.

Nadie me respondió. Aproveché esos minutos de ignorancia administrativa para analizar la estancia. Las paredes habían sido revestidas con un papel verde botella con líneas alternas en un tono más suave. El alto zócalo de madera oscura remataba los muros aportando un aire acogedor a la habitación. Mis ojos subieron por los cuadros que habían colgado por todas partes. Su contenido aún era indescifrable para mi vista, pero me figuré que eran escenas paisajísticas de la zona, quizá, de algún artista local. Continué subiendo y admiré el techo artesonado que, con honestidad, contrastaba bastante con la sencillez del resto de elementos que había contemplado. La puerta, rodeada de atriles metálicos que sostenían folletos e información de interés turístico, estaba situada en el extremo derecho de la pared sur.

La recepción flanqueaba la parte izquierda del habitáculo. Frente a la entrada, un sillón de escay negro vigilaba el arranque de una escalera que probablemente era la antesala de las habitaciones que, a buen precio, ofrecían los propietarios a los jóvenes aventureros que optaban por visitar Zúrich. Regresé, en silencio, al mostrador y descubrí más panfletos, mapas, listas de números de teléfono de emergencias, un menú arrugado de un restaurante asiático, una agenda de clamoroso grosor, un teléfono color naranja, notas pegadas con poco gusto en la repisa, un montón de periódicos desactualizados que todavía lloraban la repentina muerte de Elvis, un armario con llaves y huecos, y un timbre... ¡Oh! De acuerdo. Un timbre. Di dos golpecitos. Me sentí como una marquesa solicitando que el servicio cumpliese con su cometido. Sin embargo, aprensiones aparte, aquello funcionó.

—*Gruezi, gueten abig* —me saludó una mujer que apareció por la puertecilla de detrás del mostrador.

—Oh..., ¿habla inglés o francés? No sé alemán, lo siento —me disculpé.

—Sí, sí, por supuesto. No se preocupe. Bienvenida a Zúrich.

Aquella señora se quedó mirándome, como aguardando a alguien más. Miré a los lados. Sus mofletes sonrosados eran simpáticos. También sus ojos diminutos y su moño canoso.

—¿Está su marido aparcando? Esta zona es un poco mala para eso —me indicó, arañando palabras a un inglés que conocía, pero no dominaba.

Entonces comprendí el origen de aquella extraña escena.

—No, no, viajo yo sola.—Las piernas me temblaron por algún motivo desconocido—. La señorita Margaret McLuhan llamó hace unos días para efectuar mi reserva. Creo que le comentó que había sido una decisión precipitada...

—Sí, sí, por supuesto. Oh, ya me acuerdo. ¡Es usted la investigadora de Oxford!

Sus palabras me sonaron rimbombantes, como si no supiera con claridad qué suponía ser «investigadora de Oxford» y hubiera decidido, sin preguntar, hacerme más importante de lo que era.

—Ya recuerdo, sí. Su secretaria es muy agradable. Sí, aquí tengo su reserva. A nombre de Caroline Eccleston. ¿Es correcto?

—Sí... —respondí confundida.

—Sí, sí, por supuesto. —Aquello ya se había convertido en una muletilla irritante—. Me solicitó una habitación silenciosa, ya que usted vino..., viene..., ha venido para trabajar. ¿No es así?

—Todo correcto —afirmé.

—Sí, sí...Ya le dije que, excepcionalmente, teníamos una habitación individual libre. Normalmente, el hostal está completo.

—Creí que no era temporada alta... —musité incrédula.

—Bueno, pero por aquí pasa mucha gente, durante todo el año, con objetivos diversos. Mire usted, por ejemplo. Una investigadora de Oxford. En fin, le he asignado la habitación número doce.

Extendí mi mano en un acto reflejo con el que pretendía recibir la llave. La señora obvió mi gesto y rodeó el tablero de contrachapado antes de dirigirse a las escaleras.

—Venga conmigo. La acompañaré.

Me resigné a seguir sus crujientes pasos. Agarré de nuevo mi bolsa y subí tras la hostelera. Un pasillo nada iluminado actuaba de conector entre los dormitorios, diferenciados con un número pintado a brocha sobre la puerta. Había algo en ellos que me desconcertaba, aunque, por entonces, no supe concretar el qué. Al final del lóbrego corredor, se hallaba el que sería mi cuarto.

—Aquí es —me comunicó al tiempo que abría la cerradura.

Un pesado aroma a naftalina y madera vieja abordó, sin previo aviso, a mis fosas nasales. Tosí suavemente.

—¿Hasta cuándo tiene pensado quedarse, señorita Eccleston?

—Pues un par de días o tres. De todos modos, le confirmaré mañana por la noche. Si no es molestia... —intenté.

—Sí, sí, por supuesto. Mañana por la noche hablamos.

—De acuerdo, muchas gracias —respondí, a modo de despedida.

—A las siete es el desayuno. Se sirve hasta las diez. No tenemos servicio de comidas ni de cenas, pero si necesita información sobre los restaurantes de la zona, puede solicitarla en recepción.

—Está bien, lo tendré en cuenta.

—Tiene mantas en el armario.

—Gracias. Las usaré si tengo frío. Bueno, creo que ya tengo todo claro. Si tuviera alguna pregunta, iré a buscarla.

—Hay servicio veinticuatro horas en la recepción. Estamos yo o mi hermano.

—De acuerdo. Ahora más claro todavía —insistí—. Si me disculpa, me gustaría mucho retirarme. Ha sido un viaje extenuante.

—Oh, sí, sí, por supuesto. Descanse, señorita Eccleston.

—Buenas noches, señora...

—Schenker.

—Buenas noches, señora Schenker. Gracias por todo.

—Buenas noches.

Y cerré la puerta. Y resoplé. Al abrasivo olor que me había saludado al abrir la habitación se unió la detestable fragancia a desinfectante. Hice una mueca de disgusto. Bueno, nadie esperaba un alojamiento en la cadena Hilton. Aunque, seguramente, la tenaz señora Schenker se creía competencia directa del multimillonario magnate estadounidense. A pesar de mi decepción olfativa, el dormitorio no estaba del todo mal. Nada más adentrarse en él, un armario guardaba la pared derecha; un escritorio de contrachapado de pino le tomaba el relevo a la mitad, cubriendo por completo aquel muro de color ocre. A la izquierda, estaba el baño, con un plato de ducha, un váter y un lavabo. Después de este, la habitación se volvía a ensanchar y allí, cobijada, se encontraba la cama, con sus dos mesillas a juego. La colcha era de rombos ocres y blancos. Por lo menos, estaba combinada con gusto. Frente a mí, que seguía a escasos centímetros de la entrada, había dos ventanas con cortinas blancas. Volví a soltar mi equipaje y me deslicé hasta el colchón, donde dejé que mis piernas se liberaran y que mis hombros se relajaran. Hasta entonces, no había tomado consciencia de lo agotada que estaba. Mis ojos se rebelaron, se declararon inútiles para continuar abiertos, para seguir absorbiendo tonalidades y formas, así que el cuarto se fue apagando lentamente. Antes de dejarme embaucar por Hypnos, alcancé mi despertador de viaje y lo programé para las nueve de la mañana.

16 de octubre de 1977

Corría detrás de un tren perdido cuando la alarma me avisó de que ya era momento de despertar. «Es tarde», repetía en mi sueño. «Es tarde, es tarde, es tarde». Las piernas me pesaban. Me había dormido con la ropa puesta. ¿Dónde estaba?

Dejé que la realidad entrase en mi retina. Aquello no era Oxford. Ah, era cierto, estaba en Zúrich. Menos mal que me había acordado de fijar la hora en el despertador. La mañana atravesaba, con intensidad, las níveas cortinas. Alcancé el aparato y paré el taladrante sonido que me obligaba a levantarme. De forma automática, comprobé la hora en mi reloj de muñeca y, entonces, palidecí.

—Oh no, oh no, oh no..., es tarde, es tarde, es tarde... —murmuré mientras daba un salto para incorporarme.

Sí, había sido astuta programando la alarma, pero no cambiando la hora al huso al que pertenecía Suiza. Una hora más. Por tanto, no eran las nueve de la mañana, sino las diez. Comencé a corretear por el cuarto, rebuscando entre mi ropa algo digno que ponerme para mi entrevista con la señora Geiger. Recogí mi pelo en un moño deplorable y guiada por actos incoherentes y espasmódicos me metí en la ducha.

Tres cuartos de hora más tarde, me peleaba con el cerrojo de mi dormitorio. Pasé por recepción y, durante un instante, contemplé los cuadros que adornaban los muros y confirmé que mis sospechas borrosas eran ciertas. «Bah, nada sorprendente», pensé. Nunca me habían llamado la atención la pintura clásica ni el paisajismo, prefería corrientes como el surrealismo o el impresionismo. Cuando salí a la calle, cubrí mis cabellos, todavía húmedos, con la boina y enrollé una bufanda en torno a mi cuello. Colgado de mi hombro, mi pequeño bolso de cuero marrón y, apretado en mi mano, el cuaderno en el que anotaría todos los detalles que se me desvelaran aquel día.

La señora Schenker me había explicado, en una conversación que por un segundo se me antojó interminable, que para ir al Gran Hotel Dolder tenía que tomar un taxi si pretendía llegar antes de las once y media. «Salga a Limmatquai. Al ser domingo, no sé si habrá mucho servicio...», me apuntó. Así lo hice. Doce minutos después, un taxista me recogió a la altura del ayuntamiento. La ciudad parecía dormida. A las once y veinte todavía estábamos en marcha. Con la voz de un locutor radiofónico de fondo, me flagelé durante todo el trayecto. Era increíble, ¿cómo había podido quedarme dormida en un día tan importante para mi tesis? Mi autocrítica no me permitió darme cuenta de que habíamos abandonado el bullicio de la urbe y nos habíamos adentrado en una carretera guarnecida por el verdor vegetal de una colina. Casonas y mansiones se entremezclaban con caminos de bosque, que ya habían adquirido parte de los colores del otoño.

Me acerqué a la ventanilla, asombrada por el entorno.

—Dolder Golf. De los más antiguos de Suiza —me indicó el taxista, haciendo las veces de guía local.

Al parecer, un inmenso campo de golf se extendía en la margen derecha de la vía.

—Es impresionante —admití al ver cómo el cerúleo lago Zúrich sobresalía, a veces, salvando la diferencia de altura. También los árboles verdes y naranjas.

El taxista sonrió, orgulloso de su tierra.

—Ya hemos llegado —me dijo.

Dirigí mi mirada hacia el lado izquierdo de la calzada y me topé con un fastuoso edificio de techos oscuros y tres torres que, como lanzas, rasgaban las nubes sin compasión.

—¿Dónde me ha citado? —me pregunté boquiabierta.

Una rampa, que diferenciaba al común de los mortales de los elegidos para deleitarse en tan despampanante lugar de recreo y descanso, nos llevó a la entrada del Gran Hotel Dolder. Torpemente, pues no controlaba bien su divisa, pagué por la carrera y salí del vehículo. Me quedé un segundo quieta, recorriendo la fachada del complejo. Era una especie de castillo conformado por un núcleo de estilo clásico, acompañado con menos gracia de ampliaciones modernas que, sin duda, le habrían aportado más capacidad a cambio de perder estética. Algunos balcones, rematados con delicadas barandillas, anticipaban la elegancia de las habitaciones a las que proporcionaban vistas y aire freso. Desde aquel punto elevado, podía verse la zona norte del lago, algunas de las primeras poblaciones de su ribera y lo que supuse era el pico Uetliberg. Eran las once y veintiocho. Corrí.

Con el corazón en un puño, solicité a uno de los empleados que me indicara dónde se encontraba la señora Geiger. Enseguida supo de quién le hablaba y me pidió que lo siguiera. La falta de comida, de cafeína y la dosis de adrenalina me habían dejado sin recursos para afrontar aquel encuentro. ¿Lo notaría aquella mujer? Pasamos al restaurante, casi vacío. Tres mesas estaban ocupadas por caballeros de notable apariencia o señoras refinadas que devoraban el periódico entre sorbo y sorbo a su taza de café. Otros dos veladores eran testigos del deleite de sus comensales, atrapados por los sabores de su recién servido almuerzo. Al fondo, de espaldas, una última mesa hacía compañía a una solitaria dama. Era ella. Respiré hondo. El *maître*, ignorando que mi tensión se había descontrolado, frenó a la altura de la elegante señora y me señaló que debía seguir yo sola. Asentí. Me sentía como una pueblerina en una recepción real. Di dos pasos más y me aclaré la voz.

—Buenos días, ¿es usted la señora Geiger? —pregunté tímida.

Unos ojos color miel se abrieron paso entre largas pestañas y me advirtieron a su lado. No sé qué esperaba, pero temía un segundo envite.

—¿Señorita Eccleston?

—Sí, soy yo —respondí sonriente.

—Un placer.

Se levantó, dejando a la vista su exquisito porte. Llevaba un traje de falda y chaqueta en color rojo. En su cuello, un collar de perlas. Su cabello negro estaba recogido, permitiendo que sus facciones cobraran absoluto protagonismo.

Sus diminutas arrugas se agrandaron cuando sonrió y me tendió la mano. Pero volvieron a empequeñecer cuando se sentó señalando: «Llega usted tarde».

—Lo sé, lo siento. No tengo disculpa. El cambio de hora... —intenté, sin embargo.

—Está bien, está bien. Solo han sido cinco minutos desde la hora fijada.

Arqueé las cejas. Hubiese jurado que no llegó a uno.

—¿Quiere algo para beber? —me ofreció, actuando como anfitriona.

Volví a repasar lo que acaecía alrededor. No pretendía parecer usurera, pero no estaba segura de que pudiera costearme nada del delicado menú del hotel. Entretanto, me deshice de la bufanda y de la americana y las dejé sobre el respaldo de la silla sobrante. La señora Geiger no pudo disimular su mueca de incomprensión al ver mi chaqueta de pana, pero ignoré su muda valoración.

—Estoy bien, muchas gracias —contesté.

Llamó al camarero y le pidió algo en alemán. Me miró.

—He pedido dos tés con limón. Yo pagaré —me explicó en inglés ante mi asombro.

—Muchas gracias, señora Geiger, no era necesario.

—Mi intención no es adularla, pero tiene usted mala cara. Y no quiero ser responsable de que se desmaye —puntualizó.

—Oh, de acuerdo —asentí confusa.

En escasos segundos, el empleado había vuelto con una tetera hirviendo y dos tazas de porcelana con una rodaja de ácido limón en el fondo. La señora Geiger tomó la iniciativa y sirvió la infusión. Mis pupilas danzaban al son de sus distinguidos movimientos, que flotaban en un silencio que nos abrazaba expectante, incierto.

—Bueno, cuénteme, señorita Eccleston. ¿Qué es eso que tanto le interesa sobre mi pasado para haber recorrido media Europa?

Fruncí el ceño. Sus palabras sonaban como si hubiera tenido elección.

—Pues verá, señora Geiger, como le indiqué por teléfono, estoy trabajando en mi tesis doctoral. Me gradué en 1973 en Historia e Inglés por la Universidad de Oxford y me gustaría convertirme en profesora. He centrado mi investigación en el estudio de las circunstancias sociológicas e históricas que rodearon a los colegios de alumnado internacional entre los últimos años de la década de los treinta y la Segunda Guerra Mundial. Me parece realmente interesante esa mezcla de nacionalidades, el compañerismo entre personas que pertenecían a países enfrentados y la dualidad de su mundo. Aunque llevo un año analizando el tema desde el punto de vista teórico, me encantaría saber cómo lo vivió alguien en primera persona. No está resultando fácil dar con alguien que esté dispuesto a hablar…

La señora Geiger dejó que sus labios rojos se bañaran en el líquido cálido de su taza.

—Aplaudo su determinación, señorita Eccleston. Sin embargo, no me malinterprete, pero ¿qué quiere encontrar?

—¿A qué se refiere?

—Todo análisis parte de una hipótesis, una premisa primitiva que, aunque se desmonte, nos da el combustible necesario para dedicar años a confirmarla. ¿Cuál es su hipótesis?

—Ya se lo he dicho: qué impacto tuvo la guerra en el alumnado de los colegios internacionales —repetí.

—Va mejorando, pero sigue sin ser su hipótesis.

—Le prometo que sí lo es —aseguré.

Mi interlocutora pareció encontrar comicidad en mi respuesta.

—Está bien, lo que usted diga. ¿Ha preparado algún cuestionario? ¿Tiene alguna idea de qué es lo que busca obtener de mí? —me retó.

—Sí, sé qué quiero que me cuente. Quiero saber cómo fue su último año en el colegio St. Ursula. Según tengo entendido, lo cerraron en verano de 1940.

—No empiece por el final, señorita Eccleston.

—Está bien... Entonces, desvéleme el principio, señora Geiger. ¿Qué pasó aquel curso?

—Como en toda historia, señorita Eccleston, pasaron cosas buenas y otras muy, muy malas que odio tener que recordar. Pero, como le he dicho, siempre hay que iniciar el relato en el momento en que comenzó todo... o, quizá, en el instante en que comenzó el fin de todo. Es importante que, mientras retrocedemos en el tiempo, no me cuestione. Aunque tenga ganas y motivos. Detesto a las entrometidas y a las incrédulas.

—De acuerdo, trato hecho. Estoy dispuesta si usted me desvela los entresijos de la guerra...Y de su escuela.

—Me halaga su interés. Pero sepa que todo tiene un precio. Sobre todo, mi tiempo.

Asentí. Mi lengua se empapó del amargor y la acidez de la bebida a la que me había convidado. Absolutamente intrigada por sus palabras, puse mi cuaderno a punto. Agradecí que dominara mi idioma para no perderme ningún matiz de lo que quisiera compartir conmigo.

—¿Se ha preguntado alguna vez qué es el hogar, señorita Eccleston? —me cuestionó retóricamente—. Yo lo he reflexionado muchas veces. El hogar es un espacio simbólico con coordenadas geográficas y físicas. Es ese rincón al que siempre volvemos, en el que almacenamos recuerdos de las diferentes etapas que hemos vivido. Es donde habitan nuestros logros y nuestros fantasmas. Es donde nos reunimos con quienes amamos, donde censuramos a los que detestamos. Es, probablemente, el único lugar en el que somos nosotros mismos; cuatro paredes que conocen lo mejor y lo peor de nuestra alma corrupta. Y eso, precisamente, fue St. Ursula para mí.

EL INICIO DEL FIN

Siguiendo el lago Zúrich hacia el sur, en un claro del espeso bosque del Sihl o Sihlwald, se encontraba la prestigiosa St. Ursula Internationale Schule für Damen. Desde 1899 la reconocida institución, situada en la margen derecha del río Sihl, casi a la altura de Horgen, había dado la bienvenida a alumnas procedentes de las más distinguidas familias de diversos países del globo terráqueo. Pero para mí era mucho más que eso. Desde que llegué allí, en 1930, St. Ursula pasó a ser mi todo. Era la primera en llegar, la última en marcharme.

Todavía recuerdo la humedad que destilaba la vegetación que rodeaba el colegio. El olor a naturaleza, la sensación de cobijo que me proporcionaban las coníferas, las piceas y las hayas que se erguían soberbias más allá de donde el ser humano es capaz de atisbar. Si cierro los ojos, aún veo la imponente verja de entrada, con aquellos barrotes retorcidos, azabache, coronados por piezas doradas. Al cruzarla, uno quedaba embelesado por la jugosa planicie de hierba con las canchas de deporte a la derecha y la rotonda en medio. En la rotonda se daban cita toda clase de flores y helechos. Tras ella, una construcción en forma de 'U' invertida con dos alas adicionales a los lados se levantaba desafiando a los árboles. El hombre contra el poder divino.

En total, dos torres custodiaban la nave central, a oriente y occidente. El ladrillo rojizo y los tejados oscuros le concedían identidad propia a aquel edificio sumergido en la densidad de la selva. Frente al ala izquierda, conocida como «ala Rousseau», estaban los bustos del fundador, el señor Conrad Lewerenz, y su hijo, Jan Lewerenz, ambos fallecidos antes de que yo entrara en la escuela. La directora entonces, la señora Konstanze Lewerenz, había mandado instalar aquellos dos memoriales en honor a su padre y a su hermano. Sin embargo, era común entre las alumnas la risa por la desproporcionada nariz de uno o las desiguales orejas del otro, debido más a la falta de maña del escultor que a un defecto físico de los difuntos. En la parte trasera del inmueble, otra rotonda decoraba un jardín que se daba de frente con la espesura colindante.

En cada inicio de curso, me gustaba volver a sentir cada diminuta sensación que aquel entorno activaba en mí. Acariciaba las barandillas recién barnizadas, observaba cómo el servicio de limpieza desempolvaba las últimas cortinas y tendía los manteles al sol, me hipnotizaba con el trajín de maletas y baúles de alumnas y profesoras. También con el desfile de damas y caballeros que acudían a dejar a sus hijas. De talla aristocrática, algunos eran políticos, otros banqueros, otros príncipes, otros grandes empresarios e incluso otros, actores de cine. Vestidos firmados por Coco Chanel, Balenciaga, Nina Ricci, Mainbocher o Travis Banton flotaban por el vestíbulo, por los pasillos, hasta desaparecer, un año más, en los despampanantes Mercedes Benz, Bugatti, Desoto, Bentley o Ford. Con ellos se marchaba parte de la elegancia, de la distinción, que todavía no había crecido en nosotras, debutantes en un mundo de piedras preciosas y modales exquisitos. Desde la ventana de mi habitación, la número cuarenta y tres, aspiraba el conjunto de todo ello. Y es que, como cada hogar, St. Ursula tenía un aroma particular. Era una mezcolanza perfecta de pintura, lejía, almidón, agua de lavanda, tizas, tierra mojada, jabón de Marsella, sopa y mantequilla.

El primer día de aquel curso, el 14 de agosto de 1939, no fue una excepción. Por entonces, yo no era Charlotte Geiger, sino Charlotte Fournier.

Había abierto las ventanas y contraventanas de par en par para que se ventilara el cuarto. En medio de mi reencuentro espiritual con St. Ursula, me había parecido escuchar la inconfundible risa de mi amiga Liesl. Ya había llegado. Sonreí.

Opté por ir a su encuentro, escaleras abajo, pero no pasó inadvertida ante mí la cama vacía de Libena Horowitz, mi compañera de cuarto desde 1932. Pensé que ese año no sería lo mismo sin ella. Después, continué con mi camino. Recorrí el pasillo de habitaciones de la tercera planta, donde dormíamos las mayores, y descendí por las escaleras de caracol que la conectaban, a través de la torre este, con los dormitorios de la segunda planta y la entrada. Estaba en lo cierto, Liesl charlaba con la profesora Heidi Richter. Me acerqué ansiosa.

—¡Charlotte! —exclamó.

—¡Liesl!

Nos abrazamos con ligera intensidad. La maestra se retiró para saludar a otra alumna. A lo lejos, observé el automóvil del abuelo de mi amiga.

—¿Ya se marcha? —me interesé.

Liesl se giró.

—Sí, tenía algo de prisa —me contó, dejando ver que había abrillantado su acento bávaro durante las vacaciones.

—Ahm, de acuerdo —traté de ocultar mi perplejidad—. Qué bien que hayas llegado.

—Sí, yo también tenía ganas de verte. Dudaba si me dejarían venir este año… —me confesó.

—Ya…

—Bueno, voy a subir la maleta. Luego nos vemos. Quiero que me cuentes con todo detalle qué tal ha ido tu verano.

—De acuerdo. Ve a instalarte. Después hablamos.

Mientras Liesl desaparecía por las mismas escaleras en espiral por las que yo había llegado cinco minutos antes, continué observando el horizonte, peleándome con la aplastante evidencia de que, en realidad, nada era lo mismo.

Liesl Bachmeier era mi mejor amiga. Ambas habíamos ingresado como internas en St. Ursula el mismo año y, prácticamente desde entonces, nos habíamos hecho inseparables. Quizá, porque las dos habíamos encontrado en la escuela lo que no nos había proporcionado el mundo exterior. Liesl había seguido los pasos de su hermana Erika, siete años mayor, quien había sido alumna antes que nosotras. La decisión la había tomado su abuela, Eva Gorman, cuando, al morir los padres de Liesl, ella y su marido Derek Gorman se hicieron cargo de sus nietos. St. Ursula Internationale Schule für Damen fue la institución elegida para las chicas y el Lyceum Alpinum Zuoz para el pequeño Leopold, ambas avaladas por opiniones de sus más estrechas amistades. Derek cedió por el prestigio; Eva insistió por sacar a sus nietos de un país que parecía hundirse paulatinamente en el fango.

Derek y Eva Gorman eran un matrimonio de la alta burguesía muniquesa. El señor Gorman procedía de una de las familias de la prolija industria bávara. Eran propietarios de una fábrica que se había especializado en la producción de piezas de máquinas para la industria pesada en el siglo XIX, pero que había terminado evolucionando hasta dedicarse a la construcción de componentes para ferrocarriles y automóviles. Gorman Ersatzteil Gmbh continuó creciendo en las primeras décadas del siglo XX hasta convertirse en una de las empresas insignia de Baviera. El apellido Gorman se codeaba en Alemania con Bosch, Siemens, Benz o Bayer. Su palacete en estilo *art noveau* era uno de los más bellos del barrio muniqués de Bogenhausen.

Liesl Bachmeier era mi mejor amiga, sí, pero nuestra amistad no pasaba por su mejor momento. Algo en nosotras estaba mutando y no parecía que se pudiese contener. Continué mirando al horizonte. El señor Gorman, u *opa* Gorman, como lo solíamos llamar, siempre entraba a saludar a las maestras y a las amigas de Liesl. Me pregunté por qué se habría marchado así. No era propio de él. Resoplé intrigada. De pronto, un elegante vehículo negro, que jamás había visto, paró frente a la verja. Me extrañé. Intenté fisgonear para poner nombre y apellidos a la alumna que viajaba en aquel imponente automóvil, pero otro coche paró justo delante y mandó al traste mi indagación. A través de las puertas abiertas del acceso principal, vi que, en la gran escalera, que arrancaba desde el amplio y luminoso vestíbulo, conversaban dos de las personas a las que más aborrecía de todo el colegio: Dortha Williams y la profesora Anabelle Travert. Me las ingenié para evitar su saludo y regresar a mi habitación.

Durante la siguiente hora estuve inmersa en la decoración de mi cuarto. Creía que, con un poco de suerte, no tendría compañera ese año y podría dormir cada día en una cama, tener todo el armario para mí, desplegar mis bártulos por los dos escritorios, organizar reuniones secretas como las de las logias masónicas... Algunas alumnas ya habían experimentado los placeres de la intimidad ante el goteo de ausencias que se había iniciado el pasado curso a causa de la situación política. Y estaba convencida de que aquel año me tocaría a mí. Clavé una chincheta sobre la fotografía de Katharine Hepburn, mi actriz favorita desde hacía cuatro meses. ¡Cómo deseaba ser igual que ella! Como ella o como Ginger Rogers. E ir vestida con esos trajes de infarto, peinada con gusto, maquillada al estilo Beverly Hills.

Mis diecisiete años me hacían anhelar sus perfectas existencias, encapsuladas en mansiones desde las que se podía leer el cartel de Hollywood. Cuando terminé, observé orgullosa el resultado de mi esfuerzo. Después, traté de imitar las poses de mis ídolos en el espejo, pero allí solo encontraba, una y otra vez, a una adolescente delgaducha, de cabello corto y ojos oscuros, de cejas que, según algunos, me «imprimían carácter», de nariz respingona y de labios finos. Recuerdo que, en esas ocasiones, me preguntaba si podría llegar a ser una estrella. Un golpe seco en la puerta me sorprendió, en medio de mis solitarias divagaciones.

—¡Señorita Fournier!

—¿Sí? —contesté molesta.

—¡Señorita Fournier!

La irritación corría por mis venas. Me acerqué a la puerta y abrí con desgana. Era la profesora Virgine Habicht.

—Ya era hora —se quejó—. La reclama la directora Lewerenz.

—¿A mí? ¿Por qué?

—No tengo ni la menor idea —me confesó mientras cerraba la habitación tras nosotras—. Pero quiere que vaya a su despacho.

La oficina de la directora Lewerenz estaba en la segunda planta. Siguiendo las indicaciones de la profesora Habicht, me apresuré, mientras trataba de descifrar los motivos por los que se reclamaba mi presencia en aquel despacho. Me peiné con los dedos y me recoloqué el uniforme. No obstante, cuando llegué, vi que la puerta estaba abierta y la estancia, llena. La directora conversaba con dos personas. Me quedé junto a la entrada, sin pasar, aguardando a que terminaran aquel diálogo ajeno. Desde allí, analicé a los ocupantes de los dos asientos, colocados frente al escritorio, que utilizaba todo aquel que tuviera una entrevista con la rígida e intransigente Konstanze Lewerenz. Un caballero, con su sombrero reposando sobre las rodillas, asentía a las indicaciones de la directora. A su lado, una chica. Recuerdo cómo sus cabellos claros caían por encima del respaldo de la silla, con suaves bucles que quedaban sujetos por una pequeña horquilla con un lazo azul marino. Entonces, se me ocurrió: ¿serían los misteriosos pasajeros del vehículo negro?

—Oh, señorita Fournier, está ahí. Pase, pase, la estábamos esperando.

Levanté una de mis gruesas cejas y obedecí. Me quedé de pie, detrás de los interlocutores de la directora Lewerenz.

—Esta es la alumna de la que le he hablado, señor Suárez. Es de absoluta confianza, una de las más veteranas de St. Ursula. Lleva con nosotros nueve años —le contó la directora al caballero en francés.

El hombre se giró. Pude contemplar su atractivo, pese a rondar la cincuentena, y su mirada celeste de pura bondad. Su pelo oscuro, alternado con escasas canas, estaba magníficamente peinado. Olía a limpio.

—Señorita Fournier, es un placer. Soy Fernando Suárez y esta es mi hija Sara.

Estreché su mano y, acto seguido, analicé a la muchacha. Compartían la belleza ignorada en unos ojos que solo se diferenciaban por su color: los de ella eran marrones. Su delicada nariz tenía algunas pecas.

—El señor Suárez es un relevante comerciante español afincado en Larache. Sin embargo, él y su esposa, la señora Anne Ackermann, tienen previsto trasladarse a Madrid en las próximas semanas con sus dos hijos menores. Con muy buen criterio han decidido que la señorita Sara venga a St. Ursula a terminar su educación y convertirse, definitivamente, en una señorita inteligente, formada y respetable. No es un secreto que, en estos momentos, Madrid no es el lugar más idóneo para una jovencita..., la guerra ha debido de dejar todo destruido.

Asentí a la explicación que la directora Lewerenz me concedió sin preguntar. El señor Suárez esbozó una mueca de tristeza, quizá, al recordar el estado en el que, probablemente, se encontraba la capital de su herido país debido a la guerra fraticida en la que se había sumido tres años atrás.

—Sara siempre se ha educado en casa. En Larache tenía a grandes maestros, pero no ha tenido la experiencia de acudir a una escuela regularmente. La señora Lewerenz me ha comentado que usted podría guiarla, ayudarla a integrarse —añadió el señor Suárez.

Fruncí el ceño.

—La señorita Fournier estará encantada de hacerlo. Este no es solo su colegio, es un rincón de su país. Además, habla francés a la perfección. Se crio en Ginebra, así que podrá comunicarse con su hija sin problema, mientras ella se pone al día con el alemán —contestó en mi nombre la directora, perdiendo la fingida dulzura del principio.

—Sara domina el español, el inglés por su madre y el francés. También ha aprendido algo de árabe en nuestros años en Larache. Pero no sabe alemán. Sería de gran ayuda que pudiera conversar con ella en francés durante su proceso de adquisición de las competencias básicas del alemán —me suplicaron los ojos del señor Suárez.

Volví a asentir, no sin contrariarme por el silencio de aquella chica española.

—No se preocupe, señor Suárez. Yo me encargaré de que su hija se adapte. Si hay algo que he descubierto en mis años aquí, es que todo el mundo tiene un hueco en St. Ursula. Seguro que Sara halla el suyo —prometí.

La sonrisa de orgullo y satisfacción de la directora al escuchar mis aduladoras palabras zanjó el diálogo. Se levantó con cuidado y me condujo a la puerta.

—Les dejamos un momento de intimidad para que puedan despedirse. Esperaremos fuera, señor Suárez.

Me senté en uno de los bancos del pasillo de la segunda planta. Contemplaba la hebilla de mis zapatos y mis calcetines blancos. Mientras tanto, lamentaba que me hubieran escogido para cargar con la novata. Yo no quería ser el lazarillo de nadie. Tenía suficiente con mis problemas en el colegio. Lo que me apetecía, de verdad, era reencontrarme con mis amigas, Liesl, Joanna y Évanie, y que me desvelaran todas aquellas aventuras que, seguro, habían vivido en los últimos dos meses. Y, con sinceridad, señorita Eccleston, no tenía demasiada intención de renunciar a ello por una chica medio muda y lánguida que parecía desear salir corriendo de allí. La puerta se volvió a abrir. El señor Suárez avanzó con paso firme hasta reunirse, una última vez, con la directora.

—Le agradezco su comprensión y su apoyo, señora Lewerenz. Lo haremos como usted me ha indicado —dijo él.

—Es lo mejor para su hija, créame.

—Confío en su olfato.

—Me gratifica saberlo, señor Suárez. Tenga muy buen viaje.

—Muchas gracias. Estaremos en constante contacto.

Entrecerré los ojos, como queriendo cazar el sentido de aquel intercambio de murmullos que no deseaba testigos. Cuando se despidieron, el señor Suárez se acercó a mí y volvió a estrecharme la mano.

—Muchas gracias por su ayuda, señorita Fournier. Le deseo un buen curso —se despidió.

—Descuide, señor Suárez —respondí, algo abrumada por la responsabilidad que acababa de adquirir.

La gentileza de aquel caballero desapareció por las escaleras principales, dejándome sola ante el compromiso que había sellado con una promesa que no tenía ganas de cumplir. La directora Lewerenz se acercó de nuevo a la puerta de su despacho en un franco amago de recuperarlo.

—Señorita Fournier, acompañe a la señorita Suárez a que se instale. Ella será su nueva compañera de cuarto. Enséñele la escuela y todo aquello que pueda necesitar. En un rato tendrá su uniforme preparado en el comedor. Vaya a buscarlo y explíquele cómo debe ponérselo —me ordenó la directora, abandonando la condescendencia que tomaba prestada cuando teníamos visita.

—Sí, señora —respondí con fastidio.

En aquel instante, me despedí del dulce sueño de tener habitación propia. Me levanté del banco de madera y me asomé a la oficina. Sara seguía allí, inmóvil.

—Sara, tengo que ayudarte a que te instales. ¿Me acompañas?

Tardó un minuto en reaccionar. A mí se me hizo eterno. Como alma en pena, me siguió por el corredor hasta las escaleras y el vestíbulo. Comencé a compartir con ella algunos datos básicos sobre el colegio y su idiosincrasia. Recorrimos el hall, donde dos grandes portones de madera maciza con vidrieras en verde, amarillo y rojo, que dibujaban el escudo de la institución, se tragaban maletas, alumnas y adioses. En aquella estancia había varios sillones color verde, sobre interminables alfombras, donde las internas podíamos relajarnos en nuestro tiempo libre.

Al fondo, algunas cristaleras con detalles parejos a los de la puerta principal, dejaban ver el jardín trasero. Recubriendo las paredes color tostado, filas de vitrinas daban buena cuenta de la excelencia que las alumnas habíamos demostrado en torneos y campeonatos de deporte, cocina, conocimientos teóricos o modales. Mientras le hablaba de la relevancia que tenían aquellos trofeos, deseé poder atribuirme alguno de ellos, pero mi única proeza había sido formar parte del equipo que, por fortuna y casualidad, había ganado al bádminton a las chicas del Institut auf dem Rosenberg en la primavera de 1936. Así se lo comuniqué a la española, rescatando con mi dedo índice aquel recuerdo tras el cristal.

—Esta puerta que está a la izquierda del vestíbulo es el comedor. Aquí, ya sabes, comemos, cenamos, desayunamos... —me asomé—. Al fondo del todo está la cocina de la señora Herriot.

El comedor estaba compuesto por doce mesas alargadas que se distribuían, en dos columnas, a lo largo de aquella enorme sala. En cada una de ellas, había sitio para once alumnas. En seis de ellas también había espacio para una maestra, que se encargaba de organizar y controlar esa mesa y la de al lado. Encabezando la estancia, lugar desde el que podían saborearse las vistas al jardín a través de la ristra de ventanas que había colocadas en la pared derecha, una mesa más pequeña donde tenían su asiento la directora, los profesores liberados de la extenuante labor de vigilarnos, así como cualquier invitada de honor como, por ejemplo, las que nos visitaban en la ceremonia de clausura de curso.

Justo en el lado opuesto del hall, se encontraba el salón de actos, donde nos solíamos reunir para las cuestiones más importantes o para las celebraciones. Llevé a la española hasta allí y abrí la puerta para que pudiera asomarse. La fragancia a humedad nos envolvió hasta que solté el picaporte. Acto seguido, la guie hasta la segunda planta, lugar desde el que habíamos iniciado nuestra ruta. Subimos de nuevo por la amplia escalera. Me dirigí a la derecha y le indiqué: «Aquí se encuentra el despacho de la directora, donde nos han presentado. También hay una pequeña sala donde se reúnen los maestros, justo entre la oficina de la directora y el aula de música. Hacia la izquierda encontrarás desde el aula número dos a la número seis y los despachos de los profesores externos, como el de Alemán».

Seguimos el itinerario hasta la tercera planta, donde había dos zonas muy diferenciadas: las aulas de la siete a la once y el pasillo privado de las profesoras, lugar en el que se encontraban sus dormitorios y en el que, por tanto, las alumnas no éramos bienvenidas. Tanto en la segunda como en la tercera planta, después del corredor de aulas, había una puerta por la que se entraba a la zona de habitaciones de las más pequeñas. Era el acceso al pabellón Rousseau, en cuya planta baja se hallaban el gimnasio y la biblioteca.

El ala este de la escuela se la expliqué desde el jardín. En ese momento, ya me había percatado de que Sara, la chica nueva, no me estaba escuchando. Siempre iba dos pasos por detrás de mí, buscando una silueta en el horizonte que arrancase de ella las penas.

—Para acceder al ala este del edificio, donde están los tres pisos principales de habitaciones, tienes que entrar por aquí, por la torre...

La volví a observar y comprobé que, en efecto, desdeñaba mis indicaciones con su perenne mirada taciturna.

—Disculpa, si prefieres que te lo enseñe más tarde, solo tienes que pedírmelo... —le ofrecí con la escasa paciencia que me quedaba.

—Oh, no —meditó un momento—. En realidad, creo que es una pérdida de tiempo que me enseñes todo esto. No quiero molestarte. Estoy segura de que mi padre vendrá a buscarme en un par de días. Es una terrible equivocación...

Suspiré, irritada por la sensación de haber empleado mi tiempo de un modo absurdo.

—Una clase *be.* Ya veo... —murmuré.

—¿Perdona?

—Una clase *be.* Eres una clase *be.*

—¿Qué es una clase *be?* —se interesó, ofendida de antemano.

—En este colegio hay dos tipos de novatas: las clase *a,* que toman el estudio en un colegio internacional como una experiencia exótica y emocionante; y las clase *be,* que detestan tener que abandonar su hogar para pasar a estar internas en una escuela. Yo también fui clase *be,* querida, y todas pensamos que vendrán a rescatarnos. Pero ¿te digo un secreto? Nunca vienen —le conté.

—Permíteme que deseche tu absurda clasificación. No conoces a mis padres. Vendrán.

—Está bien, tú sabrás.

—Exacto, lo sé perfectamente —me desafió—. O, al menos, mejor que tú.

—Muy bien, en ese caso, buena suerte en tu breve estancia aquí —me burlé—. Nuestro cuarto es el número cuarenta y tres, en la tercera planta. Como venía diciendo, se sube por esta escalera de caracol. —Me dirigí al primer escalón y rescaté una idea que surgió en mi humillada mente—. Puede que te dé lo mismo, pero te aviso para evitar accidentes: la escalera es muy antigua. El año pasado la trataron por termitas, así que te recomiendo no usarla si alguien está bajando o subiendo antes que tú.

Sara arqueó las cejas, sorprendida por mi última dosis de consejos que, en realidad, no era más que una patraña para torturarla.

Me tumbé en la cama y hojeé el ejemplar de *Les aventures de Tintin au pays des soviets* que me había regalado mi abuelo y que me había llevado para aquel curso. Un cuarto de hora más tarde, apareció Sara. Me reí con inquina, a sabiendas de que habría malgastado su tiempo aguardando, al final de las escaleras, a que estas se quedaran vacías. Mi embuste no duraría mucho, pero, por lo pronto, me resultó divertido. Analicé, de reojo, el modo en que extraía todas sus pertenencias del baúl. Le señalé qué parte del armario podía utilizar y cuál era mía y solo mía. Es posible que no fuera del todo equitativa en el reparto, pero ya había colocado todas mis posesiones y no me apetecía moverlas. Al fin y al cabo, según ella, solo seríamos compañeras hasta el martes, así que no le di demasiada importancia.

Al rato, recordé que debía ir a por su uniforme. Resoplé. Me hubiera negado a hacerlo, pero la directora Lewerenz terminaría por enterarse y no me convenía comenzar aquel año con mal pie. Me adentré en el comedor y vi los uniformes empaquetados con una etiqueta que rezaba el nombre de su futura dueña. Agarré el paquete envuelto en papel de estraza y regresé a mi cuarto. Antes de llegar a la puerta, me fijé en que Sara hablaba con la profesora Travert. Pese a haberme perdido la mitad de aquel diálogo, capté las últimas palabras que terminaron, de golpe, con el escaso buen humor que me quedaba.

—Preferiría dormir sola los días en que me encuentre aquí. No me siento cómoda compartiendo cuarto con una extraña.

—Señorita Suárez, se acostumbrará. La señorita Fournier puede llegar a ser muy buena compañía si le da tiempo —le susurró confidencialmente—. Ande, será mejor que termine de deshacer su equipaje. Si tiene algún problema, dígamelo y trataré de hallar una solución. Pero, por lo pronto, debe seguir el protocolo que aplicamos con toda alumna de nuevo ingreso, ¿de acuerdo?

—Está bien —dijo, derrotada y se volvió a meter en el cuarto.

Cuando crucé el umbral, apretando los dientes, encontré a mi nueva compañera ordenando su parte de la estantería. Me fijé mejor.

—Disculpa, mis libros estaban en el segundo y el tercer estante. ¿Por qué los has cambiado al quinto? —me quejé.

—Bueno, he pensado que, si tú vas a disfrutar de dos cajones más en el armario, yo tengo prioridad en la estantería. El segundo y el tercer estante son los más cómodos. Me los quedo yo.

—¡Ja! Pero ¿quién te crees que eres? Acabas de llegar. En esta habitación hay unas normas y hay que cumplirlas —espeté de mala gana.

—Yo no he solicitado compartir este cuarto contigo. Me dan igual las reglas que te hayas inventado —contestó, sin detener su actividad.

—Muy bien. Tú ganas —mentí—. Quédate con esos estantes. Pero es la única concesión que voy a darte.

—Estupendo.

Me aclaré la voz y solté el paquete encima de su cama, cubierta por una colcha tornasolada de figuras exóticas que evocaban el Sáhara.

—De nada —gruñí.

***

Por la mañana temprano, como era costumbre, la profesora Habicht —encargada de nuestro pasillo— nos comunicó que debíamos despertarnos. Las alumnas habían continuado llegando a cuentagotas en las últimas horas del día anterior, por lo que el desayuno era el momento del reencuentro, del inicio de curso y, por ende, del discurso inaugural de la directora. En el ir y venir a los baños, ya noté algunas faltas. En lo más profundo de mí, detestaba que hubiera bajas, pero muchos padres no se sentían cómodos mandando a sus hijas al extranjero, cuando la inestabilidad política en Europa era innegable. Otros, sin embargo, lo veían como una oportunidad para que se alejaran de las tensiones nacionales. No era ningún secreto que Suiza había introducido la neutralidad en su relación con sus vecinos desde tiempos de la Dieta de Stans, a finales del siglo xv, así que ¿qué mejor lugar en el que resguardarse de las decisiones de los gobernantes?

Saludé a algunas compañeras por las escaleras. También al trío de «las exploradoras», formado por niñas de segundo grado. Eran la holandesa Susanna Fortuyn, la estadounidense Catherine Adkins y la salvadoreña Ángela Esparza. Tenían diez años y se dedicaban a explorar el colegio en busca de tesoros. La primavera anterior, habían desenterrado parte de la mandíbula de un jabalí en la zona norte de la verja y, desde entonces, nos pedían que nos refiriéramos a ellas con aquel pretencioso epíteto. Susanna, concretamente, podía llegar a ser realmente latosa cuando le daba por perseguirme para que le contase secretos de la escuela y trucos de veterana.

No obstante, ningún regocijo era comparable al que me producía mi reencuentro con mis tres pilares en el internado. Parloteaban, acomodadas en nuestra mesa del comedor, como si no hubiera pasado el tiempo. Sonreí al contemplar la escena, a la que le regalé un precioso instante, y me uní a ellas.

—¡Charlotte! —exclamó la excitable Évanie.

—Por fin estamos todas —afirmó Joanna.

—Joanna, Évanie. ¡Cuántas ganas tenía de veros! ¿Cómo ha ido todo por Lisboa, Jo? ¿Y a ti por Montreal, Évanie?

—Bueno, yo he puesto interés en no asesinar a mi madrastra. Creo que eso ha copado todo mi tiempo libre —bromeó Joanna.

—Pues yo estuve dos semanas en Australia, en Canberra. Papá tenía que cerrar unos asuntos allí y le acompañamos toda la familia —nos contó.

—¿Incluido Matéo? —pregunté intencionadamente y lancé una mirada a Liesl.

—Incluido Matéo.

—Un franco a que Liesl sigue coladita por él —añadí.

—¡Cállate, Charlotte! No es cierto… —se quejó Liesl.

La profesora Sienna Gimondi, en nuestra mesa aquel año, llegó y nos saludó. Su juventud, apenas contaba con veinticinco años, le hacía parecer insegura, pero en sus lecciones no daba tregua a la vaguería o a la mala educación. Ella era la encargada de impartir las asignaturas de Economía Doméstica —«clave para una mujer de bien»— y, en caso de escogerla, como yo, de Contabilidad. A lo lejos, observé cómo el resto de maestras tomaba asiento hasta que la aparición de la directora Lewerenz nos puso a todas en pie.

—Hay aspectos que nunca cambian en St. Ursula, como la cara de amargada de la directora Lewerenz —me susurró Évanie.

—Chsss, silencio —nos ordenó la profesora Gimondi.

La profesora Travert cerró las puertas del comedor y se situó en la mesa de honor.

—Buenos días a todas. Bienvenidas al curso 1939-1940, el cuadragésimo impartido en nuestra querida institución, St. Ursula. Desde que las puertas de entrada de este edificio se abrieron por vez primera, desde que las pioneras señoritas ocuparon los asientos en los que hoy se sientan ustedes, desde que se estrenó la vajilla que utilizarán a continuación, desde que se adquirieron los pupitres, las sillas, las camas, los armarios, las tizas, los libros, los instrumentos, los encerados, las lámparas, las alfombras, los sillones, las vitrinas…

A mitad de aquella enumeración, que se vaticinaba infinita entre los delgados y secos labios de la directora, el chirrido de unas bisagras mal engrasadas y el rechinamiento de la madera vieja de la enorme puerta del comedor capturaron la atención de toda la audiencia. El discurso quedó suspendido en el aire, a la espera de que las miradas regresaran, como el hijo pródigo a su casa, a la dirección adecuada. Entre los dos portones, aparecieron las ondas rubias de mi compañera de habitación. Sonreí. La jugada había funcionado mejor de lo que esperaba. Sara no tardó en percatarse de que todo el mundo la analizaba. Optó por no dar más explicaciones que un «disculpen» en francés, emitido con un hilo de voz avergonzado. La profesora Gimondi le señaló el hueco libre de nuestra mesa para que dejara de ser el centro de los cuchicheos lo antes posible. Raudas, mis amigas me interrogaron acerca de la nueva alumna.

—¿Quién es? —se interesó Joanna.

—Una española que no puede ser más maleducada y engreída. Ayer fue de lo más desagradable conmigo. Se cree que van a venir a buscarla en un par de días. Ya le advertí que no sucedería, pero insiste en rechazar toda ayuda. Una pena que haya optado por ir en mi contra... —apunté orgullosa de mi estratagema.

Sara atendió al suelo en todo momento hasta que, al sentarse, pasó a centrarse en la superficie de la mesa. Estaba colorada. Y es que ni el hecho de que se colocase en su sitio mermó la nube de críticas que se había formado en unos minutos.

—¿Por qué va vestida así? —se escuchaba.

Posiblemente ella también había reparado en que su atuendo no casaba con el de las demás.

—Señorita Suárez —la llamó la directora, aceptando definitivamente la postergación de su sermón inaugural—. ¿Es consciente de que va vestida con la ropa de gimnasia?

Sara me dedicó una mirada que me atravesó con toda la rabia que debía reprimir oralmente. Yo desvié la mía, desmarcándome de su error.

—Sí, directora Lewerenz. Acabo de reparar en ello —contestó con seguridad—. Disculpe la equivocación. Ayer fue un día un tanto confuso para mí y puede que no interpretara, correctamente, las pautas que muy amablemente me dio la señorita Fournier.

Di un pequeño brinco al escuchar mi nombre. Me tranquilicé cuando me percaté de que no me había delatado.

—Señorita Suárez, esta es una escuela en la que tradición y disciplina toman sentido en cada acto del día a día. Entiendo que debe habituarse a ello, pero en esta casa las normas son sagradas. No importa el estado de ánimo o la capacidad acústica de su tímpano. ¿Entendido? Así que, por favor, vaya a cambiarse al finalizar el desayuno y antes de la primera lección. Y no llegue tarde —la amonestó la directora.

—Por supuesto, directora Lewerenz. Así lo haré.

Después de aquel interludio involuntario, la directora prosiguió con su relación de objetos y bienes que llevaban empleándose en St. Ursula desde 1899.

—..., y las cocinas han sido muchas las generaciones de jóvenes que se han formado aquí. Es cuna de las grandes damas de la sociedad, de las esposas de presidentes, de reyes, de magnates..., pero también de mujeres precursoras de las artes, las ciencias y las letras. Ellas nos han traído hasta aquí, hasta donde nos encontramos hoy. Gracias a ellas, y actualmente a ustedes, hemos viajado por los sabores y sinsabores de nuestro siglo. Hemos hecho frente a conflictos civiles, a una guerra mundial, a revoluciones, a golpes de estado, a profundas crisis, a la inevitable polarización de opiniones..., pero también a la consolidación de proyectos de política internacional, a la mejora de las condiciones del trabajo, a la aparición del cine sonoro, al descubrimiento de la penicilina, a la explosión artística de vanguardia de la década pasada... Por eso, les pido que no demos un paso atrás, que no nos creamos indefensas ante los desafíos que pueden ponerse por delante. No son tiempos fáciles para nadie y no pasa desapercibido para ninguna que muchas de nuestras compañeras, alumnas, amigas... no han podido regresar este año a la que es su casa. Por ellas debemos aprovechar cada día de este curso que hoy iniciamos y respetar más que nunca cada regla que la buena convivencia en este hogar nos exige. Espero que podamos demostrarnos que no importa cuán complejo sea el mundo exterior, siempre que prevalezca el respeto, la tolerancia, la actitud cabal y la moral en cada una de las decisiones que tomemos.

Un aplauso generalizado llenó de luz el comedor. Sara me volvió a dedicar una mirada airada. La ignoré.

Cada día, una de las ocupantes de la mesa debía acercarse a la cocina y recoger los boles con la comida. Después, se encargaba de servirla a sus compañeras, comenzando por la maestra asignada a su grupo. Al terminar, la alumna sentada a su derecha era la responsable de recoger todos los platos y devolverlos a su sitio. La profesora Gimondi me liberó de aquella incómoda situación en la que tomaba forma mi homicidio óptico por parte de la novata.

—Señorita Fournier, comenzaremos los turnos con usted. La señorita Bachmeier recogerá.

—Sí, profesora Gimondi —contesté asintiendo con la cabeza.

Ordenadamente, las distintas encargadas del servicio nos dirigimos a las cocinas. El vapor de agua, el olor a huevos revueltos, a leche hirviendo y a pan tostado impregnó todos los poros de mi piel. Sonreí. Estaba en casa. Las primeras en recibir sus boles de la mano de Marlies, la ayudante de la señora Herriot, eran las pequeñas. Así, todas fueron pasando por delante de mí hasta que, por fin, me tocó.

—¡Hombre! ¡Mira a quién tenemos aquí! —exclamó la señora Herriot, mientras meneaba unas gachas en un cuenco de barro.

—¡Señora Herriot! ¿Cómo está?

—Pues aquí ando, hija. Es el primer desayuno que sirvo y ya estoy harta. Las nuevas generaciones cada vez engullen más y más rápido. Y no estamos en época de abundancia. Usted ya me entiende...

—Tiene razón. Pero confío en que usted será capaz de hacer que no notemos la escasez de productos —afirmé convencida.

Marlies sostenía el bol con sus grasientas manos a la espera de que me dignara a cogerlo y me marchara a mi sitio.

—Ay, hija, ojalá tuviera yo ese poder.

Procedí a tomar el relevo a la pobre ayudante y me encaminé a la salida.

—¿Traerá leche condensada y chocolate como siempre? —me apresuré a decir antes de desaparecer.

—Ya veré, ya veré… —respondió, totalmente dominada por el rítmico movimiento de la cuchara de madera.

Entre serviles paseos y curiosos vistazos pasó mi desayuno. La novata comió sin demasiado apetito. Algo rondaba su cabeza. Las demás nos contamos algunas de las experiencias del verano o tratamos de augurar qué nos depararía aquel curso en St. Ursula.

—¿Cree que nos dejarán ir al Landi, profesora Gimondi? —se interesó Joanna—. Sería una gran oportunidad para conocer más de la cultura suiza. Me encantaría ir.

—No lo sé, señorita Medeiros. Ya saben que nuestros esfuerzos están concentrados, por lo pronto, en la celebración del cuarenta aniversario. De todos modos, lo preguntaré.

—¿Qué es eso del Landi? —preguntó Évanie.

—Es la Exposición Nacional Suiza, Évanie. Se está celebrando en Zúrich desde la pasada primavera —le conté en francés.

—Señorita Fournier…, en la mesa se habla en alemán, ya lo sabe —me recordó la profesora.

—Perdón.

—¡Zúrich! Sería increíble poder ir allí. Y ver a las gentes de la ciudad, a los turistas, a los intelectuales… —soñó Évanie—, las tiendas de Bahnhofstrasse.

—Apuesto a que lo único que quieres es comprarte un buen puñado de vestidos y sombreros. —Se rio Liesl.

—Évanie, haz el favor de madurar. El Landi es un encuentro cultural de suma importancia para este país —intervino Dortha Williams.

Incluso cuando defendía los intereses suizos, aquella irlandesa conseguía exasperarme con su soberbia.

—Yo solo espero que la situación en el continente se calme. Mis padres me han obligado a escribir diariamente con cualquier novedad —confesó Zahra El Saadawi, que untaba manteca en un panecillo, a lo que ninguna nos animamos a responder.

A las ocho menos cuarto nos dieron el aviso de que debíamos comenzar a recoger. A tal cometido, se dedicó Liesl, tal y como había indicado la profesora Gimondi quien, además, dio permiso a la novata para que se retirara a cambiarse de ropa. En aquel momento, Sara vio en mí a su mayor enemiga. La había privado de la oportunidad de darse a conocer con dignidad y no iba a perdonármelo tan fácilmente. Quizá, por eso, en un arranque de ira, resolvió tirar parte de mis libros por la ventana cuando llegó a la habitación.

Durante aquel primer día de curso, me creí con la situación bajo control. Me había salido con la mía sin repercusiones. Entretanto, las vulnerables páginas de mis libros se derretían al sol, se rajaban con la brisa o quedaban inundadas por las babas de Juana de Arco, el san bernardo del colegio. No fue hasta las cuatro, en mi primer descanso, cuando descubrí la venganza de la española. El grito debió de oírse en toda la escuela, quizá en todo el bosque. Bajé para recuperar mis pertenencias de las fauces del manso animal.

—Me las va a pagar, ¡me las va a pagar! —repetía al tiempo que comprobaba cómo parte de las aventuras de Tintín, de las palabras de Johanna Spyri o de las anotaciones de mi diario habían perdido su brillo.

***

Sara y yo habíamos comenzado con mal pie y así continuamos. Recuerdo que discutíamos por cualquier detalle relacionado con la habitación y que la inmadurez nos llevó a ignorarnos durante aquellos primeros días de curso. Yo recomendé a mis amigas que no entablaran conversación con la nueva alumna, presa de mi orgullo. Ella optó por aislarse, a la espera de una noticia que no llegó. El jueves, Dortha Williams tuvo el acierto de desvelar a Sara que no había ningún problema con las escaleras de la torre este, al ver cómo esta aguardaba a que estuvieran vacías para utilizarlas. Con el transcurrir de los días, se fueron disipando sus esperanzas, pese a que algunas persistieron férreas, enquistadas en una mente que no aceptaba haber sido abandonada por sus padres, aunque hubiera sido por su bien.

Volver a las clases me dio una sensación de normalidad a la que enseguida me acostumbré. Liesl y yo volvimos a contar los paseos que daba, de extremo a extremo del encerado, el profesor de Alemán, el señor Siegfried Falkenrath. Era un hombre serio, que hablaba con voz pesada y pausada. Su perfeccionismo en la exigida pronunciación traía de cabeza al colegio entero, pero me encantaban sus clases. Intervenía, cada dos por tres, aunque nunca daba ni una y siempre debía corregirme mi amiga. Mas ni siquiera ella podía controlar totalmente el alto alemán, acostumbrada al dialecto bávaro. Aquella vuelta a la rutina apretó el acelerador y, sin darnos cuenta, entre lecciones de Costura, Cocina o Aritmética, pronto alcanzamos el viernes.

Me encantaban los fines de semana en la escuela. Los domingos, salvo si estabas castigada, a los tres últimos grados nos dejaban ir al pueblo, a Horgen, a pasear y a tomar un helado o una limonada. Si estaba despejado, nos acercábamos a la zona del embarcadero e intentábamos adivinar los Alpes más allá de los límites celestes del lago Zúrich. Además, las católicas y las protestantes podían asistir a sus respectivos cultos, derecho que también tenían, cuando lo precisaban y era posible, las practicantes de otras religiones como el islam o el budismo. En realidad, había muchos más alicientes en lo relativo a nuestras visitas al pueblo, sin embargo, aquella semana recibimos la noticia de que debíamos postergarlos.

—Este primer domingo lo dedicaremos a explicar las actividades que se desarrollarán el día del cuarenta aniversario del colegio. Será el próximo 16 de septiembre y es preciso que todas las alumnas, mayores y pequeñas, demuestren total implicación con esta celebración —nos contó la profesora Anabelle Travert al finalizar su lección de francés del viernes.

—¿Cómo? —murmuré fastidiada.

—Creía que podríamos ir al pueblo ya este domingo y ver a… —me confesó Liesl.

—Chsss.

—¿Ocurre algo, señorita Fournier? —se interesó la docente.

La clase enmudeció. Era el segundo año que estábamos en esa aula, la número cinco, situada en el pasillo oeste de la segunda planta. Una estancia espaciosa en la que, no obstante, las ventanas estaban situadas de espaldas a nosotras. Los pupitres, colocados de dos en dos, miraban al encerado y a la puerta, conexión directa con el interior del edificio. Seguramente, habían distribuido así las mesas para que nada nos desconcentrase de lo realmente importante: las lecciones. Ni siquiera la somera idea de respirar aire puro. Cada una de las tres filas tenía tres parejas de escritorios de madera barnizada sobre los que reposaban cuadernos, libros, lapiceros y portaplumas.

Justo enfrente de la maestra, en primera fila, se situaba Dortha Williams, nieta de un magnate irlandés cuyos negocios ya no conocían ni de sectores ni de fronteras. Compartía pupitre con la filipina Kyla Lácson, procedente de una de las familias de oligarcas más poderosas de Manila desde la época colonial. En esa primera hilera, también estaban, por orden, la brasileña Simone Cardoso —primogénita de un importante director de cine y de una cantante de São Paulo que, al parecer, era íntima de Grace Kelly—, la escocesa Rose Lennox —hija menor de un miembro reputado del partido laborista, muy cercano al ex primer ministro británico Ramsay MacDonald, con el que había trabajado hasta su muerte en 1937—, la turca Nuray Aydin —Nuray Onurkiz antes de la reforma de apellidos de su desmembrado imperio, al que su familia había servido en diplomacia y batalla durante varias generaciones— y la finlandesa Ingria Järvinen —emparentada, por parte de madre, con la familia real sueca.

En la segunda, justo detrás de Dortha y Kyla, estaban Évanie y Joanna. A continuación, nos habíamos colocado Liesl y yo, como el año anterior. Y a nuestro lado, se sentaban la egipcia Zahra El Saadawi —descendiente de una de las estirpes más acaudaladas, en sabiduría y riqueza, de Alejandría— y la rusa Vicktoriya («Vika») Antonovna Sokolova —hija de un aristócrata peterburgués refugiado en Bruselas desde 1917—. La española se había tenido que conformar con uno de los pupitres de la última fila, vacía ese curso. Desde allí no se veía bien la pizarra y, en primavera, el sol te calentaba la nuca sin preguntar. Éramos trece en total. Más las sillas sin ocupantes que ninguna queríamos mirar.

—No, nada —contesté—. Bueno, en realidad, sí. ¿No sería posible que nos contaran qué vamos a hacer el día del aniversario y que, después, nos dejaran ir al pueblo?

—No, no sería posible. Siento desanimarla.

—Pues vaya... —dije en voz baja.

—Mírelo de esta forma. Van a tener todas más tiempo para preparar la redacción que quiero que me entreguen la próxima semana sobre Victor Hugo —puntualizó.

—Apasionante...

—Y si deja de quejarse tanto, seguro que tiene todavía más tiempo, señorita Fournier. Sería una sorpresa tener un ensayo suyo sin faltas de ortografía desde la primera frase. —A Dortha se le escapó una risa—. Bueno, señoritas, esto es todo por hoy. En la próxima sesión repasaremos los pronombres.

Puse los ojos en blanco y resoplé. Por suerte, solo disfrutaba de la intransigencia de la profesora Travert en aquellas lecciones obligatorias. Y es que, aunque sus clases de Geografía eran bastante populares, yo rehusé apuntarme. Fuimos abandonando poco a poco el aula. De camino al comedor, no fueron pocas las que intercambiaron sus pareceres acerca de aquella repentina modificación en nuestro plan semanal. No obstante, toda queja fue inútil ya que el domingo a las diez de la mañana se nos convocó en el salón de actos para hacernos cómplices de los pormenores del cuarenta aniversario.

***

Todo el profesorado estaba presente en el escenario de madera, tanto las maestras internas como los externos. La directora Lewerenz ocupaba una silla en el centro, escoltada por la profesora Anabelle Travert y la elegante profesora Esther de la Fontaine, cuyas lecciones de Historia del Arte me fascinaban casi tanto como el aroma a perfume caro que siempre desprendía.

—¿Dónde está la profesora Ella Carver? —nos preguntó Évanie entre susurros.

—Seguramente ella ha sido más hábil que nosotras y ha logrado excusarse de la cita —supuse.

—Sea como sea, mañana comienza el programa de deportes, así que no podrá escabullirse por mucho tiempo —opinó Liesl.

—No me lo recuerdes... —pidió Joanna.

De lejos, vi que la española se había sentado varias filas más adelante que nosotras. Continuaba aislándose, aunque ya comenzaba a mediar palabra con algunas compañeras. Nuray e Ingria, rezagadas, se acomodaron a su lado.

—Buenos días a todas. Como saben, las hemos convocado en el salón de actos con objeto de informarles sobre las actividades del aniversario de nuestra casa. Como no podía ser de otro modo, cada una de ustedes podrá tener participación directa en lo que acontezca esa jornada. Doy paso a la profesora Travert, promotora de la idea, para que comparta con todas ustedes cómo celebraremos esta importante fecha —introdujo la directora con aquella expresión inmutable tan suya.

La profesora Travert se levantó para tomar el relevo del discurso, esquivando sin saberlo una mirada envenenada procedente de la profesora De la Fontaine. No era ningún secreto que ambas luchaban por hacerse con el primer puesto en la escala de estima de la directora. Lo de ser la organizadora del aniversario era un gran mérito, así que Esther de la Fontaine tenía que pensar en algo que la hiciera destacar.

—Buenos días, señoritas. Antes de nada, me gustaría agradecer a la directora Lewerenz la confianza depositada en la profesora Habicht, colaboradora indiscutible del proyecto, y en mí. Como saben, esta institución siempre ha estado vinculada con los conceptos de conocimiento y esfuerzo. Estamos muy orgullosas de nuestras alumnas, presentes y pasadas, y hemos considerado que no hay mejor forma de celebrar el cuarenta aniversario que poniendo los mencionados valores como indiscutible insignia de la jornada.

Pese a que la profesora Travert era francesa, se desenvolvía con admirable soltura entre los vocablos en alemán. No obstante, parte de la esencia de su oratoria perecía en la obligada traducción que marcaba el centro.

—Por ello, hemos resuelto celebrar unas olimpiadas de conocimiento en las que competirán con alumnos de otros colegios que, como nosotros, creen que la constancia, el trabajo y la capacidad intelectual son los grandes antídotos de los males de una sociedad.

Hubo un revuelo generalizado. La imaginación de las casi cien alumnas que estábamos allí reunidas, como audiencia pasiva, brotó entre las butacas, trepó por los telones, por las paredes, por las lámparas y las astillas de madera escondidas en la solemnidad de aquel teatro.

—Silencio, silencio —pidió la profesora Travert.

Una única voz acalló el rumor de la masa, pero, por suerte, no amordazó nuestros pensamientos.

—Habrá distintas disciplinas. En las próximas semanas, haremos pruebas de nivel para seleccionar qué alumnas competirán en cada una de ellas.

Una ola de manos alzadas quiso paralizar las frases que emitía aquella maestra. La profesora Travert era una mujer de estatura media, piernas largas y cabellos cobrizos recogidos habitualmente en un moño bajo. Ya había superado la cuarentena, pero algo en ella destilaba juventud. Acostumbraba a vestir faldas por debajo de la rodilla o trajes trotteur en colores oscuros.

—Un momento, por favor. Cuando termine, si existe todavía algún detalle que no haya quedado claro, podrán preguntar a la maestra que tengan asignada el lunes a primera hora —se aclaró la voz—. Entre las disciplinas confirmadas a día de hoy están la Historia, la Aritmética, el Alemán, la Geografía y la Química.

Muchas, discretamente, se revelaron disconformes con aquella decisión ya que la Química y la Geografía no eran obligatorias.

—Quiero que quede claro que, durante la jornada, las alumnas no seleccionadas tendrán otros papeles igualmente importantes. Estoy segura de que habrá cambios, así que ruego no tomen lo dicho como algo definitivo. Haremos una segunda reunión dentro de dos semanas. En ella les confirmaremos los colegios que vendrán, la lista definitiva de disciplinas, la relación de alumnas que representará a St. Ursula en cada una de ellas y las actividades que realizarán las demás. Por lo pronto, solo decirles que disfruten de lo que queda de día y, sobre todo, que estudien mucho.

La clausura de la reunión fue una mera formalidad pues, en realidad, prendió la mecha de la charlatanería. Joanna, Liesl, Évanie y yo salimos al jardín a tomar el fresco. Hacía calor.

—Mirad, ahí va la profesora Habicht con su bicicleta. Ella sí puede ir hoy al pueblo... —lamenté—. A veces, odio ser tan joven. Este colegio se me queda pequeño...

Miramos alrededor al unísono y dejamos que nuestros deseos de escapar se perdieran entre las copas de los árboles que nos acechaban desde todos los puntos cardinales. Desconocíamos los acontecimientos que se avecinaban, absorbidas por un día a día que no entendía de nada que ocurriera más allá de aquella imponente verja.

—Vayamos a ver a Sirocco —propuso Évanie y la seguimos.

Sirocco era el caballo de la escuela. La señora Herriot se encargaba de darle de comer y de cuidarlo; nosotras nos limitábamos a robar zanahorias, su golosina preferida, o a acariciar el lomo grisáceo de aquel corcel.

***

El lunes nació por el horizonte. Me creía en sábado, pero la estridente voz del último aviso de la profesora Habicht tiñó de verdad mis cavilaciones. Comencé a desperezarme con cuidado y revisé que todo en el cuarto siguiera en orden. Las habitaciones de St. Ursula eran sencillas pero cómodas. Mi cama estaba en la pared de la ventana, justo enfrente de la entrada. Al lado, mi escritorio, con papeles que contaban mis lecciones de Francés o de Historia y, al fondo, el armario. El guardarropa, considerado, compartía muro con la mesa de mi compañera de dormitorio.

Todavía podía ver a Libena allí sentada, peleándose con los libros que nos obligaba a leer el profesor Falkenrath. Paralelamente, la otra cama ocupaba la pared opuesta a la mía, la de la puerta, junto con la estantería común que habían conquistado, sin mi autorización, los cuadernos de la novata. Solo una mesilla de noche separaba nuestros respectivos sueños. Alcé la vista adormilada y, entre las tinieblas creadas por las cortinas y las contraventanas, me percaté de que Sara no estaba. Me pregunté si la habrían venido a buscar. Era un hecho insólito, pero algunos padres, no demasiados, se arrepentían. Podía ser su caso. Concluí que probablemente había pecado de optimista al prometer al señor Suárez que su hija encontraría su sitio en St. Ursula.

En el momento de aseo, me relajé con ayuda del agua caliente e imaginé las ventajas de las que disfrutaría si volvía a estar sola en el cuarto. Después, peiné mi melena corta con garbo y me vestí con el uniforme. Até las hebillas de mis zapatos y me dirigí al comedor. Cuando crucé la puerta, mi gesto de victoria se esfumó. La novata no había desaparecido. Al contrario, parecía más enérgica que nunca. Hablaba con Évanie. Irritada por la vil ausencia de fidelidad de mi amiga, anuncié mi llegada con un suave carraspeo.

—Oh, Charlotte. Buenos días —me saludó la desleal Évanie.

—Buenos días —dije malhumorada.

—Después te lo enseño —le murmuró Sara.

—De acuerdo, gracias —contestó sonriente.

El desayuno transcurrió con normalidad, no obstante, mi atención volvió a quedar secuestrada por los movimientos de la española. Algo había cambiado en ella. Mis peores presagios se confirmaron cuando llegué al aula número cinco. Un círculo de chicas risueñas había invadido mi sitio. Busqué a Liesl, esperándola en algún punto del aula tan indignada como yo. Pero estaba acomodada en su pupitre, contribuyendo al cúmulo de risas y comentarios que se había formado a mis espaldas. Joanna y Évanie también participaban de él junto a otras tantas compañeras. Fruncí el ceño y me aproximé. Abrí los ojos como platos al descubrir a Sara sentada en mi silla y sentí cómo el vello se me erizaba cuando comprobé que era justo ella la responsable de aquel improvisado alboroto. Había extendido sobre mi mesa una serie de objetos extraños que las demás admiraban absortas.

—¡Qué gargantilla más bonita, Sara! —exclamó Vika en un francés con marcado acento ruso.

—Me la regalaron mis padres cuando cumplí quince años. Me contaron que, al parecer, perteneció a una princesa siria.

—¿Y este ábaco? —se interesó Joanna.

—Uno de mis maestros en Larache lo fabricó. Es muy especial para mí —les contó.

—Qué bonito —observó Rose.

Harta de aquel intercambio de anécdotas y cumplidos, me acerqué, instando a aquel grupo de cotillas a que dejaran libre mi asiento.

—Bueno, ya veo que hoy tenemos mercadillo morisco a primera hora, pero te agradecería que me dejaras sentar.

Sara levantó la cabeza y me contempló en silencio. Hizo ademán de comenzar a recoger, pero entonces se detuvo. Sus ojos escondían la *vendetta* que estaba a punto de ejecutar.

—Lo he pensado mejor y creo que me gusta más este sitio. Te cedo el mío.

Miré con horror hacia donde ella había señalado con su mano.

—No te preocupes, Charlotte, prometo que no está tratado por termitas —espetó, ante el rumor general.

—Fuera de aquí. Ahora.

—No.

—¿Te has dado un golpe en la cabeza esta noche? Quiero que te vayas de mi pupitre.

—Prueba a obligarme.

Mi ira de colegiala atrapó un collar que reposaba sobre la madera oscura de mi mesa con unas manos que se movieron presas de la frustración. Antes de poder reaccionar, su mano agarró uno de los dos maravillosos tinteros de viaje que había en aquella extraña colección e hizo amago de volcar su contenido sobre la superficie.

—No serás capaz... —murmuré, ante la estupefacción de nuestras compañeras, que no osaron pronunciar palabra.

Sara derramó un hilo de tinta sobre mi mesa, acción a la que reaccioné tirando con fuerza del colgante hasta que todas las preciosas cuentas salieron disparadas en varias direcciones. Joanna y Évanie se taparon la boca con las manos. La española no se tomó ni dos segundos para meditar y lanzó el resto del contenido del tintero sobre mi recién lavado uniforme. Dos segundos más tarde yo ya había alcanzado el otro tintero y corría tras ella para devolverle el favor. Esquivamos a Kyla y a Simone que, histéricas, nos rogaron que parásemos. Pero no escuchábamos a nadie. Al final, logré alcanzarla por la espalda y manché toda su maravillosa melena de negro.

—Eres una estúpida —gritó Sara.

—Y tú una prepotente.

—¡Lo vas a pagar caro! —exclamó al darse cuenta de que todo su cabello goteaba lágrimas azabache—. ¡Te odio!

Y se propuso comenzar a perseguirme. En medio de aquel profundo debate, el grito de Dortha Williams avisó a la profesora Travert, quien se dirigía por el pasillo al aula número tres, de nuestro enfrentamiento. Esta entró rauda en el aula y, con ayuda de la profesora Habicht, a punto de entrar para darnos la lección de Higiene, logró separarnos.

—Pero ¿qué está pasando aquí? —nos recriminó la profesora de Francés.

—Ha empezado ella —contestó Sara.

—¿Disculpa? Pero ¡si me has robado el sitio! —puntualicé.

—Al despacho de la directora. Las dos —nos ordenó—. Y no quiero escuchar ni un susurro más. ¿Entendido?

El pesar por haber quedado en evidencia delante de todas mis amigas me aprisionaba los pulmones. Ambas caminamos arrastrando las suelas de los zapatos por el pasillo, con nuestros uniformes manchados, escoltadas por la profesora Travert. Fue ella la que notificó a la directora Lewerenz lo sucedido para, después, dejarnos a solas con la acritud y la dureza. No nos permitió tomar asiento, no lo merecíamos. En aquella escuela no estaban permitidas esas conductas y cualquier discordancia con la buena educación era penalizada con severidad. Los ojos verdes de Lewerenz nos examinaron, nos solicitaron sentir vergüenza, nos animaron a arrepentirnos de lo sucedido. Fueron cinco minutos en silencio en los que pasó por mi mente incluso la expulsión. Miré a todas partes, como si el enorme escritorio, las estanterías, los sillones, los cuadros familiares o las alfombras pudieran revelarme cómo salir impune de mis faltas.

—No voy a decir que su comportamiento es inadmisible porque considero que ya deben saberlo. En esta casa se forman señoritas de bien, no marineros. Y ustedes no han demostrado ni un ápice de educación esta mañana. Las damas pueden intercambiar opiniones usando su dialéctica, pero jamás utilizan la fuerza. Eso está destinado a las personas que no saben emplear su lengua para llegar a soluciones racionales. Nunca una mujer debe dejarse llevar por la ira, la rabia o el odio. No en este colegio, al menos. Conozco de donde vienen las dos y me sorprende que hayan escogido el camino de la violencia para solventar sus diferencias. Señorita Fournier, le pedí que ayudara a la señorita Suárez, su padre se lo solicitó. ¿Esto es lo que vale su palabra?

Intenté contestar, pero no me lo permitió.

—Ahora estoy hablando yo. Por otro lado, señorita Suárez, no entiendo cómo ha conseguido generar tal rechazo en la mano que debía guiarla en su integración aquí. Comprendo que los primeros días en St. Ursula pueden ser complejos, pero si no pone de su parte, esta escuela no la acogerá nunca. Para que St. Ursula le dé, primero ha de recibir.

—Pero... —probó.

—No me interesan sus peros, señorita Suárez. Han demostrado ser unas groseras y, encima, todas sus compañeras han sido testigos. Como castigo, mañana, se pasarán todo el día abriendo y cerrando la puerta principal. Deberán hacerlo con una sonrisa de oreja a oreja, demostrando lo corteses que pueden llegar a ser.

Me dejé vencer, aunque un arsenal de reclamaciones y protestas se almacenaba descontento tras mis labios. Perderíamos todas las clases a cambio de gozar de la compañía mutua haciendo las veces de botones. Mi estatus en la escuela se degradó en una hora escasa.

—Esto es todo. Regresen a clase. Y no hace falta que les recuerde que un solo error más hará que valore su continuidad aquí... No quiero imaginar la deshonra que significaría para sus padres.

Nos dimos la vuelta para salir.

—Oh, y un asunto más. Quiero que compartan pupitre este curso. Así se acostumbrarán a convivir. La diplomacia es una virtud que se aprende ejercitándola.

No podía creer que casi nos estuvieran convirtiendo en hermanas siamesas. Resoplé, enfadada. Sara estaba pálida. No nos dirigimos la palabra durante el camino de vuelta y, al llegar a clase, nos limitamos a sentarnos discretamente en aquella mesa lejana a la que nos habían confinado. Todas se turnaron para echar vistazos hacia atrás y confirmar que no nos habían expulsado todavía. La tinta continuaba decorando, en forma de motas de diversos tamaños, nuestros rostros, nuestras manos y nuestra ropa. La profesora Habicht se aseguró de que ya estábamos calmadas y reanudó su discurso. El bisbiseo de Dortha Williams terminó de irritarme.

Cuando finalizaron las lecciones a las tres, mi compañera, que había perdido su energía matutina, salió corriendo del aula. Yo ya conocía los castigos de Lewerenz, pero a la española le había pillado desprevenida.

Aquel día, Sara cruzó por primera vez la verja. Durante la semana en la que se había aislado, se había dedicado a observar. Y la observación es una excepcional fuente de aprendizaje. Desde el jardín, había visto cómo, bajo las hojas de la enredadera que se abría paso en ese punto de la valla que daba a la parte trasera, se escondía una puerta. Por ella, había visto salir a un par de alumnas de octavo grado, que jugaban, miedosas, a contar quién aguantaba más fuera del colegio. La puerta, algo oxidada, se abría sin problema al forzar con una horquilla el candado que, en teoría, la mantenía alejada de las tentaciones de las internas.

Una tarde, Sara había optado por recorrer disimuladamente toda la verja y comprobar si era capaz de hacer que cediera por sí misma. Al principio, le costó, pero pronto se dio cuenta de que era una tarea relativamente fácil. Y aquella mañana, mientras la directora Lewerenz afeaba nuestros actos y nos amenazaba con rescindir nuestra estancia en la escuela, Sara supo que necesitaba alejarse. Lo debió de meditar a lo largo de las lecciones hasta que el fin de las mismas estimuló su partida. Bajó por las escaleras principales al galope y, comprobando que nadie reparaba en su huida, se coló por la apertura secreta de la cancela.

Una vez se vio fuera, comenzó a correr. Corrió sin pensar hacia donde iba, sin reflexionar qué clase de consecuencias podría tener si no se detenía nunca. Se adentró en el bosque, donde los árboles la escoltaban a sendos lados del camino. La tierra estaba húmeda a causa de la tormenta que había caído la noche anterior. La espesa vegetación aún respiraba verano. A lo lejos, se escuchaba el siseo de los riachuelos cercanos, el piar de los mirlos y el expectante mutismo del resto de animales que habitaban el Sihlwald. Fue un arroyuelo, seguramente afluente del Sihl, el que por fin detuvo a la desconsolada Sara. Era algo más ancho que otros que había cruzado, así que se rindió. Se sentó en una roca que contemplaba el agua desde la margen sur y comenzó a llorar.

Lloró de rabia, por haber permitido que alguien la llevara a su límite.

Lloró de frustración, por no saber cómo encajar en aquel universo perdido en el bosque.

Lloró de incomprensión, por no entender el porqué de la decisión de sus padres.

Lloró de tristeza, por creer que estaba sola.

Lloró de amargura, por pensar que nadie vendría a buscarla nunca.

Lloró de soledad.

Lloró de nostalgia.

Lloró de verdad.

Tapó sus lágrimas con sus manos frías, como queriendo ocultarlas a los testigos anónimos que podían juzgarlas. No había necesidad…, estaba sola. De pronto, un crujido la sacó de su ensimismamiento. Los ojos mojados de Sara examinaron el entorno. Las ramas de los árboles rozaban a tientas la superficie acuática. El musgo crecía anárquico en las rocas y troncos mohosos que bebían de aquel riachuelo. Una brisa, que probablemente tendría nombre y apellido para los habitantes de la zona, zarandeó con dulzura sus cabellos manchados de tinta. Otro sonido, resguardado en la musicalidad de la vida en el bosque, terminó de asustarla. Todavía gimoteando, arañando los últimos segundos de llanto que le quedaban, se dispuso a volver. Sara dejó huellas en el fango a su regreso, ignorando que, efectivamente, alguien la había visto.

Cuando la puerta de la habitación se abrió, traté de mantener la concentración en mis actividades. Sin embargo, el pegajoso chirrido de los zapatos de Sara hizo que me diera la vuelta. La observé. Ocultó su debilidad a base de esquivarme hasta que se sentó en su cama, arrugando aquella fabulosa colcha marroquí que la cubría.

—Sara…

—Déjame en paz, Charlotte. Por favor. No estoy para más tonterías…

Asentí. En el momento en que iba a retomar mi redacción de Francés en el punto en el que la había abandonado impunemente, reparé en que el calzado de mi compañera estaba repleto de barro, estaba mojado. Arqueé las cejas y mi boca no supo callarse.

—Si no quieres tener problemas aquí, será mejor que limpies tus zapatos. Está prohibido salir, pero es todavía más grave adentrarse en el bosque.

Tragó saliva, aceptando la gravedad del hecho. Mi voz debió de sonarle honesta porque, antes de acostarnos, lavó su calzado y extendió betún sobre la superficie curtida de este.

***

A las ocho de la mañana ya estábamos acicaladas y encarábamos aquella jornada de castigo junto a la puerta principal de St. Ursula. No fui consciente de cuántas veces se utilizaba la entrada hasta aquel día de finales de agosto de 1939. Constantemente aparecían visitantes, conocidos y extraños, que nos hacían abrir el portón al tiempo que esbozábamos una amplia sonrisa y pronunciábamos en coro un: «Bienvenido a St. Ursula». Por delante de nuestra fingida amabilidad pasó el jardinero, el alcalde de Horgen, el operario encargado del mantenimiento de los bustos de los señores Conrad y Jan Lewerenz, el repartidor de la carne, el agricultor de Hausen am Albis que suministraba parte de las hortalizas a la señora Herriot, el profesor , la profesora Varya Filipova —encargada de impartir piano y violín—, el profesor Plüss, el propietario de una imprenta de Zúrich con el que, al parecer, pretendían cerrar un trato de cara al cuarenta aniversario, el veterinario...

Alrededor de las once y media, poco antes de la hora de la comida, la profesora Habicht nos vino a saludar. En realidad, su visita era un registro encomendado por la directora Lewerenz, pero me alegraba que hubiera venido ella. Era mi profesora preferida. Sin duda, St. Ursula no hubiera sido lo mismo sin aquella risueña maestra. Sus clases de Higiene y de Canto Coral eran las más divertidas. Virgine Habicht procedía de un pueblo cercano a Aarau, en la región suiza de Argovia. Trabajaba como docente en el colegio desde 1928. Era una mujer jovial, siempre dispuesta a escuchar, pero con el pequeño defecto de no saber decir nunca que no. Algo de lo que nosotras nos aprovechábamos, a veces.

—¿Cómo están mis queridas castigadas? —se interesó.

—Sobreviviendo —dramaticé.

—Estoy segura de que lo superará, señorita Fournier —se burló.

—¿Sabe hasta cuándo vamos a tener que estar aquí? —dijo Sara.

—La directriz es que hasta la cena.

—¿Hasta la cena? —exclamé—. Pero si para eso quedan siete horas...

—Exacto, señorita Fournier. Y yo que ustedes sería buena y no daría más problemas. La directora está realmente disgustada con las dos. Por tanto, como consejo, les recomiendo hacer caso hoy y mañana seguir con sus clases, regresar a la normalidad.

—De acuerdo —asentimos cabizbajas.

No teníamos intención alguna de contravenir las palabras de la directora. Acatábamos la autoridad. No se esperaba otra respuesta por nuestra parte. Mas tantas horas de pie hicieron mella en nuestro temple. Nos permitieron parar un rato para ir a comer, pero aquel día tuvimos que conformarnos con un par de banquetas en la cocina. La directora se había propuesto darnos un escarmiento y así nos lo hizo saber cuando se asomó a la cocina al terminar la comida. «Cuando dos jovencitas se comportan como dos muchachas malcriadas, reciben el consecuente trato. En esta casa, el respeto se gana, no se exige», nos recordó antes de desaparecer con su desazón.

Sara y yo pasamos todo el día intentando no empeorar nuestra relación. De vez en cuando, nos mirábamos, cuando la otra no prestaba atención, buscando algo, una razón para volver a hablar, si es que alguna vez nos habíamos hablado. Creo que ambas veíamos en la otra a una rival, pero también al reflejo de nuestro propio carácter. Finalmente, cuando la tarde cayó, refrescando el ambiente, me decidí a reducir la tensión con un comentario intrascendente.

—Tengo frío.

Sara se cercioró, con una inspección alrededor, de que me estaba dirigiendo a ella.

—Sí, ha bajado la temperatura.

Nuestro diálogo enmudeció tan rápido como había sido creado. Pasó otra hora hasta que mi compañera de castigo se lanzó al vacío.

—¿Por qué me ayudaste ayer?

Copié su reacción, queriendo confirmar que era a mí a quien preguntaba, antes de contestar.

—¿A qué te refieres?

—A los zapatos —concretó.

—No sé, solidaridad repentina.

—Ahm... —me pareció que iba a abandonar sus pesquisas—. Y ¿cómo supiste que había ido al bosque?

Recorrí con mis ojos oscuros todos los flancos por los que podían aparecer profesoras o alumnas chivatas. Después, di un paso lateral para acercarme a ella.

—Sé perfectamente lo que les pasa a los zapatos cuando cruzas los arroyuelos del Sihlwald. También sé que, debido a las lluvias de anteayer en la madrugada, la tierra de los senderos forestales estaría blanda.

—¿Has ido al bosque? ¿Sueles escaparte allí? —Sara comenzaba a tomarme en serio.

—No, no. Pero alguna vez me he tomado la licencia de pasear por allí. Aunque hace tiempo que no. Debes saber que está terminantemente prohibido, Sara. Es muy peligroso.

—¿Por qué? Solo es un bosque...

—Bueno, siempre ha ido en contra de las normas, no se puede salir de St. Ursula sin autorización, en teoría, pero desde que pasó lo de aquella alumna...

—¿Esto es un nuevo embuste, como el de las escaleras? —me interrogó incrédula.

—No —respondí rotundamente—. Te lo cuento porque me considero en deuda contigo después de cómo me he portado estos días. Y, sinceramente, no sabría cómo explicarle a tu padre que no te advertí del riesgo...

Me analizó, escarbando en mis ojos la verdad con la escasa confianza que le quedaba.

—Está bien, te creo. ¿Qué le pasó?

—Fue en 1923. Algunas muchachas de St. Ursula solían escaparse al bosque. Una tarde, les sorprendió un vendaval. Corrieron a resguardarse a una de las cabañas. Estaban asustadas, no sabían qué pasaría si la directora descubría que habían incumplido las reglas y que además habían puesto en peligro su vida. Eran cinco amigas. Mas el verdadero contratiempo llegó cuando, al contarse, refugiadas en su temporal guarida, descubrieron que solo eran cuatro. Nadie supo nada de la quinta alumna. Dijeron que se había caído al río, que la había atacado un animal, que se había golpeado la cabeza con un árbol tronchado por el viento..., pero hubo un rumor que se extendió como la pólvora.

—¿Cuál?

—La habían secuestrado. No se encontró su cadáver... ¿Cómo era posible? La única explicación loable era que alguien la hubiera capturado, aprovechando la confusión del temporal.

—Pero ¿quién podría haber hecho tal cosa? —se estremeció Sara.

—¿Quién está siempre en el bosque? ¿Quién conoce sus caminos y predice los cambios de tiempo con el simple ulular del viento? Nunca se demostró nada en su contra, así que ahí sigue... escondido en la maleza, observando todo lo que ocurre en el Sihlwald.

—¿Te refieres a un guardabosque? —trató de reafirmar Sara, quien sintió un escalofrío al recordar aquellos crujidos anónimos frente al río.

—¿Quién si no?

—Es una historia terrible —opinó.

—Lo es. Estoy segura de que estos muros tienen memoria y no olvidan el momento en que tuvieron que comunicar a los padres de la chica que había desaparecido sin dejar rastro. Tampoco la directora. Por eso es una cuestión extremadamente sensible aquí... Prefieren que te vayas del colegio antes de tener que reportar la volatilización de otra alumna.

Mi compañera se concedió unos segundos para asimilar aquel macabro relato. Después, cambió de tercio radicalmente, queriendo alejar de ella la sensación de peligro que la había abrazado gracias a mi confesión.

—Has dicho que te sentías en deuda conmigo... —rescató de mis frases—. ¿De veras lo piensas?

—Sí...

Consumió un par de minutos, como cuando una colilla es devorada por la llama del fósforo.

—Es mutuo —admitió—. Siento mucho si fui descortés contigo el primer día. Estaba tan enfadada con mis padres...

Asentí lentamente, ocultando una suave sonrisa con la que pretendí contarle que entendía a lo que se refería. Después, me humedecí los labios y respondí.

—No quería otra compañera de cuarto. Yo pensaba que Libena siempre dormiría conmigo y... no me apetecía que nadie la sustituyera.

—¿Quién es Libena? ¿Tu antigua compañera?

—Sí, Libena Horowitz. Es una de mis mejores amigas. Pero se marchó el año pasado. Es una larga historia...

Cada vez tenía más frío. Probablemente, se debía a rememorar a mi querida amiga Libena, con la que no sabía si podría volver a charlar como antaño.

—Lo siento mucho —musitó.

—Gracias.

La señora Herriot y sus rizos castaños canosos amontonados sobre su cabeza en forma de recogido aparecieron desde el extremo oeste del jardín. A su lado, correteaba el can de la escuela que, al reconocerme, se apresuró para que mis manos amasaran su pelaje. Después, probó suerte con Sara, que se agachó para saludarle.

—¡Qué perra más bonita! Hola, Juana de Arco. Hola, bonita —le decía.

La cocinera y yo nos reímos espontáneamente.

—Es macho, señorita Suárez —le indicó la señora Herriot.

—¿Macho? —se asombró y nos miró.

—Sí, macho.

—¿Y por qué se llama Juana de Arco?

—No sé, alguien propuso el nombre cuando llegó en 1931 y nos resultó gracioso —contó la encargada de la cocina—. Bueno, me marcho, que la cena no se prepara sola.

Sara continuó mimando a aquel cariñoso san bernardo de color blanco y marrón.

—Así que eres macho... —le susurró.

—Ay, novata, si quieres encajar aquí, vas a tener que esforzarte mucho —concluí de buen grado y me uní a las carantoñas.

***

Las jornadas en St. Ursula se sucedían de forma estructurada, nada se dejaba al azar. A las seis y media, hora de despertarse. Si el reloj no te avisaba, lo hacía la maestra a cargo de tu pasillo. Los bostezos y la desidia se extendían hasta el desayuno, servido a las siete y diez. Por orden, comenzando por las pequeñas, abandonábamos el amplio comedor y nos dirigíamos al aula que teníamos asignada. A las ocho en punto debíamos estar preparadas en nuestro pupitre. Cuatro materias distintas se impartían hasta que a las doce se repetía el ritual en el comedor para el almuerzo. A partir de ahí, el día de cada alumna era único. De una a tres había otras dos sesiones de clase, copadas por las asignaturas optativas, y, desde las tres hasta las seis, se desarrollaba el programa de deportes y el de arte. Durante las horas que no tenías clase, disponías de tiempo libre. Las profesoras lo llamaban tiempo de estudio, pero para hacer la tarea ya teníamos el rato de después de la cena —preparada a la seis y cuarto sin excepción— que se extendía desde las siete hasta el apagado de luces. Las pequeñas tenían que cerrar sus bocas y fingirse dormidas a las nueve; las mayores, a las nueve y media.

Eran las ocho y cuarto de la tarde, así que estábamos en la biblioteca, supuestamente aprovechando nuestro tiempo libre para estudiar. Sara se había sentado sola, como siempre, pero Liesl la invitó a acompañarnos después de cerciorarse de que no había problema por mi parte. Asentí a regañadientes.

—Vamos a empezar por los fáciles. El profesor Falkenrath es un somnífero, pero sus exámenes son los más complicados. Dicen que corrige con una lupa de gemólogo —comenzó, en un intento por dar una cálida acogida a la española con algunos consejos.

—Habladurías... —farfullé.

Desde el día del castigo, mis discusiones con Sara se habían ido reduciendo y, de vez en cuando, cruzábamos alguna palabra que, solo en un par de ocasiones, se había convertido en diálogo.

—¿Has escogido alguna materia del programa de arte? —se unió Joanna.

—Solo Canto Coral...

—Muy bien. Igual que Charlotte, Liesl y yo. Joanna es de violín. En ese caso, solo te interesa la profesora Habicht. Es bastante directa con sus críticas, perfeccionista con el tempo y de gustos musicales absolutamente anticuados. Pero es de las mejores maestras que hay en la escuela —valoró Évanie.

—Demasiado benigna para mi gusto. Prefiero la contundencia de la profesora Travert —opinó Joanna.

—No me hables de la profesora Travert, por favor. Seguro que está destrozando mi redacción sobre Victor Hugo con su lápiz corrector. No puede evitarlo... — supuse.

—Charlotte... —me pidió Liesl.

—Por otra parte, está la profesora De la Fontaine. Es extremadamente estilosa —continuó la canadiense.

—Dicen que los vestidos se los compran sus amantes de Zúrich y que recibe regalos constantes a modo de lisonja por su compañía —puntualicé.

—¿De dónde sacas todos esos chismes? —se interesó Liesl.

—Tengo buenos contactos —contesté en tono jocoso.

—No hagas caso, Sara. ¿Por dónde íbamos? ¡Ah, sí! La profesora Gimondi. Es el perrito faldero de la profesora De la Fontaine. Nunca contradice sus palabras, así que si te ganas a una, te harás con el favor de la otra —reveló Évanie.

—Eso lo sabe bien Dortha Williams. Siempre anda regalándoles los oídos... —resopló Liesl.

—En Aritmética y Física tendrás a la profesora Richter, una mujer de extraordinaria inteligencia, pero con mayúsculas carencias en lo que a las relaciones sociales se refiere.

—No lo necesita. Al parecer, asistió a clase del profesor Einstein, el físico alemán —nos dijo Joanna ante la estupefacción de Sara.

Joanna, Joanna, Joanna..., el intelecto y la cautela personificados. Todavía recuerdo la mañana en la que la vi aparecer, con sus cabellos oscuros y una muñeca de porcelana bajo el brazo. Joanna era hija del reputado cardiólogo Cláudio Medeiros. Su madre, Gloria Fonseca, una estudiante de Farmacia a la que su padre había conocido en una de sus conferencias, falleció en 1924, cuando ella solo tenía dos años. Una desgracia que cambió la vida de la pequeña Jo para siempre. Devastado por la pérdida, el doctor Medeiros se sumió en su trabajo en su consulta de Braga durante un tiempo y cedió el cuidado y atención de la niña a sus padres, ya ancianos.

Sin embargo, la aparición de la señorita Flavia Costa, hija de una de las mayores fortunas de la capital lusa, con vastas propiedades en Mozambique, devolvió las ganas de vivir al señor Medeiros. La conoció en uno de sus viajes a Lisboa en 1928 y, pocos meses después, anunciaron un compromiso que cerró las viejas heridas que apenas habían comenzado a cicatrizar. Influenciado o no, el padre de Joanna decidió trasladarse a Lisboa y formar una familia de la que ella jamás se sintió parte. El matrimonio dio la bienvenida a otros cuatro retoños: Cláudio, Alejandro, Bruna y Doroteia. Solo Joanna estudió fuera de Portugal.

—Daría lo que fuera por conocer al profesor Einstein —admitió Sara.

—Ojalá —respondió la portuguesa, con el brillo de la admiración en los ojos.

—Sigamos —espetó Liesl—. La profesora Roth no ve tres en un burro, pero odia que se lo recordemos. Intenta apartarte cuando te revise la labor en sus clases de Costura. Se acerca tanto que podría llegar a morderte el dedo —advirtió.

—Qué exagerada. —Rio Évanie—. La profesora Vreni Odermatt, que da Biología y Química, es bastante comprensiva y sus exámenes son los más fáciles de todo el colegio. Aun así, no te confíes. Dicen que, en el último curso, se convierte en un ser vil capaz de suspender a toda la clase.

—No me lo creo. Toda su energía se consume con su entusiasmo al hablar del aparato digestivo o de las amebas.

Algunas apasionadas también optan por ser testigos de su admiración a la tabla periódica en clase de Química, pero eso es solo si eres lo suficientemente temeraria —bromeé.

Mis amigas se rieron.

—Y quedaría la dulce profesora Durand, a la que solo escuchan las de la primera fila, porque el resto se quedan dormidas —zanjé.

—¿Ella es la que imparte Historia e Historia Bíblica? —se cercioró Sara.

—La misma —respondió Joanna.

—¿Seguimos sin noticias de la profesora Carver? —me interesé.

La profesora Odermatt, que ya nos había chistado seis veces, nos invitó entonces a abandonar la biblioteca si no teníamos intención de estudiar.

—Lo que yo te decía. Transformación total —susurró Évanie.

Unos días más tarde, nos enteramos de uno de los chismes que revoloteó por la escuela durante las primeras semanas de curso: la profesora Carver se había marchado a Argentina junto a su prometido. Todo el colegio estaba revolucionado, comentando el enorme disgusto que se debían de haber llevado los padres de la señorita al imaginarla en un transatlántico sin fecha de vuelta. En su lugar, la profesora Habicht asumió el programa de deportes. La omnipresencia de la maestra comenzaba a preocuparme. Sobre todo, después de que impartiera su primera lección de gimnasia. Su absoluta ignorancia en la disciplina hacía cómicas sus sesiones y nos terminaba envolviendo con el terrible manto de la vergüenza ajena.

***

Al margen de la vida lectiva, St. Ursula tenía su propio ritmo coral. Este no solo se conformaba con las decisiones y conversaciones de las alumnas, las maestras también tenían un papel fundamental. Muchos detalles del colegio no se advertían a simple vista, pero si te fijabas con atención, podías seguir los pasos de unos y otros, aun cuando se creían solos. Pocos sabían, por ejemplo, que la profesora Travert, una vez había apagado las luces del pasillo del que era encargada, dando así las buenas noches a sus protegidas de aquel curso, se deslizaba por la cocina y cogía las llaves del Fiat Topolino de la escuela. Decían por ahí que la propia señora Herriot había ido a buscar el automóvil a la frontera italiana, por encargo de la directora Lewerenz. Nunca supe si era cierto. Lo que sí sé es que el destino de la profesora Travert era siempre el mismo. Y aquel lunes se sumó a su rutina.

Condujo cansada y alterada por la tensión a la que la sometíamos las internas más rebeldes. Se aventuró más allá del extremo este del bosque. Conocía bien el camino. Descendió hasta Horgen haciéndose con el control de las curvas y los desniveles. Una vez en el pueblo, siguió por las escarpadas calles, pasó de largo la iglesia protestante y se dirigió hasta Dorfplatz. En uno de los bajos de los edificios que daban a la pintoresca plaza del pueblo, se encontraba la taberna de los señores Meier. La profesora Travert se apeó del vehículo rojizo y entró en el local con la confianza que proporcionan los rincones familiares. Sin embargo, aquel día algo era diferente. Buscó con sus ojos marrones por detrás de la barra al señor Lutz Meier, pero en su lugar halló a su esposa, la señora Heida. Extrañada, se aproximó a aquella dama de cabellos dorados enmarañados en un moño bajo. Parecía preocupada, sobrepasada por tener que lidiar con las comandas de las almas perdidas que acudían a la taberna para resarcirse de sus pecados diarios a base de charlas banales y algo de vino.

—Buenas noches. Si lo desea, puede sentarse en esa mesa de allá. Enseguida estaré con usted —le indicó la dueña.

—Buenas noches. De acuerdo —asintió la maestra—. Disculpe el atrevimiento, pero ¿está todo bien? Su marido...

La señora Meier, que preparaba una cerveza para uno de los clientes que ya se habían acomodado bajo la luz amarillenta y las sombras del local, arqueó las cejas y comprendió.

—¿No se ha enterado? Hoy han movilizado a otros cien mil hombres.

La vida en el colegio, a veces, permitía alejarse de la realidad hasta tal punto que parecía no existir mundo más allá de las verjas negruzcas. Pero sí había y este había comenzado a devorarse.

—Al parecer, desde la firma del pacto entre los alemanes y los rusos, el clima está todavía más enrarecido. Parte del Gobierno cree que la invasión de Suiza por parte de Hitler es inminente —afirmó la señora Meier—. O eso, al menos, es lo que me ha contado esta mañana mi marido.

—Espero que su estimado esposo no esté en lo cierto.

—Ojalá. Pero ya ve usted lo que ha pasado en Checoslovaquia y en Austria. Nosotros somos los siguientes —concluyó y se marchó a servir las bebidas.

Mientras intercambiaban aquel par de frases sobre actualidad política, la puerta de la taberna se había vuelto a abrir. Un individuo vestido con un traje de chaqueta marrón y pantalón de cuadros se quitó el sombrero y se sentó a dos taburetes de distancia de la profesora Travert, quien se había quedado junto a la barra en vez de buscar mesa. Aguardó educado a que la señora Meier atendiera la petición que, ahora sí, le había hecho la docente: un vaso de vino. El sujeto se mantuvo distraído aquellos primeros minutos, secuestrado por reflexiones censuradas a golpe de silencio, hasta que reparó en la bebida de aquella dama. Su cerveza llegó dos minutos después. Sin pensarlo demasiado, alzó el vaso y brindó en la distancia con la maestra, entregada a su elixir. La mujer reaccionó con soltura y le correspondió con una sonrisa y el vaso medio vacío. La profesora Travert llevaba casi una década como maestra en el colegio por lo que era capaz de reconocer una cara nueva en el pueblo cuando la veía.

—No creo que Hitler se atreva a enfrentarse a los suizos —aseguró el extraño.

La profesora Travert confirmó que se dirigía a ella antes de contestar.

—He escuchado lo que comentaba con la propietaria —le indicó.

—Dios le oiga. Este país está rodeado. Lo único que tiene es su coraje y su determinación de defender su independencia —opinó la maestra mientras relamía en sus labios lo poco que quedaba de aquel sabor ácido.

—¿No cree que sean armas suficientes?

—Pregúnteme dentro de unos años. Entonces sabremos si el fanatismo y el autoritarismo son más fuertes que las herramientas con las que creí que podía construirse este grotesco siglo.

—Lo único que me mantiene cuerdo es pensar que así es. —Dio un sorbo a su pinta y se marchó a una de las mesas que habían quedado libres.

La maestra echó un vistazo a aquel hombre de pelo castaño. Dudó un momento, pero su amigable conversación y la ausencia de mejor compañía la empujaron a ser ligeramente indiscreta. Se acercó al velador donde yacía el vaso de cerveza de aquel desconocido, rodeado de círculos brillantes, último resquicio de las bebidas vertidas por accidente antes de su llegada.

—¿Me permite acompañarlo?

—Oh, por supuesto —respondió él confundido.

—Normalmente no me siento ni hablo con extraños, pero he tenido un día muy largo y me apetece conversar con alguien. Siempre que a usted no le incomode.

—Creo que a ambos nos hará bien un poco de charla desinteresada —aceptó—. ¿Quiere algo más de beber? —El vaso vacío de la profesora lo animó a preguntar.

—Está bien. Pediré lo mismo.

La señora Meier se iba haciendo con el control del negocio con el paso de las horas. Había demostrado, a lo largo de su vida, que era diestra en el arte de la coordinación: había criado a cinco hijos sola, mientras su marido se hacía cargo de la taberna de sol a sol.

—Por su acento y su forma de hablar de Suiza, intuyo que no es de aquí —adivinó ella.

—Podría decir lo mismo de usted.

Sonrieron.

—¿Sabe qué? Hagamos un trato. Charlaremos sobre cuestiones genéricas, nada personal, y no nos haremos este tipo de preguntas. Estoy aburrida de contar mi historia —propuso la maestra.

—De acuerdo. Acepto.

Así lo hicieron. Retomaron la conversación sobre la hipotética ocupación nazi y, después, se alejaron de puntillas del terror que les causaba que aquello pudiera ocurrir. Recurrieron a la literatura, a los viajes y a los tópicos más desternillantes antes de regresar a aquella taberna de luz tenue y difuminados prejuicios. Cuando la última gota de líquido impregnó sus bocas, supieron que la charla había caducado. Ambos habían disfrutado con la compañía del otro, habían relajado sus músculos gracias a las risas y al intercambio de pareceres que habían llenado el local durante aquella hora y media. La profesora Travert, a sabiendas de que no podía posponer su partida, se levantó. Tras el educado ofrecimiento del caballero de invitarla (y su correspondiente negativa), abonó su consumición y volvió para despedirse.

—Ha sido un placer.

—Lo mismo digo.

—Debo irme. La responsabilidad llama a mi puerta —concretó.

—Me alegra haberla conocido —titubeó un instante, viéndola marchar—. Aguarde un momento. ¿Le parece si, al menos, intercambiamos nuestros nombres?

La profesora sonrió.

—Me llamo Anabelle Travert.

—Adam Glöckner.

—Un gusto conocerle, señor Glöckner. —Y tras un cortés movimiento de cabeza desapareció.

Aquellos dos sujetos a los que la soledad y la oscuridad habían unido se dirigieron a sus respectivas residencias. La profesora Travert accionó el motor del Topolino y recorrió las empinadas vías en sentido inverso hasta alcanzar la impresionante entrada de St. Ursula. Adam Glöckner, por su parte, se subió en su bicicleta y pedaleó hacia el norte. Algo más cerca de Oberrieden, la localidad vecina, también se adentró en el bosque. En otro de sus claros, otra valla de semejantes dimensiones se erigía como antesala en hierro de la propiedad a la que protegía de extraños, animales y maleantes y cuyos tejados podían verse mientras ascendías la colina de Horgen. En su interior, la razón última por la que no se nos permitía adentrarnos en el bosque a las alumnas del St. Ursula: el colegio internacional para varones Sankt Johann im Wald.

Instalado inicialmente en un edificio victoriano de Zúrich, el Institut Sankt Johann terminó trasladándose a aquella parcela en 1898. Lo habían inaugurado, apenas ocho años antes, un grupo de educadores y pedagogos suizos con objeto de proporcionar una educación moderna y basada en la excelencia académica a los hijos de las familias zuriquesas más acomodadas antes de su ingreso en la universidad. Sin embargo, su reputación pronto engrandeció las pretensiones de sus fundadores hasta convertirlo en una escuela de élite internacional. El cambio de ubicación, alejada de las distracciones de la ciudad y estrechamente ligada a la naturaleza, no hizo más que incrementar el número de matriculaciones a principios de siglo. Y es que si por algo se conocía al Institut Sankt Johann im Wald, era por solventar los problemas de conducta, inteligencia y reputación de los hijos de las mejores familias de cada país. Una premisa que mantuvo y reforzó su director más longevo: Maxiliam Steinmann.

Con el director Steinmann se había reunido, precisamente, Adam Glöckner cuatro meses atrás para una entrevista de la que sacó dos certezas: su empleo como profesor de Matemáticas y Contabilidad y su convicción sobre la incompatibilidad de mentalidad y procedimientos con su interlocutor.

La primera vez que recorrió los pasillos del edificio principal no calculó la dificultad del puesto que acababa de conseguir. No por la materia, pues ya estaba en su mente, sino por el distinguido público al que iba a dirigirse. Había sido casi dos semanas antes de aquella noche en la taberna. El aula que le asignaron estaba en la segunda planta. La totalidad de la construcción tenía tres alas más y formaba una suerte de 'S' inacabada. En medio, un estanque alargado que se extendía desde la entrada hasta la puerta que daba acceso al interior de la escuela. En su frondoso jardín se distribuían las canchas de deporte y las dos piscinas que se utilizaban en los meses menos fríos.

El profesor Glöckner abrió la puerta del aula y halló a su audiencia todavía inquieta por algún motivo que, con sinceridad, no tenía interés en descubrir. Aquellos muchachos y sus impolutos uniformes —que alternaban el rojo, el negro y el blanco con elegancia— poco tenían que ver con el tipo de personas con las que se había relacionado a lo largo de sus treinta y cuatro años de vida. Y no habían sido ni pocas ni homogéneas las gentes con las que se había topado. Pasó su mano por sus cabellos ondulados y dejó el libro sobre el escritorio que, oficialmente, le pertenecía. Analizó las caras de sus nuevos alumnos tratando de averiguar, sin interrogatorios, cuántas naciones distintas habría allí representadas. Aquel pensamiento le dio vértigo. Sentía la boca seca, pero, sin más dilación, se lanzó a hablar en un perfecto alemán.

La primera media hora consiguió controlar la energía de aquellos jóvenes. Mantenían sus experiencias estivales en el aire a golpe de bisbiseo, pero el profesor Glöckner optó por no ser excesivamente estricto en aquella sesión inaugural. Decidió captar la atención de los estudiantes a través de preguntas inesperadas aquí y allá sobre conceptos que debían haber repasado durante las vacaciones, según le habían aconsejado el director Steinmann y el profesor Hildegard, encargado de las lecciones de Física, Química y de meterse en asuntos ajenos. Las respuestas de los chicos eran vagas en la mayoría de las ocasiones. Solo uno o dos demostraron haberse empleado a fondo con las Matemáticas en el mes de descanso. Sin embargo, la sorpresa llegó con la interpelación número once. Como contestación solo obtuvo un gemido rasgado y profundo.

—¿Disculpe? —corroboró.

Se hizo un silencio intenso que permitió cazar el ulular de la brisa contra la ventana.

—Perdone, profesor. Puede que hayan olvidado comentárselo. Es mudo. —Pausa dramática—. Una tribu indígena le cortó la lengua cuando tenía cuatro años. Por entonces, su padre era gobernador en Kenia. Ya sabe, dominio británico —le explicó un muchacho rubio con anteojos.

El profesor Glöckner miró fijamente al alumno. Tenía la mirada perdida. Unos ojos azul intenso. Su cabello oscuro engominado. Revisó los papeles que le había entregado el director, entre los que se encontraba la lista manuscrita en una hoja cuadriculada. Nada, no había ni rastro de aquella dolencia. Esperaba, por el bien de su continuidad en el centro, que no hubieran obviado comentarle un asunto tan delicado.

—Está bien. Prosigamos con la lección —resolvió—. Dado que su compañero no puede responder, quizá pueda usted ayudarle, señor…

—Stäheli. Victor Stäheli —contestó.

—Proceda, señor Stäheli.

En el tiempo que duró la clase, Glöckner analizó los movimientos del estudiante mudo. Poco a poco, fue cazando sonrisas cómplices entre la multitud hasta que confirmó su teoría. Sabía que aquellos alumnos prometían ser duros de roer, pero se extrañó al comprobar lo rápido que se habían organizado para burlarse del nuevo profesor. Sin embargo, la experiencia era sabia compañera de viajes y esta susurraba a Glöckner que debía esperar a que se diera el momento idóneo para devolver la jugada a aquel presuntuoso joven. Haciendo buen uso de una paciencia no siempre estimada por todos, aguardó y, tres días más tarde, la ocasión se le presentó frente a sus narices. Avanzaba por el pasillo de camino al minúsculo despacho que le habían facilitado en el segundo piso del ala izquierda, justo al lado del aula del profesor Cheshire, un inglés de York ciertamente reservado y peculiar que jamás hablaba —teniendo en cuenta que impartía Lengua Inglesa, Glöckner esperaba que su mutismo se disipara al cruzar el umbral de aquella clase—.

En medio de sus reflexiones, de los recuerdos de un pasado peligroso que lo atormentaba de vez en cuando, escuchó las risas nerviosas de un grupo de alumnos. Parloteaban ajenos al tránsito frenético del corredor. El profesor Glöckner identificó rápidamente al señor Stäheli, con sus redondos anteojos; también a un muchacho indio que había demostrado tener un gran potencial en las primeras sesiones del curso; a un joven desgarbado y rubio, con la cara salpicada de pecas; y, por último, al supuesto alumno impedido por culpa de una exótica tradición tribal. Su voz era grave, hablaba pausadamente y con la soltura del que se sabe con el control de su oratoria. El docente se aproximó con sigilo a ellos y se aclaró la voz antes de ejecutar su esperada venganza. El señor Stäheli, quien le advirtió antes que los demás, hizo un mohín que oscilaba entre el asombro y el horror.

—Buenos días, señores. Hay que ver la de aspectos que puede aprender uno en los pasillos de una institución educativa de élite como esta. Sabía que el hígado se regeneraba, pero no tenía noticia de que lo hiciera la lengua. Ni tan rápido.

Se alejó con la misma parsimonia con la que se había decidido a atormentar a aquellos jóvenes, oyendo a lo lejos cómo vaticinaban su próximo castigo. Su certeza demostraba que tenían extensa experiencia en tales cuestiones. Y así fue.

Al día siguiente, el profesor Glöckner entró en su aula con una frescura especial. Esperó a que todos los muchachos se distribuyeran en sus pupitres de madera. Cuando confirmó que no faltaba nadie, cerró la puerta y se acercó al artífice de la farsa.

—Quiero disculparme delante de todos sus compañeros por el trato tan desigual que le dispensé en nuestras primeras lecciones. Nunca había tenido un alumno mudo a mi cargo y la inexperiencia me jugó una mala pasada. He estado pensando en cómo lograr que usted forme parte de esta materia y he llegado a la conclusión de que, dado que no puede ni quiere participar en igualdad de condiciones, pasará a ser mi ayudante. —El discurso viró desde el ácido sarcasmo hacia el punzante reproche.

El resto de la clase comenzó a reírse por lo bajo.

—Silencio —ordenó el afable pero rígido maestro—. Comenzará limpiando el encerado. —Le entregó el borrador.

El chico hizo amago de quejarse.

—No gaste las pocas palabras que su lengua le permite articular con agradecimientos. Podrá escribirme una carta en su tiempo libre. Aunque me temo que no tendrá mucho. Ser mi ayudante puede llegar a ser agotador, créame.

Había neutralizado momentáneamente al joven, que se levantó de mala gana y se dispuso a preparar la pizarra para el profesor.

—Por cierto, se me olvidaba. Olvídese de cuatro de los puntos de la nota final. Los ha perdido definitivamente —le anunció mientras esperaba a que el muchacho terminara—. La excelencia no es un derecho *per se,* es la recompensa por el trabajo duro y el respeto al estudio.

—Pero... —intentó, a sabiendas de lo que eso significaba.

—Insisto. Reserve su dialéctica para mejor ocasión —le cortó—. Está bien, comencemos.

Tan pronto como el director Steinmann se enteró de lo que había hecho el profesor Glöckner —probablemente, gracias al fino oído y a la sólida indiscreción de Hildegard—, lo llamó a su despacho. Allí donde había decidido contratarle meses atrás.

—He sabido del correctivo que ha utilizado con el señor George Barnett, profesor Glöckner. Y debo admitir que me parece una pésima idea.

—Creí que en Sankt Johann se enderezaban conductas.

—Sí, pero a él, precisamente, no —reveló el director.

He aquí una de las grandes incoherencias del gran Institut Sankt Johann: se prometía solventar las desviaciones en comportamiento e intelecto, pero sin perder de vista los títulos y el crédito que poseían los padres de los alumnos. Había que aplicar castigos, sí, pero también era recomendable hacer la vista gorda sobre determinados apellidos para evitar quejas o abandonos. Al fin y al cabo, es estúpido morder la mano que te da de comer. El profesor Glöckner detectó en aquella afirmación que el señor George Barnett debía de tener un abolengo a la altura de la perpetua amnistía que le había concedido el director del colegio, pero no se amedrentó. Sus principios, única propiedad que había permanecido intacta en su accidentada existencia, no se lo permitieron.

—Director Steinmann, usted ha confiado en mí para administrar dos de las materias de esta venerada institución. Ruego que me permita emplear mis métodos, a condición de ser yo el único que soporte las consecuencias, en caso de que estas se produzcan —solicitó—. Sé lo que hago —mintió.

El director lo observó incrédulo y, tras meditarlo un par de segundos, accedió. «No voy a dar la cara por usted ante ningún padre. Que le quede claro», apostilló. Eso era algo que el profesor Glöckner tenía por seguro antes siquiera de aquella inesperada reunión. Así, pudo proseguir con la sanción que había diseñado cuidadosamente para aquel alborotador. Y, quizá, fue el muchacho el más sorprendido por la continuidad de la pena, protegido hasta entonces por el velo del interés y de la hipocresía.

Al principio de la tercera semana de curso, el lunes 28 de agosto, harto de cargar con todos los bártulos y libros del maestro, George Barnett optó por romper su silencio tras dejar caer, con todo su desprecio, el montón de papeles encuadernados sobre el escritorio del despacho del profesor Glöckner.

—Si se cree que tratándome como un mulo de carga va a conseguir que me compadezca de usted, demuestra no tener ni idea de cómo funcionan las cosas aquí —espetó.

—No me interesa su opinión, señor Barnett. De veras que me alegra que haya decidido abandonar su ficticia afasia, pero si se cree que sus quejas van a reducir el castigo, demuestra no tener ni idea de cómo funcionan las cosas aquí, ahora.

George rio sarcásticamente.

—Muy bien. Como usted quiera. No va a durar ni tres meses aquí —contestó.

—No, no se equivoque, señor Barnett. El que puede coger un tren a casa en menos que canta un gallo es usted. Por si no lo ha notado, tengo el beneplácito del director Steinmann para hacer lo que me venga en gana. Siga jugando y tendrá que comenzar a elaborar un argumento creíble para justificar ante sus padres los motivos de su expulsión. Y solo a un año de terminar.

—Usted no será capaz —le retó.

—Señor Barnett, no me conoce de nada. Le sorprendería descubrir de qué soy capaz.

El joven resopló y se dirigió a la puerta. Antes de salir, volteó la cabeza.

—Hay que ver que, con la de mierda que hay ahí fuera, haya decidido venir aquí a amargarme la vida. —Y cerró de un portazo aquella minúscula oficina en la que los fantasmas del profesor Glöckner se escondían sin permiso.

La insubordinación de aquel estudiante lo mantuvo en tensión el resto de la jornada, así que, por primera vez durante su estancia en Sankt Johann, quiso dar una vuelta por los alrededores después del apagado oficial de luces. Tomó prestada una bicicleta y descendió hasta Horgen. Tras dar un par de rodeos sin destino, oteó un local de azafranada iluminación en el bajo de una casa situada en la plaza del pueblo. «Meier Taverne», leyó en un letrero desgastado de latón. Había bajado considerablemente la temperatura al caer la noche y la humedad acariciaba las articulaciones de un modo agridulce. Sin pensar, aparcó la bicicleta al lado de un coche rojizo y se adentró en la calidez anónima de la taberna.

***

El diámetro que controlaban St. Ursula y Sankt Johann quedaba sumido en la cotidianeidad, en los diminutos problemas del día a día. Quizá, como en cualquier casa, en cualquier pueblo. Sin embargo, como parte de un sistema mayor, no podía entenderse como un universo independiente, pese a que era lo que nos hubiera gustado a la mayoría. O, al menos, a mí.

Aquel domingo, la directora Lewerenz nos reunió a todas en el comedor. Estaba pálida. Observé detenidamente a todas las maestras. La propia señora Herriot, junto a Marlies, se había unido a la espontánea comparecencia. El boca a boca había hecho lo propio entre las alumnas. El miedo había detenido las agujas del reloj y la incertidumbre había robado los diálogos, creando un plomizo silencio alrededor de todas nosotras. Finalmente, este quedó lapidado por un comunicado que llevábamos temiendo desde hacía meses: Francia y el Reino Unido habían declarado la guerra a Alemania, tras la reciente invasión a Polonia. Era tres de septiembre de 1939 y el mundo que conocíamos había comenzado a desintegrarse.

III

16 de octubre de 1977

Me había detenido en uno de los cafés de Limmatquai para repasar todas las notas que había tomado durante mi entrevista con la señora Geiger. Nubes de leche y espuma coronaban un cielo que se pintaba, con acuarela, sobre el río. Faltaba poco menos de media hora para que anocheciera, según mis cálculos, pero dentro de esa cafetería, el paso del tiempo era un problema menor. Mi atención estaba absolutamente eclipsada por el relato de aquella mujer. Me había abierto una puerta exclusiva a un espacio-tiempo que ya solo se encontraba en su mente. Mi amor por la Historia me había jugado una mala pasada y ahora deseaba volver a viajar allí, a ese mes de septiembre de 1939. La realidad se me quedaba pequeña por momentos.

Había señalado los nombres propios con un círculo: Charlotte Fournier, Évanie Sauveterre, Sara Suárez, Anabelle Travert, Adam Glöckner, George Barnett... Me intrigaba qué había sido de ellos, cómo había continuado el curso en aquellos dos colegios separados por el Sihlwald. También si la señora Burrell los habría conocido. Pero para eso tenía que esperar a mi próxima reunión con la señora Geiger. La habíamos fijado para el día siguiente, a las once y media, en la misma mesa del restaurante del Grand Hotel Dolder.

Cuando, por la noche, crucé el umbral del pintoresco Dadá Herberge, me sobrevino todo el peso del cansancio acumulado. En el lugar de la señora Schenker, atendía el mostrador un hombre con una rolliza barriga que se perdía por detrás de los papeles almacenados, olvidados. Su aspecto inspiraba poca o ninguna confianza. Los cabellos grasientos relamiendo su frente, un suéter verde —a juego con el local— con algunas manchas y su mirada desencajada a causa de un ligero estrabismo. Sonreí y le di las buenas noches sin detenerme en demasía. Ya habría momento de comprobar si sus modales hacían honor a su pose. Recorrí el pasillo con premura, y me metí en mi cuarto con la sutil sensación de las dudas y las preguntas arañándome la nuca.

Mi agotamiento volvió a tomar el control de la situación y me llevó directa a la maleta, sobre la que reposaban nudos de blusas y pantalones. Alcancé mi pijama y me cambié. No fue hasta que salí del aseo, tras refrescarme, cuando identifiqué aquella forma inesperada observándome desde la puerta. Me aproximé confundida. Era un paquete rectangular, lo suficientemente grande como para descartar un libro, una carta o una carpeta. Por un momento, creí que era parte de la decoración de la habitación, pero entonces mis ojos se toparon con aquella tarjeta en la que pude leer «para C. Eccleston» bajo una serie de líneas. Rasgué el papel que cegaba mi capacidad para entender la situación y, entonces, lo vi. Era un lienzo. Una imagen terrorífica de destrucción, de esqueletos de metal rogando al cielo una tregua en una pesadilla pintada en azul, amarillo y rojo fuego.

17 de octubre 1977

Bebí un sorbo de mi taza de té. Me alegraba haber llegado antes que la señora Geiger a aquella segunda cita. El aroma a perfume y a café se mezclaba con el del bacon crujiente. Quedaban diez minutos para que el reloj nos susurrase la hora exacta a la que habíamos acordado vernos. Aproveché aquel espacio de soledad para releer las notas que había tomado en la Biblioteca Central aquella misma mañana, que se hallaba a apenas cinco minutos andando desde el alojamiento. Había decidido madrugar para investigar sobre el cuadro que habían dejado en mi cuarto. Por suerte, la señora Schenker me regaló su presencia y pude interrogarla sobre si alguien había entrado en el hostal: un mensajero, un empleado, alguien que jurara conocerme... Nada. Al parecer, desde las siete, su hermano Samuel la había relevado. «Sí, sí, por supuesto, le preguntaré a Samuel por si él vio a alguien». En el fondo, me pareció entrever un suave escozor en sus respuestas, como si le ofendiera que yo pusiera en tela de juicio la seguridad de su establecimiento. Ante la ausencia de datos en mi alojamiento, pregunté por una biblioteca y me dirigí allí a completar mis indagaciones.

Aquel papel que sostenía entre mis manos, rodeada de elegantes almuerzos en el Grand Hotel Dolder, contenía la conclusión: era una copia de un cuadro de Max Ernst, un pintor surrealista y dadaísta de origen alemán aunque nacionalizado francés. Su título era *Europa después de la lluvia II* y databa de 1940. Mi afición por esa corriente artística me había llevado a conocer parte de la obra de Ernst, pero jamás había visto ese trabajo en concreto.

—Buenos días, señorita Eccleston. Veo que hoy sí ha tenido a bien honrarnos con su puntualidad —me saludaron los labios carmín de la señora Geiger.

—Buenos días, señora Geiger. Sí, quería exprimir el día al máximo antes de nuestra reunión. Ya sabe, no todos los días se visita una ciudad como Zúrich.

—Aplaudo su curiosidad. ¿Ha podido disfrutar de alguno de nuestros museos ya? —se interesó mientras se zafaba de su exquisito abrigo con ayuda de un empleado.

—No, todavía no. Pero me interesa mucho el arte. Y más si tenemos en cuenta que Zúrich es cuna del dadaísmo. ¿Le gusta a usted el dadaísmo, señora Geiger? —tanteé.

—Lo detesto. El arte no, las corrientes contemporáneas —se dirigió al camarero en alemán para pedirle otro té—. Considero que no pueden competir con Rafael, Velázquez o Rembrandt. Pero, en fin, ¿qué más da? Al final, todo se desvirtúa y se convierte en polvo brillante al que llamamos talento o éxito sin ningún motivo.

—No me malinterprete, pero considero que el arte de este siglo ha conseguido que evolucione el modo en que las personas se relacionan con él. No todo está dado, no tiene significado con el primer golpe de vista. Debes detenerte, analizarlo bien. Solo así descubres qué hay detrás de esos trazos... El arte clásico adormila la mente; el moderno nos incita a pensar.

—Qué romántico, señorita Eccleston. Siento contradecirla, pero me da que tras esos grotescos dibujos no hay más que pretensiones ahogadas por un orgullo lo demasiado pronunciado como para aceptar que no se es capaz de dibujar como Rafael, Velázquez o Rembrandt. Además, si quiero ejercitar la mente, prefiero los rompecabezas. ¿Sabe? Cuando uno se enfrenta a un rompecabezas debe ser cauto, analizar con máxima atención, pues una pieza lo cambia todo. Nada que valga la pena está dicho sin más o en orden. Los mensajes deben desenterrarse, con las propias manos, manchándonos de frustración las uñas.

Me reí ante su intransigencia, escondiendo mi mueca tras la taza, y dejé que la esencia de jazmín aligerara las intrigantes palabras que acababa de pronunciar. Ella se aclaró la voz delicadamente y, sin apenas darnos cuenta, regresamos a 1939.

EL OXÍGENO DE LA MENTIRA

El estallido de la guerra conmocionó a todo el colegio. Alumnas y profesoras conformaban una amalgama inabarcable de nacionalidades, cada cual con sus temores, con sus circunstancias. Algunos padres no tardaron en notificar a la dirección el cese de los estudios de sus hijas en St. Ursula, pero la mayoría confiaron una vez más en que la neutralidad de Suiza salvaría a sus descendientes de una tragedia en ciernes.

Adolf Hitler no había tenido suficiente con los Sudetes ni con la anexión de Austria. El corredor de Danzig era su siguiente objetivo. Alemania había perdido ese territorio tras la Primera Guerra Mundial. Había sido uno de sus correctivos y, además, había servido para dar salida al mar al recientemente creado estado polaco. Su redefinición de las fronteras no parecía tener límite. Había iniciado la invasión de Polonia a las cinco de la mañana del día 1 de septiembre. Dos días más tarde, el señor Daladier y el señor Chamberlain le declaraban la guerra, abriendo dos nuevos frentes. Versalles continuaba alimentando los movimientos de una bestia que se había engalanado con promesas de futuro y regeneración en los años previos. Susurros indiscretos nos informaban de bombardeos y ataques a ciudades polacas como Katowice, Varsovia o la bella Cracovia en una semana interminable.

Mientras tanto, alejadas de las decisiones que movían la brújula de la Historia, las internas de St. Ursula vimos nuestras actividades quintuplicadas con objeto de distraernos y evitar que divagáramos sin rumbo en torno al conflicto. La celebración del cuarenta aniversario de la ya veterana institución se mantuvo intacta, tras algunas cavilaciones de la directora Lewerenz ante la cancelación de asistencia de un par de colegios. De hecho, se suprimieron nuestras salidas al pueblo hasta nuevo aviso, con lo que debimos posponer aquellos paseos que tanto nos gustaban hasta después de las olimpiadas. Así, se convirtieron en el perfecto pretexto para convertirnos en entes ciegos de la realidad. Pero, finalmente, la realidad terminaría por alcanzarnos.

Tres días después de la declaración de guerra, un par de soldados llegaron a las inmediaciones de la escuela. Algunas alumnas estábamos relajándonos en el jardín por lo que pudimos ver cómo solicitaban la presencia de «*herr* Konstanze Lewerenz» para comunicarle que iban a requisarnos a Sirocco. Yo comprendí rápidamente que aquello era un esfuerzo que debíamos hacer por Suiza, pero otras jóvenes no encajaron del todo bien que nuestro caballo tuviera que pasar a manos del Ejército. El trío de las exploradoras gritó y pataleó durante más de dos horas, hasta que la profesora Gimondi las llevó adentro para calmarlas. Observé con detenimiento a aquellos hombres. Sus uniformes grises y sus cabellos engominados. Debían de ser recién llegados, quizá a consecuencia de la última movilización de más de cuatrocientos treinta y cinco mil efectivos, ordenada por telegrama tras la noticia del día 3.

Según había escuchado, la mayoría habían sido desplazados a la frontera norte, a menos de treinta kilómetros de Zúrich, por temor a una guerra franco-alemana. Y es que Francia no había tardado en enviar a cuatro millones de hombres tras la línea Maginot. Atacaron el día 7 de septiembre, mientras las fuerzas británicas cruzaban el océano para unirse, aunque en menor medida, a una batalla en la que todavía podían escucharse los gemidos y palparse la sangre derramada veinte años atrás. En esta tierra, las hojas del calendario se rasgaban con la incertidumbre de si aquel sería el último día de paz en un país que estaba preparado para luchar por su independencia, pero que olía desde una aterradora cercanía el sudor de sus enemigos.

Sí, eso era Alemania para mí. De hecho, no encontraba bando amigo en aquella afrenta. No obstante, por lo pronto, Hitler era quien más amenazaba la libertad de mi país.

—Dos de mis hermanos mayores se han alistado —comunicó Rose—. Me lo ha dicho mi madre en su última carta.

—Eso no pasaría si no hubierais declarado la guerra —apuntó Dortha—. Los irlandeses ya hemos anunciado que seremos neutrales. Y no me puede parecer mejor.

—Sí, bastante tiempo lleváis en guerra. Se os acumularía la faena —espeté, ante la mirada incriminatoria de mi compañera de clase.

Estábamos en el comedor, después de almorzar, y antes de dirigirnos a clase de la profesora Jacqueline Roth, que lidiaba con nosotras para que supiéramos de corte, confección y remiendos; y cuyas primeras lecciones siempre nos dejaban con puntitos sanguinolientos en el dedo.

—Pues papá me ha dicho que Turquía apoya la declaración de guerra. Supongo que no habrá consecuencias inmediatas, pero quién puede saberlo. Son tiempos difíciles... —anunció Nuray.

—A mí Hitler tampoco me parece tan malo. Gran Bretaña lleva anexionándose territorios durante siglos y solo ahora parece importarle —intervino Zahra.

—Y que lo digas. Pero los europeos son así, Zahra, solo les escuecen sus propias heridas. Las que inducen son inexistentes. Espero que todo este asunto se solucione pronto y que no terminen implicando al resto del mundo —recriminó Kyla.

—En fin, creo que es mejor que dejemos el tema a un lado. Ya me anticiparon mis padres que es preferible no mentar la cuestión entre nosotras —confesó Rose y se levantó.

—Tampoco podemos obviarlo. No me malinterpretéis, pero es evidente que existe un problema a escasos kilómetros de aquí. Detesto que haya llegado a este punto, pero no considero menos culpable a Alemania que a Francia y Gran Bretaña por la deplorable situación a la que nos han abocado —discutí.

—Todo tiene un motivo, Charlotte. Mi país no anda batallando por amor al arte —intervino Liesl.

Arqueé las cejas.

—¿Justificas sus actos en Polonia? ¿Todos esos civiles...?

—No lo estoy defendiendo, Charlotte, pero hemos sido vejados durante décadas. Adolf Hitler está tratando de devolvernos lo que es nuestro. Parte de Polonia es nuestra. ¿No es justo querer recuperarla? —me indicó Liesl.

—Liesl, sabes muy bien que Polonia no es el único objetivo de tu querida Alemania. Hitler se expande por Europa como una sanguijuela y poco le importa lo que solía pertenecer al pueblo alemán.

—Estás totalmente confundida. Si hubieras vivido en mi país todos estos años, lo comprenderías. Tanto los checos como los polacos llevan agrediendo a la población alemana en sus territorios durante demasiado tiempo. El Reich está intentando mantener la dignidad de todas las familias denigradas, expulsadas y maltratadas que, día a día, aparecen en los noticiarios alemanes sin que podamos hacer nada. Mi abuelo me ha confirmado que fueron los rebeldes polacos los que atacaron un puesto de radio alemán el día 31 de agosto. Ellos son los causantes de esta guerra, no nosotros. Pero ¿qué vas a saber tú? Solo eres una niña estúpida que repite los titulares con los que los medios suizos machacan una y otra vez la dignidad alemana. ¿No hemos tenido suficiente? ¿Siempre somos nosotros los culpables?

No digo que yo no estuviera bajo la influencia de la propaganda suiza, señorita Eccleston, pero el poder del ministro Joseph Goebbels y de sus noticias falsas era escalofriante. Se terminó sabiendo en los juicios de Núremberg que aquel ataque a una antena de radio ubicada en la frontera, que Liesl mencionaba, había sido una pantomima creada por efectivos de las SS vestidos con el uniforme del Ejército polaco.

—Por lo que a mí respecta, sí. Y no te perdonaré jamás que vuestras sucias manos alemanas toquen un solo centímetro de la Confederación —la amenacé.

—Bien, entonces. Si eso es lo que piensas de mí y de mi país, hemos terminado de hablar. —Hizo una pausa dramática—. Para siempre.

—Estupendo. Sí, quizá sea lo mejor. Probablemente tenga algún porcentaje de sangre judía o eslava corriendo por mis venas. No quisiera que tuvieras que dar explicaciones cuando te deporten a tu asquerosa patria racista.

Liesl se levantó de golpe y se marchó. Évanie, Joanna y Sara me miraban con los ojos como platos. El resto reaccionó de formas diversas: algunas se rieron, otras se enfadaron.

—Es increíble cómo le han absorbido el seso durante este verano —comenté.

—Te has pasado, Charlotte —señaló Joanna, que se fue a buscar a Liesl.

—Encima será mía la culpa —me quejé—. ¿Me he pasado? ¿De veras? Hasta donde sé no soy yo quien ha justificado esta maldita guerra. —Y también partí de mala gana.

***

Tal y como estaba previsto, las olimpiadas de conocimiento con motivo del cuarenta aniversario se celebraron el sábado 16 de septiembre. A lo lejos, las noticias sobre los avances en los frentes se escapaban de pronto de algún imprudente transistor, pero tratamos de que no nos desconcentraran. Cada una teníamos claro nuestro objetivo. Joanna fue seleccionada para representar al colegio en casi cinco disciplinas; Liesl, con quien no había vuelto a hablar desde nuestra discusión, estaría en el grupo de Alemán; y Évanie y yo nos íbamos a encargar de tareas de organización tales como rellenar los vasos de agua del jurado o recoger las sillas. La única sorpresa fue Sara, que había resultado ser una experta en Aritmética por lo que la profesora Richter no dudó en reclutarla para su equipo. Como en las pruebas participaban colegios de diversas zonas de la Confederación, se estipuló que las instrucciones se darían tanto en alto alemán como en francés. Detalle que, sin duda, beneficiaba a la española. Por aquí y por allá, rondaba la profesora Odermatt con su cámara fotográfica Voigtländer Brillant, con la que se propuso inmortalizar aquel curso.

Durante la primera hora, me tuve que dedicar a recibir a los distintos colegios en el hall, así como a dar instrucciones específicas a Susanna Fortuyn y sus amigas para que controlaran que Juana de Arco no se abalanzara sobre ningún invitado y le saludase con una dosis de sus pegajosas babas sobre la chaqueta. Así, asistí a la llegada de los chicos de Le Rosey, instalado junto al lago Leman; del Lyceum Alpinum Zuoz, residentes en la zona alpina del sureste del país; del Institut Auf dem Rosenberg, ubicado en San Galo; y a los alumnos y alumnas de la École Internationale de Gèneve o Ecolint. Sin embargo, a quienes esperábamos con más ganas todas las internas del St. Ursula era a nuestros vecinos de Sankt Johann im Wald. Y no tardaron en aparecer. Tras la legión de profesores, llegó aquel grupito encabezado por George Barnett y Victor Stäheli. Analicé la seguridad de sus movimientos, sus risas cómplices. Dos pasos por detrás les seguían Kristoffer Møller y Dilip Sujay Gadhavi, la otra mitad de aquel cuarteto.

—¿Estás seguro de lo que estás haciendo, George? No es que no confíe en ti, pero, ya sabes... —le decía Victor.

—Muchas gracias por tus ánimos... Pero sí que estoy convencido. Le tengo que demostrar a ese profesor del demonio que no necesito sus clases. Voy a recuperar los puntos que me quitó y dejarle en evidencia. Y tendrá que marcharse por donde ha venido.

—Ojalá tengas razón.

—De todas formas, lo de falsificar esa carta de tu padre pidiendo que te dejasen representar a la escuela ha sido bastante arriesgado —opinó Dilip.

—Chsss, calla Dilip —le pidió Barnett.

De pronto, alzaron la vista y me encontraron fisgoneando, disimuladamente, su conversación.

—Charlotte —me saludó George.

—George. Victor. Compañía. Bienvenidos a St. Ursula —respondí simulando que anotaba sus nombres en la lista y que estaba demasiado ocupada como para espiar charlas ajenas.

Los invitados se fueron distribuyendo entre el hall y el salón de actos, donde la directora Lewerenz procedería con el discurso inaugural. Yo continué saludando a los asistentes, al tiempo que controlaba todo lo que sucedía alrededor. Según las especificaciones de la profesora De la Fontaine, que lideraba al grupo de alumnas que apoyábamos la logística de la jornada, «no cabía la posibilidad de que hubiera un solo fallo». Sin embargo, no podía estar atenta a todo, así que me pasó ciertamente desapercibida una escena que se produjo a escasos metros de donde yo me encontraba. La profesora Travert apareció por las escaleras, retocándose su aburrido recogido, y se quedó confundida por algo que divisó en el recibidor de la escuela. Continuó descendiendo por los escalones sin poder apartar la vista hasta que la directora reclamó su presencia, precisamente, junto al objeto de su sorpresa.

—Por fin ha bajado. ¿Todo en orden? —murmuró la directora.

—Sí, todo está bien. Sería óptimo que comenzáramos en cinco minutos, si le parece correcto —le comunicó confidencialmente.

—Estupendo —retomó la conversación que había pausado para cerciorarse de que todo estaba bajo control—. Como les iba diciendo, la verdadera artífice de la fantástica idea de las olimpiadas es la profesora Anabelle Travert.

La maestra, sonriente y complacida por las palabras de la señora Lewerenz, estrechó la mano al señor Maximilian Steinmann, el director del Sankt Johann im Wald. Después saludó al profesor Bissette, también francés, que empapó su mano con un beso no solicitado; al profesor Hummel, que impartía Geografía e Historia del Arte en el colegio vecino, y al profesor Schmid, homólogo del profesor Falkenrath al otro lado del bosque. De pronto, se detuvo.

—Esta es nuestra última incorporación —dijo a tiempo el director Steinmann—. El profesor Adam Glöckner. Se encarga de las asignaturas de números, una tarea nada sencilla, si me permiten opinar.

Se mantuvieron la mirada durante un segundo imperceptible para sus acompañantes. Sus nombres todavía sabían a la bebida que habían compartido casi dos semanas atrás.

—Un placer volver a…, es decir, un placer conocerla, profesora Travert —dijo el profesor Glöckner, dejando que la prudencia lo guiara.

—Lo mismo digo —respondió ella sonriente.

Las puertas chirriantes del comedor se cerraron a las diez en punto, momento en el que se inició la primera prueba del torneo: Geografía. Zahra consiguió dejarnos en buen lugar, pero los chicos de Le Rosey eran imbatibles. Después, siguieron el Francés —cuyos representantes resultaron ser un atajo de incompetentes—, la Literatura, el Latín y la Filosofía para los varones; Costura y Economía Doméstica para las señoritas; Historia del Arte y Física… La penúltima prueba era la de Sara, que se mantenía sobria y concentrada. Aquella chica seguía intrigándome, pero desde nuestro día de castigo había empezado a pensar que podíamos llevarnos bien. De hecho, poca alternativa me quedaba si tenemos en cuenta que nos pasábamos el día juntas.

Rellené con cautela los vasos de agua de los docentes a los que se les había encargado el arbitraje de la prueba. Por el rabillo del ojo, fui distinguiendo a todos los participantes. Ocuparon sus puestos en pupitres enfrentados, colocados perpendicularmente a la mesa de los jueces. A un lado, Sara; la chica de la Ecolint, una princesa tailandesa con aspecto de llevar diez años estudiando para aquella prueba; y Max Arias Schreiber Pezet, alumno de Le Rosey. Al otro, el chico del Institut Auf dem Rosenberg, un tal Eduardo, y una silla vacía. El profesor Glöckner movía las piernas y se revolvía en su asiento de mero espectador. Las agujas del reloj no daban tregua y en apenas unos segundos comenzaría la ronda.

El silencio se fue adueñando de la atmósfera de tensión que se había creado en aquella imponente sala. De pronto, las bisagras gritaron a la audiencia que el último representante había decidido personarse. Rápidamente, se colocó en su sitio y pidió perdón con un ligero movimiento de mano. Arqueé las cejas. Era George Barnett. Ni en mil años hubiera dicho que era un experto de los números. Pero lo era. Así lo demostró en las tres primeras preguntas. Tras meditar un instante con la cabeza gacha, se entregaba a sus cálculos y resolvía los problemas que los profesores habían planteado. Su tercer acierto descalificó a la pobre alumna de la Ecolint, que dibujó en su cara la desilusión más profunda que se había visto durante aquel día. Hubiera jurado que iba a ganar si no fuera por la dura contrincante que tenía sentada justo enfrente. Sara acumuló diez éxitos seguidos, despidiendo al alumno del Institut Auf dem Rosenberg y, tras varios intentos, al chico de Le Rosey. Aplaudí victoriosa y ligeramente orgullosa de mi compañera de cuarto.

—Muy bien. Señorita Suárez, señor Barnett, mis felicitaciones a los dos por haber llegado hasta la ronda final. A continuación, tendrán que resolver el problema contenido en las cartulinas que la señorita Williams les va a repartir. Como ambos han demostrado una gran habilidad para los números, hemos decidido en consenso que se añadirá una dificultad especial. Lo harán con tiempo. No pueden superar los tres minutos.

Respiré hondo. Analicé a Sara. Parecía tranquila. El trozo de papel aterrizó en el pupitre después de que Dortha dejara patente, con calma y altanería, lo importante de su cometido en aquella celebración. Tarea que probablemente había conseguido tras varias dosis de adulación a la profesora De la Fontaine. La irlandesa mantuvo su parsimonioso ritmo mientras copiaba, una vez más, el ejercicio en una pizarra móvil que se había instalado para la prueba y, así, hacer partícipe a la audiencia. Cuando el jurado dio el pistoletazo de salida, ambas mentes se pusieron a trabajar. George repitió su estrategia. Miró a la nada, arrugó la frente, bajó la cabeza y, al parecer, obtuvo la necesaria concentración. No así Sara, que se fue descentrando lentamente. Algo la incomodaba. Trató de obviarlo y se centró en resolver la incógnita que tenía entre manos, pero cuando lo consiguió, ya era demasiado tarde. El estridente timbre de la campana que marcaba el fin de la prueba le habló de su derrota. Abandonó el lápiz y se quedó mirando a su inesperado rival.

—Bueno, señores, señoras, señoritas..., parece evidente que... —comenzó el profesor Hildegard, del Sankt Johann, encargado de coordinar la prueba.

El público sabía quién era el ganador y una ovación generalizada abrazó la resolución. En contraposición, mi compañera de cuarto movía la cabeza negando, alterada, siendo testigo del júbilo de George, que se sabía vencedor. Los problemas del inglés parecían resolverse y así se lo hizo saber con una sonrisa al profesor Glöckner, testigo pasivo de aquella gesta matemática. Un ligero espasmo del chico en dirección a la bancada de enfrente confirmó las sospechas de Sara. Fue un movimiento sutil, perceptible solo desde la perspectiva de la española, que sabía que no había que perder de vista a un contrincante. De pronto, se levantó de su asiento.

—¡Ha hecho trampas! —exclamó señalando a George—. ¡Es un tramposo!

Mi primera reacción fue dudar. Pero la acusación de Sara no parecía deberse a una mala gestión del fracaso. La cara de Barnett era un poema. El auditorio se adaptó con solvencia al giro de los acontecimientos y un «oh» recorrió los labios de los presentes, absortos, colapsados. El profesor Glöckner que, al parecer, también había notado irregularidades repasó a los tres posibles cómplices de aquel improvisado tahúr. Victor Stäheli, con gran acierto, se había colocado fuera de escena. Dilip tampoco parecía ser el responsable, pero...

—¿Me permiten? —solicitó educadamente.

—Sí, sí, proceda, profesor Glöckner —respondió la directora Lewerenz.

El docente se acercó a Møller, que se fingía distraído. Le pidió que se levantara y le registró los bolsillos de su pantalón gris de uniforme. Nada. No obstante, un acto reflejo —ocasionado por los nada buenos consejeros nervios— destensó los brazos de Kristoffer y, de debajo de su chaqueta, cayeron un montón de cartulinas.

—Son las preguntas del torneo —sentenció Glöckner cuando las recogió.

George trató de ocultar su rostro con las manos para evitar la reprimenda que se avecinaba. Los contratiempos no se habían desvanecido; al contrario, echaban raíces con una rapidez apabullante.

—¿Cómo puede ser? Yo me he encargado de custodiarlas durante todo el día desde que la profesora Richter me las entregó —intervino el profesor Hildegard, incrédulo.

El descrédito era común en los presentes. Dejé la jarra de agua sobre la mesa del jurado para ser capaz de analizar con minuciosidad lo que estaba sucediendo. El profesor

Glöckner se dirigió entonces a Barnett y le pidió que hiciera entrega de lo que, a buen seguro, guardaba también bajo su chaqueta. El chico vaciló un instante, pero no tuvo más opción que rendirse y poner sobre la mesa las cartulinas con los ejercicios solucionados, quizá, por una mente más despierta en lo referente a sumas y ecuaciones. El docente se tomó el tiempo de recogerlas y mostrarlas a la dirección. El director Steinmann cerró los ojos, avergonzado.

—En fin, no posterguemos más este incómodo momento. Señor Barnett, le exijo que se retire inmediatamente y que no vuelva a participar en un evento en esta casa hasta que no aprenda a respetarla —intervino la directora Lewerenz—. Dado que la señorita Suárez ha sido igualmente incapaz de resolver el problema en el tiempo dado, el premio queda desierto en la categoría de Aritmética. Si me disculpan, en media hora comenzará la última ronda con los representantes de Alemán. Ruego que si alguien más pretende burlarse de esta institución, se abstenga de sentarse en alguna de esas sillas.

Sara se levantó furiosa y se perdió entre la multitud que, en marea, salía del comedor. Intenté identificarla a lo lejos para reunirme con ella, pero me fue imposible. Una petición del tal profesor Hildegard sobre unas chocolatinas me obligó a quedarme en aquella estancia vacía. Al margen de mi presencia, el profesor Glöckner no desaprovechó la oportunidad para volver a acercarse a George, que continuaba en su sitio.

—¿Usted no se cansa de hacer el ridículo?

—Déjeme en paz.

—Ya puede estudiar. Le recuerdo que tiene cinco puntos menos que el resto de sus compañeros.

—¿Cinco? Pero si usted solo me había quitado cuatro —se quejó.

—Dé gracias a que no puedo quitarle más sin poner en riesgo que siquiera apruebe mi asignatura. Escúcheme, señor

Barnett. Yo no voy a hacer la vista gorda con usted como hace el director Steinmann, ¿me oye? Me importa un rábano quién sea su padre, su abuelo o si es vecino del rey. Hoy no solo ha negado a un compañero la posibilidad de representar a la escuela en el torneo, sino que se ha reído del esfuerzo de las personas que había sentadas participando. Espero que reflexione sobre su estúpido numerito de niño mimado.

George no contestó.

—Y hágame un favor —añadió cuando ya se dirigía hacia la puerta—. No meta en sus patrañas al señor Møller. Él tiene grandes aptitudes y sería una lástima que las desperdiciara por no saber escoger compañía.

Cuando el profesor desapareció, contemplé cómo el orgullo de George se desinflaba. Apretaba los labios, consciente de que había empeorado todo. Con intención de ser amable, me acerqué sigilosa a él.

—George, no hagas... —comencé.

—Déjalo, Charlotte. —Y se fue.

***

Al día siguiente de las olimpiadas, la entrada en el juego de los rusos evidenció que aquella guerra, posiblemente, se alargaría más de lo que pensábamos. El Ejército soviético comenzó a avanzar por el este de Polonia. Al principio, los lugareños creyeron que su llegada suponía un refuerzo para sus tropas, que se revelaban inútiles ante el ataque alemán, todavía provistas de armamento y recursos de tiempos de la Gran Guerra. Sin embargo, pronto se descubrió que los rusos compartían meta con Hitler. Dos alumnas polacas se despidieron ese mismo lunes del colegio para abandonar el continente junto a su familia. Dos huecos más, dos vidas condenadas a emigrar sin fecha de vuelta. Aquel día, además, los periódicos suizos daban la noticia de que el Consejo Federal había autorizado que se rebajara la edad militar a los veinte años.

No obstante, y pese a ligeras modificaciones en el transcurso de las jornadas, la vida en St. Ursula continuó sin grandes contratiempos. Tres días después del evento conmemorativo, tras despedir a las alumnas y maestras de la Ecolint que se habían hospedado en nuestro colegio, las mayores por fin pudimos asistir a la Exposición Nacional en Zúrich, también conocida como el Landi. Había oído hablar de ella en varias ocasiones durante el verano. Y es que lo que había nacido como una feria industrial y tecnológica se había convertido en la mayor expresión del sentimiento nacional suizo frente a las aterradoras pretensiones nazis de construir un imperio germánico.

Nunca antes, y nunca después, vi a Zúrich más hermosa. Se había vestido con sus mejores galas, con las risas de sus ciudadanos, con los juegos inocentes de niños, con banderas multicolores, con desfiles en los que la música hablaba de esperanza, con la fuerza de un pueblo que no entendía de capitulaciones. Diversos pabellones contenían la flor y nata de la industria suiza; también de la tradición. Recuerdo que uno de los detalles que más me impresionó fue un enorme mural que nos dejó embobadas a Évanie y a mí durante media hora. Figuras de hombres y edificios yacían capturadas en más de noventa metros de panel. También el campanario, una estructura metálica de la que colgaban campanas de diversos tamaños y que finalizaba coronada por un reloj. Allí, precisamente, fue donde nos despedimos de la profesora Travert y de la profesora Habicht con la promesa de regresar en un par de horas. La española comenzó a caminar en dirección contraria a nosotras, convencida de que no la invitaríamos a que nos acompañara. Sin embargo, algo me empujó a pronunciar su nombre y darle la opción de unirse a nuestro paseo. Ella dudó un momento y, tras el enérgico asentimiento de Jo, se acercó con una suave sonrisa en sus labios.

Así, recorrí en compañía de mis amigas gran parte de los rincones de la exposición. De tanto en tanto, aprovechaba para lanzar a Liesl alguna indirecta sobre el espíritu suizo y la defensa a ultranza de nuestra independencia ante cualquier invasor. Ella me ignoraba, poniendo los ojos en blanco y fomentando sus diálogos con Sara o Joanna. Sara quedó bastante impresionada por aquella festividad que vivía sus últimos días de gloria. Se pasó todo el rato preguntándome sobre cantones, idiomas y costumbres de la Confederación. Yo respondía de buena gana. Lo ocurrido en las olimpiadas había cambiado mi forma de verla. Era como si, entre la confusión reinante, hubiera hallado a alguien capaz de señalar la injusticia sin pestañear. Y eso me encantaba. Necesitaba saber que continuaban existiendo personas así. Después de un buen rato aguardando nuestro turno para subirnos al Schifflibach, un canal artificial en cuyos barquitos podías recorrer gran parte de los espacios de la exposición, por fin llegó el momento de comprar nuestras entradas.

—Son cincuenta *rappen*, chicas —indiqué—. Por cierto, ¿dónde demonios está Évanie? —La habíamos perdido de vista.

—Venga súbete. Ya vendrá. No pienso perder la vez —me azuzó Joanna.

Y así lo hicimos. Recostadas sobre los asientos, fuimos visitando cada uno de los recovecos que Zúrich nos había preparado. El sol se colaba en nuestras miradas —marrones, azules, verdosas—, filtrándose entre lo que veíamos y lo que imaginábamos. El cielo estaba tejido con insignias y enseñas que se cosían sobre heridas y dudas. Olía a humedad. Sonreí.

Paralelamente, sin embargo, la profesora Travert y la profesora Habicht tuvieron que hacer frente a las nada atractivas formalidades. El director del Landi, el señor Meili, aprovechó la menor afluencia de público de aquel martes de finales de septiembre para dedicarles una visita guiada por las instalaciones. Su estrecha amistad con el difunto Conrad Lewerenz fue la responsable de que aquellas dos maestras se encontraran subidas en el teleférico, artefacto insignia de la

Exposición Nacional. La profesora Travert se amoldó con relativa facilidad al cambio de altura, pero Virgine Habicht tuvo que lidiar con su vértigo sin perder la dignidad.

—Lo que no comprendo es por qué hemos accedido a entrar en la cabina si el señor Meili se ha marchado —farfullaba la profesora Habicht.

En efecto. Justo antes de iniciar un trayecto en teleférico que él mismo había calificado de «una verdadera maravilla para la retina» y que había prometido acompañar de «una explicación pormenorizada de todo lo que sus ojos fueran capaces de absorber», la presencia de un militar había mandado al traste sus planes más inmediatos. El señor Meili se bajó de la cabina y pidió un segundo al operario. Entre bisbiseos, atendió al militar, un hombre rubio, serio y corpulento.

—Disculpen las dos. Debo marcharme antes de lo que creía. Asuntos de seguridad, ya saben —les explicó—. Por cierto, no quisiera ser descortés a causa de las prisas. Les presento al teniente Baasch. Ellas son profesoras de uno de los colegios más importantes de la región: el internado femenino St. Ursula.

—Un placer —respondió secamente el teniente.

—Es mutuo —correspondió la profesora Travert con parejo entusiasmo, seguida de la sonrisa de Habicht.

—Chico, asegúrate de que estas dos damas disfruten del itinerario. Recuerda detener la cabina a mitad de camino para que puedan admirar la panorámica —pidió al empleado al tiempo que le entregaba un billete—. No se arrepentirán, señoras. Hasta más ver.

—A... adiós —se despidió aturdida la profesora Habicht.

De este modo, las dos docentes de St. Ursula se hallaban suspendidas en el aire, habiendo confiado su integridad física a un cable y, por supuesto, a la calidad suiza. La profesora Habicht resolvió acomodarse en un rincón, de espaldas al vacío, ignorando los metros bajo sus pies. Su compañera se deleitó mirando al horizonte, a aquel plano cenital que recogía a los transeúntes como pequeñas hormigas y al lago como una verdadera inmensidad acuosa sin parangón.

No obstante, por muy minúsculos que se apreciaran los detalles que daban forma a aquella mañana en la ciudad, no pasaban desapercibidas las motas grisáceas ocultas tras cascos metálicos, combinados con efectivos de la *briner,* la policía zuriquesa. Las embarcaciones se dispersaban por el agua y se inmiscuían en la ciudad a través del río Limago. Anabelle contempló cómo los puentes formaban diademas oscuras sobre la masa cerúlea y el modo en que las torres de Grossmünster, Fraumünster y Sankt Peter se alzaban próximas a esa divinidad que presumían guardar tras portones con vetas de vida e Historia. Más allá, solo una naturaleza de contornos inciertos, engullidos por un horizonte brumoso.

—No quiero ser agorera, pero estoy sintiendo el desayuno en mi garganta —aseguró la profesora Habicht.

—Intenta relajarte. Charlemos sobre algo —propuso la profesora Travert.

—Está bien —resopló—. Háblame entonces de ese profesor con el que estuviste cruzando miradas el sábado. ¿Cómo se llamaba? ¿Bockner?

—Adam, Adam Glöckner —le corrigió—. No hay mucho que contar. Lo conocí hace unos días en la taberna de los Meier.

—¿Sigues yendo ahí?

—Sí, me relaja. Hay días en el colegio que pueden conmigo.

—Pues me pareció muy agradable... el señor Glöckner, digo —tanteó.

—Algo más que el teniente Baasch, seguro —bromeó la profesora Travert.

Una suave turbulencia generada por un golpe de aire casi terminó de rematar a la profesora Habicht.

—Encima esta tarde tengo clase de gimnasia con las pequeñas. No voy a sobrevivir a este curso...

—Eso es culpa tuya, Virgine. Eres incapaz de decir que no. No es justo que mientras tú impartes cuatro asignaturas, la estirada de Esther de la Fontaine solo se encargue de Historia del Arte.

—Lo sé... Creo que se terminó toda mi rebeldía cuando decidí venir a estudiar a Zúrich en lugar de quedarme en Argovia cuidando de los viñedos de mis padres junto el resto de mis hermanos. —Puso los ojos en blanco—. Además, ya sabes lo que dice: «Me niego a enseñar materias facultativas, degrada mi prestigio y dinamitaría mi motivación con las alumnas» —la imitó.

—Es incorregible. Cree que va a lograr ser la sucesora de Lewerenz.

—Y no le falta razón, Anabelle. Aunque muchos creemos que deberías ser tú.

—Yo no quiero ser directora, Virgine. Ya sabes que mis pretensiones a corto plazo son distintas...

—¿Sigues con esa idea en la cabeza? —lamentó la profesora Habicht.

—Sí. Al fin y al cabo, St. Ursula solo tiene sentido así.

Diez minutos después del toque de queda, Évanie todavía no había aparecido. Las maestras, preocupadas, nos pidieron que echáramos un vistazo por parejas. A mí, con ninguna fortuna, me endosaron a Dortha Williams. Recorrimos las zonas próximas a la orilla sin mediar palabra hasta que a la irlandesa le dio por hacerme conocedora de su disgusto por la falta de consideración de mi amiga. Y, de hecho, su ofuscación fue en aumento cuando la divisamos junto a la enorme escultura del caballo de la plaza central, instalada expresamente con motivo del Landi, charlando animadamente con un soldado. Arqueé las cejas y me adelanté para evitar que las maestras la vieran. Las alumnas de St. Ursula jamás coqueteaban, nunca intercambiaban sonrisas con desconocidos y bajo ningún concepto podían incumplir ninguna de las normas del centro.

—Évanie —la llamé.

Ella, absolutamente abstraída del curso de las agujas del reloj, me saludó sonriente y se despidió de su nuevo amigo: un muchacho rubio y bastante apuesto que enseguida se reunió con su compañero, que también dijo adiós a la inocente Évanie. Me fijé mejor. Eran los mismos soldados que se habían llevado a Sirocco días atrás.

—¿Estás loca? Llevamos veinte minutos buscándote. Las profesoras estaban preocupadas.

—Ay, Charlotte, no me riñas. Creo que me he enamorado —musitó embobada, lanzando vistazos hacia el lugar en el que había compartido frases y risas con aquel par de jóvenes.

—Deja de decir tonterías.

—Bueno, ¿qué demonios estabas haciendo, Sauveterre? —espetó Dortha cuando nos reunimos con ella.

—Se había perdido. Ha preguntado a los soldados y estaba a punto de dirigirse al campanario —mentí.

—Ya, seguro —murmuró la otra.

Durante el camino de vuelta nos narró cómo aquel apuesto muchacho había alcanzado su canotier cuando este había salido disparado a causa de una ráfaga de viento.

—Su nombre es ya poesía para mis oídos: Heinrich Voclain. ¿Puede haber dos palabras más hermosas?

Casi se me revuelven las tripas con aquel relato. Sin embargo, su romanticismo extremo pareció enternecer al resto. Yo aproveché para distraerme en soledad y así, de paso, evitar cualquier tipo de interacción con Liesl, con quien seguía enfadada.

Liesl y yo habíamos conocido a Évanie Sauveterre en segundo grado, cuando sus padres, Frédéric y Delphine Sauveterre, la habían internado en la escuela. Frédéric Sauveterre era un diplomático canadiense que formaba parte del equipo encargado de negociar los tratados de comercio con Australia y otras zonas de la Commonwealth.

En la medida en la que su país avanzó hacia una mayor independencia, Fréderic tuvo más poder de decisión en lo relativo a sus relaciones exteriores, circunstancia que le obligó a viajar constantemente a Londres, Sudáfrica, Sudán o la India. Creyó que los continuos traslados podían repercutir negativamente en la educación de sus cuatro hijos, Hughes, Joseph, Matéo y Évanie, por lo que resolvió que ingresaran en un colegio internacional europeo al cumplir los nueve años —salvo en el caso de la benjamina, que lo hizo con diez.

Y es que la separación de la familia no pareció costarle con sus tres hijos varones, mas decir adiós a su pequeña Évanie lo llenó de pena y culpabilidad. Por este motivo, nuestra amiga recibía constantemente paquetes con regalos procedentes de cualquier rincón del mundo, cartas interminables y promesas de exóticos viajes durante las vacaciones. La inocente Évanie… Se parecía demasiado a aquellos presentes de su padre, envueltos en papel seda, protegidos de los golpes y de la realidad que tomaba forma en un mundo sin lazos ni brillantes.

Cuando llegamos a la escuela, aconsejé a Évanie que guardara aquella anécdota para sí misma si no quería tener problemas. Asintió, aunque siempre supe que no todo el mundo tiene la misma capacidad para ocultar secretos, para dar de respirar a las mentiras. Yo la tenía. Y Sara también. Probablemente era predisposición genética o, quizá, era por pura rebeldía. El caso es que ambas simulábamos acatar todo lo que St. Ursula prescribía, pero, en realidad, vivíamos al margen de las normas. Ella, en concreto, había encontrado en su primera salida al bosque su vía de escape ante la presión académica y las noticias que nos llegaban del resto de Europa. Pese a que la frondosa vegetación poco tuviera que ver con los paisajes áridos de su tierra, lograban calmar su ansiedad. Conocía muy bien el procedimiento para escabullirse sin rastro hacia el corazón de aquella selva.

Al adentrarte en el Sihlwald, la humedad erizaba el vello de los brazos, que se abrían paso entre los senderos que habían ido dibujando los años a base de sedimentos, erosión y mano humana. Poco le había condicionado mi advertencia. Le compensaban aquellos minutos de soledad a cambio de los riesgos que contraía cada vez que se aventuraba más allá de la verja. Sara siempre creyó que aquel bosque estaba ahí por alguna razón. La naturaleza le susurraba y actuaba como un imán en sus ojos, acostumbrados al desierto y a la tundra.

Recorrió el mismo itinerario que aquella primera vez en la que sus lágrimas habían chillado de angustia. O, al menos, eso le pareció. Pasó de largo un cenagal cercano y, cuando alcanzó el arroyuelo más ancho, se detuvo. Era un rincón perfecto para acomodarse sobre algún tronco mohoso y descansar. No tenía tampoco intención de continuar, no quería perderse. De su calcetín derecho extrajo una carta y la contempló. Las ramas de los árboles todavía se deshacían en diminutas gotas que perecían en apenas dos segundos, último resquicio de la lluvia nocturna. Una de ellas mojó parcialmente la bella caligrafía del señor Suárez, que debía de narrar a su hija los planes que le esperaban a su vuelta, convertida en una señorita refinada.

De pronto, un crujido hizo que se le atragantaran los pensamientos y que la trágica historia sobre la muchacha desaparecida que yo le había contado cobrase protagonismo. Otro crujido. Levantó una ceja. Guardó la carta en el calcetín blanco. Procedían del otro lado del riachuelo. Se incorporó lentamente, como buscando no espantar los sonidos que la habían despertado de su ensimismamiento epistolar. Sus zapatos quedaron abrazados por el fango de la ribera lo que, a buen seguro, la obligaría a repetir el ritual de limpieza cuando llegara a nuestro cuarto.

Reanudó el camino; confió a aquellas rocas, dispuestas de forma irregular por la madre naturaleza, su estabilidad y la continuidad de sus pasos, que pretendían alcanzar la otra orilla. Un último saltito terminó de motear la piel de su calzado con espesa tierra mojada. Tercer crujido. Tragó saliva, acto reflejo que buscó potenciar una valentía que se escapaba por los poros de su piel, convirtiéndose en sudor frío en medio del otoño. Avanzó hacia la espesura del bosque e identificó una figura escondida tras un arbusto. O, mejor dicho, dentro de él. Una voz que se aclaraba en una garganta anónima. O no tanto. Apartó las ramas que ocultaban a aquella inesperada compañía sin valorar las consecuencias que tendría de tratarse de aquel siniestro guardabosque que secuestraba alumnas.

—Tú... —farfulló—. ¿Qué demonios hacías ahí escondido? ¿Me estabas espiando? —preguntó ella ofendida y, al parecer, intuyéndose a salvo de raptos.

—¿Disculpa? ¿Por qué querría yo espiarte? Ni siquiera sé quién eres. Me he escondido porque pensaba que eras un profesor —mintió.

Sara retrocedió, dejando libres las ramas que habían descubierto la identidad de aquel acompañante no convidado. Estas, salvajes, se convirtieron en un látigo que descargó una ira disimulada en la cara del chico.

—¡Au!

Ella esperó a que se zafara de aquella cortina vegetal tras la que se había agazapado.

—Deberías recordar quién soy. Gracias a tus trampas me quedé sin mi merecido premio en la categoría de Aritmética.

—Oh, sí..., ya me acuerdo de ti. Eres la chivata —respondió orgulloso George.

—Prefiero ser una chivata que un embustero.

En medio de aquel incómodo encuentro, apenas se habían percatado de que ambos hablaban en inglés y se comprendían perfectamente.

—De todos modos, tampoco fuiste capaz de resolver el último ejercicio, así que no tengo nada por lo que disculparme.

—Lo habría conseguido si no hubieras estado haciendo aspavientos hacia la bancada para que te indicasen las respuestas, menos mal que pude darme cuenta.

—En fin, dejemos de perder el tiempo con tonterías que no importan a nadie. Este espacio es mío, es donde vengo a desconectar, así que si te vas y no vuelves, no diré a nadie que te he visto merodeando sola por el bosque.

—¿Disculpa? ¿Qué te hace pensar que voy a ceder a ese chantaje? No te pertenece ni un solo decímetro de esto, así que si quiero, me quedaré aquí y vendré tantas veces como me dé la gana —contestó ella y fue a sentarse, desafiante, en el mismo tronco en que se había acomodado minutos antes.

George se quedó quieto, soltando risas sarcásticas que desvelaban lo poco que le gustaba que aquella chica hubiera descubierto su escondite.

—Por mí no hay problema en que estemos los dos aquí. Mientras no hablemos, será como si estuviéramos solos —propuso Sara.

—Gracias por la observación. Pero da lo mismo. Este bosque es lo suficientemente grande como para encontrar otro rincón en el que no tenga a nadie incordiándome.

Y se marchó airado. Sara volvió a sus quehaceres, sin dar mayor relevancia a aquel desencuentro. Pasaron varios días en los que el chico no regresó, por lo que supuso que había salido victoriosa de aquella breve reyerta. Parecía adorar aquella soledad de la que nadie era testigo y en la que podía dedicarse a recordar su vida y enterrar sus secretos. Los lunes, los miércoles y los viernes —aprovechando las horas muertas en las que no tenía ninguna clase— se recluía ahí. Y así lo hizo aquel lunes.

Una hora antes, habíamos tenido clase de Canto Coral con la profesora Habicht. Esta había quedado algo preocupada con la calidad de la voz de Sara. De hecho, casi ninguna en aquel grupo teníamos grandes dotes para la música. Salvo Évanie. Ella sí que tenía algo de oído. Después de atender cómo la nueva incorporación del coro destrozaba una estrofa entera, la situó detrás del todo, en una esquina, y le indicó que cantara «siempre bajito». Acto seguido, interpretamos por enésima vez *Frère Jacques*, que parecía ser la canción preferida y recurrente de Virgine Habicht.

Al término de la sesión, Sara se marchó corriendo, sin esperar a nadie. Levanté una de mis gruesas cejas y simulé escuchar a Évanie, que me relataba, con pelos y señales, los pormenores de la última conversación telefónica con sus padres. Sin embargo, no dejaba de pensar en cómo repetir a mi compañera de cuarto que salir del colegio no era una buena idea. Al día siguiente, me decidí a intentarlo en clase de Historia, mientras la profesora Greti Durand, que jamás se despegaba de su chaqueta de punto marrón, copiaba un esquema interminable en el encerado. Las guerras púnicas iban adquiriendo una complejidad sin precedentes con aquellas flechas que la maestra se había empeñado en representar con tiza. Al tiempo que copiaba aquel jeroglífico en mi cuaderno, lanzaba vistazos a la española. Entretanto, los irritantes movimientos de la cabeza de Liesl ocultaban parte de la información que debía anotar y estudiar para el próximo examen.

—Chsss. Sara —intenté.

—¿Qué quieres?

—Sé que sigues yendo al bosque. Deja de ir. Tu padre vendrá a matarme personalmente como te pillen.

—No sé de qué me hablas —disimuló.

Capté con agilidad su falta de confianza. Yo tampoco terminaba de fiarme de ella, por mucho que nuestras interacciones fueran cada vez más amigables. Así que desistí. Simone se giró e hizo un mohín de desesperación para comunicarnos a las demás que ya no le funcionaba la mano. Por lo menos, ella no tenía que balancearse en la silla para cazar todos los pormenores de aquellas batallas libradas en tiempos de la República Romana.

***

Con las falanges más relajadas que las nuestras, la clase de último grado del Institut Sankt Johann atendía a las indicaciones del profesor Glöckner. Con las manos todavía recubiertas de tiza, se apoyó en su escritorio y miró de frente a su audiencia. Notaba cómo, con el paso de los días, la atención de los muchachos iba en aumento. Adam no sabía si era porque las distracciones del verano se evaporaban o porque había logrado convencer a su adolescente público de que las Matemáticas eran importantes. Fio su buen humor a lo segundo y continuó con las explicaciones. Al finalizar la lección, no desaprovechó la oportunidad para recordar que si alguien osaba copiar la conducta del señor Barnett —refiriéndose a las olimpiadas— en alguno de sus exámenes, tendría suspensa la asignatura de forma inmediata. George resopló desde su esquina.

—Trate de no hacer más molesta su presencia, haga el favor, señor Barnett —le solicitó el maestro.

Ya en el pequeño despacho del profesor Glöckner, el inglés dejó los manuales y un par de cuadernos en la mesa. Dispuesto a partir, detuvo su trayectoria cuando el docente le chistó.

—Hoy le necesito para una tarea más. Todavía no he tenido ocasión de pasar a limpio las listas de asistencia. Me ayudará con eso —le notificó.

George volvió a bufar.

—¿Algún inconveniente por su parte?

—¿De veras es imprescindible que lo haga yo? —se quejó.

—La palabra «imprescindible» le queda grande, señor Barnett. No, no lo es, en absoluto. Pero si está aquí copiando nombres con buena caligrafía, entiendo que no empleará su tiempo en pensar nuevas fórmulas para saltarse las normas.

—No me paso el día conspirando, profesor. Y aunque lo hiciera, ¿qué más le da?

—Nada, en realidad. Usted empezará a importarme el día en que empiece a valorarse. Y eso comienza, por ejemplo, con mi asignatura o con evitar su, cada vez, más cercana expulsión —le anunció.

—Ya se lo dije. No van a expulsarme —respondió George.

Adam se rio.

—De acuerdo, señor Barnett. Lo que usted diga. Por favor, empiece con los listados.

Sé que, en aquel preciso instante, George se sintió en la cuerda floja por primera vez en sus años en el colegio.

***

Sentada en el mismo tronco que siempre, Sara se dedicó a leer una de las obras que nos había obligado a analizar el profesor Falkenrath: el *Fausto*, de Goethe. Tenía serios problemas con el alemán. De hecho, desde que se había unido a nuestro grupo, el francés se había convertido en idioma preferente en los diálogos, para mi disgusto. No obstante, su tenacidad hacía que, aunque débiles, las mejoras fueran perceptibles. La entrada en el mes de octubre había incidido en las temperaturas, que continuaban descendiendo sin pausa. Aun así, ella parecía disfrutar del aire puro y de no encontrarse entre las cuatro paredes de la escuela. Al rato, el chasquido de hojas secas pereciendo bajo las suelas de un zapato la desconcentró. Alzó la mirada y lo vio.

—He decidido que no hay por qué desperdiciar un buen sitio por una absurdez —se explicó Barnett, con las manos moteadas de negro, consecuencia de sus labores de ayudante.

—De acuerdo —asintió ella y volvió a la lectura.

—De acuerdo —repitió él, mientras se sentaba bajo un árbol.

Aquella escena se integró en el ecosistema del Sihlwald que, cada día, se tornaba más anaranjado. Los cabellos castaños de Sara revolviéndose al son de golpes de brisa sin dueño. Sus manos frías acariciando libros de cada una de las asignaturas o algunas novelas que yo misma le había prestado. Los ojos azules de George bailando entre sus distracciones y la curiosidad que le generaba aquella muchacha. Y, de pronto, regresando a sus preocupaciones, que no eran pocas en esos días. La vegetación colindante les guardaba el secreto, al tiempo que los arropaba, cobijaba sus ilusiones y sus sueños de testigos humanos que solo hubieran desintegrado la magia de aquel silencio sepulcral. En el fondo, sé que Sara agradecía la compañía cada vez que este se interrumpía a causa de algún ruido misterioso en la maleza.

***

—Susanna, dile a Liesl que me devuelva mi chaqueta de punto de color celeste.

Había aprovechado la inexplicable admiración que me profesaba aquella niña para que se convirtiera en mi canal de comunicación con Liesl Bachmeier. Y funcionaba. Aquella prenda regresó a mis manos en un santiamén y pude lucirla ese domingo. Habían vuelto nuestras visitas al pueblo.

Si hacía buen tiempo, las maestras optaban por que fuéramos a pie. Si no, un autobús, propiedad del señor Feller, un vecino de Horgen, y una suerte de benefactor de St. Ursula desde que su hija Renata había estudiado como externa allí, nos servía de transporte. Por suerte, ese domingo, el sol acompañó nuestros pasos. Cruzábamos la verja de la escuela, más o menos organizadas, por parejas. Por un sendero forestal, que llenaba de polvo nuestros zapatos, abandonábamos paulatinamente el espesor de la selva y descendíamos la colina de Horgen. Después, otro camino, en el que granjas y casas aisladas anticipaban nuestra vuelta a la civilización hasta que, por fin, nuestras suelas pisaban los adoquines del centro de Horgen.

Aquel pueblecito costero tenía poco más de cuatro calles. Lo más destacado era la plaza, Dorfplatz, las vías más comerciales —Dorfgasse, Seegasse (donde había una librería que a Joanna y a mí nos encantaba) o Löwengasse— y la iglesia protestante, con aquella aguja en su campanario que hacía las delicias de los pintores de media mañana que llegaban desde Zúrich en ferry. También la estación y los embarcaderos, situados junto al lago, conectados por Bahnhofstrasse y Seegartenstrasse.

Aquel domingo, por el camino, retomé el tema de conversación por excelencia en esas fechas. Y es que la guerra estaba llegando a obsesionarme.

—Hace una semana las baterías antiaéreas de Schauffhausen y Basilea tuvieron que disparar a varios aviones alemanes y franceses que estaban sobrevolando Suiza. Ya lo dijo el señor Philip Etter: estamos preparados para la guerra, por muy neutrales que seamos —conté.

—¿Es cierto lo que dijo la profesora De la Fontaine? ¿Se ha dado orden de que, en caso de invasión, nadie se rinda? —se interesó Zahra que, junto a Nuray, también participaba en la charla.

—Exactamente. Lo comunicó el general Guisan hace unos días. Ningún suizo capitulará —afirmé con un tono ligeramente arrogante—. En la Confederación, cada hombre es un soldado. Sabe disparar. Tiene su arma y su uniforme aguardando en casa, a la espera de que se precisen sus servicios. Hasta ese punto estamos dispuestos a defender nuestra neutralidad.

—Nadie va a invadir Suiza, Charlotte. La guerra es con Francia y Gran Bretaña, por si todavía no te has enterado —intervino Liesl.

—Más os vale —espeté y me adelanté para dejarla atrás. Sara me siguió, intrigada. Se colocó a mi altura.

—¿Cómo logras estar enterada de todo, Charlotte? En el colegio no podemos estar tan actualizadas —me susurró.

—Tengo mis fuentes —respondí y sonreí, esperando que aquella ambigüedad le sirviera, por lo pronto.

No es que en St. Ursula estuviera prohibido hablar de la contienda, pero las docentes se habían puesto de acuerdo en evitar, en lo posible, que se volviera un tema recurrente. Sabían que las conversaciones podían derivar en debates y estos, a su vez, en conflictos. Precisamente, una escuela internacional como la nuestra quería limar las asperezas que, con gran probabilidad, habrían surgido entre nosotras en otro contexto. El mensaje de la directora Lewerenz, desde aquella reunión en el comedor, había sido claro: «Hagan las preguntas que consideren pertinentes a la profesora Durand durante las lecciones de Historia. También es bueno comunicarse con sus padres y familiares para conocer los avances en sus respectivos países. Una vez a la semana, podrán echar un vistazo a los periódicos con la condición de que lo hagan en clase y lean uno de cada bando. No quiero otra guerra aquí dentro».

En la teoría, seguíamos sus indicaciones, pero la práctica era muy distinta. Las charlas en el cambio de clase, las comidas, las horas libres y los ratos ociosos se tornaban en dudas, disputas e intentos de adivinar el futuro, de solucionar las disidencias. Parecía una Sociedad de Naciones en miniatura. Y, aunque se esforzaba, la profesora Durand terminaba por ser incapaz de responder a todas las inquietudes que nos surgían con el fluir de los días.

En Horgen, nos dispersamos. Algunas, como Simone y Vika, se quedaron en un café que había cerca de Dorfplatz, deleitándose con dulces y bebidas calientes. Otras, como Dortha, Zahra y Kyla preferían pasear por Dorfgasse o Löwengasse y estampar sus narices curiosas en los escaparates de las pequeñas tiendas, cerradas a cal y canto, que adornaban los bajos de las viviendas, vigiladas, por encima, por las contraventanas de madera. En ciertos casos, como Rose, acudían a la iglesia a rezar. Nosotras siempre optábamos por bajar hasta el embarcadero, cruzando las vías del tren, donde los deseos parecían más vívidos y la libertad, un regalo al alcance de las yemas de nuestros dedos. Adoraba contemplar cómo el horizonte se fundía en cadenas montañosas, en niebla espesa que atenuaba la luz solar, bien preciado en un invierno que se vaticinaba gélido. Pero todavía era otoño. El presente era nuestro. A lo lejos, en el muelle, distinguí las siluetas de aquel cuarteto del Sankt Johann. Como líder de mi grupo, inicié el itinerario hacia ellos con un objetivo claro. Mientras nos acercábamos, le conté a Sara, que cada vez compartía más ratos con nosotras, algunos datos básicos sobre nuestros amigos.

—El chico indio es Dilip Sujay Gadhavi, único hijo varón del príncipe Sujay Amit Gadhavi. Por muy discreto que pueda parecerte, es el heredero de una de las estirpes más antiguas de maharajás. Al parecer, el Imperio mogol otorgó el título a uno de sus antepasados por su lealtad en la batalla.

—Su padre es maharajá de Mandvi, una región que está en el golfo de Kutch, muy cerca de Ahmadabad, una importante urbe del oeste de la India —añadió Joanna.

—El de su izquierda, el muchacho pálido, es Kristoffer Møller. Es el hijo de Magnus Møller, un importante financiero de Dinamarca que ocupa un cargo de responsabilidad en el Banco Nacional Danés. No habla mucho, pero dicen que es muy inteligente. Igual que Dilip —continué—. El que está tirando piedras al lago es Victor Stäheli. Hijo de Horst Stäheli, dueño de uno de los laboratorios farmacéuticos más relevantes en Suiza. Tanto él como su hermano Benjamin llevan en el colegio desde pequeños. Dicen que su padre está convencido de que la educación internacional erradica los problemas de raza, religión, política o nacionalismo que dieron lugar a la guerra. Bueno, a la anterior..., ya me entiendes.

—¿Y el que está fumando? —me interpeló Sara.

—George Barnett. O, mejor dicho, lord George Barnett. Su pose despreocupada no debería distraerte. Es hijo de los duques de Arrington, hermano del marqués de Halstead.

Sara tragó saliva y arqueó las cejas. Antes de que tuviera tiempo de asimilar toda la información que le había lanzado como una jarra de agua fría, nos unimos al grupo. De lejos, comprobé con pequeños vistazos que ninguna maestra controlaba nuestros movimientos.

—Hombre, hombre, hombre. Pero ¿qué tenemos aquí? A mis *ursulanas* preferidas —saludó Victor.

—Te he dicho mil veces que no nos llames así —le recordé.

—Perdona, Fournier. Ya sabes que es con cariño.

George analizó de hito en hito a Sara y, después, regaló su mirada al infinito. Antes de perder completamente su atención, le pedí lo que me había motivado a reunirme con ellos.

—George, ¿me das un cigarrillo?

El chico asintió lentamente y me pasó la cajetilla metálica.

—¿Quién es vuestra nueva amiga? —se interesó Victor.

—Cierto. Qué grosera soy —acerté a decir después de mi primera calada—. Es Sara Suárez Ackermann. Hija del señor Fernando Suárez, un reconocido comerciante español, y de la señora Anne Ackermann. Es la primera vez que asiste a un colegio, antes la educaban en su casa de..., de..., bueno, algún lugar de Marruecos —fui bajando la voz, como si Sara, que estaba a dos centímetros, no fuera a escucharme por obra de la modulación del volumen.

—Así que Marruecos... Exótico, aunque no tanto como nuestro querido Dilip —opinó Victor.

Dilip se había puesto a charlar con Évanie y Liesl, renunciando a la conversación principal. George, por su parte, no parecía tener interés alguno en intervenir, después de escuchar con enmascarada atención mi presentación sobre Sara. El atractivo de George Barnett siempre radicó en eso: no mostraba fascinación por nada, mientras el mundo caía rendido ante un encanto creado a base de sonrisas ladeadas, cigarros a medio terminar, frases arrastradas con una voz grave y rasgada, pisadas seguras y la convicción de que nada era lo bastante importante para ser tomado en serio. Ni siquiera él. Su cabello oscuro, siempre repeinado, pero con mechones que se escapaban al control del fijador capilar, sus ojos azules, su corbata aflojada cuando no había docentes cerca y su dentadura perfecta terminaban de completar el hechizo por el que las *ursulanas* lo consideraban el Gary Cooper del norte del Sihlwald y el sur de Inglaterra.

Así, nos encargamos de dar contenido al parloteo entre Victor, Joanna y yo. Sara, que había empezado a acusar la bajada de temperaturas centroeuropea, se mantuvo como participante pasiva mientras resguardaba las manos bajo su chaqueta.

—A mí me gustaría que Suiza tuviera algo que decir en todo esto. Ser neutral está bien, pero no a toda costa. Me da la sensación de que no nos toman en serio —se quejó Victor, refiriéndose a la guerra.

—Pues yo creo que lo mejor que podemos hacer es mantenernos al margen. La neutralidad es una virtud. Nos eleva frente a nuestros vecinos, amigos de la barbarie y del conflicto —respondí.

—Mejor vamos a dejar de hablar de esto, chicos —opinó Joanna, mirando de reojo a Liesl—. No va a traer nada bueno que le demos más vueltas.

—¿Te han dicho algo sobre qué va a hacer Portugal, Joanna? —indagó Victor.

—Mi padre confía en que nos alineemos con Gran Bretaña. Pero todavía no hay nada claro —respondió.

Un poco más arriba, entre las callejuelas del pueblo, la profesora Travert y el profesor Glöckner se encontraron de nuevo frente a frente. La profesora Habicht, muy considerada siempre con los espacios vitales ajenos, se las ingenió para escabullirse y unirse a la profesora Odermatt, la profesora Gimondi y la profesora Roth. Anabelle Travert no consideraba necesaria aquella situación, pero tampoco iba a negarse a un poco de conversación privada con un ser humano interesante.

—Así que maestra de un colegio internacional femenino... No lo hubiera adivinado si me hubieran preguntado cuando la conocí —admitió el profesor Glöckner.

—Desde hace diez años para ser exactos. —Se rio—. Tampoco yo imaginé que fuera profesor. ¿Desde cuándo se dedica a enseñar?

—Ah, ah... Dijimos que sin preguntas sobre el pasado —le recordó él.

—Pero usted... —trató de justificarse ella.

—Yo no le he preguntado.

La profesora Travert pensó un instante y asintió.

—Está bien. Tiene razón. Sin preguntas sobre el pasado —accedió—. De todos modos, ¿se me permite indagar sobre si ya descubrieron en su laureada institución cómo el hijo del duque de Arrington pudo hacerse con las preguntas de Aritmética?

Dudó un momento y cuando los ojos de Anabelle se habían cristalizado en un sutil «por favor», sonrió.

—Por supuesto. Verá, después de varios interrogatorios y de la breve regresión del señor Hildegard, tarea compleja para una persona que jamás admite tener la responsabilidad de nada, dimos con la solución del enigma. El señor Stäheli lo interceptó en los aseos y comenzó a hablarle de un asunto relativo a su padre. Le comentó que quería su asesoramiento para una nueva fórmula que estaban trabajando en los laboratorios. El caso es que, mientras esto se desarrollaba, el señor Dilip Gadhavi se las ingenió para fingir un desmayo en el pasillo y propiciar que Stäheli pudiera meter la mano en el bolsillo del profesor y robarle las preguntas. Los alumnos nos terminaron confesando, a riesgo de perder su plaza en la escuela, que Dilip los resolvió todos antes de la prueba en otras cartulinas, que numeraron. Acordaron que el señor Møller iría diciendo al señor Barnett qué cartulina debía mirar en cada ocasión.

—Esos chicos son unos genios —aseguró la profesora Travert.

—Y eso es lo que más me preocupa. George Barnett parece estar convencido de que tiene derecho a todo, me desespera ver a muchachos así, tan engreídos, pagados de sí mismos con solo diecisiete años. Están acostumbrados a que nadie los amoneste en proporción a sus faltas. Campan a sus anchas en un colegio que no les está preparando para la vida.

—Se equivoca, señor Glöckner. Su vida es así. Son los hijos de las mayores fortunas del mundo, de los dueños del bien, del mal y del aire que respiramos.

—Puede que eso tuviera sentido antes, señora Travert, pero por suerte o por desgracia estamos dando pasos hacia un conflicto que atenta contra el orden social y económico tal y como lo conocemos. ¿Acaso cree que esos muchachos sabrán sobreponerse? Hay realidades que no pueden comprar ni los mayores patrimonios.

—Si así es, rezaré por que encuentren lo que nosotros no supimos darles —lamentó ella.

Las callejas de Horgen se abrieron en aquella plazuela de fachadas blancuzcas que parecían aguardar a que la nieve aclarara el negror de sus tejados. La Meier Taverne no emanaba a esas horas el candor que emitía en plena noche. Por Alte Landstrasse, una de aquellas vías de tierra y desgastados adoquines, apareció entonces aquel desagradable militar que la maestra había conocido en el Landi y dos muchachos embutidos en ropas que habían acrecentado su poder por encima de su madurez.

—Buenos días. Qué sorpresa encontrarlo aquí —comentó la profesora Travert.

—Buenos días, profesora...

—Travert. Anabelle Travert. Y él es el profesor Glöckner.

—Un placer —dijo el aludido y tendió su mano.

El teniente Baasch miró de arriba abajo al acompañante de la profesora Travert. Algo pareció no encajarle. Sin pretender dar rienda a sus conjeturas, extendió su áspera mano y la estrechó contra la del docente.

—Mucho gusto, profesor Glöckner. Yo soy el teniente Dietrich Baasch. Ellos son los soldados Voclain y Légrand.

Ambos maestros bajaron la cabeza a modo de saludo.

—Pensé que estaban en Zúrich... —trató de dilucidar la profesora Travert—. ¿Han venido por algún motivo que debamos conocer?

—No se ofenda, profesora, pero si consideramos preciso que estén al tanto de algún dato relativo a la estrategia defensiva del país, se lo haremos saber de inmediato. —Se detuvo un instante—. Nos han desplazado aquí para reforzar esta parte de la línea Limmat. Desconozco por cuánto tiempo.

—Ahm..., de acuerdo. Agradezco entonces su información. Y espero verlos en otra ocasión. Doy por seguro que la directora Lewerenz estará de acuerdo en que les diga que tienen ustedes las puertas abiertas de St. Ursula para lo que necesiten.

—O del Sankt Johann im Wald —se ofreció igualmente el profesor Glöckner.

—Muchas gracias. Si nos disculpan... —Y se marcharon.

La presencia de militares en la zona no auguraba nada bueno. O quizá sí. Por un lado, era incontestable que estaríamos más seguros, pero, por otro, nos situaba en medio de la batalla que se libraría en caso de que los nazis cruzaran la frontera.

Antes de despedirnos de los chicos del Sankt Johann, Steffen Bächi se acercó a nosotros con su grupo de amigos y nos comunicó, tras una perversa sonrisa, los últimos avances del «gran Adolf Hitler». Cuando buscó la complicidad de Liesl, ella se levantó y se fue. Sin embargo, a mí, la actitud de mi amiga, lejos de ablandarme, me irritó. Debía encarar el problema, no escabullirse como siempre. Aunque con el tiempo aprendí a que todo el mundo se esfuma en ciertas ocasiones y no se trata en todo caso de cobardía. Muchas veces el reservarse las palabras para mejor momento o mejor compañía es signo de inteligencia. Pero las lecciones de la vida acostumbran a llegar después de haber cometido los errores.

Por la noche, ya acostada, no pude evitar rememorar las aventuras que habíamos vivido Liesl y yo. Tampoco aquel verano que la visité en Múnich. El de 1938. Todavía podía escuchar el chirrido del tranvía atravesando la monumental Marienplatz. El carrillón del Nuevo Ayuntamiento arrullando a paseantes despistados y a observadores atónitos como nosotros. La preciosa columna de Santa María sirviendo de eje central a todos los edificios que se habían vestido con aquella bandera roja que me expulsaba simbólicamente de aquella tierra y me hacía sentir menuda, desvalida.

***

Recuerdo que aquel lunes había podido conmigo. La profesora Travert me había exigido repetir una redacción de Francés que, a mi modo de ver, no estaba tan mal. Además, la profesora Habicht nos había regalado una sesión extenuante de deporte y, para colmo, había tenido que volver a empezar la labor en clase de la profesora Roth por un fallo tonto. Por suerte, la profesora Odermatt me había puesto una buena calificación en una pequeña prueba de Biología que había improvisado.

Después de estudiar un rato los tipos de capiteles y columnas clásicos, para clase de la profesora De la Fontaine, me senté en uno de los sillones del hall. Todo el mundo parecía ocupado. Charlé un rato con Susanna Fortuyn y, después, dejé que Vika me hablara de sus deseos de leer *Ana Karenina*, novela que su padre, por lo pronto, le había censurado. Más tarde, me entretuve hojeando unas cien veces el número de *Vogue* que habían enviado a Évanie los señores Sauveterre. Me perdí entre escotes, *peep-toes*, cortes al bies y ondas al agua. Pero el aburrimiento llamó al sueño, con lo que resolví regresar a mi cuarto.

Cuando llegué a nuestro pasillo, me crucé con algunas compañeras hablando con energía sobre deporte. Me figuré que debían de ser las del grupo de los lunes de hockey. Avancé con desidia y agarré el pomo con decisión. Sin embargo, cuando entré, me descubrí en una situación del todo distinta a la que me imaginaba. A primera vista, no había nadie en el cuarto. Pero la fricción de sus suelas mojadas contra el suelo de madera descubrió su escondite. Mi compañera parecía estar esperando mi llegada. Se había situado detrás de la puerta y la cerró de golpe, bloqueando cualquier tentativa de huida. Arqueé las cejas, sin entender.

—Sé que no estás siendo sincera conmigo, Charlotte. Dime adónde vas algunas tardes con la bicicleta de la profesora Habicht. Dime por qué sabes todos esos datos sobre la guerra.

IV

17 de octubre 1977

Cuando paró de hablar, no me podía creer que tuviera que esperar un día entero a que me desvelara qué había estado ocultando a su compañera de habitación y, por ende, a mí. Pero la señora Geiger controlaba los silencios todavía más que sus palabras, así que acepté su partida. No obstante, antes de que se alejara lo suficiente de la mesa, le lancé una cuestión que había rondado mi mente durante nuestros encuentros.

—Señora Geiger, una última pregunta. ¿Cómo sabe con tanto detalle el modo en que la profesora Travert, la señorita Suárez o el profesor Glöckner vivieron esos días?

Aquella dama, de elegancia arrolladora, detuvo sus tacones y se giró.

—Le aconsejé que no me cuestionara, señorita Eccleston. Lo único que sostiene esta conversación es su confianza y mi palabra de relatarle con detalle qué ocurrió aquel año. —Hubo un silencio—. No importa cómo, pero todo lo que le estoy contando pasó en realidad. Recuerde, señorita Eccleston, que yo siempre tengo mis fuentes.

Y continuó avanzando por el comedor hasta reunirse con una mujer que esperaba en la puerta. Se susurraron algo mutuamente y se marcharon. Supuse que debía de ser alguien de su personal por cómo iba vestida y el modo en que se dirigió a ella: con el prefabricado respeto y adulación con los que debes tratar a quien te paga el salario. Un camarero se acercó a mí y me ofreció una bebida más, pero decliné su propuesta y me dispuse a recoger todos mis apuntes.

La lluvia se adueñó de Zúrich durante el resto del día. Protegida por mi paraguas negro, anduve por una ciudad que poco a poco iba cobrando vida propia a través del relato de la señora Geiger. Caminé hasta Bürkliplatz. Quizá tratando de conectar espiritualmente con aquel lago, con sus orillas, con sus patos, con sus cisnes, con sus gritonas gaviotas y sus bosques. Quizá intentando viajar al pasado sin mi billete en primera clase con la señora Geiger. La llovizna concedió una escasa media hora de sequedad. La aproveché para quedarme allí quieta y respirar la brisa tormentosa que había mojado mis pestañas. Era increíble cómo la ciudad llegaba a pintarse de color plata cuando el sol faltaba. Después de cenar un filete con patatas, un poco de sopa de pescado enlatada y una bebida llamada Rivella, que probé por un error de comunicación con el camarero en un local cercano al alojamiento, decidí retirarme.

Al cruzar de lado a lado el recibidor del Dadá Herberge, un gemido me alertó. Alcé la vista y encontré a Samuel Schenker junto al mostrador.

—Usted. ¿*Fräulein* Eccleston?

Asentí confundida mientras modificaba la dirección de mis zancadas.

—Dos mensajes. Para usted.

Me entregó dos notas. Comencé por la más breve: «Señores Eccleston. Llamar urgentemente». Empalidecí. Lo había olvidado. Les había prometido que les llamaría cada noche y llevaba dos días sin dar señales de vida. Rápidamente, reaccioné.

—¿Tienen teléfono? ¿Puedo usar su teléfono? —pregunté sin estar muy convencida de que el hermano de la señora Schenker me estuviera entendiendo.

—Teléfono *herberge kaputt.* Ahm... *Kaputt.* Ahm... Roto. Hoy mismo. Pero a tiempo de mensajes —sonrió—. Teléfono en calle. Afuera. Monedas..., ¿entiende?

—Sí, comprendo. De acuerdo. Muchas gracias por avisarme —dije moviendo las notas que mi mano tenía atrapadas.

La humedad volvió a abrazarme cuando abandoné el calor del hostal. Busqué, desde la puerta, la cabina telefónica que debía encontrarse en la calle, pero no la divisé. Intuyendo mi desubicación, Samuel salió de pronto y con señales y monosílabos me comunicó que era preciso subir hasta Münstergasse y caminar hasta el cruce de Niederdorfstrasse con Brunngasse. Así lo hice. Llegué a una plazoleta donde se ubicaba un pintoresco hotelito del que emanaba un fuerte olor a queso fundido.

El auricular, aunque aparentemente inofensivo, me trajo hasta Zúrich la estridente voz de Nina Eccleston. Aun así, no estaba tan enfadada como esperaba. Al parecer, habían llamado a Maggie a su apartamento de Londres, número que yo le había proporcionado para contactar con ella en caso de emergencia —y supongo que mi desaparición era lo que mi madre entendía como «emergencia»—. Mi amiga les había contado que había podido localizarme, algo sobre una tormenta eléctrica que había dejado al barrio del hostal sin tendido telefónico y mi falsa promesa de que les llamaría en cuanto fuera posible. Agradecí la capacidad para tejer historias de Maggie y me dejé llevar por sus mentiras para calmar los nervios de mi madre. No obstante, la tensión se incrementó cuando le indiqué que iba a quedarme en Zúrich durante más tiempo del que creía. «Estoy avanzando mucho, mamá. Deja de decirme que es una locura. Estoy trabajando.

Bueno, está a punto de cortarse la llamada. Da besos a papá y a Robin de mi parte. Os quiero. Adiós». *Beep, beep, beep.*

De regreso al alojamiento, aproveché para ampliar mi estancia en el Dadá Herberge. Samuel tomó nota de mi cambio de planes y se alegró, protocolariamente, de que hubiera decidido posponer mi marcha. Asentí agradecida y sonriente y me dirigí a las escaleras. Mi excursión a la cabina telefónica me había hecho olvidar que una segunda nota todavía seguía arrugada entre el pulgar y el índice de mi mano derecha. La extendí, dejando que la suave luz que emanaba de los apliques de pared iluminara el texto.

> *La espero mañana frente a la Ópera. A las nueve en punto.*
> *Un cordial saludo.*
> *Charlotte Geiger.*

Había dado las señas de mi alojamiento a la señora Geiger al despedirnos de nuestra primera cita por si había algún cambio de planes, así que, en el fondo, no me sorprendió ver su mensaje. Guardé aquella nota en el bolsillo de mi pantalón. Tenía que irme a dormir pronto, necesitaba descansar y relajar mi mente. Sin embargo, aquel lienzo seguía perturbándome. Me senté frente a él, buscando un ápice de sentido a que hubiera aparecido, por arte de magia, en mi cuarto. Revisé la tarjeta. ¿Qué querrían decir esas rayas? Había siete. Pocas personas sabían de mi presencia en aquella ciudad suiza, ni siquiera se lo había notificado al profesor Burrell para no crear en él falsas esperanzas. Aunque quizá eran más de las que yo me imaginaba.

18 de octubre 1977

La lluvia de la noche había dejado Theaterstrasse cubierta por una película brillante. Al fondo, identifiqué la Ópera.

Recordé de pronto la última vez que había acudido al teatro con mis padres y mi hermano pequeño. Echaba de menos a aquel renacuajo. Llevaba sin verlo desde verano, cuando se fue de nuestra casa de Portsmouth para cursar su último año de Medicina en Cambridge. Siempre había considerado a Robin mejor persona que yo en todos los aspectos. Reía más y con menos prejuicios; lloraba menos y con más acierto; discutía con más nervio y menos rigidez; amaba más intensamente y con menos miedos. Sonreí al viento. Si echaba la vista atrás, no era capaz de identificar una sola aventura de mi niñez en la que él no estuviera implicado. No obstante, ahora pasaban semanas en las que apenas nos intercambiábamos una llamada o una carta tardía.

La inconfundible figura de la señora Geiger floreció desde el interior de un coche. Aunque ella no me vio, opté por acercarme y evitar que creyera que había vuelto a ser impuntual. A la luz del sol, sus facciones parecían menos contraídas. Sus ojos marrones, bajo aquellas cejas pobladas pero exquisitamente perfiladas, me saludaron amablemente.

—Buenos días, señorita Eccleston.

—Buenos días, señora Geiger.

—Disculpe el cambio de localización, pero me sentía directamente responsable de que no disfrutara de esta bonita ciudad. Aunque crecí en Ginebra, Zúrich es mi auténtico hogar. Es imposible no quedar absorto con sus calles, con sus vistas y sus edificios.

—Tiene razón. Es preciosa.

—Además, quería mostrarle algunos rincones de los que le hablé ayer. Si me acompaña, se lo enseñaré.

La señora Geiger inició entonces una ruta por los espacios en los que se había organizado el Landi. Su mente viajaba desde el presente hacia 1939 a una velocidad apabullante. El tono de su piel parecía más vívido cuando se sabía en ese bucle en el que el pasado nos atrapaba y nos permitía asomarnos a sus entresijos. Tras la mirada de Charlotte Geiger parecía encontrarse aquel teleférico que había cruzado el lago con sus dos maestras a bordo. Hubiera apostado a que podía verlo, a que seguía sintiendo que no había transcurrido el tiempo.

—En aquel momento, se había acuñado en Suiza el concepto de «defensa espiritual de la nación». Lo hizo el *Neue Zürcher Zeitung*, el principal periódico de esta ciudad, a principios de la década de los años treinta. Con aquello se nos instó a permanecer unidos ante cualquier atacante externo. Los suizos debían resistir, mantener su ideología, su código moral, a cualquier precio —me contó, mientras avanzábamos por Limmatquai.

—Y el general Henri Guisan lo potenció —añadí.

—Exactamente. Veo que se ha estado informando sobre mi país.

—Señora Geiger, soy investigadora de Oxford.

—Los títulos no acreditan ni la ética ni el compromiso de nadie con su trabajo. Conozco a mucha gente con las paredes de sus residencias plagadas de diplomas marchitos que solo cuentan el dinero que sus padres se gastaron en justificar su presencia en la empresa familiar.

—Probablemente. Pero no es mi caso. Soy una de esas personas cuya educación les ha costado más de un disgusto a sus padres —puntualicé.

—No me malinterprete, señorita Eccleston. Era un cumplido.

Incluso cuando pretendía ser cortés, la señora Geiger caía presa de sus valoraciones plagadas de prejuicios. Charlotte Geiger me contó que las torres de Grossmünster —que, en un momento dado, quedaron a nuestra derecha— eran conocidas en la ciudad como el «salero y el pimentero» por la forma en la que terminaban. «En origen, eran como la aguja de Fraumünster, pero se incendiaron en el siglo XVIII y decidieron sustituirlas por la versión actual. Un error, si me pregunta a mí». Posteriormente, cruzamos por el Rathausbrüke o puente del ayuntamiento. Con motivo de nuestro paso a la zona oeste de la ciudad, la señora Geiger, maravillosa anfitriona sin procurarlo, me indicó que muchos zuriqueses llamaban a esa pasarela «el puente de las verduras», pues allí se había instalado, tiempo atrás, el mercado de vegetales.

Deambulando por calles que parecían sacadas del medioevo y que se asemejaban más a las de una pequeña población que a las de una ciudad, desembocamos en Bahnhofstrasse. Edificios señoriales y tiendas en las que jamás habría osado entrar se alternaban a ambos lados de la calzada, por la que tranvías y vehículos transitaban con permiso de los peatones. El paseo pereció en la emblemática chocolatería Sprüngli, en la esquina con Paradeplatz, desde donde se podía olisquear no solo el aroma de un postre bien hecho, sino también la fragancia del dinero que bailaba entre cajas registradoras y monederos de los negocios colindantes.

—Este es otro de los lugares de Zúrich que nadie se debería perder si visita la ciudad. Más de un siglo de historia avala la calidad de sus dulces —me indicó cuando ya nos acomodamos en uno de los veladores, con la inestimable ayuda de un empleado.

Por un momento, todo volvía a ser como siempre. Sentadas. Dos tazas como testigo. Ruido allá afuera, como perfecto ronroneo, como una banda sonora imprevista que me advertía de los peligros de viajar sin precaución al mundo de Charlotte Geiger.

DONDE NACEN LOS PELIGROS

Los ojos de Sara proporcionaban esa clase de mirada que nadie teme. Su iris no tenía nada de especial, pero en él guardaba toda la ternura heredada del señor Suárez y que ella tanto se esmeraba en aniquilar. Sin embargo, aquel día lograron intimidarme. Ella deseaba saber mis secretos, casi tanto como yo los suyos.

—Te lo contaré si tú me dices qué demonios haces escapándote al bosque. Te dije que el Sihlwald no era seguro para las alumnas —le recordé.

—Está bien. Veo que las dos somos incapaces de pasar por alto las faltas de la otra. Te propongo que las desvelemos hoy, aquí. Pero a condición de que no digas una sola palabra.

—Tú tampoco.

—De acuerdo. Trato hecho.

Por antigüedad, exigí ser yo la última. Fue esa tarde cuando Sara me relató cómo había encontrado un remanso de paz en medio del bosque. Después mencionó el detalle de Barnett. Decía que ignoraba su presencia, pero me pregunté si realmente era así.

—Se nota que es un chico con una ligera falta de disciplina —opinó.

—No creas todo lo que ves —le aconsejé.

—Bueno, ahora te toca a ti. Tu turno, Charlotte.

Dudé un momento.

—Charlotte…

—Está bien, está bien. Te lo contaré. Pero no puedes decir nada. Solo lo saben Évanie, Joanna y Liesl, bajo amenaza de pagar las consecuencias si abren la boca —anuncié, a modo de prólogo—. Yo…, verás… Hace un par de años, uno de los domingos que pudimos bajar al pueblo, fui a dar un paseo sola... —comencé.

***

Me acuerdo de que todas estaban charlando con los chicos del Sankt Johann y haciendo apuestas sobre quién lanzaría la piedra más lejos desde el embarcadero. Recuerdos del pasado me hicieron retirarme. Necesitaba un momento para mí. Avancé por Dorfgasse, donde me crucé con algunas compañeras, hacia el interior. Iba caminando, pensando en mis problemas y, de golpe, comencé a oír una voz. Era un timbre rasgado, ronco. La clase de sonido que emite una radio. Localicé su procedencia. Era una tiendecita, ubicada en el bajo de una casa antigua en el número veintiuno de Zugerstrasse. Aunque el negocio estaba cerrado, los dueños tenían la ventana abierta. Desconocían que, de aquella forma, las frases del emisor se fundían con el viento y perdían su ficticia privacidad. Aquel locutor hablaba de una votación en el cantón de Ginebra para ilegalizar el partido comunista y otras formaciones como, por ejemplo, el partido nazi.

El boletín informaba con puntualidad de las últimas novedades en las tensiones con Alemania para, después, sin previo aviso, zanjar la emisión con un escueto parte meteorológico que nos narraba la buena temperatura de aquel día de junio. Me quedé allí agazapada, apoyada en la pared exterior de la tienda, sintiendo cómo aquella voz acariciaba mis orejas y me recordaba que seguía existiendo un mundo ajeno a St. Ursula, aunque yo no formara parte de él. Entonces, una mujer de cabello castaño claro, dos pequeños ojos azules y mejillas sonrosadas se asomó desde el interior.

—Buenos días, señorita.

—Buenos días, señora. Disculpe, ya me iba. No quería... —me excusé anticipadamente.

—No, no —me frenó—. Si quiere, puede pasar. A mi marido le gustará saber que hay alguien más interesado en política —me animó.

Titubeé, pero me rendí ante las facciones amables de la tendera. Cuando crucé el umbral, delicias de todo tipo quedaron ordenadas ante mí, en estantes y mesas. En una de ellas, algo separada de la zona en la que se despachaba a los clientes, reposaba aquella belleza tecnológica, compendio de ondas y engranajes al servicio de la comunicación. Recuerdo que me fascinó aquella esfera en la que, en vez de números, las agujas señalaban emisoras. Era una Autophone AG Favorit 37, fabricada aquí en Suiza. Junto a ella, un hombre con bigote canoso y anteojos desgastados de revisar precios y facturas.

—Le presento al señor Wisner. Frank Wisner. Yo soy Bertha —me explicó.

—Mucho gusto, señores. Yo soy Charlotte Fournier. No me gustaría molestarlos. Es solo que al oír de lejos la radio, me he detenido para saber qué estaba ocurriendo en el mundo, hoy. Soy alumna en el colegio St. Ursula y no solemos tener mucha noticia. Ya saben...

—Oh, el colegio St. Ursula. Todavía recuerdo cuando mis hijos Evert y Frank se escapaban para charlar con alguna de las señoritas del colegio. ¿Lo recuerda, señor Wisner?

—Sí, sí, mujer. Claro que me acuerdo. Pero no moleste a la chiquilla con los disparates de nuestros chicos.

—No son disparates, señor Wisner. Verá, señorita, nuestros muchachos están ahora en Basilea y Núremberg respectivamente. Se trasladaron allí para trabajar hace casi una década. Siempre encendemos la radio para comprobar que todo sigue bien, allá donde están —me confesó.

Sonreí con toda la compasión que sentí de pronto por aquel matrimonio. Me imaginé que habrían empleado sus ahorros de años en adquirir aquel transistor. No pude entretenerme más, pero antes de marcharme, me propusieron que fuera a escuchar el boletín tantas veces como quisiera. Les tomé la palabra y, tras algunos días de reflexión, comencé a visitarlos, aprovechando mis horas libres de la tarde.

Sara ya lo había descubierto por sí misma, pero aquella franja era la más adecuada para contravenir las normas de St. Ursula: algunas profesoras daban clase, otras estaban encargadas de supervisar a las más pequeñas y, por tanto, menos independientes; y algunas, incluso, tenían permiso para, previa organización de tareas, atender recados o necesidades personales fuera de la escuela —algo que también se les permitía, por turnos, los sábados—. El internado confiaba en el buen comportamiento y los hábitos de estudio de las alumnas ociosas. Y así era en el caso de casi la totalidad de las más de ciento veinte alumnas: nadie se atrevía a salir del colegio, ni siquiera mis amigas. Pero yo nunca fui muy ortodoxa, así que me volví una experta en entrar y salir sin ser vista. La clave era estar presente en la cena. Esa era la regla de oro para ser libre durante un rato. El segundo mejor momento era el rato de después de la cena, aunque tenía más riesgos. La norma, en este caso, era estar ya en la cama antes incluso del apagado de luces. Y, por último, estaban las tardes libres de sábado y los domingos —con reducción de docentes y sin clases a las que asistir—. En esos casos, debías ser previsora y armar un plan, con cómplices incluidas.

Descubrir que los señores Wisner tenían un transistor hizo que me compensaran aquellos viajes a Horgen, que se repetían un par de veces por semana. No sé si lo sabe, señorita Eccleston, pero, durante la década de los años treinta, la radio se convirtió en el medio, por excelencia, para informarse. Aunque también se erigió como la principal arma propagandística, con permiso de los noticiarios, controlada desde los departamentos de información de los distintos países. De hecho, por aquellas fechas, ya marcaba la agenda informativa de la guerra civil española y, el 30 de octubre de 1938, se produjo aquel episodio de histeria colectiva con el programa de Orson Welles en los Estados Unidos. Así que puede figurarse lo que supuso, para mí, toparme con aquella posibilidad.

Aquella entrañable pareja hablaba todo el rato en suizo alemán y, más concretamente, empleaba vocablos típicos del dialecto zuriqués. Con el fin de que yo los comprendiera, solían hablar despacio, pero me encantaba cuando me enseñaban palabras nuevas y, sobre todo, cuando trataba de imitarlos. Para ser más ágil en los trayectos, a veces, cogía prestada la bicicleta de la señora Habicht. Al tiempo, me percaté de que sabía que alguien la utilizaba sin su permiso. No cesó de poner carteles y de reforzar la seguridad de su vehículo a pedales, pero yo siempre me salía con la mía.

***

—Pero tú dijiste que no se podía salir sin autorización del colegio —me indicó Sara, tras escuchar mi relato.

—Dije «en teoría». No sé, Sara, llega un momento en el que necesitas salir de este sitio. Es como si sintieras que si continuas respirando este aire, terminarás por asfixiarte. Aunque veo que tú ya has llegado sola a esa conclusión...

—Entonces, ¿vas siempre allí?

—Cada vez que puedo. Allí escucho la radio con los señores Wisner, mientras ellos atienden a los últimos clientes. También solía unirse a nosotros Roger Schütz, el chico que trabaja de ayudante en la tienda, pero se marchó al norte cuando movilizaron a todos los hombres en agosto. —Hice una pausa—. De esa forma, tengo todos los datos precisos para saber cómo avanza la guerra. Ese tema me obsesiona, Sara. Sobre todo, desde que Libena y Ema se marcharon. Creo que no va a terminar rápido y estoy segura de que no va a terminar bien. Es un presentimiento.

—Ninguna guerra termina bien, Charlotte. Si no, mira mi país. Todo acabó, pero ¿qué queda?

—Odiaría que eso le pasara al mío. Y, por eso, defiendo a ultranza nuestra neutralidad. No soportaría que no la respetaran —le confesé—. Por eso estoy tan furiosa con Liesl.

—De ahí nacen, precisamente, las guerras, Charlotte. No lo olvides —me apuntó sabiamente.

La hora de la cena zanjó aquella conversación con la que sentí haberme quitado un peso de encima y, además, haberme aproximado un poco más a la española. Y es que, tras ese momento, nos convertimos en confidentes, en guardianas de los secretos de la otra. Y aquello no había hecho más que empezar.

***

Como era de esperar, mis estériles advertencias no disuadieron a Sara de cruzar la verja y adentrarse en el Sihlwald en las semanas que siguieron a nuestra charla. Ella tampoco tenía miedo a salir. Sus fortuitos encuentros con George estaban caracterizados por la más absoluta de las ignorancias hasta que breves interacciones fueron relajando la tensión acumulada en sendas márgenes del arroyo. Creyendo que el otro no se percataba, miraban al otro lado para cazar información sobre sus divertimentos y actividades. Quizá también para analizarse, conocerse sin hablar, a escondidas de la palabra y la razón.

Un día, sobre el libro de Sara cayó una diminuta ramita, víctima del otoño. Después, otra. Alzó la vista.

—Me estás desconcentrando —le indicó ella.

—Perdona.

—Tengo que estudiar.

—¿De veras estás estudiando? Yo diría que lo que lees es un folletín de aventuras o algo por el estilo —probó George.

—Claro que sí —farfulló, devolviendo la vista al texto.

Un nuevo silencio.

—¿Y qué estudias?

Sara resopló.

—Números.

—Ahm...

El chico optó por callarse y volver a su ocupación anterior. Sara lamentó, por un momento, haber sido demasiado cortante, así que abandonó, una última vez, su estudio.

—¿Y tú qué haces? Siempre estás manoseando esa pieza de madera. ¿Es un amuleto o algo por el estilo?

—Casi. La tallo. Me relaja —le contó.

—Ahm... Gran pasatiempo. Muy útil.

—Anda, vuelve a tus números, *Marruecos.* No vaya a ser que suspendas tu examen por mi culpa —le dijo, escondiendo una leve sonrisa.

***

Como cada miércoles, el profesor Mathias Plüss, cocinero en un pintoresco restaurante de Küsnacht —al otro lado del lago—, apareció en nuestra rutina para salpimentar la mañana. Huelga decir que, aunque nos prestaba las instalaciones, la señora Herriot tenía severas normas en lo que a «tocar su material de trabajo» se trataba, así que debíamos dejar todo tal cual estaba antes de entrar. El profesor Plüss y ella siempre se estaban peleando, en una pugna por demostrar quién era mejor chef. La señora Herriot aprovechaba para hacer recados y repasar con Marlies los pedidos y presupuestos, pero, cada media hora, asomaba su cabeza por la puerta. El profesor Plüss sonreía y le pedía que respetara sus lecciones. Las alumnas nos reíamos porque aquello siempre significaba una buena dosis de puñales volando.

En realidad, las primeras sesiones con el señor Plüss eran bastante aburridas. Nos hablaba de los nutrientes y nos presentaba ingredientes que, después, nadie cocinaba. No obstante, según aseguraba, aquel año seríamos capaces de bordar un plato típico de la gastronomía de nuestros respectivos países. Ardía en deseos por ser capaz de mezclar sabores y crear mis propias recetas. Sin embargo, por lo pronto, mi máxima proeza culinaria en ese curso fue detener la accidentada trayectoria de una patata que se le había caído a Rosie Lennox y que había interrumpido una soporífera disertación del cocinero sobre la importancia de saber combinar el tubérculo con otros vegetales y carnes. «Es la base de la dieta, recuérdenlo. Recuérdenlo», repetía.

En cierto momento, mi mano y la de Liesl chocaron en busca del mismo instrumento: un afilado cuchillo con el que debíamos pelar varias patatas y cortarlas en diversas formas. Sus dedos fríos me sorprendieron, pero enseguida se apartó y se cambió de sitio para que aquello no volviera a suceder. Suspiré y continué con la tarea, al tiempo que me fijaba en cómo Joanna estaba a punto de quedarse manca a causa de su nula destreza. Por suerte, el profesor Plüss la detuvo a tiempo y le sugirió que observara el procedimiento antes de tocar, de nuevo, un cuchillo. Yo, dedicada por completo a la tarea, fantaseaba con la llegada del sábado. Era 21 de octubre y esa fecha solía significar algo bueno en St. Ursula. Y es que, durante aquella jornada, siempre se suspendían las clases ordinarias y se organizaban actividades, ligeramente más lúdicas, con motivo de la festividad de nuestra patrona.

A las mayores se nos permitía ir a dar un paseo por Zúrich, ocasión que aprovechábamos para contemplar los escaparates de las *boutiques*, para visitar los grandes almacenes Grieder o para deleitarnos con un buen café. Nuestra excursión, no obstante, siempre contaba con la presencia cercana de alguna de las maestras. Aquel día, nos vigilaban Esther de la Fontaine y Sienna Gimondi por lo que todas dedujimos que habría una mayor libertad. Era sabido por las alumnas que la profesora De la Fontaine aprovechaba su estancia en la ciudad para adquirir nuevos sombreros y vestidos, cortesía de salarios engrosados por agasajos imprudentes.

Aquel sábado, por las callejuelas del centro de la ciudad, deambulaban muchachas ataviadas con el uniforme disciplinario de invierno: vestido gris sobre blusa blanca cubierto por una chaqueta azul marino que llevaba bordado el escudo de St. Ursula. Bajo el cuello redondeado de la blusa, un lazo azul anudado asimétricamente. En las piernas, media oscura que finalizaba en un par de botas o zapatos negros.

Sobre las trenzas, los bucles y los recogidos simples de los cabellos más cortos, una boina azul. En las mejillas, el color rosado de la brisa fresca proveniente del lago. Era la seña de identidad que nos habían imprimido al entrar y de la que solo podíamos deshacernos los domingos.

Mientras avanzábamos por Bahnhofstrasse, lamenté que las pequeñas no pudieran venir a esa excursión. Aquello me obligaba a prescindir de los servicios de Susanna Fortuyn para comunicarme con Liesl, al igual que ocurría en las visitas dominicales a Horgen. De vez en cuando, miraba a las familias que paseaban por la acera contraria y sentía impulsos de correr hacia ellas, de pedirles que me prestaran su realidad un instante, con la promesa de devolvérsela al caer el sol. De fondo, una conversación de Sara y Joanna sobre el próximo examen de la profesora Richter. Al parecer, ellas lo esperaban ansiosas. Arqueé las cejas sin comprender. De golpe, nuestros pasos se interrumpieron.

—¡No me lo puedo creer! ¿Estoy bien? ¿Llevo el pelo bien? —trató de cerciorarse Évanie.

Joanna le colocó un mechón por detrás de la oreja y asintió. Aquel soldado con el que había estado hablando en el Landi apareció por detrás de un camión de Migros, en Poststrasse. Reía con los comentarios de su compañero, con el que se intercambiaba cigarrillos, al tiempo que avanzaban hacia Paradeplatz.

—¿Debería acercarme?

—¿Estás loca? Ni hablar. Si quiere algo, que venga él —le indiqué.

—¿Y si no me ha visto?

—Évanie, no seas impulsiva —le recomendó Liesl.

—Vamos, no entendéis nada. No es impulsividad. Es seguridad y convicción. ¿Me acompañas, Joanna?

Atravesé a aquella con la mirada con objeto de disuadirlas a ambas.

—Si no, iré sola —presionó Évanie.

—Está bien. Pero solo para saludar y nos volvemos —accedió la portuguesa.

Se alejaron paulatinamente, permitiendo que sus abrigos se fueran empequeñeciendo hasta unirse con las siluetas desdibujadas de aquel par de jóvenes militares. Alcé la mirada para recorrer la fachada que teníamos al lado. Un edificio de grandes ventanas y contraventanas, flores en sus balcones y promesas hechas de chocolate en forma de letrero publicitario. Era esta misma confitería en la que nos encontramos, Sprüngli. Bajé la vista hasta llegar a la puerta.

—¿Ese no es George con los duques de Arrington? —dije de pronto.

—Sí. Han debido de venir de visita —supuso Liesl, abandonando momentáneamente nuestro mutismo.

En efecto, lo eran. Edward Barnett III, octavo duque de Arrington, y su esposa Miranda Barnett. Si la mirada de Sara estaba desprovista de todo poder amenazante, la del duque dejaba sin aliento a quien osara mirarle a los ojos durante más de tres segundos seguidos. La duquesa, por otro lado, sí parecía una mujer algo más cálida, pero su personalidad se diluía en la plomiza sombra de su marido. Sara no intervino en aquel corto diálogo. Quizá porque pensaba que así Liesl y yo continuaríamos conversando, abandonando nuestros roces, olvidando nuestras heridas patrióticas; o quizá porque estaba ocupada rememorando lo que Barnett le había pedido tres días atrás. Me lo había contado la noche anterior, justo antes del apagado de luces, en virtud de nuestra renovada confianza. «Te daré una respuesta el lunes», le había prometido. Mientras observábamos cómo los exquisitos atuendos de los duques eran absorbidos por la calidez del local, Sara pareció trasladarse mentalmente a la tarde del miércoles.

De nuevo, una ramita cayó en su libro. Arqueó las cejas, molesta por la impertinencia de aquel chico. «Para», le pidió sin mirarlo. Él repitió el procedimiento, buscando que lo atendiera.

—¿Qué quieres?

—¿Puedo...? —Con señas completó el resto de la pregunta: deseaba cruzar el riachuelo—. Es algo importante.

Sara cerró el libro de mala gana y accedió. Los andares seguros de Barnett, aunque arrastrando ligeramente los pies, no se disiparon. Se colgó una de esas sonrisas cautivadoras en sus labios y, respetando el espacio de su compañera de escondite, se sentó.

—Buenas tardes —saludó él, como si no hubieran estado media hora en el mismo rincón del bosque, mirándose sin ser descubiertos.

—Buenas tardes. ¿A qué se debe el honor?

—*Marruecos,* tienes que abandonar ese tono condescendiente conmigo. Suena un poco borde.

—Disculpe, lord. No era mi intención. —Sara apretó el libro contra su vientre—. En serio, ¿qué quieres?

—Tengo un ligero problema y creo que tú me puedes ayudar.

Sara lo animó a que concretase su propuesta. George contempló un minuto aquel libro y la carta que sobresalía entre las desgastadas páginas. Después, procedió a explicarle el motivo de sus desvelos.

—Verás, en Sankt Johann im Wald hay una norma conocida como la regla Steinmann. La creó nuestro director, Maximilian Steinmann, a principios de los años veinte para promover la excelencia en el alumnado. Por cortesía de esta norma, no está permitido graduarse si no tienes más de un siete en todas las asignaturas del último curso. El caso es que yo, desconocedor absoluto de la falta de sentido del humor del nuevo profesor de Matemáticas, el señor Glöckner, le hice una pequeña broma el primer día de clase. Y, bueno, me quitó cuatro puntos de la nota final, que se convirtieron en cinco cuando hice trampas en las olimpiadas. Para colmo, me ha nombrado su asistente personal, así que tengo que cargar con sus libros y apuntes allá donde se le ocurre, aparte de pasarme todas sus lecciones de pie, junto al encerado, para borrarlo siempre que lo solicite. No puedo tomar apuntes ni practicar los ejercicios.

La chica lo miraba incrédula. Y nosotras pensábamos que nuestro inicio de curso había sido catastrófico...

—A juzgar por tu actuación en las olimpiadas y por lo mucho que paseas ese libro de Aritmética tuyo... —adivinó, virando su mirada fugazmente hacia el tomo que ella sostenía—, diría que tú eres buena con los números, ¿no es así? Bastante buena.

—Lo soy —afirmó convencida.

—Ya me parecía a mí. Perfecto, pues, en ese caso, necesito que me ayudes a sacar tan buena nota en los exámenes que el profesor Glöckner no tenga más remedio que devolverme los puntos que me ha quitado.

—No me malinterpretes, pero ¿no es algo pretencioso para alguien que se ha jugado sus estudios por una broma? —juzgó ella.

—Lo necesito —repitió con el gesto más serio que pudo configurar.

—¿Y qué gano yo?

George meditó un momento.

—Está bien. Te propongo lo siguiente: me ayudarás los lunes y los miércoles. Y dejaré que los viernes tengas este espacio para ti sola. No vendré a molestarte.

Sara repasó la cara de aquel joven. Jamás lo había visto tan de cerca. Su mirada hizo que su seguridad naufragara durante un segundo. Se aclaró la garganta para recuperar el control. Una gotita mojó uno de sus nudillos rosados por el frío.

—Está empezando a llover. Lo pensaré —le dijo al tiempo que se incorporaba.

—De acuerdo, lo pensarás. Está bien.

George quiso sentirse complacido, pero antes de llegar a la conclusión de que no había garantía alguna de que lo ayudase, Sara ya había iniciado el camino de vuelta.

—Pero ¿cuándo sabré tu decisión? *¿Marruecos?* —gritó al viento.

Sara seguía contemplando las amplias ventanas de la pastelería. Cortinas claras a media altura guardaban a buen recaudo la identidad de los clientes que se encontraban en su interior. También el color de sus conversaciones. Algo en su rostro dejaba ver que ya había escogido qué decirle a George.

—¿Cómo ha ido? —me interesé cuando Évanie y Joanna regresaron con nosotras.

—Es tan apuesto. Y tan galán. Y tan encantador. ¿A que sí, Joanna? —aseguró Évanie, que caminaba entre algodones.

—Por supuesto, Évanie. Pero no olvides que los soldados sonríen a todas las muchachas que se acercan. Es parte de su trabajo —bromeó Joanna.

—Qué poco románticas que sois.

—En fin, vayamos a tomar algo caliente. Esta humedad me está congelando los huesos —propuse.

Y era cierto. Aquel otoño fue especialmente lluvioso en Europa. Las precipitaciones lo mojaban todo: los tejados, la paciencia, la fe, las promesas, las esperas y la tierra revuelta de las trincheras. Días más tarde, la radio de los señores Wisner, que se volvía todavía más relevante por momentos, me contó cómo algunas tropas alemanas seguían concentradas en la frontera suiza, desde Constanza hasta Friburgo de Brisgovia, a pesar de que su supuesto frente principal estaba en la línea Maginot. Franceses y británicos, no obstante, parecían tranquilos tras aquel baluarte de la seguridad gala. Pero los suizos continuaban en pie de guerra, expectantes. La caída de las primeras nieves fue una buena noticia en ese sentido, puesto que bloqueó algunos puertos de montaña, mas los hombres continuaban desplazados, sin opción a permiso, aguardando un ataque que todos imaginábamos día tras día en nuestras mentes.

—Al pobre Roger Schütz le denegaron el parte para volver a casa unos días la misma mañana en la que se lo concedieron —nos contó la señora Wisner.

—Vamos, señora Wisner, es el estado de guerra. Los alemanes atacarán tarde o temprano y ¿qué ocurriría si todos nuestros jóvenes se encontrasen en casa ordeñando vacas o cuadrando las cuentas de la empresa?

—No tengo ni idea ni quiero pensarlo. Son dos francos, señora —comentó Bertha, al tiempo que cobraba.

—Me encantaría ir a la frontera. Ver a esos alemanes de frente —confesé.

—No digas disparates, Charlotte. Allí no hay nada que hacer más que rezar por que nazis y franceses se mantengan quietos —me respondió la tendera.

—Al menos, si supiera disparar, podría defenderme en caso de que lleguen a Horgen. Venga, señor Wisner, dígame que lo ha pensado y que ha decidido darme un par de lecciones básicas. Piense que es por mi seguridad —probé.

—Esta niña es demasiado testaruda, señora Wisner —opinó en voz alta—. La respuesta sigue siendo la misma, Charlotte.

—Pero es por el bien común. Yo nunca he podido ir a clases de tiro. Y me encuentro verdaderamente desvalida con respecto a mis compatriotas. ¿No le resulta injusto?

—No soy yo quien ha de emitir ese juicio, señorita. Tú preocúpate de volver a casa cuando todo se ponga feo y ya está —me respondió, intransigente.

—Mi casa es St. Ursula —espeté enfurruñada.

—Me refiero a tu otra casa..., ya me entiendes. Ginebra. En el sur está todo más calmado.

—Al cuerno con Ginebra.

—Charlotte... —me calmó la señora Wisner—. Por cierto, que no se me olvide. Ha llegado el libro que me pediste de la biblioteca. Lo tengo en la bodega. Ve a cogerlo mientras yo cierro la tienda.

Me apresuré, sonriente, para hacerme con mi ejemplar de *Jane Eyre*. Me serviría para practicar el inglés. Sara me había enseñado alguna palabra nueva, pero quería impresionarla en unas semanas con algún vocablo extraído de la mente y las entrañas de Charlotte Brönte. Agradecí el detalle a la tendera. Me encantaba estar allí. Los señores Wisner me recordaban a mis abuelos y me hacían sentir en casa, arropada por aquella ilusión de familia que se creaba cuando cruzaba el umbral de su colmado. Y creo que ellos enseguida se dieron cuenta, así que me trataban como a una nieta, convencidos de que pedía a gritos un poco de cariño y ternura.

Cuando arranqué la bicicleta frente a la tienda, dispuesta a regresar al colegio tras mi visita a los señores Wisner, apenas me percaté de que, por poco, me habían descubierto. El Topolino rojo de la escuela bajó coqueto por Kirchstrasse, justo delante de la iglesia, hasta desaparecer por Dorfplatz. En su interior, la profesora Travert y la profesora Habicht charlaban sobre la repentina (y reiterada) desaparición de la bicicleta de la segunda.

—¿Sigues pensando que es Marlies? —tanteó Anabelle Travert.

—¡Por supuesto! ¿Quién si no? Llegué a sospechar de la profesora Carver, pero ahora ya no está, así que…

—De todas formas, apenas la usas. Si Marlies la necesita…

—Pues que me pida permiso. Además, la muy descarada ignora mis notas y, cuando le he sugerido que no me gusta que toquen mi bicicleta, se ha hecho la boba. Tendré que afinar mis indirectas —meditó Virgine Habicht.

La profesora Travert aparcó donde siempre. Parecía como si aquel pequeño hueco junto al bordillo de la acera que precedía a la entrada estuviera ya reservado para ella, incluso cuando quería hacer uso de él en un horario distinto: todavía era por la tarde, habían decidido ir allí aprovechando su turno libre compartido. Las maestras cruzaron el cálido umbral de la Meier Taverne y saludaron a la señora Meier, atareada como acostumbraba. Una nube del olor rancio y amargo de vid y cebada se apoderó de aquel breve intercambio de palabras. Ambas docentes fueron rápidas en escoger asiento, pero fueron todavía más veloces en percatarse de que los uniformes habían conquistado aquel local de luz amarillenta y modales relajados. El inicio del crepúsculo se quedó afuera, junto al automóvil de marca italiana, guardando el único resquicio de normalidad.

Anabelle identificó al teniente Baasch y a sus chicos. La propietaria parecía estar más que contenta con la llegada de aquellos militares temporales a la zona y así se lo hizo saber cuando les sirvió la comanda.

—Son consumiciones aseguradas. Mientras no me den problemas, es positivo para el negocio. Además, creo que el teniente conoce a Lutz. Coincidieron en el entrenamiento de hace dos años.

—Da un poco de miedo ese teniente. Al menos a mí —confesó la profesora Habicht—. No me imagino tener que estar a sus órdenes.

—No es temor lo que irradia; es animosidad ante todo lo que le rodea —opinó la profesora Travert.

—Oh, nos ha visto. Qué suerte la nuestra. Si nos arresta, diré que las injurias han sido obra tuya —aseguró Virgine Habicht mientras sonreía y saludaba.

—Nuestra amistad es ciertamente frágil, querida Virgine. —Se rio Anabelle Travert.

El soldado se quedó quieto, junto a la mesa de las maestras, y las saludó con un ligero movimiento de jarra. El vaso de cristal danzaba atrapado por su mano derecha.

—¿Cómo está, teniente Baasch? —se interesó la profesora Travert cortésmente.

—Buenas tardes, señoras. Desconocía que frecuentasen la taberna de los Meier.

—Bueno, no somos monjas de clausura. Todavía —reflexionó la profesora Habicht en voz alta ante la mirada pretendidamente disuasoria de su amiga.

—Sí, evidentemente. Ya lo veo.

—¿Ustedes vienen todos los días? —preguntó la profesora Travert.

—No todos. Estamos aquí para trabajar —contestó secamente, como era común en sus puntuales encuentros—. De hecho, es una verdadera coincidencia encontrarlas aquí. Mañana mismo tenemos programada una visita con la directora Lewerenz. Esta tarde hemos hecho lo mismo con el director Steinmann.

Las docentes arquearon las cejas casi de forma simultánea como preguntándole al aire pesado del local el motivo de aquellas reuniones. No hizo falta mediar palabra, el teniente pronto aclaró sus dudas.

—Queremos trasladar las conclusiones de nuestro último informe sobre la seguridad de la zona periférica del lago de Zúrich. Consideramos que deberían comenzar a plantearse el cierre de los colegios y gestionar el traslado de los alumnos a sus hogares.

Anabelle Travert, que no se caracterizaba por regalar al silencio sus palabras por prudencia o temor, movió la cabeza negando.

—El hogar de esos chicos está aquí, teniente Baasch. Muchos de ellos solo encontrarán desolación si regresan a sus países de origen. No creo que negarles el derecho a que permanezcan en suelo neutral sea la mejor de las opciones.

—En mi opinión, Suiza puede ser tan hostil como cualquier otro país. La responsabilidad de garantizar la seguridad de esos jóvenes es de sus familias, no de ustedes. —Hizo una pausa—. De todos modos, en última instancia, tendrán que decidirlo las juntas directivas de ambas instituciones. Ni usted ni yo.

—Espero que no utilice ninguna artimaña para inclinar la balanza a su favor. Estamos hablando de la vida de más de cien alumnas —le pidió la profesora Travert.

—Señora, estamos aquí, precisamente, para cerciorarnos de la seguridad de la población. No tergiverse mis intenciones para salirse con la suya y mantener a su querido colegio al margen de la guerra. No permitiré que se asuman riesgos en mi nombre.

La información que acababa de escupirles el teniente a las maestras se quedó vagando entre las dos. Raptó todo pensamiento positivo por un segundo. Ambas vieron cómo aquel grupo de soldados remataba la espuma que había quedado en los recovecos de sus jarras y se marchaba. Dietrich Baasch se despidió con un sutil movimiento de cabeza que ninguna de las dos correspondió.

—Sabía que nos traería problemas. Lo supe desde el momento en que lo vi en el Landi —farfulló Anabelle Travert.

—Vamos, no creerás que Lewerenz va a dar su brazo a torcer tan fácilmente, ¿verdad? St. Ursula es su vida. Resistiremos a este traspié.

—Solo espero que el teniente Baasch no sea amigo de la lengua viperina de De la Fontaine. Si esa mujer se empeña en que el colegio se cierre, lo conseguirá.

Al día siguiente, ambas estuvieron más que alerta ante la anunciada llegada de los soldados. Para suerte de Évanie, el teniente Baasch se llevó al soldado Voclain y a aquel otro que siempre lo acompañaba. Le sonrió desde la escalera, gesto que él correspondió con otra sonrisa, ante la absorta mirada de su compañero. Durante la hora que estuvieron dentro del despacho, Anabelle rezó por que la directora resistiera al discurso persuasivo de aquellos hombres. Mordisqueó sus uñas, subió y bajó unas diez veces las escaleras principales y se sentó en uno de los bancos simulando que leía. Mientras tanto, las alumnas asistíamos ignorantes a nuestras clases.

La profesora Richter estaba entregada en cuerpo y alma a resolver un problema interminable que solo las mentes privilegiadas, como Joanna o ella, eran capaces de seguir. La maestra de Aritmética era una mujer alta y pálida que usaba unos anteojos a través de los que parecía adivinar hasta los mismos átomos en suspensión. También se encargaba de enseñar Física a las alumnas interesadas en las Ciencias. No era mi caso. A la profesora Richter siempre le temblaba el labio inferior cuando explicaba algún ejercicio o resolvía alguna cuestión. Y era a eso a lo que más atención le regalaba desde mi asiento. Así, ese día, mi aburrimiento casi consiguió que se me cerrasen los ojos, pero entonces encontré algo más interesante que hacer. Observé cómo Sara pasaba a limpio unas anotaciones que, siendo de Aritmética, no recordaba haberlas visto en clase. Preocupada por si mi falta de interés me jugaba una mala pasada en el siguiente examen, le pregunté en voz baja:

—¿Eso cuándo lo hemos dado?

Sara alzó la vista y me encontró curioseando sin vergüenza.

—Oh, no. Son algunas notas viejas de mi maestro en Larache. No quiero que se estropeen —me explicó.

—Madre de Dios. Menudo susto. Es decir, soy consciente de que la profesora Richter hace que me duerma, pero hasta el momento no han sido sueños tan profundos. O eso creo… ¿Lleva mucho tiempo con esa división?

—Como media vida… —me contestó.

—Ya me parecía a mí.

Sara jugueteó un momento con su lápiz.

—En realidad, son para George Barnett —me indicó—. Las notas.

—¿Has decidido ya qué hacer?

Se rio.

—Sí.

Hice una mueca divertida.

—Tengo que admitir que te estás adaptando mejor de lo que creía a St. Ursula.

Cuando la puerta del despacho de la directora Lewerenz por fin se abrió, la profesora Travert dio un brinco histérico, casi como un espasmo corporal incontrolable. Dejó que la despedida se efectuase sin entrometerse, pero tan pronto como aquel trío de militares desapareció en dirección a la primera planta, abordó a la directora.

—Directora Lewerenz, sé lo que han venido a contarle esos hombres, pero tiene que reflexionarlo detenidamente antes de tomar una decisión. —La desesperación movía sus labios.

—Profesora Travert, no sea impetuosa y no me diga cómo he de dirigir la institución que fundó mi difunto padre.

—Disculpe, tiene toda la razón. Pero es que no pueden obligarnos a que…, usted ya sabe… —dijo tratando de mantener la confidencialidad de una conversación que se había gestado en la escasa privacidad que concedía el pasillo.

—Y no lo harán. Si decido que eso ocurra, será por mis propias valoraciones, no porque nadie venga a ordenármelo a mi casa. Ahora, vaya a su aula. Tiene a las de segundo curso en menos de diez minutos.

—Sí, directora Lewerenz.

***

Uno de los aspectos que más impresionaba a Sara del bosque era la relación que las plantas tenían con el agua. Horas después de la tormenta, las hojas todavía guardaban el brillo relajante de la lluvia. Lloraban pausadamente, dejando que las gotas fueran rociando el suelo fangoso y escurridizo, cubierto por centenares de aquellas maravillas azafranadas. El aroma a tierra mojada impregnaba la ropa, calando en el alma, hasta que te sentías parte del ecosistema. De pronto, un susurro daba cuenta de la vida que seguía originándose y destruyéndose en el Sihlwald, pese a que el aguacero hubiera creado una capa de acuarela sobre cada rincón de aquella selva europea, haciéndola pasar por obra inerte de exposición. Según me contó, aquellos paisajes poco tenían que ver con la línea horizontal que se veía desde la ventana de su habitación en Larache, desde donde la arena del desierto suspendida en la brisa marina acariciaba las mentes y acunaba los sueños.

—Vuelve a repetirlo. Está todo mal.

—¿Otra vez?

—Sí.

George resopló.

—Si quieres aprender, tienes que comprender tus errores. Y solo lo conseguirás si te enfrentas a ellos —le indicó.

—¿Es un proverbio de tu tierra, *Marruecos*?

—Algo así. Mi maestro, Fadoul, me lo repetía siempre. Y gracias a eso logré ser buena con el cálculo.

—Ahm... De acuerdo, de acuerdo. Si lo decía tu maestro Fadoul, le haré caso —bromeó él.

Ver cómo George se peleaba con los números, con las raíces cuadradas y las reglas de tres, buscando una relación coherente en las claves que ella le planteaba, era atípico y enternecedor para Sara. Después de varios intentos, llegaba el resultado esperado, la lógica, la satisfacción de una ley bien aplicada. Ya no era un jeroglífico, era un juego en el que George podía intervenir, un enigma que podía descifrar.

El chico no tardó en darse cuenta de que Sara era una profesora exigente. No tenía intención de perder el tiempo, así que no admitía excusas ni hastío. Le proporcionó una copia de todos los apuntes que ella había ido recogiendo a lo largo de su vida. También cambiaron sus libros de teoría. Así George podría practicar nuevos ejercicios y Sara se estudiaría el temario de él para prepararlo a conciencia para el examen. Ella halló entonces una nueva utilidad en su buena obra. El libro que utilizaban en Sankt Johann im Wald tenía fórmulas algebraicas, trigonométricas y estadísticas. El maestro Fadoul la había introducido en esos campos, así que no podía esperar a aprenderlas. Paulatinamente, fueron creando una rutina que se forjó gracias al compromiso de ambos.

George no tenía pretensiones de faltar a ninguna de sus citas, puesto que, desde el comienzo de aquellas clases clandestinas, había empezado a comprender el porqué del entusiasmo del resto de compañeros con las clases del profesor Glöckner: el maestro enseñaba Matemáticas con pasión, mostrándoles trucos y claves para que aprendieran las reglas con facilidad. No buscaba que su asignatura fuera imposible o temida, quería que fuera útil para sus alumnos. La ayuda de Sara le permitió seguir las lecciones desde el encerado e, incluso, anticipar cuando alguno de sus compañeros iba a errar en sus cálculos. Sara también era fiel a su palabra. Acudía los lunes y los miércoles. Los viernes disfrutaba de la soledad. No obstante, las precipitaciones otoñales frenaron sus pasos uno de aquellos días.

—El lunes no viniste —le recriminó su alumno.

—Estaba lloviendo.

—*Marruecos*, es agua, no ácido.

—Da gracias a que he venido. Tengo un examen el viernes.

—Gracias.

—Así me gusta más —dijo ella y se sentó.

—Te he traído todos los ejercicios que me mandaste resueltos. Y… he copiado el problema logarítmico que Glöckner ha planteado en clase hoy para que lo trabajemos juntos. Me ha parecido fácil, pero después el idiota de Steffen Bächi ha empezado a resolverlo con flechas y sus números indescifrables y lo ha convertido en un rompecabezas.

Sara contempló a su discípulo concentrado. Sonrió, visiblemente satisfecha de la evolución del chico.

—Está bien. Comencemos, entonces —le indicó ella.

Su técnica, para aquella sesión, fue dejar que George llegara a las conclusiones por sí mismo. Cuando veía que se encaminaba hacia un fallo, le proponía replantear su estrategia hasta que hallaba el camino correcto. En medio de aquellos garabatos en lápiz sobre el cuaderno, Sara comenzó a escuchar pisadas crujientes a lo lejos. George seguía ensimismado, probándose, buscando ser más hábil que Bächi. Tal era la crispación que le generaba su compañero además de la competitividad que, en esos momentos, fluía por sus venas como un torrente de motivación y desesperación, que tuvo que ser su maestra la que le alertase de que al lejano crepitar se habían sumado voces extrañas. Sin decir nada, cerró impunemente el cuaderno, dejando aquella ecuación a medio terminar, privándola de solución, y cogió la mano de su alumno. Cruzó el riachuelo y se zambulló dentro de aquel arbusto en el que se había agazapado Barnett cuando se encontraron por primera vez en el bosque.

Las ramas lamieron sus uniformes, accediendo a absorberlos durante unos minutos. Los timbres de voz se fueron convirtiendo en conversación ajena, en risas secas y en pisadas próximas. Desde allí, adivinaron a aquel grupo de soldados. Sara los analizó con extrañeza; George con una mezcla de admiración y frustración. Pero aquello daba igual. Los militares, concentrados en su labor de rastreo y comprobación, prosiguieron con su marcha. Su itinerario se dibujó frente al escondite, lo que obligó a Sara a aproximarse más de la cuenta a George.

De golpe, se encontró frente a frente con aquel misterioso chico que habitaba al otro lado del bosque. Ambos se contemplaron por espacio de un minuto, regalándose el momento de mayor intimidad que habían compartido hasta la fecha. Debieron de extrañarse al encontrarse así, tan próximos, buscando en los ojos del otro algo de sosiego. O, quizá, tratando de hallar el motivo por el que sus miradas se habían derretido, inmovilizando su cuerpo. Los pasos y las risas fueron enmudeciendo hasta disiparse. Al percatarse de que el tiempo no se había detenido, decidieron salir al exterior e intentaron, con nulo éxito, recuperar la templanza que sus impulsos parecían haber arrebatado.

***

El reloj de pared marcó la hora en la que los cuadernos se cerraban y los lapiceros se recogían a gran velocidad. Con la escasa paciencia que nos quedaba, fuimos abandonando el aula ordenadamente, tal y como mandaban las normas de St. Ursula. Ya se adivinaba en el ambiente el olor a patata y a col cocida, procedente de los fogones de la señora Herriot. La variedad de alimentos se había limitado notablemente en los últimos meses, consecuencia de la planificación y el racionamiento que se había impuesto desde el Gobierno, a la espera de una hipotética invasión o corte de suministro por parte de alemanes e italianos, de los que dependíamos estrechamente. Así, desde el 30 de octubre de aquel año, productos como la pasta, el arroz, la avena, la mantequilla o los aceites se habían comenzado a dosificar. La consecuencia fue que todo terminaba sabiendo a patata y a col cocida. Antes de recuperar nuestra limitada libertad en el pasillo, la profesora Travert llamó la atención de Joanna. Como todas se habían adelantado, me vi obligada a quedarme unos minutos más junto a la puerta.

—Señorita Medeiros, me gustaría transmitirle el entusiasmo de todo el profesorado con respecto a sus calificaciones y su rendimiento en las clases. No sé qué planes tiene para el futuro, pero creemos que está altamente capacitada para cursar estudios superiores.

Joanna se ruborizó.

—Muchísimas gracias, profesora Travert. Yo, bueno, me encantaría poder ir a la universidad algún día —confesó ilusionada.

—Sería una gran estudiante. Y también una excelente profesional. ¿Se ha planteado qué especialidad le interesa más?

—Adoro la Biología, la Química y los números. En realidad, desde siempre me ha apasionado el trabajo de mi padre, el doctor Cláudio Medeiros.

Joanna procedía de una larga estirpe de médicos portugueses. Concretamente, cinco generaciones. La consulta de su abuelo en Braga, Jose Medeiros, siempre estuvo llena desde 1887. El padre de Jo, su único hijo, sintió la atracción por todo lo relacionado con la medicina desde muy pequeño, mientras aguardaba en la sala de espera a que su padre finalizara sus interminables jornadas y le dejara jugar con el estetoscopio. Así, decidió hacer carrera en la misma universidad que su padre, la de Coimbra, y se especializó, con honores, en Cardiología.

Sin embargo, el inteligentísimo doctor Medeiros jamás se dio cuenta de que, mientras dejaba que su trabajo le hiciera olvidar lo mucho que extrañaba a su amada Gloria, su hija comenzaba a sentir lo mismo que él. Y es que, las horas muertas en la consulta de su padre, esperando a que este reconociera a su último paciente, lograron despertar la curiosidad de la niña. Copiaba los dibujos de los libros y escuchaba los diagnósticos de su padre tras la puerta, igual que este había hecho en su infancia. Seguramente, porque era una de las únicas formas que le quedaban para sentir cerca a aquel hombre frío y distante en el que se había convertido.

—Quizá pueda ejercer entonces de enfermera... —planteó la docente.

—Sí, quizá —contestó la alumna, visiblemente desencantada—. De todos modos, no creo que mi familia considere conveniente que yo estudie, ya sabe, en una universidad. Ellos..., a mi padre le gustará que regrese a casa el año próximo.

—Entiendo... —musitó Travert.

Mi amiga se dirigió a la salida, rendida por aquella incansable búsqueda de su anhelado futuro profesional. Una lucha que se disipaba tan pronto como tomaba forma. Yo me retiré al pasillo.

—Aguarde, señorita Medeiros. Si lo considera oportuno, podríamos escribir una carta a su padre para transmitirle nuestras recomendaciones. Quizá así sea más sencillo convencerlo.

Joanna asintió y sonrió. Aquellas sonrisas agradecidas eran de lo más reconfortante de su profesión. La sospecha velada de que las mejores estudiantes quedarían apartadas de la posibilidad de acudir a alguna facultad para obtener un título universitario era de lo que más la irritaba. Aquella misma tarde, en su cuarto, escribió una extensa misiva al doctor Medeiros para notificarle las aptitudes de su primogénita. Por el modo en el que aquella joven la había mirado, Anabelle había deducido que su verdadero sueño era ser médico. Aquello era casi imposible. Pero trabajar como enfermera o farmacéutica no estaba del todo descartado. Se afanó en ser lo más convincente posible con su prosa. Cuando terminó, cerró el sobre y lo dejó en su escritorio para entregárselo al cartero a la mañana siguiente. El final de la jornada pasó rápido. La cena transcurrió entre rumores infundados sobre exámenes sorpresa y chismes diversos. Después, apagado oficial de luces y enseguida pudo arrancar con garbo el Topolino.

La conversación con Joanna había dejado una suave sensación de desesperanza en Anabelle Travert. Repasaba mentalmente lo que había vomitado sobre el papel, temiendo haber sido demasiado apasionada en su defensa. Mientras meditaba sobre el tono de aquel mensaje, guardado ahora en un cajón, aparcó el automóvil. Hacía frío. El invierno ya se había asentado a orillas del lago y no parecía tener freno. Se abrochó los botones de su abrigo de lana gris y se caló el sombrero para proteger sus orejas. Justo cuando estaba dispuesta a entrar en la taberna, se topó con otro visitante nocturno. Alzó la vista y encontró al profesor Glöckner.

—Buenas noches, profesora Travert —saludó sonriente.

—Buenas noches, profesor Glöckner. ¿Va a pasar?

Ambos echaron un vistazo indiscreto al interior del local por una de las ventanas. Aquel pelotón de soldados brindaba y reía. Intercambiaron miradas.

—¿Sabe qué? Hoy prefiero pasear —comentó él—. ¿Me acompañaría?

—Por supuesto.

Hacía frío, sí. Pero para Adam Glöckner era preferible el viento gélido enquistado en las articulaciones antes que cruzar la puerta de la Meier Taverne. Sin preguntas, tal y como habían acordado, iniciaron su recorrido hacia el lago por Kirchtrasse que desembocaba, como tantas otras calles perpendiculares, en Bahnhofstrasse, paralela a la orilla.

—Este lugar es hermoso. Grita la naturaleza por todas partes, pero en silencio —observó el profesor.

—Parece usted un poeta, señor Glöckner. —Se rio Anabelle—. Pero tiene razón. Es un pedacito de paraíso.

—Tenemos todo esto y el ser humano sigue empeñado en la destrucción.

—¿Ha escuchado lo de los profesores universitarios en Cracovia? Al parecer, les tendieron una trampa y los arrestó la Gestapo.

—Sí. —Bajó la vista—. A saber dónde los han llevado.

—Es una absoluta tragedia. ¿Quién garantizará la cultura de un país si se aniquila a todos los intelectuales y a los estudiosos? A veces, no comprendo el modo en el que este mundo funciona. Nos veo corrompidos por el pasado. A todos.

—Profesora Travert, quien ansía el poder a toda costa no desea que haya garantes del saber. Si la sociedad piensa, es más difícil controlarla —dijo él, alumbrado por una luna que se había convertido en calcomanía sobre la superficie acuática.

—¿Usted cree que están muertos todos esos profesores?

—Quién sabe. Pero doy por seguro que no están vivos, allá donde estén. La muerte está comenzando a tomar formas diversas en estos tiempos —respondió el profesor Glöckner.

Anabelle reflexionó un instante.

—Aunque no tenga sentido, necesito pensar, cada día al levantarme, que puedo ser útil para alguien, cambiar a mejor el destino de alguna de mis alumnas. Es el motivo por el que me dedico a esto. No quiero que la política marque su vida. Los maestros existimos para que ocurra justo lo contrario. Pero, en ocasiones, me pregunto si no estoy siendo una imprudente por querer que las puertas del colegio permanezcan abiertas. Si los alemanes deciden atacar Suiza, podrían llegar aquí en menos de veinticuatro horas. Y, ¿qué nos esperaría?

—Probablemente nada bueno, pero su actitud no es reflejo de la insensatez. Quiere dar la oportunidad a las niñas que lo deseen de quedarse en su casa. No desea dejarlas a su suerte. Eso es humanidad, profesora Travert —opinó el joven docente.

—¿Hay espacio para eso en estos días, profesor Glöckner?

—Estoy seguro de que sí.

Sonrieron.

—Y pensar que hace una semana casi matan a Hitler en Múnich. Ese hombre tiene más suerte de la que necesita —comentó él.

—No le acompañará siempre. Eso espero.

—Y yo que la justicia pueda con la fortuna.

Cuando se despidieron, Adam Glöckner le anticipó que quizá volvería a verla al día siguiente. Anabelle no pareció comprender muy bien a lo que se refería, así que optó por dar por hecho que hablaba de una nueva reunión en la taberna. Con suerte, no habría militares ni tenientes Baasch incordiando. Sin embargo, el profesor Glöckner tenía otra idea en mente. El director Steinmann le había encargado que fuera a recoger el material de laboratorio que habían trasladado a St. Ursula para las olimpiadas. En teoría, era competencia del profesor Hildegard y del profesor Reiher —responsables de los departamentos de Química, Física y Biología—, pero ser el último en llegar siempre tenía grandes sorpresas.

Así, tras su clase con los de último curso, solicitó los servicios de su ayudante y aprovechó la presencia de Stäheli para incluirle en la excursión.

—Tú y tú. Conmigo. Ya —les ordenó.

Los jóvenes hicieron una mueca de asombro y siguieron a su profesor. Cuando pensaban que se trataba de un castigo por alguna de las bromas que habían gastado en el último mes —aparentemente sin ser delatados—, descubrieron el motivo real por el que el profesor Glöckner los había requerido. Se subieron en el coche que el entrenador Junge había cedido para el traslado de los matraces y las probetas y marcharon en dirección al colegio vecino.

—Quédense aquí quietecitos hasta que yo vuelva. Voy a buscar a la profesora Richter para que me indique dónde está el material —les comunicó, ya en el enorme hall de la escuela femenina.

Los dos chicos asintieron. El profesor subió los escalones de madera de dos en dos, desapareciendo al final de la escalinata principal. El vaivén de alumnas yendo y viniendo por parejas obnubiló a los jóvenes. De pronto, alguna los identificaba o reconocía y un sutil «Hola, George. Hola, Victor» salía de sus bocas, decorado con una sonrisa. Faldas grises y blusas blancas se multiplicaban por toda la estancia, iluminadas por los débiles rayos de sol que se colaban por los grandes ventanales, escasa dosis de luz en aquel día nublado.

—Demos una vuelta —debió de proponer el díscolo de George.

Victor Stäheli no necesitó ningún otro acicate para sumarse a la expedición de su mejor amigo. Imitaron el itinerario de su profesor y, asegurándose de que no había peligro a la vista, se lanzaron a caminar por el pasillo oeste de la segunda planta. Su curiosidad los obligó a asomarse por el cristal que remataba la parte superior de cada puerta para ver cómo eran las clases en St. Ursula. La mayoría de las chicas no repararon en la presencia de aquellos dos intrusos. Tampoco las maestras que, en aquel momento, dirigían la sesión. Susurros sobre Higiene, Alemán, Economía Doméstica, Francés o Historia del Arte se escapaban por las rendijas, se colaban por las ranuras que dejaban las bisagras y los pomos. Desde el aula número cinco, versos declinados torpemente se fugaban por una puerta entreabierta.

—*Ô lac! L' année à peine a fini sa carrière. Et pres de flots chéris qu'elle devait revoir...* —intentó Vika Antonovna.

—Señorita Sokolova, tiene que decirlo con pasión. No lea jamás un poema como recita las tablas de multiplicar —corrigió la profesora Travert—. *Ô lac! L' année à peine a fini sa carrière. Et pres de flots chéris qu'elle devait revoir...*

La maestra estaba tan concentrada en mostrar la correcta pronunciación y entonación a su audiencia que no reparó en que las chicas habían perdido el interés en ella. Algunas se reían incomprensiblemente. Abandonó la atención que le había regalado a aquellos versos de Alphonse de Lamartine y buscó el origen de las sonrisas. Sin dejar de leer, caminó hacia la puerta y descubrió a dos chicos del Sankt Johann im Wald haciendo su particular interpretación cómica de lo que ella recitaba. Lejos de mostrar su asombro por que aquellos dos alumnos estuvieran en el colegio, detuvo sus pasos y aplicó el mejor de los correctivos.

—Buenos días, señores.

Victor se escondió detrás de George.

—Buenos días, profesora —contestó Barnett.

—Pasen —les pidió.

No sabían muy bien cómo actuar, así que hicieron caso a la maestra. Una vez dentro del aula, George tuvo la oportunidad de ver a Sara sentada en la última fila. Estaba sola. A mí me habían mandado a hacer una visita a la directora por afirmar que «preferiría leer a Baudelaire antes que a un muermo sentimental como Lamartine» cuando me había tocado el turno de recitar. Esperaba a que Konstanze Lewerenz me diera paso, acomodada en uno de los bancos del pasillo, cuando vi aparecer al profesor Glöckner. Parecía algo desesperado, abrumado por la cantidad de corredores y escaleras que conformaban el edificio. Había coincidido con él una vez antes, en las olimpiadas, pero no me había fijado bien. Aquella mañana, sin embargo, nada más verlo, algo en mí se activó. Sabía que aquel hombre iba a caerme bien. Durante dos minutos me dediqué a contemplar su aspecto. Tenía el pelo castaño, algo alborotado. Supe que apenas superaba la treintena, pero el maestro parecía sostener sobre su osamenta un millón de aventuras.

—¿Necesita ayuda? —me ofrecí.

—Oh, sí. Sí, por supuesto, señorita. Estoy buscando a la profesora Richter. ¿Sabe dónde puedo encontrarla? Soy el profesor Adam Glöckner, del Institut Sankt Johann.

—La profesora Richter... Hum. Diría que ahora tiene a las de primero. Suelen tener asignadas las aulas diez y once. Es al final del pasillo oeste de esta planta. —Hice gala de mis conocimientos de alumna veterana.

—Madre mía, qué control de la situación. Muchísimas gracias, señorita...

—Fournier. Charlotte Fournier —añadí impetuosa.

—Muchísimas gracias, señorita Fournier.

Al tiempo que el traje de chaqueta marrón y el extraño acento del profesor Glöckner se alejaban, la profesora Travert continuaba con su plan.

—Los veo terriblemente interesados por la poesía francesa, señores. No quisiera que se quedaran con las ganas de saborear esta fantástica lírica —dejó el libro sobre las manos de George—. Pruebe usted primero. Le escuchamos.

La profesora de Francés se sentó en su silla, precedida por el sonido crujiente que siempre originaban sus zapatos cuando el tacón rozaba el suelo de madera. Todas las alumnas clavaron su mirada en George Barnett. Victor aprovechó para dar dos pasos a la derecha y, así, distanciarse del foco de atención. El silencio fue el primer protagonista. George acarició con sus ojos azules las letras impresas en aquella edición antigua de Lamartine, desvelando las frases que habían dado vida al famoso poema de «Le Lac». Después, reunió el coraje suficiente como para aclararse la garganta y comenzar. Los versos resucitaron en sus labios. Su dominio del francés era admirable; también de la declinación. Otorgó a aquellas palabras el poder de sus sentimientos, de las ondas de sonido que construían sus cuerdas vocales, de la fuerza que habitaba en él, de la carne que convertía en realidad algo que pasaba los años dormitando entre portadas y contraportadas. Permitió que aquellas muchachas se trasladasen a ese lago y se bañaran en él, sin necesidad de correr por el bosque hasta la orilla vidriosa que besaba Horgen.

—*Tout dise: ils ont aimé!* —terminó.

De nuevo, el silencio. George cruzó una mirada fugaz con Sara, que sonrió con disimulo para después volver a fijar la vista en su libro.

—¿Ve, señorita Sokolova? A esto me refería. Aunque lee demasiado deprisa, señor Barnett. Debería disfrutar más de la lectura. No se apresure, los textos siempre le esperan a uno —le aconsejó mientras le arrebataba el poemario.

George se sorprendió de que aquella maestra supiera su nombre. Temió lo peor. Cuando Victor ya podía sentir el peso de aquel ejemplar sobre las manos, el profesor Glöckner apareció por la puerta.

—Están aquí. Llevo buscándoles media hora. ¿Qué entienden por «no se muevan del hall»? —les recriminó.

La profesora Travert sonrió.

—Buenos días, profesor Glöckner.

—Oh, buenos días, profesora Travert. Disculpe, discúlpeme. No quería interrumpir su clase. Disculpen todas, señoritas —se excusó mientras se pasaba la mano por el pelo, tratando de peinarse o adecentarse.

—No se inquiete. Su alumno nos ha ayudado con la tarea que estábamos desarrollando esta mañana. Dígale al profesor Bissette de mi parte que haría bien en recomendarle algún libro de poesía al señor Barnett.

—George, ¿has oído? Dicen que leas poesía. Pero si la poesía es para las niñas romanticonas y las solteronas amargadas —susurró Victor a su amigo con el consecuente golpe del profesor Glöckner sobre su nuca.

—Haga el favor de callarse, que contento me tienen —Glöckner cambió la expresión de su rostro para dirigirse a la maestra—. Se lo diré de su parte, profesora Travert. Disculpe otra vez por la interrupción. Las dejamos que terminen su sesión, nosotros tenemos un trabajo que hacer.

Y así era. Desde el jardín delantero, vi cómo el profesor daba órdenes a sus dos alumnos para que cargaran todo el material en el coche. Él se eximió de realizar movimientos bruscos en nombre de la educación y de la sanción que aquellos chicos se merecían. Mientras tanto, yo aguardaba a que mis compañeras salieran de aquella soporífera clase de francés. Cuando los chicos hubieron terminado, me despedí de ellos con la mano, a distancia suficiente como para divisar su partida sin formar parte de ella.

***

La reagrupación de las tropas de infantería en torno a las principales líneas de agua o de relieve que se extendían a lo largo de la frontera con Alemania había intensificado la presencia militar en ambas orillas del lago, así como en Zúrich, desde principios de octubre. La sección destinada en los alrededores de Horgen, liderada por el teniente Dietrich Baasch, fue recibida con templado entusiasmo. Las gentes de la zona rehusaban pensar en la guerra como algo cercano o certero, pero la afluencia de soldados no hacía más que aportar seguridad a las familias que residían en las poblaciones aledañas a aquella masa de agua. Además, había algo en las facciones de aquellos hombres desplazados que recordaba a los que, por su parte, habían abandonado aquellos pueblos y aldeas para servir en otro punto de la Confederación. El principio «trata a estos soldados como te gustaría que estuvieran tratando a tu hijo, tu hermano, tu marido, tu sobrino...» era por el que se movían los habitantes de la zona. Quizá los de toda Suiza. Probablemente en media Europa.

Haciendo gala de su generosidad y hospitalidad, el pueblo de Horgen resolvió invitar a los reclutas allí instalados al baile de otoño. Lo que debía ser una suerte de fiesta para subir el ánimo a la población se convirtió en una reunión multitudinaria con una presencia excesiva de militares. Con relativo acierto, el consistorio envió invitaciones a los dos colegios. Quería que algunos docentes y alumnos acudieran a la cita para que también aquellas dos relevantes instituciones tuvieran representación en la velada. La teoría que escuché de boca de Marlies fue que la presencia internacional quedaría mejor en las placas que se iban a tomar para la ocasión y que se publicarían en los periódicos locales. ¿Qué pueblo es el más acogedor e interesante? La fotografía hablaría por sí misma.

La profesora De la Fontaine nos había reunido a las mayores unos días atrás. Nos indicó que aquello era un privilegio excepcional y que no se admitirían faltas de compostura. Repasó una por una las normas y condiciones bajo las que se nos concedía el derecho a asistir al baile. A partir de ese momento, los comentarios sobre qué vestido lucir o qué sombrero escoger sustituyeron a las divagaciones sobre cualquier otro asunto trivial.

La tarde del 18 de noviembre estuvo plagada de carreras por el pasillo este de la tercera planta. Zapatos voladores. Rulos. Cepillos. Carmín. Perfume. Rizos tubo e intentos de moño *chignon,* como los de las actrices que decoraban las paredes de mi cuarto. Después abrigos que todavía cargaban en sus hebras e hilvanes el olor irritante de la naftalina. También fue el momento de abandonar las boinas y los canotiers protocolarios para dar paso a los casquetes más modernos. Cómo disfrutaba de aquellos instantes en los que podía desembarazarme de las ropas aburridas que me imponía aquel internado para verme en el espejo como la mujer en la que me estaba convirtiendo.

—Charlotte, ¿tú crees que irán los chicos del Sankt Johann? —me preguntó Sara mientras terminábamos de arreglarnos en la habitación.

—Eso tengo entendido —respondí sin dejar de atusar mi corta melena morena—. ¿Por qué quieres saberlo?

—No, por nada. Simple interés.

Atendí cómo se retiraba del armario y se concentraba en abrochar sus zapatos. Alcé una ceja.

—¿Sigues dando clases a George Barnett?

—Sí. ¿Sabes? Creo que está avanzando mucho —me confesó.

—Eso es bueno, Sara. Deberían poner una estatua en tu honor si logras que ese chico apruebe.

Mi compañera de cuarto se quedó callada.

—¿Qué sabes de él? No es que hable mucho de sí mismo…

—Tampoco tú.

—Eso es cierto —admitió—. Ni tú.

Titubeé un minuto.

—Sé lo que sabe todo el mundo. Hijo de los duques de Arrington y el menor de tres hermanos. Ellos también fueron al Sankt Johann im Wald. Al parecer, son leyendas allí. De esa clase de muchachos listos que dejan huella y de los que nadie querría ser hermano pequeño. George odia que siempre lo comparen con ellos. No sé. Aunque su procedencia pueda amedrentar, siempre he pensado que formar parte de una familia tan tradicional debe de ser asfixiante. Dicen que está prometido desde los ocho años.

—¿Prometido? ¿Prometido de comprometido?

—Sí, sí. Eso mismo. Con la «vizcondesita», la señorita Abigail Collingwood. Nos lo contó Eleanore Fitzgerald, de octavo curso, hace un par de años. Su familia conoce a los padres de George y a los Collingwood. Al parecer, es *vox populi* en toda la corte británica. —Hice una pausa—. Y, bueno, ahora aquí también.

—Entiendo... —musitó Sara.

En el hall, la exasperante profesora Travert —parapetada, como acostumbraba, por la profesora Habicht— repasó nuestra vestimenta. Las alumnas que hubieran incumplido alguna norma tenían diez minutos para cambiarse. Si te daban el visto bueno, podías ir a la salida y subirte al viejo autobús del señor Feller, previo paso por el rincón fotográfico de Odermatt y su Voigtländer. Évanie se pasó todo el trayecto imaginando su reencuentro con el soldado Voclain. Se había ataviado con los últimos abalorios que sus padres le habían enviado desde El Cairo. Aunque los tejidos caros eran comunes en las alcobas de las internas, pocas podían presumir, como ella, de contar con un armario tan actualizado.

Nos apeamos del vehículo en Alte Landstrasse y avanzamos emocionadas, ignorando aquella fabulosa fuente de piedra rematada por un cisne a punto de echar el vuelo. Cuando cruzamos las puertas de la casa Schwan, identificada con el escudo de armas del pueblo, un despliegue de banderas de la Confederación se extendió ante nuestros ojos. Los escasos hombres que, por edad, no se habían enfundado el uniforme y cogido su arma para marchar a servir, se distribuían discretos entre las mujeres del pueblo. Ellas habían tomado las riendas de las numerosas granjas, de los negocios locales, de la vida pública. De hecho, precisamente un grupo de ganaderas y de trabajadoras de la mina de carbón de Käpfnach había organizado aquella reunión. Una banda de música amenizaba la velada al ritmo del *swing* hasta que las notas quedaron congeladas para aplaudir la llegada de la sección. Algunos muchachos del Sankt Johann miraban a los soldados con cierta curiosidad. Posiblemente, si la guerra se alargaba, algunos tendrían que alistarse en los ejércitos de sus países. ¿Serían entonces enemigos de aquellos hombres con los que brindaban?

El teniente Dietrich Baasch, animado por una de las responsables del encuentro, accedió a pronunciar un breve discurso de agradecimiento. En él también se entreveían promesas de protección, pero la mirada ácida con la que le correspondió la profesora Travert deshizo el buen sabor de boca que debían haberle dejado aquellas palabras. Cuando finalizó, volvimos a aplaudir. Dábamos palmas sin saber muy bien el porqué, sin ser capaces de anticipar si sería necesario que aquellos valerosos ciudadanos nos salvaran la vida. Al margen del sentimiento agridulce que había dejado el discurso patriótico, George, Victor, Kristoffer y Dilip se acercaron a nosotras.

—Buenas noches, señoritas —saludó Stäheli.

—Buenas noches, Victor. ¿Ya te has recuperado del susto del otro día? —Se rio Joanna.

—Muy graciosa. Esa profesora es un ser retorcido. Menos mal que George tiene talentos ocultos y me libró de recitar esa tontería en francés.

—Estás muy bonita hoy, Évanie —dijo Dilip, ignorando la conversación principal.

—Gracias, Dilip. Tú también —respondió ella al tiempo que trataba de encontrar a su amado entre la multitud.

—Confieso que me hubiera encantado ver a George dando una clase magistral sobre entonación —comenté.

George me sonrió forzadamente, rechazando mi broma. Victor, sin preguntar, comprobó que no tenía profesores cerca y empezó a verter el contenido de una petaca de plata en nuestros vasos de soda.

—Medicina para el alma —bromeó.

—¿Qué es? —se interesó Liesl.

—Es de Kristoffer. Bueno de su padre. Se lo robó en verano. Por el olor diría que es anís. Pero no estoy muy seguro. —Y continuó sirviéndonos.

Kris sonrió tímido. Lo probé, pero no terminó de cautivarme el sabor. A Joanna, a Sara y a Évanie, sin embargo, sí les gustó. Dilip rehusó participar en aquella cata.

—Vamos a necesitar mucho de esto como la situación siga poniéndose fea en Europa —lamentó Joanna.

—No seas agorera, Medeiros. Seguro que esto termina en nada. Hablé con mi hermano el otro día y me dijo que es una guerra absurda y aburrida. Y que daría lo mismo que tuvieran armas de juguete, porque, al parecer, no ha llegado ninguna novedad del frente. Está seguro de que Chamberlain y Daladier se echarán atrás en cuanto se den cuenta de que Hitler solo estaba interesado en Polonia. Hay que intentar relativizar. Nos vamos a volver locos si seguimos elucubrando —intervino George y dio un trago.

—Pues a mí me encantan los hombres en uniforme. Creo que esta situación hace todo un poco más interesante —opinó la inconsciente de Évanie.

—¡Évanie! —reprobé—. ¿Cómo te puede parecer bien esto? Los conflictos armados no traen nada bueno. Disfrutas de la paz de un estado neutral —y miré a Victor—, pero esto no es la realidad. Apuesto a que en Gran Bretaña, Francia y Alemania ven las cosas de un modo distinto.

—Yo estoy de acuerdo con Évanie. Me enorgullece que mis compatriotas defiendan las injusticias —espetó Dilip—. La neutralidad no soluciona problemas, Charlotte.

—Bueno, vamos a dejar de hablar de la guerra —interrumpió la española—. Por cierto, George. ¿Qué tal el examen de Matemáticas? ¿Fue difícil? —le preguntó.

El círculo se quedó en silencio un segundo. Victor guardó la petaca en el bolsillo de su chaqueta, algo extrañado. Todos contemplaron a Sara. Después a George. No comprendían el interés de la chica en un examen del otro colegio. Tampoco el porqué de la interacción entre ellos. El chico tragó saliva, nervioso. Después agitó la cabeza.

—No sé de qué me hablas. Disculpa. —Bebió un sorbo—. Bueno, voy a dar una vuelta a ver si consigo un cigarrillo. Os veo luego, señoritas.

Sara le miró a los ojos, ofendida, pero dejó que se marchara.

—Pero sí que hemos tenido un examen con Glöckner esta semana... —indicó Dilip en voz baja.

—Hay que ver con tu nueva amiga, Fournier. Está en todo. —Se rio Stäheli.

—Cállate, Victor —le instó Liesl.

—Solo estaba intentando ser simpática, estúpido —añadí.

—Perdonad, perdonad. Madre mía, qué poco sentido del humor. En fin, ¿me concede este baile, señorita Medeiros?

—Uno solo, Victor. Siempre terminas destrozándome los pies con tus pisotones.

—Qué delicada, mujer.

Dilip hizo un amago de sacar a bailar a Évanie, pero esta le pidió un momento, demasiado preocupada por identificar si el soldado Voclain estaba cerca. Rápida, Liesl le cogió la mano y se lanzó a la pista con él. Kristoffer, por su parte, se quedó mirando al infinito. Sara, ciertamente ofuscada por la reacción de George, no se pensó dos veces el tomar el brazo del danés sin esperar su solicitud. Así, me quedé sola con la enamoradiza de Évanie, quien me suplicó que la acompañara a saludar al chico del que se había encaprichado. Odié a mi amiga unas mil veces por obligarme a ser parte de aquella desfachatez. Parecía una desequilibrada, una mujer desesperada. Las señoritas jamás se dejaban ver así, debías aguardar a que el joven se aproximara. Resoplé, deseando que nadie viera el modo en que nos estábamos comportando.

Cuando llegamos donde se encontraba el soldado Voclain junto a dos de sus compañeros y tres muchachas del pueblo, algo mayores que nosotras, el joven no pudo ocultar su sorpresa.

—Señoritas. Buenas noches —nos saludó.

—Buenas noches, soldado Voclain. Qué alegría encontrarlo aquí— saludó, coqueta, Évanie.

—Sí, bueno, el consistorio insistió en que viniéramos para tranquilizar a los vecinos —comentó el muchacho.

—Por supuesto. Y no sabe lo feliz que me hace que este pueblo sea capaz de valorar a sus héroes.

Puse los ojos en blanco, aburrida de coqueteos. Sin embargo, alcancé a ver cómo el otro soldado que siempre andaba con Heinrich Voclain nos analizaba de arriba abajo con sus dos ojos azul intenso. Al darse cuenta de que había descubierto su intromisión visual en nuestra figura, me sonrió. Yo moví la cabeza, invadida por el hartazgo. Las jóvenes casaderas que parloteaban con los militares antes de nuestra llegada se marcharon al ver que Évanie se había hecho con el control de la conversación. Para mi extrañeza, el soldado Voclain parecía encontrar gracia y afabilidad en los comentarios de la inocente Évanie Sauveterre.

—¿Usted también estudia en el colegio? —me preguntó el otro soldado.

—Sí.

—Encantado. Soy Zacharie Légrand.

—Un placer. Yo soy Charlotte Fournier.

—También francoparlante por lo que veo —dijo, cambiando al francés—. ¿Lausanne?

—Ginebra —respondí—. Pero prefiero hablar en alemán, si no le importa.

—En absoluto. Yo soy de Porrentruy. En el oeste —respondió en suizo alemán.

—¿Él también...? —me interesé, estableciendo vínculos familiares o de amistad entre los dos jóvenes gesticulando con mi índice.

—No, no. Voclain es de Friburgo. Pero nos conocimos hace varios años en los cursos anuales del Ejército.

—Ahm...

—Su amiga es muy simpática —me susurró.

Posiblemente donde había dicho «simpática» quería decir «impetuosa, infantil y extremadamente latosa», pero respondí a su comentario con una mueca algo menos tensa que la anterior.

A solo unos metros de distancia vi de reojo a la profesora Travert y a la profesora De la Fontaine. Ninguna de las dos sentía un gran aprecio por la otra. Era mutuo y lo sabían. No obstante, lograban mantener la compostura frente a todos. En aquella fiesta, ambas, como las dos maestras que se habían granjeado el máximo respeto de la directora Lewerenz, acompañaron a su superiora. Una vez allí, el debate sobre quién socializaba y quién vigilaba a las alumnas estaba servido. De ese modo, las dos trataban de seguir los pasos de la directora y sumarse a los saludos o presentaciones con un ojo puesto en nosotras.

Como era de esperar, el Institut Sankt Johann im Wald hizo lo propio con su cuadro docente, así que pudieron conversar animadamente con el director Steinmann, el profesor Hildegard y el profesor Schmid. Anabelle comprobó de primera mano todos los comentarios que el profesor Glöckner hacía sobre Hildegard y su necesidad de tener todo bajo control. Después de una intensa media hora escuchando sus quejas sobre la innecesaria aplicación de algunos de los principios de la conocida como «escuela nueva» en instituciones de gran prestigio como las suyas, la profesora Travert encontró el modo de excusarse. Acompañó a la profesora De la Fontaine a refrescarse y a coger una soda de la mesa de bebidas. Su presencia se le antojó como el mejor de los privilegios en aquella noche de baile.

—Madre mía, el profesor Hildegard no se hubiera llevado nada bien con el profesor Pestalozzi. No he conocido a nadie tan reacio a las reformas.

—Es increíble lo mucho que pueden llegar a hablar los hombres para que pensemos que son inteligentes —se quejó De la Fontaine mientras cogía un vaso.

—No les culpes. Pasamos tanto tiempo rodeados de adolescentes que, a menudo, se necesitan estas ocasiones para desarrollar las profundas conversaciones que no tenemos el resto del año —opinó Travert en tono jocoso.

—La verdadera lástima es que no haya venido ese nuevo profesor. ¿Flöckner?

—Glöckner. Creo —disimuló.

—Eso es. La verdad es que me resultó de lo más atractivo e interesante cuando lo conocí en las olimpiadas. Sería una pena que no coincidiéramos más —aseguró, dándose golpecitos en los labios con su meñique, como intentando fijar su labial marchito.

Anabelle se extrañó al sentir rabia en aquel momento. Adam Glöckner respondía a la perfección a aquellos dos adjetivos. Pero era mucho más. Al menos, eso era lo que sentía ella, agazapada tras aquel juramento que habían hecho de no hacerse preguntas sobre su pasado, sobre su vida. Admiró la belleza y elegancia de Esther de la Fontaine. Y sintió más rabia.

Al tiempo que las maestras regresaban a aquel corrillo de profesores, yo agotaba las últimas frases que le quedaban a mi conversación con el soldado Légrand. Perdí el interés cuando vi a Victor, George, Dilip y Kris sacar a bailar a varias mujeres de avanzada edad, a las que visitó el rubor cuando los chicos empezaron a moverse con desparpajo en medio de la sala. Les daban vueltas y las cogían de la cintura. Incluso improvisaron una coreografía al son de la versión de *Bei Mir Bist Du Shein* de las Andrew Sisters que estaba interpretando la banda local que dejó boquiabiertos a compañeros, internas, aldeanos y profesores. Sobre todo, en el instante en que Stäheli y Barnett decidieron subirse a una mesa. Cuando las mujeres necesitaron un respiro, Liesl, Joanna y Évanie y otras alumnas de St. Ursula se unieron.

De lejos, pude observar cómo Steffen Bächi se acercaba a Sara. Divisé cómo él solicitaba un baile con ella, que no pareció encontrar nada de diversión en el numerito de los chicos del Sankt Johann. George se había retirado a fumar y también vio la escena, aferrado a su cigarrillo. Nunca supe muy bien qué creía estar quemando en cada una de sus caladas, pero la brasa que hacía desaparecer el pitillo llameaba centelleante, chillando al mundo todo lo que él, en realidad, pretendía ocultar.

Su error no fue quedarse allí quieto. Tampoco salir al exterior cuando Victor Stäheli fue rechazado por Vika y Simone. Ni pretender que Sara se uniera a nuestras sonrisas cuando nos despedimos de ellos y nos subimos al vetusto autobús, mientras seguía brotando agua de la fuente del cisne. Su fallo fue creer que el lunes Sara acudiría a la cita que tenían en el bosque. Y su mayor desacierto fue pensar que si el lunes no había ido, el miércoles sí la vería.

***

Ese mismo miércoles, la profesora Travert aprovechó su paseo con el profesor Glöckner para contarle todos los pormenores de la velada del sábado. En silencio, él se alegraba de no haber ido, pero asentía atento a todas las anécdotas que le narraba su compañera. Se compadeció de ella por haber tenido que soportar las disertaciones interminables del profesor Hildegard y se rio cuando le notificó el interés de la profesora De la Fontaine en volver a verlo. Después, casi inconscientemente, compartieron los últimos datos que se tenían del hombre que había intentado matar a Hitler a principios de mes. Un tal Georg Elser. Lo habían detenido cuando trataba de cruzar la frontera suiza. Varios metros habían decidido su suerte. De haberlos recorrido sin ser registrado, habría tenido una segunda oportunidad allí, sobre la tierra por la que aquellos dos maestros caminaban. Mas, la fortuna del dictador no era bien disfrutado por todos, así que aquel hombre, tildado de terrorista a partir de ese día, tenía firmada su sentencia de muerte. Aunque siguiera vivo.

—¿Se encuentra bien, profesora Travert? —se cercioró el profesor Glöckner al ver cómo ella se estremecía.

—Sí, no se inquiete. Es solo que hablar de estos temas me destempla. Y, además, este frío…

—Sí, tiene razón. Debemos de estar locos para dedicarnos a andar a estas horas con esta endemoniada temperatura.

Ella se rio.

—Aguarde, tengo una idea. Sígame —propuso la profesora.

Adam Glöckner no se reconocía en sus ratos con Anabelle Travert. Parecía como si la más candorosa pubertad se hubiera reactivado en todos los poros de su piel. Era el antídoto a todos sus temores. Sin pensarlo, hizo caso a la profesora. Ella le guio hasta el coche rojo con el que siempre aparecía victoriosa en el pueblo, tras los desafíos cotidianos, y lo invitó a subir. Demostrando clara destreza al volante, condujo hasta el colegio y aparcó en el jardín lateral, justo al lado de la puerta trasera de la cocina de la señora Herriot. Entre risas, pidió al profesor Glöckner que se mantuviera en silencio.

—Ahí arriba duermen las pequeñas, así que sea discreto.

—No veo el problema de estar colándome con una de las maestras de esta respetable institución en la cocina para… ¿para qué exactamente? —contestó él.

Anabelle sabía muy bien dónde encontrar lo que andaba buscando. Ella misma, acompañada de la profesora Habicht, la profesora Durand, la señora Herriot y, puntualmente, de la profesora Richter, hacía buen uso de ello algunas noches. Pasó, a hurtadillas, a la despensa y alcanzó aquella botella de whisky escocés que tantas penas había suavizado. Cuando Adam vio el motivo de aquella expedición secreta, no pudo más que echarse a reír.

—Venga, dele un trago —lo animó ella.

Así lo hizo. Después se unió la docente. En lugar de calmarles, aquella bebida incrementó las ganas de reír de ambos. A sabiendas de que si permanecían en la cocina, alguien podría oírlos y bajar a comprobar el origen de los ruidos, optaron por regresar al vehículo. Cuando se sentaron en su interior y dieron otro largo trago a la botella, se sintieron a salvo, resguardados de ojos chismosos. Nada más lejos de la realidad...

Mientras tanto, yo estaba resguardada del frío de la noche entre las sábanas de mi cama. Un irritante duermevela tenía secuestrada mi paciencia cuando algunos toques en el cristal lo aniquilaron por completo. En un primer momento, creí que era nieve impactando contra la fachada del colegio, pero después oí murmullos que pretendían ser llamadas. Me incorporé veloz y aparté la cortina. Ahí estaba, George Barnett con la vista fija en su objetivo. Sabía cuál era mi habitación, así que imagino que no tuvo demasiados problemas en ubicarse frente a nuestra ventana: tercera planta, tercera ventana a la izquierda de la torre este. La abrí.

—Eh, Charlotte. Hola. ¿Podrías avisar a Sara? ¿Está ahí contigo?

Suspiré.

—Voy a ver —respondí.

Me acerqué a la cama de mi compañera y, con escasa maña, la desperté.

—Sara, es George. Está abajo. Quiere hablar contigo —le indiqué sin esperar a que recobrara la consciencia.

—¿Qué George?

—Barnett. Hola, estás en St. Ursula. Yo soy Charlotte y hay un chico ahí fuera esperando que te levantes, dormilona —resumí.

Sara no se apresuró. Con toda la tranquilidad que la acompañaba siempre en sus despertares, se levantó lentamente y se abrigó con la bata de noche. George casi se había rendido cuando la observó aparecer, dando sentido a su presencia allí.

—¿Qué quieres? —preguntó de mala gana.

—No has venido esta semana al bosque para dar clase. ¿Ha pasado algo que haya cambiado los planes?

Sara lanzó una risa frívola, que sonó a exhalación de incredulidad, y volvió a su cama.

—Sara. ¡Sara! —susurraba él.

—George, perdona que me meta, pero creo que no tiene ganas de charlar ahora, así que ve a dormir —dije.

—No.

Miré a Sara, que ya se había vuelto a acostar.

—No me iré de aquí hasta que no baje a hablar conmigo.

Traté de convencer a mi amiga con un gesto de preocupación, pero no se doblegó al chantaje de Barnett. Después de media hora simulando que ambas dormíamos, la española resopló con rabia, volvió a aproximarse a la ventana y, al ver que el chico seguía allí abajo, se decidió a bajar.

—Como me castiguen por tu culpa, me las pagarás —le advirtió ella a modo de saludo.

—Sabía que bajarías.

—No te consideres vencedor de nada, lord George. Esta es nuestra última conversación.

—Vamos, *Marruecos.* ¿Qué ocurre? Pensé que éramos buenos compañeros, que estábamos avanzando con el cálculo.

—Yo también. Pero luego me dejaste como una estúpida delante de todos. ¿Acaso te da miedo que la gente se entere de que te ayudo a graduarte?

—Oh, ya... La fiesta. —Ató cabos—. No, no es eso.

El silencio en el bosque nunca era real.

—No me importa que mis amigos sepan que no soy capaz de estudiar Matemáticas por mi cuenta. Es decir, supongo que ya sospechan que no soy un cerebrito. El otro día, simplemente, no quise que se enteraran de que me ayudaba, ya sabes, alguien como tú.

—¿Una chica?

—Algo así.

—Increíble. Quizá podrías entender este acuerdo como un privilegio por el que puedes beneficiarte de alguien que tiene más facilidad que tú con los números. También de su trabajo y de su tiempo. Al margen de su género —espetó ella.

—Tienes toda la razón. Discúlpame.

—No, George, no te disculpo. Estás demasiado acostumbrado a que todo el mundo excuse tus faltas de respeto porque eres George Barnett. Pero yo no quiero hacerlo. No voy a hacerlo. Tendrás que continuar tú solo con tus asignaturas.

Sara se peleaba consigo misma mientras zanjaba su breve relación docente con George. La boca decía algo distinto a lo que ella sentía.

—Está bien. Pero no lo lograré sin ti. Eres muy buena —afirmó él, derrotado.

—Tendrás que intentarlo.

Desapareció en la oscuridad del jardín, buscando el cobijo que necesitaba su mente en el interior de la escuela. Desde mi cama, contemplé cómo regresaba con un leve agotamiento emocional decorando sus pupilas.

—¿Qué ha pasado? —me interesé, fingiendo que no había tratado de escuchar toda su conversación.

—Nada, no voy a volver a ayudarle, Charlotte. Ese chico es un egoísta. Se piensa que puede aprovecharse de mi buena voluntad y, después, ningunearme.

—Sí, pero ha venido a disculparse, ¿no?

—No. Ha venido para salirse con la suya. Y no lo voy a consentir. Además, hace demasiado frío, llueve cada dos días. Pronto nevará. Es inviable que sigamos viéndonos junto al río.

***

En los días siguientes, la mueca de disgusto en el rostro de Sara se convirtió en mi nueva compañera de cuarto. Intenté no prestar demasiada atención a aquel cambio de actitud, pero finalmente resolví que debía hacer algo para animarla. Además, su silencio ante mis secretos me animó a fiarme de ella. Y ella también comenzó a confiar en mí. Cuando llegó el sábado, se me presentó la ocasión idónea. La española estaba tumbada en la cama. Yo terminé de colocar los rulos en mi cabeza y me senté a su lado.

—Quiero enseñarte algo, pero tienes que jurarme que jamás dirás nada —le dije.

—¿De qué se trata?

—Lo primero que tienes que saber es que la discreción es lo más importante. Cuando la profesora Habicht anuncie el apagado de luces en diez minutos, cuenta hasta cien y sal de la cama. Sígueme sin hacer preguntas. No lleves zapatos puestos y, sobre todo, hazme caso en todo lo que te ordene. ¿Ha quedado claro?

Sara no terminaba de acostumbrarse a mis originalidades. Con cara extrañada, asintió y se dispuso a hacerme caso. Cuando la voz de Habicht resonó por todo el pasillo de la tercera planta, apagué nuestra luz.

Nada más salir del cuarto, un crujido casi desmonta mi plan. «Chsss», le pedí. Avanzamos por el pasillo hacia las escaleras. Todas las puertas estaban cerradas, guardando las aspiraciones de las niñas que todavía dormían en las mullidas pero sencillas camas del ala este del colegio. No me detuve en ningún momento, continué caminando hasta alcanzar el arco que nos guiaría hacia otra planta. No obstante, la sorpresa para Sara llegó en ese instante. En vez de tomar los escalones que nos llevarían abajo, me acerqué al tramo contrario, retiré con cautela una valla de madera que bloqueaba el paso y comencé a subir. Después de treinta peldaños, aparté otro objeto que buscaba impedir que alguien se adentrase en aquel rincón del edificio.

—¿Dónde estamos? —susurró Sara.

—En la cuarta y última planta de la torre este.

—¿Se puede estar aquí?

—Por favor, Sara. Por supuesto que no. Y nadie tiene que descubrir que has subido.

—No, no, tranquila. Pero... —Sara miró alrededor, confundida por los motivos que podían llevarme a retirarme allí—. ¿Por qué me has traído aquí? ¿Es una especie de lugar para meditar o algo parecido?

Me eché a reír.

—¿Meditar? ¿Por quién me tomas?

Entonces, el sonido de suaves golpecitos en las escaleras inició su ascensión. Tras este, aparecieron las caras de Évanie, Joanna y Liesl. De un arcón abandonado, sacamos varias mantas que extendimos por el suelo o echamos sobre nuestros hombros. También una colección de velas con estalactitas de cera cubriendo su superficie. Nos sentamos en un círculo, permitiendo que el halo de luz de las lenguas de fuego nos mintiera sobre lo acogedor del lugar donde nos encontrábamos.

—¿Lo has traído, Évanie? —me interesé.

—Por supuesto.

La canadiense sacó aquel maravilloso tarro de leche condensada de debajo de su camisón y me lo entregó.

—Novata, las reglas son sencillas: si tienes el tarro, no tienes la palabra.

—¿De dónde lo sacáis? —preguntó.

—De la cocina de la señora Herriot. Cada sábado tiene que ir una a robarlo. Ya que eres una más, el próximo sábado irás tú —le anticipé.

—¿Y no se da cuenta?

—Bueno, hubo una vez en la que casi nos pilla a Joanna y a mí, pero, por lo general, la señora Herriot es bastante despistada —contó Liesl.

—Aquí, principalmente, hablamos de todo sin censura. Es el círculo de la verdad. Es decir, es una manera de poder contarnos lo que sea sin la sensación de que alguien está escuchando. Alguien como la directora Lewerenz, la profesora Gimondi o la profesora Travert —intervino Joanna y puse los ojos en blanco.

Al principio Sara escrutó la escena como mera espectadora. El tarro pasaba de mano en mano. La afortunada que lo sostenía podía mojar la yema de su dedo índice en aquella sustancia blanquecina capaz de cautivar a los paladares más exquisitos con su dulzor extremo. El dedo giraba con parsimonia, recogiendo la leche deshilachada que pendía con rebeldía hasta morir de nuevo en el interior del envase. Después, el éxtasis. El azúcar recorriendo la lengua, a sabiendas de que era la única con el derecho de saborear aquel producto en aquel mismo instante en aquella exacta habitación. Los ojos cerrados; la conversación tejiéndose al margen. De golpe, una mano que, sin piedad, cogía el tarro al son de: «Es mi turno, glotona. Me toca».

—Voy a decirle a la profesora Richter que me dé algo de trabajo. Creo que últimamente está un poco desbordada y quizá necesite ayuda en el departamento de Ciencias —nos confesó Joanna.

—¿Más trabajo? Yo casi no soy capaz de abarcar todas las tareas —opiné.

—Podrías si dejaras de escabullirte todas las tardes —valoró ella.

—No exageres, no voy todas las tardes. Solo algunas. Es mi manera de motivarme. Además, estoy empezando a rentabilizar la información sobre la guerra. La chica iraní de séptimo y la belga de sexto me han prometido que limpiarán mis zapatos durante dos semanas si les paso las últimas noticias —presumí.

—Dicen que en Reino Unido han evacuado a los niños a las zonas no militares —intervino Sara.

—Todo por la manía de un país intoxicado y enfermo —murmuré.

—Totalmente de acuerdo —musitó Joanna despistada.

Liesl nos miró a todas. Évanie le ofreció el bote de leche condensada.

—¿De veras? ¿Cuándo vais a terminar de juzgarme? —se ofendió la alemana y se marchó.

—Liesl, espera. No te enfades, no te juzgamos —intentó Évanie.

—¿A quién quieres engañar? Claro que la juzgamos. Pero no es culpa nuestra —contesté, oyendo cómo nuestra amiga abandonaba por primera vez nuestras reuniones.

Nos quedamos calladas un instante. Évanie no supo a quién pasar el tarro, así que lo alcancé y compré así unos minutos de silencio. Mientras me sumergía en aquel delicioso viaje sensorial gracias a la delicia pastosa que inundaba mi boca, dejé que mi mente me llevara de vuelta a aquel verano de 1938.

Me resultaría imposible contar la cantidad de veces que suplicamos que me dejaran pasar la mitad del verano en casa de los señores Gorman. Tras mucha insistencia, al final del curso 1937-1938, lo logramos. Conocía a los abuelos de Liesl de sus visitas a la escuela. Siempre habían sido extremadamente considerados y cariñosos conmigo, así que aquellas vacaciones en Alemania en compañía de mi mejor amiga y su familia me parecieron el mejor de los planes que una niña de dieciséis años podía tener. Múnich no quedaba muy lejos de Zúrich, pero a mí me pareció otro mundo cuando llegamos.

Leopold, a quien solo había visto en una fotografía, resultó ser un chiquillo de lo más gracioso y simpático. En aquel momento, él tenía trece años y siempre andaba persiguiéndonos a su hermana y a mí para unirse a nuestros ratos de lectura, de labor o de charla. Por suerte, cuando más pesado se ponía, aparecía la señora Eva Gorman con algún entretenimiento para él. Con ella también pasábamos horas, analizando las últimas revistas de moda o yendo a pasear al jardín inglés.

Algunas veces también se unía Erika. Se percibía en ella que era la que más había acusado la falta de sus padres y el giro en su vida. Ella se había graduado en 1932 y, a partir de entonces, había regresado a Múnich, donde siempre estaba muy ocupada con sus labores sociales. No supe muy bien durante aquellas semanas a qué se referían los Gorman exactamente cuando hablaban de «labores sociales», lo descubrí más tarde. Erika formaba parte de la BDM (la Liga Femenina Nacionalsocialista) y dedicaba su tiempo a organizar algunas de las actividades de la agrupación en Múnich. Por lo visto, estaba realmente convencida de los métodos de Adolf Hitler y era su manera de contribuir a la nación. De aquello era parcialmente responsable el señor Wolfgang Knopp, un jurista de Stuttgart, militante del partido nazi desde 1930, con el que terminó casándose en 1939.

Todavía recuerdo cuando él nos visitaba. Hablaba del mundo como si fuera de papel y cartón, como si se pudiera reestructurar la Historia a su antojo. Escuchaba cómo repetía las palabras del Führer sin percatarse de que era una víctima de la propaganda encarnizada a la que se había ido sometiendo paulatinamente a la población. Pero el señor Knopp solo escuchaba el latir de su herida, la que había heredado de su familia y a la que ahora él tenía oportunidad de dar sutura. Erika lo miraba entusiasmada, leyendo en los labios de su prometido las promesas de las que se tiñeron los años treinta, antes de decolorarse. Leopold jugueteaba con la cena al tiempo que los demás trataban de vaticinar un futuro que terminaría por destruirle también a él. La señora Gorman aprovechaba cualquier oportunidad para cambiar de tema, pero *opa* Gorman, Erika y el señor Knopp eran incansables. Incluso Liesl acabó acostumbrándose a los debates y se animó a participar en alguno. Yo callaba. Me sentía extranjera en una casa amiga. Me preguntaba, una y otra vez, mientras comía en silencio, en cuántos hogares más se estaban afilando los cuchillos en nombre del honor de un pueblo.

No obstante, saber o creer que Liesl, en realidad, no formaba parte de todas aquellas ansias de venganza me mantenía a flote y me convencía de que estaba siendo un buen verano. Hasta el día en que fuimos a comprar aquellos pasteles...

—¡Me toca! —exclamó Joanna y me arrebató el bote de leche condensada y, por ende, el fluir de mis pensamientos.

***

El aula de música estaba en la segunda planta. Tenía dos zonas diferenciadas. En una había un piano y una estantería llena de instrumentos que, en los meses de verano, acumulaban polvo y silencio. En la otra, un espacio diáfano por el que nos distribuíamos en tres filas según la voz.

—Desde el principio, otra vez —nos solicitó la profesora Habicht.

Levanté la mano.

—¿Sí, señorita Fournier?

—Profesora Habicht, personalmente, y no sé qué opinarán mis compañeras, creo que ya hemos cantado suficientes veces *Frère Jacques.* Propongo que modernicemos ligeramente nuestro repertorio. No sé, ¿qué le parecería *The Lady is a Tramp* o *Valentine*, de Maurice Chevalier?

—Me resultaría tremendamente inapropiado, señorita Fournier. ¿Acaso cree que está en un salón de varietés o en una película de Hollywood?

—No, en absoluto. Pero tampoco en un convento.

Mis compañeras se rieron.

—Bueno, ya está bien. Desde el principio, otra vez —ordenó la docente.

—Piénselo —le pedí en voz baja.

—No haga caso, profesora Habicht. Yo siempre he preferido los clásicos —espetó Dortha Williams.

El mohín de hartazgo que apareció en mi cara sin disimulo fue mi respuesta. Dortha arqueó las cejas ofendida, pero las notas que revolotearon desde el piano, a cargo de Virgine, frenaron su lengua. Cuando salimos de clase, muchas chicas murmuraban sobre mi sugerencia. La mayoría estaban de acuerdo. Sin embargo, yo, por entonces, ya había pasado mentalmente a otro tema. Alcancé a Sara por el pasillo.

—Chsss, Sara —susurré—. No quiero meterme en asuntos ajenos, pero tengo una solución para todo eso del frío y la lluvia que me comentaste. Si es que quieres tener de nuevo tu rincón secreto...

—No hace falta, Charlotte. De veras.

—Sara..., solo acompáñame y deja que te muestre mi idea. Sin compromiso —insistí.

Titubeó un instante.

—De acuerdo. Pero no quiero meterme en ningún lío.

—Confía en mí —concluí.

En el camino hasta la verja negra que rodeaba la escuela tuvimos que esquivar a la profesora Silvia Labelle, responsable de hallar algo de talento para la pintura en las que escogieran sus lecciones vespertinas. Al parecer, andaba buscando voluntarias para la exposición de acuarelas que pretendía organizar a la vuelta de las vacaciones de Navidad. También a Marlies, que daba de comer a Juana de Arco mientras analizaba los movimientos de todas las alumnas que se distribuían alrededor. Pasamos desapercibidas ante el grupo que practicaba tenis con la profesora Habicht y, por suerte, fuimos ignoradas por la profesora Roth, que se peleaba con su bufanda.

Antes de que el profesor Falkenrath llegase a la ventana de su despacho y se asomara, desaparecimos por la puerta trasera de la cancela, dando la bienvenida al bosque.

El frío era incontestable y temí que alguna tormenta nos sorprendiera sin paraguas, pero no vacilé en mis pasos. Nos adentramos en aquella masa espesa de vegetación salvaje. Por todo el sendero, una alfombra de hojas naranjas, mezcladas con fango y nieve medio deshecha. Junto a algunos árboles crecían hongos color marfil. Los sonidos del Sihlwald siempre te narraban historias. Cuentos de vida, muerte y reencarnación. Yo jamás me detenía a escucharlos por temor a perder la orientación con aquel canto de sirena envuelto en naturaleza y en ilusión de serenidad.

Quince minutos después de adentrarnos en el bosque, y tras un ligero titubeo, apareció ante nosotras. Sabía que seguiría allí después de todos aquellos años.

—No será… —tanteó.

Ignoré a mi amiga y continuamos caminando. Nuestras botas iban asfixiando a los brotes que nacían de la tierra al tiempo que esquivaban las piedras irregulares que se iban encontrando. Me aproximé a la puerta y abrí la oxidada cerradura. Un aroma a tierra mojada y abandono nos envolvió. A tientas, nos adentramos en aquella cabaña. Extraje una cajita de fósforos de mi abrigo y encendí uno. Estaba todo bastante desordenado y sucio. Daba la sensación de que se habían marchado corriendo, sin dedicar un solo segundo a recoger las diminutas evidencias de que algo, en algún momento, se había guardado allí.

—Es un antiguo almacén de madera —revelé, mientras alumbraba los rincones de aquella estancia—. Cuando se quedó pequeño, construyeron otros más cerca del río y de las vías del tren.

—Huele raro.

—Quizá sea el cadáver de la alumna que desapareció —dije y me eché a reír.

—Muy graciosa. No sé, no termina de convencerme.

—Vamos, Sara. Llevas una semana insoportable. Y creo que es porque echas de menos tener tu espacio. Aquí lo tienes, es todo tuyo. Al menos, estarás más segura que en medio de la nada, ¿no crees? Además, la piedra aísla el frío. Puedes traer mantas de la torre.

—Quizá sí... —Miró alrededor, visualizando lo que yo le decía—. Sí, tienes razón.

—¿Tengo razón? ¡Tengo razón! Por favor, déjame disfrutar de este momento —bromeé.

Mi compañera se rio, pero luego se quedó pensativa, mientras yo encendía otra cerilla.

—No sé qué hacer con el asunto de George, Charlotte... ¿Crees que me excedí en la reacción?

—Ni una pizca. Se lo tiene merecido por orgulloso. —Dejé caer el peso de mi cuerpo en mi pierna derecha—. Pero Barnett no es mala persona. Si se te pasa el enfado y decides seguir ofreciendo tu intelecto al ducado de Arrington, no será tampoco una mala decisión.

Su vista fija en el suelo no me proporcionó ninguna pista sobre sus pensamientos. Sin embargo, tras más de tres minutos en silencio, asintió.

Sara tardó varios días en decidirse, pero, al final, me comunicó su intención de dar una última oportunidad al chico. Así, nuestro siguiente cometido fue determinar el modo en que le haríamos saber a George Barnett que las clases podían reanudarse, aunque con una nueva localización y, según Sara, «condiciones mucho más severas». En aquella ocasión, fue ella la que dio con la clave. Aprovechamos la sesión de llamadas telefónicas que formaba largas colas en la escuela cada lunes. Después de aguardar a que varias alumnas contaran a sus familias todos los detalles de sus últimas semanas, pudimos alcanzar el auricular.

El teléfono de Sankt Johann im Wald resonó con ira por la primera planta del edificio principal. La secretaria del director Steinmann fue la encargada de descolgarlo. Sara le contó que era una de las señoritas que trabajaban con el duque de Arrington en Londres. La empleada no dudó de sus palabras, teñidas de mentira en realidad, y marchó a buscar al señor Barnett. Al parecer, dos golpes en una puerta cerrada a cal y canto permitieron su entrada en la clase del profesor Cheshire, dedicado en cuerpo y alma a relatar la biografía de Charles Dickens. Este, un hombre de escasa palabra y menor astucia, accedió a que Barnett se ausentara de la lección. Cuando George descubrió la voz de Sara tras el teléfono, no pudo más que sorprenderse.

—¿*Marruecos*? ¿Eres tú?

—Sí. Te espero a las cinco donde siempre. Sé puntual. —Y colgó.

***

Sara me habló miles de veces del calor húmedo de Larache. Su cuerpo no estaba preparado para el clima de Europa central, así que acusó más que nadie el inicio de uno de los inviernos más fríos del siglo. Mientras avanzaba por el bosque, frotaba sus brazos con brío. La tarde anterior, habíamos trasladado algunas mantas sobrantes de la torre a la cabaña. No podían hacer fuego; el humo podría descubrir su escondite. Cuando llegó al riachuelo, agradeció en silencio que George hubiera seguido sus instrucciones. Le saludó con sequedad, no pretendía parecer simpática. Aún estaba ofendida.

Sin grandes explicaciones, le pidió que la siguiera. Se había aprendido el camino de memoria. En apenas diez minutos, llegaron al antiguo almacén. George admiró aquella construcción de madera y piedra, engullida por la inmensidad de la maleza. Las ventanas estaban cerradas; también la puerta. Por todas partes las plantas habían comenzado a atrapar los cimientos y los muros convirtiéndose, sin permiso, en enredaderas. Un banco destrozado continuaba decorando la parte izquierda de la entrada. Al lado, un candil olvidado. En torno a aquel diminuto resquicio de presencia humana en el Sihlwald, árboles custodios que no habían sufrido los envites del tiempo.

—Me la enseñó Charlotte. Si quieres que sigamos con las clases, tendrá que ser aquí.

—¿Aquí? Pero si está casi en ruinas, *Marruecos.*

—Sí, soy consciente de que no es un palacio, pero nos resguardará del frío.

—Eso es indiscutible. Mejor que a la intemperie... —murmuró él mientras avanzaba hacia la puerta.

Después de intentar forzar la cerradura sin éxito, esperó a que Sara abriera. Cruzaron el umbral sigilosamente y se detuvieron a exhalar lo poco que había de hogar en aquel escondite. Sara encendió uno de los fósforos de la cajetilla que yo misma le había prestado y mostró a su alumno lo que la oscuridad había alejado de su visión. Al percatarse del escaso halo de luz que proporcionaban las cerillas que se iban consumiendo entre los dedos de la chica, George salió de la cabaña y alcanzó el candil. Le dio un par de golpes para terminar de aniquilar sus cristales, le arrebató el poder de la iluminación a Sara y prendió la lámpara que, aun castigada por el abandono, continuaba dando servicio. Con aquel punto de luz ambos redescubrieron la estancia. Listones de madera astillados y enmohecidos por todas partes. Serrín, como ceniza, sirviendo de moqueta. Telarañas cubriéndolo todo, junto a un polvo pesado que convertía cualquier superficie en una alfombra de motas blanquecinas. Acto seguido, la española se afanó en abrir todas las ventanas.

—Habrá que limpiarla un poco, pero creo que valdrá —accedió George.

—Te lo advierto, George Barnett. Es la última oportunidad que voy a darte.

—Lo sé. Agradezco mucho que te lo hayas replanteado.

—Nos reuniremos aquí los lunes y los miércoles. Los viernes este sitio es mío.

—De acuerdo. Se mantiene el trato. Entendido.

—Exacto. Espero que la cabaña esté decente para el miércoles. Tienes dos días para asearla. Yo me he encargado de traer algunas mantas —le contó.

—Supongo que es lo justo —respondió él y sonrió.

—Hasta el miércoles, mi lord.

George se quedó allí quieto un segundo. Sonriendo a nadie. Para cuando quiso recuperar el control, Sara ya se había marchado.

Cuando la española llegó el miércoles, cargada con los cuadernos que utilizaban para las lecciones, encontró un lugar habitable. Las telarañas habían desaparecido, también el polvo. El chico había extendido un par de mantas en el suelo, ya limpio, y había dispuesto otras para que se usaran de abrigo. Las contraventanas abrazaban los escasos minutos de luz que le quedaban a aquel día, al tiempo que algunas velas aguardaban a ser utilizadas como relevo. Sobre la única repisa, un jarrón con tres flores silvestres.

—Toque de Kristoffer —indicó George, que esperaba nervioso la reacción de Sara—. Después de un rato, llegué a la conclusión de que necesitaría ayuda, así que opté por desvelar todo este asunto a los chicos.

—Menuda proeza. Espero que sigas teniendo pulso —se burló ella.

—Sí, la verdad es que si no fuera porque todavía se siguen riendo de mí y que voy a estar comprándoles cigarrillos hasta final de curso, me resultaría reconfortante la decisión. Muchas gracias por el apoyo —contraatacó él.

—Bueno, veo que te lo has tomado en serio —concluyó ella, sonriendo para sí—. Pongámonos en marcha, entonces. He encontrado algunos ejercicios que pueden ayudarte.

Así, con una intimidad desconocida, reanudaron sus clases. Un aura ocre pintaba los papeles sobre los que George repetía los ejercicios y sobre los que Sara dibujaba a sus nuevas compañeras: las ecuaciones algebraicas. Los rumores del bosque ahora permanecían afuera, sin molestar. Solo, de vez en cuando, irrumpía el recuerdo de que continuaban allí, en medio del Sihlwald, en forma de débil piar, de delicado crujir o de indiscreto ulular. Entre ejercicio y ejercicio, sus miradas volvían a trenzarse en el viento que les separaba en aquella habitación. Las respuestas de mi compañera de cuarto evolucionaron de la tirantez a la afabilidad con el paso de los días.

—¿Vuelves a casa para las fiestas? —le preguntó él, mientras terminaba de copiar una ecuación.

—No. Me quedo aquí. ¿Y tú? —se interesó ella.

—Sí... En unos días parto hacia Burford. Pero prometo seguir estudiando allí.

Sara sonrió.

—Puedes tomarte un respiro. Además, seguro que tienes muchos compromisos en Inglaterra.

—Más de los que me gustaría, eso te lo aseguro. Aunque siempre que puedo me las ingenio para librarme de las responsabilidades. Cuatro días después de mi llegada a Leclein Castle, mis padres ya están deseando que vuelva a Sankt Johann para que terminen de enderezarme. O, mejor dicho, para no ser ellos quienes lidien con mis ocurrencias.

Ella vaciló un momento antes de compartir sus pensamientos.

—Hace unas semanas te vimos en Zúrich con tus padres. El duque parece una persona bastante severa.

—El duque es una persona bastante severa —confirmó él—. Menos mal que solo hay una oveja negra en la familia.

—¿Y esa eres tú? —supuso ella.

—Bingo —respondió el chico—. Aunque con dos hermanos como los míos tampoco hace falta esforzarse mucho para quedar en último lugar —añadió, en tono jocoso.

—Así que has optado por ser el rebelde de los Barnett...

—Puede ser. Ya sabes. Si no puedes ser igual, es importante que escojas otra personalidad y te empeñes en ser el mejor. Yo no soy el más listo ni el más valiente, pero soy el más astuto y carismático —afirmó.

La chica asintió, asimilando la teoría de George.

—¿Qué hacen ellos en estos momentos?

—Pues Edward estudió Finanzas en Cambridge. Ahora pasa largas temporadas en Londres junto a mi padre; le está enseñando cómo administrar el patrimonio que heredará en el futuro. Jerome también estudió en Cambridge. Él se decantó por Ingeniería. Jerome es el mejor de los tres. Es extremadamente inteligente y bondadoso. En enero de 1938, se alistó en el Ejército. Quería hacer algo importante, ofrecer sus conocimientos al país y, de paso, desligarse de la tradición familiar. Forma parte de la 245ª compañía de campo de reales ingenieros, en la quinta división de infantería. Aunque su pasión siempre ha sido volar. Mi padre le regaló una avioneta cuando se graduó con honores en Sankt Johann y, antes de los diecisiete, ya tenía la licencia. Como ves, yo soy la oveja negra.

—Madre mía, menuda competencia. ¿Y en serio no les vale con tu carisma a tus padres? —bromeó Sara.

George se rio.

—Eso parece. Incomprensible, si me preguntas a mí —le siguió la corriente—. Por esto tengo que evitar que mis calificaciones sean un caos este curso. Y mi pequeño contratiempo con el profesor Glöckner no me ha ayudado.

—Bueno, es un comienzo. No sé, quizá termines por hacer algo importante y ser el orgullo del duque. Las ovejas negras pueden volver al rebaño...

—De momento, *Marruecos,* me basta con graduarme —contestó él, que no dejaba de sonreír.

Su esfuerzo, además, iba obteniendo sus frutos. Desde su rincón en la clase del profesor Glöckner, George continuaba atendiendo a las lecciones pasivamente. De vez en cuando, tenía que encargarse de limpiar el encerado o repartir algún papel, pero si el maestro no le daba ninguna orden, podía quedarse allí quieto, comprobando cómo los números, y ahora las variables, habían permitido que entrara en su juego. Un día, con la nieve de diciembre relamiendo las ventanas del aula, Adam observó cómo George atendía, con los ojos abiertos como platos, al modo en que su amigo Dilip se enfrentaba, sobre la pizarra, a uno de los últimos ejercicios que iban a practicar antes del examen.

Mientras el aventajado estudiante resolvía aquel sistema de ecuaciones, Barnett se mordía el labio y parecía tenso, como si no suscribiera las decisiones de su compañero, más incómodo e inseguro de lo normal. El resto de la clase, por contraste, confiaba ciegamente en las anotaciones que Dilip hacía. La técnica de Glöckner era simular indiferencia sentado frente a su escritorio y permitir al alumno tomar sus decisiones. Cuando Gadhavi terminó, más o menos convencido de que había conseguido dar con la solución, el profesor se incorporó, dio un paso al frente y preguntó a su audiencia: «¿Creéis que es correcto?». Los alumnos chismorrearon hasta que la afirmación trepó entre las voces de la multitud y se erigió como conclusión.

—No —farfulló George.

Dilip lo miró sorprendido. No era típico de George llevarle la contraria en nada relacionado con las clases.

—¿Disculpe, señor Barnett? —se extrañó el docente.

George dudó un momento. Volvió a repasar la resolución que había conquistado la pizarra de norte a sur.

—Creo que no es correcto, profesor —repitió con más fuerza.

Adam Glöckner alzó una ceja. Se acercó al encerado con parsimonia y alcanzó una de las tizas que Dilip había soltado, confiado, sobre la repisa de madera que remataba la parte inferior de la pizarra. Se giró lentamente, caminó hasta George y se la tendió. El alumno volvió a vacilar. El candor de aquella cabaña, de las explicaciones proporcionadas sin prisas, debió de llegar a su rescate. Se acercó a la ecuación y comenzó a corregir los errores de su buen amigo Dilip. El maestro no daba crédito. El chico no parecía estar copiando;

de eso se aseguró mediante un exhaustivo examen visual mientras él estaba concentrado. Después de cinco minutos, una nueva solución fue escrita sobre la que había dejado Gadhavi. George tiró la tiza sobre la pequeña balda de madera y dio dos pasos a la derecha, regresando a su sitio. Adam repasó sus anotaciones y analizó con detenimiento lo que Barnett había hecho. Asintió y sonrió.

—Enhorabuena, señor Barnett. Ha dado usted con la clave. El señor Dilip se ha dejado engañar por su confianza y ha olvidado multiplicar esto de aquí —dijo rodeando el error—. Ha arrastrado un fallo en el signo negativo hasta el final, con todo lo que ello conlleva. Un simple detalle puede dar al traste con un buen trabajo, señores. No lo olviden. —Hizo una pausa—. En lo que a usted respecta, señor Barnett, puede volver a ocupar su pupitre.

George recuperó entonces su chulería y sonrió victorioso. Chocó la mano con Victor y Dilip, que le perdonó aquella corrección pública, y se sentó en aquel hueco que llevaba vacío desde agosto.

—Madre mía con la *ursulana* —le susurró Stäheli.

—Cierra el pico —le gruñó George.

Al final de la sesión, George se creyó exento de todos los correctivos, mas, al seguir los pasos de sus compañeros hacia la salida, el profesor Glöckner le chistó desde su escritorio.

—Señor Barnett, señor Barnett. Recuerde que tiene que llevar todos mis libros y carpetas al despacho.

—¿De veras? —resopló el otro.

—No sabe cuánto.

Arrastrando los pies, como señal de desacuerdo, llevó a cabo las órdenes del profesor y cumplimentó así sus obligaciones como ayudante. Ya en la oficina del maestro, justo antes de que el muchacho se marchara, Adam decidió volver a felicitarle. La esperanza se había abierto paso entre los prejuicios del profesor y la altanería del estudiante.

—Señor Barnett. No sé cómo ha conseguido resolver el problema de hoy. No quiero pensar que ha sido suerte. Creo más en la justicia del esfuerzo. En el caso de que esté estudiando por su cuenta, me alegro de que no haya decidido abandonar mi asignatura. No hay nada que deteste más que ver a alguien con talento aniquilando sus posibilidades por tonterías.

—Yo también me alegro, profesor Glöckner. Pero no se engañe. No soy ese alguien. —Y desapareció tras la puerta.

***

La noticia de la invasión de Finlandia por parte de los soviéticos había llegado al transistor de los Wisner con una mezcla de incertidumbre y optimismo. El origen del enfrentamiento había tenido lugar en octubre, cuando la URSS presentó una serie de exigencias a sus vecinos, reclamándoles territorios que, según ellos, les pertenecían y de los que les habían despojado tras la independencia de Finlandia en 1918. En realidad, se sabría más adelante que era una pieza más, junto a Polonia, incluida en el pacto germano-soviético. Los rusos querían convertir a Finlandia en una zona de influencia del Kremlin. Los finlandeses estaban dispuestos a aceptar todas las reclamaciones salvo la cesión del usufructo del puerto de Hanko, que les daría acceso al mar Báltico y al golfo de Botnia. Ante la negativa y el fin de unas estériles negociaciones, Viacheslav Mólotov, ministro ruso de Asuntos Exteriores, anunció el 28 de noviembre la anulación del pacto de no agresión entre Finlandia y la URSS, vigente desde 1932.

Dos días más tarde, los soviéticos iniciaron una ofensiva en la frontera y bombardearon la ciudad de Helsinki, ante el estupor de una parte del mundo occidental. Sus esfuerzos se concentraron en la línea defensiva finlandesa, con fortificaciones y guerrillas a lo largo del límite entre ambos países, llamada línea Mannerheim, en honor al mariscal al mando. Los finlandeses opusieron resistencia tanto en ese frente como en zonas boscosas, algo que pareció surtir efecto después de ver cómo Polonia había sido engullida por alemanes y rusos. No pudimos evitar pensar que quizá Suiza tendría una oportunidad si Alemania decidía hacer lo mismo. Al igual que los suizos, los finlandeses conocían bien su compleja topografía y estaban mejor preparados que cualquier invasor para la idiosincrasia de su clima y sus condiciones geoestratégicas.

El final del año 1939 fue extraño. El comienzo de lo que se conoció como «guerra tonta». Mientras franceses y británicos se mostraban ligeramente confiados en que aquel conflicto se acabaría deshaciendo como la nieve en el deshielo, los suizos permanecíamos más armados que nunca, más dispuestos que antes. Al menos, nuestros hombres. Yo seguía aguardando a que el señor Wisner diera su brazo a torcer y me enseñara a disparar. Si no conseguía convencerle, probaría con Roger Schütz. Él siempre escuchaba mis propuestas y terminaba dejándose llevar por mi capacidad de persuasión. Pensé que, muy probablemente, dejarían que regresara unos días al pueblo por las Pascuas, así que era mi oportunidad para interceptarle.

Como le comenté, señorita Eccleston, nuestros ratos de charla en el comedor, los pasillos o la biblioteca eran el modo por el que nos transmitíamos todas las novedades sobre el frente. En aquellos días, Ingria se convirtió en la persona más interesante del colegio. No para las rusas, evidentemente. Entre nosotras se iban creando lazos de apoyo o de rechazo, en función de lo que decidían los políticos o militares al mando. Si no había noticias, nos olvidábamos de que la guerra, aun en aquella escalofriante parálisis invernal, continuaba siendo una realidad. Pero, entonces, veíamos a los soldados del teniente Baasch pululando por los alrededores de St. Ursula, por el pueblo o junto al lago. Y todas las dudas regresaban para devorar la armonía que luchaban por mantener desde el profesorado. A veces, antes de acostarnos, nos reuníamos en los sillones de hall para comentar las últimas misivas recibidas de padres informados. El señor Sokolov, según nos indicó su hija, tenía la esperanza de que los movimientos rusos los llevaran al colapso y que, de una vez por todas, los planes quinquenales y los soviets se convirtieran en una anécdota del pasado. Además, aquellos días de diciembre, comenzó a circular por la escuela el rumor de que uno de los hermanos de Rose formaba parte de la Unión Británica de Fascistas, lo que, como imaginará, disgustó a algunas y alegró a otras, en el más protocolario de los silencios.

—¿Cuándo te marchas a casa, Évanie? —pregunté.

Estábamos en el comedor, terminando de rematar una labor que nos había mandado hacer la profesora Roth.

—Mañana mismo vienen a buscarme. Iremos a Cannes a pasar las Pascuas. Mi padre tiene un primo segundo allí —nos comunicó.

—Cannes..., interesante. Hace tiempo que no voy, —dije.

—¿Y las demás? ¿Liesl? ¿Joanna? ¿Sara?

—Yo también me voy mañana a Múnich —contestó Liesl.

—Promete que nos traerás una caja de esos dulces que prepara la cocinera de tu residencia, Lis —le suplicó Évanie.

—Dalo por hecho. Seguro que a Sara le gustará probarlos —respondió la alemana.

—Por supuesto. Será estupendo —dijo la española.

—¿Sara? ¿Tú vuelves a España? —interrumpí.

—No, no. Mi padre está muy ocupado con..., con sus negocios. Quieren que me quede aquí hasta el verano. Pero en su última carta me ha dicho que posiblemente me visiten en primavera —contó, mientras se peleaba con una aguja que casi traba sus secretos.

—¿Jo?

—Sí, yo también me voy. Dentro de dos días parto a Lisboa.

—En ese caso, nos quedamos solas, querida Sara —concluí.

—Eso parece —contestó ella, visiblemente tranquila.

En ese momento, la profesora Travert pasó junto a nuestra mesa. Lanzó una mirada curiosa por encima de nuestras puntadas y nos animó a «sustituir la conversación por la concentración». Resoplé lo suficientemente fuerte como para que aquella maestra estricta me oyera. Quizá lo bastante para que, incluso, se ofendiera. Cuando se alejó, Sara nos pidió que la atendiéramos.

—Jurad que no se lo diréis a nadie, pero George Barnett me dijo el otro día que vio a la profesora Travert con el profesor Glöckner, del Sankt Johann. A solas. Al parecer, estaban bebiendo y riendo en el jardín lateral, junto a la cocina, en medio de la noche —susurró.

En St. Ursula jamás se podía estar seguro de la ansiada intimidad. Al parecer, la noche en la que George había visitado a Sara para pedirle disculpas, había distinguido a los profesores entrando en el Topolino.

—¡No es posible! —se sorprendió Évanie—. Idilio entre profesores.

—El profesor Glöckner es bastante atractivo. Tiene algo misterioso en la mirada, parece muy inteligente —opinó Joanna.

—Seguro que se ven a escondidas. Imaginaos, un tórrido romance tras las respetables bambalinas de dos instituciones de prestigio internacional —bromeó Sara.

Yo no había movido ni un dedo. Me había quedado sin palabras. Solté mi labor.

—Deja de decir tonterías, Sara —espeté de mala gana.

—¿Qué diablos te pasa?

—Nada que os importe. —Me levanté y me dispuse a recoger.

Las interpelaciones de Sara, que buscaba una razón a aquel comportamiento, se quedaron flotando en el aire, junto a su incomprensión.

—Déjala —la aconsejó Liesl.

—Ni que estuvieras enamorada del profesor Glöckner —lanzó la española.

Évanie se rio.

—Quizá sí.

Cogí todas mis pertenencias antes de marcharme. Hubo un silencio plomizo, casi perceptible para el sentido del gusto, único don de sus bocas en aquel instante.

—No os importa —repetí y me marché.

—De acuerdo, perdona —dijo Sara al verme afectada.

—Dejemos ese tema a un lado. Lo realmente importante es saber por qué George Barnett habla contigo a solas y por qué estaba en St. Ursula por la noche —se interesó Liesl.

—Oh, eso... —fue lo último que alcancé a escuchar en la distancia.

Al parecer, Sara no tuvo escapatoria. Debió enfrentarse al interrogatorio de Évanie, Joanna y Liesl, quienes descubrieron todo el asunto de las clases de refuerzo. Aunque sin grandes detalles. Sara siempre reservaba los pormenores para los diálogos que se tejían en nuestra habitación tras el apagado de luces.

Me alegré sobremanera de que la española también permaneciera en el colegio durante las fiestas. Hubiera detestado quedarme sola. Aquel año mi familia se encontraba fuera de casa, así que habíamos pospuesto la reunión navideña. El baile de maletas volvió a los pasillos y escaleras de la escuela. Al tiempo que veía a las alumnas subirse a los elegantes coches, me preguntaba cuántas de ellas regresarían y cuántas se sumarían a la lista de abandonos que la contienda había iniciado. El colegio era un lugar tristón sin niñas correteando entre las aulas. No obstante, aquellas fiestas no tuve tiempo de aburrirme. Sobre todo, después de lo que descubrí el día 31 de diciembre.

V

18 de octubre de 1977

Si me disculpa, señorita Eccleston, seguiremos en otro momento. Tengo un compromiso que atender esta misma tarde —me indicó la señora Geiger, mientras llamaba a una camarera con un ligero y distinguido chasquido.

—Por supuesto —asentí, confundida—. Disculpe, pero ¿antes se ha referido a Leclein Castle, cerca de Burford?

—Sí, en efecto. Allí residían los duques de Arrington. Cuando no estaban en Londres, claro está. En Londres tenían una bonita casa victoriana en Piccadilly. ¿Por qué lo pregunta?

—Conozco ese sitio —afirmé orgullosa—. Está a unas treinta millas de Oxford. Pero si es la villa que creo, ahora es un hotel de lujo.

—Probablemente. Edward Barnett III, el padre de George, era un hombre tremendamente poderoso: parlamentario en la Cámara Alta, miembro del club Carlton, inversor en algunos periódicos londinenses, poseía las tierras que la Corona había cedido a su familia y varias propiedades en el condado de Devon y en Canadá. Además, por supuesto, de la impresionante colección de arte que gestionaba su esposa, Miranda, desde la Fundación Yates. Supongo que es una carga demasiado pesada para gestionar con éxito.

—Quizá sí —respondí meditabunda—. Y... una última cuestión. También ha mencionado a una tal Eleanore Fitzgerald.

—Correcto. Era una muchacha inglesa. Tenía un año menos que nosotras. Entró con apenas nueve años.

—¿La conocía bien? ¿Eran amigas?

—No, en absoluto. Solo conocidas. Espero que le vaya bien. Ella también procedía de los Cotswolds. Su familia no era tan espléndida como la de George, pero estaban bien relacionados y posicionados. De eso no me cabe duda.

Asentí, dejando para la discreción el precipitado final de la señora Burrell. Antes de que la señora Geiger pagara, reaccioné y la convidé. Agradecida, agachó la cabeza a modo de despedida, y se dirigió a la salida. Sin dejar que la calle le arrebatara la voz, se detuvo.

—Oh, se me olvidaba. Una última cuestión. Mañana no puedo reunirme con usted. Nos veremos en dos días, si le parece bien. Llamaré a su alojamiento para comunicarle dónde podemos encontrarnos —me anunció.

— Está bien —respondí, mientras rezaba por que el asunto del teléfono del hostal ya estuviera solventado a mi vuelta.

—Aproveche para visitar la universidad. No son pocos los premios Nobel que han pasado por sus aulas.

Moví la cabeza, aceptando su propuesta, pero solo en la ficción de su mente. Tenía un plan mejor para mi día libre. Dejé que la última gota de café recorriera la cucharilla hasta fenecer en el delicado plato que soportaba la taza a juego. Los libros de Historia no presagiaban un porvenir halagüeño al relato de la señora Geiger. Pero lo que ella me estaba contando no se encontraba en ellos, era una realidad distinta. Recordé aquel par de veces que había pasado por delante de Leclein Castle preguntándome quiénes habrían sido sus dueños, cómo habrían sido sus vidas, cuál su final. Ahora, los derroteros del destino y de mis decisiones me habían llevado a la respuesta de aquellas preguntas aparecidas en mi mente por pura curiosidad. Sin permitir que reflexiones más trascendentales me visitasen, recogí todas mis pertenencias y abandoné la confitería Sprüngli. Aquella en la que treinta y ocho años antes habían compartido mesa los duques de Arrington, protegidos de las miradas de jóvenes alumnas gracias a la intimidad conferida por aquellas cortinas que ya no estaban.

19 de octubre de 1977

La señora Schenker tardó dos llamadas de teléfono en gestionar lo que ella misma había calificado de «una transacción sencilla y rápida». Yo me iba decolorando en el recibidor del Dadá Herberge, con el trasiego de huéspedes y el paso del tiempo. Analicé las pinturas que decoraban los muros cubiertos de papel verdoso para ver si así me sentía más próxima a mi destino: el otro lado de la puerta de entrada del hostal. Agradecía que Maggie hubiera encontrado un lugar tan asequible en Zúrich —a pesar de que seguía resultándome algo escalofriante e inquietante— y así se lo había hecho saber la noche anterior. Aunque el teléfono del hostal ya funcionaba, preferí valerme de la intimidad que, paradójicamente, me proporcionaba la cabina. No obstante, agradecí que el aparato del hostal volviera a dar servicio para, así, no estar aislada de toda comunicación. En especial, con la señora Geiger, de la que esperaba noticias.

La llamada a mis padres dejó algunas monedas sin usar, así que opté por ponerme en contacto con mi mejor amiga. Pese a que pretendía sorprenderla, finalmente, la que se quedó sin habla tras nuestra conversación fui yo: Dennis le había pedido matrimonio. ¡Por fin! La imaginé contándome los detalles de la proposición mientras jugueteaba con la joya que ya embellecería su anular. A fin de cuentas, por mucho que yo siguiera zambulléndome una y otra vez en el pasado, mis amistades parecían avanzar hacia el futuro. Y justo a eso di vueltas de peonza en la cama. El futuro siempre me había aterrado. No lo podía controlar, no era dueña de él. Sin embargo, en el pasado me sentía cómoda, era mi hogar. No exigía de mí decisiones ni que contribuyera a construirlo. Otros lo habían hecho ya, solo cabía dejarse llevar por él, como en un trayecto en canoa por un río de aguas mansas.

Era cierto, no obstante, que, en algunas ocasiones, el pasado nos invitaba a emplear otros medios de transporte. Como, por ejemplo, aquel Renault 8 que la señora Schenker me había conseguido después de su periplo telefónico. La tapicería olía inexplicablemente a sopa de lata y a regaliz.

—Tenga. Prefiero pagar por adelantado —le indiqué, haciéndole entrega de los francos pertinentes para poder ser dueña de aquel volante por unos días.

—Sí, sí, por supuesto. Recuerde que si hay desperfectos, se añadirán a la factura, señorita Eccleston.

—No los habrá —aseguré.

Mi determinación de subirme por la puerta del copiloto no convenció a la señora Schenker. Rápidamente, me percaté de que no estaba en Reino Unido, con todo lo que ello conllevaba. Quizá sí habría desperfectos.

Bajé dos dedos las ventanillas para que el viento frío y húmedo del lago Zúrich se llevara el aroma a rancio que se había instalado en el vehículo sin permiso. Con el mapa de carreteras, que había encontrado en la guantera, sobre el asiento de al lado, fui alejándome de la ciudad siguiendo la margen derecha del lago. La niebla se había adueñado del horizonte y susurraba posibilidades de chubascos a los pueblos que quedaban engullidos por ella. En aquel lugar, la naturaleza y la mano del hombre parecían convivir en armonía. Pasé Kilchberg, Rüschlikon, Thalwil, Oberrieden y Horgen hasta adentrarme por una carretera interior en el Sihlwald.

Las descripciones de la señora Geiger se me quedaron cortas cuando aquella selva europea tomó forma a sendos lados del camino. Árboles que rasgaban el firmamento, sonidos que masacraban cualquier intento de calma o silencio, ese olor intenso a tierra mojada que desprende el suelo fangoso atravesado por raíces y alimañas. Y en medio de todo ello, casi como si fuera resultado de una alucinación, un claro despejado, con hierba fresca cubriendo cada centímetro desnudo de suelo y un edificio de corte señorial y dimensiones impactantes en el centro. El ladrillo rojizo no dejaba lugar a vacilaciones. Las puertas de la verja estaban cerradas, así que hube de estacionar fuera del recinto. Alcancé la americana de pana, el bolso y la boina. Cerré con fuerza la puerta y me acerqué a la valla negra. Desde allí, comprobé con mis propios ojos que lo que me había narrado la señora Geiger era real.

—Así que esto es St. Ursula —murmuré.

Aquel había sido el hogar amado de la señora Eleanore Burrell y el motivo de los desvelos de aquel agotado profesor. Una voz, para mí agazapada tras algunos de los arbustos que había en aquella explanada, llamó mi atención. El alemán se terminó transformando en inglés.

—Señorita, señorita. ¿Desea algo?

Me sobresalté, sintiéndome una intrusa.

—Disculpe. Lo siento. Sí, soy la señorita Eccleston, me gustaría...

Una mujer de edad avanzada salió de detrás de unos rosales con tijeras de podar y un delantal manchado de abono.

—¿Perdón? ¿Desea pasar? ¿Cómo dice que se llama?

—Buenos días. Mi nombre es Caroline Eccleston. Vengo desde Oxford. Estoy investigando sobre los colegios internacionales suizos... —Su mirada me dijo que no buscaba una presentación tan exhaustiva—. Me gustaría visitar la escuela, si no es molestia.

—Uhm. Debo preguntar a la directora, pero pase, pase. Le notificaré su presencia.

Seguí los torpes pasos de aquella empleada a la que la cojera no dejaba charlar mientras avanzaba hasta la puerta. Algo fatigada, me solicitó que aguardara allí a que pidiera permiso a su superiora. Hice caso. Sin embargo, mi mente quedó absolutamente borracha de recuerdos que no eran míos. Me declaré incapaz de retener con fuerza a mi cuerpo, que comenzó a sentirse flotar entre dos mundos paralelos. Por el recibidor, alumnas originarias de mil rincones del mundo paseaban con el cambio de clase. Tras sus uniformes, me imaginaba a una Joanna, a una Évanie, a una Sara.

—Señorita, la directora Bischoff la espera en su oficina. Segunda planta —me indicó a su vuelta aquella simpática mujer que me había recibido.

—Muchas gracias.

Por lo que veía, la distribución apenas había cambiado con los años. Subí la escalera principal de madera, saboreando con cada peldaño las historias que sabía habían acaecido allí, y me dirigí al pasillo de los despachos. Me di cuenta de que en sus paredes había fotografías que trataban de recordar la vida, gloriosa o no, de la institución. Por respeto a mi cita con la directora, no me detuve a analizarlas, aunque moría de ganas por hacerlo. El cargo en alemán resplandecía sobre chapa dorada en la puerta de la oficina de la señora Bischoff. Di un par de golpes y esperé a pasar.

Era evidente que los muebles del despacho habían sido adquiridos tras la reapertura. Pese a mantener el estilo clásico que reinaba en toda la escuela, aquella estancia contaba con piezas modernas y formas algo más redondeadas. Aun así, la solemnidad cubría cada centímetro de aquel despacho. Dos sillas de piel oscura esperaban a ser ocupadas, cara a cara con la perecedera dueña de aquella oficina. Un gesto atento de la directora me invitó a hacerlo.

—Perdone el equívoco, señorita...

—Caroline Eccleston.

—Disculpe, señorita Eccleston. No la esperábamos. Cuando se concierta cita, en St. Ursula solemos ser más hospitalarias —apostilló—. Soy Linda Bischoff, directora del colegio.

—Un placer, señora Bischoff. Sí, el error ha sido mío. Verá, no quisiera molestar ni mucho menos. Seguro que tiene mucho que hacer. Me gustaría poder dar una vuelta por el centro, a modo de reconocimiento, para mi investigación.

—¿Investigación?

—Sí, bueno, hace unos meses traté de contactar con ustedes. Estoy trabajando en mi tesis doctoral por la Universidad de Oxford. La he centrado en los colegios internacionales suizos y la repercusión que tuvo el contexto de la Segunda Guerra Mundial en ellos. Quiero entresacar los fenómenos sociológicos que se produjeron en consecuencia, o como causa.

—Creo que me acuerdo de su carta. Pero me parece recordar que ya le comentamos que no se guardan documentos de ese periodo. Como seguramente sabrá, St. Ursula cerró sus puertas en 1940 —remarcó—. Durante siete años, ninguna alumna cruzó el umbral de la entrada principal.

—¿Y qué motivó su reapertura? —me interesé, dentro de las fronteras que Linda Bischoff había delimitado astutamente.

—Bueno, en 1944 la señora Konstanze Lewerenz vendió su parte del colegio, así que se convirtió en propiedad de un grupo de empresarios suizos. Ellos debieron de considerar oportuno que volviera a su actividad normal para recuperar las pérdidas ocasionadas por el cese durante la contienda.

—¿La directora Lewerenz se deshizo de St. Ursula? Pero si era su vida...

Las cejas perfiladas de la directora Bischoff se alzaron extrañadas. Sus facciones eran dulces en origen, pero la vida parecía haberlas modelado a golpe del cincel más doloroso de todos: el de la experiencia.

—Habla como si la conociera.

Fruncí el ceño, nerviosa por la impresión que podía estar dando a aquella desconocida.

—Bueno, es que llevo tanto tiempo leyendo sobre el colegio que casi siento como si yo misma hubiera sido alumna. No me haga caso.

Linda Bischoff asintió lentamente.

—Está usted en lo cierto. St. Ursula fue su vida, pero ella enfermó durante la guerra. Falleció solo dos años después de la venta.

—O sea que no volvió a ver el colegio en funcionamiento —lamenté.

—No. —La directora Bischoff se levantó de golpe de su asiento—. Pero la directora Lewerenz dejó pautada una condición que jamás se ha roto en esta institución. Todas las directoras de St. Ursula deben ser mujeres y deben ser suizas. Y así ha sido.

Se había acercado a una colección de cuadros con retratos que daban buena cuenta de lo poco virtuoso del pincel que los había creado.

—La primera directora, Isabella Luthi, estuvo hasta 1965. Fue bastante reformista y su máxima era romper con todo lo que ligara a la escuela con su abrupto cierre. Debía convertirse en un colegio moderno, alineado con los Estados Unidos. Como ve, la política no es cuestión ajena a esta casa. Con tal objetivo, decidió no contratar a ninguna de las maestras que habían prestado sus servicios a St. Ursula antes de la guerra. La siguió en el cargo Marthe Hingis, hasta 1973. Ella adaptó los programas a los sistemas educativos de Reino Unido, Estados Unidos, Francia o Alemania, e inició la consolidación del inglés como lengua vehicular. Yo tomé el relevo después de ella. Como mis antecesoras, apoyo la modernización, pero también la conexión con la población local y la cultura. Todo ello sin olvidar la disciplina que siempre se ha impartido en St. Ursula, por supuesto.

—Perdone el entrometimiento, señora Bischoff, pero ¿fue usted alumna?

—Sí, lo fui. De las primeras que llegaron a este colegio en 1947. Todo se había barnizado de nuevo, repintado y alicatado para la bienvenida. Para la segunda vida de St. Ursula —me contó sonriente, abandonando la atención que había regalado a los retratos minutos antes—. Venga, daremos una vuelta.

Seguí de cerca a aquella mujer obsesionada con las etapas. Con el antes y el después. Salimos al pasillo y, entonces, sí me permití detenerme un segundo a examinar las instantáneas que colgaban de marcos de madera en la pared. Aproveché para aclarar mis dudas.

—¿Son recuerdos posteriores al cierre?

—Sí, en efecto. No quedó nada de antes de 1944. Mi teoría es que Konstanze Lewerenz y sus más fieles maestras se llevaron hasta el último papel antes de poner esta casa en manos ajenas.

Fui mirando una a una las fotografías. Narraban el paso de tres décadas sin necesidad de palabras. Las alumnas habían pasado de portar coletas y ondas a flequillos, medias melenas y cabellos lisos. En ellas, escenas de fiestas, clases, cotidianidades y exámenes daban fe de que entre aquellas cuatro paredes continuaba la vida. De pronto, me detuve en un grupo de instantáneas que me desconcertó. Acaricié el rectángulo de pino con el índice.

—¿Y estas de aquí?

—Oh, son las del cincuenta aniversario de St. Ursula. Quizá el único guiño al pasado que se hizo en los años de Isabella Luthi. Pero acababa de reiniciarse la actividad y, al parecer, se precisaban antiguos contactos. Se invitó a un buen número de antiguas alumnas. Todavía recuerdo aquel día. Todas estábamos impresionadas con la afluencia de invitados, aunque la celebración fue bastante austera. Se sirvió una merienda en el jardín trasero. Todo se llenó de pancartas.

Podía intuir lo que me contaba la señora Bischoff en aquellas imágenes. Entonces, recordé que el profesor Burrell me había hablado de una reunión celebrada casi treinta años antes a la que habían declinado ir por el inminente nacimiento de su hija pequeña. Algo de lo que siempre se había arrepentido Eleanore y que fue el inicio de su obsesión final por volver a conectar con su pasado. Continué analizando las instantáneas. Carteles con mensajes festivos sobresalían por detrás de conjuntos de muchachas posando. Uno de ellos llamó especialmente mi atención. Estaba conformado por cuatro chicas que rondarían la treintena. Tres de ellas eran completas incógnitas para mí; no así la cuarta. Sus ojos oscuros, sus cejas gruesas, la dureza de su mirada, que no acompañaba a la sonrisa de sus labios carmín. Era la señora Geiger, una joven señora Geiger. Aquellas jovencitas debían de ser sus amigas, pero no podía poner nombre a sus caras. Volví a contar y, entonces, me di cuenta. Hasta el punto del relato en el que me encontraba, las amigas de Charlotte Fournier eran cuatro. Por lo que una, cualquiera que fuera el motivo, no quiso o no pudo acudir a aquel reencuentro.

La directora Bischoff me enseñó toda la escuela, ignorando que yo había recorrido aquellos pasillos ya. No obstante, me hablaba de personas distintas, de otras docentes, de materias nuevas e, incluso, de normas modernas. De golpe, la nostalgia se colaba en nuestra conversación.

—Disculpe el alboroto. Las niñas están preparando las actividades del día de Santa Úrsula. Durante la festividad, las mayores tienen permiso para ir a Zúrich después del almuerzo, pero las pequeñas pasan la jornada haciendo manualidades y bailes. Es este mismo viernes, ¿sabe? Y el domingo llevaremos dulces al consistorio de Horgen.

Continuamos con nuestro recorrido, que concluyó en el jardín. La señora Bischoff me informó de que al antiguo pabellón Rousseau se le había rebautizado como pabellón Elisabeth Feller. «Una de mis primeras decisiones como directora. Quiero que las niñas que aquí se educan conozcan más nombres propios de la cultura suiza y de sus mujeres notables», añadió orgullosa, aportando una buena dosis de propaganda a nuestra charla. Aun renombrado, frente a él seguían los bustos del fundador y su hijo. Pero el desconcierto volvió a visitarme. A su lado, la escultura de Konstanze Lewerenz completaba aquel rincón, cedido a los tiempos pretéritos por cortesía de un presente manipulador.

—Se instaló el año pasado, al cumplirse treinta años de su muerte —me explicó antes de que mi curiosidad atropellase sus palabras—. Fue una mujer compleja y comprometida. Cuentan que ella fue alumna del primer curso de St. Ursula. El de 1899. Pasó aquí toda su infancia hasta que se marchó a Viena, donde conoció a su esposo, un tal Gereon Portner. Su matrimonio apenas duró un lustro. Tuvo que luchar como soldado del Imperio Austrohúngaro en la Primera Guerra Mundial y jamás regresó. Creo que murió al principio de la batalla del Vístula. Como viuda de Portner, volvió a St. Ursula, donde su hermano Jan Lewerenz había sustituido a su anciano padre al frente del colegio. Al parecer, la contienda produjo una reducción preocupante en las matriculaciones. Comenzó a ayudar, a interesarse por los problemas de la escuela y a adquirir responsabilidades, como consecuencia. Cuando su hermano murió por gripe española en 1918, tomó las riendas de la institución y la llevó a su total reposición. Al esplendor. Recuperó para ello su apellido de soltera y prometió a la viuda de su hermano que la incluiría en el reparto de beneficios.

—¿Alguien más participaba de la propiedad de la escuela por entonces?

—Sí, por supuesto. La familia Meissner. El señor Conrad Lewerenz era un alemán de Berlín emigrado a Suiza a principios de la década de 1880. Conoció a Elias Meissner en Schwyz y decidieron abrir un colegio internacional de señoritas en 1893. De hecho, al principio pensaban iniciar las obras a orillas del lago de Lucerna, pero finalmente se decidieron por estos terrenos. Quizá más baratos en la época. Los socios tuvieron bastantes desavenencias en los primeros años, así que terminaron por acordar que la familia Lewerenz se encargaría de los aspectos educativos, siempre y cuando se obtuvieran dividendos suficientes. Los Meissner eran más comerciantes que pedagogos, por lo que diversificaron sus negocios y, por lo que sé, no les fue nada mal. De hecho, tanto ellos como la sobrina de la viuda de Jan Lewerenz siguen teniendo participaciones en el capital de la escuela.

—Es curioso —comenté sin dejar de contemplar el memorial a la directora Lewerenz, a la que por fin podía poner rostro.

—¿El qué?

—Nada, nada... Solo me llama la atención que para lo mucho que reniegan de sus orígenes en St. Ursula haya tanto lugar para el pasado. Lamento mucho que sean tan selectivas con lo que deciden recordar y lo que no.

Linda Bischoff se mordió el labio, ligeramente alterada por mis palabras.

—Si no necesita nada más, señorita Eccleston.

—Por supuesto. Ya la he entretenido suficiente. Espero que disfruten mucho de la fiesta de su patrona. Gracias por su tiempo, señora Bischoff. Un placer.

—Lo mismo digo, señorita Eccleston. Mucha suerte en su investigación —mintió.

De camino al coche, la empleada que me había recibido evitó mi mirada, supuestamente atareada con los rosales que llevaba podando dos horas. Resoplé, agotada de ocultaciones, y, tras un leve titubeo que casi me lleva de vuelta a la puerta del copiloto, me senté frente al volante. Estaba convencida de que St. Ursula continuaba rigiéndose por las mismas directrices de siempre y de que el olvido era su mejor carta en una partida que no pretendía perder. También de que no estaba en medio de Suiza, gastándome mis ahorros, por placer. Si la verdad no venía a mí, yo terminaría dando con ella.

Ya en Zúrich, después de tomarme un sándwich, me dirigí a la biblioteca para repasar mis notas. Subí la escalinata que servía de antesala a sus puertas, de madera clara, y me dirigí a la sección de Historia local de la sala del catálogo en busca de algún libro o documento que recogiese registros de la época, pero mis indagaciones, una vez más, fueron estériles. Quizá, en el ayuntamiento, habría algún archivo vinculado a los colegios. Aunque fuera una simple referencia catastral. Entonces, caí en la cuenta. Me levanté apresurada y me las ingenié para indicar al empleado que custodiaba el mostrador mi necesidad de consultar la hemeroteca. Después de tres intentos en un torpe lenguaje de signos, logré que me guiara hasta otra bibliotecaria.

Aquella mujer, cuyos cabellos rubios parecían blancos, hablaba inglés, así que, a partir de ese momento, todo fue más sencillo. Se extrañó con mi petición. «¿Ejemplares del *Neue Zürcher Zeitung* o algún periódico local de agosto de 1899? No será fácil. Acompáñeme». Asentí, deseando que aquella pregunta no desembocara en un callejón sin salida. Aquella trabajadora me contó que la mayoría de los periódicos anteriores a 1920 que se conservaban en el fondo de la biblioteca se habían almacenado en microfilm para asegurar su perdurabilidad. No obstante, muchos textos habían perdido calidad con los años e incluso algunos eran ilegibles. No capitulé. Consultamos los archivos y, después de una hora, encontramos algo de interés: una gaceta que se había editado en el distrito de Horgen desde 1886 hasta 1908.

Rellené varios formularios y cuando la bendita burocracia me dio permiso, me acomodé en uno de los tres lectores de microfilm que había en aquella zona de la biblioteca. Las páginas de aquel diario local pasaban frente a mis ojos como fotogramas. Algunas habían quedado congeladas como imágenes rotas o descoloridas. Textos que parecían noticias sobre el clima, los negocios locales o decisiones administrativas de Zúrich coparon mi inútil lectura durante un buen rato. Pero, de pronto, hallé lo que andaba buscando. En la esquina izquierda de una sección que, en mi mente, narraba las novedades sociales de finales del verano de 1899, llamaron mi atención las palabras «St. Ursula». No era capaz de comprender las líneas adyacentes, pero la fotografía que coronaba el breve me proporcionó información suficiente. Si estaba en lo cierto, había sido tomada frente a la puerta principal de la escuela. En ella, dos caballeros de espeso bigote, chistera e impecables trajes oscuros estrechaban sus manos en lo que se me antojó como la inauguración del colegio. Debían de ser el señor Conrad Lewerenz y el señor Elias Meissner. Aquello confirmaba la explicación de la directora Bischoff y también la información que yo misma había incluido en mi investigación. Me recosté sobre la silla. Era un alivio que, al menos, Linda Bischoff me hubiera proporcionado datos verídicos, por muy seleccionados y maquillados que estuvieran.

—Disculpe, señora... —comencé, de nuevo frente al mostrador.

—Huber.

—Señora Huber, ¿me podría traducir unas líneas?

La empleada asintió y me acompañó junto al lector. Su colaboración confirmó mis sospechas. La noticia hablaba de la ceremonia de apertura del primer curso del colegio internacional para señoritas St. Ursula. A tan destacado acontecimiento, habían acudido las familias de los dos fundadores, importantes personalidades de la sociedad zuriquesa, así como las quince alumnas que ya se habían matriculado y las cuatro profesoras que estaban en plantilla. La descripción del edificio solo mencionaba tres áreas: el bloque central y dos alas a este y oeste. El pabellón Rousseau, ahora Elisabeth

Feller, era posterior. Agradecí su ayuda y, tras un ligero titubeo, me interesé por la posibilidad de extraer ejemplares que siguieran un patrón determinado.

—¿Patrón?

—Sí, por ejemplo, que traten un tema concreto. Estoy interesada en la historia de los dos colegios que hay en el Sihlwald, al lado de Horgen y Oberrieden: St. Ursula Internationale Schule für Damen y el Institut Sankt Johann im Wald. Quiero saber de qué forma han aparecido en la prensa de la zona.

—¿En la década de 1890?

—Desde 1899 hasta la actualidad. —Mi contestación casi hizo que a la bibliotecaria se le salieran los ojos de las órbitas.

—Es un periodo bastante extenso, señorita...

—Eccleston. Lo sé. Pero es importante.

Nos batimos en un duelo visual que dejó en el aire el futuro de aquella conversación.

—Consultaré las bases de datos. Necesitaré un par de días —accedió.

—No se preocupe. No voy a irme de Zúrich, por lo pronto. Si necesita contactar conmigo en cualquier momento, este es el número de mi alojamiento —le expliqué con un cierto aire de misterio, mientras anotaba el código, mi nombre y el del hostal en uno de los formularios en blanco.

—De acuerdo. No le prometo nada, señorita Eccleston.

—Descuide, señora Huber. Me hago cargo de la dificultad de mi petición.

Cuando volví a la calle, me desprendí del olor a cerrado y de los renglones mecanografiados de aquella gaceta decimonónica. Reflexioné sobre todo lo que había descubierto aquel día. Lo que estaba claro es que St. Ursula no sobrevivió al curso 1939-1940. El teniente Baasch ya había sembrado la duda con sus sugerencias de cierre, pero, en diciembre de 1939, la directora Lewerenz continuaba resistiéndose a ello. Mi estómago se contrajo al percatarse de lo mucho que podía cambiar el destino de una persona, o de cientos en este caso, en apenas unos meses. Para saber cómo había continuado la vida de las alumnas aquel año, de momento, solo contaba con las palabras de la señora Geiger. Mis tripas rugieron. Eran las cinco y media, necesitaba conseguir algo de cena.

Como cada tarde, Samuel me saludó desde el mostrador. Abruptamente, me preguntó qué tal me había ido con el coche. Lo tranquilicé con una sonrisa y la promesa de que seguía intacto. Sin dar opción a más diálogo, me encaminé a las escaleras. Continuaba pensando que aquel pasillo tenía algo que no cuadraba, pero el cansancio de intrigas me arrebató las ganas de detenerme a analizarlo. No obstante, la puerta de la habitación me descubrió que si yo no pretendía adentrarme en más rompecabezas por aquel día, el mundo no iba a darme esa tregua. Un nuevo paquete, con dimensiones de lienzo, reposaba encima de la cama. Mi primera reacción fue comprobar que el mensajero no se había quedado rezagado tras alguna esquina, a la espera de amordazarme o algo peor. Cuando confirmé que estaba sola, me acerqué con sigilo al bulto. Alcancé la nota que, como en la anterior ocasión, se dirigía a mí. Sin paciencia, destapé el cuadro. Una réplica de *La persistencia de la memoria* de Salvador Dalí apareció para congelarme el aliento.

20 de octubre de 1977

Llevaba media hora sentada en la cama, con el cuerpo y la cabeza envueltos con las toallas color azul del Dadá Herberge. Contemplaba ambos cuadros, rebuscando entre sus pinceladas una pista. Ambas eran obras surrealistas. No podía datar con exactitud la de Dalí, pero me figuraba que también la había creado entre 1930 y 1940. Evidentemente, ambas aludían al pasado. Manoseé aquella tarjeta y, entonces, caí en la cuenta. Mi nombre era lo de menos. Lo importante eran las líneas. Alcancé la nota que había acompañado el cuadro de Ernst y me fijé en que el número de rayas era dispar: en el primero había siete; en el segundo, dieciocho. ¿Sería como en el juego del ahorcado? De pronto, el irritante sonido del teléfono de mi cuarto casi me lleva al infarto. Atendí la llamada, intentando recuperar el control de mi voz y mi valentía.

—Señorita Eccleston. La señora Geiger ha dejado recado de que la espera en su casa a las tres de la tarde. Apunte la dirección —me comunicó la diligente señora Schenker.

Llegué a Fraumünsterstrasse con tiempo, por lo que pude dar un breve paseo por las calles aledañas a Fraumünsterhof —la plaza que se abría junto a Fraumünster—, a la que había llegado cruzando el Münsterbrüke, puente que encaraba a esta iglesia con Grossmünster, el otro templo más imponente de la ciudad, con el permiso de Sankt Peter. Allí, comercios, casas de origen medieval y antiguas sedes de los gremios de la urbe tomaban el control de las aceras. Escaleras y cuestas adoquinadas, de trazado irregular, daban forma a aquella zona bella y tranquila. Me encontraba a apenas tres minutos andando de la confitería Sprüngli, lugar de nuestra última reunión. Era el epicentro de la vida en la orilla occidental del río Limago, la otra mitad del pasado de la ciudad. Frente a la entrada de arco ojival de Fraumünster, otrora centro de poder de Zúrich, se iniciaba la ristra de edificios de aire parisino y tejados grises que conformaban la rúa en la que estaba la residencia de los señores Geiger. Cuando quedaban diez minutos para mi cita, llamé al timbre del portal que la señora Schenker me había indicado: el veintitrés.

Un portero uniformado me abrió, me acompañó al ascensor y marcó el botón del cuarto piso. El rellano al que accedí ya era hermoso en sí mismo, por lo que me figuré que la residencia de los Geiger no defraudaría a los gustos más exquisitos. Me abrió la puerta un empleado ataviado con un chaqué de mayordomo. ¿Qué se podía esperar de la elegante Charlotte Geiger? Su guante blanco me invitó a pasar, confirmando así que no había errado ni en la hora ni en el lugar. Anduvimos por un pasillo largo en forma de L que derivó en una estancia que se usaba, aparentemente, de comedor.

—La señora Geiger ha pedido que la espere en la sala de estar. Está al otro lado del arco. No tardará en bajar —me informó.

—De acuerdo. Muchas gracias.

—¿Desea beber algo mientras tanto?

—No, estoy bien. Muchas gracias.

—Estupendo. Si me necesita, solo tiene que llamarme. Estaré en la cocina.

Asentí, dejando que se retirara. Caminé sola por el comedor, admirando la calidad de los muebles que lo decoraban. Una enorme mesa con ocho sillas a juego y una consola, sobre la que cerámica, cristal y plata se hacían con el protagonismo, llenaban aquel amplio espacio recubierto por una espectacular alfombra y coronado por una fila de ventanales que daba a la calle y que continuaba hasta el salón. Obediente, me dirigí allí. Una mesa de té rodeada de dos sillones y dos butacas era la pieza principal de la sala. Todo bello, todo caro. Como no había recibido instrucciones sobre si podía tomar asiento, me quedé de pie y exploré las estanterías que vestían las paredes. También los cuadros. Justamente en medio de una reflexión inconsciente sobre las escenas clásicas que en ellos se representaban y las vanguardistas que habían llegado a mi habitación, los tacones de la señora me sobresaltaron.

—Buenas tardes, señorita Eccleston.

—Buenas tardes, señora Geiger. Tiene usted una casa preciosa.

—Muchas gracias. Siéntese, por favor.

Acto seguido, reclamó la presencia de su servicio para que nos prepararan una bebida caliente. Cuando el mayordomo dejó la bandeja plateada sobre la mesa, la señora aprovechó para presentármelo.

—Él es el señor Egmont Baumann. Trabaja en nuestra residencia desde que mi esposo y yo nos casamos. Es un gran empleado y mejor persona —aseguró.

—No más que usted, señora —contestó modesto.

—Dígale a la señorita Müller que pase también.

La joven empleada que había visto en el Gran Hotel Dolder apareció por el arco y se unió a nosotros.

—Y ella es mi mano derecha. La señorita Sophia Müller.

—Encantada de conocerlos a ambos —afirmé.

—Es la estudiante de la que les hablé, la señorita Eccleston. Ha venido a Zúrich a completar algunos datos para su investigación. Cuando nos citemos, es primordial que nadie nos moleste, ¿entendido? Exijo de ustedes dos la discreción a la que me tienen acostumbrada —les pidió.

Asintieron voluntariosos y, tras sonreírme una vez más, se retiraron.

—Bueno, dígame, señorita Eccleston. ¿Qué tal le fue su día libre? ¿Aprovechó para hacer algo de turismo? —Se interesó mientras servía dos cafés.

—Algo así —dudé un segundo—. Fui a visitar St. Ursula.

Su boca dio un espasmo involuntario.

—¿Y cómo fue? Por lo que tengo entendido, ha cambiado bastante.

—No tanto como dicen —espeté.

—¿Encontró lo que fue a buscar?

—Todavía no lo he decidido.

—La hipótesis, señorita Eccleston. Recuerde que es importante. —Había recuperado la templanza de siempre.

—Lo sé. El problema es que me da la sensación de que nadie es claro conmigo. La directora Bischoff podría pasar horas hablando de la historia de St. Ursula, pero cualquier atisbo relacionado con el cierre de la escuela parece hervirle bajo la piel.

—Señorita Eccleston, la considero más que formada para llegar usted misma a la conclusión de que hay cuestiones que se escapan a lo que usted y yo podamos hablar o debatir. La política o las decisiones corporativas se forjan desde mucho más arriba. ¿Cuál es su posicionamiento político, por cierto?

—Discúlpeme, señora Geiger, pero creo que es una pregunta demasiado personal.

—Está usted en mi casa, señorita Eccleston. ¿Puede haber algo más personal?

Bebí un sorbo del café que la hospitalidad o los tentáculos de la señora Geiger me habían servido.

—Creo en un nuevo orden mundial. En la no repetición de los problemas previos. Apoyo el capitalismo, pero si va unido a medidas sociales.

—¿Es usted pacifista?

—No. Bueno, es decir, sí. Nunca lo he pensado de ese modo, pero sí. Diría que soy pacifista. A nadie le gustan las guerras, ¿no es así?

—¿Piensa entonces que su generación ha llegado a la conclusión de que la guerra es mala después de la mía, enjambre de lunáticos sedientos de destrucción?

—Considero que su generación, y las anteriores, antepusieron el enfrentamiento armado a cualquier otra opción. Nosotros hemos nacido después de la guerra. Nuestros padres lucharon en ella, nos han contado cómo quedó todo, cómo debimos reinventarnos. ¿Somos culpables de ansiar un futuro en paz?

—No. Son culpables de ser terriblemente ingenuos. Sigue habiendo guerras, señorita Eccleston, pero ahora se llaman de otro modo para no aceptar que las barbaries de hace treinta años no nos enseñaron nada. ¿Qué es Corea? ¿Qué es Vietnam? Habrá más genocidios, más manipulación, más propaganda al servicio de hombres y pueblos enteros. Al ser humano se le inoculó el imperialismo desde tiempos remotos. Lo intentaron los griegos, los egipcios, los romanos, los españoles, los franceses con su Napoleón, los británicos. Ahora Estados Unidos y Rusia discuten quién ostentará el nuevo imperio. Lo hacen alejados de la opinión pública, en silencio, donde nadie les ve. Pero continúan matándose y aniquilándose en nombre de las ideas fanáticas de un mundo enfermo; valiéndose de estados débiles que nunca despertarán al progreso.

—¿Es eso motivo para no luchar por que todo cambie? —pregunté.

—Para mí sí. Usted todavía es joven. ¿Cuántos años tiene? ¿Veintidós?

—Veintisiete.

—Vaya. En ese caso, supongo que pronto se casará y tendrá un par de chiquillos a los que llenar la cabeza de pájaros.

—No entra en mis planes más inmediatos, señora Geiger. Pero gracias por la sugerencia.

—¿Su alternativa es la Historia?

—Eso parece.

—No intente llenar su vida con los retazos de la mía, señorita Eccleston. El pasado se enquista y no deja brotar al presente.

—Lo tendré en cuenta. Pero, si no es molestia, me gustaría seguir descubriendo su historia. De momento, me vale con eso —aseguré.

La señora Geiger asintió, comprendiendo que ya me había cansado de charlar de asuntos generalistas.

—Está bien. Continuaremos. De hecho, por eso mismo la he citado aquí. Para el resto del relato precisamos de una intimidad que no nos proporcionaría ningún lugar público.

—¿Por qué? ¿Acaso cree que a alguien le puede interesar una charla bienintencionada sobre los recuerdos de colegiala de una señora respetable como usted?

La señora Geiger se levantó sin previo aviso. Como si levitara, se desplazó hasta uno de los ventanales. Concedió a sus párpados dos minutos de reposo y, después, admiró la vía en la que se encontraba su apartamento.

—No lo entiende, ¿verdad, señorita Eccleston? Aquel año, las sombras del escándalo recorrieron el Sihlwald.

ATERRADORA CALMA

La quietud de las Pascuas conseguía ponerme de los nervios. Por suerte, aquello no duró demasiado. Los últimos días de diciembre y los primeros de enero, las alumnas comenzaron a llegar. Bastó un simple vistazo para darme cuenta de que muchas se habían quedado en sus casas. Finalmente, rumores que se escapaban de los despachos confirmaron que más de treinta internas habían interrumpido sus estudios en St. Ursula indefinidamente. Entre ellas, nuestra compañera Rose.

Durante las fiestas, Sara y yo habíamos aprovechado para pasar más tiempo juntas. Compartir habitación nos había obligado a confesarnos cualquier reflexión y eso, personalmente, me liberaba. El día antes de fin de año, ella recibió carta de sus padres. Siempre firmaba el señor Suárez, pero supongo que mi amiga se imaginaba a su madre al lado, suscribiendo palabras que no eran suyas.

—Dice: «Pese a que este año la distancia sea precisa, confiamos en que haga bien en tu educación, pues grandes experiencias te esperan a tu vuelta. Tu querida madre y yo deseamos que conozcas al señorito Alonso Pazos, hijo de uno de mis..., mis socios. Es un muchacho inteligente, diligente y héroe de guerra. Perdió su meñique en la batalla del Ebro» —tradujo simultáneamente al francés.

—No está nada mal —opiné, mientras me colocaba un rulo en el pelo sentada en la cama.

Se dejó caer en la suya.

—Aunque no esperes un James Stewart. Si tu padre no te ha vendido su atractivo, es que no tiene atractivo alguno —añadí.

Sara releía la misiva.

—Por cierto, ¿cómo va tu alemán? El profesor Falkenrath no tiene paciencia eterna. Y menos aún la directora.

—Ahí voy. Me está ayudando Liesl.

—Si quieres, podría conseguirte una profesora mejor —me ofrecí.

—No, no será necesario. Me gusta Liesl —me cortó tajante—. Además, también me ayuda George Barnett, a veces.

—Después de todo, vas a sacar algo de provecho a tu infinita solidaridad —bromeé.

—Sí. —Se rio.

Nos acostamos, después de que Sara rezara, generando ese bisbiseo molesto de cada noche.

—Charlotte.

—¿Sí?

—¿No te aterra que todo el mundo te diga que pronto seremos adultas? Es decir, yo quiero ser una buena mujer, una dama respetable. Pero me da miedo pensar que me uno al vertiginoso universo de los adultos. Siempre lo he visto de lejos, creyendo que yo no formaba parte de él. Pero ahora debo unirme. Tengo que convertirme en mi madre, ser la madre de otras personas que pensarán como yo para, después, llegar a la inevitable conclusión de que el tiempo pasa para todos.

—La vida da miedo en sí misma, Sara. No es un invento nuevo —contesté.

—Es cierto. Pero siento que en los próximos meses se decidirá mi destino. Acabaré el curso aquí, volveré a casa y conoceré a muchachos que se convertirán en mi marido en un par de años o tres. ¿Quién me dice que no vaya a terminar siendo la señora de Pazos? Me da la sensación de que en poco tiempo me subiré a un tren que ya tiene el recorrido prediseñado y que, una vez lo haga, no habrá más paradas que la final. Y yo no estoy preparada. No estoy lista, Charlotte. No quiero convertirme en alguien que acepta que perderá lo que hoy conoce en pro del mañana.

Me quedé en silencio, mirando al techo.

—Sara, no voy a darte un consejo como siempre sucede en folletines y películas. Porque yo tengo la misma sensación. Aunque, en mi caso, no veo un tren al que subirme. Veo un precipicio.

***

Al día siguiente, me escabullí de las tareas que nos pretendía asignar la señora Herriot para «amenizarnos el último día del año». El resto de las muchachas preparaban trabajos artísticos que servirían de modesta decoración del comedor. Yo resolví deshacer los cuatro nudos con los que la profesora Habicht había asegurado su bicicleta y marchar al pueblo. Mi ropa de abrigo no evitó que el frío me rozara como una aguja en la cara, pero nada más entrar en la tienda de los señores Wisner, conseguí entrar en calor.

—Ven, criatura, te prepararé una bebida caliente —me ofreció la señora Bertha.

—¿Qué nuevas tenemos del frente, señor Wisner? —me interesé.

—Solo calma, joven Charlotte, solo calma. Y no sé si me convence —me respondió mientras colocaba unos tarros de confitura en una de las estanterías.

—¿Roger Schütz no ha vuelto?

—No, hija. Su madre me dijo que tendría permiso para enero. Deben hacer relevos allí en el norte —me contó la tendera—. Su familia lo está pasando realmente mal. Ofrecí a la señora Schütz pagarle un porcentaje del salario de Roger para que ella y sus hijas puedan pasar estos días, pero no quiso cogerlo. Espero que vuelva pronto y podamos ajustar cuentas.

—O sea que el general Guisan no se fía de la aparente tranquilidad —intuí sin querer prestar más atención de la necesaria a las carencias de la familia Schütz.

—Quién sabe. ¿Uno puede confiar en alemanes y franceses cuando siguen ahí, al otro lado de la frontera o incluso violando nuestro espacio aéreo? —planteó el señor Frank.

—No deberíamos —opiné, dando un primer sorbo a la bebida que me había servido la señora.

—En fin, dejemos de hablar de asuntos bélicos. ¿Qué tienen preparado en el colegio para esta tarde? —me dijo él.

—Pues una buena dosis de aburrimiento. Cenaremos y, después, las pequeñas han preparado un teatro.

—Pero eso es estupendo, Charlotte. Seguro que lo pasáis bien.

—Sí, bueno, por suerte está mi amiga Sara.

—¿La española? Hablas mucho de ella últimamente. Deberías traerla un día para que la conozcamos —me propuso ella.

—Me encantaría. Es una muchacha... —comencé, pero oí un ruido seco proveniente del almacén.

Los señores Wisner no reaccionaron. Supuse que había sido la única en advertirlo. «Una rata», concluí, mientras continuábamos con nuestra charla. Clientas en goteo entraban en el comercio para comprar enseres básicos, pertrechadas con abrigos y monedas que parecían congelarse en el tránsito que iba desde el deshilachado guante hasta la superficie de madera del mostrador de los Wisner. Algunas traían consigo las letras aprendidas de memoria de la última carta que habían recibido de sus hijos o maridos. Nos narraban sus preocupaciones, sus dudas, como si el pronunciarlas en voz alta fuera a disipar los fantasmas que a todos nos visitaban aquellos días.

Después de un rato, recordé que no había recogido el último libro que la señora Wisner había conseguido para mí. Sin pedir permiso, pues los señores atendían a varias vecinas con sus compras, me dirigí a las escaleras. Siempre lo dejaba sobre uno de los barriles de pepinillos. Se me había olvidado llevar de vuelta el ejemplar de *Jane Eyre*, pero resolví devolverlo en mi próxima visita. De lejos, me pareció oír cómo la señora Bertha trataba de frenar mis pasos, ya fuera del alcance de su vocecilla. Al entrar en el almacén, comprobé que la tendera había cumplido su promesa. Cogí, sin titubear, el ejemplar envuelto en un papel que quedaba sujeto por una cuerda. Pero, entonces, un crujido me alcanzó desde el final de aquella estancia repleta de cestas, cajas y sacos. Olía a aceite, salmuera, vinagre, especias, jabón y tabaco. Todo mezclado, como si nadie les hubiera comunicado que sus aromas pertenecían a mundos distintos y su unión podía resultar grotesca. Avancé, dejando que el suelo de madera informara sobre mi determinación de descubrir qué clase de alimaña se había colado allí. El ruido se convirtió en sombra, que pretendió esconderse tras la última estantería. Veloz, me escurrí por en medio de dos barriles y me asomé. Me fijé bien. No podía ser. Era un hombre. Las zancadas nerviosas de la señora Wisner se unieron a mi posición.

—Charlotte, querida. Ehm... Te presento a Damian, mi sobrino. Es algo tímido. Nos está ayudando con las reservas de productos. Ahora que Roger Schütz no puede venir... Bueno, dejémoslo tranquilo. Vayamos arriba, querida. Vamos.

Seguí a la señora Bertha en silencio, con aquel libro pegado a mis costillas por cortesía de mis brazos. Obviando el hecho de que hubiera descubierto a una persona agazapada en la oscuridad de su trastienda, los señores Wisner continuaron con sus labores. Ciertamente desconcertada, decidí despedirme y regresar a la escuela. De vuelta, pedaleando con garbo, medité sobre lo mucho que apreciaba a aquel matrimonio. La señora Bertha era considerada, amorosa y justa. Sin embargo, estaba lejos de ser inteligente si creía, por un momento, que me había convencido con aquella excusa. Ese hombre no era, ni por asomo, su sobrino.

***

El vaivén de órdenes del primer día de clases, tras las Pascuas, trajo normalidad a St. Ursula. Évanie se pasó todo el desayuno hablándonos de las maravillas de Cannes y nos enumeró los vestidos que habían encargado a una modista local. Pero recalcó que la ausencia de su supuesto amado, así como la «abismal distancia» que había existido entre ellos durante esos días, había sido insoportable. Joanna nos hizo partícipes de las estridencias de su madrastra, algo que a mí me resultaba muy divertido. Sabía cómo imitarla y hacer que te desternillaras en un santiamén. De Liesl todavía no había ni rastro.

—Lo que yo os decía. Se ha quedado en Múnich para no correr peligro en caso de que nos invadan —señalé.

—No se puede culpar que lo haga. Mira alrededor, Charlotte. ¿Cuántas bajas se han sumado? —observó Joanna.

—No quiero imaginar cuántas alumnas habrá el año próximo —comenté.

—¿Creéis que la directora Lewerenz se planteará cerrar la escuela si la guerra se alarga? —preguntó Sara.

—Por encima de mi cadáver —afirmé.

—Profesora Gimondi, ¿usted sabe algo? —investigó Joanna.

—En absoluto. Pero no se preocupen. La guerra terminará pronto y todas sus compañeras volverán a llenar los asientos que hoy ven libres. Toda teoría alternativa es fruto de la suposición y la elucubración.

En realidad, la tensión sobre el futuro de St. Ursula se palpaba entre el profesorado. En las últimas semanas, se habían configurado bandos. Unas abogaban por seguir las recomendaciones del teniente Baasch si la seguridad se veía afectada y otras, encabezadas por la profesora Travert, defendían que, como institución internacional, la escuela debía permanecer al margen de la contienda y servir de refugio a quien lo precisara. Por lo pronto, la directora Lewerenz no buscaba tomar una decisión, por lo que el incierto futuro del colegio era combustible para chismes y medias verdades.

Nuestra primera lección fue con la profesora De la Fontaine. Admiré los bucles de su cabello desde mi pupitre. A mí, por desgracia, no me quedaban tan definidos. Con la serenidad y elegancia que siempre la caracterizaban, inició la sesión sobre el Cinquecento. Empleó media hora de reloj en hablar de Leonardo Da Vinci. Siempre me había impresionado la habilidad de aquel hombre para destacar en tantas disciplinas. Yo hubiese cedido un riñón a la Ciencia por ser genuinamente hábil en una sola. Después, nos habló de Rafael. En medio de nombres de obras y de una epopeya sobre Florencia creada sobre la marcha entre la maestra y Dortha Williams, dos golpes en la puerta pidieron permiso para abrirla. Los cabellos rubios de Liesl aparecieron con el sigilo y la prudencia que se exigen al impuntual.

—Oh, señorita Bachmeier. Pase, pase. Ocupe su sitio.

—Lo siento, profesora De la Fontaine. Tuvimos un problema al cruzar la frontera, por eso mi demora.

—Guarde cuidado. Lo comprendo. Estábamos hablando sobre *La Transfiguración* de Rafael. Continúe, señorita Williams.

Sonreí sin que nadie se diera cuenta. En lo más profundo de mí, por muy enfadada que estuviera, no imaginaba St. Ursula sin ella. De hecho, señorita Eccleston, hubo un tiempo en que no cabía en mi cabeza una realidad sin Liesl Bachmeier...

Aquella mañana de verano en Múnich, la ciudad estaba más hermosa, si cabe, de lo habitual. Entre nuestras actividades se encontraba ir a recoger unos panecillos que la señora Gorman había encargado en la panadería Aumüller para la merienda, en Berg-am-Laim. Para aquello requerimos el despampanante automóvil de los señores Gorman que, tras aquella gestión, nos dejó en el centro, en Burgstrasse. A pie nos dirigiríamos a visitar a unos señores apellidados Fertig y a buscar un sombrero nuevo para Erika. Adoraba hacer recados. Liesl y yo siempre íbamos dos pasos por detrás de la señora Gorman y de Erika, junto a Leopold. El muchacho quedaba fascinado con los uniformes que teñían de verde, negro y rojo la capital bávara. Nosotras, sin embargo, disfrutábamos chismorreando sobre lo que acontecía en la calle. Admirábamos a las damas, mirábamos con discreción a los caballeros y nos inventábamos cuentos sobre lo que se escondía detrás de cada puerta. Los comercios se iban despertando paulatinamente y, así, como cada jornada, Múnich volvía a conceder una oportunidad a sus vecinos para cuidarla, vivirla, respirarla.

De tanto en tanto, Eva Gorman saludaba a alguna de sus amistades con exquisitas sonrisas a la altura de su posición social. Después, continuábamos, dejando que nuestros zapatitos de verano acariciasen el adoquinado de Maximilianstrasse. Pasamos por Max-Joseph Platz, dejando a un lado el magnífico Teatro de Múnich —lugar al que los señores Gorman habían prometido llevarnos a Liesl y a mí cuando cumpliéramos dieciocho años.

Cuando salimos de una de las sombrererías de Hitlerstrasse, la señora Gorman nos propuso dar un paseo por el jardín inglés antes de regresar a la casa. Aceptamos de buen grado, mientras nos recolocábamos el sombrerito de paja. A la derecha, la Residenz vigilaba nuestro avance hacia Odeonsplatz. Liesl y yo nos burlábamos de la indecisión de Erika a la hora de escoger su nuevo casquete cuando vi, a lo lejos, cómo dos soldados detenían a un hombre que había echado a correr por un callejón aledaño a la plaza. No comprendí muy bien el porqué, pero resolví ignorar aquella escena para no comprometer mi humor durante aquella agradable mañana. El sol continuaba resplandeciendo en lo alto, coronando un cielo que se había olvidado de colgar nubes en su inmenso azul. De pronto, nuestra formación relajada se vio alterada a nuestra llegada a Odeonsplatz. De refilón pude ver algo que se me pareció a un águila. La señora Gorman abandonó la sonrisa que había lucido hasta el momento, se detuvo e hizo el saludo nazi, seguida de Erika, Leopold y Liesl. Yo me quedé quieta, sin moverme. Uno de los dos oficiales que custodiaban lo que había resultado ser una suerte de placa conmemorativa me miró fijamente.

—¿Y ella? ¿No muestra sus respetos? —preguntó a la señora Gorman, que continuaba con su brazo alzado.

—Es una invitada extranjera. Discúlpenla. No sabía... —intentó.

—¿Extranjera? —se interesó el soldado, dando un paso al frente, aproximándose a mí.

Me analizó en silencio, a una distancia que me heló la sangre.

—Muestra tus respetos a los caídos —me ordenó finalmente.

Mi titubeo continuó. No quería hacerlo. Yo no era alemana, no debía mostrar respeto a Adolf Hitler ni a sus mártires. Pude ver cómo al soldado se le estaba agotando la paciencia.

—Maldita sea, Charlotte, hazlo —me suplicó Erika de malas formas.

Un torrente de orgullo me impulsó a apretar, todavía más, las tuercas de aquel joven vestido con un uniforme que le había llevado a pensar que podía forzar mis actos en contra de mi voluntad. No obstante, cuando la tensión había rozado su punto más álgido, Liesl cogió mi brazo y lo levantó, sin mi permiso. Repitió, con mayor claridad que antes, aquel «Heil, Hitler» que partió mi corazón en dos mitades que jamás volverían a unirse.

De vuelta al presente, contemplé a Liesl acomodarse en su asiento, mientras Dortha Williams continuaba con su vacua disertación. Al finalizar la clase, Joanna, Sara y Évanie se acercaron a ella. Yo opté por saludar de lejos y prepararme para la clase de la profesora Odermatt.

Un piso más arriba, en su modesta habitación, la profesora Travert repasaba con ojos vacíos de ilusión la misiva que el señor Medeiros le había enviado en respuesta a la suya. El desinterés sobre el futuro profesional de su hija era palpable. Aunque dejarse llevar por rumores infundados no era habitual en Anabelle Travert, se preguntó si no sería cierto que aquel relevante médico tenía sorbido el seso por su segunda mujer. Lamentó en silencio la injusticia que, con tinta, había tomado forma de renglones torpes en francés. Un golpe en la puerta la invitó a guardar aquella carta en el primer cajón de su escritorio hasta que se le ocurriera una forma de solventar la situación. La profesora Richter le comunicó que, una vez más, se le había asignado la vigilancia en nuestra visita al pueblo, el domingo, junto a otras maestras.

—¿La profesora De la Fontaine no piensa unirse a los turnos nunca? —se quejó—. Esto es increíble.

La profesora Richter se recolocó los anteojos, al tiempo que observaba cómo la profesora Travert abandonaba la paz de su cuarto como alma que lleva el diablo.

***

Sara me confesó que se reconocía alterada. No entendía por qué, pero una vergüenza molesta había conquistado sus mejillas y sus extremidades mientras seguía aquel camino forestal que la llevaría a la cabaña. Por un lado, sentía curiosidad por cómo habría pasado George Barnett las vacaciones.

Por otro, temía un cambio de actitud. Para bien; para mal. No importaba. Volver a verlo cortaba su respiración en un momento en que una simple exhalación petrificaba sus pulmones. Añoraba la calima.

Cuando llegó a aquel escondite de piedra —otrora almacén de madera, ahora de lecciones—, encontró a Barnett en la entrada, fumando. A varios metros de distancia, ambos sintieron la presencia del otro y se saludaron con un cruce de miradas que ocultaba mucho más de lo que decía por sí mismo. Después de desacelerar, Sara continuó con su avance y se reunió con su alumno.

—Feliz año, *Marruecos.*

—Feliz año —respondió ella sin poder ocultar la sonrisa.

—Ya termino —afirmó, mientras daba una última calada al cigarrillo y lo apagaba en la tierra.

Enseguida se acomodaron en el suelo de la cabaña, sobre las mantas y bajo ellas, desplegando todos los papeles que les servían de guía. El hecho de estar frente a frente hizo que Sara no tardara en darse cuenta de que George tenía una herida en la ceja.

—Tienes sangre —le indicó, olvidando la prudencia.

George reaccionó. Abrumado, buscó en sus bolsillos un pañuelo, sin éxito. Ella se apresuró entonces a buscar el suyo bajo las mangas de su jersey. Lo sacó y, con delicadeza, empapó la sangre que emanaba de la lesión.

—¿Te has peleado con alguien?

El chico permaneció en silencio.

—Prefiero no hablar de ello, *Marruecos* —pidió.

Sara asintió respetuosa y terminó de secar la herida.

—Creo que lo mejor es que lo mantengas presionado un rato, hasta que pare la hemorragia. Ahora seguiremos con el cálculo, no te preocupes.

Fue entonces él quien asintió, haciendo caso de las indicaciones de su compañera, de su amiga.

—¿Ha habido muchas bajas en vuestro colegio? —se interesó Sara.

—Algunas, sí. Pero, por suerte, Dilip, Kris y Victor han vuelto. No imagino cómo sería pasar el resto del curso sin ellos.

George comenzó a contarle a Sara que, a pesar de la inteligencia de Dilip, incluso él estaba teniendo dificultades en comprender, a la primera, los problemas que el profesor Glöckner planteaba en clase. Algo que le consolaba en parte.

—Me gusta ese chico. Siempre es educado y amable —opinó Sara.

—Y jamás presume de su posición social. Algo que no es muy común en Sankt Johann, donde nos encanta dejar claro cuál es nuestro apellido y cuánto poder tiene nuestra familia. —Sonrió—. Me fascina el modo en que venera a su padre y lo mucho que extraña a su madre y hermanas. Pero siempre sonríe. Lo conozco desde que llegó a la escuela, a los nueve años. Al principio, no comprendía la mitad de nuestras costumbres y ceremonias, pero se ha ido adaptando. Aun así, siempre encuentra el momento de retirarse a rezar y meditar, como manda su religión, el hinduismo.

—¿Es cierto que no come carne? —se interesó ella.

—Sí. Según me explicó una vez, él no acepta alimentarse de algo que deriva de un acto de violencia. Es algo relacionado con el karma. Y, bueno, ellos creen que todo ser vivo forma parte del Brahma, del todo sagrado.

—Te lo has aprendido bien —se burló Sara.

—Es que me gusta escucharle. Admiro mucho a Dilip, aunque me meta con él a veces. Él siempre está agradecido por todo, por las oportunidades que se le brindan al estudiar aquí, por conocernos, por el futuro. Será buen gobernante, estoy seguro.

De nuevo, el futuro erizaba la piel.

—Kristoffer también parece inteligente. O eso me han dicho —apuntó ella.

—Sí, te han informado bien. —Se rio George—. Stäheli y yo tenemos otras cualidades, pero el cerebro es cosa de Dilip y Kris.

Sara se rio, quizá tratando de liberarse por completo de la inseguridad que le generaba el porvenir.

—Pero es muy callado. ¿Nunca habla?

—Bueno, habla lo justo y necesario. Me gusta que sea así. Parece que vive al margen, pero es la reencarnación de Maquiavelo. Siempre tiene una idea retorcida que proponernos. —Se detuvo un instante—. Kris llegó al colegio hace cinco años. Antes, su madre lo había educado en casa. Es hijo único y, bueno, por lo que sé, el matrimonio de sus padres lleva en crisis desde que nació. A su padre se le conocen varias aventuras en Roskilde. A la señora Pia, la madre de Kristoffer, no le importaba, pero me da la sensación de que se centró en su hijo, sobreprotegiéndolo y apartándolo de la sociedad. Kris no tiene amigos allí, ¿sabes? Somos sus únicos amigos. Este es su sitio, donde puede ser quien quiere ser sin que los problemas de sus padres le influyan.

George hablaba mientras apretaba el pañuelo contra la herida. Ella atendía a sus explicaciones, puerta sin cerrojos hacia personas que ya conocía, pero que seguían siendo un misterio para ella. Aunque la mayor incógnita de todas residía en aquellos ojos azules que, de tanto en tanto, la buscaban presurosos.

—¿Y Victor Stäheli?

—Victor es mi mejor amigo. Sankt Johann no hubiera sido lo mismo sin su compañía.

—Me parece muy chistoso. Me imagino que os debéis de reír mucho cuando estáis juntos —contestó Sara.

—Sí…

George se quedó callado, observando cómo el cabello castaño claro de Sara caía por su espalda en una trenza que finalizaba con un lazo azul, a juego con el uniforme de St. Ursula. Ella cogió con dulzura el pañuelo y comprobó el estado de la lesión.

—¿Y no quieres saber nada sobre mí, *Marruecos*?

Sara se extrañó y sonrió.

—No, no me hace falta, gracias. Ya sé suficiente —contestó jocosa—. Aprieta un poco más. Ya casi no sale sangre.

—¿Charlotte? —preguntó él, obedeciendo la recomendación de la española.

—Sí. Aunque, he de decir que me sorprendió bastante.

—¿Qué te contó de mí? —preguntó asustado—. Charlotte es muy fantasiosa, quizá...

—Me dijo que ya estás emparejado desde la infancia con una vizcondesita —comentó Sara, que también había renunciado a los remilgos en aquella conversación.

—Charlotte es un poco cotorra —opinó él.

Sara negó con la cabeza ante aquel intento de desviarse del asunto abordado.

—Son rumores infundados. No estoy comprometido. Por Dios, *Marruecos*, estamos en 1940, no en el siglo xv.

—George... —le pidió ella—. Tu padre es el duque de Arrington.

—Pero Abigail y yo no estamos prometidos. Puede que nuestros padres pretendan que nos casemos en unos años, pero no estamos prometidos.

Ya era evidente: el cálculo, aquel día, había pasado a un segundo plano. Los papeles, ignorados, observaban el intercambio de pareceres de aquellos dos jóvenes.

—¿Qué diferencia hay? —preguntó Sara, que saboreaba cada palabra de aquel diálogo.

—Es evidente, ¿no? No tengo ninguna obligación con Abigail ni ella conmigo. Es decir, si finalmente decidimos que no queremos casarnos, nadie podrá impedírnoslo.

—¿Y el duque lo aceptará? George, me parece que estás comprometido, aunque todavía no hayas querido enterarte.

—Eres imposible, *Marruecos* —gruñó él, mientras ella sonreía maliciosamente.

George apartó el pañuelo de su ceja y, tras la confirmación de que ya no había hemorragia, comenzaron con la lección. Debían practicar otra vez el teorema de Pitágoras. Sara me desveló que adoraba sacar de quicio a aquel muchacho. Una media sonrisa se creó en los labios de George, mientras copiaba números en su cuaderno. Una hora más tarde, la vibración de las contraventanas, cerradas a cal y canto, alertó a Sara de que debía marcharse. El paso del tiempo cada vez era más escurridizo en aquellos encuentros.

***

Sara no había sido la única en reparar en la herida que George lucía en su ceja izquierda. Adam Glöckner lo había visto en clase; después en el despacho. Decidió entonces observar a aquel alumno para corroborar que no tenía ningún problema con sus compañeros. Estaba lejos de comprender por qué Barnett había comenzado a importarle. Su cambio de actitud en su asignatura le había alegrado. Era una perspectiva optimista. Quizá eso indicaba que era esclavo de sus propias advertencias. Sin embargo, las palabras de derrota que había escuchado en su oficina, antes de las fiestas, lo habían convencido de que más allá de hallarse en el camino a la autorrealización en un mundo de diamantes, el hijo del duque de Arrington era asiduo en el sendero de la inmolación. Y él, ermitaño que tantas veces lo había recorrido, quería evitarlo.

Sabía que George Barnett no soportaba a Steffen Bächi y sus amigos. De hecho, ni siquiera Glöckner era capaz de sentir simpatía por ellos. Aquella pandilla, conformada por el suizo, dos ingleses, un irlandés, un italiano, un francés y un noruego, estaba absolutamente convencida de que Adolf Hitler y Benito Mussolini eran los salvadores del mundo.

Quizá Adam Glöckner no podía ser objetivo en ese asunto, pero las formas de aquellos muchachos eran indiscutiblemente soberbias y retorcidas. Así, en una de las sesiones de organización de su oficina, Adam se lanzó a cambiar ligeramente el tono con el que se dirigía a George, recompensa de su esfuerzo, carta nueva en aquella partida y una forma de aclarar sus dudas sobre la lesión de su alumno.

—Puede irse ya, señor Barnett. Haré un examen pronto y le recomiendo que se encierre en su cuarto y se ponga a estudiar.

El chico asintió.

—Señor Barnett, si tiene cualquier problema... Lo que sea. Sé que soy estricto, pero la vida me ha enseñado a escuchar y a dar consejos pésimos. Mi puerta siempre está abierta para alumnos que lo precisen —se ofreció.

George repitió el movimiento de su cabeza y, sin añadir nada más, abandonó el reducido despacho de Adam. Nada convencido de que aquel muchacho fuera a desvelarle sus problemas, decidió proseguir con su vigilancia pasiva. Durante la visita al pueblo del domingo, trató de situarse cerca de la estación, donde George Barnett, Victor Stäheli, Dilip Sujay Gadhavi y Kristoffer Møller jugaban al fútbol con una lata de conserva vacía. De aquel modo, podría analizar con detenimiento la conducta del hijo del duque de Arrington. De fondo, escuchaba el parloteo constante del profesor Bissette sobre una noche de cine en Zúrich con una señorita maravillosa llamada Patricia.

Cuando las chicas de St. Ursula llegamos, no tardé en percatarme del examen visual del profesor Glöckner a nuestro grupo. Simulaba escuchar a aquel otro maestro pelirrojo, pero, en realidad, atendía a nuestros movimientos, a una confianza que no ocultábamos. Como era costumbre, le pedí un cigarro a George, que dejó de dar patadas a aquel recipiente oxidado para dármelo. Mientras disfrutaba de las caladas, me quedé mirando fijamente al docente. Me resultaba intrigante aquel Adam Glöckner. Nada se sabía de él. Pero lo que más me irritaba era no saber qué había visto en una estirada como Anabelle Travert. Él era joven para ella. No podía entender aquella relación. Casi como si la maestra hubiera escuchado mis pensamientos, apareció junto a la profesora Richter y la profesora Odermatt y saludó amistosamente a sus homólogos en el Sankt Johann im Wald. Su presencia dio por finalizado el descaro con el que me había permitido observar; también propició el deceso de mi pitillo.

Évanie, que había desaparecido con Joanna, se sentó en un banco cercano. Su mueca de disgusto era un llamamiento a que alguien preguntara por su pesar. El primero en acceder a aquel chantaje facial fue Dilip. Se acercó a ella y escuchó su lamento durante media hora. En realidad, todos pudimos hacerlo.

—Le han destinado al norte. Se ha marchado. Se ha ido para siempre —aseguró con dramatismo.

—¿De quién habla? —nos preguntó Stäheli.

—Espera —le aconsejé con la mano.

—Podríamos haber sido felices, tener una de esas historias de amor que después se cuentan a los nietos. Pero las obligaciones no entienden de sentimientos.

Liesl puso la mano en el hombro de Évanie.

—Vamos, seguro que os encontráis en otro momento —la animó Dilip.

—No en esta vida. Seguro que se olvida de mí —espetó y se marchó llorando.

—¡Évanie! —la llamó Liesl, que la siguió para consolarla.

Dilip quiso unirse a Liesl, pero la prudencia marcó que se detuviera. Paralelamente, George y Sara cruzaban miradas al margen de la tragedia de Évanie. Sin ser consciente, el chico perdía su pose despreocupada de alumno rebelde cada vez que permitía el libertinaje de unos ojos azules que ansiaban acercarse más a Sara, bastante más diestra en el arte del disimulo. Lo más divertido era advertir cómo el resto ignoraba la escena

—¿De quién hablaba? —insistió Victor.

—De un soldado. Voclain creo que se llama —respondió Joanna.

—¿Es su novio o algo por el estilo? —siguió Stäheli.

—Digamos que tienen una relación algo descompensada. No sé, no quiero hablar de los sentimientos de Évanie sin que esté delante. Cambiemos de tema —pidió la portuguesa, con acierto.

—Sí, es mejor —la apoyé.

—Victor, muéstrales tu imitación del director Steinmann —le pidió Dilip.

—Ya lo he hecho muchas veces —remoloneó.

—No te hagas el duro, Stäheli. Si te encanta —insistió George tirándole el final de su colilla, ya apagada.

—Está bien.

Victor Stäheli nos ofreció un recital privado de sus mejores imitaciones. Nosotras nos reíamos, se le daba francamente bien. Incluso era capaz de copiar la voz de la directora Lewerenz, a quien ellos habían apodado «Dame Rettich» o «Señora Rábano» porque decían que su cara les recordaba a esa hortaliza. De hecho, tenían motes para casi todos los profesores de ambos colegios.

—El otro día casi me muero del ataque de risa. Todo fue idea de Kristoffer. —Miramos a Møller, que escuchaba en silencio, como era habitual—. El profesor Cheshire estaba hablando con el entrenador Lefurgey. Dilip se acercó y, muy convincente, le dijo que el director Steinmann lo estaba buscando y que fuera a su cuarto.

—Nadie va nunca al pasillo en el que está la habitación del director —puntualizó George.

—El pobre se lo creyó sin pestañear. El entrenador Lefurgey me miró extrañado, pero le aseguré que había reproducido, una a una, las palabras del director —añadió Gadhavi.

—Mientras tanto, Kristoffer, George y yo estábamos escondidos detrás de la puerta de la habitación. Sabíamos que el director no estaba en el colegio aquella tarde. Cuando Cheshire llegó, estaba pálido. Bueno, todavía más pálido de lo normal, ya me entendéis. Pero lo mejor fue cuando empecé a hablar —Victor comenzó a reír y sus amigos se unieron.

—Le dijo a Cheshire que había tenido una indisposición y que si podía llevar sus calzones a la lavandería con la máxima discreción. Y que dijera que eran suyos, no del director —contó George entre carcajadas.

—Hicimos que pasara al cuarto, con la condición de que no mirase, pues el director Steinmann le había asegurado que si lo veía desnudo, tendría que despedirle. Se chocó contra todos los muebles hasta que llegó a la butaca donde estaban unos calzones que habíamos manchado con fango del jardín —aseguró Victor—. De verdad, no sabía lo que era la comedia hasta que no vi a ese pobre inútil seguir nuestras instrucciones.

Los tres reían sin parar. Kristoffer los acompañaba con una risa más sutil, a pesar de haber sido el autor del plan. El final de su gamberrada había sido algo abrupto, pues habían visto llegar en coche al director desde la ventana. Cuando Cheshire se marchó, George, Victor y Kristoffer salieron corriendo de allí, en busca de una coartada creíble. En el vestíbulo, habiendo perdido parte de su dignidad en su visita a la lavandería, Cheshire trató de ocultar su asombro al profesor Glöckner, que se interesó por su gesto incómodo y reflexivo.

—Menos mal que no te tocó correr a ti, Dilip. Te habrían pillado —aseguró Victor.

—Le llamamos «piernas cortas» porque es incapaz de moverse rápido —explicó George.

—Sois unos estúpidos —afirmó Joanna—. Deberíais tener más respeto por vuestros profesores.

—Vamos, Medeiros, no seas sosa —contestó Barnett.

—Jo tiene razón. Os acabarán pillando y os expulsarán —opiné.

—Bueno, ya están las *ursulanas* como siempre. Se os está pegando el sentido del humor de Dame Rettich —dijo Victor. Se acercó a mí y puso las manos en mis hombros—. Fournier, la vida es más divertida si te saltas alguna norma. Te tomas tu estancia en St. Ursula demasiado en serio.

—Gracias por tus consejos, Victor, pero tengo mi propio modo de entender la vida. Cuando me encuentre perdida, acudiré a ti. No te preocupes —respondí.

—Mira, mira, pero si se le está poniendo cara de rábano a esta chica. ¡La perdemos! ¡No, por favor! —bromeó Victor.

Me zafé de sus manos.

—Déjame, Stäheli. No seas idiota —le pedí.

—Al margen de lo bien que nos lo pasamos, yo sí creo que deberíamos dejar de jugarnos nuestra permanencia en Sankt Johann. Por lo menos, de cara a final de curso. Tengo que graduarme para entrar en Oxford.

—No, tú no, Dilip. No me digas que te están pegando la responsabilidad las *ursulanas*. ¿De qué vale entrar en Oxford si es renunciando a tu identidad en la escuela? ¿Quién torturará a los profesores? ¿Tú sabes lo aburrido que es Oxford?

—Tendrán que ser otros, Victor. No quiero manchas en mi expediente. Se lo debo a mi Baba.

—Qué desastre. ¿Puedo contar con vosotros, Kristoffer y George?

Nosotras nos reíamos ante la desesperación de Stäheli por mantener un *statu quo* que tenía fecha de caducidad. Kristoffer asintió. George se hizo de rogar. Miraba al horizonte, simulando que la charla no iba con él.

—Ya te lo diré cuando a Kristoffer se le ocurra la siguiente idea —contestó al fin—. Aunque yo no daría por sentado nada. Ni siquiera sabemos si podremos terminar este curso y graduarnos.

—No digas tonterías, Barnett —contesté.

George lo decía convencido, mientras trataba de abarcar con la mirada la inmensidad del lago Zúrich, en cuyas orillas se construían búnkeres al tiempo que nosotros nos inventábamos que todo seguía igual. Pero no era así. Incluso George comenzaba a pensar que lo de la movilización iba a alargarse más de la cuenta.

El fin de las vacaciones había devuelto a las alumnas y había creado nuevas rutinas. Junto a las canchas de deporte, se había comenzado a preparar el terreno para que albergara tres huertos de patatas, que se iban a plantar en primavera. De ese modo, el colegio contribuiría a la producción de la zona. Además, habíamos empezado a realizar simulacros cada dos días. En orden, teníamos que coger la máscara antigás y bajar al sótano, convertido en el refugio antiaéreo de St. Ursula desde enero. Las maestras nos hablaban de escenarios horribles, de ataques que sonaban inminentes en sus labios cautos y de enemigos invisibles que llegarían por tierra, mar o aire sin pararse a pensar si alguna de nosotras era compatriota. Después, sus voces cambiaban de tono e intentaban tranquilizarnos. Nos aseguraban que todo continuaba en calma y nos recordaban la neutralidad de Suiza, como si aquella carta fuera a ser respetada por todos los jugadores.

En la clase de costura de la profesora Roth, las tareas se habían visto modificadas. Nos dedicábamos a remendar rotos en las chaquetas, pantalones y botas que conformaban los uniformes de los soldados desplazados en Horgen y alrededores. St. Ursula quería ayudar y liberar así a las familias con las que se hospedaban los militares. Algunas alumnas, no obstante, no vieron con buenos ojos tales encargos. Al fin y al cabo, aquellos no eran sus héroes, no era su Ejército. Ellas hubieran cosido con fervor las prendas de los jóvenes de su país, pero no se encontraban a gusto ayudando a los militares de un pueblo que, aunque hoy neutral, mañana podría ser beligerante. Después de varias quejas, se eximió a estas internas de participar en la labor. Yo, personalmente, estaba más que encantada con ello. Por una vez, me sentía útil y me sabía necesaria en el mundo real, aunque fuera solo por un par de puntadas.

Mientras fijaba un botón, no podía dejar de pensar en Damian, el supuesto sobrino de la señora Wisner. Me preguntaba por qué me habría mentido y quién sería aquel hombre de rostro descompuesto. Continué meditando sobre ello en mi hora de estudio y en la cena. Tenía que hallar un modo de descubrir qué escondían. Cuando la profesora Habicht apagó la luz de nuestro pasillo, chisté a Sara desde mi cama.

—¿Qué quieres, Charlotte?

—¿Te apetecería ir mañana conmigo al pueblo para conocer a los señores Wisner?

—¿Lo dices en serio?

—Sí. Es martes, no tienes clase con George. ¿Qué me dices?

—Sí, por supuesto. Me encantará acompañarte —respondió al fin.

—Estupendo. Buenas noches.

—Buenas noches, Charlotte.

***

Anabelle Travert examinó los dos milímetros de líquido que todavía quedaban en su vaso de cristal. Aquella noche necesitaba lubricar sus pesares con un poco de alcohol. La taberna de los Meier estaba prácticamente vacía. Ráfagas de viento hacían temblar las contraventanas, dando noticia a la profesora de que salir de aquel acogedor local no sería tarea gustosa.

—Ese soniquete siempre me ha recordado al de los telares —le dijo Heida Meier al pasar por su lado.

La maestra arqueó las cejas.

—¿Ha trabajado usted en el textil? —se interesó Anabelle.

—Sí, varios años, junto a mis padres y hermanos. Hay una fábrica de seda en Hausen. Cuando me casé, dejé aquello, pero muchas veces un ruido o un aroma me traslada allí de improviso.

—La comprendo. A mí también me sucede con lugares de mi infancia o juventud. A veces pienso que simplemente son sitios imaginarios. —Sonrió al vaso y bebió—. Mi abuelo también trabajó en la seda. Y también mi abuela cuando él murió.

—¿Había fábricas donde usted creció? —preguntó la señora Meier.

—Sí, muchas. —Volvió a sonreír—. Crecí en un importante centro industrial de Francia. Se desarrolló mucho el siglo pasado justamente gracias a los talleres de seda.

—Qué final más hermoso el de ese tejido, pero cuánto esfuerzo y penurias esconde detrás —concluyó Heida—. Bueno, debo dejarla, tengo que terminar de servir y marcharme a casa a preparar todo para mañana. Han dado permiso a Lutz para que regrese durante el invierno.

—¿De veras? Cuánto me alegro. No la entretengo, entonces. Cóbreme cuando pueda.

Su infancia sonaba lejana incluso al hablar sobre ella en voz alta. Aquella conversación reactivó todas las sensaciones que le evocaba su pasado, compañero en el trayecto de vuelta subida al Topolino. Sus abuelos habían luchado con fiereza por sacar a sus hijos adelante. También sus padres. Ella tampoco había tenido una vida sencilla hasta el momento. Mientras entraba en el colegio, se preguntó si algún día volvería a su ciudad natal y si sus padres estarían a salvo allí.

Cuando entró en su cuarto, notó cómo el alcohol había entumecido las yemas de sus dedos. El culpable también podía ser el frío. Se desnudó lentamente frente a un espejo que le gritaba que el tiempo había pasado para su piel. Tenía cuarenta y tres años. Todos suyos, vividos, almacenados. Algunos los había cedido por inocente; otros los había guardado bajo llave por si la vida, en un descuido, se los restaba. Unos se le habían atragantado con amargura y otros se habían esfumado sin darse cuenta, enlatados en rutinas que adormilaban a los cerebros más despiertos. A otros tantos los había infravalorado, convencida de que el futuro era lo que, en realidad, merecía la pena. Y luego estaban los disfrutados que, por dolor y miedo, no se atrevía a recordar. Se deshizo aquel moño con el que siempre cruzaba el umbral de la puerta de su habitación. Su cabello castaño rozó sus hombros desnudos. Tenía cuarenta y tres años, pero se sentía más bella y sensual que cuando tenía veinte. Su cuerpo añoraba las caricias y los besos de medianoche en camas revueltas de promesas y dispensadas de realismo. Pero, como la ciudad de su niñez, aquello era un rumor lejano que solo se escuchaba cuando el crudo escepticismo de la madurez dejaba de chillar.

A la mañana siguiente, la profesora Travert apareció en el comedor como si nada hubiera sucedido. Las memorias habían sido amordazadas al dormir y el alcohol se había evaporado en sus sueños. Saludó con deferencia a la directora Lewerenz y se sentó junto a ella.

Mientras tanto, yo ultimaba mi estrategia para aquella tarde. Ensimismada en mis propias intrigas, me pareció que el día pasaba a gran velocidad. Cuando se inició la hora de estudio, nos escabullimos por la verja y rodeamos el colegio en dirección al pueblo. Por el camino, recordé a Sara que tendría que hablar en alemán. Para ella era un reto, pero necesitaba seguir practicándolo para mejorar en clase del profesor Falkenrath. El honor que le había concedido le dio pie a interrogarme sobre aquella familia a la que iba a conocer. Cuando nuestras bicicletas penetraron en los dominios de Horgen, el diálogo desapareció entre los muros de las casitas que, de vez en cuando, pasábamos mientras descendíamos por la colina. Bajamos hasta el pueblo y avanzamos hasta alcanzar la calle donde se hallaba la tienda de los señores Wisner. El derrape dio lugar al aparcamiento de aquellas bicis de paseo que habíamos confiscado a escondidas. El viento gélido hacía más largo el trayecto hasta allí.

Con naturalidad, entramos en la tienda. El señor Wisner revisaba lo recaudado en la caja registradora tras unos anteojos que compartía con la señora Wisner. Siempre me había resultado gracioso el modo en que aquellas lentes pasaban de unas manos a otras, de unos ojos a los otros. Si la lesión era compartida o no, a ellos poco les importaba. Al verme aparecer, detuvo el conteo y nos saludó con la afabilidad habitual. De reojo, vi que la señora Bertha preparaba un paquetito con un trozo de jabón para una clienta. Su ocupación no impidió que nos sonriera, comprendiendo que había seguido sus indicaciones y había llevado a mi amiga española a su comercio para que la conocieran. Frank Wisner abandonó los billetes y las monedas en la caja y, con las palmas pintadas de gris por su peculio, se presentó. Mi amiga correspondió su atención con un alemán que se enredaba entre su mente y su lengua.

El señor Wisner sacó a relucir toda su paciencia en una conversación que yo iba alimentando con comentarios sobre la procedencia de mi amiga o sobre anécdotas de los señores Wisner que ya me habían contado a mí. Cuando la señora Bertha despachó a la compradora del jabón, se unió a la charla desde detrás del mostrador. El delantal que siempre llevaba, a cuadros azules y blancos, decoraba su ancho torso. Ambos se esforzaron por hablar despacio y evitar vocablos típicos de la zona para facilitar su comunicación con mi amiga. Capturados por las ocurrencias de Sara y entretenidos con la visita puntual de otras vecinas en busca de productos a buen precio, encontré el momento idóneo para visitar el almacén.

Como deseaba, Damian continuaba allí. Estaba organizando algunas cajas. A simple vista, gozaba de mejor aspecto. Llevaba ropas que, a buen seguro, pertenecían al señor Wisner y que le quedaban sueltas por todos lados. Un cinturón desgastado aseguraba un pantalón, dos tallas más grande, a su cintura. Se había afeitado. Al verme, dejó momentáneamente de ordenar la estantería, quizá creyendo que era la señora Wisner con un mensaje importante.

—Hola —saludé.

Me contestó con un ligero movimiento de cabeza y continuó con su cometido.

—Hola. Soy Charlotte Fournier. Usted es el sobrino de la señora Bertha, ¿no es así? No sabía que tuviera un sobrino. ¿Ha venido para quedarse por mucho tiempo? ¿Va a trabajar aquí? ¿Es el reemplazo de Roger Schütz? Se supone que están dando permisos, así que no tardará en volver.

El silencio fue la respuesta a aquella ristra de interrogaciones que vomité en apenas dos segundos. Damian me contempló con aquellos dos ojos redondos y oscuros que parecían pedir perdón de antemano a todo aquel que se cruzara con ellos. Después, reanudó sus tareas. Oí cómo me llamaban desde arriba, con lo que debí clausurar aquel cuestionario y subir. Los señores Wisner me recibieron con extrañeza y tensión.

—Charlotte, te dije que no molestaras a Damian —me recordó la señora Bertha.

—Sí, disculpe. Es que he perdido uno de mis guantes y creí que se me había caído en el almacén cuando fui a recoger el último libro —mentí—. Su sobrino es muy callado. ¿De dónde es?

—Ehm... De Grisones. Es de Grisones. ¿Queréis una chocolatina, niñas? Os traeré una —nos ofreció antes de perderse al final de la tienda.

Sara mantuvo la sonrisa hasta que pudo dirigirse a mí con una brusquedad que le permitía el francés, no el alemán.

—¿Por qué me has traído aquí, Charlotte? ¿Quién es Damian?

—Te lo contaré después —le prometí en la lengua de Robespierre.

Damian había subido algunos escalones y había observado la breve reprimenda de la señora Wisner. También el intercambio entre Sara y yo. Saciado de luz y palabras, regresó al almacén para continuar con la organización de productos.

Sara me concedió solo el margen de llegar hasta nuestra habitación. Allí, presumiendo que gozábamos de intimidad, le narré mi hallazgo y mis suposiciones. Damian no era sobrino de la señora Wisner.

—Y, entonces, ¿quién crees que es?

—Un soldado que ha desertado —afirmé—. Querrá simular que ha desaparecido o que se ha fugado para que no lo encuentren.

—Ay, Charlotte, ¿no piensas que eres demasiado fantasiosa? Si la señora Wisner te ha dicho que es su sobrino, pues será su sobrino. Te noto algo obsesionada con la guerra.

—Nada es lo que parece, Sara. Nunca nadie es lo que parece. Recuérdalo.

—¿Hablas por ti?

Ignoré aquella pregunta, tal y como Damian había hecho con las mías.

—Ya es la hora de la cena. Bajemos antes de que alguien se pregunte dónde estamos. O lo que sería aun peor: dónde hemos estado —sugerí.

Como ve, señorita Eccleston, Sara y yo terminamos por compartir muchos detalles que manteníamos al margen del resto. Ese era mi caso con la cuestión de Damian y el suyo con los matices de sus encuentros con Barnett. Según me aseguró en varias ocasiones, uno de los aspectos más incómodos de las clases en la cabaña era que las piernas dejaban de ser elementos útiles para convertirse en algo molesto a la escasa media hora de estar sentados en el suelo. George continuaba mejorando, aunque algunos ejercicios de trigonometría se le resistían. Con orgullo, había mostrado a Sara su aprobado en el último examen de Geometría que el profesor Glöckner había realizado por sorpresa. Asombrosamente, Barnett valoraba la rectitud e intransigencia con la que el docente daba sus clases. No tenía piedad con nadie, ni siquiera con él. Y nuestro amigo parecía valorarlo. Y es que la inútil condescendencia con la que lo trataban en el Institut Sankt Johann im Wald se evaporaba al cruzar el umbral del aula de Matemáticas.

A lo largo del mes de enero, fueron muchas las veces en las que, sin querer, la española compartió conmigo alguna anécdota de sus lecciones. A través de sus comentarios, siempre decorados con sonrisas sinceras, supe que, a mitad de clase, hacían un descanso en el que charlaban de asuntos variados. Se asomaban por la puerta de la cabaña, a veces escoltados por la nieve o la lluvia, y admiraban el entorno el tiempo que duraba el cigarrillo de George. Jugaban a contar ardillas, que se escondían, presurosas, en los troncos y ramas de los árboles adyacentes. También aviones que, ocultados por las copas de los árboles perennes, parecían desgarrar las nubes. En una de esas conversaciones, Sara le contó a George cómo era Larache. Le habló del pasado árabe que gobernaba cada rincón de la medina. De las construcciones que, fuera de esta, trasladaban a los paseantes a Andalucía. De esa mezcla exótica y única que se dejaba patente en la arquitectura de aquella pequeña ciudad marroquí. A mí también me relataba muchas veces los detalles de su hogar y de las vistas desde el salón de su casa, en las que el Atlántico se convertía en una sombra del cielo.

Tanto Barnett como yo pensábamos que Sara echaba mucho de menos Larache. Y que, a juzgar por sus descripciones, el Sihlwald le debía de parecer un lugar demasiado gélido. Pero ella había empezado a amar esta tierra. Sobre todo, porque sabía que aquellas imágenes de la ciudad colonial serían solo recuerdos al término del invierno. Madrid era su futuro. Y, aunque el señor Suárez le hablaba de las maravillas de pasear por el parque de El Retiro, Sara no estaba preparada para decirle adiós al mar. Por su parte, George sobrevoló, en más de una ocasión, el asunto, ya mencionado, de la intrasigencia del duque, pero sin ser demasiado exhaustivo. George Barnett era bastante reservado cuando se trataba de hablar de cuestiones importantes. Sobre todo, con personas a las que no había calado todavía. Conmigo charlaba con frecuencia, en nuestros encuentros en el pueblo, y conocía detalles de su vida. Pero había líneas que solo cruzaba si la compañía le insuflaba una seguridad que, por lo pronto, pocos habían logrado transmitirle en sus años interno. Más todavía si tenemos en cuenta el escaso valor que se daba a su nombre de pila y la carga exagerada que portaba su apellido. Creo que la llave a sus pensamientos siempre residió en el sincero interés.

No obstante, una tarde, el inglés compartió con su profesora la noticia de que habían desplazado a la compañía de su hermano Jerome a Francia. Días después lo comentó con el resto, pero la primera en saberlo fue ella, para su propio asombro. Su familia se había enterado, por telegrama, el día de fin de año. La duquesa, la señora Miranda Barnett, tenía el corazón encogido desde entonces, pero George parecía tranquilo, confiado. La española comprendía la coyuntura. Sus hermanos mayores también habían combatido en la guerra civil. Y así se lo hizo saber con la firme intención de ofrecerse para hablar del tema si el chico lo necesitaba. Él entendió. Yo también era conocedora de este dato de la vida de la española, pues formaba parte de la escasa selección de confesiones que había hecho de su biografía durante los meses que llevaba en St. Ursula.

Después de un intercambio de sonrisas, volvieron a contar animales y a inventar misterios tras la densa vegetación del bosque. Sin embargo, más allá de lo que Sara compartía conmigo, me percaté de que, cada vez, se miraban más en nuestras visitas al pueblo. También que las despedidas en aquella cabaña se habían convertido en una promesa de volver a verse.

***

—Pase, pase, profesora Gimondi —la animó la señora Herriot.

La profesora Habicht, la profesora Travert, la profesora Durand y Marlies apuraban las últimas horas del día sentadas alrededor de la mesa de la cocina de Florianne Herriot. Ollas de cobre, utensilios de madera, armarios repletos de añeja vajilla, fruteros, verduleros y cuencos de barro vacíos eran los testigos de su conversación. Aquella estancia tardaba en desprenderse de las fragancias de los alimentos consumidos durante la jornada. Anabelle Travert estaba convencida, no obstante, de que había olores que nunca desaparecían.

—Marlies, cierre la puerta de afuera, haga el favor. Este frío va a terminar con mis articulaciones —se quejó la cocinera, al tiempo que se reajustaba el cruce de la chaqueta por debajo de las axilas.

—Menos mal que usted siempre tiene buenos remedios, señora Herriot —agradeció la profesora Habicht.

—Para ustedes, Virgine. No vayan a pensar que compro estas botellas para mí, beneficiándome del deber que tengo de gestionar el inventario —le recordó la otra.

—Por supuesto que no —se sumó la profesora Travert.

—Tan cierto como que no me desapareció una hace unos meses —contraatacó la señora Herriot.

La profesora Travert se rio.

—La repondré —prometió.

—El misterio de los botes de leche condensada, por otra parte, es algo que estoy por renunciar a descubrir —confesó.

—Será alguna alumna —supuso la profesora Durand.

—Pero quién?

—No se queje. A mí me confiscan la bicicleta cada dos días. Encima la descarada me deja notas contestando a mis carteles de «no tocar, a riesgo de perder las dos manos» —reveló la profesora Habicht, mirando de reojo a Marlies, que la ignoró.

—Este colegio... cada vez es más ingobernable. Y con el contratiempo de la guerra, más todavía —masculló la cocinera—. De vuelta al hotel en París me tendría que ir yo. Ahí sí que se trabajaba bien, sin robos en la despensa.

—De todas formas, Virgine, quizá deberías dejar mensajes menos agresivos y más realistas —le aconsejó la profesora Travert—. ¿De veras crees que una amenaza medieval va a disuadir a la ladrona?

—Sí, quizá tendría que modificarla —farfulló Habicht—. Pero es importante que la responsable sepa que no me temblará el pulso —añadió, sin que Marlies se diera por aludida, para su desesperación.

La profesora Sienna Gimondi no era habitual en aquellas reuniones, pero habían accedido a que se sumara con objeto de conocer de cerca a la que era, sin duda, la mano derecha de Esther de la Fontaine. Todas allí creían que la profesora De la Fontaine se aprovechaba de la juventud e inmadurez de Gimondi para sumar apoyos de cara a la directora Lewerenz. La trataba como si fuera una secuaz en territorio enemigo. Las malas lenguas decían que De la Fontaine solo ansiaba escalar puestos hacia la dirección, convertirse en una docente reputada, y si no había opción de rozar la cima, marcharse a un colegio en el sur, cerca de su ciudad natal, Lausanne. Por tanto, señorita Eccleston, St. Ursula solo era una pieza en un puzle que ella pretendía armar sin compromisos ni fidelidad.

—Las noticias que llegan de Finlandia y Polonia me siguen desconcertando. Con todos mis respetos, espero que los muchachos franceses desplazados sirvan para dar una patada en el trasero a ese ególatra expansionista de Hitler. Y a Stalin de rebote. ¿Es que no tuvimos suficiente hace veinte años? —opinó la señora Herriot.

—Nuestros muchachos están ahí aguardando, Floriane. Pero me da la sensación de que de poco servirá si el ataque es tan atroz como en Polonia —respondió la profesora Travert.

—Hubiera sido mejor que lo dejaran estar... Si todos nos ponemos a declarar guerras, terminaremos peor que en el catorce —lamentó la profesora Habicht.

—Bravo —aplaudió la profesora Durand.

—Las niñas están empezando a preguntar por la continuidad del curso. Muchas creen que vamos a cerrar la escuela —confesó la profesora Gimondi cuando tuvo su vaso en las manos.

—Quede tranquila. Anabelle y todas las que nos unamos no permitiremos que eso suceda —aseguró la profesora Durand.

—La profesora De la Fontaine apoya que se interrumpan las clases. ¿Usted qué opina? —indagó la profesora Travert.

Sienna dejó caer sus ojos negros por encima de la mesa, ganando tiempo para responder.

—Yo entiendo su punto de vista, de verdad que sí. Pero si los alemanes o los franceses invaden Suiza, si esto se convierte en un frente, no podremos mantener a todas las niñas sanas y salvas. Yo misma me estoy planteando regresar a Lugano. Según mi hermana, allí las cosas están más tranquilas.

—No si su país también se une a la guerra —señaló Anabelle.

—No creo que Italia esté en condiciones de involucrarse en asuntos alemanes —opinó la profesora Gimondi.

La profesora Gimondi, pese a haber crecido en Lugano, había nacido en Bellagio y procedía de una familia del norte de Italia.

—Y si su hogar estuviera a pocas millas de las líneas enemigas, Sienna, ¿aceptaría que se le denegara la opción de permanecer en suelo neutral? ¿Un suelo que la acogió cuando todo estaba en orden y que ahora debe escupirla por miedo?

—No soy yo quien ha de decidirlo, profesora Travert. Yo solo tomaré mi camino si llega la hora de ponerse a salvo. El de las niñas lo dejo en manos de la directora Lewerenz, de usted y de la profesora De la Fontaine.

Ambas maestras se miraron fijamente a los ojos durante un par de segundos. Finalmente, Anabelle resolvió cambiar de tema. La señora Herriot comenzó a narrarles historias, que parecían sacadas de novelas, sobre su juventud y un novio que perdió en Verdun. La profesora Travert reía y se entretenía con aquella charla, pero, en el fondo, no dejaba de darle vueltas a la propuesta que Adam Glöckner le había hecho días atrás. Aquel sábado, aprovechando que ambos tenían la tarde libre, irían a Zúrich a disfrutar de un espectáculo.

***

Las preguntas sobre su pasado continuaban siendo una frontera en la que ambos habían situado toda su artillería. Sin osar acercarse demasiado a la barrera contraria, paseaban sonrientes por las rúas de la ciudad. Más allá del lago, cumbres nevadas susurraban cuentos de invierno y leyendas de calor junto a una chimenea ahogada en mil cenizas. Anabelle Travert había recorrido aquellas mismas calles, una y otra vez, durante el tiempo que llevaba impartiendo clases en St. Ursula. Sin embargo, era la primera en la que un hombre la acompañaba. No es que estuviera pensando en aquel encuentro como una cita romántica, pese a que tuviera matices que la hubieran hecho trasladarse a su más tierna juventud, a aquellas miradas bajo la luz de una luna discreta. Adam Glöckner era un buen amigo, un fantástico compañero en uno de los cursos más complejos a los que había tenido que enfrentarse. Dejó que él fuera quien marcara el itinerario; no sabía qué tipo de divertimento los aguardaba.

Poco después de cruzar el Qüaibruke, avanzaron por Rämistrasse, dejaron a un lado el museo de arte y llegaron a su destino: la Schauspielhaus. Aquel teatro había sido, en las últimas décadas, la cuna del modernismo en Zúrich. Artistas e intelectuales habían cruzado sus puertas, como creadores o público, engrasando aquel motor de la cultura y la modernidad suiza. Mientras el profesor Glöckner sacaba los pases de aquella velada y se adentraban en el edificio, comenzó a relatar a la maestra algunas curiosidades del lugar. Hasta 1938, había pertenecido al señor Ferdinand Rieser, un judío dedicado al sector del vino. Su escenario había dado la bienvenida a autores exiliados que habían aprovechado sus obras para desarrollar una encarnizada crítica a las políticas nazis. No obstante, los constantes conflictos con los suizos partidarios de Hitler durante las representaciones —conocidos como frontistas— y las reiteradas faltas a la prensa de la Confederación obligaron a que el señor Rieser pusiera en venta el teatro.

—Ahora es propiedad de un grupo de accionistas y su director es un tal Oskar Wälterkin. Para disgusto de los simpatizantes nazis y otros colectivos ofendidos, decidieron mantener a toda la plantilla de trabajadores y autores. Aunque ahora son mucho más cautos al seleccionar las obras, como comprenderá. Pero se sigue generando ruido, que no es poco en estos tiempos —concluyó al sentarse en la butaca.

—Justamente, el otro día, charlé con el profesor Siegfried Falkenrath sobre esto. Al parecer, muchos intelectuales alemanes y austríacos han encontrado aquí el modo de continuar su legado cultural. El público suizo es el único espectador al que pueden dirigirse en alemán.

—Exactamente. Bertolt Bretch, Else Lasker-Schüler, Thomas Mann… y tantos otros. También me comentaron que aquí se representaron obras de Karel Capek.

—Oí que los hijos de Thomas Mann, Erika y Klaus, tenían un cabaret bastante exitoso en Zúrich. No sé si sigue activo, aunque también tuvieron muchos problemas por el contenido controvertido de sus espectáculos.

—¿Sí? De esto no tenía noticia.

A las ocho en punto, el telón se abrió, cortando las palabras que todavía no habían salido de sus bocas. Su conversación se convirtió en un murmullo delicado con el que acordaron mantener el exigido silencio hasta que los aplausos les devolvieran el permiso a sus lenguas. Los focos rozaron sus sonrisas, cómplices de la comedia representada en el escenario. Anabelle comprendía casi todas las frases de los artistas pese a que la pulidez de su alemán nunca había sido un hecho. Era una historia fantástica con hadas y espíritus de por medio. Amor y fortuna. Bien y mal. No obstante, con el avance del espectáculo fue tomando consciencia de lo que le había contado Adam y, por ende, de lo dividido que estaba el mundo en aquel momento. La incertidumbre había tomado el control no solo de la escuela, sino también de las vías zuriquesas, de sus gentes, de sus cafés y de sus entretenimientos. Nada quedaba a salvo de la opinión.

De nuevo rodeados de la brisa gélida del crepúsculo, el profesor Glöckner le contó que habían visto la obra *Lumpazivagabundus,* del dramaturgo austríaco Johann Nepomuk Nestroy. También le dijo que, en su última visita al teatro, había visto una obra moderna de un autor poco o nada conocido, pero que estaba claramente influenciado por Thornton Wilder. En comparación, le había gustado más aquella.

—De vez en cuando, encuentras historias así, creadas por alguien que ni siquiera tiene un nombre, pero que consigue comprenderte a la perfección. ¿No le ha pasado nunca? —se interesó Adam, al tiempo que se subía el cuello de su gabán para protegerse del frío—. ¿Quiere tomar algo? Pued...

—Chsss. Déjeme a mí ahora, profesor. Creo que voy conociendo sus gustos —se ofreció Anabelle, que tomó las riendas del paseo.

El Gran Café Odeon estaba situado en la esquina, en chaflán, de Sonnenquai y Rämistrasse, así que no tardaron más de diez minutos en cruzar sus puertas. Ya hacía treinta años que por allí se había dejado ver la élite intelectual europea, pero sus mesas y sillas no parecían desgastarse con el intercambio de ideas. De estilo *art noveau,* se asemejaba a los cafés que habían enriquecido las orillas de las calles aledañas a la Ringstrasse vienesa. Los maestros se acomodaron en uno de los veladores, oyendo a su paso cómo se tejían debates a distintos niveles de voz.

—Dicen que por aquí ha pasado el mismísimo James Joyce —le contó Anabelle, que se despojaba de los guantes sin piedad.

—¿Dónde no ha estado el señor Joyce, profesora Travert? —Se rio Adam.

—No solo eso, señora. En el Gran Café Odeon se ha servido al poeta Franz Werfel, a músicos como Arturo Toscanini, al profesor Einstein e, incluso, a Benito Mussolini y Trotsky —presumió el camarero que se disponía a atender su mesa.

—No olvide a Lenin —añadió ella.

—Veo que nos conoce bien —se enorgulleció—. ¿Qué van a querer los señores?

—¿Un par de cafés? —confirmó Anabelle.

—Sí, estupendo —respondió él.

El empleado asintió y se retiró. Los dos echaron un vistazo alrededor, analizando a los distintos grupos que jugaban a las cartas o al ajedrez. Diligente, el camarero regresó con su comanda.

—¿Usted trabaja aquí desde su inauguración? —se interesó Anabelle.

—No, no. Yo llegué en 1925. Pero ya soy veterano. Puedo asegurar que he contribuido a desgastar este suelo con mis zapatos. Recuerdo los viejos tiempos, con todos aquellos nombres propios cruzando la puerta de entrada. Ahora seguimos teniendo clientela, pero la mayoría llega con malas noticias, nos visita por motivos nefastos. Y, bueno, los viajeros se han reducido desde que Francia y Reino Unido declararon la guerra a Alemania. Ustedes ya saben... Yo mismo acabo de regresar con permiso de dos meses de Sargans. Por eso me alegra saber que todavía quedan forasteros que nos conocen y visitan. Como ustedes. ¿Es su primera vez en Zúrich?

—Oh, no. Nosotros somos profesores, no viajeros. Ojalá pudiéramos dedicarnos a recorrer mundo —respondió ella.

—Damos clases en los colegios que están en el Sihlwald. Ella lleva muchos más años que yo. Me alegra que me haya mostrado un lugar como este.

—¡Así que maestros! Sí, sí, conozco los colegios. Alguna vez he tenido que llamar la atención a alguno de sus siniestros alumnos por colarse sin permiso cuando han venido de excursión a la ciudad.

—Lo lamento mucho. Son buenos chicos, en general —se disculpó la profesora Travert.

—No se preocupe. Tengo dos hijos de quince y doce años. Bueno, los dejo a solas. Supongo que tendrán asuntos que discutir. Me alegra mucho que hayan venido. Por su acento, me aventuraría a decir que usted se sentirá casi como en casa —se despidió.

Adam Glöckner asintió, cohibido y ciertamente nervioso. Anabelle lo miró, aguardando a que desmintiera aquella información o que, por lo menos, clarificase sus orígenes sin ella tener que preguntar.

—Se refería a Viena —admitió el profesor Glöckner.

—Ya, lo he entendido. ¿Es usted de allí? ¿Es austríaco?

—Eh, eh. Dijimos sin preguntas. Recuérdelo.

—Está bien. Si usted me contesta, le diré de dónde soy yo.

—Vamos, profesora Travert. Sé perfectamente de dónde es usted: es francesa. No me pega de París, así que diría que es de alguna ciudad de provincias. ¿Limoges? ¿Nantes?

Una carcajada dejó ver la amplia y bella sonrisa de Anabelle.

—No tiene usted ni idea, profesor.

—Pero francesa sí, ¿no? ¡No me diga que es belga!

—¡No, no! Sí, soy francesa. No soy de París. Pero tampoco soy de Limoges o Nantes —respondió—. Dígame de dónde es usted, dónde nació.

Hubo un silencio cargado de dudas. Hablar o callar, en ocasiones, marca el destino de un café.

—Ebensee. En el oeste de Austria. Bueno, o de lo que demonios sea ahora mismo. Su turno.

—Lyon.

—¡Lo sabía!

—No, no lo sabía. No ha dado ni una, profesor Glöckner.

—Vamos, profesora Travert, soy austríaco. Disculpe si no conozco todas las pedanías francesas —bromeó él.

—Es usted un tramposo —comentó ella divertida, removiendo el café con garbo.

—¿Toda su familia es de allí?

—Sí. Los Travert llevan residiendo en Lyon desde principios del siglo XIX. ¿Y la suya?

Adam negó con la cabeza como antesala a su respuesta, que se demoró por estar bebiendo un sorbo de aquel líquido amargo.

—Mi abuelo, Andrej Glöckner, se trasladó desde Moravia hacia el oeste del Imperio a mediados del siglo XIX. Se acababa de casar con mi abuela, Darina Cipris, y se establecieron en Ebensee en busca de sustento, de un trabajo que les proporcionase un jornal para vivir. Procedían de familias muy humildes, así que cualquier mejora hubiera sido bienvenida. No tardó en encontrar trabajo en una serrería hasta que en 1872 decidió crear su propia empresa maderera: Cipris

Phb. Mi abuela murió al alumbrar a su quinto hijo, así que fue un bonito homenaje.

—Me gusta la historia de los abuelos Andrej y Darina —confesó Anabelle.

—Sí, un poco trágica, pero fueron felices.

—Los relatos de los antepasados siempre suenan a novela, ¿verdad? Mi madre me contó también la de mis abuelos hace muchos años. Ellos eran Madeleine y Jean.

—Muy franceses.

—Exacto. La abuela Madeleine siempre soñó con ser modista y trasladarse a París. De haberlo hecho, usted no hubiera dado por sentado que soy una provinciana. —Se rio—. En fin, mi abuelo era ingeniero y trabajaba en el textil, pero tristemente murió en la guerra franco-prusiana. Mi abuela tuvo que hacerse cargo de sus seis hijos y ponerse a trabajar en una fábrica de tejido de seda.

—Definitivamente, nuestros antecedentes no auguran nada bueno. Si seguimos hablando de parientes muertos, voy a necesitar algo más fuerte que un café, profesora Travert.

Se rieron.

—Le agradezco que haya aceptado acompañarme hoy —confesó Adam con un brillo sincero en los ojos.

—Ha sido un placer, profesor.

Antes de regresar al pueblo, aprovecharon para pasear junto al lago, pisando los charcos que habían abrillantado el suelo de la ciudad. Se habían permitido el lujo de proporcionarse datos sobre su vida, pero ambos sabían que el embrujo de la verdad perecía con el amanecer. Tampoco quisieron aprovechar más. Sentían que, poco a poco, sus historias tomarían forma en una conversación. No era necesario que fuera aquel día de enero. Habría más ocasiones. De vez en cuando, una sonrisa relajada de Anabelle lograba extasiar al bueno de Adam y lo llevaba de nuevo a la calidez que tanto añoraba. Apenas podía recordar cuándo había sido la última vez que se había sentido así: sin miedos, sin alertas, sin rencor. Se dejó llevar por la voz agradable y segura de la francesa, comentando las últimas ocurrencias de sus alumnas, ignorando la llovizna que había comenzado a motear la lana oscura de su gabán.

***

La ausencia de la profesora Carver tenía sus ventajas y desventajas. Por un lado, se habían terminado los estiramientos solo aptos para articulaciones, huesos y tendones hechos con goma de mascar. También esa manía suya de tener que lanzar todo balón, pelota, bolita o canica con estilo. Yo no hacía más que cuestionarme por qué importaba el estilo cuando estabas intentando meter un gol, una canasta o apuntarte un tanto en hockey. No obstante, las carencias de la profesora Habicht, a la que jamás había tenido por un portento del deporte, nos confinaban a repetir hasta la saciedad movimientos ridículos y a correr en círculo por la sala de gimnasia durante más de media hora.

—¿Usted no corre, profesora Habicht? —preguntó Liesl, mientras intentaba no perder el ritmo.

—Tengo que analizar si están moviendo bien las piernas, señorita Bachmeier. Si corriese, no podría identificar sus fallos —se inventó la maestra.

—Sí, ya —refunfuñé.

Las caras de todas fueron empalideciendo. Cuando nos dejó parar, recuperamos el aliento. Pero enseguida nos ordenó nuevas actividades. Al finalizar la clase, salí veloz hacia mi habitación. Quería llegar al pueblo cuanto antes. Era mi primera tarde libre en semana y media. La profesora Odermatt, la profesora Roth, la profesora Durand y la profesora Travert se habían puesto de acuerdo para mandarnos todo tipo de ejercicios, tareas, redacciones, lecturas y análisis, así que llevaba demasiado tiempo pegada a aquel escritorio de madera que decoraba una de las paredes del cuarto que compartía con Sara. Virgine Habicht, por su parte, se topó con la profesora de Francés, a quien le reveló lo poco cómoda que se sentía con aquella nueva asignatura.

—Si yo hiciera lo que les ordeno hacer, me moriría —aseguró.

—Quizá deberías pedir consejo.

—Lo que debería hacer es empezar a comprobar que no me echan veneno en la comida cuando me doy la vuelta. Eso debería hacer.

—Vamos, Virgine, no es para tanto. —Se rio la otra.

—Últimamente estás de muy buen humor —opinó la profesora Habicht—. Me gusta.

Su charla se perdió por los pasillos, deshaciéndose, olvidándose. Mientras tanto, yo me cambiaba de ropa y me deslizaba por las sombras que dejaba la ignorancia de maestras y alumnas y que me permitía escabullirme sin ser vista. Sin embargo, antes de poder llevar a término mis proscritas pretensiones, me crucé con Susanna Fortuyn en el recibidor. Empezó a perseguirme para narrarme sus últimos hallazgos y el fracaso de la propuesta que le habían presentado a la profesora De la Fontaine acerca de celebrar un mercadillo con toda su colección. Logré cesar su revoloteo sugiriéndole que hablara mejor con la profesora Odermatt.

Cuando me acerqué a la bicicleta de la profesora Habicht, me alegró ver que el tono de sus amenazas había cambiado. Era algo más suave y, quizá, más realista. Me instaba a dejar de hacer uso de su vehículo si no quería que iniciase una investigación en profundidad sobre el asunto. Arqueé las cejas, impresionada por la capacidad de Virgine Habicht para modificar la forma en la que defendía su propiedad. En realidad, no era la única bicicleta en St. Ursula. En la parte trasera de la escuela, se almacenaban casi una veintena de bicis que habían sido adquiridas hacía como un siglo y que auguraban un accidentado paseo con sus ruedas medio deshinchadas, sus cadenas desengrasadas y sus manillares de madera. Solo había un par o tres que se mantenían a flote, como último baluarte de la dignidad pasada de tales velocípedos. De hecho, Sara tuvo que valerse de una de esas bicicletas cuando me acompañó al pueblo. Pero yo necesitaba algo de confort. Deshice, un día más, todos los nudos de la cadena con la que la docente pretendía disuadirme y me dirigí a Horgen. No quería perder más tiempo, tenía que ver a Roger Schütz.

Solo hacía tres días que le habían dado el permiso y ya estaba faenando en la tienda de los señores Wisner. La señora Bertha parecía contenta y tranquila con la vuelta del muchacho. Quizá porque era consciente de las penurias que estaba pasando su familia. Por ese motivo no puso ningún inconveniente en que se reincorporara lo antes posible. No sabía por cuánto tiempo estaría en casa, así que todo salario era bienvenido en la despensa de los Schütz. Roger era un joven flacucho y de nariz redonda. Era algo mayor que yo, pero siempre me consideré más despierta que él. También más madura. A menudo, le contaba algunas de mis aventuras en el colegio, a lo que él siempre respondía: «Dios mío, Charlotte. Eres un demonio con piel de cordero». Sí, su metáfora rompía los límites del averno. Su candidez e inocencia, no obstante, eran bastante útiles cuando necesitaba un cómplice para alguna de mis ocurrencias. Rara vez se oponía, aunque nunca le parecía buena idea en un principio.

Cuando entré en la tienda de los Wisner, me dirigí directamente a él para darle la bienvenida. El señor Frank subía algunos embutidos que estaban almacenados en la trastienda, quizá velados por Damian, y la señora Bertha limpiaba el polvo de una de las estanterías que estaban junto a la entrada.

—Qué sorpresa, Charlotte. No esperaba verte hoy —me saludó él, que empaquetaba varios pedidos.

—Sí. Por suerte tengo la tarde libre después de una semana terrible. ¿Por qué los profesores creen que su asignatura es la única? Me agotan —admití.

Roger se rio.

—Veo que no ha cambiado nada por aquí.

—Charlotte es inconformista, hijo —bromeó la señora Bertha.

—Bueno, ahora tengo que irme a entregar estos paquetes, pero espero verte pronto —se despidió.

—¡Te acompañaré! —exclamé—. Quiero que me cuentes todo sobre tu desplazamiento.

La señora Bertha asintió, dándole permiso para tener compañía en la ronda de entregas.

—Hace mucho frío —comentó el muchacho.

—No es problema. Esto es Horgen, no Nueva York. No habrá mucha distancia —aseguré y cogí dos de los paquetes que había en el mostrador, en dirección a la salida.

Roger Schütz no entendía mi interés por la guerra, pero, como siempre, terminó cediendo.

—No sé qué quieres que te cuente. De momento, no ha pasado nada. Algún avión que viola nuestro espacio aéreo y panfletos de propaganda alemana, sí. Pero poco más.

—De momento. Tú lo has dicho —repetí—. ¿Dónde te han enviado exactamente?

—Al cantón de Schaffhausen, junto a la frontera con Alemania.

—¿Los podéis ver desde vuestra posición?

—Claro que se los ve, Charlotte. Cuando te toca en primera línea, los miras fijamente, igual que ellos a ti. Pero nadie dispara. Mientras tanto, rezas por que ese día no se tuerza todo y te toque recibir el primer cañonazo.

—Interesante —murmuré—. ¿Se sabe qué traman?

—Pues supongo que el general Guisan tendrá información sobre los planes de Adolf Hitler, pero, como comprenderás, no nos telefonea diariamente para comunicárnoslo. Y menos a los soldados rasos como yo.

Las calles de Horgen olían al humo que desprendía la leña devorada por las llamas en las chimeneas, responsables del calor en los hogares. Los paquetes que había cogido se me escurrían de las manos, pero intenté que no me desconcentraran. Tampoco las placas de hielo y sal que recubrían el camino hacia la primera entrega y que hacían que nuestras pisadas crujieran.

—Detesto no tener datos claros sobre este conflicto. Me da la sensación de que, en cualquier momento, todo esto puede saltar por los aires sin que nos demos cuenta. No es que no confíe en nuestros hombres, pero no comprendo esta aparente estabilidad. Si Alemania ha movido ficha, no se quedará ahí, aguardando a que los soldados franceses y británicos se mueran de aburrimiento. A veces, imagino a Hitler en su despacho, analizando el modo de conquistar el mundo.

—Charlotte, relájate. Esta guerra la empezaron los franceses y los británicos. Quizá Hitler solo desea quedarse con Polonia y ya está. La calma no es negativa. Ahorra sufrimiento.

—¿Y qué me dices de Finlandia? Los soviéticos quieren controlarla. Y no sé cuánto tiempo resistirán —lamenté.

—Finlandia, Rusia, Polonia… están lejos. Si te afliges tanto por la miseria ajena, no serás capaz de sobrevivir a lo que sea que nos depare este siglo, Charlotte. Cuando nos bombardeen, te daré permiso para preocuparte por la guerra. Mientras tanto, deja de obsesionarte con ese tema. Eres una niña. Ve a pasear con tus amigas, distráete con alguna novela, no sé.

—Soy una mujer, Roger. Y no creo que tengas la menor idea de lo que nos puede interesar o preocupar a las mujeres.

—De acuerdo, de acuerdo. Bueno, vamos a cambiar de tema —propuso.

Mi charla con Roger Schütz había sido, a simple vista, estéril en lo que a indagaciones bélicas se trataba. Sin embargo, había agudizado mi curiosidad sobre lo que acaecía en la frontera. La imagen de soldados del Ejército suizo y de la Wehrmacht contemplándose sin poder mover un dedo me erizó la piel y me heló las entrañas. Deseaba verlo con mis propios ojos.

Al margen de mis elucubraciones, los rumores sobre un plan de invasión a Suiza ya se habían convertido en titular en algunos medios internacionales como *The Times*. Los periodistas subrayaban la preparación del país y las muchas pérdidas que tendría Alemania si intentaba avanzar hacia el sur desde el lago Zúrich. Estas afirmaciones no hacían más que tensar la cuerda entre las profesoras que, por turnos, trataban de fomentar o reducir los temores de la directora Lewerenz. De vez en cuando, el teniente Baasch visitaba los colegios para tomar el pulso a los directores y comprobar que todo seguía en orden. Se había convertido en una obsesión, pero no tanto como para Anabelle Travert el mantener St. Ursula en funcionamiento. A ella seguía pareciéndole algo hostil y maleducado aquel militar. Encontrárselo saliendo del despacho de Konstanze Lewerenz amargaba sus días y hacía que su lado más impertinente saliese a la luz.

—Qué sorpresa encontrarlo por aquí, teniente. ¿Ya ha conseguido que nos manden a todas a nuestra casa?

Dietrich Baasch hizo amago de ignorarla, pero se detuvo. Se giró hacia la profesora.

—Profesora Travert, me gustaría que ninguno de los dos cometiéramos la torpeza de tomarnos esto como una cuestión personal —sugirió.

—Para mí lo es —contestó ella con parquedad.

—Ya sabe a lo que me refiero.

—No, no lo sé. Y no comprendo sus motivaciones, teniente. Déjenos tranquilas. Sabemos cómo gestionar a nuestro alumnado.

—Si pudiera, lo haría, profesora Travert. Pero mi conciencia no me lo permite. Igual que a usted la suya no le tolera que sea cauta y nos deje trabajar —espetó, ante el asombro de Anabelle, que emitió un leve sonido de indignación—.

Entiéndame, profesora. Admiro su tesón, pero no podemos convertirnos en enemigos eternos. Solo velamos por su seguridad.

La maestra sabía que no era buena idea continuar con aquella conversación en medio del pasillo, así que ofreció al teniente salir a dar un paseo por el jardín. Él asintió, limando así algunas de las muchas asperezas que se habían originado entre los dos. Aguardó a que la docente fuese a buscar sus prendas de abrigo. Era martes 13 de febrero y no se podía escapar del frío. La nieve había conquistado el bosque, también el exterior del colegio. Más allá de la frondosidad del Sihlwald, cumbres nevadas, que aconsejaban sensatez entre viento y susurros, se hacían con el favor del firmamento: blanco, único, apátrida. El tono de voz de Dietrich Baasch se había endulzado, por lo que Anabelle quiso corresponder con una pizca de indulgencia.

—No lo considero mi enemigo, teniente. Solo creo que tenemos roles antagónicos en este asunto. Me fío de sus intenciones, pienso que es un buen hombre y que no quiere que haya ningún percance en los alrededores del lago Zúrich. Sin embargo, sus formas son las que me desconciertan. Sus visitas y su insistencia están creando bandos entre las docentes. Y, sobre todo, están incrementando la alarma entre las niñas.

—No es ese mi ánimo, profesora. Pero el peligro no lo determina mi concurrencia a su escuela. La posibilidad de invasión es real. Alemania no deja de enviar más y más tropas a su frontera sur. No me gustaría tener que evacuar cuando los soldados alemanes puedan echarme el aliento en la cara.

—Y no tendrá que hacerlo. Si llega a tener pruebas de que planean cruzar la frontera, yo misma colaboraré para que todas las niñas salgan de aquí. A riesgo de que me encuentren antes de poder huir —prometió.

—¿Usted siempre es tan terca?

La profesora Travert se rio.

—Solo con las cuestiones que me importan de verdad.

—Y supongo que St. Ursula es una de ellas.

—Por más razones de las que imagina, teniente. Me crié en una familia en la que jamás importaron las etiquetas. Se me inculcó valorar lo diferente, en lugar de juzgarlo. Ni siquiera sé por qué, pero así me educaron. La existencia de espacios como St. Ursula representa la perdurabilidad de un ambiente de tolerancia, de un refugio contra las acusaciones y el odio, de los ideales con los que crecí. No puedo abandonar lo que creo y lo que soy a su suerte. Entiéndame. Pero no se deje engañar por la seguridad de mis palabras. En realidad, soy incapaz de conciliar el sueño cuando me figuro lo que puede depararnos. Por eso le pido que solo nos asuste cuando haya motivos reales. No elucubraciones vagas creadas a base de miedos y chismes. Por favor.

El teniente Baash observó el jardín. En él apenas había un par de alumnas. El resto estábamos en clase, estudiando o relajándonos en el interior del edificio, alejadas de la nieve. Probablemente, de habernos visitado en mayo de 1938, habría encontrado una escena completamente distinta. Nos habría visto a Liesl, a Libena y a mí peinándonos mutuamente, haciéndonos trenzas, mientras Joanna nos leía un cuento y Évanie se reía con Ema de algún cotilleo que habían escuchado de las mayores. También a Kyla Lácson y a sus mejores amigas, la neozelandesa Nyree Sumner y la argentina Concepción Gallardo, contándose secretos junto a la verja. Quizá a Dortha Williams con su inseparable Jina Cohen, natural de Johannesburgo, rodeando la rotonda y admirando la variedad de flores; o a Vika Sokolova con la griega Pelagia Metaxas, la serbia Jelena Loncar y la singapurense Thiana Abdul Rahman practicando algo de deporte. Ahora, la mitad de aquellas chicas ni siquiera estudiaban ya en St. Ursula.

—Intentaré tratar este tema con mayor discreción y sin poner en riesgo la paz del colegio, profesora. Por el momento, es lo único que le puedo prometer.

Anabelle Travert asintió, parcialmente satisfecha.

—Debo regresar al pueblo. Espero verla pronto —se despidió.

—Hasta más ver, teniente —dijo, casi sintiendo sus palabras como un pañuelo blanco agitado al viento.

Desde la ventana de mi habitación, había identificado las figuras de la maestra y el militar, a su paso por la parte lateral del jardín de la escuela. La curiosidad sobre lo que podrían estar tramando me desconcentró de mis tareas, que se acumulaban en forma de papeles y libros desordenados en el escritorio de madera. Ni siquiera me había percatado del concierto de percusión al que me estaba sometiendo Sara, con aquella manía suya de mover la pierna mientras estaba sentada y dar golpecitos nerviosos con el lápiz sobre el borde de la mesa. Me levanté de golpe.

—Necesito estirar las piernas. Este grado de presión va a terminar con mis nervios —espeté, ante la estupefacción de mi compañera.

—Charlotte, llevas sentada diez minutos.

—¿No dice tu querido profesor Einstein que el tiempo es relativo? He aquí un ejemplo. Podrás pensar que son diez minutos, pero, en mi cuerpo agotado, son como cien.

—¿Qué te ocurre? —me sonsacó.

—Nada —mentí. Pero lo pensé mejor—. He visto a la profesora Travert charlando con el teniente ese en el jardín. Me resulta extraño.

—¿Por qué ha de serlo? —se interesó, mientras simulaba que era capaz de continuar con nuestro diálogo sin desatender su redacción sobre la guerra de los Cien Años—. Quizá hayan discutido sobre los simulacros o sobre algún protocolo que no se está cumpliendo.

—Lo dudo —supuse—. No me fío de ese hombre.

—Charlotte, ¿y de quién te fías? Últimamente sospechas hasta de tu sombra. Creo que tienes que reducir la cantidad de novelas que lees. ¿Conoces *Don Quijote*, la obra de don Miguel de Cervantes? —No me dio tiempo a contestar—. Narra las aventuras y desventuras de un hombre, don Alonso Quijano, que se vuelve loco por leer novelas de caballerías. Llega a ver gigantes en lugar de molinos. Deberías leerla.

—Pero ¿no me acabas de decir que tengo que leer menos? —me ofusqué.

—Pero esta sí deberías leerla. Sería con fines ilustrativos, para que descubras hasta dónde puede llegar la paranoia de tu mente.

—Tonterías. Yo no tengo paranoias —dije y me dejé caer sobre la silla.

—Tú sabrás —me contestó Sara, mientras zanjaba la redacción y abría el libro de Aritmética, donde encontró atrapada una de las pequeñas ramitas que George le solía tirar. Sonrió, abandonándome en aquellas divagaciones de media tarde.

***

El jardín del Sankt Johann im Wald podía presumir de amplitud, de instalaciones modernas y de la forma en la que cada uno de sus metros se abrazaba con la vegetación, sentados sobre las mismas raíces y alimentándose de parejos sedimentos que los árboles que poblaban el Sihlwald. En aquellos días, la nieve también había hurtado parte del verdor característico a las parcelas del internado masculino. Su comunión con la naturaleza también tenía ese tipo de desventaja, si es que alguien podía considerarlo así. Las piscinas estaban cubiertas por lonas encharcadas en las que se reflejaban las nubes, incapaces de rasgar aquel tejido sintético para bucear en la profundidad del agua estancada. Siluetas oscuras llegaban y se marchaban de la escuela, con el sombrero calado y el abrigo abrochado hasta la mandíbula. El paseo desde la puerta principal del edificio hasta la cancela era un deleite en primavera, pero una verdadera penitencia en invierno. Las bocas de los osados que se lanzaban a deambular por allí después de la caída del sol se volvían barcos de vapor a la deriva y exhalaban, sin cesar, el poco calor que todavía quedaba en sus tripas.

Tal era el caso de George. Se había sentado sobre el muro que rodeaba el recinto de la piscina grande y frotaba sus guantes. En realidad, a la tercera o cuarta vez se debió de dar cuenta de que no servía para nada, pero lo adoptó como un acto reflejo ante sus pensamientos. Adam Glöckner se lo pensó un par de veces antes de acercarse. Lo había visto desde dentro del edificio, pero creyó que Barnett se retiraría antes de tener oportunidad de alcanzarlo. No obstante, un cuarto de hora más tarde, el chico seguía ahí, repitiendo, una y otra vez, aquel movimiento con las manos. Cuando Adam llegó al muro, casi le dio la impresión de que George se había convertido en estatua de sal, al más puro estilo Edith. Un espasmo lo impulsó a mirar de frente. Quizá Sodoma siempre estuvo allí delante, tras la valla, en el bosque. Siempre había pensado que el Antiguo Testamento tenía ciertos pasajes grotescos. Carraspeó, desaturdiendo su sesera, con objeto de anunciar su llegada. Sin intención de que aquel simplón saludo tuviera respuesta, extendió su brazo y procedió con el motivo de su excursión a las inhábiles piscinas del colegio.

—Me lo ha dado el profesor Cheshire para usted.

George levantó una ceja y fijó sus ojos azules en el título de aquel libro: *Las peregrinaciones de Childe Harold.*

—¿Por qué? —se interesó el alumno.

Adam consideró preciso sentarse en el muro, con toda la dignidad que fue capaz de reunir, para continuar con aquella charla.

—Verá, en realidad, me lo ha dejado a mí. Supuse que no haría caso de las recomendaciones de la profesora Travert en relación a la poesía. Así que me he tomado la licencia de pedir al profesor Cheshire alguna sugerencia. Su respuesta ha sido, literalmente: «Devuélvamelo intacto o tendrá que comprarme uno nuevo, aunque deba recorrer medio mundo para encontrar una edición que esté a la altura de esta». Así que, ya sabe, léalo con cariño —le contó.

—Pero la profesora Travert habló de poesía en francés.

—Y esa es otra licencia que me he tomado. La segunda, concretamente. Si consideraba poco probable que leyera poesía, el hecho de que fuera en francés lo hacía más incierto. Creí que preferiría empezar por algo en su lengua natal. —Hizo una pausa—. Quizá se sienta usted identificado con el escritor, Lord Byron. También pertenecía a la nobleza inglesa, se llamaba George, se educó en una institución de élite y se caracterizó por ser algo revoltoso. Aunque usted no es cojo. Punto a su favor. De momento.

George analizó el ejemplar. Recorrió todos sus vértices con aquellos dedos enfundados en lana oscura.

—¿Es bueno? —se interesó Barnett.

—Personalmente, creo que Lord Byron está un poco sobrevalorado. Pero es que no soy muy de poetas románticos.

—Mal empezamos.

—No, no. Eso es mi opinión, señor Barnett. Usted debe leerlo para tener la suya. Es de lo que se trata. Hacerse adulto supone tomar sus propias decisiones y formar sus opiniones. Solo lo conseguirá si nutre su mente con libros, conversaciones, debates, noticias, arte...; no con los juicios de los demás que, por otra parte, suelen ser innecesarios. Los míos, en literatura, son absolutamente prescindibles, créame.

Barnett seguía mirando la cubierta del poemario.

—Pensé en acercarme al profesor Bissette en un par de ocasiones, ¿sabe? Pero, entonces, imaginaba tener que dar explicaciones a Victor o a Kris y me daba pereza. No entiendo por qué la gente busca siempre que todo lo que haces tenga una razón de ser.

El primer sorprendido de que George hubiera empezado a abrirse fue el maestro. Audaz, logró corresponder a ese acercamiento.

—Todos lo hacemos, en mayor o menor medida. La cuestión es qué crédito e importancia quiere darle a lo que los demás esperan de usted.

—Yo ninguno. Son ellos. Ellos y sus preguntas, sus exigencias, sus peticiones.

—Ya —comentó el profesor con sarcasmo—. Si me admite el consejo, señor Barnett, esconder lo que es o lo que le apasiona no conlleva nada positivo. Lo veo siempre seguro de sí mismo. Es de ese tipo de persona que llama la atención por el aplomo que tienen cada uno de sus pasos y sus palabras. Sin embargo, miro a sus ojos y lo veo muerto de miedo. ¿A quién teme, señor Barnett?

A lo largo de su vida, pocas personas habían sido tan sinceras con George Barnett como lo estaba siendo Adam. El profesor temió que aquella interrogación tan directa supusiera el fin de su charla, pero erró. El chico volvió a contestar para su asombro.

—Al fracaso. A no hacer nada de provecho y a que mis padres me desprecien.

—No hay antídoto para eso. Lo sabe, ¿verdad?

—Sí, pero yo quiero cambiar y convertirme en un adulto responsable. No pretendo ser siempre el hijo problemático del duque de Arrington. Tengo aspiraciones. Pero ¿y si lo que quiero ser es tan o más desesperanzador que lo que soy?

—Pues batirá el récord del aristócrata más desastroso de la historia de la humanidad —bromeó Adam y se rio—. Vamos, señor Barnett. Su evolución está siendo positiva. No sé a qué se debe, pero mantenga ese hábito o esa idea en su vida. Es capaz de resolver problemas aritméticos que triplican la dificultad de los que copió en las olimpiadas de St. Ursula. ¿A eso lo llama un giro descorazonador?

—No, no a eso exactamente. Tampoco sé si ese cambio sirve de algo.

Adam Glöckner percibió entonces todo el pesar que rondaba por la cabeza de aquel joven de diecisiete años. Le recordó a él, con su misma edad, luchando por tener el derecho de ser quien quisiera aunque todavía no supiese quién demonios quería ser.

—Si no quiere, no ha de contestarme a lo que voy a preguntarle. Después de las vacaciones de Navidad, vi que tenía una herida en la ceja. Y, por lo que veo, le ha dejado cicatriz. ¿Tiene que ver eso con todo este proceso? ¿Ha discutido con sus amigos?

George se rio.

—Tiene que ver. Pero mis amigos no son tan intransigentes, profesor Glöckner. —El chico saltó del muro—. Hace bastante frío. Creo que voy a ir adentro.

Adam asintió, asumiendo la derrota. Sin embargo, esta había llegado después de lo que su propio pesimismo había previsto.

—Vaya, vaya. Ahora lo alcanzaré yo —le indicó.

—Por cierto, profesor. La profesora Travert parece una mujer muy inteligente e interesante. Hacen buena pareja —comentó George sonriendo y se marchó.

El docente sonrió también.

—Mensaje recibido, señor Barnett. Cada uno nos meteremos en nuestros asuntos —le contestó en tono jocoso sin darse la vuelta.

Por lo menos, había conseguido que el muchacho se llevara el libro. También, y eso sí que lo había dejado absorto, que hubiera compartido con él sus temores y deseos. Alejado de la labor pedagógica que lo había llevado hasta allí, volvió a sentir el frío en su cuerpo. El bosque era su Sodoma particular, sí. Miraba a su inmensidad y notaba cómo la sangre se le congelaba. No era una mutación bíblica, Adam Glöckner no creía en esas parábolas, a las que daba rango de mito cuando nadie lo escuchaba. Era miedo. Si George no se hubiese marchado, le hubiera preguntado: «¿Usted cree que se puede tener temor a perder algo que todavía no se tiene?». Su contestación hubiera contenido el sesgo de la pubertad, pero, quizá, le hubiera ayudado a despojarse de todo el realismo que siempre le insuflaba la pútrida madurez, cincelada a base de huidas y secretos sobre su espalda.

Yo, personalmente, adoraba los secretos. Desde el primer momento, había identificado en la mirada de aquel profesor que guardaba algo para sí. Había escuchado que era austríaco, pero también que era esloveno, húngaro e incluso croata. Me resultaba emocionante que alguien optase por esconder aspectos de su vida. Yo también lo hacía, a veces. Era adulto, inteligente. Incapaz de adivinar los tesoros ocultos en la mente del profesor Glöckner, me dedicaba a estudiar sus movimientos cada vez que lo veía. Solía ser los domingos en el pueblo. Cuando la profesora Travert no nos acompañaba, el profesor Glöckner solía quedarse junto a la zona del embarcadero. Nos vigilaba con pequeños vistazos junto al profesor Cheshire o el profesor Bissette. Yo me esforzaba por captar lo que mostraba, pero, sobre todo, lo que escondía. Y, además, me interesaba descodificar qué tipo de relación tenía con Anabelle Travert. «¿Serán ciertos los rumores?», me pregunté en un sinfín de ocasiones. Tenía que descubrirlo.

Entretanto, las clases se enlazaban unas detrás de las otras. Los docentes añadían más y más tareas a las existentes. Y yo me escabullía siempre que podía a escuchar la radio a la tienda de los Wisner. Solo unos días atrás, se había conocido la noticia de que un destructor británico, el *Cossack*, había liberado a casi trescientos prisioneros de un petrolero alemán, el *Altmark*. Noruega había manifestado su descontento por que este episodio se hubiera desarrollado en sus aguas, concretamente en el fiordo de Jössing, neutrales hasta nuevo aviso. Los finlandeses seguían resistiendo contra los rusos, pese a que, tras una breve pausa, los ataques se habían intensificado de forma exponencial.

Sin poder reprimir mis ganas de compartir las noticias frescas que me proporcionaba la radio Autophone del señor Frank y la señora Bertha, comencé a hacerlo de forma regular con mis compañeras de clase, a las que trataba de convencer de que la beligerancia que muchas defendían no traería nada bueno. A Liesl le tocaba recoger aquella cena cuyo menú, a base de sopa y patata, parecía haber dado cuerda a nuestros debates.

—Cuando invadan Suiza, tendrás derecho a defender la neutralidad y el pacifismo, Charlotte. A mi país no le ha servido de nada. Tengo tres primos desaparecidos. Mi hermano está herido. Y mi madre se ha marchado a Estocolmo. Sufre de nervios e insomnio —me indicó Ingria con ojos vidriosos.

—Pero ese es el problema. La URSS y Alemania no están respetando las reglas del juego. Batallar con ellos es un suicidio asegurado. No pararán hasta que Europa sea un puñado de ruinas. Estoy segura —respondí.

—O hasta que la mitad hablemos ruso y la otra mitad alemán —añadió Joanna.

—Todo esto no estaría pasando si los británicos y los franceses no hubieran complicado el problema. Liesl dice que esa parte de Polonia era suya, que los polacos agredían a población alemana —intervino Zahra—. Los británicos siempre andan metiendo su nariz en asuntos ajenos. En Egipto ya lo sabemos, pero, quizá, su colonialismo ha cruzado, por fin, el canal de la Mancha.

—Por favor, Zahra, no defiendas a los nazis. Son igual de sanguijuelas que los soviéticos —se quejó Ingria.

—Iguales no son, Ingria. Los soviéticos me echaron de mi país, nos obligaron a huir si no queríamos acabar como el zar. Los nazis respetan a su pueblo. Lo encumbran y defienden hasta el punto de entrar en guerra por defender sus intereses —intervino Vika.

—Solo si perteneces a su raza —comentó Kyla, por alusiones—. Tú eres de ascendencia germana, Vika, pero ¿qué pasa con los eslavos, los tártaros, los armenios o los mongoles? Son paisanos tuyos, pero el Reich jamás los admitiría. Tampoco creo que a mí me aceptaran en su nuevo estado. Ni a Nuray, ni a Zahra, ni a Freda Toft, la chica mestiza de Barbados que va a cuarto. Y así, sucesivamente, incluyendo al cincuenta por cierto de las que estamos aquí sentadas en el refectorio.

—Exacto. Y eso solo limitándose a la raza. Pero ¿creéis que solo rechazan a los judíos? Estoy convencida de que tampoco serán amigos del islam —intervino Zahra.

—Si queréis verlo así... —masculló Vika.

—Me fascina lo mucho que tolera ahora todo el mundo la diversidad racial, intelectual, cultural y religiosa. Esa doble moral es propaganda barata —dijo Dortha.

—Quizá se haya reflexionado al ver que la discriminación no lleva a nada bueno —supuso Nuray.

Évanie bostezaba, poco o nada interesada en lo que comentábamos. Sara seguía toda la conversación, luchando por comprenderla al cien por cien.

—Yo solo espero que mi país se mantenga al margen. Bastante tenemos con nuestras inestabilidades internas y nuestros nacionalistas como para andar preocupándonos por Europa —aportó Simone.

—Exacto —la apoyó Kyla.

—Yo desconozco qué pretende hacer Salazar. Durante la guerra civil española se mostró favorable a la alianza de Francisco Franco, Adolf Hitler y Benito Mussolini. No hay que ser un genio para ver que tienen ideas muy similares.

Sobre todo con los fascistas italianos. Pero, este verano, en algunas fiestas que dio mi padre en nuestra casa de Lisboa, escuché que Salazar jamás jugaría con la protección que Reino Unido lleva ofreciéndole desde hace siglos. Yo no lo sabía, pero debemos de tener bastantes negocios enlazados —explicó Joanna.

—En esta partida hay que ser inteligente, Jo. Salazar hace bien en posicionarse en contra de la oleada soviética. La cuestión es tratar de librarse de los comunistas. Y todo tiene un precio —indicó Vika.

—Pues si vuestros países quieren pagarlo y meterse todos en este lío, la factura es enteramente suya. Yo prefiero vivir en una tierra que no usa la pólvora más que para defenderse —advertí.

—Pues id preparándola, Charlotte. Os llegará la hora —vaticinó la pesimista Ingria—. A los rusos, a los alemanes y a los aliados poco les está importando desfilar por suelo neutral. Mira lo que dijiste el otro día sobre el fiordo noruego. El propio señor Otto Köcher debió disculparse hace solo unas semanas por su constante violación del espacio aéreo suizo y el lanzamiento indiscriminado de propaganda alemana.

—Quizá venga personalmente el hermano de Rosie Lennox a ocupar Zúrich con su camisa negra. —Se rio Zahra—. Después de lo que se ha escuchado por los pasillos...

—Bueno, niñas, ya está bien —dijo, nerviosa, la profesora Sienna Gimondi—. Ningún hermano de ninguna Rosie va a venir a invadirnos, ¿está claro? Ahora, todas a estudiar. Tenemos examen en dos días.

La maestra se levantó y nos animó a imitarla. Nos quedamos calladas, mirándonos unas a las otras. Liesl había renunciado al debate y se había adelantado. Zahra, buscando ser graciosa, imitó el saludo fascista —o lo que ella pensaba que podía ser— cuando la docente se dio media vuelta. Algunas rieron. Otras se retiraron en silencio.

***

Cuando aparqué la bicicleta junto a la puerta, me sorprendió ver a Damian apoyado en la pared color crema de la fachada, fumando un pitillo. Miré a los lados, asegurándome de que todo estaba en orden y continué con mi camino. Antes de cruzar el umbral, vi a los señores Wisner atendiendo a algunas clientas y a Roger Schütz recolocando una fila de cajas de galletas. Frené y retrocedí. Me coloqué junto a Damian y le pedí un cigarrillo. Al principio, me volvió a dar la impresión de que no comprendía, pero al señalar su mano, entendió mi petición y enseguida me dio uno. Lo encendió con cautela. Fumamos sin prisas, sin palabras vacuas sobrevolando aquel remanso de paz y silencio que se había creado entre nosotros. Regalábamos al aire gélido el calor del humo, que se convertía en fina y caduca neblina con cada exhalación. Después de un rato, cuando las brasas ya habían devorado la mitad del cigarro, dijo:

—No sé hablar alemán, pero sí francés.

Lo miré sorprendida, relegando mi pitillo a un segundo plano, tras su papel protagonista.

—Usted habla francés. Oí cómo usted y su amiga hablaban francés el otro día —me explicó con un acento que no identifiqué.

—Azar genealógico. Prefiero el alemán —concreté—. Pero sí, hablo francés. Por eso no me respondió cuando le pregunté en el almacén.

—Desconozco qué quiso saber. Si me lo repite, le contestaré.

Medité con cuidado qué palabras escoger, qué pregunta era la adecuada.

—Usted no es el sobrino de la señora Bertha, ¿verdad?

Damian dio una calada larga al cigarro y negó con la cabeza, envuelta en aquella nube de nicotina, antes de admitir:

—No, no lo soy.

—Entonces, ¿quién es usted? —me aventuré.

—Es más fácil responder quién no soy... No me llamo Damian y no soy un ayudante en la tienda de los señores Wisner. Bueno, creo que ahora, en teoría, sí.

—¿Cuál es su nombre?

—Zalman. Pero es mejor que me llame Damian. Creo que los señores Wisner no me entendieron bien cuando se lo dije y, bueno, es un nombre más neutral.

Comprendí lo que aquello significaba, pero quise confirmar mis sospechas. Damian parecía agradecer el tener a alguien con quien hablar, después de casi dos meses en silencio, así que continuó sin necesidad de hacer más preguntas.

—Los señores Wisner me encontraron el 25 de diciembre. Había hecho un largo viaje y estaba hambriento. Ellos tenían guiso de patata caliente. Me acogieron para que me recuperara del viaje. Estaba extenuado. No sé por qué me decidí a detenerme en este pueblo. Me paré a admirar las vistas del lago y me senté. El frío me fue adormeciendo hasta que ellos me despertaron. —Se rio de tristeza—. Menos mal que me despertaron.

—Zalman, es decir, Damian..., ¿de dónde vino usted?

Apagó el cigarro.

—De Lublin, en Polonia.

—Polonia... —murmuré, mientras miraba al suelo—. Damian, ¿es usted judío?

La campanilla que colgaba de la puerta que separaba la acera nevada del humilde comercio de Bertha y Frank Wisner tintinó. Damian se había metido dentro. Con él se había llevado la solución a mi duda. Noté cómo el hedor de la guerra había alcanzado a Suiza. Continué con la vista fija en mis zapatos y en mis leotardos azul marino, mientras trataba de hacerme una idea de las penurias que habría tenido que pasar aquel hombre hasta llegar a Horgen. Podría haber muerto de hipotermia si los señores Wisner no lo hubieran advertido junto al lago. Por primera vez en todos aquellos meses, sentí terror. La contienda había despertado curiosidad en mí, también rabia e incomprensión. No obstante, percatarme de que era una realidad, de que estaba afectando a personas de carne y hueso me horrorizó. Aquella sensación de pánico y vacío se tornó en lágrimas que no tuvieron el valor de precipitarse más allá del iris de mis ojos oscuros. Pisé con desgana lo que quedaba de aquel cilindro de papel y tabaco. Quería regresar a casa.

***

Al día siguiente, como cada miércoles, Sara se dirigió al antiguo almacén de madera. Cuando el calor de la cabaña —menos intenso que el del colegio—, le azotaba las mejillas, se sentía a salvo de aquella estación gélida y blanquecina. El color tostado del candil, al que se habían sumado varias lámparas de parafina —robadas de algún rincón del Sankt Johann que Sara prefería no saber—, creaba una ilusión de hogar que, en realidad, era puro engaño para los sentidos. Aquella tarde, George había llegado primero. Sara avanzó por la estancia a hurtadillas para no desconcentrar al chico, que tallaba con garbo una de sus figuritas de madera. El crujir de sus pisadas dio al traste con su plan. George guardó a buen recaudo su particular obra de arte y disimuló.

—*Marruecos,* qué susto me has dado.

—Disculpa. Estabas tan centrado en tu figurita.

—¿Figurita? ¿Qué figurita?

—Vamos, George, ya sé que tallas figuras de madera.

—Sí, sí, pero esto era otra cosa —prosiguió con su ocultación.

—Mientes fatal, ¿lo sabías?

—Me lo habían dicho —contestó él, ofreciendo a su compañera una de sus pícaras sonrisas.

—Vamos a estudiar. He visto lo que te espera en el próximo mes y no podemos distraernos. Tengo controladas la mayoría de las fórmulas trigonométricas, pero te advierto de que no son sencillas. Necesito tu máxima concentración, ¿de acuerdo? —le indicó mientras se sentaba sobre una de las mantas, a su lado.

—Lo que tú digas —asintió obediente.

La distracción y la concentración eran las dos caras de la moneda en aquellas clases clandestinas. Durante media hora, conseguían atender a los números y asimilar nuevos conceptos para avanzar en aquella materia. Sin embargo, el ceño fruncido de él, el cabello de ella o un comentario de cualquiera de los dos los abstraían de la tarea. Apenas era por uno o dos segundos, pero las fórmulas se volvían un lenguaje molesto e indescifrable y la simple presencia del otro se convertía en el más tentador enigma a descubrir. Si eran prudentes, su mirada regresaba al cuaderno y ahondaba de nuevo en los signos, las fracciones, las ecuaciones y las operaciones matemáticas. Si no, se dejaban llevar por aquellos sencillos pretextos para interrumpir la lección, más allá de los descansos a mitad de sesión.

—Ayer me llegó una carta de mi hermano Jerome —dijo George.

—¿De veras? Eso es estupendo —opinó Sara—. ¿Y qué cuenta?

—Dice que está bien, que algunos de sus compañeros son un poco insufribles, pero que se siente misteriosamente realizado. Y eso que dice que solo hacen entrenamiento y reconocimientos y que es todo muy aburrido. A Edward también lo han reclutado. Era cuestión de tiempo, aunque mi padre ha intentado mediar para mantener a salvo al heredero de su honra y fortuna. Jerome dice que daría cien peniques por verlo disparar o ensuciarse las botas de barro. —Se rio—. Lo harán bien —asintió.

—Seguro —correspondió ella con una sonrisa cargada de templanza—. Recuerdo que, cuando llegaba una carta de mis hermanos, era un día bueno en casa. Una misiva siempre ayuda a calmar los nervios...

—Imagino que son el orgullo de la familia —supuso George.

Sara parecía haber abandonado el diálogo, quizá temiendo hablar más de la cuenta. El olor a tierra mojada se filtraba por las rendijas que la relativa conservación de la cabaña había dejado en ventanas y contraventanas. Al final, asintió.

—¿Y ellos son tus únicos hermanos? Los que combatieron, me refiero.

—No, no. Somos cinco. Roberto y Gabriel viven en Tánger y Sevilla respectivamente, desde que terminó la contienda. Después están mis hermanos pequeños: Miriam y Jacobo. Ellos todavía son niños. Miriam tiene nueve años recién cumplidos. Jacobo, siete. Mis padres se los han llevado a Madrid con ellos. Como ves, yo soy el alma errante entre los que deciden su destino y los que todavía no tienen capacidad de escoger su camino.

—¿Por eso te mandaron a St. Ursula?

—Yo no quería irme de Larache. Intenté escaparme. Me escondí en casa de mi maestro Fadoul, pero su fidelidad a mi padre fue mi perdición. Todavía recuerdo los ojos de ira del señor Suárez cuando fue a buscarme. Allí me juró que haría todo lo posible por enderezar mi conducta, aunque tuviera que tomar decisiones drásticas. Supongo que se refería a matricularme en un internado en medio de Suiza, a mil kilómetros de distancia de mi familia.

Las manos de Sara se enfriaron al rememorar la mirada de decepción que se había bosquejado en el rostro amable de su padre. Dejando a un lado la timidez que a ambos les envolvía cuando sus ojos se encontraban en la inmensidad del bosque, George acercó su mano a la de su compañera y la estrechó, convirtiéndose en el abrigo que debía devolver a la vida a aquellos dedos congelados.

—Hay quienes estamos aquí confinados por razones menos obvias, *Marruecos.* No te sientas culpable —le dijo.

Ella sonrió visiblemente agradecida.

—Así que eres una rebelde. Nunca lo hubiera dicho. No estaré ante la hija descarriada del señor Suárez, ¿verdad? —trató de bromear él.

—Quizá. Aunque, sea como sea, se me da mejor llevar la contraria a mi familia que a ti. Ellos todavía no se han dado cuenta del todo, así que..., chsss —lo siguió ella.

—En eso llevas razón, *Marruecos* —afirmó y sonrió.

—Venga, vamos a continuar —propuso Sara y retiró su mano para alcanzar uno de los manuales de estudio.

El lápiz dibujó nuevos números e incógnitas durante otro rato. Acariciaba la superficie porosa del cuaderno, observado por Sara, quien buscaba errores aunque anhelase aciertos. En silencio, sé que valoraba la actitud de su alumno. Se había propuesto dominar las Matemáticas y lo estaba consiguiendo. Las soluciones correctas no hacían más que acrecentar ese sentimiento. De pronto, la curiosidad mató a la responsabilidad que la había acompañado desde que había abierto la pesada puerta de madera del almacén.

—Me sorprendió que supieras declinar. ¿Sueles leer poesía?

—Ehm, no. No. Algunas veces. Una de las niñeras que tenía de pequeño me leía algunos poemas. Creo que por eso sé cómo entonar —confesó.

—¿Te gusta? —ahondó Sara.

George se quedó pensativo.

—Puede ser —dejó de hablar durante un instante—. El profesor Glöckner me dio el otro día un libro de Lord Byron. Todavía no lo he empezado, pero pensaba hacerlo esta semana. Quizá venga alguna tarde aquí. Estaré más tranquilo.

—¿No quieres que te vean leyendo poesía?

—No es eso, *Marruecos.* Pero prefiero leer a solas.

—De acuerdo, de acuerdo.

George mantuvo la mirada confiada, perdiéndose en la sonrisa amable de aquella joven española.

—¿A ti qué te gusta leer? —se interesó él.

—Novelas de aventuras o de misterio —respondió Sara.

—Ahm…, no te pega. Aunque, bueno, tampoco te imaginaba escapándote de casa hasta hace veinte minutos.

Sara se rio.

—¿Y a ti sí leer poesía, lord?

—Eh, eh, aún no he dicho que me guste —respondió.

—¿Qué te gusta? Aparte de, por supuesto, tallar figuritas —dijo, divertida.

—Principalmente mi mundo se centra en lo de las figuras y en respirar —bromeó.

—Venga, pero sé serio. Quiero saberlo. Me interesa —insistió la española.

—No sé, *Marruecos*, me entretienen muchas cosas: la equitación, la literatura, irritar a mi padre, corretear desnudo por el jardín de Leclein Castle para escandalizar al servicio, pasar el rato con Victor, Dilip y Kris, imaginarme a los profesores en traje de baño mientras dan clase…

—Muy gracioso. Pero has dicho literatura. Lo anoto, no se me olvidará —advirtió ella.

George se rio.

—Eres el único que no se toma en serio a sí mismo. Y no voy a caer en tu trampa —añadió Sara.

Ella le concedió unos minutos para que comprendiera lo que acababa de sugerirle. George jugueteaba con el lápiz. Antes de seguir hablando, la española se lo quitó.

—¿Qué más te gusta, George Barnett?

Un nuevo lapso de tiempo sin palabras suspendidas en aquel aire, cargado de olor a cera y queroseno, se hizo con el oxígeno de ambos.

—Dar clases clandestinas contigo… —añadió y trató de recuperar el lápiz.

Ella se resistió y lo alejó del chico que, en un amago por alcanzarlo, acabó a escasos centímetros de su maestra. Al final, logró coger su mano, olvidando el objeto de aquella efímera reyerta.

—*Marruecos*, soy consciente de que no tengo ni la menor idea de nada y de que me cuesta sincerarme, pero hay aspectos sobre los que no tengo ninguna duda. Y no sé por qué es. Solo sé que, ahora mismo, lo único que quiero es acercarme a ti y besarte —le susurró.

George Barnett, en efecto, se había ido aproximando a Sara. Sin embargo, ella, ligeramente sorprendida por aquella declaración de intenciones, se apartó. Sara retiró la mano que, por unos segundos, había servido de abrigo a la del chico. El frío volvió a colarse en aquella estancia. Recogió con prisa todos sus libros y papeles y se levantó.

—Tengo que irme —aseguró nerviosa.

—*Marruecos*, espera —pidió él, que la siguió con cautela hasta la puerta—. Perdóname si te he ofendido. Lo siento.

Las disculpas sobrevolaron la confusión y llegaron hasta los oídos de la joven, que corrió despavorida por el bosque. George no pudo más que dar un golpe a la puerta y asimilar que, quizá, la había perdido para siempre.

VI

20 de octubre de 1977

De vuelta en el Dadá Herberge, contemplaba alternativamente mis calcetines de rayas y los dos lienzos que minaban mi paz espiritual y deshacían el escaso buen humor que me quedaba a las ocho y media de la noche. Por algún motivo, en mi mente no dejaba de sonar *Sir Duke,* de Stevie Wonder. Me había comprado el cassette de *Songs in the key of life* en verano y las muchas veces que lo había escuchado me habían hecho desarrollar la capacidad de oír las melodías sin necesidad de reproductor de sonido. Mientras el acompañamiento de trompetas se asentaba en mis oídos, meditaba sobre la figura de la señora Geiger.

Su elegancia era incuestionable. También su frialdad. Me había percatado de que era una mujer calculadora y que adoraba tener el control de la situación. No podía culparla por esto último, pues yo compartía esa misma manía. Después recordé lo que me había dicho sobre el escándalo y pensé en el profesor Burrell. Quería contarle todo lo que estaba descubriendo, pero creí que era mejor pausar mis anhelos y concentrarme en reunir una cantidad suficiente de información que compensara remover sus sentimientos. Mientras tomaba notas, absorta por el relato de la señora Geiger, me percataba de que mi interés por aquella escuela sobrepasaba lo estrictamente académico. De hecho, de todo lo que apuntaba, solo una parte iría en mi tesis. El resto era en honor a la señora Eleanore Burrell, a ese deseo del retirado maestro que me había conmovido, a mí. De pronto, sentí la necesidad de hablar con alguien conocido.

Cogí la americana, me calcé y agarré el bolso. Cerré la puerta, deseando no encontrar nuevos recados a mi vuelta. De fondo, se escuchaban, como bisbiseos, las charlas de otros huéspedes. Durante mi estancia, ya habían pasado varias parejas por el hostal. También un viajero solitario con gafas enormes y un abrigo de color verde botella. En un diálogo superficial, mientras esperábamos que se escalfaran los huevos en el desayuno, me había contado en un inglés más que aceptable que era de Kiev. Un grupo de tres hippies ocupaba la habitación número diez y solo los había visto salir de ella en una ocasión. No sabía qué pensar sobre ellos. ¿Siempre estaban dentro o siempre estaban fuera? Cuando pasé por delante de la recepción, me percaté de que, una vez más, alguno de los hermanos Schenker había dejado a su suerte la atención a los clientes para dedicarse a ocupaciones mucho menos evidentes.

Hacía frío en la calle. Me abroché la chaqueta de pana y anduve deprisa hacia la cabina telefónica. Continuaba prefiriendo llamar desde allí. Una hora antes, había tenido ocasión de charlar con mis padres. Ahora era momento de realizar otra llamada. En Münsterstrasse, podía olerse el aroma de la cocina del restaurante español que había a solo unos pasos del cruce con Ankengasse. Cerré la puerta de la cabina con desgana y marqué el número del apartamento de Maggie en Londres, previo pago de aquella conversación internacional. Como era común, el pitido molesto de la espera casi me condena a tener que contarle mis penas a su contestador, pero en el último momento, mi oreja captó movimiento al otro lado de la línea. El saludo de mi amiga inició un diálogo que, en realidad, fueron dos monólogos: primero sobre los preparativos de su boda y, después, sobre mi experiencia en Zúrich.

—¿Cómo que si le he dicho a alguien que estás en Suiza? No entiendo, Caroline —se extrañó.

—Maggie, necesito que me guardes este secreto, ¿de acuerdo? Y que me hagas también un favor.

—A ver, a ver, un momento. Se te está pegando el misterio de la señora Geiger. Vayamos por partes. ¿Por qué sospechas que alguien te espía?

—Porque estoy recibiendo cuadros en mi habitación, Maggie. Alguien me envía cuadros surrealistas.

—Quizá es un admirador —supuso.

—Oh, claro, por supuesto. Puede que me los esté mandando aquel hombre con el que hablé el otro día en un pub del centro.

—¡Lo sabía! ¡Cuéntamelo todo!

—Maggie era una broma. No estoy yendo a pubs, estoy trabajando en mi tesis. Pero admiro tu fe en mi sex appeal.

—La tengo, Caroline. Siempre y cuando no lleves esa chaqueta horrible de pana que te compraste en aquella tienda cutre de Covent Garden.

Analicé mi americana.

—¿Qué le pasa a mi chaqueta?

—¿En serio quieres que te enumere los motivos para quemarla? —me sugirió mi amiga.

—No, no hace falta. En fin, volvamos a lo importante, Maggie. Alguien sabe quién soy y dónde me alojo. En teoría, solo conocéis esa información mis padres, mi hermano Robin, tú y la señora Geiger. Necesito que recuerdes si se lo comentaste a alguien más —le pedí.

—No sé, Caroline… —meditó—. Bueno, sí que le hablé de ti al embajador y a algunos de mis compañeros. Pero ellos están en Londres y no creo que tengan tiempo ni interés en mandarte lienzos y anónimos.

—¿No se te ocurre alguien más? Alguien que quiera decirme algo, que esté interesado en el asunto de St. Ursula —bajé la voz—. Maggie, el relato de la señora Geiger está resultando ser muy revelador. Algo pasó al final del último curso. Por eso nadie me da respuestas.

—¿Cómo que algo pasó, Caroline? ¿La situación europea te parece poco motivo?

—Charlotte Geiger asegura que hubo un escándalo. Quizá vinculado con las tensiones originadas por la guerra. Era un contexto muy peculiar, Maggie. Las chicas sabían lo que pasaba, pero vivían aisladas en una ilusión de paz mientras sus familias se enfrentaban a lo peor. Me da la sensación, pasara lo que pasara, de que St. Ursula decidió ocultarlo a cualquier precio. Llegados a este punto, no sé de quién sospechar. Pero esos mensajes tienen un sentido y necesito averiguarlo.

—¿Y cómo puedo ayudarte?

—Investiga lo que puedas del señor y la señora Geiger. Quiero confirmar que puedo fiarme de ella. Y si ves algo extraño en la embajada, avísame.

La voz de Maggie se despidió preocupada. Yo estaba sola en un país desconocido, en una ciudad hermosa que se convertía en malvada villana si me paraba a pensar en los enigmas que encerraba. Colgué el auricular, habiendo agotado todas las monedas que había hecho tragar a la máquina, y analicé la coyuntura. Una persona había sido capaz de entrar en mi habitación y dejar dos cuadros con un mensaje encriptado. Si era un jueguecito diabólico de la señora Geiger, podía soportarlo. Pero, ¿y si me acechaba una sombra desde la oscuridad? Cuando me giré para salir, mis peores presagios se cumplieron. La oscuridad de la noche escupió un rostro que me heló la sangre y detuvo mi respiración por dos segundos. La endeble luz de la cabina atravesó el cristal y me confirmó que alguien me había estado observando durante mi charla con Maggie. ¿Me habría escuchado? Mi cerebro tardó en reaccionar y asimilar que tenía compañía. Cuando controlé mis pulsaciones, me fijé mejor y me di cuenta de que era Samuel Schenker. Abrí la puerta malhumorada, tratando de disimular que, en realidad, estaba aterrada.

—¿Qué hace aquí?

—Teléfono bien, *fräulein* Eccleston. No necesita cabina. Puede hostal —alcanzó a explicarme.

—Sí, sí, lo sé. Pero prefiero cabina —confesé, mientras señalaba hacia atrás.

—Disculpe susto, *fräulein* Eccleston.

—No pasa nada —dije con fingida indiferencia—. Pero no vuelva a seguirme.

Samuel asintió. Hizo amago de comenzar a caminar cuando yo inicié mi vuelta al hostal, pero paró en un intento por cumplir su recién contraída promesa. Yo resoplé y aceleré el paso. De tanto en tanto, giraba la cabeza para cerciorarme de que, en efecto, Samuel estaba a más de dos metros de distancia de mi espalda. Cuando volví a la habitación, me dio la sensación de que mi cuaderno no estaba exactamente en la posición en la que lo había dejado, pero me acusé de paranoica.

21 de octubre de 1977

Lo primero que hice, el viernes por la mañana, fue regresar a la biblioteca central. Todavía no había recibido noticias de la señora Huber, así que obvié visitar la hemeroteca y me zambullí en la sección de Historia del Arte, la misma que había consultado al recibir el primer cuadro surrealista en mi cuarto. Con las dos tarjetas en mis manos, abrí un tomo en francés que versaba sobre la producción pictórica de la primera mitad del siglo xx. A duras penas, logré obtener más datos relevantes sobre aquellas obras. De Ernst volví a toparme con su compleja relación con la Alemania nazi, al ser declarado un autor degenerado y haber tenido que huir del país. De la de Salvador Dalí leí incluso que se había inspirado en un queso Camembert, pero aquello no me servía para completar los dieciocho espacios de la nota. Comencé por la primera, más fácil. La serie era de: 1-2-4. En las dos líneas centrales apunté el artículo «el», un truco barato de aficionada a los crucigramas. Pasé media hora en silencio, sin ideas sobre cómo proceder para completar el mensaje. Sabía que la clave estaba en el cuadro, pero ¿dónde? Después de un rato, en el que casi me rendí, supuse que debía extraer el significado simbólico de aquellas obras. En el caso de la primera: desolación, destrucción, ruinas... Pero nada cuadraba. Entonces, echando vistazos a la descripción del libro, di con un sinónimo que encajaba a la perfección en las cuatro rayas finales: «caos».

—Espacio, el caos. —Me concentré—. Espacio, el caos, coma. Hay una coma. Así que los dos mensajes van seguidos..., son parte de una frase —murmuré, ante la irritación de mi vecina de pupitre.

Me puse a trabajar en la segunda parte: 2-7-3-6. Volví a apuntar los artículos «el/la» en los dos primeros huecos y dediqué otra preciada media hora a divagar. A apuntar y borrar. Tachar. Rascarme el cuero cabelludo, agotada de inventar. Apartar el manual, mirar al infinito bisbiseando opciones. No obstante, después de casi una hora, hallé el camino:

—Relatividad del tiempo y espacio...Temporal. Futuro. Presente. ¡Pasado! El pasado. Del pasado. —Anoté aquellos dos vocablos en el penúltimo y el último hueco—. El, espacio, del pasado.

Analicé la fotografía del cuadro de Dalí que habían incluido en el libro. «Mentira», «Ilusión», «Hechizo», «Fantasía» se pasaron por mi mente. Sin embargo, encontré una opción que parecía encajar mejor que ninguna y que no resultaba tan evidente: «Embrujo».

—Espacio, el caos, el embrujo del pasado... —leí.

Miré el reloj. Debía irme si quería aprovechar el resto de la mañana. Al devolver el tomo a su lugar y bajar las escaleras exteriores de la biblioteca, concluí que solo había una idea clara en todo aquel entuerto de los cuadros y los mensajes: por lo pronto, no había punto final.

***

Con el motor apagado, para no inmiscuirme en la calma de aquel paraje, repasé todos mis apuntes. Me desasosegó ver cómo, cada vez, había más interrogaciones en mis notas. Era una sensación compleja. En vez de avanzar, me veía adentrándome en un mar de dudas y de incógnitas por resolver. Guardé mi libreta en la guantera y alcancé mi bolso. El sonido metálico de la puerta al cerrarse terminó de desentumecerme en aquella mañana otoñal de indagación. Tenía tiempo antes de mi siguiente sesión con la señora Geiger, así que había optado por continuar con mi investigación paralela e ir a hacer una visita al Institut Sankt Johann im Wald.

Las descripciones de la que una vez fue Charlotte Fournier no eran tan concretas en el caso del colegio masculino, por lo que no sentí aquella suerte de éxtasis que me generó el cruzar la verja de St. Ursula. No obstante, reconocí detalles por aquí y por allá. La fachada de piedra clara que, paradójicamente, recordaba al estilo neogótico. El estanque central, marcando la dirección hasta la puerta de entrada. Las canchas de deporte a la derecha. Las copas de los árboles crujiendo a causa de la brisa que se colaba entre sus ramas. Me fijé en que, al estar en un punto ligeramente más elevado que St. Ursula, el entorno había mantenido los tonos verdes, a consecuencia de la mayor población de coníferas. De pronto, vislumbré uniformes rojinegros tras los ventanales de forma ojival que daban buena cuenta de la vida y el nervio que escondían los pasillos de la escuela.

Entré en el recibidor. Era algo más amplio que el de St. Ursula, decorado enteramente en madera y con una chimenea en el centro, arropada por una alfombra que parecía sacada de un castillo medieval. Los muchachos correteaban en dirección a su próxima lección. La mayoría ni siquiera reparó en mi presencia. Cuando el timbre notificó el fin de las carreras y el inicio de las clases, todo el barullo se desvaneció y me quedé sola en aquel imponente hall. Achiné los ojos para reconocer la función de un operario que manipulaba una lámpara situada a la derecha de la chimenea, donde arrancaba una de las dos escaleras que remataban ambos lados de aquella estancia. Su mono de trabajo me sugirió que, quizá, él podría darme la siguiente indicación. Y así fue.

Subí los escalones que quedaban a la izquierda del hogar para alcanzar el pasillo de la segunda planta del ala este. Según me había indicado el empleado de mantenimiento, allí se encontraban los despachos de los profesores y del director. El del responsable del centro era el que estaba más al fondo, precedido por una pequeña oficina en la que un secretario dosificaba sus visitas y compromisos. Me parapeté junto a la mesa de aquella agenda humana y pedí ver al director. Él, inseguro sobre la respuesta que debía darme al no encontrar mi nombre en el orden del día, se excusó un instante y se asomó para que su superior le diera alguna pista sobre qué hacer. Su aspecto me recordó al de Woody Allen en la maravillosa *Annie Hall*, película que había visto en el cine hacía apenas dos semanas. Su regreso al escritorio en el que pasaba sus jornadas trajo consigo una sonrisa de conveniencia y un «Puede pasar, señorita Eccleston».

Tal y como había sucedido en el caso del despacho de Linda Bischoff, sentí que el paso del tiempo apenas había modificado detalles en aquella oficina. En Sankt Johann, además, los muebles se me antojaron antiguos e imperecederos. De pie, oteando el horizonte que se había esbozado en una de las enormes ventanas de la sala, hallé al hombre que estaba al mando de aquella venerada institución. Tenía el cabello rubio repeinado con esmero y portaba un traje de chaqueta marrón. Carraspeé con la firme intención de anunciar así mi presencia. En el espacio cobraba especial protagonismo un juego de escritorio y asientos de madera maciza, tapizados en burdeos y dorado. A la izquierda de la puerta, una mesita de café con dos sillones era el preámbulo a la enorme estantería que conquistaba cada centímetro de la pared.

—Señorita Eccleston, sabía que vendría, pero no imaginé que nos fuera a visitar tan pronto —me saludó con una condescendencia que me sonó a embuste.

Di un paso al frente.

—Buenos días. No sabía que se me esperara —me extrañé.

—Sí, bueno, la directora Bischoff y yo tenemos una excelente relación y una más que fluida comunicación.

—Ya veo —farfullé.

—Permítame que me presente. Soy Vicent Lécuyer, director del Institut Sankt Johann im Wald desde 1970 —dijo, extendiendo su robusta mano para que yo la estrechara.

—Encantada, señor Lécuyer. Yo soy Caroline Eccleston, investigadora de Oxford —correspondí.

—Tome asiento, por favor. ¿Quiere algo? ¿Un té? —me ofreció con exquisita afabilidad—. Yo iba a tomar uno, así que si quiere acompañarme...

Dudé. No tenía ganas de beber nada, pero a lo mejor aquello alargaría nuestra charla.

—Por supuesto. Muchas gracias —asentí.

El director Lécuyer pidió a su secretario que gestionase el asunto del té. Mientras aguardábamos a aquel elixir con limón, inició un interrogatorio con falsa indiferencia.

—¿Cuánto tiempo lleva en la ciudad?

—Mañana hará una semana —contesté.

—¿Está logrando avanzar en su investigación?

—Bastante —aseguré, omitiendo mis entrevistas a la señora Geiger—. Al margen de sus colegios, me interesa conocer la zona, su idiosincrasia. Por eso he decidido pasar aquí unos días.

—Interesante. Supongo que en Oxford sabrán premiar su dedicación.

El ayudante del director dejó una bandeja con la tetera hirviendo sobre el maravilloso escritorio que separaba al señor Lécuyer de mis fisgoneos.

—Verá, director, más allá de la calificación que obtenga por mi trabajo, lo que verdaderamente está en mi ánimo es hallar algo de verdad en todo este asunto. La Segunda Guerra Mundial marcó a nuestra sociedad, cambió el mundo. Y aquí se educaron los hijos de algunas de las grandes familias y fortunas del primer tercio del siglo xx.

—La verdad es relativa, señorita Eccleston. Todo depende de quien gane la guerra y de quien escriba la historia —espetó, tras sorber de su taza recién servida.

—Todo se puede reescribir, señor Lécuyer.

—No todo —afirmó con seriedad para, después, regresar a aquella sonrisa de postín—. En fin, ¿en qué podemos ayudarla nosotros?

—Me gustaría conocer la historia de este centro y, más concretamente, del curso 1939-1940. Según tengo entendido, Sankt Johann im Wald no cerró sus puertas durante la contienda. Querría saber qué fue de sus alumnos, cómo vivieron el conflicto aquellos que se quedaron.

El director Lécuyer se revolvió en su asiento, como si brasas invisibles hubieran carbonizado su piel.

—No tenemos esa información, señorita Eccleston. Siento decepcionarla. A mediados de los cincuenta, se hizo una limpia de todos los documentos antiguos. No había espacio suficiente de almacenamiento, así que solo se conservaron los expedientes y los libros posteriores a 1945.

—Qué pertinente —mascullé, harta de excusas.

—Quizá a usted le parezca interesante el asunto de la guerra y su relación con esta casa, pero para el común de los mortales no es relevante. Suiza jamás intervino directamente en el conflicto. Nuestro colegio permaneció tan neutral como el suelo en el que está edificado. ¿De veras cree que debíamos ahogarnos en papeles amarillentos en nombre del valor histórico? Yo no lo creo...

—Ni St. Ursula ni Sankt Johann eran instituciones nacionales. Eran colegios de élite, cuyos alumnos y docentes procedían de los países que participaron en la guerra —le discutí.

—Probablemente. Pero nunca ha sido nuestra intención el relacionarnos con ese triste episodio.

Miré fijamente la tetera caliente.

—¿Solo teme que relacionen al colegio con el asunto de la guerra, señor Lécuyer, o hubo algo más?

Un nuevo latigazo de incomodidad pareció recorrer la espalda y las piernas del director.

—Señorita Eccleston, tenga cuidado con los datos que obtiene. Me sabría muy mal que la tomaran por desequilibrada o por poco rigurosa en su querida universidad.

—No se preocupe. No lo harán. Y, como le he dicho, más allá de lo académico, estoy buscando algo más valioso: la verdad. Aunque por esta zona es complicado diferenciar qué es cierto y qué es palabrería al servicio de intereses corruptos.

El señor Lécuyer se levantó airado, pero, una vez más, controló su antipatía y la convirtió en un último acto de cortesía. Se acercó a la enorme biblioteca que había hecho desaparecer la superficie color crema de la pared izquierda y, tras una eficiente búsqueda, extrajo un libro. Se acercó a mí con parsimonia y me lo ofreció. Comprendí que era lo único que me iba a tender para despedirme.

—Aquí encontrará información sobre el origen de este centro y los logros que el esfuerzo de docentes y padres ha alcanzado. Por si no lo sabe, somos el colegio que más alumnos manda a las principales y más laureadas universidades europeas y norteamericanas. Incluso a la suya. No intente hallar nada que no esté aquí, señorita Eccleston, porque eso quiere decir que no existe —me advirtió.

Con el libro bajo el brazo, abandoné el despacho. Vicent Lécuyer era ese tipo de persona que decora con sonrisas los pensamientos más sombríos. Me había resultado incluso más desagradable que la directora Bischoff. Estaba convencida de que no eran malas personas en sí mismas, pero su función institucional los hacía retorcidos e hipócritas. Recorrí en sentido inverso el camino hasta la verja, viendo cómo mi reflejo en el agua del estanque me perseguía en silencio. Casi había alcanzado la puerta del coche cuando oí que me llamaban a lo lejos. Alcé una ceja y me giré. Era el secretario del señor Lécuyer. Llevaba mi chaqueta de pana en las manos y venía corriendo hacia mí.

—Señorita Eccleston, espere —me pidió.

Detuve mis movimientos. Ni siquiera me había percatado de que había olvidado mi americana. Mi abrupta despedida me había desorientado.

—Muchas gracias —respondí sincera.

—No hay de qué.

Agarré la chaqueta y me dispuse a continuar con mi partida.

—Escuche, señorita Eccleston. Desconozco si el director ha sido muy brusco con usted. Cuando he entrado, la tensión podía cortarse con un cuchillo.

—No se preocupe. Últimamente, mis preguntas generan ese efecto —admití.

—Bueno, Lécuyer es siempre así. Algunos dicen que es una versión renovada y trasnochada del director Steinmann. Fue el director más longevo de Sankt Johann im Wald y, después de un periodo en el que se buscó reposicionar al colegio, contrataron al señor Lécuyer para devolverlo a sus años dorados. Desde sus años en Berna como profesor de colegios y universidades, sus métodos tradicionales han sido *vox populi.*

—Así que ser un arrogante es su posición oficial —tanteé.

—Más o menos. Es rígido e intransigente. Hasta que no llegó él, la fama del colegio no mejoró. Las malas lenguas decían que era un centro que anteponía el orgullo y los intereses de los padres a la educación de los hijos. Si usted ha investigado un poco sobre esta casa, sabrá que el origen de los alumnos no es un asunto intrascendente para la dirección y el profesorado. Pero con Lécuyer se ha conseguido convencer a la opinión pública de que aquí se solventan problemas de mala conducta y se forman a los hombres de éxito del futuro. Aunque el trato de favor hacia ciertos apellidos sigue siendo un hecho.

Asentí, confundida por la amabilidad del empleado.

—¿Por qué me cuenta todo esto, señor…?

—Fuchs. Disculpe, mi nombre es Erwin Fuchs —se acercó sigiloso—. Se lo cuento porque siempre he pensado que el Sankt Johann guarda más secretos en la recámara de los que soy capaz de imaginar. También porque no me ha gustado el modo en que el director la ha tratado. Es mi contribución a su labor. ¿Promete ponerme en los agradecimientos de su tesis?

Sonreí, profundamente agradecida al haber encontrado a alguien que me ayudara, en vez de poner piedras en mi camino.

—Lo haré, señor Fuchs. Muchas gracias por su ayuda y también por la chaqueta —dije agitándola con la mano.

—No la entretengo más. Si tiene cualquier duda, ya sabe dónde encontrarme.

—Gracias. Aunque no creo que el señor Lécuyer se alegre de volver a verme por aquí —bromeé—. Bueno, me marcho ya.

Asintió y dio un paso atrás. Abrí la puerta, pero, en vez de meterme en el coche, lancé el libro en el asiento del copiloto y volví a cerrar.

—Una pregunta más, señor Fuchs —me interesé, al comprobar que todavía no se había ido.

—Sí, dígame.

—¿Cómo puedo adentrarme en el bosque desde aquí?

El señor Fuchs se recolocó las gafas y me dio las indicaciones que necesitaba. Cuando se alejó, de vuelta a su ocupación habitual, miré hacia donde me figuré que se situaba la ventana por la que el director Lécuyer controlaba sus dominios con un simple vistazo desinteresado. Deseé que estuviera allí, curioseando, y que hubiera advertido a su secretario junto a mí. Deseé que continuara mirando, dándose cuenta de que mi coche seguía aparcado junto a la valla y que, por extensión, yo todavía no iba a desaparecer.

Anduve por los senderos que la mano del hombre había dejado en el Sihlwald, alejándome sin remedio del murmullo de la civilización. En su lugar, sonidos de todo tipo formaban melodías de fauna y flora en comunión. Podía ser que la naturaleza, desprovista de pintura e ilusionismo, me narrara los misterios que los seres humanos se esforzaban en ocultar. Aquel era el camino que debía seguir George Barnett para reunirse con Sara Suárez. Mientras mis botas rozaban la tierra y las hojas revueltas que se mimetizaban con ella, me trasladé a las escenas que la señora Geiger me había contado sobre ellos. Probablemente, la vegetación no sería la misma.

Lo que para los ojos azules de George habían sido brotes, para mí eran arbustos y árboles que se convertían en firmamento si mirabas hacia arriba. Lo que para él habían sido caminos escarpados, para mí eran vías adecentadas tras años de uso. Lo que para él había sido discreto rocío, superviviente del amanecer, para mí era un fósil de lo que una vez fue. Lo que para él había sido un escondite, alejado de las voces de sus padres y profesores, para mí era un hábitat desconocido que mis pies intentaban descubrir. Las raíces vistas se extendían, como telas de araña, a ambos lados del camino. La lluvia de los últimos días había dejado una película acuosa sobre la hierba y los hongos que crecían junto a los árboles.

Después de diez minutos andando, llegué al borde del riachuelo del que me había hablado la señora Geiger. Donde se habían conocido George y Sara. Me detuve un instante. Los imaginé a ambos lados, mirándose sin querer, mientras simulaban estudiar o leer. Sonreí. Recordé cómo me había contado Charlotte Geiger que se llegaba a la cabaña. Seguí sus indicaciones, rememorando una a una sus palabras, como me ocurría con *Sir Duke.* Casi quince minutos más tarde, apareció ante mí el antiguo almacén de madera. Me acerqué despacio, como si una pisada en falso fuera a hacer desaparecer aquella cabaña. A juzgar por el estado de los materiales, supuse que la habían restaurado. Me fijé en una placa que colgaba del lado derecho de la puerta. Me aproximé más y leí: Sihlwald Zuflucht. La simbología que lo acompañaba me hizo pensar que se trataba de un refugio. Aquella tarde, al preguntar por esa palabra a la señora Schenker, descubrí que estaba en lo cierto. No quise entrar, me quedé fuera. Cerré los ojos y me imaginé en 1940, siendo mudo testigo de cómo Sara se marchaba de allí, dejando a George con un beso abandonado en los labios.

***

Mientras avanzaba en dirección a la casa de la señora Geiger, aferrada a mi paraguas, repasaba lo que había tenido ocasión de leer en el libro. El ayuntamiento divisaba mis pasos, en la distancia, al tiempo que cruzaba por el Münsterbrücke. A los datos que ya había compartido conmigo Charlotte Geiger en su relato se sumaron otros tan aburridos como irrelevantes. El señor Maximilian Steinmann había sido el cuarto director de Sankt Johann im Wald, precedido por el señor Hans Kläui, el señor Rudolf Gerber y el señor Ludwig Senn. Todos eran externos al equipo fundacional. Las decisiones, en aquella institución, las tomaba el director junto al consejo, en el que sí estaban incluidos los fundadores y sus herederos, y que se encargaba, valga la redundancia, de elegir al director. Al final, en la praxis, a juzgar por los anuncios de cambios y las fotografías propagandísticas, la última palabra la tenía el núcleo duro del consejo, los pioneros, garante de los intereses del internado a largo plazo.

El tomo que me había regalado el director Lécuyer era una suerte de memoria homenaje que se había editado en 1971 para celebrar los ochenta años de vida del centro. Pese a que en varias secciones del libro se hablaba del director Steinmann como una pieza clave en la evolución del colegio desde 1909, apenas se mentaban sus medidas específicas ni se incluían datos o fotografías sobre su mandato. La imprecisión de la información era todavía más llamativa en los años de la guerra hasta enlazar con sorprendente claridad con los felices años cincuenta.

El siguiente nombre que aparecía en la lista de directores era el de Emmerich Kläui, presunto hijo o pariente del primer director, después el de Jeremias Bernheim y el de Alfred Krieger, a quien había tomado el relevo el señor Vicent Lécuyer. En la extensa biografía que incluía el ejemplar leí que el director Lécuyer era originario de Friburgo. Tras arquear las cejas con aquel vacuo descubrimiento, obvié el festín de adulaciones a su trayectoria y pasé la página.

Cuando llamé a la puerta, volvió a recibirme el señor Baumann y me repitió las mismas instrucciones que el día anterior. Aguardé en la sala de estar. Como por acto reflejo, en medio de aquella espera, metí las manos en los bolsillos de mi americana. Mi dedo índice rozó un papel y, sin pensar, lo extraje. No recordaba haber guardado ninguna nota. Sostuve aquel mensaje frente a mis ojos y leí:

Vuelva el lunes antes de la hora de comer. Lécuyer estará de viaje. Al director Steinmann lo cesaron en septiembre de 1940. Podría ser por algo que ocurrió durante el curso 1939-1940.
Erwin Fuchs.

La señorita Müller entró en el comedor y cogió unas pastillas de uno de los cajones de la consola. Rauda, metí de nuevo el papel en mi bolsillo. Con una sonrisa amable, me pidió desde allí que esperara un momento y me aseguró que la señora Geiger estaba a punto de reunirse conmigo. Correspondí con amabilidad y disimulo. Después de atender la petición que le había hecho su jefa, volvió al salón y dispuso un par de tazas en la mesita de café.

—Enseguida estará con usted, señorita Eccleston. Hoy se ha levantado algo indispuesta —justificó.

—Si no está en condiciones... —comencé.

—Oh, no, no. Acabo de llevarle unos analgésicos a su habitación. Solo es un molesto dolor de cabeza. Le pasa a veces —me contó sin dejar de atender su labor.

—Parece conocerla bien... ¿Lleva mucho tiempo trabajando aquí, señorita Müller? —me interesé, tratando de recuperarme del mensaje.

—Desde 1965. Así que figúrese —respondió y sonrió. Le devolví la sonrisa.

—¿Le gusta estar a su servicio? ¿Son buenos jefes los señores Geiger?

—Por supuesto. Son muy respetuosos y considerados. No imagino un empleo mejor. Además, aprendo mucho con la señora Geiger. Es una mujer muy culta e inteligente.

—No me cabe duda —admití.

Los tacones de Charlotte Geiger interrumpieron nuestro diálogo.

—Señorita Eccleston, deje de chismorrear con mis empleados, haga el favor —saludó.

—Buenas tardes, señora Geiger. Solo estábamos hablando. ¿Se encuentra mejor?

La anfitriona se sentó con delicadeza en uno de los silloncitos que daban la espalda a los ventanales. Sus pupilas olvidaron la conversación y la presencia de la señorita Müller y se centraron en mis botas. Había olvidado limpiarlas. En ellas todavía quedaban restos de polvo y barro. Me miró a los ojos.

—¿Ha llegado a alguna conclusión en el día de hoy, señorita Eccleston?

Mantuve la vista fija en sus ojos oscuros.

—No. A ninguna.

—Bien. —Sonrió.

PROMESAS

A finales de febrero de 1940, Suiza continuaba expectante. Zúrich, tan bella y esbelta, estaba preparada para la invasión. Desde el inicio del invierno, la población civil sabía cómo proceder en caso de evacuación. El ataque a la Confederación Helvética era condición *sine qua non* de la activación de dicho protocolo. Así que mientras franceses y alemanes se mantuvieran fuera de nuestras fronteras, podíamos continuar con nuestras rutinas, tratando de imaginar que todo estaba en orden.

La profesora De la Fontaine, la profesora Habicht y el teniente Baasch nos explicaron en una reunión en el salón de actividades que, ante tal eventualidad, deberíamos refugiarnos en la escuela hasta que alguno de los pelotones o escuadrones de la sección que dirigía el teniente Baasch, y que estaba encargada del norte de la margen oeste del lago Zúrich —desde Kilchberg hasta Richsterswil—, llegara para activar y coordinar nuestra huida al centro del país. La mera idea de tener que abandonar de aquel modo mi hogar me hacía sentir un vacío en el estómago que duraba hasta la noche. Y, así, empecé a ser todavía más terca en los debates con mis compañeras.

Según me había contado el señor Wisner, de la defensa de Zúrich se encargaba el comando territorial seis, liderado por el coronel Hans von Schulthess. Ellos eran los elegidos para proteger aquella indiscutible pieza estratégica en el mapa. Yo me imaginaba a los soldados como hombres invencibles, dispuestos a desangrarse por la libertad, y cada vez tenía más interés en acercarme a ellos, sentir lo que experimentaban, saber lo que pensaban. Pero, como decía, el Ejército era simple decoración para mí durante aquellos días, pues aparecía, de pronto, en Horgen, de visita en el colegio o en nuestras excursiones a Zúrich. Sus advertencias sonaban como las líneas de una novela de fantasía: las creía sin duda, pero se me antojaban irrealizables.

Por su parte, los finlandeses continuaban contra las cuerdas y se afanaban en defender su tierra, cada vez con más suelas soviéticas machacando las semillas de su historia. Corrían rumores de que los alemanes habían accedido a ayudarles con armamento y recursos, lo que originó un encontronazo entre Ingria y Mathilde, una chica de Leipzig que iba a séptimo grado. Además, los violentos ataques de la URSS habían terminado por desorganizar a la defensa finlandesa. Aquello no presagiaba un buen final para Finlandia. Y de sus llagas y heridas se alimentaba nuestro terror a ser los siguientes.

Sin embargo, hasta nueva orden, nuestras obligaciones en St. Ursula se mantenían intactas. También las normas y los ratos de esparcimiento. Una de mis formas favoritas de relajación era tumbarme en la cama de Sara, con las piernas apoyadas en la pared, formando un ángulo de noventa grados, al tiempo que nos contábamos todos nuestros secretos. Bueno, casi todos.

—¿Te fuiste corriendo? —me extrañé.

Contemplar nuestras rodillas blanquecinas mientras dialogábamos restaba trascendencia a nuestras divagaciones. Sara acababa de relatarme, con detalle, su última conversación con George y aquel fallido intento de besarla.

—Sí. Me asusté —confesó.

—Sara, es un chico, no un tiburón —puntualicé.

—Ya lo sé. Pero me pilló desprevenida. No estaba en mis planes lo de besar a un chico al que apenas conozco, al que ni siquiera han visto mis padres, con el que no podría... Ay, no sé, Charlotte. No tengo ni idea de nada.

—Vamos a ver, Sara. ¿Tú qué sientes cuando estás con George?

—Alegría, interés, comprensión... Me lo paso bien, nos reímos, bromeamos... —enumeró con una sonrisa involuntaria.

—¿Nada más? Porque no es que sea una experta en este asunto, pero yo cuando pienso en Laurence Olivier tengo otras sensaciones mucho menos racionales. Tú ya me entiendes.

—Oh, te refieres a qué siento a nivel físico... —Dio una voltereta hacia atrás y se quedó de cuclillas junto a la cama—. ¿Qué clase de pregunta es esa, Charlotte?

—Pensaba que no nos ocultábamos nada —probé, mientras comprobaba que seguía teniendo todas las uñas en mis dedos de la mano izquierda.

Me miró de reojo, como si ella también estuviera interesada en aquella absurda revisión de mis uñas. Después de unos segundos de silencio, se sentó sobre aquella colcha marroquí.

—Siento calor, rubor en mis mejillas cuando sé que me está mirando a escondidas. Siento una especie de atracción hacia él que me abruma y despierta a partes iguales. Siento ganas de acercarme a él, de experimentar el roce de su piel. Siento miedo ante lo desconocido.

Sonreí. Con menos maña de la que ella había demostrado, cambié mi postura y me senté junto a ella.

—He aquí la cuestión: el miedo. George Barnett te gusta. Y mucho además —aseguré—. Y tú le gustas a él. Nadie tiene por qué enterarse si le das un beso. Yo guardaré el secreto. De hecho, no tienes ni que contármelo a mí. Aunque agradecería que lo hicieras, pero no es necesario.

—Bueno, no sé si le gusto, Charlotte. ¿Cómo sé que no soy una estúpida que ha creído ser alguien especial para él?

—Vamos, Sara, yo he visto cómo te mira. Y también cómo lo miras tú.

—Es tan inoportuno, Charlotte... No debería estar pasando esto —afirmó preocupada.

—Quizá. Pero ha pasado y tienes que decidir. —Me reí—. Haz lo que quieras, siempre y cuando estés convencida y no te hagas daño a ti misma. Debes protegerte, pero también has de darte la oportunidad de vivir. El futuro nunca ha sido más incierto.

Durante toda aquella conversación, mi mano derecha había sostenido un reloj de bolsillo que guardaba desde hacía años. Acaricié su grabado.

—Prométeme que no dejarás que el miedo sea quien escoja qué hacer —le pedí.

Sara contempló cómo apretaba en mi puño aquella delicada pieza. Asintió.

—¿Es un regalo? —se interesó.

No fui consciente de a qué se refería hasta que constaté que su apacible mirada color miel estaba clavada en mi mano.

—Sí, de mi padre —contesté.

—Nunca me has hablado de él. ¿Es suizo?

—Sí, de Ginebra.

—¿A qué se dedica?

—A escribir y dar clases de filosofía en la Universidad de Ginebra.

—Oh, así que es un intelectual. Tiene que ser realmente interesante hablar con él.

—Sí, así es —respondí con unos labios fríos que remataban la palidez de mi rostro.

Acto seguido, me levanté y guardé el reloj en mi cajón de la mesilla de noche.

—Me ha parecido escuchar a la profesora Habicht anunciando el apagado de luces. Deberíamos acostarnos —propuse y, sin aguardar a su contestación, me metí en la cama.

***

La ligera subida de temperaturas que se produjo a finales de mes hizo más apetecible la visita al pueblo del domingo. Aun así, muchas alumnas prefirieron quedarse en la escuela junto con las pequeñas. En medio de aquel despliegue, los profesores controlaban que ninguna conducta se desviara o transgrediera alguna de las infinitas normas que limitaban nuestros movimientos. Sin embargo, si los maestros eran hábiles en su cometido, siempre les quedaba tiempo para charlas y paseos.

Aquel día, no obstante, a la profesora Travert se le había concedido el honor de compartir responsabilidad con Esther de la Fontaine. La profesora Roth y la profesora Odermatt también formaban parte del grupo de control, pero se ocuparon de otra zona. No era común que la profesora de Historia del Arte accediese a vigilarnos en la salida del domingo. La relación entre ambas se había tensado a raíz de los debates sobre la pertinencia (o no) de proceder con la clausura del curso. El intercambio de palabras estaba siendo bastante limitado aquella mañana, por lo que la aparición del profesor Glöckner y el profesor Bissette, que también se habían distanciado del resto de compañeros, supuso un alivio para ambas. Sobre todo para Anabelle, quizá con un mayor interés por no evidenciar lo mucho que aborrecía a la maestra lausanesa.

Los cuatro docentes parlotearon durante un buen rato hasta que un inusitado —aunque ya anunciado— interés de la profesora De la Fontaine por conversar con el profesor Glöckner obligó a que se dividieran en parejas. A Anabelle no le importó pasar tiempo con el profesor Bissette. Pese a que era bastante parlanchín y siempre andaba intentando encontrar conocidos comunes entre ellos, era un hombre agradable. Además, le permitía hablar en francés, algo que añoraba cada día más. De soslayo, miraba el modo en que Esther de la Fontaine se acercaba a Adam Glöckner. Reía con intensidad ante las observaciones del austríaco e incluso lo agarró del brazo, simulando una premeditada falta de destreza para caminar por aquellas calles en un paseo en el que la crítica mirada de Anabelle la escoltaba a dos metros de su cogote.

A Adam Glöckner lo aturdió la intensidad con la que aquella maestra de St. Ursula lo había abordado. Era bella y elegante. Olía a perfume caro. Sus guantes eran suaves y casi sintió un escalofrío cuando rozaron su abrigo y se aferraron a su brazo. Pero había algo en su mirada que lo incitaba a desconfiar. Aun así, dejó que la actitud de aquella dama lo adulara. Hacía mucho tiempo que no se sentía deseado. Parecía otra vida si lo pensaba fríamente. Sin embargo, y pese a que el contenido de la conversación que estaba teniendo con Esther era realmente interesante, su mente había quedado anclada en los diálogos que no estaba pudiendo mantener con Anabelle, cuyas palabras en francés revoloteaban y llenaban los dos metros que separaban sus zancadas.

Cuando nos reunimos con nuestros amigos del Sankt Johann, advertí la mirada desilusionada de George Barnett al descubrir que, en efecto, Sara había sido una de esas alumnas que habían preferido permanecer en el colegio. No la culpaba. No había visto a Barnett desde su desencuentro en el bosque y prefería no tratar aquel tema delante de otras siete personas. Por suerte, Liesl se había quedado con ella, así que pude relajarme con Dilip, Kris, Victor, Évanie, Joanna y George. Bueno, George apenas participaba en las conversaciones y eso que todos intentamos que se uniera. Pero prefería fumar mientras filosofaba sobre los confines del lago o, quizá, sobre algo más espiritual.

—Lleva así varios días. Si no fuera porque soy escéptico de nacimiento, diría que ha visto un fantasma —confesó Victor.

—Quizá sí lo ha visto —bromeó Dilip.

—Callaos —ladró Barnett.

Nos reímos.

—¿Ya estás mejor de lo de tu soldado, Évanie? —se interesó el bueno de Dilip.

—Dudo que pueda superarlo enteramente, Dilip. Pero gracias por tu interés.

Puse los ojos en blanco. En ocasiones me planteaba si el mundo sería más lógico y eficiente si no existiera el ideal de amor romántico.

—Seguro que termina volviendo por aquí —intentó consolarla.

—Gracias, Dilip —contestó ella sonriente.

Acto seguido, Joanna y Victor comenzaron a debatir sobre el nombre de la actriz que protagonizaba junto a Clark Gable la película *Sucedió una noche.* Yo sabía que era Claudette Colbert. Tenía una foto suya en mi pared de la habitación. Pero opté por dejar que se enredaran en una de esas discusiones tan acaloradas como inútiles y me acerqué con sigilo a George. Lo hice con la cautela con la que uno se aproxima a una fiera dormida o a un niño que ha dejado de llorar hace dos segundos.

—¿Me das uno? —pregunté señalando su pitillo.

Sin necesidad de asentir o contestar, me tendió un cigarrillo. Nos quedamos en silencio, mirando al lago, que parecía un mar si ignorabas sus orillas más próximas. Por el sur, se anticipaba la forma de la península de Au, repleta de árboles.

—¿Sabes algo más de tu hermano?

—Poca cosa. Está todo bastante tranquilo. Aunque empieza a impacientarse. Y eso me desconcierta. Dice que la calma no es aplicable al mar. Tiene un par de conocidos en la marina y se están hundiendo buques británicos y submarinos alemanes en el Atlántico. Me ha dicho que se han enviado más de cuarenta bombarderos a Noruega y que no cree que la indiferencia con Polonia o Finlandia vaya a durar. Muchos de sus compañeros creen que Chamberlain está amortizado y esperan a un líder más contundente. No sé, Fournier, si Jerome se huele algo, no puedo ser optimista —me respondió.

Asentí. Dio una calada.

—¿Has hablado con Sara? —curioseó.

Dudé si desvelar nuestra complicidad o fingir ignorancia.

—Puede.

—¿Eso qué quiere decir, Charlotte?

Odié sentir la necesidad de inmiscuirme en aquel embrollo sentimental, pero mi boca fue más rápida que mi sensatez.

—Quiere decir que no te preocupes, se le pasará. La pilló desprevenida, eso es todo. Y necesita descubrir qué es lo que quiere.

—¿Acaso no lo sabe?

—George, tú estás acostumbrado a que todo el mundo te diga que sí. Ahora debes aprender a respetar los tiempos de los demás. Si de verdad te importa como persona, aguarda sin hacer demasiadas preguntas.

Barnett se desorientó con mis indicaciones, pero luchó por encontrar un sentido a mis palabras mientras continuaba admirando el suave movimiento del agua.

—De acuerdo. Esperaré lo que haga falta —meditó un momento—. ¿Podrías hacerme un favor? ¿Podrías decirle de mi parte que lo siento y que estaré mañana en la cabaña a la misma hora de siempre?

—Por supuesto —accedí.

El desgastado silbato de la profesora Travert casi me taladró los tímpanos y detuvo el bombeo de sangre de mi corazón. La hora del fin de recreo había llegado. Me levanté, despidiéndome así de las labores de alcahueta y confesora que se me habían adjudicado en los últimos días. Antes de alejarme para unirme a mis amigas en su camino hacia el punto de reunión, George solicitó mi ayuda una vez más.

—Charlotte, espera. —Se levantó y se acercó a mí—. Si quisiera tener un detalle con Sara, algo que le demostrase que realmente me interesa..., ¿qué crees que podría gustarle?

Sonreí. Definitivamente, era la nueva celestina al oeste del lago Zúrich.

—Albert Einstein —respondí—. Empieza por ahí.

Mi amigo arqueó las cejas sorprendido.

—¿Einstein?

—Hasta luego, Barnett —me despedí.

—Espera, Fournier —me detuvo—. Quizá dé esa impresión, pero no estoy acostumbrado a que todo el mundo me diga que sí. En eso estás equivocada.

Cuando regresamos a la escuela, decidí no dar demasiados datos a Sara sobre mi charla con George. Solo reproduje sus disculpas y su intención de continuar con los encuentros en la cabaña. Sé que Sara dudó si cumplir con su promesa y acudir a la cita al día siguiente, pero, al final, algo la impulsó a reunirse con el inglés. El chico reiteró su arrepentimiento y ella propuso dejar el tema a un lado. Pero ¿cómo apartarlo cuando ambos buscaban el olor y la mirada del otro en una investigación que creían individual y solitaria?

***

Por suerte, pude cesar de mis labores de paloma mensajera a partir de aquel lunes y centrarme en lo verdaderamente importante: hablar con Roger Schütz. Quería pedirle un favor, pero no tenía muy claro que fuera a aceptar de primeras. Sabía de buena tinta que aquel miércoles lo encontraría solo en la tienda, pues los señores Wisner debían ir a atender temas administrativos a Zúrich. Suponía que Damian también estaría, pero su falta de conocimientos de alemán era un billete en primera clase a años luz de aquel diálogo.

Aparqué la bicicleta con escaso cuidado y crucé el umbral. El olor a especias, a vinagre, a jabón y a achicoria actuó de puerta imaginaria entre aquel humilde y coqueto comercio y el resto de la humanidad. Tal y como había imaginado, Roger Schütz estaba en el mostrador, a cargo de la totalidad de pedidos y requerimientos de la contada clientela que había decidido ultimar sus compras a esa hora de la tarde. Localicé a Damian, sin problema, subiendo una caja del almacén. Simulando desinterés, me parapeté junto a la repisa que dotaba de cargo y responsabilidad a aquel chico larguirucho. Una de mis mayores desventajas en mi ardid era que Roger Schütz ya me conocía y no se creía mis disimulos. Así, me miró extrañado, dispuesto a escuchar la siguiente disparatada ocurrencia de mi mente. A fin de resultar menos incisiva de lo que pretendía, comencé a toquetear uno de los tarros que habían abandonado al lado de la añeja caja registradora, quizá por no encajar finalmente en el pedido.

—¿Has sabido algo del Ejército? —indagué.

Levantó la ceja derecha.

—¿Qué quieres, Charlotte?

—Nada, solo he venido a saludar —mentí.

Ladeó la cabeza.

—Charlotte… —insistió.

Miré a los lados. Primer asalto.

—Verás, he tenido una idea. Pero has de prometerme que me escucharás antes de tomar una decisión —solicité.

—Charlotte…

—Prométemelo.

—Está bien, lo prometo.

—Quiero ir a la frontera —espeté.

—Ni hablar —contestó y salió del mostrador en busca de una ocupación que cortara de raíz nuestro debate.

—¡Pero, Roger! Dijiste que oirías mi planteamiento —me quejé.

—Retiro mi palabra. No voy a llevarte a la frontera, Charlotte. Es una locura, eres una niña y podría traernos problemas a los dos —argumentó mientras recolocaba unas verduras en sus cestos de mimbre.

Observé a coles y zanahorias, ignorantes, petrificadas. Avancé por la estancia hasta reunirme con él. Segundo asalto.

—Roger, necesito ver qué ocurre allí arriba. No sabes lo angustioso que es vivir en un colegio encerrada, sin apenas noticias del exterior, a pocos kilómetros de la frontera y sin posibilidad de comprender, al completo, lo que está ocurriendo. Suiza también es mi país. Solo quiero ver a esos alemanes tras la aduana y poner cara a aquellos que están amenazando nuestra independencia.

Roger seguía mirando a las hortalizas. Llegué a pensar que esperaba hallar en ellas la contestación idónea para tal situación. Sus manos, manchadas ligeramente por la tierra que todavía contenían aquellos vegetales, organizaban la mercancía de un modo casi automático.

—Entiendo lo que me dices, Charlotte. Pero no creo que pueda hacerte el favor. Esta vez va más allá de transgredir las reglas de tu escuela o de lo que han dicho los señores Wisner. Europa está en guerra. La frontera norte no es segura, por eso el general Guisan ha enviado a tantos hombres allí. No es lugar para una colegiala con ganas de cambiar el mundo.

—No soy ninguna colegiala con ganas de cambiar el mundo, Roger. Al cuerno el mundo. Soy una persona con la necesidad de ver de frente a los responsables del miedo que siente cada día al despertarse. No podría soportar que nos invadieran, Roger. Me da igual que sean franceses o alemanes. No podría aguantar tener que abandonar St. Ursula por ese motivo, huir a otro rincón del país.

—Todos estamos igual, Charlotte. Alégrate de que tú no tienes que ser la primera en la fila de la defensa. Tú puedes ser evacuada, en caso de que esto se ponga feo. Y, créeme, si finalmente debes marcharte de tu colegio porque alguien nos ocupa, ese será el menor de tus problemas —concluyó, al tiempo que se alejaba de sus adoradas hortalizas para regresar al mostrador.

Resoplé. Vi cómo Damian estaba pendiente de un diálogo que no entendía, pero que reconocía tenso. Perseguí a Roger Schütz hasta su nueva posición. Tercer asalto.

—Roger, por favor. Será solo un momento. Cinco minutos y me marcharé. No volveré a pedirte nada. Lo necesito —supliqué.

El chico simuló ignorarme. Yo bajé la mirada, realmente frustrada por sus negativas.

—Al menos, promete que lo pensarás. No hace falta que me digas nada ahora —aseguré, fingiendo que no me había manifestado ya su determinación—. Si decides que no, lo entenderé. Puedo pedírselo a otra persona. Al soldado Légrand, por ejemplo. Él está desplazado aquí. Lo conocí en la fiesta de otoño y algo me dice que estará encantado de llevarme hasta allí —mentí.

Salí de la tienda. Cuarto asalto. Aquel margen seguro que ablandaba a Roger Schütz. Antes de comenzar a pedalear, los señores Wisner aparecieron. Ya habían regresado de Zúrich. Lamentaron no haber coincidido conmigo, pero les prometí que volvería pronto. Sin saber el motivo de mi visita aquel día, me despidieron sonrientes con aquel dulce *«a tot»*, quizá con buenos adjetivos sobre mi persona rondando por su cabeza. Mientras tanto, yo inicié el trayecto de vuelta a St. Ursula, deseando con todas mis fuerzas que Roger se apiadara y accediera a acompañarme en aquella aventura que, para mí, era pura adrenalina, un rayo de esperanza en mi aislamiento en el Sihlwald.

***

Cuando Adam llegó al despacho del director Steinmann, halló a George Barnett aguardando fuera con cara de haber visto un ángel. Probablemente, estaba recordando su última clase con Sara. Habían logrado volver a la normalidad. Dos semanas habían sido necesarias para que ella se diera cuenta de que él no pretendía forzar sus sentimientos ni el ritmo de aquella relación. Pero, sin querer, su rostro reflejaba que ansiaba acariciarla, demostrarle lo que jamás había sentido por nadie.

—Señor Barnett, puede pasar —le indicó el director.

George se apresuró y obedeció las instrucciones de su superior, contrayendo sus músculos. Sin embargo, al percatarse de que el profesor Glöckner lo seguía, dos pasos por detrás, pareció relajarse. En la oficina de Maximilian Steinmann estaba ya acomodado su padre, el duque de Arrington. Respiró hondo y lo saludó con toda la cortesía y la frialdad que pudo reunir. Cuando hubo cumplimentado el exigido protocolo de las visitas de su progenitor, para controlar que no hubiera quemado la escuela en su ausencia, se sentó en otra de las sillas. Adam debía acudir a tales encuentros, a petición del director, interesado en que el propio maestro satisficiera cualquier duda originada por el correctivo aplicado al chico. Como le había advertido a principios de curso, aquello era su exclusiva responsabilidad.

Después de media hora divagando sobre la importancia de acceder a una universidad de excelencia tras el término de sus estudios en Sankt Johann im Wald, el director Steinmann fue requerido para otros asuntos y dejó al profesor Glöckner a cargo de la entrevista. Adam Glöckner ya había percibido, en la última reunión con la familia Barnett, que el duque no perdía oportunidad en demostrar lo decepcionado que estaba con su hijo menor. Las comparaciones con los mayores eran constantes y no parecía alegrarse por ninguno de los logros que George había alcanzado aquel curso. Adam intuyó que, probablemente, el duque estaba convencido de que eran resultado de alguna farsa y que, más pronto que tarde, una carta del director le notificaría que, muy a su pesar, el caso de George se les había ido de las manos. Aquel día, no obstante, Adam peleó por demostrar a aquel hombre engreído y ensimismado que debía dar una última oportunidad a su hijo.

—Estoy muy orgulloso de George. Ha demostrado ser uno de los mejores alumnos en mi clase. Resuelve sin problema los ejercicios más difíciles. Aunque sé que a él no le agradan en demasía los números... Sin embargo, según me han comentado mis compañeros, tiene aptitudes para el latín, la Filosofía o la Literatura. No lo haría nada mal si hiciera carrera en esas especialidades...

El duque se echó a reír.

—George estudiará Finanzas, como su hermano Edward, si es que algún día es capaz de entrar en Cambridge —respondió de mala gana.

—Oh, disculpe, desconocía que ya lo tuviera decidido —dijo Adam.

—No lo tengo —se adelantó el muchacho.

El duque se removió en su asiento y tensó sus dedos. Adam Glöckner alcanzó a ver, entonces, el anillo que decoraba su dedo índice. Recordó la herida en la ceja que George había lucido en enero. Un corte que podía haber sido causado por el golpe de unos nudillos ayudados de una joya como esa. Ahora estaba prácticamente seguro: no se la había hecho en Sankt Johann, había sido su padre. Ese dato dio un poco más de información al profesor sobre la nefasta relación que mantenían padre e hijo. Lamentó profundamente que así fuera, pero todavía más la ausencia de consideración y respeto que el duque demostraba a George con cada frase que pronunciaba.

—Tú harás lo que se te diga y punto. No te has ganado el derecho a tomar ese tipo de decisiones con tu comportamiento aquí. Llevas avergonzándome desde que ingresaste en este colegio y no voy a concederte ni un minuto más de inmerecida complacencia —se dirigió al maestro—. Me alegra que usted no haya perdido la fe en mi hijo, pero no tardará en darse cuenta de que ha copiado en sus exámenes, como tantas otras veces. Usted debería saberlo. ¿No es también usted al profesor al que timó en esas olimpiadas?

—Técnicamente fue al profesor Hildegard —aprovechó Adam—. Pero sí, como sabe, ya conozco las artimañas de George. Aunque no por ello he dejado de confiar en sus aptitudes. Su hijo tiene mucho talento.

—Sí, para el embuste y el escándalo. Me niego a que, en un par de años, cope las portadas de los periódicos de Londres con una originalidad similar a la del duque de Windsor y la señorita Wallis Simpson.

—¿Es eso lo que ve en mí, padre? Mis profesores le están diciendo que he mejorado mis calificaciones, que voy a graduarme. ¿No es suficiente para usted? ¿Cuándo va a dejar de exigirme lo mismo que a mis hermanos y de tratarme como si fuera escoria?

—Cuando demuestres la mitad de madurez, valentía y sensatez que Edward y Jerome. ¿Consideras honroso recuperar puntos de una asignatura que te encargaste de perder por estupidez? ¿Qué te generan entonces ellos, que se preparan para defender a tu país en la guerra? —El duque dio un golpe cargado de ira en la mesa—. ¿Qué demonios te sugieren ellos, maldita sea, George? —gritó.

Los ojos del chico se empañaron y, sin contestar, salió corriendo de aquel despacho en el que se le había sometido al juicio que más temía de todos: el de su padre. Adam Glöckner asistió absorto a aquel choque de trenes. Antes de abandonar la estancia, se dirigió al duque una última vez.

—¿Por qué lo trata así? ¿No se da cuenta de que es un muchacho de diecisiete años? Está intentando que usted se sienta orgulloso de él y acaba de decirle que sus logros aquí no significan nada. Esto es toda su vida, por lo pronto. —Se detuvo—. Faltando al respeto a su hijo solo se pone al nivel de los que lo ningunearán. Arreglando sus diferencias por la fuerza solo conseguirá que se aleje más y más de usted. Y, quizá, cuando quiera volver a reencontrarse con él, ya será demasiado tarde.

—Profesor Glöckner, no sé quién le ha dado la palabra en esta cuestión. Agradezco que anime a George a mejorar sus habilidades, aunque ello le haya llevado a pensar erróneamente que lo conoce mejor que yo. George es un gran chico al principio, pero después siempre acaba fallando y decepcionando. —El duque se levantó—. Espero que esta sea la última vez que me dice cómo educar a mi hijo, señor Adam Glöckner. De lo contrario, le prometo que dejará su puesto en esta institución antes del alba. Buenos días. —Y abandonó el despacho.

Aquella amenaza, lejos de amedrentar al maestro, lo convenció, todavía más, de que debía ayudar a George. Se había convertido en uno de sus objetivos ese curso. Tenía que demostrarle que la rebeldía y la autodestrucción no eran el camino. Buscó a su alumno por toda la escuela. Después de recorrer todos los pasillos, de confirmar que no se había escondido en su cuarto y de corroborar que no estaba en el muro de la piscina, se cruzó con Victor Stäheli. Lo interrogó brevemente y le pidió que le dijera dónde estaba su amigo. Stäheli dudó un instante, pero el profesor Glöckner añadió que había ocurrido algo en la reunión con su padre y que era importante hablar con él. Victor accedió. Al fin y al cabo, Glöckner era de los pocos docentes que parecían de fiar.

La condición era que no castigara a George. Y es que, según le había confesado mientras se marchaba, había ido al bosque, junto al estanque. Estaba algo apartado, así que Barnett había hallado en el río, donde se había topado con Sara, un nuevo espacio para desconectar y al que era menos arriesgado acercarse de forma constante. Pero aquel siempre sería el rincón secreto de George Barnett y Victor Stäheli. Lo había sido desde que tenían once años. Allí lanzaban piedras, palos y se mojaban los pies cuando nadie los veía. Era su fuerte contra las agujas de un reloj que no se detenía, que los empujaba hacia aquella entelequia llamada madurez.

Adam Glöckner siguió a Victor Stäheli por los escarpados caminos que, inundados de nieve medio derretida, llevaban a aquella laguna de agua clara, ubicada dos kilómetros al norte de la escuela. Adam quedó impresionado por la belleza que escondía aquel paraje. Nunca había paseado por los senderos de aquella selva. Algo le recordaba a su hogar y hacía que la temperatura de su cuerpo subiera y bajara inconscientemente. Treinta minutos después de iniciar su expedición, Victor Stäheli se detuvo y le señaló la silueta desdibujada de su amigo, sentado en la orilla.

—Vuelva al colegio, señor Stäheli. Muchas gracias por su ayuda.

Victor asintió y obedeció. El maestro se acercó con cautela al chico.

—No es fácil que Stäheli colabore con los profesores. Debería sentirse usted muy satisfecho. Eso es que confía en usted —dijo George, quien se había percatado de la presencia del docente.

—Me alegra que no me vean como el enemigo. Es un gran avance, dada la compleja relación que tiene su grupo con el resto de mis compañeros —admitió Adam, que se sentó junto a George—. ¿No se muere de frío aquí?

—Hace tiempo que no vengo. Solo ha sido hoy, en un impulso por alejarme de Sankt Johann. Y de mi padre

—admitió—. Odio esa capacidad que tiene de hacerte sentir el ser humano más miserable con una simple mirada. No le culpo por aborrecerme, porque yo he contribuido a ello, pero detesto que me mire así. Quiero que esa mirada desaparezca, quiero dejar de discutir por todo y quiero que no me considere un problema.

George hablaba con rabia. La frustración acumulada se estaba abriendo paso entre la vergüenza y el recelo.

—Sí, no es un hombre fácil su padre —observó Adam—. Tampoco lo era el mío, ¿sabe?

—¿No?

—No, en absoluto. Verá, señor Barnett, algunas personas creen que pueden diseñar el futuro de sus hijos. Consideran que es un derecho que tienen por el mero hecho de haberlos engendrado. Pero no ha de ser así. Entiendo que usted no ha sido el mejor hijo ni el mejor alumno que se pueda desear, y eso es responsabilidad suya, pero no deje que su padre le haga creer que nada de lo que está consiguiendo importa. Sí que importa. Y mucho.

—Cuesta ver ese valor cuando el gran duque de Arrington te regala su más hiriente indiferencia.

—Sí, no es sencillo. Y jamás lo será, señor Barnett. Eso debe tenerlo claro. Mi padre fue un hombre terriblemente abatido y acomplejado...

Adam le contó a George cómo su padre, Fritz Glöckner, se había hecho cargo de la empresa maderera del abuelo Andrej, Cipris Phb. Pese a que el resto de sus hermanos también ayudaron en el negocio, Fritz fue quien tomó las riendas cuando Andrej Glöckner murió en 1909. Andrej le había enseñado todo sobre el negocio, confiaba en él. Sin embargo, cuando estalló la guerra en 1914, todos los varones se marcharon a combatir y la empresa quedó en manos de las mujeres, entre las que se encontraba la madre de Adam, Gertrud, la hija de un minero. Con ella, Fritz tuvo siete hijos: Greta, Hannah, Horst, Inga, Adam, Killian y Louisa.

Salvo los dos pequeños, todos los niños colaboraron en la fábrica para ayudar a las mujeres.

A su vuelta, en 1918, habiendo perdido irremediablemente una de sus piernas, Fritz encontró un hogar distinto. Ya no se sentía el cabeza de familia fuerte, estaba profundamente traumatizado por la guerra y por haberse convertido en un tullido. Su esposa Gertrud procuró cuidarle mientras mejoraba, al tiempo que el joven Horst demostraba una absoluta valía para suceder a su padre como líder del negocio. No obstante, la mejoría de Fritz, que aprendió a moverse y a valerse por sí mismo, permitió que, al finalizar la guerra, Horst pudiera irse a Viena para estudiar en 1919 y así ser capaz de mejorar la empresa cuando pasara a ser el jefe.

Lo siguieron de cerca sus hermanos. Adam marchó en 1924 y Killian lo hizo en 1927. No obstante, con el tiempo Fritz encontraría en Adam a su gran decepción. Al contrario que todos los varones de su familia, Adam siempre detestó trabajar en la serrería. Desde pequeño, hacía comentarios a su padre acerca de cálculos y mejoras en las maquinarias o en los procesos. Fritz, que tras la guerra perdió toda su paciencia, instó a Adam a «dejarse de memeces y convertirse en un hombre digno y útil para la empresa». Pero Viena logró terminar de cuajar las aspiraciones del joven Adam: quería ser matemático, un hombre de ciencias. Cuando su padre se enteró por una carta de su hermano Killian de que Adam había optado por formarse en Matemáticas y Química, montó en cólera. Al terminar sus estudios, Adam le comunicó directamente a su padre su intención de no regresar a Ebensee. Como consecuencia, este le retiró su apoyo y le dio de lado para siempre.

Adam detuvo su relato en ese punto. El resto de su vida debía permanecer oculta para los que lo habían conocido aquel año.

—Vaya, profesor Glöckner, usted tampoco fue el hijo más ejemplar —opinó el chico.

—No lo fui. No lo soy. Pero cuando se nos demoniza por buscar nuestro destino, no estamos siendo malos hijos. Solo estamos siendo diferentes a cómo nos imaginaron. La opción de ocultarnos bajo un antifaz no ayuda a encarar el problema. Se lo digo por experiencia.

—Me gustaría ver la cara de mi padre si me matriculo en Literatura en Harvard. —Se rio George.

—No dude en hacerlo si es lo que le hace feliz. Negaré haberlo dicho, pero, entre usted y yo, hay veces en las que es mejor pedir perdón que permiso —lo animó Adam.

—Tiene razón. Pero mi padre sería capaz de impedir mi entrada en cualquier universidad del mundo solo para demostrar que no puedo vivir al margen de sus designios.

Adam Glöckner quiso rebatirle aquella afirmación, pero sabía que el joven George tenía razón. Solo el tiempo y la capacidad del muchacho para convencer a su padre —o para reunir el valor de desobedecerlo— dirían si George Barnett podría cumplir sus sueños.

—En cualquier caso, señor Barnett, no se obsesione. No convierta el ansiado orgullo de su padre en un objetivo en la vida. Si lo llega a lograr, que no es seguro, solo será por haber encontrado un modo de hacer algo útil, algo realmente bueno, algo que le llene y le haga sentir valioso. Y esa búsqueda es solitaria. No admite cargas como la presión por impresionar.

***

Mientras mi amigo George topaba de frente con la autoridad del duque, muralla impenetrable que sir Edward Barnett III parecía haber heredado con el título, yo esperaba una contestación de Roger Schütz. Había pasado más de una semana desde nuestra conversación, pero nada sabía del ayudante de los señores Wisner. Yo deseaba que accediera, que me mandara alguna clase de señal para proceder con aquel plan que se me había ocurrido en mis ratos de aburrimiento. Al no tener noticias, aquel viernes me decidí a bajar al pueblo. Quizá era necesario un nuevo asalto para terminar de convencer al que debía ser mi cómplice.

Mi sorpresa llegó de la mano de la señora Bertha. Había creído, por error, que Roger se encontraba repartiendo pedidos, así que opté por esperarlo. Sin embargo, en medio de la charla con la tendera, esta me comunicó que habían cancelado el permiso del chico a causa de la movilización general ordenada aquel mismo lunes 4 de marzo. Era el peor escenario de cuantos había imaginado en aquellos días de incertidumbre. Roger se había marchado sin darme una respuesta. El mohín que originó mi disgusto casi me delató. Me senté sobre unas cajas y jugueteé con el balanceo de mis piernas. Quería dilucidar alguna solución, inventar alguna manera de ponerme en contacto con él para que me dijera si, finalmente, me llevaría a la frontera. En medio de mis reflexiones, Damian apareció por la puerta. Cargaba con bastante mercancía que, intuí, llevaba a la trastienda. La señora Wisner lo detuvo un segundo a su paso por delante del mostrador y le indicó que iba a ausentarse de la tienda un momento en un lenguaje de signos bastante desmañado. Después, hizo lo propio conmigo y salió del comercio. Asentí desganada y proseguí con aquel baile de botas arañadas, embarradas.

Un estruendo me sobresaltó. Procedía del almacén. Sin analizar lo conveniente de abandonar la vigilancia de la puerta de entrada, bajé las escaleras a toda prisa. Cuando llegué a la trastienda, comprobé lo que había ocurrido: una de las baldas donde Damian colocaba los productos se había caído. Me acerqué y comencé a ayudar. Estaba segura de que aquel polaco podía sentir la curiosidad que me generaba, aun cuando estaba callada. Lo observaba como si fuera una especie exótica, enjaulada en un zoo de ciudad, a la vista de niños y adultos embobados, empuñando piruletas y algodón de azúcar. Cuando terminamos de recoger y limpiar el destrozo que aquel percance había generado, me dio las gracias en francés. Oí que la señora Wisner ya había regresado a su puesto de trabajo, así que me despreocupé del piso de arriba. Nos sentamos a descansar.

—¿Cómo le va por aquí? ¿Ha conseguido sacar de su equívoco a los señores Wisner con respecto a su nombre?

Damian se rio.

—No, pero tampoco está en mi ánimo hacerlo. Ya le dije que prefiero que me llamen Damian. Mi nombre daría demasiada información sobre mí.

—Porque es usted judío, ¿no es así? —intenté una última vez.

El polaco miró al fondo del almacén, respiró el aroma que emanaba cada rincón de aquella guarida temporal.

—Siempre ha sido distintivo y cuestionado por muchos, pero es curioso lo mucho que ha empezado a importar ese aspecto de mi vida, últimamente —lamentó.

—No es que yo tenga nada en contra de los judíos, créame. Una de mis mejores amigas, Libena, es judía. Ella y su hermana Ema son de Praga... Cuando, el marzo pasado, las tropas alemanas llegaron a la ciudad, sus padres decidieron huir. Se marcharon a mitad de curso. Al parecer, partieron rumbo a los Estados Unidos... Solo Dios sabe si lo consiguieron. Simplemente quiero saber si usted también huyó de su país por ese motivo. Espero que no haya sido así, pero, por su aspecto y el modo en que se cobija aquí, diría que es justo lo que le ha sucedido —adiviné.

—Tener información, en este mundo, no le hará ningún bien. Lo sabe, ¿verdad?

—No tenerla me empujará a ser una ignorante sin armas para defenderse ante lo que venga. No quiero vivir con los ojos vendados. Nadie me habla claro, todos se creen que soy una niña y no es verdad. Quiero saber de usted porque necesito ser consciente de qué está ocurriendo más allá de nuestras fronteras. Y porque, si puedo, me gustaría ayudarle —espeté, ante el asombro de Damian.

Dudó un segundo. Estudió mi presencia con detenimiento para decidir si debía fiarse de mí. Después de su valoración —quizá vaga, quizá existencial—, comenzó a relatarme un pedazo de su historia.

Damian había conseguido huir, clandestinamente, de su ciudad natal, Lublin, ante la noticia de la invasión alemana, que se había iniciado en el oeste de Polonia. Numerosos judíos llegaban desde diversos puntos del país a aquella región, huyendo de los nazis. Sin embargo, Damian sabía que era cuestión de tiempo que ocuparan aquella plaza. La poca familia que le quedaba, dos tíos y un par de primos, decidió quedarse, pero él optó por marcharse. Ya lo habían llamado a filas y no había tiempo que perder. El día 6 de septiembre, logró llegar a Krynica-Zdrój, una pequeña ciudad junto a la frontera eslovaca, en un coche en el que se hacinaron hasta siete personas. Allí se quedaron una semana, refugiados en un pub que les dio alojamiento y comida. Fue una de esas noches cuando se enteró del bombardeo que había asolado a su querida Lublin tres días después de que él la abandonara a su suerte. No dejó que el pesar o la duda sobre el paradero de sus allegados lo desconcentraran, tenía que continuar. La séptima noche, cruzaron la frontera y llegaron a un pueblo llamado Plaveč. Damian me contó que uno de sus compañeros conocía allí a una familia que les ofreció refugio en su establo y les consiguió transporte hasta Budapest.

Para llegar a la capital húngara, debieron, además, tomar dos autobuses y caminar varios kilómetros. Allí sus caminos se separaron. Damian había escuchado que, en el consulado polaco, arreglaban los papeles para llegar a Francia, pero su apariencia, que no podía pasar por la de un muchacho imberbe de quince años, lo delató y en la oficina se negaron a contribuir a su deserción. Pasaron varios días, en los que visitó la delegación francesa y la británica, pero no tuvo suerte. Una tarde, en una taberna, a punto de rendirse, escuchó a dos franceses hablar de un viaje de vuelta a Montluçon, donde ambos residían, para unirse al Ejército. Damian lo tuvo claro: debía convencerlos de que lo llevaran, en el portaequipajes, hasta territorio galo.

Su objetivo era salir de Europa, huir a los Estados Unidos. Sería sencillo si lograba dejar atrás el entramado de estados satélites diseñado a merced de Adolf Hitler y Iósif Stalin. Desde Montluçon, trataría de llegar hasta la costa y así abandonar en barco aquel continente en descomposición. Aquellos dos caballeros tuvieron dudas desde el principio, pero las copas a las que convidó su pretendido polizón adormecieron su miedo y su consciencia. Así, programaron el inicio del viaje para tres noches más tarde. El desafío que tenían ante sí no era baladí, pues para ser capaces de alcanzar Suiza, antesala de su entrada en tierra franca, debían recorrer Austria de este a oeste.

Casi ocho días tardaron en acometer tamaño despropósito —en términos de seguridad y duración—. La novena tarde pudieron respirar la brisa del Tirol, aliento revitalizante para Damian, que pasaba horas encerrado sin luz ni comunicación exterior. A ratos se ocultaba en el portaequipajes, a ratos se envolvía en una manta y se enrollaba como un ovillo en el suelo de la parte trasera del vehículo. Los paisajes montañosos de aquella región austríaca lo dejaron sin palabras cuando uno de aquellos hombres abrió el maletero del Citröen. Las colinas eran extensiones de hierba sin fin, arropadas por arboladas verde oscuro, cubiertas por un manto blanco, y coronadas por cimas grisáceas y nevadas en lo más alto.

Una vez que sus pupilas se adaptaron a la vaga iluminación del sol en aquel punto del atardecer, Damian se dio cuenta de que sus dos compañeros estaban nerviosos. No comprendía el cambio en el humor, pues habían llegado a congeniar. En su última parada incluso habían bromeado, pero algo sucedía ahora. El más asertivo de los dos amigos, que habían resultado ser periodistas, le contó que no podían arriesgarse en la frontera y que, a partir de aquel punto, debía seguir solo. Damian les echó en cara que había contribuido, en la misma proporción, a costear los gastos del trayecto, pero la única explicación que recibió fue una mano en el pecho que buscó detener su burdo intento por volver al portaequipajes. Un empujón histérico de Damian, que podía sentir en su nuca el peligro de permanecer en suelo austríaco, fue neutralizado con un puñetazo seco del francés más irascible. Ambos corrieron al automóvil, que arrancó furioso, dejando las huellas de su cobardía sobre el arcén.

Damian caminó desamparado y desorientado por la carretera en la que lo habían abandonado. Apenas le quedaba dinero y no tenía idea de cómo iba a conseguir salir de allí. Después de varias horas, el cartel de Bludenz apareció en el horizonte. Los franceses habían hablado de esa localidad, estaba a pocos kilómetros de la frontera con Suiza. El polaco descansó en bosques, en cunetas en las que nadie miraría, hasta que el puesto fronterizo se desdibujó a lo lejos. Se escondió en la maleza, convencido de que no podría cruzar la aduana a pie. Esperó pacientemente a que la solución apareciera ante sus ojos. Entretanto, sintió el escozor de la pérdida, de la traición, de la culpa y de una autoimpuesta falta de valentía al haberse decidido a dejar su hogar.

Una madrugada, un camión de mercancías aparcó justo delante de su escondite. Damian se asomó. El conductor bajó del vehículo y se adentró en el bosque. Supuso que andaba buscando un aseo y lo había encontrado entre dos arbustos. Aprovechó la circunstancia para acercarse al camión. Era suizo, a juzgar por la enorme bandera que, por suerte, decoraba la puerta del copiloto. Damian no titubeó y se lanzó al interior del semirremolque, donde unas veinte ovejas aguardaban alteradas a que su nuevo dueño reanudara la marcha. Su presencia entre los lomos de aquel conjunto ovino generó crispación, balidos y arrastre de pezuñas ofendidas por la intromisión. Damian acarició a las reses y les susurró promesas en verso que, quizá, sí entendieron. Cuando el revuelo se fue desinflando, se vio capaz de arrodillarse entre dos ejemplares y agazaparse en la oscuridad que la noche le había regalado. Aquella cita con el olor a paja, a granja y a estiércol podía ser su última velada en la tierra, así que respiró hondo, se supo vivo y cerró los ojos.

Un carraspeo, seguido de un escupitajo, informó al polaco de que el conductor había vuelto a su posición. El traqueteo fue decisivo para convencerse de que había llegado la hora de la verdad: estaban en el puesto aduanero. Un último escalofrío de miedo lo impulsó a tumbarse con cuidado de no entorpecer los espasmos de sus patas. El camión se detuvo una última vez. De lejos, oyó una charla en alemán, que le pareció bastante amigable. Las voces se fueron aproximando, estaban tan cerca que podían helar su sangre. Damian luchó por no moverse, se prohibió respirar. Una linterna alumbró parcialmente a los borregos, que afearon con más balidos aquella indiscreción. Según juzgó Damian por el tono del diálogo, el comerciante debió de solicitar al guardia que no incomodase a sus nuevos ejemplares, deseo que el otro le concedió apagando la luz y alejándose del vehículo. Tres minutos más tarde, llegaron al puesto fronterizo suizo, que apenas revisó el vehículo tras ver el pasaporte del conductor. Después, el motor volvió a bombear energía a las ruedas y aquel transporte cruzó por fin la frontera y, en consecuencia, el Rin.

Ya en Suiza, el polaco se relajó. Salió de su escondite y apoyó su cabeza en los tablones de madera que configuraban aquella caja que había convertido en su hogar. Miró el cielo estrellado y dio gracias a Yahvé, a su suerte y a la inesperada camaradería entre revisor y revisado. Sus sueños, que añoraban ser profundos, solo duraron lo que el camión tardó en llegar a su destino: Lachen. Un cubo de agua gélida fue lo que despertó a Damian, quien se había terminado por recostar sobre el lomo de una de las ovejas, también sentada. Los gritos desagradables del dueño del transporte le recordaron que debía salir del cubículo antes de que alguien pudiera enviarle de vuelta a la frontera. Corrió lo que sus piernas le permitieron hasta que la estridente voz del ganadero se perdió en la bruma matinal, que se había adueñado de aquel pueblecito del sur del lago Zúrich. Damian no fue plenamente consciente de la belleza de aquel rincón hasta que no se sintió a salvo, horas después de su accidentada huida.

El cansancio y la inanición iban haciendo estragos en su capacidad para avanzar. El frío húmedo de la zona caló en sus huesos y fue adormeciendo sus extremidades, que a duras penas le servían para sentir su cuerpo y saberse lejos de la muerte. La nieve cubría las cumbres que se intercalaban con las nubes en aquella batalla celestial por ser las más límpidas y maravillosas. Campanillas y campanas acunaban sus pensamientos sobre un renacer que ansiaba temprano. Con el paso del tiempo, identificó cantos festivos y sonrisas forzadas de camino a la iglesia. También el exquisito olor del asado y la col escapándose de las casas, cuyos tejados portaban un halo de humo oscuro que hablaba de la agradable temperatura que estaría concediendo la chimenea en el interior. Era la noche de Navidad.

—Es injusto que usted haya tenido que pasar por todo eso para salvarse —me quejé, regresando al presente.

—La justicia es para los ilusos, señorita —concluyó apenado.

Volví a analizarlo, ahora con toda la información que ya tenía sobre él. Su sufrimiento infundía en mí el mayor de los respetos.

—Damian, una última duda.

—Dígame.

—Usted consiguió escapar, pero ¿qué les ocurre a los judíos que se quedan?

—Nadie lo sabe con certeza. Un buen amigo mío, residente en Hamburgo desde hace años, me escribió para advertirme. Los judíos no tienen cabida en el régimen de Hitler y son tratados como ciudadanos de segunda. Se atacan sus comercios, se les expulsa de sus casas si estas se encuentran en las calles principales de la ciudad, se les maltrata públicamente, se vierten falsos rumores sobre ellos... La deshonra y la indignidad son las monedas con las que el Nacionalsocialismo paga a esa parte inalienable de su sociedad. Mi contacto en Alemania me habló de que los enemigos políticos, como por ejemplo los comunistas, son deportados, llevados a campos de trabajo. Mencionó uno que está cerca de Múnich... Dachau se llama. Supongo que, siendo judío, pocos motivos has de dar para que terminen arrestándote y metiéndote en uno de esos campos o en una prisión sin posibilidad de volver a ver la luz del sol.

En aquel momento, lo que terminó ocurriendo con la población judía, con los disidentes políticos, con los hombres y mujeres de etnia romaní, con las personas homosexuales o con los seres humanos que tenían dolencias intelectuales nos quedaba muy lejos. En aquel almacén de la tienda de los señores Wisner, Damian y yo solo alcanzamos a presumir lo que podría suceder. Mas la aberración que terminó destapándose superó hasta la más retorcida de nuestras elucubraciones.

—Señorita, prométame que no dirá a nadie nada de lo que le he contado —me solicitó cuando ya me marchaba.

—Se lo juro, Damian. Se lo juro.

El relato de aquel refugiado polaco no contribuyó, en absoluto, a dulcificar mi relación con Liesl. Sabía que no era culpa suya, que no podía hacer que cargara con las decisiones de sus líderes políticos, pero, en mi fuero interno, dudaba si era posible actuar como si nada hubiera ocurrido, si podíamos dar la espalda al cisma que estaba dinamitando nuestra amistad.

Una y otra vez me trasladaba a aquel verano en Múnich. Cuando llegamos a la casa de los señores Gorman, después de mi desencuentro con el guardia de Odeonsplatz, Liesl me llevó a su cuarto y cerró la puerta con delicadeza. Sabía que me había enfadado, que su gesto me había partido en dos. No había hablado durante el camino de vuelta. Me senté sobre su mullida cama, con el mentón elevado por mi orgullo. Después de deshacerse de su sombrero y de sus guantes, se acomodó a mi lado. Cogió mi mano con cariño.

—Charlotte, tenía que hacerlo. Perdóname.

—Te has pasado, Liesl. No vine a pasar las vacaciones contigo para sentir que traiciono mis principios. Creí que lo comprendías.

—Por supuesto que lo entiendo. Verás, ¿te fijaste en el hombre al que detuvieron en Viscardigasse, por donde pasamos antes de llegar a Odeonsplatz? —se cercioró—. Muchos utilizan ese callejón para evitar el saludo nazi. Pero algunos guardias ya se han percatado... Charlotte, me genera mucha tristeza que no puedas ser libre de mantenerte al margen aquí. Mi hermana y su prometido no lo comprenden, pero yo sí. Entiendo que no te guste y me encantaría que tuvieras la opción de decir «no» a ciertos protocolos, pero en el nuevo estado alemán hay símbolos de gran importancia. Creo que es por lo mucho que ha sufrido este país, ¿sabes? Muchas personas piensan que si no se muestra respeto al orden, es señal de desprecio a nuestro pueblo.

El discurso de mi amiga había oscilado desde la comprensión hacia la evidencia del letargo en el que estaba sumida toda la familia Gorman. No era culpa mía que fueran susceptibles y no creía, ni de lejos, que aquello fuera lo que justificaba que se obligase a todo ciudadano a comulgar con los degenerados valores que rezaba el *Mein Kampf*. Fruncí el ceño y provoqué una enorme arruga entre mis cejas.

—Charlotte, por favor, no dejes que lo de hoy cambie tu opinión sobre mí ni sobre mi familia. Ellos te aprecian.

Yo te aprecio. Es solo que... esta situación es rara, ¿sabes? Pero se irá calmando. Mi *opa* dice que todo cambio se inicia en su vertiente más radical para, después, moderarse.

Me mantuve callada.

—Ojalá tenga razón, Liesl. Hoy he sentido miedo. Jamás creí que pudiera sentirlo tan cerca de casa —respondí.

—¿Amigas? —me ofreció un abrazo.

¿Cómo decirle que no sabía si sería capaz de entender el cariz que estaba tomando esa nueva Alemania de la que ella quería formar parte? Con la congoja todavía en la garganta, me acerqué a ella y la correspondí.

—Promete que no dejaremos que esto nos distancie —me susurró.

Y creo, solo creo, que le concedí aquel deseo con un suave movimiento de cabeza.

Los días que siguieron a aquel episodio estuve más intranquila de lo normal. Detestaba que el señor Knopp nos acompañara en las cenas o que Erika nos diera uno de sus sermones mientras avanzábamos nuestros proyectos de punto de cruz. El señor Gorman enseguida lo notó. Una tarde, mientras recorría el pasillo a la espera de que Liesl regresara de una supuestamente rápida visita a la modista, el abuelo de mi amiga me chistó desde la sala de estar. Algo contrariada, detuve mi excursión en línea recta y pasé a aquella estancia. La decoración de toda la propiedad era exquisita, pero era obvio que los señores Gorman habían mimado con especial dedicación los detalles de aquella habitación de recreo. La chimenea, apagada a causa del calor, sostenía toda clase de adornos en pan de oro y porcelana. Habían vestido los sillones con las telas más hermosas y suaves que jamás había visto. En la mesa de café, un enorme ramo de azaleas confería un punto de color a aquel espacio de aire aristocrático. *Opa* Gorman me invitó a ocupar la silla que quedaba libre en el lado opuesto del tablero de ajedrez que él admiraba en el más absoluto silencio. Comenzamos la partida.

Sin desatender mi estrategia, pues no tenía intención de dejarme ganar, lanzaba miradas al abuelo de Liesl para determinar si buscaba decirme algo. Después de treinta y cinco minutos, concluí que aquel hombre solo quería que me distrajera. Pero, diez minutos más tarde, se decidió a hablar.

—¿Estás disfrutando de tus vacaciones, Charlotte?

—Sí, señor. Mucho —contesté, al tiempo que movía mi reina.

—Me alegro —admitió—. La señora Gorman me contó lo que pasó el otro día en Odeonsplatz. Estaba verdaderamente disgustada. A ella no le gusta todo ese asunto de los saludos ni de los uniformes militares por toda la ciudad. Se quedó bastante desolada cuando te obligaron a presentar tus respetos. Ella no se acordó de que si pasabais por ahí, os harían deteneros.

—No se preocupe, señor. No fue para tanto —mentí.

—Charlotte, no soy ajeno a lo que suscita el gobierno de Hitler en muchas personas. Yo tampoco era partidario de las formas del Führer al principio, pero después, no sé... Imagino que tenía razón en muchos aspectos, sobre todo económicos. Yo soy empresario y sé de dónde venimos. Hace diez años luchábamos por subsistir. Ahora tenemos capacidad de generar riqueza, podemos proyectarnos hacia el futuro. —Hizo una pausa—. Dicho esto, quiero que tengas claro que bajo este techo nunca se te juzgará por lo que pienses o por lo que seas. Adolf Hitler puede decirme cómo liderar un país, pero jamás me condicionará en cómo dirigir mi casa ni a mi familia. Sé que el señor Knopp y Erika se acaloran en sus debates... Ten por seguro que aquí te respetamos, te valoramos y te queremos, Charlotte. Así que haremos todo lo posible para que no vuelva a suceder nada parecido mientras te encuentres bajo nuestra tutela, ¿de acuerdo?

No pude más que asentir. El señor Gorman me sonrió. Yo también sonreí. Me alegró que hubiera decidido abordar aquella cuestión de frente y que me respaldase. Realmente adoraba a aquel hombre. Era sabio, justo, cariñoso, divertido y comprensivo. Pero la tristeza continuaba conmigo. Liesl apareció de golpe por la puerta y, entusiasmada, nos contó todos los pormenores de su visita al taller. Después de un momento de charla, en el que la señora Gorman, que custodiaba desde atrás la alegría de su nieta, me lanzó una mirada llena de pesar, al señor Gorman se le ocurrió una idea. Al parecer, era una tradición familiar. Al día siguiente, iríamos a visitarle a la fábrica y nos mostraría todas las máquinas que se empleaban para «hacer magia» y «crear las piezas que movían Europa». El frenesí de Liesl y Leopold era evidente. Pero, a la larga, aquello tampoco ayudó a dar visos de normalidad a mi amistad con la mediana de los Bachmeier.

***

Sara esperó en Zugerstrasse, a pocos metros del negocio de los señores Wisner, tal y como habían acordado en su última clase. Había pasado toda la noche en vela. Su mente se había empeñado en adivinar el lugar al que la quería llevar George. Como empezaba a ser costumbre, yo colaboré para que Sara pudiera pasar la tarde de aquel sábado 9 de marzo fuera del colegio. También fui quien sugirió a la española que se reunieran junto a la tienda, pues todos allí eran de mi máxima confianza y no chismorrearían más de la cuenta. Después del almuerzo, la cubrí para que se cambiara de ropa y se esfumara. Supongo que Stäheli fue el que se encargó de gestionar la ausencia de Barnett en Sankt Johann.

Cuando la temperatura comenzaba a ser incómoda, George apareció. Rápidamente, se disculpó y, sin pensar, se lanzó a frotar uno de los brazos de Sara para intentar que entrara en calor.

—Lo siento —dijo, mientras separaba su mano.

—No pasa nada. Está bien —contestó ella.

—Vayamos. Tenemos que coger un autobús —desveló el chico sonriente.

Sara arqueó las cejas extrañada y siguió a su amigo por las calles de Horgen. Estoy segura de que continuaba debatiendo en su interior las posibilidades que aquel día le ofrecía. Él no había sido nada concreto cuando le propuso el plan. Solo le había dicho que si podía concederle una tarde entera, la del siguiente sábado, para darle una sorpresa. Ella aceptó, a sabiendas de que tanto tiempo con él la confundiría todavía más.

Justo a la hora marcada, el autobús paró frente a ellos. Se subieron decididos y compraron dos tiques en dirección a Zúrich. Sara se giró sorprendida.

—¿Zúrich?

—Sí, Zúrich. Venga, siéntate y deja de hacer tantas preguntas. Al final, vas a descubrirlo antes de que lleguemos —bromeó.

Se acomodaron en dos asientos, confiados. No obstante, antes de que las endebles puertecillas del transporte se cerraran, un último pasajero se unió. El esplendoroso sombrero de la profesora De la Fontaine revolucionó las pulsaciones de Sara, que se tapó el rostro con el suyo, algo menos pretencioso. George también disimuló. Por suerte, la maestra se colocó en uno de los asientos delanteros, a varias filas de distancia de donde ellos se habían ubicado. Pasaron el viaje intentando no reírse de aquella estampa para que su débil ocultación no fuera percibida por la docente.

—¿No nos libraremos de los profesores nunca? A veces creo que nuestros padres les pagan por aparecer y desaparecer solo para incordiar. —Se rio él.

—No es el caso de la profesora De la Fontaine. Según dicen en el colegio, sus visitas a Zúrich son bastante habituales. Tiene muchas amistades. Como ves, no todo gira en torno a ti, mi lord —se burló Sara, que intentaba normalizar sus interacciones con George, olvidando sentimientos más complejos.

—Discúlpeme, señorita Suárez Ackermann. A veces olvido que soy un aristócrata egocéntrico y mimado —siguió él, divertido.

Su siguiente reto era no coincidir con ella para bajar del autobús. Una vez se adentraron en la ciudad, estuvieron alerta. Cuando estaban a punto de llegar a Bürkliplatz, Sara fijó su mirada en los brazos de Esther de la Fontaine y esperó a ver si se tensaban o no a medida que el vehículo disminuía su velocidad. Cuando estuvo casi segura de que no, empujó a George y le indicó que salieran. Cuando sus suelas rozaron el asfalto de la urbe y sus pulmones absorbieron el humo que emanaban los automóviles y los conductos de ventilación, se supieron fuera del alcance de las normas de sus colegios. Al menos, hasta el toque de queda. Pero era una bonita ensoñación...

Se perdieron entre los zuriqueses, entre los comercios, los cafés y el pitido de rabiosas bocinas. Las zancadas de George continuaban sin proporcionar muchos datos a Sara, que apenas conocía la ciudad. El río Limago quedó a su izquierda. Las callejuelas del centro los engulleron. Las escarpadas rúas se alternaban con tramos de escalera hasta que parecieron abandonar la zona antigua. De pronto, George se detuvo en medio de la acera. Satisfecho, comunicó a su compañera que ya habían llegado. Sara levantó una de sus cejas. Más que decepcionada, estaba algo confusa.

—¿Aquí? —confirmó.

—Sí, aquí —afirmó George—. Bueno, estás mal situada. Permíteme.

La cogió de los hombros con suavidad y la invitó a girar noventa grados. Sara comprendió entonces que no había equivocación alguna. La había llevado a un sitio concreto que ahora tomaba forma frente a ella con una gran cúpula anunciando la grandeza de lo que, a buen seguro, acaecía entre sus muros.

—¿Entramos? —propuso el chico.

Sara seguía sin tener idea de qué diantres había preparado George y qué le hacía estar tan seguro de que a ella le gustaría. El chirrido de la puerta principal abriéndose se convirtió en un eco que, como un fantasma, recorrió todos los recovecos del impresionante hall de entrada. Una sucesión de arcos clásicos flanqueaba al curioso que osara adentrarse en aquel edificio, garante de la sabiduría. En medio, una fuente que le pareció de mármol, con tres figuras en lo alto con sus manos entrelazadas, detalle que insuflaba concordia a quien admirara aquella obra de arte. Techo y suelo se fundían gracias al blanco y al beige que predominaba allá donde miraras. Avanzaron sin hacer más ruido que el que las suelas de sus zapatos provocaban. Sara aprovechó para acariciar, con su mirada, cada columna, cada ventanal.

El chico la animó a que caminase. Tras el recibidor, una señorial galería hacía que la impresión que el primer espacio había generado se entumeciera. Pasillos por doquier, por encima de sus cabezas como balcones sin dueño, con puertas cerradas y lecciones flotando. Cualquier sonido allí se quintuplicaba. Ambos dedicaron un par de segundos a valorar los dibujos que formaban las baldosas que pisaban. Más columnas blancas sostenían el resto de los pisos, rematadas por más y más arcos. La luz del exterior se colaba con timidez. No le quedaba mucho tiempo a aquel día, aunque seguro que ambos deseaban retenerlo para siempre.

George comprobó que Sara estaba extasiada, pero que no terminaba de entender el motivo que los había llevado a aquel lugar. Cogió su mano con ternura y tomó una de las escaleras que arrancaban más allá del final de la galería. Sara le pidió que parara un segundo. Se acercó a una de las ventanas que daban a la parte trasera del edificio, tras bajar algunos escalones.

—Mira, ven —dijo entusiasmada.

Zúrich, protegida por las montañas, colgada del firmamento por las agujas de sus numerosas iglesias, había quedado congelada ante ellos.

—Esta ciudad es hermosa —opinó ella.

—Siempre he pensado que hay sitios que embrujan —respondió él—. Vamos. Quiero enseñarte algo antes de que nos echen.

Subieron por las escaleras a la segunda planta. George aceleró el paso, seguido de una Sara bastante desconcertada. Finalmente, se detuvo frente a una de las puertas. Puso la oreja y, una vez verificó que no había nadie en su interior, giró el picaporte. Sara miró a los lados, convencida de que aquello no estaba permitido y de que no estaba de más el ser cauta. Entró en aquel espacio.

—¿Y? ¿Quieres que demos clases en esta aula, a partir de ahora? —bromeó.

—Muy graciosa, *Marruecos.* No. El motivo de traerte aquí es el siguiente. Puedes tomar asiento si lo deseas, voy a dejarte sin palabras con mi explicación.

—Estoy bien de pie. —Se rio.

—Bien. Verás, *Marruecos,* estamos en el edificio principal de la Universidad Politécnica de Zúrich. Data de 1855 y es una de las más grandes del país. Pero lo que nos importa a nosotros de ella no es eso, sino que en estas aulas cursó sus estudios el profesor Einstein. De hecho, no solo fue estudiante, también impartió clases en la Universidad de Zúrich entre 1911 y 1914. Dicen que aquí tomó algunas de las notas que, después, lo llevaron a desarrollar su teoría de la relatividad. Según el padre de Victor, que asistió a algunas de sus conferencias, el profesor Einstein ha estado en esta aula en varias ocasiones. No puedo asegurar que sea cierto, pero es mejor que nada.

Sara sonrió.

—Charlotte me contó que admiras mucho al señor Albert Einstein. Quería que visitaras dónde desarrolló una parte importante de su vida académica y profesional. Estoy seguro de que tú también harás grandes descubrimientos en el futuro. Quizá, entonces, otros se mueran por pisar el suelo de St. Ursula o de alguna universidad esnob. Y yo diré que fuiste mi profesora de Matemáticas.

Lo que más sorprendió a Sara fue lo bien que sonaban aquellas predicciones. Pero, según ella, no tenían fundamento alguno. Ni siquiera iba a matricularse en la universidad. Paseó con parsimonia por la clase, esquivando bancos y pupitres, rozando con la yema de su índice cada veta, recogiendo el polvo que el uso —o desuso— había dejado sobre cada superficie. Trató de descifrar lo último que se había escrito en la pizarra. Después, se acercó a George.

—Gracias por traerme aquí —dijo al fin.

El muchacho esbozó una de aquellas medias sonrisas que tanto lo caracterizaban. Se miraron a los ojos con toda la verdad que puede reunirse cuando contemplas a alguien. Y fue entonces cuando Sara aprendió que, en ocasiones, no se puede huir de la complejidad en los sentimientos. Durante ese lapso de tiempo, ninguno habló, no hubo bromas ni sarcasmo. Sus frases e intenciones brotaban de una manera diferente: a través de pequeños gestos imperceptibles. Un crujido lejano los devolvió a la realidad. Sara se ruborizó y, por eso mismo, se alejó súbitamente y propuso abandonar el recinto antes de que alguien los descubriera. Lentamente, desanduvieron el recorrido que habían seguido a la ida y se detuvieron en un café del Niederdorf a tomar una bebida caliente y algo de comer. No demasiado, ninguno de los dos se sentía realmente con apetito.

De vuelta a la parada de autobús, con la oscuridad bañando calzada, bordillo y pavimento, sus manos buscaron rozarse sin querer. No habían pronunciado palabra desde que habían salido del café, tan solo Sara había hecho un comentario sobre la cantidad de hermosas fuentes que había repartidas por toda la ciudad. Pero era como si ambos supieran que aquello no tenía freno, que no tenían que seguir fingiendo si el otro accedía a que sus dedos se unieran. Mas el vaivén de sus brazos se detuvo cuando el supuesto autobús que debía llevarlos de vuelta a Horgen arrancó sin ellos.

—¡No! ¡No! ¡No! —exclamó George, al tiempo que corrían tras él.

La parte trasera del vehículo se convirtió en una silueta indefinida y, al final, en una leve mancha de pintura que bien podría haber armado la imagen de un cuadro impresionista. Sara y George desaceleraron mientras asumían que ninguna carrera forzaría que el conductor cambiase de parecer y volviera. Regresaron a la parada y se acercaron a una anciana que había sido testigo de su percance sin inmutarse. Gracias a ella, conocieron el siguiente contratiempo. Era el último transporte que cubría esa línea. Tras desvelarles aquel útil pero desafortunado dato, los cabellos grisáceos de la dama desaparecieron en otro autobús. Antes de que las puertas se cerraran, les gritó: «Vayan al embarcadero de la playa de Mythenquai y pregunten por Seppel. Digan que van de parte de Helga».

Aquel mensaje se quedó atrapado entre las bisagras aceitosas y la estupefacción de mis amigos. Aunque seguir las indicaciones de una completa desconocida podía sonar a majadería, no hallaron alternativa mejor, así que iniciaron el rumbo hacia el muelle. George había paseado por allí acompañado de sus padres, quienes lo visitaban cada dos o tres meses. Probablemente, recordar las triviales y raquíticas charlas que debía de mantener con el duque lo aferró, casi con más fuerza que antes, a aquel instante con Sara. Ella lo miraba de refilón, rezando por no ser cazada, y, según me contó después, se preguntaba, una y otra vez, qué estaría pensando.

—Es extraño el modo en que desconfiamos de la ayuda de personas a las que no conocemos —se decidió al fin Sara.

—Supongo que es lo propio. El timo está a la orden del día.

—Pues es muy triste. Yo antes no era así. En Larache tenía muchos amigos. No amigos como lo son ahora Charlotte, Évanie, Liesl, Joanna y, bueno, tú. Me refiero a amigos de un solo día. ¿Te ha ocurrido alguna vez? Hablas con alguien como si ya os conocierais, compartís un momento único y, después, no lo vuelves a ver. Es divertido porque, en realidad, no tiene sentido intimar o preocuparse por el otro si lo miras desde un punto de vista materialista, instrumental o egoísta. Pero el caso es que sucede más a menudo de lo que creemos y, metafóricamente, nos desnudamos ante el otro con una sonrisa o un gesto amable.

George escuchaba el monólogo de Sara. Sin querer, se había relajado y había empezado a divagar sola sobre aquel asunto. Él la acompañaba, sin intervenir, para no interrumpir a su voz, que se había erigido como ventana de sus reflexiones al tiempo que la luna los espiaba desde dentro del lago. Después de veinte minutos de paseo, divisaron el embarcadero y, por suerte, a un hombre trajinando en él. Pausaron el diálogo y sus pies volvieron a rebelarse. Zancadas nerviosas los llevaron hasta el inicio de aquella plataforma de madera en la que barcos de diverso tamaño se congregaban con collares de cuerda. El níveo satélite había saltado del agua y había retornado a su hábitat natural, acompañado de estrellas revoltosas que lo miraban con envidia.

—¿Seppel? ¿Es usted el señor Seppel? —se adelantó George.

El seco arrastre de un cabo llenó el silencio.

—Necesitamos su ayuda. Necesitamos llegar hasta Horgen —añadió Sara—. ¿Es usted el señor Seppel? Venimos de parte de la señora Helga.

—Ya voy, ya voy, un momento —pidió el hombre.

Respetaron su solicitud. Ruidos de madera, agua y amarras sucedieron a aquella frase que se convirtió en promesa sin que su emisor lo controlara. La espera concluyó con los pasos cansados de aquel caballero.

—Buenas noches, jóvenes. ¿En qué puedo ayudarles? —saludó.

—Buenas noches, señor. Nos hemos quedado aislados en Zúrich y es imperativo que volvamos a Horgen esta misma noche —explicó Sara agobiada, escogiendo palabras conocidas en alemán.

—¿No puede venir nadie a por ustedes?

—No —respondieron al unísono.

—Está bien, está bien. Así que Helga les ha dicho que yo puedo solucionar su problema... —supuso.

La española agradeció la lentitud que aquel hombre se tomaba para hablar. Le resultó bastante fácil comprenderle.

—Sí. No tenemos dinero. Bueno, lo justo para comprar dos billetes de autobús —comenzó George.

—Con eso valdrá para salir de Zúrich. Espérenme aquí. Tengo que terminar de recoger y, después, los llevaré.

Volvió a desaparecer, dejando como sombra el sonido de sus zapatos.

—Mi lord, creo que tienes que aprender a negociar —determinó Sara.

—Le he dicho que no teníamos dinero.

—Antes de regalarle el contenido de tu cartera sin pelear.

—La próxima vez dejaré los regateos a la experta —bromeó y sonrió.

—No son regateos... —comenzó ella antes de que el regreso del barquero la interrumpiera.

Los azuzó para que lo siguieran hasta fuera de la playa, donde tenía estacionado su vehículo. Los gruesos anteojos que portaba no infundieron demasiada confianza a ninguno, pero el deseo de evitar el castigo o la expulsión era más poderoso que su prudencia. Era un automóvil antiquísimo que puso reparos a arrancar, pese al garbo con el que su conductor le daba golpes al volante. George le dio el par de billetes que llevaba encima y rezó por que aquel hombre de avanzada edad supiera transportarlos y dejarlos a salvo en Horgen. El viaje, no obstante, fue todo menos sosegado. La inestabilidad de las ruedas se hacía patente con cada giro que la trayectoria en zigzag, que seguía aquel hombre, exigía. Ambos trataron de agarrarse a sus asientos, como forma de retener una seguridad marchita. A los tumbos del coche los acompañó la explicación, entre ataques de tos, de por qué la tal Helga y él se conocían. Al parecer, aquella mujer había regentado una casa de comidas a las afueras de Zúrich a la que el señor Seppel solía ir. Sara le sugirió que reservara sus recuerdos para mejor ocasión, pues el mero hecho de buscar aire para hablar lo sumía en un carraspeo irritante que lo desconcentraba de su tarea principal, la conducción. Cuarenta minutos después, Seppel se las ingenió para detener el automóvil con más brusquedad de la que había demostrado en todo el camino.

—¿Por qué está frenando? —se extrañó George.

—Hemos llegado a Oberrieden. Primera y última parada de ese trayecto.

—Pero usted…, usted nos dijo que nos llevaría hasta Horgen —se quejó Sara.

—No, señorita. Yo les dije que con el dinero que tenían bastaría para salir de Zúrich. Ahora ya están a solo dos kilómetros de Horgen. Favor más que cumplimentado por mi parte.

—Pero hace mucho frío —insistió ella.

—Razón de más para no demorarse. Quiero llegar a casa cuanto antes, jóvenes. He tenido un día muy largo.

Un resoplido de frustración fue la única despedida que concedieron a aquel hombre.

—*Marruecos,* recuérdame que no vuelva a fiarme de los amigos de un día —pidió el chico mientras iniciaban la última fase de su vuelta a casa.

Por suerte, la luna no se había marchado durante su viaje en automóvil. Ahora los perseguía, desde lo alto, duplicándose en el lago cuando alguno de los dos lanzaba una mirada a aquella maravillosa superficie brillante. Sara frotaba sus manos y George caminaba con los brazos cruzados por debajo de sus axilas. Cada cual tenía su forma de combatir las bajas temperaturas de la noche. De tanto en tanto, alguno reunía el suficiente valor para dar comienzo a la siguiente conversación. Cada vez que lo hacían, el vapor de sus bocas quedaba libre en medio de la plomiza oscuridad del invierno.

—¿Has leído ya el poemario que te dio el profesor Glöckner?

—Sí, lo terminé hace semanas. Y la verdad es que, aunque creía que no, me ha encantado —admitió.

—Esto está bien. Savia nueva para el cerebro. Creo que es algo que dejas de hacer cuando eres adulto.

—¿El qué? ¿Leer poesía?

—No. —Se rio—. Probar algo distinto para ver si te gusta.

Sus ojos se encontraron. Sonrieron.

—Me alegra que el profesor Glöckner me insistiera. No sé, desde hace unas semanas, ha estado sorprendentemente dócil. Ya no me mira como si fuera escoria. Me habla como si realmente le importase, ¿sabes? Es extraño pero charlar con él me está ayudando a concretar mis ideas y a sentirme menos estúpido. Creo que me entiende. Incluso me defendió delante de mi padre —confesó George.

—Quizá te comprenda de verdad. No he coincidido demasiado con él, pero parece buena persona. A mí me ocurrió algo similar con mi maestro Fadoul. Supongo que está bien rodearse de adultos que te ayudan a descubrir lo que quieres. Sobre todo con padres tan estrictos como los nuestros. —Hizo una pausa—. De hecho, hablando del profesor Glöckner... No digas nada, ¿eh? Pero estoy convencida de que Charlotte está coladita por él. Tendrías que ver cómo se puso cuando le conté que lo habías visto con la profesora Travert en medio de la noche.

—¿Charlotte? ¿Tú crees? —preguntó incrédulo—. Bueno, tendría sentido. Supongo que es un hombre atractivo.

—Sí, quizá —contestó ella, sin apartar la vista del suelo.

Siguieron avanzando. Horgen cada vez estaba más cerca. Sin embargo, en un momento dado, George paró un instante.

—Dios mío, se me están congelando las manos —comentó, al tiempo que las movía.

Sara se acercó decidida y, con la naturalidad con la que él la había tratado de ayudar al inicio de aquella cita, cubrió las manos de George con las suyas, las acercó a sus labios y exhaló el calor que había ido regalando al viento durante aquel paseo.

—¿Mejor?

George sonrió. Sara se percató de lo mucho que se había acercado a él, del modo en que sus manos seguían entrelazadas.

—¿Has hablado en serio antes en la universidad? ¿De verdad piensas que haré grandes descubrimientos? —le preguntó, contemplando sus labios y las líneas de su mandíbula.

El chico se extrañó, pero supo reaccionar.

—Creo que harás lo que quieras, Sara. Eres muy inteligente y yo..., yo te admiro. Te admiro y respeto de verdad. Y me encanta pasar tiempo contigo. Olvido todo lo demás.

Sara se aproximó algo más, se puso de puntillas y abandonó las manos del chico para tocar con delicadeza el cabello que nacía justo detrás de las orejas. George no se movió, dejó que ella tomara la iniciativa de lo que fuera que estuviera sucediendo. Los dedos de Sara resbalaron, como caricias, por la nuca del chico hasta aferrarse con fuerza. Sin dejar que los chillidos histéricos de la sensatez la interrumpieran, dejó que su cuerpo le dijera qué pasos seguir. Así, con el resplandor de la luna sobre el lago Zúrich y las montañas como testigo, besó los labios de George. Él, que se había mantenido a la espera hasta ese momento, pasó su brazo por la cintura de Sara y recorrió su espalda con la otra mano, controlando la pasión para no estropear, por imprudente, aquel minuto perfecto.

Las casas dormían, los colegios apagaban sus luces, los comercios llevaban horas cerrados. Esto les impidió contemplar aquella postal de ensueño en la que dos enamorados por fin se besaban, arropados por la naturaleza y alejados de la pesadilla de la guerra.

Entretanto, mi tarde de sábado había sido mucho menos emocionante. Ese día de la semana no tenía lecciones vespertinas, así que había estado encerrada en nuestro cuarto para asegurarme de que mi amiga tenía coartada en todo momento. La profesora Habicht asomaba su cabecilla cada hora para confirmar que todo estaba en orden. «No está aquí. Debe de estar en la biblioteca», «Sí, vino hace unos minutos, pero volvió a marcharse», «Sara ha ido al lavabo», «Justo acaba de salir. Liesl tenía que devolverle un libro», «Tiene el estómago dolorido. Creo que es por el periodo. No creo que baje al comedor». Y así durante horas. Después de cenar, la profesora Gimondi nos leyó a algunas alumnas unas páginas de *Guillermo Tell* en el hall. Durante ese rato, Sara había permanecido ficticiamente en su cama. Cuando la lectura terminó, cada una se dirigió a su habitación. Mientras subíamos por la escalera, entre bisbiseos, comuniqué a Joanna que no podía reunirme aquella noche con ellas en la torre. Sara todavía no había aparecido y tenía que asegurarme de que nadie la descubriera.

Una vez acostada, la profesora Habicht volvió a visitarme. Su intento de abrir la puerta quedó frenado por la fuerza de mis brazos, que se resistieron a permitir que cayera en la cuenta de que mi compañera no se encontraba allí.

—Profesora Habicht, es mejor que no entre. Sara ha conseguido dormirse. Ha pasado muy mal rato. Ya sabe, el dolor abdominal...

—Pero ¿está bien? No haré ruido, señorita Fournier. Déjeme pasar —insistió.

—No, profesora Habicht. Y no es por mí. Verá, se han manchado un poco las sábanas y Sara ha sido clara al respecto: «Que nadie entre, por favor, Charlotte. Si alguien ve las manchas, mañana me moriré de vergüenza y soy capaz de no salir de la habitación en todo el día». Eso me ha dicho, profesora Habicht. No puedo traicionar a la persona con la que comparto cuarto. Lo entiende, ¿verdad?

—¿Eso le ha dicho? —se interesó, capitulando.

—Palabra por palabra —mentí.

—Está bien, está bien. Descansen las dos y si vuelven los dolores, avíseme. Yo también tengo reglas muy fuertes. Sé remedios infalibles para terminar con el malestar y la hemorragia intensa.

Abrí los ojos como platos, tratando de no almacenar aquella información en mi cabeza.

—Estupendo, profesora. Así lo haré. Gracias por su preocupación. —Y cerré la puerta completamente.

Al tiempo que luchaba por no dormirme e imaginaba en mi paladar la dulce leche condensada que me estaba perdiendo, murmuraba lo que iba a decirle a Sara cuando cruzara aquel umbral: «¿Estás loca?». «¿Cómo has podido ausentarte tantas horas?». Aquello era una temeridad. Y lo peor era que me había implicado a mí. Me había convertido en su cómplice. Finalmente, entre el rencor y los remordimientos, perdí el conocimiento.

El relato de Damian se reprodujo con exactitud en mi mente, aunque con esa pizca de mentira que siempre hay en los sueños. Sin embargo, Damian no era él. Era yo. Luchaba por cruzar una frontera, escondida en un camión, hecha un ovillo entre las reses. De pronto, un repiqueteo intermitente me confundió. *Tap... tap... tap.* Deseé que el transporte no se estuviera quedando sin gasolina. Solo quedaban unos metros para cruzar, para volver a casa. Las estrellas no se movían, se iban deteniendo, volvían a su estado de congelación allá en el cielo. *Tap... tap... tap.* Ese ruido no presagiaba nada bueno. Me incorporé para identificar qué estaba sucediendo en la cabina del vehículo. Habíamos parado. *Tap... tap... tap.* Recuerdo que me pregunté por qué seguía aquel irritante soniquete si el motor ya no estaba en funcionamiento. *Tap... tap... tap. Tap. Tap.* Entonces, caí en la cuenta: Sara.

Me levanté de golpe. Consulté el reloj de mi padre. Habían pasado casi dos horas. *Tap... tap.* Miré alrededor y, después, fijé la vista en la ventana. Me acerqué a gran velocidad y la abrí.

—¡Por fin! —dijeron, al unísono, George y Sara.

—¿Se puede saber dónde demonios estabais? ¿Habéis visto qué hora es?

—Baja a abrirme la puerta. Y luego te lo cuento —propuso Sara.

—Esto es increíble —mascullé, mientras iba a por mi batín.

Mientras yo aparecía en escena, George se despidió de Sara. Un beso cálido, en medio del frío que había conquistado sus extremidades, fue el adiós idóneo para aquella velada. Mientras caminaba hacia la verja, para desaparecer en el bosque, se giró un par de veces. Ella lo contemplaba, con las mejillas coloradas y una sonrisa imperecedera sirviendo como testigo de lo mucho que le gustaba aquel chico. Mas la oscuridad pronto hizo desaparecer la silueta de George.

—Voy a matarte. Si consigo no morir congelada, claro... —aseguré, cuando consideré clausurada aquella escena romántica.

—Charlotte, ha sido alucinante. Me ha llevado a ver la universidad, a Zúrich. Porque allí es donde estudió y dio clases el profesor Einstein.

Sonreí.

—Me alegro por ti, pero ¿estas horas? ¿En serio Sara? —Dejé de sonreír.

—Lo siento. Tienes toda la razón. Perdimos el último autobús. Un barquero nos trajo hasta Oberrieden y tuvimos que continuar a pie porque se negó a llevarnos hasta Horgen.

Nuestra conversación había subido, sigilosa, por las escaleras. Se había filtrado entre las grietas, las astillas y los muros que daban forma cilíndrica a la torre. Por tanto, anticipó nuestra llegada al tercer piso. Y es que, cuando quisimos adentrarnos en el pasillo, última fase de la aventura de Sara, nos topamos de frente con la profesora Travert. Las excusas de poco le valieron: estábamos deambulando por la escuela después del apagado de luces. Con aquella obsesión por la disciplina que caracterizaba a la docente, nos instó a retirarnos y a presentarnos, al día siguiente, en el comedor a las seis de la mañana. Teniendo en cuenta que ya eran las doce, aquello no me sentó nada bien. Me enfurruñé, esquivando a la maestra con un bufido y me metí en la cama. Sara me siguió, pidiendo disculpas con la cara por mis ademanes. Ella no entendía nada.

***

La luz blanquecina de las primeras horas del día conquistaba el comedor a través de las ventanas. Cuando llegamos, la profesora Travert ya estaba allí. Junto a ella esperaba el señor Göldi, el jardinero. Un vecino de Zug bastante simpático, pero que no conseguía distinguir una broma con gracia de una pésima. Sus dientes descolocados y ennegrecidos por el tabaco nos saludaron en una apacible sonrisa.

—Te prometo que es la última vez que te cubro —susurré a mi amiga antes de conocer, al completo, el castigo que nos tenía reservado la maestra de Francés.

La culpabilidad de Sara se personó cuando la docente nos comunicó que tendríamos que ayudar al jardinero con las labores de poda y riego antes del desayuno. Con un discurso autoinculpatorio, intentó desembarazarme de la responsabilidad que había contraído al acordar con ella que la cubriría, pero aquella maestra era demasiado intransigente. Sara continuó con la patraña de sus dolores menstruales y se inventó que habíamos ido a la cocina de la señora Herriot a buscar algo de comer, puesto que su indisposición había impedido que cenara. No obstante, la profesora Travert consideró que el mero hecho de contribuir al incumplimiento de una norma que yo había seguido durante años —según ella— era motivo *per se* para penalizarme. Su sermón finalizó con la sugerencia de que nos sintiéramos realmente afortunadas por que ella no tuviera el ánimo de investigar más en detalle ese asunto. En el fondo, era cierto. Estaba convencida de que a Anabelle Travert no le había pasado desapercibido que Sara no llevaba puesto el camisón cuando nos descubrió. Así que, por una vez, opté por callarme.

Treinta minutos más tarde, cubiertas por dos batas de faenar que nos había prestado Marlies, cortábamos los tallos marchitos de las flores de la rotonda que llenaba de vida el jardín delantero de St. Ursula. El señor Göldi había demostrado tener bastante mano izquierda en sus explicaciones, pues ninguna comprendimos a la primera el proceso que teníamos que llevar a cabo. No era tanto por su complejidad, sino por la enorme cantidad de consideraciones que debíamos tener en cuenta para replicar «con exactitud» el modo en que el señor Göldi ejecutaba su tarea. De tanto en tanto, cuando el jardinero desaparecía en busca de material o se alejaba lo suficiente de nuestra zona de trabajo, regresaban los susurros que nos habían delatado la noche anterior. Y es que otra de las normas que había dejado pautadas la insufrible profesora Travert era que teníamos prohibido hablar. Sin embargo, gracias a ellos, Sara me relató con pelos y señales toda su cita en Zúrich, haciendo que yo misma la pudiera revivir y que, por tanto, se la haya podido contar a usted, señorita Eccleston.

—Cuéntame, ¿cómo besa George Barnett? —me interesé tras dar un tajo a una de las ramas podridas de un rosal.

—No sé, Charlotte. Es dulce. Y apasionado. No sé —me contestó, sonrojada.

—Dulce. Jamás lo hubiera dicho —admití divertida.

—Supongo que dependiendo de a quién beses, actúas diferente.

—Sí, puede que sí —supuse, ocultando mi ignorancia. La observé detenidamente—. Te gusta de verdad, ¿no es así?

—Sí. —Sonrió—. Sí.

Yo también sonreí. De vez en cuando, no estaba mal que algo se escapara de los límites de St. Ursula, Sankt Johann im Wald y el mundo adulto en general. Sara me pidió que guardara su secreto, como tantas otras veces antes. No hizo falta que insistiera. Ella ahora era una de mis mejores amigas, no podía traicionarla. Sin embargo, algo dentro de mí sentía pavor si pensaba en la vuelta a la realidad de aquel par de enamorados. Siempre me había caracterizado por ser extremadamente realista y aquella ocasión no fue menos. Mas me compensó su sonrisa despreocupada tiñendo esa mañana de marzo. Proseguimos con los cuchicheos. Y con el castigo, por supuesto.

Paulatinamente, todo en la escuela comenzó a funcionar. La señora Herriot tenía la cocina a máxima potencia, el olor a alimentos se fue haciendo más y más intenso. Marlies había recibido al tahonero del pueblo y al lechero. Las carreras por los pasillos y las charlas animadas se expandieron por cada uno de los pisos del colegio. Todas parecían concurrir en el hall, donde Sara y yo regábamos las plantas que decoraban algunas de las esquinas de aquella amplia estancia. Algo rezagada, Évanie apareció en dirección al comedor. Mientras se terminaba de atusar el cabello, nos miró sorprendida. Luego comprendió que algo debía de haber salido mal la noche anterior, así que asintió y prosiguió.

La profesora Travert nos chistó desde la puerta del comedor: podíamos abandonar temporalmente nuestras tareas y comer algo. Después, ayudaríamos a fregar las barandillas de todas las escaleras de la escuela en vez de ir al pueblo. Cuando entramos, la directora Lewerenz nos atravesó con aquellos dos ojos azules diminutos que tanto respeto me generaban. Nunca me había caracterizado por ser la alumna ejemplar —eso era función de personas como Joanna—, aunque sí tenía cierto prestigio por mi veteranía, mi desparpajo y mi sociabilidad. No obstante, aquel curso me estaba convirtiendo en una de las alumnas a las que más correctivos aplicaban. Y Sara era el denominador común.

Anabelle Travert se quedó vigilándonos. Éramos sus castigadas, así que tampoco ella fue al pueblo aquel domingo. Para su asombro —o no tanto—, Esther de la Fontaine se ofreció para cubrir su puesto. La maestra de Historia del Arte se perfumó las muñecas, se perfiló los labios y supervisó cómo la profesora Odermatt, la profesora Gimondi y la profesora Durand organizaban a las alumnas que iban a visitar Horgen aquella mañana. En fila de dos, como siempre, aquella retahíla de boinas azul marino desapareció por la puerta principal hasta nueva orden. Juana de Arco recorría la hilera de adelante a atrás, pastoreando al grupo, pidiendo con débiles ladridos que lo llevaran con ellas. Pero, como siempre, no tuvo éxito.

La cara de George Barnett cuando Liesl le comunicó que a Sara y a mí nos habían cazado antes de llegar al cuarto debió de ser parecida a la del profesor Glöckner cuando advirtió que aquel domingo su compañera de conversación sería la profesora De la Fontaine. No había ni rastro de Anabelle. Sin embargo, Adam desechó la posibilidad de la discreción y se interesó directamente por el paradero de su amiga. Esther de la Fontaine se percató enseguida de que el cuestionamiento del docente no era mera curiosidad. Verdaderamente quería conocer el motivo que la había retenido en la escuela y la había privado de esos paseos, entre vistazo y vistazo a los alumnos, por las calles de aquella población a orillas del lago Zúrich. Esther mencionó el tema del castigo y, acto seguido, llevó la charla hacia la dirección que ella deseaba. La profesora Gimondi parloteaba con la profesora Odermatt y el profesor Schmid, unos metros más adelante.

—Me alegra tanto que hayan congeniado usted y la profesora Travert —admitió.

—¿De veras? ¿Y a qué se debe ese entusiasmo?

—Bueno, desde que la conozco, la profesora Travert siempre ha estado muy centrada en todo lo relativo al colegio. Vive con intensidad cada decisión, cada imprecisión, cada conducta. En ocasiones creo que se lo toma demasiado a pecho. No sé si me entiende. Es como lo de mantener el colegio abierto a pesar del peligro al que se podría someter a las alumnas en caso de invasión. Ella es poco pragmática, no como yo. Piensa que si accede a ello, estará traicionando no sé qué principio moral.

—A mí me parece admirable que tenga tanta vocación, profesora De la Fontaine. No lo veo como un defecto, aunque, a veces, el ser apasionado con lo que uno hace complique la existencia —opinó él.

—Un romántico... Ya veo —respondió ella con una sonrisa—. Yo también siento una gran pasión por la enseñanza, no me malinterprete. Y apoyaría a la profesora Travert si no fuera porque creo que intenta llenar su vida con los asuntos de la escuela. No la culpo, me consta que no lo ha tenido fácil...

El profesor Glöckner vio en aquella última afirmación una píldora más de información sobre Anabelle. Quiso tirar del hilo y descubrir qué clase de desdichas habían caracterizado la existencia de aquella mujer, pero se frenó a sí mismo. Habían acordado no hacer preguntas sobre su pasado. Investigar por su cuenta solo infringiría aquel pacto del modo más vil posible: llenando los huecos con datos proporcionados por terceros, siempre maquillados, distorsionados y manipulados por los rumores. Sin embargo, la profesora De la Fontaine era perro viejo en las relaciones sociales y captó de inmediato la ignorancia en los ojos oscuros de Adam. Sin esperar más interrogaciones, continuó.

—Al parecer, estuvo casada durante un tiempo, pero su marido murió. Y apostaría un riñón a que jamás lo ha superado. Me da la sensación de que fue una de esas historias de amor irrepetibles, ¿sabe a lo que me refiero? Cuando uno de los dos fallece, el otro se aferra al recuerdo y nunca se desprende de él. Y jamás vuelve a enamorarse —concluyó.

Las orejas de Adam se habían recalentado. Por un lado, se creía un fisgón. Por otro, se sentía un idiota. Pensar en ambas sensaciones empeoró todavía más su ánimo. La profesora De la Fontaine cambió de tema, ahora convencida de que el maestro del Sankt Johann no preguntaría más por Anabelle, y adornó con su fabulosa sonrisa el resto del diálogo. Sin embargo, Adam no estaba del todo presente. Su mente se había desprendido de su cuerpo y volaba hacia el universo de las dudas. En silencio, se preguntaba si sería cierto lo que le había contado.

***

El miércoles de la semana siguiente, el día 13 de marzo, finalizaron las negociaciones de paz entre Rusia y Finlandia. Después de meses de luchas, los finlandeses se veían abocados a aceptar las injustas condiciones que les imponían los soviéticos. Si su incansable defensa nos había llenado de optimismo a los suizos, su capitulación aumentó las sospechas de que, en aquella guerra, soviéticos y nazis tenían las de ganar. Por entonces no lo sabíamos, pero en aquel momento, sobre las mesas de los despachos ya estaban los planes de invasión a Dinamarca y Noruega por parte de Alemania. Con el tiempo, a esos mismos escritorios llegaría el primer borrador de la operación Tannenbaum, cuyo objetivo era atacar Suiza.

Siete días más tarde del armisticio, el gobierno de Édouard Daladier, en Francia, llegó a su fin. La crisis se había originado por la decisión unilateral del ejecutivo galo de enviar tropas a Finlandia a principios de marzo. Más de cincuenta mil voluntarios y de cien bombarderos, cuando el conflicto había llegado al colapso y Finlandia ya estaba enfrascada en unas conversaciones con Moscú que, si bien no aniquilaron su independencia, sí se llevaron por delante territorios y libertades. La opinión pública lo interpretó como una maniobra tardía y torpe, así que lo sustituyó Paul Reynaud, quien formó un gobierno de guerra. La contienda comenzaba a cobrarse víctimas, aunque en ciertos casos solo fueran políticas.

Había pasado más de una semana desde que Adam había tenido aquella conversación con la profesora De la Fontaine, sin embargo, en su cabeza todavía revoloteaban las preguntas que ansiaba hacer a Anabelle. En ellas se había detenido cuando la vio cruzar el umbral de la Meier Taverne. Al identificarlo entre las mesas ocupadas con desconocidos, o algún que otro uniforme que ponía los pelos de punta al bueno de Adam, sonrió y se apresuró a sentarse en una de las sillas que esperaba a ser ocupada por algún aldeano sediento de vino y anécdotas.

La señora Heida sirvió dos bebidas con discreción. El señor Lutz había regresado al frente con la movilización de principios de marzo. Volvía a estar al mando, pero, en aquella ocasión, la experiencia había sido más sabia que la inseguridad. La tabernera se movía con determinación entre los clientes: sabía cómo calmar una reyerta absurda, cómo anotar las comandas sin pestañear, cómo servir las bebidas con eficacia. Algunos días, su hijo mayor colaboraba antes de quedarse dormido en una de las banquetas. El ir y venir de la propietaria vigilaba la charla que, de forma natural, se creaba siempre que aquellos dos profesores se juntaban.

—¿Me está queriendo convencer de que los *croissants* los inventaron ustedes los austríacos? Profesor Glöckner, lo siento, pero no me lo creo —dijo sorprendida—. Su propio nombre susurra a cualquier oyente que es propiedad y especialidad de los franceses.

—No me crea, profesora Travert, pero es la verdad. Fueron los panaderos vieneses. Un dulce dedicado a los turcos que sitiaron la ciudad en el siglo XVII. Al parecer, lo crearon para el emperador, agradecidos por la concesión de privilegios que siguió a su contribución a que los otomanos no se hicieran con el control de Viena.

—¿Los panaderos salvaron la ciudad? —se extrañó.

—Para que usted vea. Los verdaderos héroes nunca salen en los libros de Historia —subrayó él.

Se rieron.

—Se lo diré de su parte a la profesora Durand y a la profesora De la Fontaine —añadió Anabelle.

Adam se tensó un instante.

—A propósito de la señorita Esther... —comenzó Adam.

Sin darse cuenta, Anabelle había arqueado sus cejas en señal de asombro por el hecho de que el profesor Glöckner hubiera empleado el nombre de pila de la maestra. Él continuó ignorante.

—... estuve charlando con ella el otro día en el pueblo. Una mujer interesante.

—¿Sí? Me alegra que disfrute de su conversación —mintió ella—. Una pena que siempre intente escaquearse de su turno para la vigilancia del domingo.

La docente dio un sorbo a su vaso.

—Bueno, sí, lo cierto es que tuvimos ocasión de compartir nuestras opiniones sobre temas muy diversos. Y, bueno, el diálogo, sin querer, también se centró, aunque solo parcialmente en..., en usted —tartamudeó, inseguro.

Anabelle lo miró fijamente.

—¿En mí? ¿Y qué les resultó tan intrigante sobre mi persona?

—Nada, nada. Ya sabe. Comentarios sin relevancia —disimuló Adam.

—No, en serio. ¿Qué le contó la profesora De la Fontaine sobre mí? —insistió, rescatando el semblante más severo que halló en lo profundo de su alma.

El profesor Glöckner trató de ganar un par de minutos mareando el contenido de su copa, pero la mirada fija de su acompañante lo apremió.

—Habló sobre su matrimonio. Yo no pregunté, se lo juro.

—¿Qué le dijo sobre mi matrimonio?

Las agujas del reloj volvieron a perder velocidad. A lo lejos, las peticiones a la señora Heida Meier cobraban protagonismo en la escena, cual paradoja improvisada.

—Que su amado marido murió —contestó él finalmente—. ¿Es cierto?

La cobarde concentración del profesor en la mesa de madera sobre la que reposaba su mano, llena de charcos de bebidas marchitas, le había impedido ver reflejada la irritante sequedad de palabras en su boca en las pupilas acuosas de Anabelle.

—Escuche, profesora Travert, siento muchísimo lo de su esposo. Yo no quería entrometerme en su vida ni en su pasado. No tengo el derecho a sacar siquiera el tema, pero cuando la profesora De la Fontaine me lo contó, sentí le necesidad de saber si era verdad.

Los labios de Anabelle se contrajeron con inconsciente sutileza.

—Tiene usted toda la razón, profesor Glöckner. Ni usted ni la señorita Esther tienen ningún derecho a chismorrear sobre la muerte de mi marido. —Se detuvo un instante—. ¿Sabe? Solía pensar que éramos de esa clase de personas que son tan ácidamente conscientes de todos los errores que han cometido que deciden no desempolvar sus fantasmas. De esos seres humanos a los que el pasado les pesa y comprenden a los de su especie. Lo que me hace sentir más estúpida es que el mío haya sido pasto para las vacuas charlas de dos profesores, mientras usted guarda sus muertos a buen recaudo. Creí que estábamos de acuerdo, que jugábamos con las mismas reglas, pero está claro que me equivoqué.

Su discurso, mezcolanza de pena y desilusión, se zanjó con unas cuantas monedas sobre la mesa y un recorrido silencioso hasta la puerta. En la taberna se quedó Adam, abatido por no haber sabido gestionar aquel asunto tan delicado. En el fondo, había deseado que aquella información fuera falsa. ¿Cómo competir con el recuerdo de un esposo bondadoso, fallecido prematuramente? Pero la reacción de Anabelle arrojó pocas dudas y él no supo cómo reaccionar.

***

Algunos jueves, las alumnas privilegiadas recibían visita de sus familiares. Estas podían ausentarse de algunas clases con tal de pasar tiempo con sus seres queridos. Sin embargo, los visitantes se habían ido reduciendo desde la declaración de guerra. St. Ursula dispensaba a las familias documentos justificativos de su entrada temporal en el país para evitar que padres o alumnas tuvieran inconveniente en cruzar la frontera. Aun así, recomendaban entrar por Francia y era preciso disponer de visa. Desde 1933, las oleadas migratorias hacia el interior de la Confederación habían convertido en un problema el flujo de refugiados en el país, así que, aunque se solía hacer la vista gorda, el Gobierno y el jefe de policía de extranjería Heinrich Rothmund buscaban, sin pausa, alternativas para un mayor control.

Durante aquel curso, los jueves también significaban, en ocasiones, la partida de alguna niña. Las familias aprovechaban el día de visita para comunicar oficialmente a la susodicha que debían marchar de inmediato. En algunos casos el destino era el hogar de siempre; en otros, un hogar distinto. A mí me encantaba asomarme por las escaleras y atender a aquellos reencuentros. Lágrimas y risas nerviosas se hacían con el control de la nube sonora que impregnaba cada centímetro del hall. Cuando cada una se había acomodado en un rincón de St. Ursula para ponerse al día con sus visitantes —y a mí me llamaban a clase—, me imaginaba el resto de sus conversaciones. Las buenas y las malas noticias pendiendo del último hilo que nos mantenía cuerdos: la esperanza.

Una de las que más regalos y visitas recibía era, cómo no, Évanie. Cuando divisaba a sus padres cruzando el umbral de la escuela, se recolocaba el lazo que decoraba su cabellera y se reunía con ellos dando brincos histéricos. Mas aquel día no fueron los señores Sauveterre los que acudieron a comprobar si la benjamina seguía bien. Matéo, el tercer hijo de Delphine y Frédéric, apareció con su impoluto uniforme militar. Mi ventajosa posición desde lo alto de la escalera principal me permitió ser testigo del exacto instante en que se cruzó con Liesl. Ella descendía por los escalones. Évanie todavía no había procedido con su entrada triunfal.

Se analizaron de hito en hito, en un vistazo fugaz. Se dedicaron una sonrisa tímida y breve. Ninguno de los dos había sido muy amigo de la verborrea en sus contados encuentros. Matéo Sauveterre había cursado sus estudios en el Institut Sankt Johann im Wald hasta 1936. Para nosotras era el apuesto hermano de nuestra querida Évanie. Pero a Liesl siempre le encandiló más que a las demás. Su porte esbelto y sus bellas facciones la habían hecho beber los vientos por él durante todos aquellos años. Sus ilusiones, aunque entumecidas por el espeso Sihlwald, la habían acompañado en un millar de noches de falso silencio. Y yo había soñado con ella en voz alta. Lo último que sabíamos de él era que estaba estudiando en París. Desde lo alto de la escalera, pude percibir el tono amable de la escueta conversación que mantuvieron en aquellos escalones finales, pero también pude darme cuenta de los kilómetros de cemento y realidad que aquel uniforme acababa de poner entre los dos. Liesl continuó con su itinerario, cabizbaja, y, entonces, Évanie inició su ritual.

No supimos qué le había contado Matéo a Évanie hasta la reunión del sábado en la torre. Aquella noche, Joanna había sido la encargada de robar la leche condensada. Poco a poco, a medida que Sara iba mejorando, el alemán se entremezclaba con el francés en nuestros diálogos. Hablamos, con pesar, de la partida de Ingria. Los señores Järvinen le habían notificado en su visita del jueves que debía recoger todas sus pertenencias. Se iban a reunir todos en Helsinki, donde aquella paz abusiva quizá les daba mayores garantías que la incertidumbre helvética.

Antes de que Liesl le pasara el tarro a Évanie, esta nos había relatado que su hermano Matéo estaba en Gran Bretaña desde hacía dos meses, recibiendo instrucción de cara a una posible invasión germana. Hughes, por su parte, estaba en Halifax como parte de la Royal Canadian Navy. Joseph no había podido enrolarse por un problema de visión. Al parecer, el abuelo de Évanie había resuelto no dirigir la palabra a ninguno de los tres. Y es que el abuelo Hughes Sauveterre era un colono procedente de Caen que había llegado al Canadá atraído por la fiebre del oro en 1890. De hecho, había logrado enriquecerse gracias al hallazgo de este mineral en la zona de Yukon, pero aquello jamás cortó sus raíces francesas, algo que compartía con muchos de sus compatriotas, asentados en Québec. Servir a los británicos, por tanto, no era una opción aceptable para él: no lo había sido en el caso de sus hijos y no lo era tampoco en el de sus nietos. Sobre todo, tras la muerte de su primogénito, Géraud, en Passchendaele.

Si una escuchaba hablar a Évanie, pronto se percataba de que ella parecía no ver el peligro que podían correr sus hermanos. Ella se sentía orgullosa. Para Évanie los uniformes eran solo eso... uniformes. Ni siquiera se fijaba en los colores ni en las insignias. Tampoco en la responsabilidad que acarreaba el vestirse así. Finalmente, Liesl le cedió el bote y las palabras sobre el futuro incierto de Matéo se evaporaron en el olvido. O casi.

—Solo espero que ninguno de tus hermanos caiga en manos de los alemanes, Évanie. Por lo que he oído, nada bueno espera a los enemigos políticos. Y menos a los judíos. ¿Sabéis de qué me he enterado? A algunos les destrozan los comercios, se quedan con sus viviendas, los deportan o los envían a prisiones o campos de trabajo —comenté ante la irritada mirada de Liesl—. Al igual que al resto de presos políticos, los tratan como esclavos, con condiciones pésimas para forzar que se pudran en sus celdas mientras los obligan a trabajar para la industria alemana. Quizá Liesl sepa de lo que hablo. Tiene uno de esos centros para prisioneros al lado de su casa... Dachau o algo así.

Aquellos matices en la información que había compartido Damian conmigo los había adquirido tras una intensa conversación con Alexandra Deniaud, una chica de Lille dos años más joven que nosotras.

—No empecéis... —murmuró Joanna.

—No, Jo, está bien. Me hace mucha gracia que Charlotte juzgue con tanta ligereza lo que ocurre en otros países, pero desconozca que el suyo también tiene sus propias artimañas.

—¿Artimañas? Mi país no tiene artimañas.

—Intenta informarte mejor antes de hablar, Fournier. ¿Acaso no sabes que Suiza devuelve judíos a Alemania? Hace tiempo que separan el trigo de la paja en las fronteras suizas. Una maniobra maestra para aquellos que se hacen llamar tolerantes y antirracistas. Mientras criticáis a mi país en los medios de comunicación, seguís comerciando con nosotros. ¿Es eso ético? Respóndeme tú, *doña moralidad*.

—Eso no es verdad —contesté.

—Hace cuatro días medio mundo criticaba a los judíos por sectarios, fenicios y poco integrados en la sociedad. Ahora solo nosotros somos antisemitas. ¡Qué casualidad! Pero, en fin, piensa lo que quieras. Hace tiempo que no me importa —espetó la alemana.

—Estupendo. Eso haré —respondí.

Mi orgullo no me permitía exteriorizarlo, pero en mi estómago se abrió una úlcera que jamás ha vuelto a cerrarse. Aquella era la primera evidencia de que no tenía controlado el mundo, de que cualquiera podía ser bueno o malo. De que incluso a quienes yo regalaba mi fe podían traicionarla. Muchos años más tarde supe que el Gobierno suizo había contribuido a que se marcaran los pasaportes judíos con una jota para identificarlos en las aduanas. Por suerte, después de Évanie, me tocó el turno de la leche condensada y pude autocompadecerme sin que nadie se percatara. Aunque Joanna se interesó por la buena relación que tenían Sara y George Barnett, la española no soltó prenda. Yo sabía que habían vuelto a verse, en sus clases, aunque ahora sus lecciones se interrumpían cuando una mano acariciaba a otra. Me había confiado que deseaba mantenerlo en secreto. Los chismes en St. Ursula viajaban a una velocidad incontrolable y no podía permitirse que llegara a los oídos equivocados.

Después de un rato compartiendo anécdotas y risas que solo consiguieron destensarme en parte, Évanie volvió a acaparar la conversación. Había dudado en contárnoslo. Según decía. A mí no me pareció plausible que la canadiense se guardara algo para sí. Y menos si tenía que ver con su romance platónico con el soldado Voclain.

—El otro día pude conversar un rato con el soldado Légrand. Él es muy amigo de Heinrich. Estábamos en el pueblo y se acercó a mí para hablarme. Al parecer, me dijo que Heinrich forma parte de una de las patrullas fronterizas.

—Devolverá judíos entonces —susurró Liesl ante mi mohín de disgusto.

—Liesl... —pidió Joanna.

—Perdón, perdón. Sigue, Évanie —corrigió, ante la atenta mirada de Sara que asistía al relato sin poder intervenir al tener el bote entre sus manos.

—El caso es que me aseguró que jamás había visto a su amigo tan entusiasmado con ninguna muchacha. Al parecer, a él también lo apenó sobremanera tener que marcharse. Le dejó dicho al soldado Légrand que esperaba tener la oportunidad de volver a verme cuando todo hubiera terminado —aseguró.

Sin querer, resoplé.

—¿Qué ocurre? —se ofendió Évanie—. ¿Acaso te parece una estupidez que haya encontrado el amor verdadero?

—¿El amor verdadero? ¡Por Dios, Évanie! No conoces de nada a ese soldado. Apenas lo has visto tres veces en tu vida. ¿Y crees que se ha enamorado de ti? Tienes que empezar a madurar. Eso no es amor. No..., no puedes pensar que una simple mirada significa tanto. No puedes enamorarte de un joven cada cinco meses. Es absurdo. Y es mentira. El amor no es eso —me desahogué.

Évanie arrugó su frente.

—Por lo menos yo aspiro a tener sentimientos por alguien. No como tú, que últimamente solo incitas al odio con tu obsesión por la guerra. Estoy harta de ti, Charlotte.

—Pues enhorabuena —espeté.

El resto de la charla fue escasa y Évanie no tardó en anunciar que se marchaba a dormir. Su partida originó la marcha de Liesl, seguida de Joanna. Sara esperó un segundo, pero resolvió irse también. En mi mente, una sola cuestión:

¿era cierto lo que había dicho Liesl sobre los judíos? Me arropé con una de las mantas que había extendidas en el suelo y me tumbé. Desde esa perspectiva podía identificar las motas de leche condensada que se habían caído. Me sentía muy sola. Mis amigas no me entendían. Durante aquella noche, traté de averiguar el porqué. Quizá ya no teníamos los mismos intereses ni las mismas preocupaciones. Quizá necesitaba conocer a personas nuevas, más maduras. Entre sueños, tomé una decisión que ejecuté la tarde del lunes.

***

La nula capacidad de la profesora Richter para controlar sus pertenencias me fue de gran ayuda. Me colé en su cuarto a hurtadillas y escogí dos libros de su estantería. Revisé que no hubiera ninguna nota privada entre sus páginas y los metí en una cartera que me habían regalado dos años atrás por mi cumpleaños, pero que nunca utilizaba. Cuando salí de la habitación y llegué a la escalera, divisé a la docente parloteando con Joanna al final del segundo tramo. Por suerte, ninguna de las dos me advirtió al principio. Como si nada, pasé frente a ellas, que me saludaron sonrientes antes de reanudar su debate sobre algo relacionado con fracciones y decimales.

Aquella tarde, en mi tiempo libre, no iba a visitar el pueblo. Mi destino era diferente. A sabiendas de que la profesora Habicht se encontraba, como siempre, inmersa en sus clases de deporte, tomé prestada una vez más su bicicleta y me lancé a pedalear. Me llevó un rato llegar al camino que subía al norte, bordeando el Sihlwald. Cuando por fin frené, me afané en comprobar que continuaba llevando la cartera colgada. Acto seguido, me bajé de la bicicleta, la apoyé sobre la verja y me decidí a adentrarme en los dominios de Sankt Johann im Wald.

Siempre me había parecido mucho más hermoso y majestuoso que St. Ursula. La piedra clara de sus muros y aquel estanque alargado conferían distinción al entorno. Avancé con decisión hacia la puerta de entrada, aunque algunos alumnos me miraron extrañados. No era muy habitual que una *ursulana,* como ellos nos llamaban, se inmiscuyera en el colegio vecino. Pero tenía una buena razón. Ya en el interior, me las ingenié para que alguien me proporcionara la información que precisaba para acometer con éxito mi misión. Dilip me vio a lo lejos y me saludó absorto, sin tener muy claro qué hacía yo allí. Le devolví el gesto con una sonrisa despreocupada y subí las escaleras.

Dos golpes en la puerta anunciaron mi presencia. Sin esperas, me dieron permiso para pasar. La oficina del profesor Adam Glöckner era minúscula y, encima, los libros y papeles habían engullido el poco espacio disponible que tenía. Estaba enfrascado en la corrección de unos ejercicios y, cuando alzó la vista, me encontró allí de pie con mi cartera.

—Buenas tardes, profesor Glöckner.

—Señorita... — comenzó, sin recordar mi nombre.

—Fournier. Charlotte Fournier —volví a presentarme—. Disculpe que lo interrumpa. Me ha enviado la profesora Richter. Está preparando un taller sobre geometría y me ha pedido que le traiga a usted estos libros para saber su opinión. Cree que son buenos manuales, pero no está del todo segura —me inventé.

Adam Glöckner optó por ignorar la corrección un momento y conceder a la profesora Richter aquellos minutos de innecesario asesoramiento. Saqué de la cartera los dos tomos que había robado del cuarto de la maestra y los coloqué en el diminuto escritorio en el que, rodeado por documentos, el docente preparaba sus clases y asignaba calificaciones. Mientras hojeaba los libros, me dediqué a observarlo. Quería conocer mejor a aquel profesor. Además, Sara me había hablado, en múltiples ocasiones, de las maravillas que George le contaba del maestro, así que, en medio de mi profunda confusión, creí que también a mí podría venirme bien su compañía. Antes de que él emitiera una resolución, inicié una conversación.

—Siempre se lo digo a mis maestras de St. Ursula. Su labor es admirable —lo agasajé—. No imagino la cantidad de saber que hay acumulado en esta oficina.

—No se crea todo lo que ve, señorita Fournier. Ni los maestros sabemos tanto ni los alumnos tan poco —me contestó sin desatender su labor.

—¿Es su primer empleo de profesor?

—No, no lo es. ¿Usted ha sido estudiante antes? —bromeó.

—Llevo casi toda mi vida aquí. No conozco otra realidad —confesé—. Por eso me resulta tan enriquecedor tener la oportunidad de tratar con personas de diversas partes del mundo. Usted no es de por aquí, ¿verdad?

A Adam no le hizo falta mucho más para saber que mi intención en aquella visita era interrogarle. No sospechaba el porqué, pero creo que mi interés al descubierto y la frescura de mis comentarios lo convencieron de concederme aquel rato de charla.

—No. Soy austríaco —me reveló.

—Yo tampoco soy de aquí. Me crié en Ginebra —aseguré, pretendiendo fingir un exotismo que no existía.

—Dicen que aquello es muy bonito. ¿Lo echa de menos?

—No. No. Como le he dicho, llevo casi toda mi vida aquí. Ginebra solo es un lugar al que voy de vez en cuando.

—A mí me pasa igual con el pueblo donde nací. A veces, me cuesta recordar con exactitud cómo es —me confesó—. Pero apuesto a que tanto Ebensee como Ginebra siempre tendrán un lugar especial en nuestros corazones.

Sonreí.

—Por supuesto —afirmé—. ¿Y usted siempre ha estado orgulloso de su país? ¿Confía en su gente?

—Bueno, dadas las circunstancias actuales, no sé qué contestar. Pero no puedo criminalizar a todo mi país por pensar distinto a mí. Tampoco vitorearlos porque compartamos opinión. Es decir, no conozco a la mayoría de la gente que lo conforma. Mi gente son mis amigos, mi verdadera familia. Debemos sentirnos orgullosos de lo que nuestra cultura nos regala, pero no debemos caer en la tentación de pensar que estamos por encima de otros países, de otros seres humanos. Al fin y al cabo, todos cometemos errores, señorita Fournier.

Asentí.

—Yo amo a mi país. Pero ninguna de mis amigas entiende lo que conlleva ser neutral. Todas parecen estar sumidas en la sed de venganza, en la revancha. Y por su culpa, Suiza acabará como Polonia.

—Señorita Fournier, en cualquiera de los casos, nada de lo que ocurra a la Confederación será achacable a sus amigas.

El diálogo duró un poco más. Aquel hombre era terriblemente interesante y amable. Aunque aquello me generaba todavía más confusión. Antes de abandonar su despacho, el profesor Glöckner me tendió los libros.

—Dígale a la profesora Richter de mi parte que estos manuales valdrían si tuvieran algo que ver con la geometría.

Mis mejillas se volvieron coloradas.

—La profesora Richter es tan despistada —justifiqué.

—Ya, sí. Supongo que se habrá equivocado al dárselos —me siguió la corriente.

—Sí. Bueno, disculpe las molestias. Ha sido un placer hablar con usted. Hasta más ver, profesor Glöckner.

Caminé hacia la bicicleta con paso firme y avergonzado. Estaba convencida de que el profesor Glöckner había descubierto mi patraña. Lamenté la imagen que podía haberse hecho de mi persona, aunque, después, me alegré de haber charlado con él. Adam Glöckner se movía con agilidad por la línea que separaba los escasos datos que se conocían de él y la parte de su vida que deseaba mantener al margen de curiosos. Y, en eso, éramos muy parecidos.

Ya en St. Ursula, me dirigí al lugar donde solía aparcar la bicicleta. Repetí el procedimiento de cada tarde y la dejé tal y como me la había encontrado. La única diferencia fue que, en aquella ocasión, un carraspeo nervioso me alertó tras el cogote. Mis orejas se petrificaron. Me incorporé despacio y me giré con parsimonia, mientras me inventaba qué decir.

—No puedo creer que sea usted también, señorita Fournier.

—Profesora Habicht, ha sido solo hoy. La profesora Richter me ha enviado al Sankt Johann im Wald a que le den el visto bueno a unos manuales de geometría. Y, bueno, he cogido su bicicleta para eso. Ella me dijo que no había problema —expliqué acelerada.

—Déjeme ver esos libros —me solicitó.

Mientras los revisaba, quizá en busca de mensajes del servicio secreto británico, entrecerré los ojos. De pronto, los cerró y me los devolvió.

—Innegablemente, como usted ha dicho, son manuales de geometría —afirmó, desvelando su total ausencia de conocimiento sobre aquella materia.

—¿Por qué iba a mentirla, profesora Habicht? Usted sabe que es mi maestra preferida.

—No vuelva a coger mi bicicleta. Nunca más. Ya hablaré yo con la profesora Richter. Alguna de las maestras la utiliza sin permiso —me advirtió—. Quizá sea ella. El crimen perfecto, claro está —farfulló para sí.

—No se preocupe. Estaré atenta. Si veo a alguien cerca de su bicicleta, correré a avisarla para que dé caza a la culpable —me ofrecí.

—Gracias, señorita Fournier. Y disculpe la acusación. Sea quien sea me está volviendo loca —confesó, mientras se alejaba.

Suspiré, sabiéndome a salvo. Después, entré en la escuela y fui a devolver los libros a la estantería de la profesora Richter. En aquella segunda acción clandestina, a punto estuvo de descubrirme la profesora Travert. Cuando estuve fuera de su alcance, la analicé desde la distancia. No comprendía su amistad con el profesor Glöckner. Y menos aún desde aquella tarde.

***

Todo aquel asunto de mi visita a Sankt Johann no apartó de mí el pesar por mi discusión con Évanie. Sabía que me había pasado de la raya. No podía mentir y decir que no pensara lo que había clamado en la torre. Pero, a lo mejor, lo que yo creyera no tenía tanta relevancia como para que nuestra amistad se resintiera. Manoseé aquella carta que había llegado a mis manos solo dos días atrás. Di varias vueltas por mi cuarto. Sara estaba intentando terminar una redacción para el profesor Falkenrath. Al enésimo paseo, espetó:

—¿Quieres ir a hablar con ella de una santa vez?

—Voy, voy —asentí y me dirigí a la puerta.

El pasillo, que siempre me había parecido largo, se me antojó insuficiente. Mi llegada al cuarto de Évanie fue precipitada, así que me concedí otros dos segundos para escoger el modo en el que quería enfocar nuestra charla. Su habitación era la número cuarenta y seis. La compartía con Kyla, que hizo un ligero amago de quedarse a escuchar que yo sofoqué con un: «Agradecería que nos dejaras a solas». Por suerte, comprendió que no era bienvenida en aquella charla y se marchó.

—¿Qué quieres, Charlotte? Tengo tarea atrasada de la profesora Roth y de la profesora Durand.

—Sí, solo será un momento. —Me senté sobre su cama.

El cuarto de Évanie y Kyla era curioso. La zona de Kyla era más convencional. Apenas había decoración. Pero la de Évanie estaba llena de fotografías y de obras de artesanía de todos los rincones del mundo. Incluso había colgado un cuadro que su madre había pintado. Sobre su escritorio, una hilera de perfumes copaba toda la atención de quien se sentara. Incluso le habían dado permiso para cambiar las cortinas por unas más vívidas y, en definitiva, más caras. No podía evitar sentirme intimidada por la riqueza de cada uno de los objetos que ocupaban la zona en la que dormía y estudiaba mi amiga. Así que intenté no moverme demasiado para no romper nada.

—Évanie, quería pedirte disculpas por lo del sábado. No escogí el mejor modo de trasladarte mi opinión. Y lo siento. Tienes razón, yo no sé nada del amor, pero lo poco que sé es que una no debe lanzarse a brazos de desconocidos ni esperar eternamente a que una persona dé sentido a nuestra vida. Pero entiendo que tú tienes otra forma de verlo. No quiero lastimarte. Lo único que quiero es protegerte.

—No quiero lanzarme a los brazos de nadie, Charlotte. Pero quiero conocer mejor a Heinrich. ¿Es eso un crimen?

—No, por supuesto que no.

—Sé que apenas lo he visto cinco veces, pero, en ocasiones, sientes que alguien te atraviesa por la mitad. No puedes dejar de pensar en esa persona. Aunque quieras. Y lo único que calma tu pesar es creer que, quizá, algún día podrás volver a verla.

—Suenas a novela rosa —opiné.

Nos reímos.

—Solo prométeme que serás cauta, Évanie. No solo con el soldado Voclain. Siempre —solicité.

—Claro que lo seré. Además, poco importa todo este asunto. Ni siquiera tengo forma de comunicarme con él —lamentó.

Entonces, fijó la vista en la misiva que todavía tenía en mis manos. La misma cuyas líneas había estado repasando apenas quince minutos antes. Me la había entregado la señora Wisner ese mismo martes, en mi visita al pueblo para escuchar la radio junto al señor Frank.

—¿Qué tienes ahí? —se interesó.

—Ehm..., no, nada. Solo una carta de Roger Schütz, el muchacho que ayuda en el colmado de Horgen, el de Zugerstrasse —balbuceé.

Évanie mantuvo su mirada, forzándome a ser un poco más extensa en mis respuestas.

—Está bien. Te lo diré, pero tienes que prometerme que me guardarás el secreto —advertí.

Sus ojos marrones se abrieron al máximo, desplegando sus pestañas como si fueran la cola de un pavo real. Asintió.

—El domingo de la semana próxima, a las diez de la mañana, he quedado con él para que me lleve a la frontera. Quiero ver a esos alemanes de frente, Évanie. Te prometo que, después de eso, dejaré de hablar todo el rato de la guerra. Pero tengo que ver con mis propios ojos qué sucede ahí arriba. Lo necesito.

—Será una broma...

—No, no lo es. Y eres la única que lo sabe. Así que, de verdad, prométeme que no se lo dirás a nadie.

—De acuerdo, de acuerdo. —Se detuvo un momento—. ¿Y cómo vas a conseguir escabullirte?

Me mordí el labio y sonreí.

—Creo que tú me puedes ayudar.

***

El cielo estaba más o menos despejado, aunque la bruma matinal era vieja amiga del lago Zúrich. A veces, la confundía con la niebla. Pero la bruma terminaba desapareciendo, se evaporaba dando el testigo a los rayos de sol que chocaban contra aquellas aguas mansas. Era el primer domingo de abril. Después de simular que me alejaba del grupo para curiosear el escaparate de la librería que había en Seegasse, me deslicé por Seestrasse e inicié mi camino hacia el embarcadero norte, el último antes de llegar al pueblo de al lado, Oberrieden. Aceleré el paso. Una de las muchas normas que había diseñado Roger Schütz para aquella expedición era ser sumamente puntual.

Según me contaron sus letras, se había ofrecido voluntario para hacer las veces de correo durante un par de semanas y trasladar materiales y documentos del puesto fronterizo a Zúrich y viceversa. Nuestro plan se postergó el tiempo suficiente como para que nadie pudiera sospechar de sus desinteresadas intenciones. Para poder cumplimentar su obligación, le habían prestado uno de los vehículos del Ejército. Así, aquel día, se desviaría ligeramente de la ruta para recogerme. Aprovecharía el primer viaje para llevarme a la frontera. Desde el coche, podría mirar alrededor. Unos minutos más tarde, reanudaríamos el trayecto de vuelta —pues él debía pernoctar en el cuartel de Zúrich— y olvidaríamos para siempre esa aventura.

Aguardé ansiosa a verlo aparecer. Miré hacia todas partes, con aquella manía persecutoria que vestía cada átomo de mi ser cada vez que sobrepasaba el límite de lo admitido en St. Ursula. Se suponía que Évanie iba a encargarse de mi coartada: había vuelto antes a la escuela y me había metido en mi habitación, víctima de un resfriado. Ahí pasaría toda la jornada, al margen de las actividades y obligaciones. En medio de mis cavilaciones sobre si la canadiense sería capaz de gestionar mi permanencia en el colegio, un vehículo militar se detuvo a pocos metros de mí. Entrecerré los ojos para asegurarme de que no era el teniente Baasch o alguno de sus chicos. Al confirmar su identidad, subí al transporte y saludé a Roger, intranquila. Antes de arrancar, me entregó una manta y un casco. «Póntelo para mimetizarte con el interior. Así no llamarás la atención», me indicó. Asentí, notando las palpitaciones de mi corazón en la garganta. Ignorando el traqueteo del vehículo y buscando distraerme, comencé a interrogarle acerca de su último desplazamiento. Poco a poco, me fui relajando, dejando que la ciega fe en mi plan echara raíces en mi piel. Él sorteaba mis preguntas más incómodas y se hacía el interesante siempre que tenía ocasión. Yo me reía de tanto en tanto, burlándome de su acrecentada y ficticia gallardía, a lo que él siempre me respondía con la amenaza de dar media vuelta. Y, así, sin ser demasiado consciente, nos fuimos alejando de Horgen.

El paisaje suizo apenas variaba por aquella zona. Habíamos abandonado el borde cerúleo del lago, pero ahora ríos, prados y bosques se extendían a ambos lados del camino. La hierba relamía las márgenes de la terrosa calzada por la que la camioneta militar se alejaba de mi hogar y se acercaba a mi destino. A mitad de trayecto, cerca de Andelfingen, el rugido del motor de un avión nos sorprendió. Instintivamente, saqué la cabeza por la ventana para dilucidar de qué se trataba. Había oído aquel ruido en más ocasiones, pero nunca tan de cerca.

—¡Es un caza alemán! No puedo creer que sigan violando nuestro espacio aéreo —afirmé.

Roger Schütz sonrió cuando el itinerario del aeroplano le permitió ver con sus propios ojos de lo que estaba hablando.

—No es alemán, Charlotte. Si te fijas bien, lleva pintada la bandera de la Confederación —me corrigió—. Son Messerschmidt BF-109, cazas alemanes, sí. Los compramos a nuestros vecinos antes de que todo esto comenzara. Por eso siempre hay que asegurarse de que lleven la cruz blanca sobre fondo rojo.

Fruncí el ceño. Aquello corroboraba las palabras de Liesl sobre el comercio suizo. La imaginé musitando un «De nada por nuestros aviones» y, sin querer, me enfurruñé. Por un instante, me volví a preguntar si Évanie estaría logrando desviar la atención y cubrir mi ausencia. Roger se había aprovisionado bien para el viaje y había comprado algunos sándwiches en la tienda de los Wisner antes de reunirse conmigo. Nos repartimos uno y el trozo que me tocó me supo a auténtica gloria.

—Y, dime, ¿de dónde te viene toda esta obsesión por la guerra y por la política? —se interesó Roger, mientras masticaba.

—Mi padre.

—¿Es militar?

Negué con la cabeza sin dejar de mordisquear el pan.

—Lo fue, como tú, en la guerra del catorce. Cuando era pequeña, me repetía, una y otra vez: «La neutralidad da hambre, Charlotte, pero garantiza la libertad y la vida en paz» —le conté y tragué—. Tengo un libro suyo sobre Filosofía con anotaciones en los márgenes. Es como leer su pensamiento y su discurso ideológico. Lo he devorado unas mil veces. —Me reí—. Ahora también es el mío. No sé. Me siento orgullosa de pertenecer a este país y poder defender todo por lo que él luchó en la Gran Guerra: independencia, neutralidad, tolerancia, democracia…

—Entiendo. —Sonrió—. Mi padre también es mucho de decir todo eso. Yo pienso que es porque están convencidos de que siguen respirando gracias a que Suiza no entró en guerra hace veinte años, ¿verdad? Se llevarían bien.

Asentí. El resto del tiempo, alternamos las conversaciones amables con un silencio que se hacía incómodo cuando dejábamos de ignorarlo. Después de un buen rato, llegamos a Stein am Rhein. Me constaba que era un lugar hermoso, que sus fachadas pintadas dejaban sin aliento a los paseantes, que sus calles lograban extasiarte, que bebía de aguas del Rin. También que su puente estaba siempre preparado para ser dinamitado, para convertirse en escombros que le arrebatarían belleza al paraje a cambio de cortar el paso a cualquier invasor septentrional.

Apenas pudimos comprobar si la fama de aquel pueblecito fronterizo le hacía justicia porque el vehículo continuó avanzando hacia el norte. Poco a poco, las viviendas, las granjas se fueron quedando atrás y las explanadas de verde frescura se hicieron con el protagonismo de la imagen que se creaba en la luna delantera. Entonces, la nada se tornó distinta. Casetas y vallas se desdibujaron a lo lejos. Otros vehículos del Ejército se cruzaron en nuestro camino. Cuando ya podía ver el despliegue de uniformes grises, un soldado comenzó a dar indicaciones a Roger para que aparcara. Ignorando mi presencia, para no tener que dar explicaciones, se apeó y comenzó a descargar algunas de las cajas que enviaban desde Zúrich. Al terminar, siguió a uno de sus compañeros hacia una de las casetas y me dejó sola. Desde ese punto no se veía nada más que un buen número de unidades suizas rondando por aquí y por allá. Poco importaba que estuviera en la frontera. Hice amago de bajar un par de veces, pero me arrepentí. Sin embargo, minutos después, sopesé los kilómetros recorridos, la preciada oportunidad que tenía y mi ansia por comprender. Así que me bajé del camión y opté por seguir a un pelotón que marchaba hacia la verja que se adivinaba a lo lejos.

Decidí moverme con cautela. Con el viento arañándome las mejillas y el casco en las manos, caminé hacia delante. Sabía que no tardarían en notar mi presencia y en indicarme que debía marcharme de allí. Quise inventar una excusa sobre la marcha, pero me venció la curiosidad. Avancé hacia aquella última valla, en la que las insignias de mi país se alternaban, algo más lejos, con la renovada vestimenta del pueblo alemán. El rojo era común. Pero todo lo demás parecía de mundos paralelos que jamás llegarían a tocarse. O sí... Para mi sorpresa, uno de los soldados suizos estaba charlando con un soldado alemán a través de la valla. Le pasó un cigarrillo por encima y se despidió de él con una afabilidad que me pilló desprevenida. A sendos lados, personal militar identificado con uniformes, insignias y poses, tan rígidas que arrebataban el alma al entorno, se distribuía en posición expectante pero relajada.

Continué andando, mirando los rostros que me instaban a catar la realidad. La frontera representaba con claridad el punto en el que nos encontrábamos. Dos países vecinos, hermanos en muchos aspectos, que, entonces, se sentaban en la mesa con la desconfianza tapando sus ojos. Analicé cada centímetro de aquel lugar. Quizá el mismo en el que había estado destinado mi padre dos décadas atrás. Quizá el que oteaban aquellos a los que, según Liesl, mi amado país no dejaba pasar. La voz del boletín radiofónico sonaba en mi cabeza, contándome lo que estaba contemplando, haciéndome ver que aquellos partes tenían como protagonistas a seres de carne, hueso y miedo. Tal era mi abstracción que tardé en divisar a un grupo de soldados acercándose a mi posición. Uno de ellos me resultó familiar. Entonces, caí en la cuenta y me tapé la cara con el casco: era Heinrich Voclain. Di media vuelta, apresurándome, temiendo que me hubiera reconocido.

—¡Charlotte! —Roger vino a mi encuentro—. Te dije que no te movieras.

—Perdona. Lo sé. Ha sido una estupidez —admití.

De pronto, un ruido parecido al que habíamos escuchado de camino puso patas arriba la fingida quietud que nos había recibido. Algunos corrieron a resguardarse. Otros buscaron sus armas para convencerse de que podrían defenderse con ellas.

Mientras tanto, todo en St. Ursula se había puesto patas arriba. Évanie no había sido capaz de guardar mi secreto, así que, en cuanto las demás empezaron a preguntar por mí, les desveló mi paradero. Sara se llevó las manos a la cabeza. También Jo. Al parecer, la única que mantuvo la calma fue Liesl. Desde el embarcadero donde siempre nos encontrábamos con nuestros amigos, susurró a las demás: «Id a buscar ayuda». Al principio, no entendieron. Pero, entonces, la alemana puso los ojos en blanco y se tiró de espaldas al lago. George, Dilip y Kris, que estaban distraídos, reaccionaron de golpe, como títeres al servicio de la estratagema de las *ursulanas.* Joanna corrió para seguir las indicaciones de la muniquesa, de quien se fiaba ciegamente. Sara y Évanie trataron de cogerle la mano, pero, con astucia, Liesl se dejaba vencer para comprar minutos a su pantomima. A lo lejos, aparecieron la profesora Richter, la profesora Roth, el profesor Hummel y el profesor Cheshire. La suerte estaba echada.

El rugido del avión se hizo más y más potente. Roger Schütz también se extrañó. Como un acto reflejo, me fijé en el detalle que había mencionado horas atrás, en el vehículo. Ahí estaba, la cruz. Agazapados, de vuelta junto al transporte, distinguimos el baile aéreo entre dos aeroplanos militares. Uno era suizo. El otro...

—Es un avión de la RAF —se escuchó.

Con gran probabilidad, el avión británico había llegado hasta el norte de Suiza por algún error en su navegación, creyendo que estaba en el sur de Alemania. El caza suizo lo seguía de cerca en lo que parecía un intento por forzar su aterrizaje. La tensión entre ambos aeroplanos, quizá, venía de lejos, pero nosotros solo pudimos ver una parte, hasta que desaparecieron en las nubes. En el momento en que el bombeo del motor y el aleteo de las hélices se convirtieron en un mero recuerdo, todo regresó a aquella extraña normalidad. Había sido una falsa alarma. Roger me azuzó para que me subiera al vehículo. Uno de sus compañeros lo detuvo antes de permitir que él hiciera lo propio. Al final, poco o nada convencido, lo dejó marchar.

—Le he dicho que te has perdido y que te he recogido en el camino para llevarte a casa —me explicó, mientras trataba de arrancar.

Antes de iniciar nuestro regreso, Roger me miró.

—Te dije que no te movieras, Charlotte. Como me expedienten...

—Lo siento —respondí—. Di lo que necesites para evitar cualquier correctivo.

Agarró el volante.

—Es el último favor que te hago.

Asentí y puse mi mano sobre la suya un instante.

—Perdóname... De verdad. No..., no sé qué me pasa. He salido del coche porque necesitaba ver que no era real.

Y la respuesta ha sido la contraria. ¿Cómo se ha podido llegar a esto, Roger? Creí que viniendo aquí comprendería, pero cada vez tengo más preguntas... —confesé.

—Charlotte, entiendo lo que dices, pero no puedes luchar contra la evidencia. Tampoco permitir que te intoxique. Déjalo estar, por favor. O esta guerra te aniquilará sin tocarte.

—No puedo —respondí—. Creo que jamás podré dejarlo estar. Y menos ahora. Lo que te he dicho al venir sobre mis principios... Estoy agotada de luchar —Me quedé callada.

El muchacho se aclaró la voz.

—En ese caso, busca una forma de servir. Hay mil maneras. Sé una ciudadana útil —apuntó.

Volvimos a quedarnos en silencio.

—Mi amiga Liesl dice que se devuelven judíos a la frontera, que hay control de refugiados.

—Eso he oído. Pero tiene sentido, Charlotte. Estamos muy próximos al conflicto y no serán pocos los que quieran encontrar aquí su salvación. Suiza tampoco es tan grande..., tenemos problemas graves y se debe poner coto a la entrada de inmigrantes.

Mi vista estaba fija en la luna delantera, en la que todavía aparecían y desaparecían jóvenes vestidos de gris.

—Roger —dije—. ¿Crees que estarías preparado para ver el sufrimiento?

—Hay que estarlo —afirmó.

—No tienes por qué —opiné.

—Hay que estarlo —repitió.

Me callé. Antes de accionar el motor, habló una vez más.

—Uno de mis compañeros me ha dicho que han notificado una reducción de las unidades alemanas en la frontera durante los últimos días. Hay rumores de que se las están llevando al norte —me contó—. Tengo la impresión de que ese avión británico estaba haciendo sus propias comprobaciones.

—¿Al norte? ¿Y qué hay al norte?

—¿Dinamarca? No sé. Es un misterio lo que tienen en mente. Pero en la frontera sur no están, así que...

Aquellas incógnitas me erizaron la piel.

—Prométeme que esto terminará pronto, Roger —le pedí.

—No puedo prometerte eso, Charlotte.

Cuando el lago Zúrich volvió a flanquearnos por la izquierda, ya era noche cerrada. La luna era esa circunferencia gigante en medio de la oscuridad que solo los adultos y seres libres podían advertir con frecuencia. En St. Ursula, el mundo exterior solo existía de día. Una vez llegamos a la altura de Horgen, me ofrecí para ser quien diera las indicaciones. Debía dejarme en el camino del bosque, antes de adentrarse en las propiedades de la escuela. Devolví la manta a mi amigo y le agradecí, una vez más, aquel favor. Me pidió cautela y me suplicó que olvidara la guerra. Asentí, regalándole la ignorancia como presente en aquella noche incierta. Echaba de menos la bruma.

Desde la puerta trasera del jardín me dirigí a la entrada de las escaleras de la torre este con objeto de alcanzar mi habitación. Cuando me supe a salvo en mi cuarto, me dejé vencer sobre la cama. Eran las siete menos cinco, así que me figuré que todas las alumnas estarían rematando su postre. Aproveché mi soledad para sentarme en el alféizar interior de la ventana. Ahí me convencí de que, tal y como le había asegurado a Roger, el tema de la guerra no iba a apartarse de mí. Ahora sabía que era una realidad, una certeza. Había visto uniformes, a los jóvenes suizos preparados para la batalla, a los jóvenes alemanes dispuestos a seguir las órdenes de su Führer. La guerra tonta en la que estábamos sumidos no cambiaba nada. Los que fumaban juntos serían, probablemente, los que se infligieran el golpe final. Y es que, aunque yo estaba lejos de tener noticia de ello, las flechas dibujadas en el mapa de la operación Tannenbaum informaban de que la incursión alemana se produciría justo por el punto fronterizo que yo había pisado. Aquellos aviones podrían haber sido *stukas.* Ese día, podría no haber tenido vuelta atrás.

—Menos mal que estás aquí —exclamó Sara, una vez hubo cerrado la puerta y alejado así los murmullos indiscretos del corredor.

—Ehm, sí. Necesitaba un día por mi cuenta —mentí, apretando el reloj de mi padre en mi puño.

—Évanie nos lo ha contado todo. ¿Estás loca? ¿Cómo has podido ir hasta la frontera? ¿Y si te hubiera pasado algo?

Resoplé.

—Recuérdame que no vuelva a pedir un favor a Évanie. No hace falta que te pongas así. No me ha pasado nada. Y deja de hablar como una histérica. Yo te cubrí cuando decidiste ir a Zúrich con George. Me debes tu discreción —espeté.

—Exacto. Y me señalaste la imprudencia cuando la viste. Ahora es mi turno, Charlotte —contestó.

Nos quedamos en silencio, aguardando el siguiente asalto.

—Bueno, dime, por lo menos: ¿se ha enterado alguna profesora? —me aseguré.

—Nos hemos encargado de eso. Liesl lo ha hecho.

—¿Liesl? —me extrañé.

Ahí fue cuando Sara me narró su numerito del lago. Había sido una maniobra arriesgada, pero había surtido efecto. Liesl, como yo, conocía a la perfección las dinámicas de St. Ursula. Solo había un modo de romper con sus revisiones rutinarias: descerrajándolas desde dentro. Ante un hecho insólito, las maestras se volvían torpes y se desvivían por solventar el problema, temerosas de un padre ofendido por una alumna lastimada. Así, el recuento de vuelta al pueblo se lo habían encargado a Jo, la interna ejemplar y veterana por excelencia, que había hecho la vista gorda. La buena nueva de que ni la directora Lewerenz ni la profesora Travert ni la profesora De la Fontaine se encontraban en la escuela ese día llegó cuando cruzaron los portones de entrada. La profesora Habicht tomó el mando y telefoneó al médico para que revisara las leves lesiones de Liesl —quien simplemente se había golpeado con el muelle en el brazo—. Aun así, la bávara supo fingir malestar durante todo el día, mareando al profesorado, cuyo principal objetivo era controlar la evolución de la nieta de Derek Gorman.

—Ya no somos amigas. No tendría que haberse metido en mis asuntos. Deberías haber visto a sus compatriotas en la frontera. Actúan como si nada. Igual que hace ella —respondí furiosa.

Mi amiga apartó la vista de golpe. Comenzó a frotarse las manos, consecuencia de un espasmo nervioso recientemente adquirido, mientras paseaba por la habitación. Fruncí el ceño. Se aclaró la voz, resopló y me miró.

—Charlotte, en este colegio nos mezclamos personas de orígenes muy diversos. Quizá no económicos, pero sí ideológicos y geográficos. No es responsabilidad de Liesl lo que escoja hacer su abuelo. Nadie tiene la culpa de que no todos los países sean neutrales —observó—. Has discutido con la mitad de la clase. Con Liesl porque Alemania invadió Polonia. Con Vika porque Rusia invadió Finlandia. Y tiene mérito que la responsabilices cuando, por lo que he oído, su familia debió emigrar tras la revolución. Con Rose porque te enteraste de que un avión británico violó el espacio aéreo suizo. Con Ingria y Mirja porque los finlandeses terminaron rindiéndose ante los soviéticos. Incluso con Évanie, por no dar la importancia al conflicto que crees que debería darle. Y la lista continúa. Y si no lo paras, dejarás de hablar con todas. Probablemente, pensemos diferente las unas de las otras, pero si para algo sirven este tipo de instituciones, es para fomentar el diálogo y el intercambio. ¿No? ¿No crees en ello? —Hizo una pausa—. Liesl hoy se ha comportado como una amiga. Ella no estaba al otro lado de la frontera. Recuérdalo.

Comprendí lo que Sara me estaba queriendo decir. De seguir con aquella política mía de no relacionarme con quienes no pertenecían a países que actuaran como yo consideraba correcto, terminaría por romper amistad con todas las personas con las que había crecido. Me quedé en silencio. Sin querer, las lágrimas habían tomado las riendas en mis ojos oscuros. Sin aguardar una explicación, Sara se acercó y me abrazó con fuerza.

—¿Y si el bien y el mal no existe, Sara? ¿Y si lo que he creído toda la mi vida no tiene sentido? —musité.

—Sí existe, Charlotte. Solo que no es tan sencillo como pensábamos.

Recuerdo que, durante aquellos minutos, me pregunté: ¿lloraba por eso, por Liesl o por darme cuenta de que la guerra no solo existía en la radio de los señores Wisner y en las ausencias encadenadas de mis compañeras? La española, tratando de respetar mi momento de vulnerabilidad, esperó a que me recompusiera para comunicarme el último episodio de su encubrimiento.

—Verás, Charlotte. Hay algo que no te he dicho. Aunque lo hemos intentado, tu ausencia en la cena ha llamado la atención de la profesora Gimondi. Y, bueno, se lo ha dicho a la profesora Habicht.

VII

21 de octubre de 1977

Vamos a dejarlo aquí por hoy, señorita Eccleston. Ha vuelto el terrible dolor de cabeza y necesito descansar.

La señora Geiger cortó así su relato. Me extrañé, pues nos encontrábamos en un punto verdaderamente interesante. ¿Habían descubierto su ausencia o habían logrado despistar al profesorado? ¿Encontraron conexión con lo de Liesl? ¿Cómo podía abordarlo con tal indiferencia? Aun así, poco pude hacer por alargar el discurso de la señora Geiger.

—Pero... ¿qué ocurrió? ¿La castigaron?

—Señorita Eccleston, por supuesto que me castigaron, pero no vamos a perder el tiempo con protocolos de colegio. Mañana la espero a las once. Continuaremos por lo que ocurrió dos días después.

Se levantó y, sin despedirse, se retiró. Escuché cómo pedía, de camino a su habitación, que el señor Baumann le llevara sus pastillas. El mayordomo contestó obediente y se dirigió al salón para acompañarme a la salida.

—No se preocupe. Iré yo sola. Vaya a atender a la señora —afirmé, mientras recogía mis hojas manuscritas.

***

Dar un paseo por el centro me sentó bien. Era viernes y algunas familias habían optado por visitar las tiendas y cafés que rodeaban el río Limago. Notaba que todo el asunto de St. Ursula me estaba empezando a obsesionar, así que respirar un poco de aire fresco, en todos los sentidos posibles, me despejó. No tenía mucha hambre, pero el aroma que emanaban las salidas de ventilación de uno de los restaurantes cercanos al hostal me obligó a cruzar el umbral y pedir algo caliente para cenar. Probé el rösti, plato típico a base de patata que acompañé con una salchicha y una cerveza. Para combatir una soledad que no me importaba, repasé mis últimas anotaciones, aprovechando que llevaba todos los papeles encima. Observé la nota del señor Fuchs, el secretario del director Lécuyer. Al tiempo que saboreaba uno de mis últimos bocados, me acordé de la bibliotecaria, la señora Huber. Debía preguntar a Samuel o la señora Schenker si había dejado recado para mí. Ya habían pasado los dos días que precisaba para concretar si podía hallar algo de interés. El recuerdo de aquellas informaciones a medias me hizo apresurarme. Zanjé mi momento de éxtasis gastronómico con un par de aquellos coloridos billetes sobre la factura y marché al Dadá Herberge.

En la recepción aguardaba Samuel, cuyo mohín de aburrimiento daba buena cuenta de la ausencia de tráfico en su negocio durante las últimas horas. Después de nuestro pequeño desencuentro la noche anterior, creo que estaba convencido de que no iba a dirigirle la palabra y su cara de asombro cuando me acerqué al mostrador así me lo confirmó. Esbocé una sonrisa que pretendía limar asperezas por pura practicidad y me interesé por posibles recados a mi nombre. Su negativa, tras repasar el registro de mensajes, dio al traste con mi amabilidad y, de nuevo provista con mi cara de agotamiento, me fui a mi habitación.

Recorrí el sombrío pasillo, que ya sentía como mi casa, mientras me quitaba la chaqueta. Nada más entrar en el cuarto, me descalcé y tiré encima de la cama mi bolso y los restos de mi tesón. Después, me zambullí de espaldas sobre el somier y me dejé vencer por la carcoma de la incertidumbre. Echaba de menos a mi hermano Robin. También, aunque de eso sí que me sorprendí, a Ava y Billie. A Maggie. A papá y mamá. Incluso a la profesora Attaway. ¿Sería capaz de entresacar datos útiles para mi tesis? ¿Podría proporcionar al profesor Burrell las respuestas que le había encargado su mujer en vida? ¿Se enfadaría al descubrir que había estado escarbando más de la cuenta, quizá al servicio de mi propia curiosidad, de mi necesidad de comprender aquel genuino contexto en tiempos de guerra? Moví la cabeza. Necesitaba distraerme. Entonces, un par de golpes en la puerta me arrancaron de aquel viaje a mis inseguridades y a mi hogar. Me levanté de un brinco. Esperaba que Samuel no hubiera venido a disculparse; no tenía importancia, prefería descansar a mantener una conversación en ese preciso instante. Sin calzarme, me encaminé a la puerta y, con decisión, giré el picaporte.

El corredor estaba completamente vacío. Quise pensar que se habían equivocado, pero aquella idea se disipó cuando hallé aquel nuevo paquete apoyado en la pared contigua a la entrada de mi temporal dormitorio. Sin necesidad de abrirlo, supe de qué se trataba, así que me lancé a desandar los pasos que me habían llevado de la entrada a mi cuarto. Si me daba prisa, quizá podría alcanzar a la persona que había decidido torturarme con aquella extraña colección de pinturas. Bajé las escaleras a gran velocidad. Samuel no estaba. ¿Dónde se había metido? Continué hasta la calle, ignorando que mis calcetines quedarían inservibles al entrar en contacto con el pavimento húmedo que abrazaba el suelo de toda Ankengasse. No vi nada. No vi a nadie. Gruñí y volví adentro. Samuel había vuelto.

—¿Ha visto entrar a alguien ahora mismo? —dije alterada.

—No, *fräulein* Eccleston. Nada —respondió—. ¿Ocurrir algo?

—Usted, ¿dónde ha estado? Acabo de bajar y no estaba.

—No entiendo. He ido a preparar mesa para *zmorge*. Solo un momento. Pero ya estar aquí para lo que necesitar usted —me aseguró.

Asentí lentamente y abandoné las sospechas en torno a Samuel para retirarme a mi habitación y descubrir qué obra de arte me habían dejado esa vez. Recorrí por tercera vez, en apenas media hora, el pasillo. Sin embargo, cuando llegué a mi cuarto, ya no encontré el paquete. Miré alrededor, confusa. Pero, entonces, me percaté de que había dejado la puerta abierta y de que el bulto estaba dentro, junto a la cama. Poseída por el miedo a que el responsable de aquel martirio pictórico estuviera escondido, comencé a registrar todos los rincones del dormitorio y del baño. Mis mejillas estaban rojas, mis manos sudaban sin control. Cuando asumí que estaba sola, puse una silla delante de la puerta y bloqueé el picaporte. Después, rasgué con exasperación el papel que envolvía el cuadro.

***

22 de octubre de 1977

Mientras daba pequeños sorbos a mi té, estudiaba con atención al resto de huéspedes que desayunaban junto a mí. Quizá alguno había visto u oído algo. Quizá alguno era el autor de aquellos anónimos. No obstante, ningún comensal me generaba un serio recelo. Regalé mi concentración a uno de los *croissants* que la señora Schenker me había servido y recordé lo que la señora Geiger me había contado sobre el origen de aquellos dulces. En realidad, me había desvelado muchos detalles y, a lo mejor, en ellos se encontraba la respuesta a ese rompecabezas surrealista. Para identificar la última obra tendría que esperar a la tarde. Tenía planeado visitar la biblioteca después de mi cita con la señora Geiger. Así podría encontrar nombre y apellido a ese cuadro, completar el mensaje de veintitrés letras y, de paso, comprobar si la señora Huber había descubierto algo nuevo. Por lo pronto, debía conformarme con contemplar aquella extraña representación de un caballete con un mar que se extendía más allá de sus límites materiales y se fundía con el paisaje de una puerta.

Las calles se habían vestido de vida y alboroto aquel sábado. La lluvia había concedido una tregua a los zuriqueses y un sol vaporoso iluminaba la ciudad. Por tercera vez en aquella semana, subí al piso en el que se hallaba la residencia de los señores Geiger, con toda su elegancia y ese olor a flores frescas que te saludaba desde el umbral. Aunque ya me sabía el procedimiento, el señor Baumann no se ahorró ni una de las palabras que me informaban de que debía aguardar en la sala de estar. Me hubiera encantado descubrir el resto de la vivienda de aquel matrimonio suizo. Estaba convencida de que los dormitorios debían de ser espectaculares, a juzgar por el buen gusto que respiraban las estancias en las que sí estaba permitida mi presencia. Me crucé con la señorita Müller, que llevaba una bandeja de plata con algunas píldoras y un vaso de agua. Me aconsejó que me acomodara en uno de los sillones. Al parecer, la señora Geiger continuaba con aquella jaqueca que había interrumpido su monólogo la tarde anterior. Hice caso a los empleados.

Me quité la chaqueta y la dejé sobre una de las butacas. Después, me senté en el sillón y me entretuve en repasar todos los adornos que conferían a aquella sala un toque tan refinado. Probablemente, aquella vivienda habría aparecido en las páginas de alguna revista de decoración suiza. La imaginaba como portada de *Ideal Home* o de *Good*

Housekeeping. O incluso *Vogue* o *Glamour* podrían haber hecho un reportaje allí. Continué con mi recorrido por estantes, repisas y paredes hasta que concluí en la mesita de café. Allí encontré lo que más me extrañó. Era un cuaderno con tapas de piel abierto por la mitad. Estaba todo escrito a mano. Me aseguré de que no tenía compañía, me acerqué y, sin tocarlo, traté de leer las líneas que manchaban la superficie amarillenta del papel. Estaba en francés. Me concentré para traducir el contenido, al que no tenía intención de dar demasiada importancia hasta que leí el nombre de Adam Glöckner. Dejando a un lado los miramientos que me habían acompañado hasta el momento, agarré el cuaderno y me centré en la lectura de la página que estaba a la vista.

> *Te gustaría. El profesor Glöckner es un hombre verdaderamente inteligente. También apuesto. Me gusta sentir que compartimos la misma visión en gran parte de los temas. Y en estos días, no es fácil. Si estuvieras aquí, te habrías vuelto loco.*

Fruncí el ceño. ¿Era una especie de diario de Charlotte Geiger? Quizá era cierto lo que sospechaban sus amigas. Estaba enamorada del profesor Glöckner. Empecé a pasar hojas con nervio y, a medida que fui leyendo otros párrafos, aquella hipótesis se fue desvaneciendo. Mi ansia por conocer la identidad de la autora no me arrebató la capacidad de darme cuenta de un último detalle. Una cinta roja actuaba de marcapáginas un poco más adelante. Abrí sin dudar por donde el suave tejido me susurraba y comencé a leer.

> *Hoy he pasado el día en Zürich. He acompañado a la directora Lewerenz a la estación para que cogiera su tren a Berna. Como habíamos organizado el día con el resto de maestras y me ha sobrado tiempo, he deci-*

dido dar un paseo, pasar un rato a solas. No sabes cuánto lo extraño de vez en cuando.
A mi vuelta al colegio, he ido directamente al despacho de Lewerenz para organizar unos documentos que precisaban ser revisados antes del inicio de semana. Supongo que ha sido su forma de comunicarme que me dejaba al mando. He rehusado cenar para ponerme al día y cumplir con esa obligación. Sin embargo, al rato, Virgine Habicht ha venido a contarme que Liesl Bachmeier ha tenido un accidente esta mañana en el pueblo, pero que ya estaba estable, tras la visita del médico. Antes de marcharse, me ha notificado una irregularidad más: Charlotte no ha bajado a cenar.

Sin dudar, he mandado a Virgine que fuera a buscarla. No ha tardado en aparecer por la puerta. Me he aproximado a ella, tratando de mostrarme indulgente, pero su mirada fría e insolente hace que pierda mis nervios. Le he preguntado por qué no había asistido a la cena y me ha respondido que no tenía hambre. Le he recordado la importancia de cumplir las normas, a lo que ni siquiera ha reaccionado. Después, he querido interesarme por lo ocurrido con Liesl, pero tampoco ha surtido efecto. Me ha asegurado que, aunque yo no lo creyera, no tenía la culpa de todo lo que pasaba en el colegio. He intentado calmarla, hacerle ver que esa actitud no le traería nada positivo. Y ha sido su contestación lo que me ha partido el corazón por la mitad: «¿Y qué más da? Ojalá la guerra llegue hasta aquí y se trague este sitio de confinamiento. Ojalá me encuentren los aviones y los soldados. Así, por lo menos, estaría con papá y habría algo de lógica en el mundo». Y ha salido corriendo.

Ya no sé qué hacer, Louis. Creo que la estoy perdiendo para siempre...

Notaba cómo las yemas de mis dedos se habían insensibilizado al roce con el filo de las hojas. Rebusqué impaciente para confirmar mis conjeturas. En la primera página de todas lucía el nombre de la propietaria, quizá escrito para que nadie osara inmiscuirse en la intimidad de la profesora Anabelle Travert. Un crujido inesperado me obligó a alzar la vista.

—Usted no debería estar leyendo eso —espetó la señora Geiger.

Por una vez, su presencia no me intimidó. Estaba furiosa.

—¿Quién era, en realidad, la profesora Anabelle Travert? —pregunté, mientras lo cerraba y me levantaba del sillón —¿Por..., por qué tiene usted su diario personal?

Solo me respondió su insolente y orgulloso silencio. Asentí incrédula.

—Me marcho de aquí —espeté.

—Esta no es la historia de Anabelle Travert, señorita Eccleston. No mande al traste toda su investigación por una menudencia.

—Ha tenido la oportunidad de sincerarse y no lo ha hecho. No puedo seguir con esto. Ya no me fío de usted. —Cogí todas mis pertenencias y, sin el servilismo que siempre me había acompañado en mis entradas y salidas de aquel apartamento de lujo, desaparecí.

Deambulé por la ciudad durante horas, tratando de encontrar el sentido a que me hubiera ocultado la identidad de Anabelle, su relación con ella. ¿Por qué la odiaba tanto? Por mucho que había intentado que yo tuviera una mala opinión sobre la profesora Travert, en su relato quedaba patente que era una mujer bondadosa, preocupada por sus alumnas y muy inteligente. Subí al Lindenhof, un parque situado en la orilla oeste del río Limago desde el que, según la señora Schenker, se podía ver desde Grossmünster hasta la universidad pasando por el ayuntamiento y los tejados cobrizos del centro. Cuando llegué, confirmé que tenía razón. Las hojas marchitas de los tilos, aromáticos cuando llegaba la primavera, se pegaron en la suela de mis botas. Pasé de largo una fuente de piedra y me aproximé al muro que actuaba de baranda en aquella histórica terraza. Las vistas eran impresionantes. Blanco, marrón, verde y azul. Al fondo, como un mural, más montañas. Aquella ciudad se me estaba resistiendo. Me parecía hermosa, pero su apariencia inofensiva se convertía, de golpe, en una máscara que ocultaba un sinfín de secretos. Nadie me hablaba con claridad y estaba empezando a hartarme.

Por la tarde, le di una última oportunidad a mis indagaciones e hice la visita que planeaba a la señora Huber. Ahora que ya sabía dónde podría encontrar la información que deseaba, no me entretuve en secciones vacías de datos. Me dirigí a la hemeroteca. Allí, escondida tras el mostrador, la bibliotecaria mataba las horas que, por contrato, debía regalar a la perecedera actualidad. Nada más verme, arqueó sus cejas.

—Señorita Eccleston. Justo he llamado a su alojamiento hace un par de horas —me notificó.

—Sí, es que he estado todo el día fuera y he decidido venir directamente —le conté con brevedad—. ¿Ha encontrado algo?

La empleada sonrió.

—Acompáñeme.

La seguí, atravesando pasillos de vitrinas en las que la institución se pavoneaba de los ejemplares más valiosos que tenía en su colección. Al final, una fila de pupitres, parecidos a los de la antigua sala de lectura. Me pidió entonces que permaneciera allí. Se perdió entre los corredores durante unos minutos. Cuando volvió, lo hizo con un montón de hojas que, sin un ápice de delicadeza, soltó sobre una de las mesas.

—He traducido las que he considerado más importantes. En el resto verá anotaciones en las que le indico de qué trata el titular. Si necesita que le explique cualquier tema, no dude en hacérmelo saber.

—Muchísimas gracias, señora Huber. No sabe lo que significa para mí que haya dedicado su tiempo a extraer todas estas noticias —aseguré.

—No se preocupe. Me he entretenido mucho. Los días aquí en la hemeroteca pueden ser muy largos —me confesó—. La dejo a solas. Recuerde que cerramos en un par de horas.

Asentí.

—Lo tendré en cuenta. Muchas gracias.

Cuando el sonido de los pasos de la señora Huber se fue desvaneciendo, mi concentración alcanzó su cenit. Empecé a leer todos los artículos que la bibliotecaria había encontrado sobre los colegios. Inauguraciones, reformas, actos oficiales, graduaciones de los hijos de las familias más ilustres del cantón, ceses, contrataciones, más celebraciones. Aunque aquellas efemérides pudieran parecer insulsas, al unirlas fui construyendo una cronología, más o menos precisa, de ambas instituciones. Me levanté varias veces para preguntar dudas a la señora Huber sobre alguna de las noticias que no había traducido al inglés. Sin embargo, en general, había seleccionado con bastante maña los artículos más relevantes. Cuando la hora del cierre llegó, agarré todas las páginas mecanografiadas y me marché al hostal. En el zaguán de la salida, pregunté un par de veces a la responsable de la hemeroteca si aquello era todo. Y su respuesta, en sendas ocasiones, fue que sí. No había nada más en la prensa zuriquesa.

En la habitación, continué leyendo y anotando. Leía y anotaba todo el rato. Sin darme tregua. Cuando mis ojos se rebelaron, me apoyé en el respaldo de la silla que había soportado mi sesión de análisis durante tres horas. Eran las ocho y media de la tarde. Se me había olvidado cenar. Extendí sobre la cama las hojas en las que había ido construyendo el eje cronológico y repasé mis conclusiones:

√ Julio de 1940: se notifica el cierre definitivo de St. Ursula. Comunicado en el que se alude a «la ausencia de garantías de seguridad que esta institución podía prometer a padres y alumnas».

ANOTACIÓN: La señora Geiger dijo algo de un «escándalo». ¿Más motivos para el cierre? ¡¡Tendría que estar en la prensa!!

√ Agosto de 1940: se anuncia el inicio de un nuevo curso en el Sankt Johann y se mencionan las actividades locales en las que va a participar.

√ Octubre de 1940: se informa del nombramiento del nuevo director del Sankt Johann, Emmerich Kläui: «Es el perfecto capitán de barco para sortear con energías renovadas este temporal que asola Europa».

ANOTACIÓN: Visitar al señor Fuchs de nuevo. ¿Información sobre Steinmann?

√ Septiembre de 1942: reportaje del Sankt Johann im Wald con motivo de los cuarenta años desde que se instaló en el Sihlwald.

√ Años 1943 y 1944: el colegio masculino aparece en varias noticias locales sobre rendimiento académico y actividades culturales.

√ Enero de 1945: declaraciones de un representante del consejo del Sankt Johann im Wald sobre la reducción en las matriculaciones. Solo quedan veintiséis alumnos. Discurso propagandístico para reactivar el ritmo del colegio.

√ Julio de 1946: entrevista a un alumno procedente de Boston que ha logrado entrar en la Universidad de Cambridge. Caso de éxito.

√ Enero de 1947: entrevista al director en la que menciona que la recuperación se ha iniciado.

√ Agosto de 1947: reapertura de St. Ursula con Isabella Luthi al mando.

√ Periodo de 1948-1957: constantes alusiones a los méritos de ambas escuelas. (Incluido el 50 aniversario).

√ *Agosto de 1958: comunicado en el que se anuncia que el Institut Sankt Johann im Wald ha vuelto a sus cifras pasadas. También se mencionan méritos de antiguos alumnos.*

ANOTACIÓN: Nada publicado desde 1940 hasta 1942. ¿Por qué?

Hice bailar el lápiz dando pequeños golpecitos a mi barbilla. Más allá de los datos recogidos, el verdadero misterio estaba en el lapso de tiempo en el que no se había publicado nada de los dos colegios. En el caso de St. Ursula podía entenderlo. No estaba en funcionamiento. Pero, ¿y el Sankt Johann? La señora Geiger había hablado del Sihlwald. Quizá el escándalo había afectado al colegio masculino. Era improbable que cualquier altercado, vinculado o no con la guerra, hubiera pasado desapercibido en la prensa de la época. Tenía que estar ahí, frente a mis narices. Aunque también era posible que la señora Geiger me estuviera mintiendo. Ocultaba algo en relación a la profesora Travert…

Ladeé la cabeza y me reencontré con el tapiz que me habían «regalado» la noche anterior. Había olvidado por completo consultar la sección de arte en la biblioteca central. Tenía que telefonear a Robin. Un puñado de monedas me conectó con mi querido hermano después de más de veinte días sin hablar. Al principio, se extrañó. Pensaba que me encontraba casi incomunicada en Suiza y demasiado ocupada como para ponerme en contacto con nadie. Esa era la teoría que había confeccionado para evitar tener que llamar a mis padres todos los días. Robin enseguida comprendió la estrategia y se echó a reír. Me contó que en su vida apenas había novedades, pues estaba concentrado en sus estudios.

Al parecer, los Eccleston éramos ratas de biblioteca. Probablemente, ambos terminaríamos destacando en nuestras respectivas áreas profesionales a cambio de compartir nuestra vida con una taza de té y ocho gatos. Por lo menos, siempre me quedaría mi hermanito pequeño. Aunque su vida romántica era bastante más entretenida que la mía. Él había salido con un par de chicas en la universidad: Greta y Shaleen. Pero con ninguna había durado más de tres meses. Ahora parecía haber dado la bienvenida a un periodo de intensiva memorización de los temarios del último curso de Medicina y de esporádica exploración sexual con compañeras y desconocidas. Siempre había opinado que Robin era bastante más práctico que yo.

—Robin, tengo que hacerte una consulta —dije, cuando ya nos habíamos puesto al día de nuestras descafeinadas vidas de intelectuales.

—Pensé que me habías llamado porque me echabas de menos, Carol —bromeó—. Dime, ¿qué necesitas?

—No puedo ser muy concreta en mi explicación, pero Pierce está haciendo su especialización en Historia del Arte, ¿no es así? —me interesé, refiriéndome a su compañero de piso.

—Sí... —contestó confuso.

—¿Podrías preguntarle por un cuadro en concreto? Quiero saber de quién es.

—Sí, espera. Lo llamaré. Está en el baño, creo...

Cerré el ojo derecho. No tenía intención de saber dónde estaba Pierce ni qué hacía. Esperé unos minutos en los que Robin me abandonó para que su compañero de piso se uniera a la charla. Cuando regresaron, describí lo que recordaba del tapiz. Intenté ser lo más exhaustiva posible, a pesar de la neblina que había enturbiado mi memoria visual a causa del cansancio.

—Dice Pierce que, por los rasgos que has mencionado, está convencido de que se trata de una obra de René Magritte —me indicó—. Espera, ha ido a consultar uno de sus manuales enciclopédicos.

Oí cómo Pierce volvía. También el roce sedoso de las páginas de su libro. Después, Robin optó por pasarle el testigo a su compañero.

—Hola, Caroline. Soy Pierce.

—Hola, Pierce. Perdón que moleste con estas dudas. Es por mi tesis.

—Tranquila, ya me ha comentado Robin que era importante. Verás, el cuadro se titula *La condición humana.* Data de 1935. Quizá el autor te resulte familiar por el cuadro *Esto no es una pipa* o *Esto no es una manzana.* Forman parte de *La traición de las imágenes.* Magritte ha sido uno de los máximos exponentes del surrealismo. Pintaba paradojas y dobles sentidos como forma de criticar aspectos mundanos, cotidianos. En este caso, como en muchos otros, habla del engaño de los sentidos. El ser humano está condenado a consumir el mundo a través de las sensaciones. El mundo en sí mismo es una representación, una de las mil caras que puede tener.

—Todo es subjetivo —apunté.

—Exacto.

La representación de Magritte no había podido llegar en mejor momento. Justo cuando tenía la ligera impresión de que la señora Geiger no estaba siendo imparcial en su relato. ¿Era una señal, una advertencia? Me despedí amigablemente de mi hermano y de su compañero de piso y decidí volver a mi cuarto. Hasta que no cerré la puerta a cal y canto, no estuve tranquila. Alcancé la nota y probé a encajar aquella palabra que repicaba en mi sien desde hacía unas horas: «mentiras». La última tanda de rayas estaba compuesta por ocho, las necesarias. Antes de esta, había tres rayas aisladas. Añadí un «las».

—Espacio, espacio, espacio, las mentiras. Quizá lo primero sea el fin de la enumeración. Espacio, el caos, el embrujo del pasado y la/el, espacio, espacio, las mentiras. De las mentiras. —Fui completando.

Miré el cuadro de Magritte y recordé lo que me había contado Pierce: «el mundo es una representación». Todo es mentira, una ilusión. ¡Ilusión! De nuevo, esa palabra.

—La ilusión de las mentiras. Veintitrés letras. Eso es —dije victoriosa.

Un ruido en el pasillo detuvo mi momento de exaltación intelectual. Volví a comprobar que la puerta estaba cerrada con pestillo. Temía que apareciera el autor de los anónimos en cualquier momento. Había estado dentro de mi habitación, junto a mi equipaje, y aquello no me dejaba dormir.

***

23 de octubre de 1977

Aprovechando que tenía la mañana libre, me dediqué a recorrer Bahnhofstrasse y sus alrededores en busca de un lugar para sentarme a leer. El día anterior, antes de visitar la biblioteca, había estado deambulando para localizar una librería. Quería comprarme un diccionario alemán-inglés y echar un vistazo a la sección de novedades en lengua inglesa. Había encontrado una coqueta tienda de libros cerca de la Agustiner Kirche. Allí había pasado un buen rato, hojeando libros y charlando, con señas, con el propietario. Había comprado el diccionario y una novela de una autora estadounidense, parte de la escasa selección de libros en inglés que tenía aquel pintoresco comercio. El domingo había arrebatado el nervio a la ciudad. Volvía a reinar la calma. Conseguí olvidarme de todos los enigmas que se me habían planteado el día anterior, aunque aquel mensaje seguía revoloteando en mi mente: «... el caos, el embrujo del pasado y la ilusión de las mentiras...». Visité Sankt Peter y la coqueta plazoleta que se abría junto a la iglesia. Una vecina de cabellos blancos me indicó que la esfera del reloj de la torre que había junto al templo, y no adherida a él, era la más grande de toda Europa. Me sorprendí. Me quedé un rato admirándola. Después de titubear en mis pasos, me dirigí al General Guisan Quai y me senté en uno de los bancos.

Era un verdadero desafío el mantener la atención en las líneas y no dejarse embaucar por el magnífico paisaje de embarcaciones que flotaban sobre el lago Zúrich. El sol chocaba contra el agua, contra proa y popa. En medio de aquella danza inconsciente de mis ojos, alguien se sentó en el banco. Al principio, ignoré esa presencia y continué con aquella pugna visual en la que estaba envuelta, pero, después, un carraspeo intencionado me impulsó a reparar en mi acompañante. Era el señor Baumann, el mayordomo de la señora Geiger.

—Buenos días, señor Baumann. Menuda coincidencia —dije al tiempo que me percataba de la estupidez de mi comentario—. No es ninguna coincidencia, ¿verdad? —añadí mientras cerraba el libro.

—No, señorita Eccleston. He venido a hablar con usted. De parte de la señora Geiger.

—No tengo nada más que tratar con ella. Voy a seguir mi investigación por otras vías.

—Déjeme hablar, señorita, por favor. Y, después, podrá tomar la opción que más le guste.

—Está bien. Hable —accedí.

—La señora Geiger me ha pedido que le traslade sus disculpas. Ella jamás pretendió que dudara de su palabra. En todo momento, ha querido dejar a un lado ese tema en su relato para no tener que dar explicaciones de más. Sobre todo, teniendo en cuenta que usted es prácticamente una desconocida. Quiere continuar contándole lo que pasó aquel curso. Asegura que merece la pena que usted descubra lo que ocurrió para que pueda, por fin, probar su hipótesis. Y me ha dicho que promete que no cambiará ningún dato más. —Hizo una pausa—. Y responderá a su pregunta.

Observé al mayordomo. En su mirada parecía suplicarme que le diera una respuesta positiva. Quizá no deseaba regresar a la residencia de los Geiger con un «no» entre los dientes. Arqueé las cejas. Otra vez estaba con el maldito asunto de la hipótesis…

—Si usted quiere, pueden volver a reunirse hoy a las tres de la tarde. En su casa. Enmendará su error —me indicó.

Me quedé callada. Los barcos cambiaban de tamaño y perspectiva con el paso de los minutos. Era sutil, pero podías captar los minúsculos detalles si echabas un vistazo curioso de vez en cuando. El sol continuaba bañándolos con luz dorada.

—Dígale que me lo pensaré.

Creo que el señor Baumann entendió lo que estaba haciendo sin más palabras. Tenía mi orgullo y quería que la señora Geiger probara de su propia medicina. Asintió y procedió a levantarse del banco.

—Señor Baumann —lo llamé—. Es consciente de que es un poco extraño que lo haya mandado a usted a pedirme disculpas por sus actos, ¿verdad?

El empleado sonrió.

—Mi salario no es por cuestionar la conducta de quien lo paga, señorita Eccleston. Tenga buen día —se despidió.

Volví a la novela, pero no fui capaz de leer. Aunque miraba sus renglones, mi mente trataba de anticipar todo lo que le quedaba por relatarme. Si hubiera tenido opción, habría abandonado mis citas con Charlotte Geiger. Lo habría hecho sin duda. Era engreída, clasista, fría y orgullosa. Pero, por más que buscaba otras fuentes, todo me llevaba de vuelta a su testimonio. Era la puerta para descubrir qué había ocurrido en los colegios, el modo de dar una respuesta al profesor Burrell, de viajar hasta el centro de mi investigación y de destapar a la persona que me atormentaba desde la oscuridad.

***

Si yo había puesto sobre la mesa mi honra —si es que quedaba algo de ella—, la señora Geiger no perdió oportunidad de sacar a paseo su vanidad. Me hizo esperar durante veinte largos minutos. ¿Acaso se pensaba que me iba a creer que no le importaba si yo acudía a nuestra cita o no? Cuando apareció, con un delicado traje de chaqueta color hueso y joyas de oro, me saludó con la más profunda indiferencia. Estuve a punto de abandonar la reunión, pero en el momento en que nos quedamos solas, rebajó su altanería y se convirtió en un ser humano más o menos normal.

—Comprendo que haya dudado de mí. No la culpo por ello. Pero no deseaba abordar ese asunto. Creo que queda fuera de lo que estoy intentando contarle para su tesis —argumentó.

—Quizá si fuera sincera, me ayudaría a entender su comportamiento. Recuerde que me estoy aproximando a ese último curso en St. Ursula a través de sus ojos. Si me miente, ¿cómo puedo fiarme de sus percepciones? —Aquel cuadro anónimo había terminado por ser útil.

La señora Geiger bebió un sorbo de la infusión de su taza. Estaba en medio de una decisión. Se relamió los labios carmín y devolvió aquella pieza de porcelana a la bandeja que descansaba sobre la mesa.

—¿Qué quiere saber? —preguntó al fin.

—¿Quién era Anabelle Travert y qué relación tenía con usted para que hablara con esa cercanía en su diario?

Charlotte Geiger controló los espasmos nerviosos de sus labios y se dejó llevar por la promesa que había contraído a través de su mayordomo.

—Anabelle Travert era mi madre.

Arqueé las cejas, me supe perdida, pero no me amedrenté.

—Era la primera en llegar, la última en irme de St. Ursula... —murmuró, rememorando sus propias palabras—. Nuestra relación fue de todo menos sencilla. Por eso rehusé incluir ese aspecto en esta historia.

Todo comenzaba a encajar.

—¿Y quién es Louis? Anabelle se dirigía a él en su diario.

—Louis Fournier era mi padre.

Una nueva quietud que lo impregnaba todo y me hablaba de enigmas por descifrar.

—El marido que falleció... —Até cabos.

—Sí...

—Usted no estaba enamorada de Adam Glöckner. Quería saber más del hombre con el que se relacionaba su madre —continué.

—Correcto.

—Por eso se enfadó tanto cuando escuchó los rumores de que mantenían una relación secreta.

—Exactamente.

—Y por ese motivo usted puede describir con tanto detalle lo que le ocurrió a Anabelle Travert aquel año. Ha leído su diario. El diario que cayó en sus manos como su única heredera, como su hija.

—Lo leo, de vez en cuando. Como habrá percibido, estos días no tengo la claridad mental que desearía. Supongo que lo debí de dejar yo misma ahí... Aunque no lo recuerde. —Se alisó la falda—. Si me permite, continuaré por donde lo dejamos. Teniendo en cuenta que usted leyó lo que escribió mi madre, claro está. —Hizo una pausa—. Quizá era lo inevitable —meditó para sí.

Y yo me pregunté en silencio si realmente había sido ineludible.

REFUGIO

—¿Y qué más da? Ojalá la guerra llegue hasta aquí y se trague este sitio de confinamiento. Ojalá me encuentren los aviones y los soldados. Así, por lo menos, estaría con papá y habría algo de lógica en el mundo —espeté y salí corriendo del despacho de la directora Lewerenz.

No podía parar de llorar. El mero recuerdo de mi padre me partía el alma en dos. Ahora soy consciente de que siempre terminaba compartiendo mis peores momentos con mi madre, pero estaba furiosa. Sentía que Anabelle no acababa de comprender lo que había supuesto para mí perder a mi padre, a mi brújula. Sus notas, sus frases maquilladas por el olvido, los recortes de un pensamiento que había encumbrado ante su ausencia, estaban empezando a difuminarse en mi cabeza.

Aquella noche, envuelta en mis sábanas, me pregunté: ¿qué pasaba si no había saeta que marcase el norte y el sur? Lo echaba tanto de menos. Aquel día había contribuido a echar por tierra las escasas certezas que tenía y lo que más detestaba era no poder correr a preguntárselo al salón de nuestra casa de Ginebra, donde pasaba horas leyendo aquellos libros que ahora yo adoraba cual becerro de oro. Llevaba meses, incluso años, criticando a todas las personas que actuaban de forma distinta a los preceptos que había aprendido de memoria. Mas aquellos mandamientos de poco valían ya. Suiza no era perfecta. Ni los seres humanos. Ni yo. Pero mis amigas, al contrario que mi padre, sí estaban conmigo. Perderlas sería un nuevo duelo. Sara tenía razón.

Por su parte, Anabelle zanjó la jornada laboral y se fue a su cuarto. Decidió contar a su diario todo lo que había pasado, intentando hallar una solución entre líneas. Ella también extrañaba a papá. Estoy convencida de que también hubiera deseado interrumpir su lectura para preguntarle qué hacer conmigo. Pero, igual que yo, por lo pronto, solo teníamos a St. Ursula.

***

Dos días más tarde, el tema de mi actitud con mis compañeras subió varios peldaños en la escala de importancia. Y justo por aquí es por donde quería iniciar el relato de hoy, señorita Eccleston: Alemania invadió Noruega y Dinamarca. Tiempo después, supe que los aliados también tenían sus propios planes de control sobre Noruega, en cuyo espacio marítimo ya tenían presencia. George me lo había adelantado aquel día en el embarcadero de Horgen. El puerto de Narvik era una pieza que llevaba en el puzle mucho tiempo. Los aliados sabían que, en invierno, los barcos alemanes cargados de hierro sueco salían de ese enclave noruego rumbo a las costas germanas y que, de controlarlo, supondría un claro contratiempo para el plan de suministros de la industria armamentística del Reich. Así, se dedicaron a minar las aguas noruegas, al tiempo que buques alemanes se aproximaban a las costas.

Sin embargo, al final, los alemanes demostraron ser más ágiles. Entre las cuatro y las cinco de la madrugada de aquel 9 de abril de 1940, diplomáticos nazis plantearon un ultimátum a los gobiernos de Noruega y Dinamarca para que se convirtieran en protectorados del Reich. ¿Para qué malgastar fuerza militar en las trincheras si puedes convencer con palabrería y puros en un despacho con aroma a limpio? Parte de la retórica nazi venía a plantear que ambos países necesitarían la protección alemana ante una indudable invasión de los aliados. Los daneses, que no poseían un Ejército fuerte, accedieron sin apenas resistencia. Los noruegos se negaron, pese a su desconfianza hacia Francia y Gran Bretaña. Hitler cambió la cortesía de sus engominados plenipotenciarios, a buen seguro vestidos con traje de chaqueta, por la fiereza de los efectivos que engrosaban las líneas, uniformadas en tono verdoso, de su hueste. Así, en ese momento, descubrí dónde habían enviado las tropas que Roger Schütz había echado de menos en la frontera.

Los noruegos tampoco tenían una gran fortaleza militar, pues, desde la Gran Guerra, habían reducido su gasto en defensa a cambio de invertir en causas sociales. Y es que, al igual que Suiza, Noruega era un estado neutral. Aquello nos erizó la piel a todos, pues confirmaba las sospechas de los pesimistas que afirmaban que la neutralidad de poco valdría en esa contienda. La sensación de ser «el siguiente» se hizo más real entre la población. Oslo cayó casi inmediatamente. Los aliados desembarcaron en Narvik y Trondheim, pero su preparación era bastante más deficiente. Habían pasado poco más de cuarenta y ocho horas desde que Alemania había puesto sobre la mesa sus intenciones y el mapa de Europa ya había cambiado otra vez. Pero, sobre todo, se había hecho evidente que la «guerra tonta» había terminado.

Empujaba la bicicleta de la profesora Habicht en aquel último tramo que me llevaba de vuelta al colegio. En mi cabeza, todavía retumbaba la voz del profesor Jean Rudolf von Salis. Se le terminó llamando «la voz de la nación» por los sesudos análisis que hacía, cada viernes noche, de la guerra en Europa. Desde febrero, el señor Wisner y yo nos habíamos convertido en adeptos a su programa *Weltchronik* de radio Beromünster, emitido tras las noticias. Y aquel viernes no fue excepción. Para poder escucharlo, tenía que escabullirme después de la cena, en el rato de estudio que había hasta el apagado de luces de las mayores, a las nueve y media. Si me daba prisa, llegaba a tiempo de que comenzara, a las siete y diez. Como ya le dije, era un momento menos recomendable para ausentarse, pero me compensaba correr el riesgo.

La señora Wisner se había unido en aquella ocasión, quizá para hallar sentido a lo que había ocurrido a principios de semana. Al final de la emisión, regresaba rauda con la bicicleta y me unía a la rutina de St. Ursula sin que nadie se percatara de mi visita al pueblo. Los señores Wisner, por su parte, echaban el cerrojo a la tienda y subían al segundo piso, donde se encontraba su vivienda. Antes de despedirme de aquel entrañable matrimonio, les pedí su opinión acerca de limitar mis amistades en función de su postura en relación a la guerra, idea que, como ya sabe, se había quedado conmigo desde mi charla con Sara. La señora Bertha, sabia y prudente, me sugirió que jamás dejara que las disputas políticas condicionaran a quien quería o valoraba. El señor Frank se limitó a asentir para mostrar su apoyo a la afirmación de su esposa.

Y allí, en medio del camino, arrastrando los pies y olvidando que tenía que darme prisa, continué analizando aquella cuestión. En el fondo, echaba de menos a Liesl. Valoraba mucho lo que había hecho por mí aquel domingo de expedición. De no ser por ella, me habrían descubierto. Mi madre me habría enviado con mis abuelos y no habría podido terminar mis estudios en la escuela. Había sido una jugada magistral, solo al alcance de una auténtica alumna experta de St. Ursula, de una buena amiga. Tras pasar la tarde del domingo en cama, Liesl dejó patente su completa recuperación a la mañana siguiente. Las maestras, no obstante, la animaron a reposar un par de días más. Pero el miércoles se reincorporó a las clases. Sin embargo, yo no me había atrevido a decirle nada. En los últimos meses, no había hecho más que buscar motivos para alejarla de mí, había incumplido mi promesa y ya no sabía cómo hablar con ella. Una vez más, sin ser realmente consciente de mis múltiples visitas a ese momento, regresé a aquel verano en Múnich.

Tal y como nos había prometido *opa* Gorman, al día siguiente de nuestra charla frente al ajedrez, fuimos a visitar la fábrica de Gorman Ersatzteil Gmbh. Estaba a las afueras de Múnich, muy cerca de una población llamada Karlsfeld. El cochero de los Gorman nos recogió puntual en la entrada de su preciosa residencia, en una callecita perpendicular a Möhlstrasse. Erika, Liesl y Leopold comenzaron a contarme anécdotas de todas las veces en las que habían ido al trabajo de su abuelo. Erika incluso recordaba algunas de cuando su padre, Ernst Bachmeier, era quien le mostraba los secretos del buque insignia de la familia Gorman. Cuando llegamos, el señor Gorman nos esperaba en la zona de aparcamiento junto a su asistente, el señor Langenberg. Su sonrisa me contagió el entusiasmo que, hasta el momento, solo habían manifestado sus tres nietos. La señora Gorman saludó con delicadeza y distinción al empleado. También a su marido. Leopold, el más joven, rehusó ocultar su energía y cogió la mano de su abuelo para exigirle que iniciara la visita. El señor Langenberg, un hombre de cabellos grises, se retiró y nos deseó una buena mañana.

—Lo primero que haremos será ir a mi oficina para que veáis las últimas novedades en su decoración. Si queréis, allí podemos tomar una bebida caliente mientras me contáis alguna historia realmente graciosa de este verano —propuso.

El señor Gorman sabía cómo motivar a sus nietos, cómo tratarlos. Quizá había tenido que hacerse cargo de ellos accidentalmente, pero parecía que había nacido para avivar el ánimo de los jóvenes. Tampoco se quedaba atrás la señora Gorman. Ella escuchaba todo lo que quisieras contarle y su interés jamás decaía en medio de una conversación. Con algo más de fe en el desarrollo de aquella visita, seguí a la familia de Liesl hasta el despacho de Derek Gorman. Cuando entramos, descubrimos que la pared izquierda estaba totalmente invadida con los dibujos —a punto de cruz o con acuarela— que Erika, Liesl y Leopold le habían regalado en la última década. Había mandado enmarcarlos y ahora eran una verdadera colección artística que, si bien no destacaba por su calidad, sí lo hacía por el cariño y la ternura. Dedicaron varios minutos a repartirse la autoría de unos y otros, criticando los de sus hermanos. Los señores Gorman y yo nos reíamos mientras tanto. Me sirvieron una tacita con café caliente que acepté de buen grado.

Liesl empezó a contar entonces una historia graciosa que le había ocurrido cuando tomaba una Coca-Cola con Ulrike Duerr, una de las niñas del vecindario con la que solía jugar desde su mudanza a casa de sus abuelos. Al parecer, les había entrado un ataque de risa y a Ulrike le había terminado por salir la Coca-Cola por la nariz. Erika nos relató cómo se le había roto el tacón de uno de sus zapatos mientras acudía con Wolfgang y algunas amistades al cine. Había cojeado durante todo el paseo de vuelta a casa y una de las muchachas que los acompañaba creyó que tenía una pierna más larga que otra. Leopold, sin embargo, se aburrió pronto de los cuentos chismosos y pidió que comenzáramos el recorrido por la zona de máquinas.

Su abuelo enseguida se unió al brío de su nieto y aseguró que habían comprado una que nos dejaría boquiabiertos. Todos se levantaron de un brinco y siguieron a *opa* Gorman. Yo tardé un poco más en reaccionar. Me dispuse a dejar la taza sobre el escritorio. Antes de abandonarla a su suerte, me fijé en el marco de fotos que reposaba junto a la gruesa agenda del señor Gorman. Era una instantánea de una pareja en el día de su boda. Mi estómago se contrajo de pronto. En los ojos de aquel hombre encontré los de mi querida Liesl. En la sonrisa de la novia hallé la del travieso Leopold. En el cabello más oscuro de él comprendí el color de la melena de Erika. Eran Giselle y Ernst. Los padres de Liesl.

—Mi preciosa Giselle. Hay días en que todavía no me creo que no esté —dijo la señora Gorman, que había atendido desde atrás cómo me detenía ante aquella imagen—. Ernst era un ingeniero excepcional. Derek se dio cuenta enseguida, nada más comenzar su pasantía en esta misma fábrica. Mi marido es muy observador, Charlotte. Aunque parezca que no percibe los detalles, siempre está al tanto. Meses después, comenzó a percatarse de que entre Giselle y Ernst había un interés muy especial, así que no dudó en facilitar el camino a los jóvenes para que pudieran conocerse. Ernst cenaba en casa con nosotros un día sí y otro también. Y siempre tenía una sonrisa o una palabra amable para Giselle. El día de su boda fue precioso, estaban nerviosos y emocionados. Después llegó su mayor regalo: Erika, Liesl y Leopold. Dios bendijo a esta familia en una década en la que Alemania luchaba por no perecer. Aunque hubo momentos de brillo alrededor de 1926, la República de Weimar sobrevivía moribunda entre crisis, ahogada por la superinflación y las deudas, intoxicada por los demonios de Versalles, estrangulada por los sueños de grandeza que habían nacido en las trincheras de la Gran Guerra y que tomaban forma en mítines y arengas políticas.

No fui capaz de hablar. La señora Gorman, con los ojos vidriosos, gritaba de angustia con aquel susurro con el que me había invitado a su pasado.

—Pero 1929 nos arrebató la vida a esos niños y a nosotros. Y ya no hay marcha atrás —concluyó, forzando la sonrisa más triste que jamás había contemplado—. ¿Vamos? Nos están esperando.

Iniciamos así un itinerario en el que el señor Gorman nos explicó con todo lujo de detalles el funcionamiento de cada tornillo que componía la inexorable fábrica de recambios. De tanto en tanto, nos contaba alguna proeza o aventura vivida entre aquellos muros. Eran casi gestas medievales en los labios de una de las mayores fortunas de la industria bávara. Derek Gorman se caracterizaba, además, por tener un agudo sentido del humor. Así, los chistes no faltaron a aquella cita con la ingeniería alemana. Poco a poco, fui comprendiendo por qué los Bachmeier adoraban aquellas visitas al trabajo de su abuelo. Era muy divertido imaginar cómo el rodar, el martillear, el transportar, el girar y el bombear formaban un sistema perfecto y daban forma a las piezas de los automóviles y trenes de media Europa.

En medio de tanta herramienta y artilugio metálico, sobresalían las caras de concentración de los empleados. Apenas se concedían un segundo para levantar la vista y saludar. Todo estaba pautado y no podían detener su actividad. Si la mayoría no llamaron mi atención fue porque no había motivo para ello. Pero cuando avanzamos hacia una de las salidas de carga y descarga, algo en la voz del señor Gorman cambió y activó mi señal de alarma. El señor Langenberg parecía irritado. Leopold comenzó una ristra de preguntas que su abuelo no quiso responder. Liesl y yo solo miramos un segundo, pero fue suficiente. Aunque lo comprendimos más adelante.

***

La llama dorada y carmesí de uno de los candiles bailaba al son de un viento que se colaba, sin permiso, por las rendijas de la castigada puerta de la cabaña del bosque. Sara y George habían continuado con las clases clandestinas de Matemáticas. Poco a poco, ambos se daban cuenta de que George precisaba menos ayuda —el propio profesor Glöckner se lo había hecho saber a su alumno en una de sus, ya habituales, tutorías mientras el chico organizaba papeles, transcribía notas, preparaba recados o pasaba el polvo entre carpetas—, pero no hubieran renunciado a aquellos ratos a solas ni aunque el techo del antiguo almacén de madera se les hubiera caído encima. Ya no salían afuera a mitad de sesión, pues las charlas y las bromas se alternaban con el estudio de forma constante. El avance de las agujas de un reloj, que no tenían, los alejaba de los números y los acercaba a caricias que se convertían en besos cuando uno de los dos tomaba la iniciativa.

A partir de ahí, la tarde perdía su nombre. El tiempo era relativo, una condena que los atrapaba una y otra vez, cuando sus labios todavía no se habían cansado de decirse lo mucho que se deseaban. Sara adoraba rozar la yema de sus dedos por detrás de las orejas de George. Según me confesó, aquella suavidad la hacía sentir en casa. Pero el contacto de sus manos calientes con la piel del chico no ayudaba a que controlasen unos impulsos que, aunque acallados por la recta educación que a ambos les habían financiado, gritaban a rabiar en su indómito interior. Sin embargo, el eco del mundo exterior les arrebataba su pequeño cosmos en forma de crujido, de brisa gélida, del ulular de los búhos o de intransigente norma de colegio. Y así, los besos perecían insaciados y sus ojos se encontraban frente a frente, ansiando paralizar el reloj.

Esa tarde, antes de que sus caminos se separasen, George pidió a Sara un momento. Del bolsillo de su pantalón de uniforme, sacó una figurita de madera. Estaba recién pulida. Se la tendió, algo dubitativo. La chica la cogió y la admiró en silencio, repasando con sus ojos castaños todos los recovecos de aquella artesanía. Después, fijó la vista en George, quien quiso explicarle el significado. Tenía forma de equis. El inglés le indicó que aquel símbolo unificaba las ciencias, en las que ella brillaba, y las letras, materia que a él le gustaba. Como siempre solía hacer, George quitó mérito y seriedad a aquel detalle con un comentario gracioso.

—Sé que ya conoces mi habilidad respirando, así que quería que también fueras testigo de lo de las figuritas.

—Anda, calla —dijo riendo y lo besó.

Antes de dejarla partir, George la abrazó con ternura y la besó una vez más. Después, desapareció en la dirección opuesta de aquel sendero forestal que los llevaba de regreso a la aplastante realidad.

***

Mi realidad, en St. Ursula, pasaba por cumplir con mi castigo por haberme saltado la cena sin permiso. Mi madre sabía perfectamente lo mucho que me gustaban los domingos, así que no le costó mucho idear la penalización por mi irreverencia. Como ya sabe usted, aunque yo no pude ir aquel domingo a Horgen, sí sé que a ella le tocó vigilar a las alumnas autorizadas. En aquella ocasión, fueron la profesora Durand y la profesora Roth quienes la acompañaron.

Cuando llegaron al pueblo, las muchachas se dispersaron por las zonas permitidas y las maestras iniciaron su paseo de reconocimiento. Anabelle no había tenido una semana sencilla, así que cuando vio que sus compañeras entablaban una animada conversación con el profesor Reiher y el profesor Schmid —dos de los encargados de controlar a los alumnos del colegio masculino—, se excusó y se marchó a dar un rodeo sin más compañía que su obligada revisión, cada dos o tres minutos, de que ninguna estudiante estuviera incumpliendo las reglas. No obstante, sus pasos errantes y nostálgicos pronto se tropezaron con los de otra alma solitaria. Alzó la vista y, para su sorpresa, halló una sonrisa que no era tan corriente como le hubiera gustado.

—Buen día, teniente Baasch —saludó.

—Buenos días, profesora Travert. ¿Camina sola esta mañana?

—Sí, me apetecía un poco de ensimismamiento autodestructivo —bromeó.

—Ya veo —contestó él, nada diestro en socializar.

—Pero si quiere, puede acompañarme —propuso.

—Sí, por supuesto. Puedo pasear un rato con usted —se consintió a sí mismo.

—Está bien. —Sonrió ella.

—De hecho, quería hablar con usted de un asunto.

—¿Conmigo? Vaya, me alegra que el Ejército suizo tenga algo que tratar con mi persona en los tiempos que corren. Ya creía que era una simple maestra soporífera.

—Bueno, el asunto no está directamente relacionado con usted.

Habían comenzado a avanzar por las callejuelas en dirección a la ribera del lago. Las contraventanas de las viviendas estaban abiertas de par en par. El olor del obrador y las risotadas de los niños llenaban al pueblo de una vida que se marchitaba con la caída del sol.

—En ese caso, no sé si podré servirle de ayuda —opinó la docente.

—Vaya por delante que no pretendo inmiscuirme en su vida. —Hizo una pausa y se aclaró la voz, trató de disimular un espasmo nervioso—. Por lo que he podido comprobar, usted tiene una buena relación con el señor Adam Glöckner, ¿no?

—Sí, bueno, somos compañeros. Como ve, es normal coincidir con los profesores del otro colegio y charlar con ellos —se mintió a sí misma.

—Tengo entendido que ustedes se ven más veces de lo estrictamente necesario. Los he visto en la taberna de los señores Meier. Pero no quiero llevar la conversación por esa vía. No tengo interés en la vinculación que tiene con él, profesora Travert. Solo quiero recomendarle precaución.

—¿Precaución? ¿Por qué?

—Bueno, lo que voy a contarle es confidencial, pero es importante que lo tenga en cuenta a partir de ahora. ¿Usted ha hablado con el señor Glöckner de su pasado?

De nuevo aquella mancha oscura sobre sus diálogos. Habían acordado no desvelarse nada, pero, de pronto, sus aciertos y errores habían cobrado una retorcida relevancia. ¿Era imposible que dos adultos escaparan de sus fantasmas?

—No demasiado. Tampoco tengo intención de... —comenzó ella.

—Sabrá que es austríaco, por lo menos. —Anabelle asintió—. Cuando lo vi por primera vez con usted aquí en Horgen, enseguida me percaté de que su cara me resultaba familiar. Solo había dos opciones: que fuera un antiguo conocido o que me hubiera topado con una fotografía suya. Con el tiempo, me convencí de que la segunda alternativa era la más probable. Hasta la movilización, trabajaba en la Oficina Federal de Inmigración. Verá, profesora, el señor Glöckner no salió de su país de forma amistosa. Tampoco entró aquí del modo más legal. Con el tiempo, regularizó su situación, pero sepa que las autoridades alemanas lo tienen en su lista de personas en busca y captura. Al igual que ocurre con otros hombres y mujeres, desde el Gobierno alemán se nos ha notificado su interés en que esos perfiles pasen a estar bajo tutela germana para hacerles pagar por los delitos que han cometido en el Reich. Esto, unido al protocolo suizo de controlar los pasos de todas las personas que entran en nuestro territorio desde la Gran Guerra, convierte al señor Glöckner en un sujeto poco recomendable.

Anabelle escuchó aquellas palabras y, para su asombro, no se extrañó. Siempre había sospechado que Adam había llegado a Suiza huyendo de algo. Ahora sabía más o menos de qué, aunque un sinfín de interrogantes hubiera aparecido en su mente mientras el teniente Baasch continuaba explicándole que lo mejor era no vincularse a ningún huido de la justicia alemana. En caso de invasión, los nazis no perdonarían su amistad con un enemigo y podría traerle problemas. En caso de dependencia económica de Alemania —lo cual era bastante plausible a corto plazo—, las autoridades suizas podrían llegar a negociar con extradiciones de ese tipo y tampoco sería positivo para su apellido el haber tenido contacto con el profesor Adam Glöckner. Sobre todo, teniendo en cuenta que ella era francesa.

—No quiero asustarla, profesora. Pero tenga cuidado. Ahora mismo, lo mejor es reducir las opciones de conflicto. No sabemos qué puede llegar a ocurrir en los próximos meses.

—Lo tendré presente, teniente. Agradezco mucho su sinceridad.

—Ese es mi cometido —aseguró—. Ahora tengo que irme. Siga disfrutando de su paseo, profesora.

Los pasos de Anabelle volvieron a aquel destierro de diálogos, sonrisas y gentilezas. Capturó la postal de nubes, montañas, prados, bosques y agua clara con aquel vistazo inconsciente al entorno. Quiso recuperar el aliento con él, pero apenas lo logró. Tenía que hablar con Adam. Aquella discusión con él todavía la torturaba. Era inevitable que sus demonios los alcanzaran y, a lo mejor, era el momento de compartirlos.

***

Se había convertido en una mala costumbre, cada vez que pasaba el rato en la tienda de los Wisner, el bajar al sótano para charlar con Damian. Su confianza iba en aumento y yo estaba convencida de que le hacía bien hablar con alguien. Seguía sin entender una palabra de alemán. No en vano, intenté enseñarle algunos vocablos y expresiones básicos para que su convivencia con los señores Bertha y Frank fuera más sencilla. Ellos terminaron por ceder a que pasara tiempo con su invitado siempre y cuando no lo molestara. Aunque, si me hubieran preguntado, yo nunca habría dicho que mi presencia fuera un incordio.

El aspecto físico de Damian había ido mejorando, pero había una pena en sus ojos que no se borraba con las hojas del calendario. A mí me gustaba que me contara cómo era su hogar, Polonia. Mientras mordisqueaba una manzana que la señora Bertha me había dado, le lanzaba cuestiones para incentivar que su discurso no se detuviera. Él, sin apreciar lo mucho que me interesaban sus historias, colocaba la mercancía distraído.

—¿Por qué habla francés tan bien? —El crujido de mis incisivos contra la tersa piel del fruto cerró mi interrogación.

—Verá, señorita, yo en Lublin trabajaba en una editorial como traductor. Estudié Letras en la Universidad de Wroclaw y me especialicé en lengua francesa. Llevo traduciendo textos del francés al polaco desde hace quince años. He viajado numerosas veces a Francia. También sé algo de inglés, pero no demasiado. Aunque algo más que de alemán. Y podría decirse que me sé defender en ruso.

—Debe de ser usted muy sabio para conocer tantos idiomas —me asombré.

—Años de estudio, señorita Charlotte. Eso tiene que hacer usted y procurarse un futuro digno. Si hay algo en lo que todavía confío, es en que el saber que almacenamos en nuestra mente nunca nos abandona. Sean cuales sean las circunstancias.

—¿Usted piensa que servirá de algo? Yo sigo estudiando, no me malinterprete; no francés, porque ya le he dicho que odio el francés; pero sí el resto de asignaturas. Algunas me parecen bastante inútiles. ¿Para qué quiero saber yo cantar o jugar al hockey? Tampoco me interesan la costura ni las ciencias.

—Es un inicio, señorita Charlotte. Pero dígame, ¿qué es lo que le resulta útil?

—¿Ahora mismo? Escuchar la radio de los señores Wisner. Lo demás me parece una absoluta pérdida de tiempo.

—Para comprender lo que dicen en la radio de los señores Wisner es necesario todo lo que le están enseñando en su escuela. Los maestros le van a dar las herramientas, nunca la solución. Usted debe aprender a utilizarlas para ser capaz de oír en el transistor lo que están diciendo, no lo que quieren que usted crea que están diciendo. ¿Me entiende?

—Creo que sí… —respondí poco segura.

Di otro fresco bocado a la manzana. Damian desapareció un momento entre las estanterías y las cajas.

—Y dígame, Damian, ¿a usted le gustaría volver a trabajar de traductor?

Silencio.

—¿Damian?

Silencio.

—Claro que me gustaría —respondió al fin—. Ese es el plan. Quiero irme a los Estados Unidos. Allí hay oportunidades. Aprenderé inglés. Quizá pueda ir a Canadá más adelante.

—¿Y cómo va a conseguir eso?

—Todavía no lo sé —admitió, algo rendido.

—Hable con Roger Schütz cuando venga de permiso. Él me llevó a la frontera hace unas semanas —afirmé de golpe.

Damian arqueó las cejas y frenó su actividad.

—¿Cómo?

Me arrepentí *ipso facto* de la precipitación de mi ingobernable lengua.

—No se lo puede decir a nadie, Damian. Si los señores Wisner se enteran, se enfadarían mucho. Y sería peor en la escuela.

—Señorita Charlotte, es una insensatez. No está el ambiente como para andar haciendo excursiones a ninguna frontera —me reprendió.

—Pero yo quería ver a los alemanes de frente. Ver a los soldados. La guerra ya no es una fantasía radiofónica para mí. No son rumores entre alumnos. Ahora ya sé que es real. Y puedo estar preparada —le expliqué.

—Señorita Charlotte, no tenga ninguna duda de que si es lo que está escrito, la guerra vendrá a buscarla a usted. No es necesario que usted vaya a su encuentro innecesariamente —apostilló Damian y volvió a desaparecer en el almacén.

Cuando volví a St. Ursula, encontré una escena que últimamente era más habitual de lo que me hubiera gustado. Sara estaba sentada en su escritorio y miraba a la nada con esa sonrisa bobalicona que había aparecido un mes atrás. Movía la figurita de madera que George le había regalado. De media, tardaba tres «Sara» en responder. Después, me miraba y me decía sin hablar lo mucho que extrañaba compartir tiempo con él. Sabía de buena tinta que Victor, Kris y Dilip estaban teniendo el mismo problema con George. «Me da la razón como a los tontos. Está rarísimo, Fournier. El otro día prefirió quedarse en su cuarto tallando sus figuritas antes que participar en la última idea de Kris: cambiar el azúcar por sal en el comedor», se había quejado Stäheli. Me sentía el buzón de reclamaciones. Era la única que conocía la historia de amor que se estaba fraguando a espaldas de todos, pero, por una vez, no iba a soltar prenda hasta que no me dieran permiso.

Aquella tarde, necesité un «Sara» más para que se percatara de que había vuelto. Quedaba media hora para la cena y todavía tenía que terminar algunas tareas de la profesora Richter y sus adorados logaritmos. Me coloqué en mi escritorio y me dispuse a escribir. Sin embargo, en ese instante, mi compañera de cuarto consideró que era el momento idóneo para iniciar una conversación. Dejó la figurita en su mesa y se acercó.

—Por cierto, Charlotte, ¿a que no sabes qué?

—Ilumíname.

—Esta tarde ha ocurrido algo extraño. Ese soldado amigo del soldado Voclain ha venido a la escuela a hablar con Évanie.

Detuve el dibujo de aquel cuatro.

—¿Con Évanie? ¿Y qué quería?

Sara me contó que Joanna y ella lo habían visto desde el jardín. Habían decidido dar vueltas a la escuela mientras repasaban para el examen de la profesora De la Fontaine que teníamos a finales de aquella semana. El soldado Légrand había llegado solo, algo no muy habitual. En vez de interesarse por hablar con alguien del profesorado, que era por lo que las unidades desplazadas en la zona visitaban St. Ursula, había ido al encuentro de Évanie que, por suerte, estaba en el hall cuando apareció. Ambos optaron por salir afuera para que su diálogo fuera lo más privado posible. Habían paseado durante media hora. Joanna y Sara no los habían perdido de vista, pero sus palabras eran solo movimientos de labios desde donde ellas se encontraban. Así, cuando el soldado Légrand se marchó, ambas corrieron al encuentro con Évanie.

—¿Era ese el soldado que iba siempre con el soldado Voclain? —espetó Jo.

—Sí. Es Zacharie Légrand.

—¿Y qué quería? —prosiguió la portuguesa.

—Ha venido a visitarme. Solo eso. Me cuenta novedades sobre Heinrich.

Sara me trasladó que tanto ella como Joanna temían que, con aquellas vacuas esperanzas que parecía darle el soldado Légrand sobre su amigo, la canadiense terminara haciendo el ridículo. Pero Évanie no veía más que aquella imagen mental en la que Heinrich Voclain bebía los vientos por ella desde Stein am Rhein. Así que decidí ocultar que lo había visto en la frontera. Una persona era suficiente para alimentar las fantasías de la benjamina de los Sauveterre.

***

El Institut Sankt Johann im Wald se despertó aquel día con normalidad, pero no hubo nada de corriente en ese día. Las ventanas se abrieron a primera hora para ventilar cada rincón de aquella respetada institución académica. Los pasillos que, vacíos y grises, custodiaban cada planta por la noche, comenzaron a llenarse de pisadas y bromas con la apertura de las puertas de los dormitorios. La calma quedó aniquilada por el nacimiento de una nueva jornada. Si le hubieran preguntado a Adam Glöckner cuál era su momento preferido allí, hubiera afirmado que las mañanas, justo antes del desayuno.

El entrenador Lefurgey lo había convencido de hacer algo de deporte y, después de varias negativas, Adam había accedido. No sentaban nada mal unas cuantas carreras al amanecer, aunque con cada exhalación los pulmones se petrificaran hasta doler. Siempre iniciaban juntos el recorrido, pero Lefurgey terminaba desapareciendo, lógicamente más hábil en lo relativo al ejercicio físico. Adam regresaba al Sankt Johann con la lengua fuera y un poquito menos de fe en su resistencia sobre la espalda. Aquella mañana, cuando cruzó la verja y pasó al filo del alargado estanque de agua que decoraba con exquisitez la zona delantera del parterre, divisó un elegante vehículo estacionado justo en la puerta principal. Una sana curiosidad lo impulsó a fisgonear desde su posición, pero no supo el motivo de aquella visita hasta más tarde.

En paralelo, en St. Ursula también se engrasaban las turbinas que mantenían la rutina entre aquellos muros. El barullo de la recogida de los cuartos y la entrada o salida de los aseos, más intenso en los pasillos de las más pequeñas, se extendió por todo el colegio. Cuando la señora Herriot lo escuchaba, comenzaba a hiperventilar y a atosigar a Marlies para que todo estuviera listo. «De vuelta a mi hotel en París me tenía que ir», clamaba la buena de Florianne. De haber cumplido su palabra, no habría habido alumna que no echara de menos su mano en la cocina.

Antes de bajar al comedor, en el pasillo de las habitaciones de las maestras, la profesora Habicht interceptó a la profesora Travert. La profesora Durand le había contado que no había estado con ellos el domingo y que la había visto pasear con el teniente Baasch. Virgine, sorprendida, se interesó por el motivo de aquel rato a solas.

—Pensé que no te caía bien.

—Bueno, no es un hombre muy amigable, pero no es mal tipo. Quiso charlar conmigo de Adam —respondió en voz baja.

—¿Del profesor Glöckner? —Virgine era incapaz de susurrar.

—Sí, baja el tono —comprobó que estaban solas—. Me advirtió de que no salió amigablemente de Austria y me pidió que tuviera cuidado. Dio más detalles, pero me aseguró que era información confidencial.

—¿El profesor Glöckner es un refugiado? —volvió a preguntar la profesora Habicht.

—Sí, pero no hables tan alto, Virgine. Si alguien más se entera, podría traerle problemas. Ahora, vamos al comedor o llegaremos las últimas.

Aquella inocente charla se habría quedado allí de no ser por que la profesora De la Fontaine todavía seguía en su dormitorio y había escuchado todo, pegada a la puerta, sin hacer el más mínimo ruido. El chisme solo duró un par de horas tras sus labios. Antes de comenzar la segunda lección de la mañana en el aula número cinco, captó la atención de la profesora Gimondi, que se dirigía al aula número nueve. A dos pasos de la puerta de la clase, le notificó aquella exclusiva que se le había presentado sin esfuerzos.

—Normal que quieran mantener abierto el colegio. Una francesa y un austríaco utilizando las escuelas como asilo político. Muy maduro por su parte —caviló De la Fontaine.

—No creo que tenga nada que ver, Esther —contestó la otra.

—¿Y quién te ha pedido tu opinión?... Ah, ya me acuerdo: nadie. Hasta más ver, profesora Gimondi. —Y entró en el aula.

Aquella inofensiva elucubración se habría vuelto mera palabrería si Joanna no se hubiera encargado de borrar el encerado, tal y como debía hacer antes de cada clase de la profesora Esther de la Fontaine, y no hubiera sido cómplice de la información que acababa de confiarle a la profesora Gimondi al limpiar el extremo derecho de la pizarra, justo al lado de la entrada. Aquel cotilleo de descansillo pronto tuvo nueva receptora. Joanna, que se caracterizaba por ser discreta pero no de piedra, escribió una nota para comunicar a Évanie, su compañera de pupitre, lo que acababa de escuchar. El problema fue que para la profesora De la Fontaine no pasó desapercibido el misterio con el que aquellas dos alumnas se intercambiaban mensajes. Eso llevó a Évanie a meterse el trozo de papel en la boca y tragárselo para que la profesora no supiera qué líneas habían intercambiado.

Aquel percance se habría quedado en anécdota si Liesl no hubiera sido espectadora de la absurdez que había cometido Évanie y del ataque de tos que le había dado después. El rumor apenas sería silencio durante dos horas más. A la hora del almuerzo, en el comedor, la alemana interrogó a Jo y Évanie. La segunda, bastante menos hábil en el arte de guardar secretos, nos chistó con insistencia a las cuatro y formamos un círculo casi impenetrable. Nos relató lo que Joanna había cazado de forma furtiva.

—Siempre creí que ese hombre era misterioso. A saber de qué ha escapado —dijo Évanie.

—Intentemos no decírselo a nadie. Es un buen hombre y esta clase de cotilleos solo le originarán contratiempos —propuso Sara—. ¿Estás bien, Charlotte?

—Te puede seguir gustando, no es nada malo el ser un fugitivo —apostilló Évanie.

—Évanie, nadie ha dicho que sea un fugitivo —la corrigió Jo.

—Apuesto a que Charlotte no ve al profesor Glöckner con esos ojos —me salvó Liesl.

—No, no, de ninguna manera. De hecho, en mi humilde opinión, considero que es una persona muy interesante. Es mejor no alimentar bulos sin consistencia —afirmé.

Nuray era la encargada de servir aquel día. La llegada a la mesa de Simone, Kyla y las demás interrumpió nuestra charla. El diálogo se habría esfumado con los platos sucios de la comida de no ser porque aquella información me interesaba y me resultaba de gran utilidad para un tema que tenía entre manos.

Aquella tarde tuvimos una eterna clase de Historia Bíblica con la profesora Durand y yo disfruté, junto a Évanie, de otra interminable lección de Contabilidad con la profesora Gimondi. Cuando mi cerebro se había rebelado ante tanto balance, la campana de fin de hora resonó por todo el colegio. Y, como ocurría los miércoles, la española salió al bosque. Regresó a la escuela alicaída, con una mala noticia bajo el brazo. Enseguida lo detecté, así que detuve mis tareas. Pero no hizo falta preguntar.

Al parecer, cuando las bisagras de la cabaña chillaron su vejez a los cuatro vientos, Sara había identificado a George en el interior, sentado en el suelo, con la cara oculta entre sus brazos, que rodeaban sus piernas flexionadas. Su cara dibujó un mohín de asombro y preocupación. Cerró la puerta, con el consecuente quejido del óxido del tiempo, y se apresuró a arrodillarse junto a él.

—George, ¿qué ocurre? ¿Estás bien?

Por primera vez, y supongo que hubiera deseado que la última, vio aquellos ojos azules naufragando en lágrimas de desconsuelo. Lo abrazó sin preguntar más. Él la rodeó con sus brazos y, después de unos minutos, le desveló el motivo de su tristeza.

—Es Kris, Sara. Sus padres han venido a buscarle. Se ha ido para siempre.

Ella comprendió enseguida.

—Es absurdo. El señor Magnus Møller lleva despreciando a su mujer y a su hijo desde que Kris nació. Y ahora su deseo es que toda la familia esté unida en la nueva etapa que ha iniciado Dinamarca. El sitio de Kris está aquí. Allí no tiene amigos. Su madre no lo deja respirar y su padre les falta al respeto cada vez que cruza el umbral de la puerta. Es injusto —le explicó furioso.

—¿Él cómo está?

—Tenías que haber visto su cara, Sara. No podía creerlo. Cuando escuchamos las noticias de la invasión de Dinamarca por parte de los alemanes, Kris bromeó con que aquello mantendría lo suficientemente entretenidos a sus padres como para que no se acordaran de él hasta final de curso. Pero los señores Møller han tomado la decisión cómoda para ellos, una vez más. Kris no es feliz en Roskilde. Me lo ha dicho muchas veces. Lleva siete años aquí. Podrían haberle preguntado. Al menos eso.

—¿Piensas que tenemos opción a decidir, George? Estamos en estos colegios porque nuestros padres así lo han querido. Solo depende de ellos que volvamos a casa. Y, dadas las circunstancias, quizá todos debamos hacernos a la idea de...

George tomó el rostro de Sara con ternura.

—No quiero que nos separen —le confesó—. Ahora no.

—Seguro que se nos ocurre algo —contestó ella y lo besó.

Pese a que todos luchásemos por convencernos de que era imposible que la guerra condicionara nuestras vidas, días como aquel nos demostraban que ya no había vuelta atrás. Me quedé muda, casi inmóvil, al descubrir la noticia. Quise sentir que se podía hacer algo, pero era inútil: Kristoffer Møller regresó a su casa en Roskilde y jamás volvió al Institut Sankt Johann im Wald.

Algunos se sentían en peligro; otros, en un refugio temporal. Suiza lo era. Pero incluso aquí la rutina cambiaba con las novedades en el frente. Aquel jueves, día 18 de abril, se colgaron carteles por todas partes en los que se nos informaba de cómo proceder en caso de invasión. Dos soldados vinieron a la escuela a entregarnos unos cuantos. Comunicaron a la directora Lewerenz, que había vuelto de Berna tres días antes, que debían colocarse en las zonas comunes y pasillos. Era imperativo que toda alumna supiera cómo reaccionar. Leí el de nuestro corredor, una y otra vez, sin ser consciente de que hablaban de algo factible.

Tal fue mi ensimismamiento con aquel tema que no recordé hasta bien entrada la mañana que era día de visitas. La encargada de recordármelo fue la inconfundible voz de *opa* Gorman. Estaba a punto de arrancar el pasquín que habían puesto al lado del aula dos, justo la última del pasillo de la segunda planta antes de las escaleras, cuando oí cómo el señor Derek Gorman y su nieta se saludaban con una efusividad que producía celos a todo el que mirara. Sin preocuparme por la discreción, abandoné el aviso que decoraba la pared y me dirigí al hall. Con la vista, seguí los pasos de Liesl hacia el comedor, una de las estancias reservadas para que las alumnas hablaran con sus familias. Mi interés en analizar la reacción del señor Gorman al verme me empujó a caminar sigilosa hacia aquella enorme sala. Él me había prometido que jamás me juzgaría por pensar distinto a él, que los Gorman no me darían de lado ni aunque Hitler lo clamara. Sin embargo, no me había dado la impresión de mantener su palabra aquel primer día de curso en el que su silencio sentó un frío precedente en nuestra relación.

Una vez me hube deslizado al interior del refectorio, me fingí entretenida con otras compañeras, aprovechando el tiempo libre, pero, en todo momento, controlé el modo en el que se desarrollaba la charla entre Liesl y su abuelo. Aunque no me siento orgullosa de ello, me coloqué lo suficientemente cerca como para escuchar el contenido de su conversación. Y cómo terminó evolucionando fue lo que realmente me pilló desprevenida.

—¿Cómo está Leopold? ¿Y Erika? ¿Cómo está la abuela? —preguntaba Liesl.

—Bien, bien. Todos están bien. Tu abuela tiene muchas ganas de abrazarte. Te he traído varias cartas que ella ha querido enviarte para que puedas leerlas con tranquilidad cuando tengas un rato.

—Qué bien. Yo también la extraño mucho a ella. En clase de costura le estoy preparando un regalo. No puedo esperar a que la abuela vea el resultado final.

—Seguro que le encanta, Lili. Estoy convencido —afirmó el señor Gorman, con un halo de orgullo llenando de vida sus pupilas cansadas—. ¿Cómo estás tú, Lili? Nos preocupó mucho saber que te había dado una bajada de tensión. Promete que si vuelves a encontrarte mal...

—Te lo prometo. —Sonrió un instante. Después, se puso seria—. *Opa*, aquí el ambiente está cada vez más raro. Y después de lo de Dinamarca y Noruega todavía más... ¿Crees que mis compañeras comprenderán lo que está ocurriendo y terminarán perdonándome?

—Lili, tú no eres responsable de nada. Te lo dije cuando volviste a casa en las Pascuas y te lo vuelvo a repetir. La política es asunto difícil que no ha de debatirse en clases de adolescentes. Bebe de conflictos más antiguos que vuestro nacimiento, así que debéis dejar que sean vuestros mayores los que los afronten.

Liesl se quedó callada un momento. Miró alrededor.

—No estoy de acuerdo, *opa.* Tengo diecisiete años. Me importa lo que está sucediendo en Europa. Y nadie me explica nada. No soy capaz de defender a mi país porque no comprendo la mitad de las decisiones que se están tomando.

—No tienes que justificarte ante nadie, Lili. En unos años, la verdad saldrá a la luz y el pueblo alemán dejará de estar sometido a las sentencias de sus enemigos.

—Pues yo solo siento que cada vez tenemos más enemistades. Si vivieras aquí, lo sabrías.

—Hay medidas impopulares para la mayoría que son necesarias a largo plazo, Liesl —contestó su abuelo tajante.

—Y no las combato, *opa,* pero me cuesta verle sentido a una guerra que nadie quiere.

—Las guerras han configurado nuestro mundo desde que se creó. Los griegos, los romanos, los feudos, la colonización, los conflictos religiosos, las disputas entre países vecinos... Odiamos emplearlas para alcanzar nuestros objetivos, pero siempre se presentan como la última de las alternativas, la única efectiva.

A mi amiga le iba cambiando la cara al percatarse de que su abuelo defendería el avance alemán por Europa, aun a riesgo de que dicha expansión incluyera a Suiza como territorio a ocupar. Ella amaba a su país y a su pueblo, pero pasaba demasiado tiempo fuera de Múnich y todo se había empezado a enmarañar en su cabeza. De pronto, sin levantar la vista, que se había clavado en la mesa, lanzó una interrogación a su abuelo.

—Han comenzado a circular rumores por aquí.

—¿A qué te refieres?

—Ataques indiscriminados a enemigos políticos, a gitanos, a judíos... Prisiones y campos de trabajo. —Alzó la mirada y, ahora sí, observó de frente a su abuelo—. Empresas que utilizan mano de obra semiesclava.

El abuelo de Liesl se removió en su asiento. Se repasó la línea del bigote con su dedo índice, recogiendo así las dudas que oprimían su tráquea y que casi le impidieron seguir hablando.

—*Opa*, el verano en el que Charlotte nos visitó, cuando pasamos la mañana en la fábrica... Aquellos hombres que estaban cargando piezas en los transportes... ¿quiénes eran? ¿Por qué iban vestidos de forma distinta?

Arqueé las cejas. Quise dar un paso al frente para proteger a mi amiga de lo que su abuelo pudiera contestar, pero recordé que ya no éramos tan íntimas, que, a tenor de lo que yo había decidido, aquello ya no debía importarme.

—Lili, no hagas preguntas indiscretas. Es de mala educación —señaló el señor Gorman.

—¿Quiénes eran? —La paciencia de su pequeña Lili se estaba agotando.

El señor Derek Gorman tenía una línea roja y era la unidad de su familia. Estoy convencida de que, por ese motivo, se tragó su orgullo y procedió a contarle a su nieta la verdad. De lo contrario, la habría perdido antes de lo que la perdió.

—A finales de 1937, vino a verme a la empresa el señor Oswald Pohl. Hacía solo dos años que Himmler lo había nombrado Oficial Jefe Financiero de las SS. —Hizo una pausa—. La trayectoria de la fábrica no ha sido tan boyante en los últimos años como os he hecho pensar, Liesl. 1929 no fue un año fácil. No solo por perder a tus padres, sino por aquella terrible segunda crisis económica en la que nos vimos absorbidos sin control. Peleé lo que pude para mantener la empresa a flote, Lili, pero contraje una cuantiosa deuda a cambio. El señor Pohl me aseguró que conocía los aprietos por los que había pasado Gorman Ersatzteil Gmbh, pero que, en la nueva Alemania que se estaba construyendo, se hacían imprescindibles compañías como la mía. Puso dinero sobre la mesa para adquirir el treinta por ciento del capital. Me prometió que podría beneficiarme de los privilegios de las empresas ligadas al Reich. Lo pensé mucho. Tu abuela me pidió que no aceptara..., pero tuve que hacerlo, Lili. La fábrica lo precisaba para sobrevivir a esta década. Desde 1934 habíamos tenido que prescindir de más de veinte trabajadores... Y esa fue una de las primeras medidas que tomó el señor Pohl. En abril de 1938, me mandó a un grupo de operarios para suplir las bajas de los últimos tiempos. Dos oficiales de las SS se encargaban de traerlos y recogerlos. Me prohibieron hablarles, pero podía darles de comer una vez al día. Estar vinculado, desde hace un año, a la Oficina central de Administración y Economía de las SS y participar en la fabricación de compuestos para los vehículos militares tiene grandes ventajas. Pero no soy estúpido. Conozco los rumores que corren, así que, un día, sin que uno de los dos guardias me viera, le pregunté a uno de ellos de dónde venían y adónde los llevaban cada vez que salían de la fábrica. Solo hizo falta una palabra para darme cuenta de que eran prisioneros políticos... —Volvió a detenerse—. La prisión de Dachau. Está a solo cinco kilómetros de la empresa.

Lili, que había admirado a su abuelo por encima de todo, acababa de descubrir que no era más que un simple ser humano con miedos, orgullo y apuros. Se apagó la llama de la verdad eterna entre los dos.

—La de veces que he soñado con que las palabras de mis compañeras no fueran ciertas y, por primera vez en mi vida, me avergüenzo, no de mi país, sino de mi familia.

Liesl se levantó.

—Liesl, no nos hagas esto. Puede que no comprendas el mundo adulto, pero eso no te da derecho a despreciar tu sangre. Sigo pensando que deberías plantearte lo que te propuse en Navidad.

—Mi respuesta, ahora más que nunca, es: no —espetó con labios temblorosos y, con la cara empapada en lágrimas, se marchó corriendo.

Posiblemente, su gran pesar, de primeras, fue la vergüenza que experimentó al imaginarse dándonos la razón tras negar aquellos chismes. Quizá, fue más tarde cuando se percató de que le escocía la conciencia el pensar que su abuelo había aceptado tener en su fábrica a empleados que no gozaban de los derechos mínimos de cualquier trabajador alemán por sus convicciones políticas o religiosas. Peores aberraciones ocurrían en Siberia y acabarían acaeciendo en tierra alemana, polaca o austríaca, pero la joven Liesl solo podía ver la mirada derrotada de su *opa* y, por una vez, no sentir nada.

Tuve un nuevo amago de ir tras ella, pero me pareció que, con gran posibilidad, yo era la última persona a la que hubiera querido ver. A cambio, permanecí quieta, simulando que escuchaba lo que Ángela Esparza y Zahra El Saadawi me estaban contando. Fui testigo de cómo el viejo Gorman se incorporaba abatido y cómo optaba por retirarse de aquella dolorosa afrenta con una de las personas a las que más quería en el mundo. Probablemente, aquel día se uniría a los más desagradables de su ya dilatada existencia. Junto a aquella tarde de 1929 en la que le habían notificado que el tren a París en el que viajaban su única hija Giselle y su yerno Ernst había descarrilado. ¿Contaba con alguna pieza de Gorman Ersatzteil Gmbh? ¿Quién podía saberlo? O mejor dicho, ¿quién querría saberlo?

En su trayecto hacia la puerta se topó con mi presencia. Por unos segundos, alejó de él su pena y me dedicó una efímera sonrisa cargada de un cariño que el peso de la Historia no le permitiría demostrar. Yo le correspondí con otra, añorando aquella tarde de verano en la que jugamos al ajedrez.

***

Al día siguiente, las tropas británicas desembarcaron en Åndalsnes para tratar de contener el avance alemán en Noruega. El conflicto estaba servido. Aprovechando que había ido a la tienda de los Wisner a escuchar el programa del señor Von Salis, le planteé al señor Frank una petición con ayuda de uno de los panfletos que habían inundado St. Ursula y Horgen en la última semana.

—Necesito aprender a disparar para poder defenderme —exigí.

Después de mucho cavilar, el señor Frank terminó accediendo a dedicar una tarde a que aprendiera lo básico sobre el uso de armas. No le hacía sentir cómodo mi propuesta, pero, por suerte, desconocía que mi madre vivía a solo unos kilómetros de distancia y que podría haberse enterado. Pero la capacidad de mi madre de conocer mi paradero estaba limitada por las innumerables atenciones que St. Ursula le exigía, así que era como si viviera en otro país distinto.

De hecho, en la mente de Anabelle había una prioridad desde su encuentro con el teniente Baasch. Necesitaba ver a Adam Glöckner. Así, escribió una nota en la que lo citaba a las afueras de Horgen y se la hizo llegar al profesor de Matemáticas. «El sábado a las cinco de la tarde», leyó Adam en su diminuto despacho, ante la mirada extrañada de George, que ordenaba alfabéticamente los libros en la nueva estantería que el director Steinmann había instalado en la oficina liliputiense de Glöckner.

—¿Algo importante, profesor? —se interesó el alumno.

—Y privado —subrayó el maestro.

—¿Una admiradora? —preguntó, con una sonrisa, quizá pensando en mí.

—Señor Barnett, céntrese en su tarea.

—De acuerdo, de acuerdo —accedió divertido.

Adam guardó la nota a buen recaudo y sonrió sin que nadie captara ningún vestigio de su emoción.

Anabelle aparcó el Topolino rojo en el arcén de la curva del camino que conectaba la colina de Horgen con el Sihlwald. La luz solar había perdido el esplendor de horas antes y la temperatura había ido cayendo de forma paulatina. Adam no había contestado a su mensaje, por lo que su figura en el horizonte sería la única manera de responder a la propuesta de la profesora Travert. Ella salió del automóvil y se apoyó en la puerta del conductor. Si era sincera consigo misma, no tenía muy claro qué era lo que pretendía decir a su amigo, pero confiaba en que se le ocurriera algo.

Desde allí alcanzaba a ver la línea cerúlea en la que se convertía el lago de Zúrich cuando te alejabas. También los prados, de vez en cuando invadidos por grupos de árboles que hacían desaparecer la hierba y su magia a merced de sus raíces y sus copas espesas cual densa espuma verdosa. A los diez minutos, los andares despreocupados de Adam aparecieron por el camino. Fue descendiendo aquella ligera pendiente hasta que llegó a la altura de aquel coche de fabricación italiana.

—Buenas tardes, profesora Travert —saludó él.

—Buenas tardes, profesor Glöckner.

—Pensé que no íbamos a volver a vernos al margen de lo exigido por las escuelas.

—Yo también —respondió ella—. Pero creo que ha llegado el momento de ser honestos el uno con el otro. Entenderé que no quiera, pero no hablar de nuestro pasado solo nos está ocasionando disputas…

Adam Glöckner se dio cuenta de las fabulosas vistas que se podían disfrutar desde ese exacto punto del camino.

—Esta zona es increíblemente bella, ¿verdad? —opinó sin pensar.

—Lo es —pareció aceptar ella.

El maestro avanzó hacia la puerta del copiloto. Anabelle no entendía muy bien qué querían decir aquellos pasos. Él, consciente de que no se había posicionado ante la propuesta de su amiga, se dispuso a subir al vehículo y añadió:

—Si quiere que hablemos del pasado, tendrá que ser con algo de alcohol, profesora Travert. Solo hágame ese favor.

Anabelle sonrió y asintió con la cabeza. Condujo hacia Horgen, donde encontraron abierta una pequeña tienda de ultramarinos —la de los señores Wisner— en la que pudieron comprar un par de botellas de vino de Argovia. Las últimas que les quedaban. Después, pusieron rumbo a un lugar que ella había descubierto al poco de llegar a St. Ursula. Se encontraba más al sur del lago que Horgen, en la península de Au. Allí, un palacio miraba de frente al milagro natural que sobrevivía en aquel rincón de Suiza. Dejaron el automóvil a un lado de uno de los caminos de tierra que se adentraban en la propiedad y continuaron a pie. Diez minutos más tarde, llegaron a la orilla. El agua cristalina acariciaba la tierra plagada de hierba y de las raíces de los árboles más cercanos al lago. Se sentaron en un tronco y dejaron que su vista se hiciera soberbia y se acostumbrara a la imagen que algún pintor experto había creado en el claro que formaban las ramas que el invierno no había eliminado. El cielo era el incuestionable gobernante de aquel paraíso que, con calma, se iba recuperando del frío y avanzaba hacia una complicada primavera.

Anabelle descorchó la botella con ayuda de una de las horquillas que sujetaban aquel moño que siempre la acompañaba y, después de dar un sorbo, se la pasó a su compañero. Adam hizo lo propio y se quedó en silencio, admirando el entorno. En cierto modo le recordó a su hogar, en Ebensee.

—El teniente Baasch me advirtió el otro día de que tuviera cuidado con usted —afirmó ella.

En vez de hablar, él pegó otro trago a la botella, necesario oxígeno en aquel diálogo.

—¿Le contó algo sobre mí?

—Solo que no se marchó de Austria de forma amistosa y que el gobierno del Reich no le tiene en su lista de próximas condecoraciones —suavizó la maestra.

—No, no. —Se rio él, que no había soltado todavía la botella—. No creo que me presenten nunca sus respetos.

—¿Qué hizo antes de venir a Suiza, Adam?

—No fue algo que hiciera antes de huir, profesora Travert. Empezó hace mucho tiempo...

—Cuéntemelo, entonces.

Adam la apuntó con la botella.

—Solo si usted me cuenta qué la trajo hasta aquí.

—Trato hecho. Pero deme el vino. Es mi turno y usted va a estar ocupado ahora —sentenció ella.

El profesor Glöckner le relató a Anabelle su infancia en Ebensee y el disgusto que había supuesto para su padre el que él optara por estudiar Matemáticas y Química en la Universidad de Viena. También el profundo cisma que se produjo entre los dos cuando le notificó que no regresaría a casa al término de sus estudios. Sin el apoyo de su familia, Adam inició una vida bohemia y humilde en la capital imperial dormida. Fue durante esos primeros años, despierto, joven y ansioso de cambios, cuando tomó contacto con el partido comunista. Los círculos universitarios e intelectuales fueron la savia que lo mantuvo a flote mientras luchaba por encontrar su sitio. Trabajó en un par de colegios en Viena y Linz, pero en 1934 finalmente logró un puesto en la Universidad de Viena que compaginó con la publicación de estudios científicos.

—Perdí todo contacto con mi familia. Salvo visitas esporádicas de mi madre, sin que mi padre se enterara, y encuentros con mi hermano Killian mientras estuvo estudiando en Viena. A cambio, me fui haciendo un nombre entre la intelectualidad vienesa. —Agarró la botella y bebió. Después, prosiguió.

En su último curso de la universidad, conoció a Martha Schmid, con quien mantuvo una compleja relación. Ella fue quien lo introdujo en el partido pues era una clara partidaria del movimiento, seguidora acérrima de las ideas de Lenin.

—Siempre he pensado que la utilicé, que ambos nos utilizamos para combatir nuestra soledad en una Viena que, cada día, nos comprendía menos. Ni siquiera creo que alguna vez estuviéramos enamorados.

Anabelle se sorprendió al experimentar un suave cosquilleo en el estómago al escuchar aquella parte de su historia.

—Vivimos juntos durante tres años. Pero nuestros caminos se terminaron separando en 1937, en mayo. Martha se marchó una noche sin más. No dejó más que una nota deseándome suerte. —Un silencio sirvió de pausa inconsciente en su monólogo—. Martha estaba muy ligada a la actividad clandestina del partido y yo ya había optado por alejarme de todo aquello, así que nunca la busqué. Al fin y al cabo, lo nuestro era solo temporal. Ese calor que se siente en una relación cómoda, no demasiado conveniente, pero sí pasional. ¿Me entiende?

Anabelle arqueó las cejas.

—Me hago una idea. —Ahora fue ella la que tomó el relevo en el arte de empinar codo.

En marzo de 1938, cuando se produjo la anexión con el Reich alemán, conocida como el Anschluss, el ambiente en Viena continuó crispándose y radicalizándose. Antes de que terminase el curso de 1938, Adam recibió en su despacho —algo más espacioso que el que le habían cedido en el Sankt Johann— un comunicado del rector en el que se le informaba de que se le cesaba de su cargo como profesor por haber tenido relación directa e indirecta (quizá, refiriéndose a la señorita Martha Schmid) con el partido comunista.

—Busqué ayuda entre mis contactos, entre mis amigos. Pero nadie pudo, ni quizá quiso, ayudarme. Ahí me di cuenta de que las tornas habían cambiado. Sin embargo, no desistí. Continué llamando a la puerta de colegios e instituciones educativas para encontrar un trabajo que me permitiese pagar las facturas y deudas que se iban acumulando en mi piso. Subsistí unos meses. Quizá los meses en los que más odié aquella ciudad hermosa. Pero la verdadera ironía es que fue cuando realmente me sentí parte de ella. A menudo he reflexionado sobre el modo en el que se conoce una ciudad. Si vamos de visita, solo veremos su cara amable, su aspecto un día de sol o un día de lluvia. Admiraremos sus edificios ilustres, las estatuas de sus notables y los restos de las civilizaciones que fueron población antes que nosotros. Pero cuando la ciudad te maltrata es cuando realmente llegas a ser uno de sus habitantes. Cuando te dice «no», cuando es escenario de tus penas, cuando es decoración de tus glorias, cuando te expulsa antes de tiempo, cuando te retiene aun si lo que deseas es volar.

Una noche, de vuelta de tomar unas cervezas con un par de antiguos colegas, se encontró con que habían registrado su casa y la habían destrozado. Encolerizado y hastiado ante una situación que se contaba por meses, regresó a la universidad para encararse con el rector, antiguo allegado que ahora lo ignoraba. Cuando lo halló en su despacho, le gritó todo lo que no había podido decirle tras su despido. Clamó que se habían vendido a los alemanes y que ya eran esbirros de Hitler. El tono de la discusión alertó a la secretaria, que no dudó en llamar a otros docentes y a las autoridades para notificar el incidente. Tres oficiales de las SS lo detuvieron. Le dieron una buena paliza y le advirtieron de que al siguiente contratiempo no dudarían en arrestarlo y mandarlo a una prisión alemana.

—Sabía que estaba en el punto de mira y que me observaban. Era cuestión de días que volvieran a por mí con cualquier pretexto o cuando encontraran el rastro de pruebas o testimonios de mi vinculación al comunismo. Si no habían actuado ya era porque, tras perseguir a los judíos, se estaban encargando de peces más gordos que un simple profesor de Matemáticas que había tonteado con el comunismo cuando tenía veinte años. Mi caso estaba en plena instrucción, pero la resolución ante cualquier sospechoso de atentar contra el Reich era siempre la misma.

Sin pensarlo dos veces, empaquetó lo esencial y tomó un tren para salir del país. Como otros intelectuales acechados por el nazismo, encontró refugio en Suiza. Cruzó la frontera mimetizándose entre un grupo de turistas yugoslavos. No obstante, los primeros meses fueron complicados. Vivió en una pensión cerca de San Galo donde ofreció su mano de obra como pago por la comida y el alojamiento. Absolutamente frustrado y solo, se dio por vencido en su empresa de dedicarse a la enseñanza y las Matemáticas, su verdadera pasión. Así, decidió ayudar a la dueña del hostal con la contabilidad y encontró trabajo en una granja cercana.

—Quería mantenerme ocupado para no ser consciente de que, en realidad, estaba muerto por dentro. No tenía país ni familia ni apenas amigos. Por suerte, uno de los pocos que me quedaban era el profesor Rosenberger, un antiguo colega de la universidad, con quien me carteaba de vez en cuando. Él me animó, viendo el deplorable estado de ánimo que siempre impregnaba mis líneas, a buscar empleo como maestro en Suiza. Unas semanas más tarde, recibí una misiva en la que me notificaba que había recordado que un buen amigo de su juventud, a quien había conocido en Berlín cuando ambos se encontraban recorriendo Europa, era director de un internado situado cerca de Zúrich.

—El señor Maximilian Steinmann.

—El mismo. Al principio, me mostré reticente. No creía en ese tipo de instituciones. Las consideraba cárceles de oro para niños ricos. Pero las condiciones y la posibilidad de volver a enseñar me convencieron. La dueña del hostal me ayudó a regularizar mi situación. Por suerte, topé con un policía de inmigración poco dispuesto a empeorar mi circunstancia. Sé de buena tinta que otros compatriotas no han podido quedarse.

Anabelle se quedó mirando al horizonte, tragando aquel caldo y todos los recortes de una vida que ahora revoloteaba entre los dos.

—Sin duda, usted no lo ha tenido fácil —concluyó la maestra.

—No... —murmuró él y dio un nuevo sorbo a la botella—. Pero me gusta pensar que podría haber sido peor. Su turno, profesora Travert.

—Está bien —se preparó—. Lo de enseñar me viene por mi padre, el profesor Theodore Travert, pero dicen que me parezco mucho a mi madre.

—¿Cómo se llama o... llamaba?

—Lorène. Mi madre se llama Lorène. Crecí en Lyon con ellos y mi hermana mayor, Madeleine.

—Como su abuela.

—Tiene usted buena memoria. —Se sonrieron—. Mi padre fue siempre profesor en una escuela local. Ahora ya está retirado, pero continúa colaborando en panfletos literarios y almanaques de la zona. Yo siempre admiré esa parte de él y su tesón por darnos a mi hermana y a mí todo lo que él no había tenido. Al cumplir los quince, Madeleine y yo marchamos a París, a una escuela de señoritas. Pudimos cumplir el sueño de mi abuela. Supongo...

Aunque las hermanas Travert habían descubierto desde muy pequeñas la buena lectura, los años en París fueron de eclosión absoluta. Para ellas fue la puerta a un mundo nuevo, a una intelectualidad desconocida en una ciudad que vivía los últimos coletazos de la Belle Époque. Sin embargo, también fue momento de afrontar uno de los grandes conflictos de la década: la Gran Guerra.

—Cuando casi podíamos tocar el armisticio con la punta del dedo, perdí a mi amigo Eugène, con quien tenía por seguro que terminaría casándome. Tardé mucho tiempo en recomponerme, pero resolví formarme como profesora. Seguir los pasos de mi padre. Mi hermana, por su parte, conoció a su marido, el señor Henri Savoye. Tardó tan poco en tener a su primer hijo que muchos se creyeron los rumores de que se había casado embarazada. Un escándalo para una familia como los Savoye, dueños de una de las empresas de moda más en boga en Francia y propietaria de una cadena de grandes almacenes en París, Burdeos y Toulouse. En menos de dos días, nadie osó mentar el tema. La billetera de los señores Savoye es poderosa, profesor Glöckner. —Se rio Anabelle—. Ahora ya tengo cuatro sobrinos.

—¿Y..., y cómo conoció a su marido? —preguntó cauteloso.

—Louis y yo nos vimos por primera vez en la Biblioteca Nacional, en París. Era 1920 y recuerdo que tenía grandes planes de futuro. Nos pusimos a hablar en el mostrador de préstamos sobre libros que habíamos leído y, al final, se nos hizo de noche en un café cerca de la plaza Vendôme. Solo cuatro meses después, tras haber paseado juntos menos de una decena de veces, me comunicó que regresaba a Suiza, su país de origen. Había logrado un puesto como profesor de Filosofía en la Universidad de Ginebra, así que era una gran oportunidad. Sus siguientes palabras fueron su proposición de matrimonio, que yo acepté sin pensar. Sé que mis padres jamás comprendieron mi decisión, pero siempre la respetaron. Después de casarnos, nos instalamos en Ginebra. Recuerdo que vivía absolutamente maravillada por él. Era joven e inocente y Louis tenía todo lo que podía pedir.

Anabelle detuvo su discurso un segundo y, después, prosiguió.

—Estaba tan ocupada queriéndolo e idolatrándolo que no me di cuenta de todo a lo que estaba renunciando. Vivía eclipsada, sola en un país extranjero. Pero nuestro amor era obsesivo y apasionado. Era complejo en más sentidos de los que me hubiera gustado. Busqué trabajo en una escuela, pero dejé de dar clases a los pocos meses porque me quedé embarazada.

Un espasmo inconsciente recorrió la cara de Adam.

—¿Es madre? —preguntó, antes de arrepentirse por si aquello era la historia de una pérdida.

—Sí, lo soy.

Adam Glöckner respiró aliviado.

—¿Y dónde está su hija ahora?

—Nació en 1922. Vivimos una bonita época. Recuerdo los largos paseos de sábado por la tarde junto al lago Lemán. Miraba a mi hija y me sentía invencible. Hasta que, en 1928, Louis cayó enfermo de tuberculosis. La enfermedad lo fue consumiendo hasta su final, dos años más tarde. En ese instante, tuve que recomponer mi vida. Debía encontrar un trabajo y sacar a mi hija adelante. Una de las maestras con las que había coincidido en los meses que estuve en aquella escuela de Ginebra me avisó de una vacante en St. Ursula. Necesitaban una profesora de Francés. A la directora Lewerenz no le impresionaron ni mi escasa experiencia ni mis inexistentes referencias, pero creo que vio la desesperación en mis ojos y, después de un par de días, aceptó. Este colegio ha sido mi vida y la de mi hija desde entonces.

El profesor Glöckner trataba de asimilar cada palabra.

—¿Su hija es alumna de St. Ursula?

—Sí..., y no me soporta. Jamás me perdonará que la llevara a Lyon, con mis padres, en los últimos meses de vida de Louis. Estaban muy unidos. Ella lo idolatraba, lo sigue idolatrando. Y yo los separé con la intención de que ella no lo viera sufrir. Aunque, por mi resolución, le arrebaté la posibilidad de despedirse para siempre. Tampoco gestioné bien el traslado. Sabía que demandaba mi atención, que debía explicarle con mayor detalle todo lo que estaba ocurriendo, pero me enterré en las responsabilidades del colegio. No quería perder aquella oportunidad. Pero, a cambio, perdí a una parte de mi hija. Se dedicó a idealizar a su padre, la persona que no había tenido oportunidad de decepcionarla, y a demonizarme a mí por su soledad. Trato de hablar con ella todas las semanas, pero siempre es distante, busca llevarme al límite para castigarme por la desaparición de todo lo que conocía.

—No se culpe, profesora Travert. No me da la impresión de que sea fácil eso de ser madre...

—Es lo más difícil a lo que nunca me he enfrentado. Y me da la sensación de que no hago más que errar una y otra vez. Tengo un diario en el que, por las noches, le cuento todo a Louis. En realidad, no creo que sea a él a quien escribo..., pienso que, un día, mi hija podrá leerlo y entenderme mejor. No he sido una madre ejemplar, pero tampoco merezco su desprecio. Es insoportable —admitió, con lágrimas en sus mejillas.

Adam Glöckner no pudo contenerse y optó por abrazarla, por darle un calor que, posiblemente, no le proporcionaban sus remordimientos. El llanto reprimido de Anabelle quedó liberado sobre la superficie rugosa de la chaqueta de aquel austríaco que, por un segundo, se sintió en casa.

***

Con todas aquellas nuevas sobre la guerra, las clases de la profesora Durand se alejaron del protocolo en más de una ocasión. Nosotras obedecíamos a la directora Lewerenz. Ese era el momento indicado para debatir. Así que lo aprovechábamos. Con el paso de los meses, había advertido un cambio en la percepción que todos tenían de la guerra. La profesora Gimondi cada vez se angustiaba más con nuestras charlas después de almorzar o cenar. Los chicos del Sankt Johann parecían estar siempre informados. Sobre todo George, que se comunicaba de forma habitual con su hermano Jerome. En silencio, observaba cómo el tema empezaba a obsesionarle casi tanto como a mí. Victor había empezado a defender el intervencionismo de Suiza. Yo había comenzado a dejar de comprender lo que significaba neutralidad y si estaba directamente relacionada con la ausencia de principios éticos. Odiaba sentirme una mercenaria, pero, sobre todo, detestaba que las convicciones de mi padre, mi referencia, estuvieran caducando en mi cabeza.

—¿Cómo se explica que Dinamarca haya capitulado tan rápido? ¿Acaso no tienen honor? —observó Nuray.

—No en comparación con Noruega. Es el espejo en el que espero nos miremos todos. Aunque sea la vía más difícil, los países neutrales no podemos tirar la toalla. Si lo hacemos, parecerá que la no beligerancia ampara nuestra cobardía —opiné.

—No es falta de valentía. Yo creo que saber solventar los problemas en las oficinas ahorra muertes y sufrimiento —intervino Kyla—. Además, seguro que las tropas alemanas habrían marchado sobre Copenhague antes de que los diplomáticos daneses pudieran pestañear.

—En eso estoy de acuerdo —aplaudió Vika.

—El verdadero problema es que hay países que no se aclaran. Y generan inestabilidad. Deberíamos tener todas las cartas sobre la mesa —opinó Dortha en una de esas conversaciones.

—¿Hablas por el tuyo, Williams? —espetó Nuray—. Porque, por lo menos, el mío se ha posicionado a favor de los aliados. Aunque sea neutral.

—Flaco favor os hacéis —indicó Zahra.

—Creo que lo mejor sería que nadie se sumara y esto terminara cuanto antes —habló Liesl.

—No haberlo empezado —criticó Simone.

—Eh, eh, eh. Liesl no ha iniciado nada. Ella es tan inocente como nosotras —la defendí, ante su asombro.

—Muy bien, señorita Fournier. Esa es la cuestión. Aquí no hay culpables —aplaudió la profesora Durand.

—Dígaselo a los finlandeses. A Ingria. A Mirja. Ella ha perdido a su hermano mayor —intervino Vika—. O a mí. Los soviéticos me expulsaron de mi hogar.

—Pero si ni siquiera has vivido en San Petersburgo —rebatió Joanna.

—Bueno, ya, pero podría haber vivido allí si mi familia no hubiera tenido que irse a Bélgica. Al exilio —concretó la rusa.

—Rada Petrova, de séptimo, dice que familias como la tuya tienen el monopolio de la miseria en Rusia —comentó Kyla.

—Pues dile a Petrova que nunca hubo pobreza más injusta que la de estos días.

—No sé..., en ocasiones, nos veo tan parecidas que no entiendo por qué nuestros países se empeñan en aniquilarse —opinó Joanna.

—Somos parecidas porque estamos aquí, Jo. Si no pudiéramos conversar, seríamos tan enemigas como nuestros compatriotas —indicó Nuray.

—Pues yo os considero a vosotras mis compatriotas. La verdad —respondió la portuguesa, originando una oleada de sonrisas por toda la clase.

Por algún motivo, aquella primavera logró ablandar nuestros corazones. El mío, concretamente, tenía un asunto pendiente con la mediana de los Bachmeier. Apenas había hablado desde la visita de *opa* Gorman. Se movía como un fantasma por la escuela y, a la primera de cambio, se encerraba en su habitación. Traté de indagar, a través de Joanna, si estaba bien, pero lo más que pudo decirme fue que estaba preocupada por ella. Las palabras de Sara sobre no culparnos por las decisiones de nuestros países no me habían abandonado. Tampoco el saber que Liesl se había ocupado de cubrirme. Ni el hecho de que siguiera en la escuela, posiblemente en contra del consejo familiar, lo que la convertía, sin duda, en una baja más si el asunto se torcía en el norte.

El domingo 28 de abril, por iniciativa de la profesora Habicht, las alumnas de octavo y noveno grado pudimos ir de excursión al lago Türler, situado al noroeste del Sihlwald, al otro lado de la colina de Horgen. Una vez más, nuestro pasillo se convirtió en un gallinero. Conforme fueron desapareciendo las alumnas que ya se habían preparado, el silencio retomó el control. Yo buscaba desesperada unas horquillas con las que sujetar los dos mechones rebeldes de mi cabello. Me había quedado la última. Entré en el baño y, de pronto, me encontré a Liesl. Cepillaba su preciosa melena castaña con parsimonia. Nada más verme, bajó la mirada, acto defensivo por si osaba echar sal en sus heridas. Pero no fue así. No tenía más fuerzas para odiar a quien echaba tantísimo en falta. Detuve mi avance por el aseo y me acerqué sigilosa a ella. Sin pensar, la abracé por la espalda, en son de paz. Ella me correspondió, poniendo su mano sobre mi brazo. No dijimos nada más, no era preciso. La guerra continuaría allá fuera, pero había terminado entre nosotras. Y es que, con el paso de los días, nuestra confusión acerca de lo que defendían nuestros países, nuestras familias y nosotras mismas había aumentado. Los motivos de nuestro enfado ya no estaban tan claros. Yo solo quería que todo volviera a ser como antes de aquel verano en Múnich en el que la política había emponzoñado nuestra sincera amistad. Ella, a fin de cuentas, era mi verdadera compatriota.

Cuando Sara, Évanie y Joanna nos vieron aparecer juntas, y sin pelear, sonrieron.

—Vamos, señoritas. Por parejas. Irán cogiendo una bicicleta cada una. Después, esperen en la puerta de entrada —indicó la profesora Vreni Odermatt.

Como ya sabe, señorita Eccleston, aquellas bicicletas, aunque puestas a punto para la ocasión, no eran demasiado cómodas, así que lamenté no poder emplear la de la profesora Habicht quien, lógicamente, también se había unido a la salida. Además, se unió la profesora De la Fontaine, que no defraudó con un conjunto primaveral que rebajaba la elegancia al resto del grupo. Antes de pisar el pedal, alcancé del buzón exterior de la escuela un ejemplar abandonado del *Neue Zürcher Zeitung* en el que se podía leer el titular «Suiza y la guerra». Encabezados más pequeños hablaban de «Neutralidad armada», de «Un país asediado», de democracia, de soldados por todas partes dispuestos a luchar, de las posibilidades suizas frente a la guerra relámpago que había engullido a Polonia. Me fijé mejor y me di cuenta de que era un artículo de un periodista estadounidense, un tal John Whitaker. Sin embargo, antes de poder saborear algunas de sus líneas, la profesora Gimondi, que acudió a despedirnos, me lo arrebató de la mano y me instó a unirme al grupo.

El camino hasta el lago Türler fue divertido. No para Jo, que odiaba montar en bicicleta y temía por su integridad a cada instante, pero sí para las demás. A mí me gustaba jugar a soltar las manos del manillar y fingirme invencible, así que invité a mis amigas a unirse a ese reto. Évanie y Liesl lo hacían con bastante destreza, pero Sara casi se estrelló en varias ocasiones. De tanto en tanto, la profesora Habicht nos recordaba los inconvenientes de rompernos un diente o una pierna. Cuando se alejaba, volvíamos a intentarlo. Respirar el aire puro del exterior me dio energía, pero, en mi mente, todavía quedaban resquicios de lo que acababa de leer. Me pregunté si todo lo que contemplaban mis ojos enamorados de la libertad desaparecería en un solo parpadeo.

Una hora y cuarto más tarde, al accionar el freno de nuestros transportes, las profesoras descubrieron algo que variaba ligeramente sus planes inmediatos. En la orilla sur del lago también estaban algunos alumnos del Sankt Johann im Wald. Antes de que lo cuestione: no, no fue ninguna coincidencia. Sara se había encargado de dar aviso a George de que, ese domingo —el primero que se me permitía salir, después del castigo—, iríamos al lago. Y es que, entre todas, resolvimos que era buena idea tratar de convencer a algún docente de su colegio para que nuestros divertimentos coincidieran. Y así fue. Dilip lo planteó al bueno del profesor Hummel, que se lo dijo al profesor Bissette, que se lo dijo al profesor Glöckner, que lo propuso al director Steinmann ante la mirada disuasoria del cenizo de Hildegard. Así que, ahí estaban, los alumnos de los tres últimos cursos del Sankt Johann junto con Adam Glöckner y Armin Hummel.

La profesora De la Fontaine se alegró, sin disimulo, de aquella deliciosa casualidad. Habicht comenzó a titubear, temiendo una amonestación de la directora Lewerenz al permitir a las alumnas socializar abiertamente, y sin casi vigilancia, con los chicos del colegio masculino. Se ofreció para regresar a la escuela y pedir permiso, pero Esther de la Fontaine la detuvo.

—Perderíamos el tiempo y, mientras tú vas y vuelves, seguiríamos teniendo el mismo problema porque estaríamos aquí esperando. Además, Konstanze va a estar fuera todo el día. No le des más importancia de la que tiene. Diremos la verdad: no lo sabíamos y fue una simple serendipia. Yo asumiré la responsabilidad. —Y, dicho esto, comenzó a caminar hacia la orilla del lago para sentarse no demasiado lejos de Adam.

Los pasos de la profesora de Historia del Arte fueron decisivos para nosotras. Lo tomamos como una autorización y comenzamos a distribuirnos por la hierba y la tierra que abrazaban las lindes de aquella maravilla azulada. Enseguida, identificamos a nuestros amigos: jugaban a la pelota junto al agua. Victor nos saludó con la mano, Dilip con una sonrisa y George con la cabeza.

—No creo que me acostumbre a no ver a Kris —afirmó Joanna.

—Seguro que volveremos a encontrarnos —supuse, al tiempo que extendía una manta en el suelo.

La señora Herriot nos había preparado varias cestas con sándwiches.

—Últimamente, comer es deprimente. Todo me sabe a lo mismo —admitió Évanie, mientras mordisqueaba uno de mermelada.

—Da gracias a que puedes comer. En mi país, el racionamiento es mucho más extremo. Hay escasez de productos y la gente no tiene qué llevarse a la boca en la mayoría de los casos. La gente con posibles recurre al mercado negro, al estraperlo —contó Sara, quizá extrayendo tales datos de la última misiva del señor Suárez.

—Vika dijo el otro día que su padre le contó que en España se ha emitido una orden para perseguir la masonería y el comunismo. Estaba más que satisfecha con la medida. Aunque, en mi opinión, el general Franco no es más que otro dirigente que ha sabido legitimar su sed de poder a cambio de promesas y arengas. Bueno, y pólvora —indiqué.

—Sí..., pero, en el fondo, ¿qué alternativa había? El debate que hoy existe en toda Europa, fascismo contra comunismo, es el mismo que se ha producido en España. Quizá no entre la gente de a pie, me consta que son diversos los motivos por los que las personas se han alineado con uno y otro bando, lo he visto en mi propia familia, pero sí entre los mandamases y sus más acérrimos seguidores. Muchos sienten tranquilidad ante la victoria franquista..., la prefieren al comunismo, al anarquismo o al socialismo. Creen que dará más estabilidad a largo plazo —explicó Sara.

Nos quedamos pensativas.

—Supongo que es a lo que se reduce todo... Mi país tiene un régimen similar. Militar. Mi padre lo ama u odia en días alternos. Unas veces da gracias a que no nos hayamos convertido, de momento, en una versión meridional de las repúblicas soviéticas. Y otras, reza por que el gobierno de Salazar se termine y la sombra del fascismo, del conservadurismo y del nacionalsocialismo se desintegre al fin —bromeó Jo.

Yo opiné que a mí ninguno de estos sistemas me daba garantías. Admití que la democracia no era perfecta. A la vista estaba que no. Suiza, Estados Unidos, Reino Unido..., todos tenían irregularidades. Pero, al menos, no estaban al servicio de un solo hombre. Liesl me respondió, con una delicadeza renovada, que tener más bocas que alimentar no glorificaba los actos de las democracias occidentales. En el fondo, no daba la sensación de que ninguno estuviera al servicio de los ciudadanos. Se movían por ideologías y símbolos.

—Yo hace tiempo que dejé de comprender por completo lo que ha ocurrido en España. Una de las hermanas de mi padre se ha tenido que ir al exilio. De pronto, alguien me asegura que todo está bien. Pero no dejo de preguntarme: ¿de verdad todo está bien? —confesó la española, ante una Évanie cada vez más reflexiva.

—Nada está bien, Sara. Y aquí tampoco —admití. Me acerqué a ellas y bajé la voz—. Cuando fui a la frontera con Roger Schütz me di cuenta de que el mundo es más complejo de lo que nunca imaginé. Todavía veo a esos soldados charlando, fumando juntos. Después aterrados con el rugido de un avión, creyendo que era el final. Y, aunque me peleo con la evidencia, pienso que no es real. Que cualquier día la directora nos dirá que todo era mentira. No consigo creerlo. Ni aun habiéndolo visto con estos dos ojos —concluí, señalándomelos.

—Si os sirve de consuelo, yo tampoco entiendo nada. Ni de Portugal ni del resto —añadió Joanna.

—¿Sabéis? Lo he estado pensando mucho y, aunque yo amo mi país, al igual que vosotras el vuestro, en cierto modo, dadas las circunstancias, solo nos tenemos las unas a las otras. Nuestras familias no están aquí. Nunca están. Prometedme que estaremos juntas hasta el final. Sea cual sea el resultado —dijo Liesl, ante la estupefacción general.

Nos miramos fijamente. Después de varios segundos, Sara se echó a reír, dejando ver sus dientes ligeramente separados en el medio, y todas nos unimos. Yo tendí mi mano en el centro del círculo que habíamos formado, cada una sentada sobre su manta. Una a una, fueron poniendo la suya encima, dejando que nuestros dedos formaran un lazo indestructible.

—Juntas hasta el final —repetí.

—Juntas hasta el final —respondieron al unísono.

Una pelota desviada a causa de un golpe desmañado rompió la atmósfera que ese pacto había creado. Victor apareció corriendo, en busca de la bola. Yo la cogí y me incorporé.

—Bueno, bueno…, la *ursulana* más rebelde de la Historia. Lo de saltarse normas está muy bien, pero ahora tienes que perfeccionar lo de que no te pillen, Fournier —saludó Victor, en referencia a mi correctivo.

—Cállate, Stäheli.

—¿Puedo jugar? —pregunté.

—Fournier, si no vas a saber —asumió.

—Eso lo tendré que decidir yo, ¿no crees? —Y me uní.

De lejos, controlé con varios vistazos lo que parecía ser una conversación agradable entre Adam Glöckner y la profesora De la Fontaine. Hacían buena pareja, pero algo en la forma en la que él se movía me hizo pensar que no era esa la compañía que anhelaba. Después de un momento de cordial simpatía y mutuo entretenimiento, Adam optó por charlar con la profesora Habicht.

—¡No os mojéis u os resfriaréis! —gritó Virgine a un grupo de chicas de octavo.

—¿Siempre es tan directa la señorita Esther? —se interesó Adam, mientras se acomodaba al lado de la maestra de Canto Coral y otras especialidades.

—Solo si tiene verdadero interés —espetó ella—. Aunque no debería hacerme demasiado caso. No somos muy amigas —apostilló, mientras se zafaba de una abeja que revoloteaba a su lado.

—Pero usted sí lo es de la profesora Travert, ¿no?

—Desde que llegó aquí hace nueve años. Nos hemos apoyado en todo momento, incluso en tiempos difíciles. Como ahora —comenzó Virgine—. Por eso me alegré de su amistad.

—Muchas gracias. —Sonrió Adam.

—Pero no se encariñe demasiado, profesor. Hasta este otoño, Anabelle tenía pensado marcharse del colegio al finalizar el curso. Ahora pretende quedarse si la escuela permanece abierta, hasta que deje de ser útil, pero su idea es cesar su actividad en los próximos años. —Hizo una pausa—. Cuestiones personales.

El profesor Glöckner arqueó las cejas y miró a todos aquellos muchachos riendo, jugando, salpicando y comiendo sándwiches.

—Y, entonces, ¿por qué desea mantener la escuela en funcionamiento? —se interesó.

—Porque Anabelle es de ese tipo de ser humano que cree en los proyectos por encima de sí mismo. No hay trampa ni cartón en su lucha. Ella solo quiere que los padres de cada niña puedan decidir. Que las chicas no pierdan sus dos hogares, en el peor de los casos —le contó.

—Es noble. No hay muchas personas así —afirmó él con orgullo.

—No las hay, no. ¿Quiere un sándwich? Los ha hecho la señora Herriot, nuestra cocinera. Una gran mujer con un enorme ego en lo referente a sus habilidades culinarias. Pero, bromas aparte, sus bocadillos están riquísimos. —Virgine le tendió uno al maestro.

—¿Habrá para todos?

—Yo no soy profesora de Matemáticas —bromeó ella y le guiñó un ojo en señal de aprobación.

En efecto, la estampa que podían contemplar los profesores era de absoluta evasión. Éramos adolescentes disfrutando de un presente que se escurría entre los dedos. Sin embargo, no todos estábamos en el campo de visión de los maestros. A mitad de partido, George y Sara habían desaparecido. Yo me di cuenta, pero decidí callarme y dejarles un rato de intimidad antes de que alguno de los docentes al mando notara su falta.

Al parecer, decidieron alejarse unos metros al norte y sentarse en un pequeño embarcadero de madera. Sus pies rozaban la superficie brillante del lago, sus manos se tanteaban.

—Ayer recibí carta de mi padre. Se han complicado algunos asuntos de trabajo por Madrid y me ha dicho que, al final, no vendrán a visitarme —le contó ella.

—¿Estás triste por la noticia?

—Bueno, solo en cierto modo. Al principio, me sentía muy sola, pero ya no. Prefiero seguir así. Al fin y al cabo, volveré a casa en un par de meses. Todos volveremos.

George se puso blanco al escuchar tal certeza.

—Ojalá este curso durara para siempre —acertó a decir.

—Nada es eterno, George.

El chico se incorporó de golpe.

—En ese caso, disfrutemos del momento —propuso—. Creo que voy a darme un baño.

—¿Un baño? Pero si hace frío.

—*Marruecos,* tienes la temperatura corporal atrofiada. Es el tiempo perfecto para un chapuzón —afirmó, mientras se quitaba la ropa.

Sara observó atentamente cómo el muchacho se deshacía de todas sus prendas hasta quedar en calzones. Barnett no se lo pensó demasiado, debía ser rápido si no quería arrepentirse. En realidad, los termómetros no aconsejaban remojarse. Cogió carrerilla en el muelle y se zambulló en el agua. Probablemente, sus músculos se contrajeron y el frescor del lago inmovilizó parte de su cuerpo, pero al sacar de nuevo la cabeza quiso aparentar normalidad para convencer a la española de que lo imitara. No obstante, Sara tardó en reaccionar.

—Está perfecta —mintió él.

La chica se mordió el labio y frunció el ceño. Antes de que el raciocinio entrara en juego, se levantó y se desabrochó el vestido de grandes cuadros beis que se había puesto para aquella jornada campestre. Los botones fueron liberándola. Después se desató las hebillas de los zapatos, se quitó los calcetines y saltó al vacío.

—¡Está congelada! Maldita sea, George —se quejó ella.

—Tienes que moverte un poco. Si nadas, el cuerpo va entrando en calor. Ya lo verás.

—Voy a matarte —aseguró ella, que apenas podía moverse de la impresión.

Barnett nadó hacia Sara.

—Nada es eterno —repitió él con sorna, a lo que ella respondió salpicándole—. *¡Marruecos!* —se quejó, con los ojos semicerrados.

Una timidez repentina los obligaba a no acercarse demasiado. Con casi un metro de distancia, continuaron su conversación.

—¿Sabes? He estado pensando en nuestra visita a la universidad y... creo que me gustaría ser física. O profesora. —Se detuvo. Pasaba sus palmas por encima del agua, como si fueran caricias flotando—. ¿Tú ya sabes qué quieres hacer?

—Creo que Literatura...

—Hice bien en anotarlo en mi mente —bromeó ella y le tendió su mano mojada.

George volvió a sonreír y la estrechó.

—Verás qué divertido va a ser decírselo a mi padre. Según el profesor Glöckner, tengo que ser valiente, pero todavía no estoy muy convencido. Aunque siempre puedo arreglarlo llevándote a Leclein Castle para que te conozcan. Supongo que los señores Collingwood se extrañarían, pero qué más da.

Sara quitó la mano.

—No pensarás decir nada de mí a tus padres, ¿verdad?

—¿Por qué no? Alumna de St. Ursula, hija de un comerciante español y descendiente de británicos. Omitiré lo de escaparte de casa y lo de fiarte de extraños, por supuesto. Pero yo creo que puedes causar buena impresión.

El inglés siempre se escondía tras el humor. No así Sara.

—No creo que sea buena idea, George. Es decir, yo..., no..., no deberíamos complicar más las cosas. En dos meses, todo volverá a su lugar. Yo estaré en Madrid, tú en Leclein Castle. Tú ingresarás en Cambridge o Harvard y yo trataré de ser la hija que desean mis padres. Estudiaré algo, seré una mujer culta y, no sé, quizá...

—Sara, Sara, Sara —pidió él—. Relájate un momento. Nada puede volver a su lugar. Ya no —aseguró, mirándola a los ojos, más serio de lo que nunca había estado.

Continuaron contemplándose hasta que la risa se asomó para poder contarse lo que de verdad sentían. Sara devolvió la mano a su lugar, junto a la de George. Entonces, ambos olvidaron la distancia de seguridad que habían dibujado y se aproximaron. Sus labios fríos y empapados mataron los escasos centímetros que los separaban. Pero aquella vez algo fue distinto. La dulzura de otros días se disipó y un fuego peligroso y desconocido los atrapó. Sara recorrió la espalda desnuda de George con su mano. Él la cogió de la cintura y dejó que sus besos acariciaran su cuello. El frío del agua ya no existía.

—¿¡George!? ¿¡Sara!? —gritaba yo.

De pronto, se detuvieron, conscientes de lo que habían estado punto de hacer. Tardaron el tiempo justo en separarse y disimular. Los minutos exactos para comunicarse, con una mirada, la locura que estaban dispuestos a cometer.

—No quiero molestar, pero las profesoras han dicho que volvemos a St. Ursula —informé, cuando llegué al embarcadero—. Pero ¡si estáis empapados!

Sara recogió todas sus cosas y me siguió, rogándome discreción. Desde el agua, George se despidió de nosotras con una sonrisa que saboreaba, en silencio, lo que todavía no había podido probar.

Cuando llegamos al punto de reunión en el que habíamos aparcado las bicicletas, me di cuenta de que Steffen Bächi discutía con Victor Stäheli. Sin pensarlo, me uní a ese debate entre suizos.

—Van a terminar con todo nuestro empleo y nuestra riqueza. Acabaremos hablando yiddish y pareciéndonos a ellos —espetó, con desprecio, Bächi.

—No seas idiota, Steffen. Nosotros podemos darles asilo. No creo que pretendan quedarse para siempre. Tu mentalidad es egoísta.

—¿Eso crees? Pues buena suerte con tu solidaridad. Yo haré todo lo posible por que no entre ni un judío ni un austríaco ni un polaco más. Los judíos son los peores, con diferencia. No son capaces de adaptarse, forman guetos y se quedan con la riqueza de los países que conquistan silenciosamente. Mi padre trabaja en el Gobierno federal y muchos piensan igual que nosotros. Es un problema real, Stäheli. Quizá tu padre y sus experimentos de científico loco no os dejen ver la verdad.

Recordar a Damian hizo que me hirviera la sangre.

—No tienes derecho a hablar así, Bächi. No tienes ni idea de cómo son los judíos. No puedes generalizar. Si fuera posible hacerlo, ellos creerían que tú y yo, por el hecho de ser suizos, somos iguales. Y eso me daría náuseas —intervine.

—Fournier, cierra el pico y vete a remendar uniformes —contestó.

Desconozco lo que me llevó a perder el control y abalanzarme sobre Steffen. Lo dejé en el suelo inmovilizado, cogido del cuello de aquella camisa blanca que sobresalía por su chaleco marrón.

—¡Charlotte! ¡Charlotte, para! —me pidieron Sara y Victor.

—Retira lo que acabas de decir —exigí.

—¿El qué? —dijo, sonriendo—. Deberías disimular mejor, Fournier. A ver si alguien va a sospechar que te relacionas con refugiados —susurró, pérfidamente.

Lo solté.

—¿Alguien me puede explicar qué narices está pasando? —preguntó el profesor Glöckner, seguido de la profesora Habicht y el profesor Hummel.

—Hablando del rey de Roma… —añadió aquel suizo para mi horror.

George apareció entonces, quizá sin entender por qué Steffen y yo nos incorporábamos en el centro de un círculo de cotillas.

—Señorita Fournier…, no quiere poner las cosas fáciles este curso, ¿no? —me murmuró Virgine Habicht mientras me separaba de aquel grupo.

—Le juro que se lo merecía —le expliqué.

—Ya, ya…

El profesor Glöckner pidió orden e instó a los curiosos a que se dedicaran a recoger para poder irse lo antes posible. Los comentarios de los alumnos pronto desvelaron el contenido de la discusión. Pero él debía ser fuerte y continuar tratando con imparcialidad a todos los estudiantes. Cuando llegó a su cuarto, sacó de una caja su invalidado pasaporte austríaco y se preguntó qué sería de él si las autoridades suizas llegaban a rechazar a todos los refugiados. Al igual que a oídos de muchos residentes de la Confederación, a los suyos también habían llegado los últimos rumores: suizos partidarios de Hitler habían comenzado a enviar fotografías y mapas al exterior. La decisión del Gobierno federal había sido prohibir el envío de imágenes allende las fronteras. Además, también corrían chismes sobre una posible simpatía de algunos generales del Ejército helvético por los métodos nazis. Con el tiempo, terminó sabiendo que eran bulos que se orquestaban desde la delegación alemana en Berna, pero, por lo pronto, aquella suposición ahogó a sus pulmones.

***

Al tiempo que nosotras disfrutábamos de aquel día junto al lago Türler, Anabelle Travert debió quedarse al mando del resto del alumnado. La directora Lewerenz tenía compromisos personales en Zúrich, así que la maestra tuvo que coordinar la visita al pueblo y la vigilancia de las más pequeñas. Cuando todo estaba más o menos calmado, se sentó en el despacho de su superiora por si alguna interna precisaba de una entrevista. Para aprovechar el día, se llevó algo de trabajo atrasado. De nuevo, se topó con mi escasa dedicación a su asignatura en forma de perezosa redacción. El lápiz rojo tachó un alto porcentaje de frases hasta que el sonido del teléfono de la oficina la sobresaltó.

—Despacho de la directora Lewerenz. Habla la profesora Travert. ¿Dígame? —dijo en alemán.

—Oh, buenas tardes, profesora. Qué sorpresa coincidir con usted —respondió una voz con acento indeterminado—. Soy el doctor Medeiros. ¿Podemos seguir en francés?

—Doctor Medeiros, qué grato escucharle. Por supuesto. ¿En qué le puedo ayudar?

—Bueno, simplemente llamaba para saber, de primera mano, cuál es la situación en la escuela. La política europea es delicada y necesito saber si es recomendable que Joanna regrese a casa antes de tiempo.

Anabelle se esmeró en tranquilizar al doctor Medeiros sin ocultar ninguno de los datos significativos que el teniente Baasch les había comunicado en sus últimas reuniones. Ella no era alarmista y, por ese motivo, cualquier información sonaba, entre sus labios, como una nimiedad en comparación con las penurias que estaban viviendo los polacos, los finlandeses o los noruegos. Cuando el padre de Joanna ya se había convencido de que su primogénita, por lo pronto, podía terminar sus estudios sin incidentes, la maestra probó a dar un ligero giro a la conversación.

—Ya que estamos teniendo la oportunidad de charlar, me gustaría que cambiáramos impresiones sobre el espectacular rendimiento de su hija. Como le comenté en mi misiva hace unos meses, considero que sería una lástima que no se aprovechara su talento. Entiendo sus dudas, y las respeto, pero una negativa solo alejará a Joanna de su futuro.

—Profesora Travert, ¿qué futuro? ¿No lee los periódicos?

—No sea catastrofista, señor Medeiros. Joanna podría aspirar a universidades en Estados Unidos si lo deseara. Me ocuparé de redactar una carta de recomendación.

—¿Estados Unidos? ¿Qué está diciendo? Joanna debe volver a casa. No digo que no vaya a seguir formándose, pero sus planes para mi hija son surrealistas. Si mete todas esas ideas en su cabeza, acabará convirtiéndola en una mujer frustrada que rechazará su existencia —opinó él.

—Doctor Medeiros, su hija es excepcional. Y cuando digo excepcional me refiero a que es una persona con altas capacidades intelectuales que podría desempeñar funciones muy relevantes allá donde vaya. Lo mejor de todo es que lo idolatra a usted con toda su alma. Desearía ser médico, continuar con la tradición familiar. Ella asume que eso no es posible. He visto cómo su mirada se apaga cuando escucha que es irrealizable. No deje que lo que otros opinan que debería ser la vida de Joanna termine por escribir su destino. Dele alas, señor Medeiros. Dele una brújula con la que guiar sus sueños. Dele libertad, posibilidad de decidir, independencia. Dele aceptación, apoyo, equidad, igualdad, dignidad, orgullo, fuerza... Dele su admiración, doctor Medeiros. Yo la admiro y, si pasa unos días con ella, terminará por hacerlo usted también. Por favor, no la convierta en una de esas mujeres a las que se negó la posibilidad de intentar ser ellas mismas. Por favor, señor Medeiros. Por favor…

A la profesora Travert ya no le quedaban palabras. Se habían agotado en su súplica. En su diario leí que, al decirlo, también pensó en mí. Yo no era tan excelente como Jo, pero supongo que ella se refería a las opciones. Y ciertamente es algo que jamás le he reprochado a mi madre. Aguardó paciente, rezando por que aquel diálogo no se cortara ahí. Después de un par de minutos, que se hicieron eternos, la voz profunda del doctor regresó cargada de emoción:

—Lo pensaré. Dígale a mi hija que la quiero. Buenas tardes, profesora Travert. —Y colgó.

Cuando Anabelle volvió a dejar el auricular en su sitio, sintió temblar todo su cuerpo. Jamás había cruzado la línea con el padre de una alumna, pero Joanna Medeiros lo merecía. Y en eso siempre estuvimos de acuerdo.

***

El lunes a primera hora tuvimos un examen oral con el profesor Falkenrath. Eran los más complicados de todos y el maestro de Alemán no acostumbraba a tener piedad con las calificaciones. Por turnos, fuimos saliendo al encerado para responder a todas sus preguntas, mostrando, sin querer, las consecuencias coloradas del sol en nuestros rostros. Una de las pruebas, por supuesto, consistía en conjugar verbos. En las últimas lecciones habíamos visto el *Konjunktiv I*, así que no había escapatoria.

Simone Cardoso se atascó en varias ocasiones, pero, por suerte, logró remontar y salvar la prueba. Évanie, con su desparpajo habitual, se las ingenió para disimular sus errores, que no fueron pocos. No nos había venido demasiado bien la excursión al lago y el profesor pronto subrayó nuestra falta de concentración. Ni siquiera Liesl estuvo perfecta en sus respuestas. No obstante, el progreso de Sara mejoró el humor de Falkenrath. La española dio las gracias a Liesl por su ayuda, que había sido imprescindible.

—Dada la deplorable actuación a la que he tenido el honor de asistir hoy, repetiremos la prueba el jueves.

Un «oh» generalizado dejó patente nuestro nulo entusiasmo por continuar estudiando durante aquella semana. Yo tampoco había brillado y, con sinceridad, no me podía permitir relajarme. Mientras la profesora Odermatt acudía a clase, reflexioné sobre mi rendimiento y mis pasiones. No era mala estudiante del todo, pero miraba aquellos tomos y ninguno me provocaba el hormigueo de la verdadera vocación. Acaricié las páginas del manual de Alemán, después las del de Biología. Había estado muy ocupada todo el año, convenciéndome de que nada podía ocurrir. Pero, al margen de la guerra, era mi último curso en St. Ursula. Aquella etapa estaba a punto de terminar. No tenía ni idea de qué era lo siguiente. Pero sabía que, por lo pronto, la respuesta no estaba en todos esos cuadernos y notas.

Miré la hora en el reloj de mi padre: las nueve. Antes de ser capaz de iniciar su lección, la profesora Odermatt debió pausar su discurso para dejar que la alarma sonara. Los días en los que tocaba simulacro, las clases quedaban parcialmente suspendidas. Era bastante chistoso ver cómo las maestras intentaban zanjar su lección con elegancia antes de que todas nos agolpáramos en la puerta de salida. No habíamos comenzado y ya estaban violando el protocolo. Cuando se convencían de que habían perdido la atención de su audiencia, cerraban sus cuadernos y se sometían a las leyes de la seguridad. Nos organizaban en filas de dos. En St. Ursula todo funcionaba en filas de dos. Por orden, con nuestras máscaras antigás correctamente colocadas, salíamos al pasillo y aguardábamos a que nos tocara el turno de bajar las escaleras. Algunas maestras se lo tomaban más en serio que otras. La profesora Habicht te avisaba cuándo habrías muerto por imprudente, mientras que la profesora

Richter siempre olvidaba colocarse su máscara y solo lo recordaba cuando Virgine le notificaba a ella su deceso, ya en el sótano.

Justo allí, en el sótano, era donde debíamos aguardar. Era un refugio, el lugar donde estaríamos a salvo en caso de bombardeo. Nos sentábamos por grados y escuchábamos con atención las últimas recomendaciones del profesorado. Cuando la directora Lewerenz decidía que el enemigo ya había dejado de atacarnos, podíamos levantarnos y regresar a las aulas. Yo consideraba absurdos aquellos ejercicios. En realidad, nadie actuaba como lo haría en caso de que las sirenas comenzaran a sonar. Nos movíamos con la paz de quien se sabe a salvo. Por lo menos, aquellas simulaciones nos servían para distraer la mente de las lecciones y para, por supuesto, conocer el modo en que deberíamos haber actuado cuando, en un ataque real, saliéramos corriendo —sin máscara ni orden— hacia la última planta del edificio.

Ese lunes, cuando todas se dirigían de vuelta a las clases, me fijé en cómo Susanna Fortuyn y sus amigas corrían con premura hacia uno de los rincones del sótano y cogían algo del suelo. Fruncí el ceño y frené mis pasos, ignorando a la profesora Varya Filipova, que nos achuchaba para regresar a las escaleras.

—¿Qué hacéis? —me interesé.

—Aumentar nuestra colección de tesoros perdidos —me contestó Catherine Adkins.

—¿Tesoros perdidos?

—Sí. Estas son concretamente las horquillas número cincuenta y cincuenta y uno. Queremos llegar a las cien antes de llegar a cuarto grado —me confesó Ángela Esparza.

—Vamos, niñas. A clase —azuzó la maestra de violín y piano.

En el trayecto de vuelta, mientras subíamos peldaños con parsimonia, las exploradoras me contaron que tenían un baúl en su habitación lleno de objetos perdidos. Me propusieron ir a descubrirlo aquella misma tarde, pero solo si guardaba el secreto bajo llave. Acepté su propuesta, olvidando que mi prioridad, aquella semana, era estudiar.

Después de la cena, visité el pasillo de la segunda planta del ala Rousseau, donde dormían las pequeñas. El cuarto de Susanna Fortuyn, Ángela Esparza y la húngara Teca Biró era el número treinta y cuatro. Catherine dormía en el número treinta y dos con otras dos compañeras. Susanna me guio hasta su habitación. Cerraron la puerta y me pidieron silencio. De debajo de su cama, sacó un baúl forrado en piel oscura y arañada con delicadeza. Me contaron que llevaban más de un año guardando todo lo que hallaban en St. Ursula. Al principio, pensé que serían un montón de artilugios cubiertos de polvo y herrumbre, pero me sorprendí al comprobar que aquellas niñas tenían verdaderas joyas, arrancadas así del olvido. En varios tarros, que debían de haber contenido confitura o pepinillos en salmuera, coleccionaban horquillas, lazos y rulos deformados del uso. También monedas y colillas a punto de fenecer, pero que todavía podían ser rematadas por labios expertos.

—Y aquí está Pamela, nuestra mariposa —sacó otro bote de vidrio.

—O estaba… —analizó Catherine.

El insecto yacía en la base del frasco y parecía haberse despedido de la vida hacía un tiempo.

—¿No habéis estudiado todavía la respiración animal? ¿Cómo la habéis encerrado ahí? —me extrañé.

—No sé…, era la única forma de darle una casa —me contó Ángela.

—Pobre Pamela —reflexionó Susanna, observando el tarro entre sus manos—. En fin, ahora viene lo realmente especial. Es la caja del tesoro de St. Ursula —prosiguió, recuperada de su brevísimo duelo.

Abrieron una caja de latón, quizá antaño de galletas, y empezaron a mostrarme cada uno de los objetos. La mayoría los habían encontrado en el jardín, sin dueño. Otros en la biblioteca, el hall o las aulas. Empecé a revisar aquellos retazos que casi podían definir la vida de la escuela. Papel de carta, alguna postal, dos pares de medias rotas, el diario de una alumna que había sido interna en los años veinte, lápices, un par de pendientes, hasta cinco pulseras de plata... No obstante, lo que llamó mi atención fue un objeto que, a priori, no resultaba tan interesante. Era una hoja manuscrita. Reconocía, por encima, la caligrafía de la misma. Era una misiva. La observé, al tiempo que las exploradoras continuaban debatiendo qué reliquia era la más importante y quién la había encontrado. Empalidecí al reconocer una palabra que era común en el idioma de la carta y en el mío. Pedí a Ángela Esparza que confirmara mis sospechas sobre lo que aquellas letras narraban al supuesto receptor.

—¿Sabes de quién es? —se interesó Susanna.

—Sí. ¿Puedo quedármela? —solicité.

—Tendrás que dejar algo a cambio —propuso Catherine.

Asentí y me quité una de las horquillas del cabello. La solté en el tarro. Cincuenta y dos. Cogí la otra y repetí el proceso.

—Y me llevo esto también. —Agarré dos de las postales que habían guardado con mimo.

***

El miércoles de esa misma semana, en vísperas del segundo examen del profesor Falkenrath, estábamos todavía más dispersas que el lunes. Tras mi inesperado hallazgo, había optado por no ir al pueblo esa semana, aunque el desembarco de las tropas británicas en la población noruega de Åndalsnes, a mediados del mes de abril, me hacía tener unas ganas terribles de ir a escuchar el boletín junto a los señores Wisner. A cambio, habíamos organizado un grupo de estudio entre todas las de la clase para comparar notas y repasar conceptos. No obstante, Sara decidió ausentarse en medio de aquella reunión.

—¿Adónde va? —preguntó Vika.

—Creo que tenía tutoría con la profesora Travert —mentí.

—Ahm... —respondió la rusa.

—Por cierto, Charlotte, ¿has podido saber algo más de Noruega? —se interesó Nuray.

Negué con la cabeza.

—Yo pregunté a mi padre por carta el otro día. Se comprometió a enviarme recortes de periódicos. Ya os informaré —prometió Dortha.

Con la cautela que siempre caracterizaba sus escapadas al bosque, forzó el candado oxidado y se adentró en la selva. En la cabaña, se sentó sobre una manta y continuó estudiando. George llegó diez minutos más tarde.

—Mañana tengo examen de Alemán, así que voy a darte algunos ejercicios y, mientras los resuelves, voy a repasar. ¿De acuerdo?

—Tendrías que habérmelo dicho. Podríamos haber cancelado la clase, *Marruecos.* ¿Necesitas ayuda? —se ofreció.

—No, no, está bien. Creo que tengo todo claro. Podemos hacer las dos cosas a la vez. Además, me apetecía verte —admitió y sonrió.

—A mí también —contestó él.

Sara dictó a George algunos problemas estadísticos. El chico los anotó obediente y, sin mediar palabra, se puso a hacer cálculos. Sara también se centró en los tiempos verbales y en las declinaciones de los adjetivos. De tanto en tanto, uno de los dos se desconcentraba y miraba al otro. Pero, un segundo después, cuando pasaba a la inversa, se fingía ocupado. Los números fueron aumentando en el cuaderno de Barnett. Las letras en el de la española. En un momento dado, Sara dejó su mano a pocos milímetros de la de George.

Ambas estaban ociosas, sin lápices ni papeles. Barnett se atrevió a acercarla con sutileza y rozar sus dedos.

Como en un juego, se entrelazaron, se tocaron y se desearon. Pero la mano de Sara decidió abandonar aquel intercambio para recorrer el brazo de Barnett, que a duras penas podía continuar con aquella fórmula en la que, a buen seguro, llevaba atascado quince minutos. George atendió a cómo la mano de ella llegaba hasta el cuello de su camisa para luego alejarse. Pero el chico fue rápido y tomó aquellos dedos con delicadeza para reconducirlos, de nuevo, al primer botón. Ella se dejó llevar por aquella indicación y desató la corbata de Barnett. A continuación, cogió la mano de él y la llevó a su torso para que hiciera lo mismo. Los cuadernos cayeron definitivamente y los lápices rodaron por el suelo de madera de aquel cobertizo perdido en el bosque.

Una vez más, el fuego movía impulsos que ya no podían contener. Se besaron sin parar, mientras, sin la prudencia que los había acompañado al principio, se deshacían del resto del uniforme.

—Si lo hacemos, no habrá vuelta atrás —sugirió él en un susurro.

—Como dijiste el otro día, ya no la hay —respondió ella, mientras se tumbaba sobre una manta.

La inexperiencia no arrebató la magia de descubrir sus cuerpos desnudos, despojados de toda norma. La pasión de aquel par de jóvenes enamorados brotó en forma de caricias, besos y un placer imperfecto, bañada de la luz ambarina de los candiles que siempre los habían contemplado, incluso cuando, en un acto de vanidad, decían no importarse.

VIII

23 de octubre de 1977

Sara siempre me confió detalles que jamás compartió con otros. Cuando regresó a la escuela aquella tarde, estaba rara. Feliz, pero rara. Decidió contármelo todo tras el apagado de luces. Recuerdo que sentí una suerte de envidia. Era un mundo que yo desconocía y que, por lo pronto, no estaba a mi alcance —confesó la señora Geiger, sin dejar de toquetear su fabuloso anillo de casada.

—Me imagino que, al no tener contacto con su familia, sus charlas serían bastante útiles aquel curso —supuse.

—Sí. —Se levantó—. Verá, señorita Eccleston, no quiero que me tome por una insensible. Como le he contado, la relación con mi madre nunca fue sencilla. A los nueve años, mi vida cambió por completo, me sentí traicionada. El egocentrismo de la adolescencia no contribuyó en exceso a que relativizara sus decisiones.

—¿Llegó a reconciliarse con su..., con la profesora Travert?

La señora Geiger volvió a quedarse de pie junto a la ventana, lanzando vistazos a través de las cortinas color marfil, casi a juego con su vestimenta de aquel día.

—Nunca nos comprendimos del todo. Pero, con el tiempo, logramos encontrar la forma de decirnos que nos queríamos. Aunque siempre he pensado que los mejores momentos llegaron demasiado tarde. Acumulamos malentendidos y rencor. Si ella fue una mala madre, yo fui una hija nefasta. Pero ya no hay vuelta atrás —confesó, afectada—. Estaba tan furiosa con ella. Deseaba más tardes con mi padre. Más risas, más paseos. Fue descorazonador verme aislada en Lyon, entretenida con la falsa promesa de que se recuperaría pronto. Ni siquiera regresé a Ginebra. Mi madre lo organizó todo. Pasé de vivir en una casita adosada con mis padres, colmada de atenciones, a sentirme el ser humano más desgraciado del mundo, en un internado en el que mis zapatos eran los más desgastados y mi lapicero, el menos llamativo. En el que todo eran normas que nadie me explicaba, caras desconocidas por doquier y esa soledad que no se advierte a primera vista. Me cruzaba a mi madre por los pasillos y tenía que tratarla de usted, salvo en mis visitas semanales a su habitación. En cada lección, me escocía comprobar cómo se dirigía a mí por el apellido al que ella había renunciado nada más terminar de velar el cadáver de mi padre. —Enmudeció un momento—. Por eso no quería sacar este tema y fingir que era solo una profesora que no me caía del todo bien, rescatando así mi postura oficial en St. Ursula. Detesto recordar esta sensación.

24 de octubre de 1977

Confirmar que Anabelle Travert había fallecido siete años atrás agrió el resto de mi día. Por suerte, aquel lunes, tenía mi cita con el señor Fuchs y podría distraerme, olvidar la compleja relación de aquellas dos mujeres. Antes de salir del hostal, había colocado los tres cuadros que me habían enviado en un rincón de la habitación: Max Ernst, Salvador

Dalí y René Magritte. Tres pintores surrealistas con los que alguien pretendía decirme algo. Había sospechado de la propia señora Geiger, amante de los rompecabezas, pero en nuestras últimas reuniones había ido desechando esa posibilidad. Sin embargo, si no era ella... ¿quién? Recordé la parte del mensaje que ya había descifrado: «... el caos, el embrujo del pasado y la ilusión de las mentiras...». ¿Cómo seguiría?

Conduje hasta las propiedades del Institut Sankt Johann im Wald por segunda vez en mi vida. El coche continuaba intacto y yo ya me había acostumbrado a conducir por la izquierda. Aparqué en el mismo sitio y, sin titubear, recorrí el jardín delantero hasta llegar a la puerta principal. Como ya sabía dónde se encontraba la oficina del director Lécuyer, no me hizo falta interactuar con nadie. Detalle que agradecí, por el bien de la confidencialidad de mi visita. En su escritorio, como tres días atrás, estaba el secretario de dirección. Al verlo, sus cejas hicieron un dibujo que combinó el asombro y la alegría.

—Buenos días, señorita Eccleston. Ya veo que recibió mi nota. Disculpe el misterio, quise ser discreto —se explicó.

—No se preocupe. Lo importante es que estoy aquí. Soy toda oídos —anuncié.

—Acompáñeme —me invitó, ante mi extrañeza.

Bajamos a la primera planta, donde descubrí que se encontraba un impresionante salón de actos y conferencias. El señor Fuchs tenía las llaves de todos los rincones del internado, así que, en pocos segundos, avanzábamos por el patio de butacas. No entendía demasiado bien qué podía haber allí relacionado con el director Steinmann. Subimos por las escaleras laterales al escenario y, entre bambalinas, nos dirigimos a una puerta que daba paso a una sala que, entendí, hacía las veces de camerino. Olía muchísimo a humedad. En aquella habitación, alargada y blanca, había, a su vez, otra portezuela pintada para mimetizarse con el rugoso muro. El empleado volvió a hacer uso de aquel abarrotado llavero para abrirla. Unas escaleras sin iluminación aparecieron tras ella.

—Sé que había un interruptor por aquí —me indicó, tocando a tientas la pared.

Cuando accionó el botón, mis ojos pudieron contemplar las arañas que colgaban del techo, protegidas por sus redes, que parecían deshilacharse por momentos. Aun así, comenzamos a bajar. El aroma había variado, pero ya no encontraba semejanzas con nada. Otra lamparita, que proporcionaba una temblorosa luz, nos sirvió para reconocer que habíamos llegado a nuestro destino. O así me lo aseguró el señor Fuchs.

—¿Dónde estamos? —me extrañé.

Varias estanterías, deslucidas y destartaladas, ocupaban uno de los muros de aquel sótano.

—Es una suerte de almacén. Aquí se guardan todos los documentos que, aunque pertinentes, nadie desea desempolvar.

—¿Y cómo sabe de su existencia?

—Todo el personal que trabaja en la dirección del colegio lo sabe. Se nos enseña por si alguna vez necesitamos alguna referencia que esté aquí. Pero solo ha de bajarse en circunstancias concretas y previa autorización del consejo. En 1972, se me permitió venir a buscar algunas fotografías para el libro del ochenta aniversario.

—El que me regaló el director Lécuyer el otro día...

—Exacto. —Se detuvo—. Cuando estuve haciendo esa recopilación de imágenes, me topé con algunos archivos a los que, a priori, no presté atención. Sin embargo, comencé a hacerme preguntas. Empecé a tener dudas de por qué existía tanto secretismo. Arriba se guardan los documentos a partir del curso 1941-1942. También algunos registros desde 1892 hasta 1930. Pero ¿qué ocurrió en ese periodo en la escuela para que deba enterrarse así su pasado?

—Todos los documentos desde 1930 a 1941... ¿están aquí? —admiré las viejas estanterías.

Confirmé así que el director Lécuyer me había mentido: en el Institut Sankt Johann im Wald sí había espacio para viejos papeles. La fecha clave no era 1945, era 1941.

—No todos, señorita Eccleston. Sé de buena tinta que muchos se destruyeron. —Avanzó hacia el segundo estante del tercer mueble por la derecha, donde reposaban varias carpetas en horizontal—. Pero aquí se encuentra lo poco que quedó del curso que, según indicó en su carta de hace unos meses, a usted le interesa: el de 1939-1940.

Sin aguardar autorización, me acerqué al señor Fuchs que, con cuidado, me pasó los dos tomos que contenían la información que tanto ansiaba. Me senté en el suelo, sin atender al deplorable estado en el que quedarían mis pantalones tras abrazarse con el polvo y la suciedad enquistada. El señor Fuchs prefirió quedarse de pie, pero se ofreció a ayudarme a revisar los papeles. Lo agradecí. Aunque también me alivió que todo estuviera en alemán y francés. La mayoría eran facturas. Algunas cartas de recomendación a alumnos para universidades norteamericanas. Una misiva de agradecimiento por un tema que resolví no analizar. Más facturas y recibos. Después de media hora, aquello se puso interesante. Hallé un informe firmado por el teniente Baasch que recomendaba la evacuación inmediata de las escuelas, el día 12 de mayo de 1940. Estaba amarillento. Atendí a aquella rúbrica que convertía en reales las palabras de la señora Geiger. Según había anotado, el día anterior, su relato se había detenido en la semana del 1 de mayo.

—Señorita Eccleston, mire —me indicó el señor Fuchs, entusiasmado—. He encontrado lo que vi la otra vez sobre el director Steinmann. A esto me refería en mi nota.

Me tendió otra desgastada hoja. La cogí y leí.

—Es una copia de una carta de despido. Del día 26 de septiembre de 1940. Por falta de lealtad y cuestionamiento de las decisiones del consejo —descubrí gracias a las anotaciones en francés—. No lo entiendo. ¿El director Steinmann?

¿Después de veinte años en el cargo levantando esta institución?

—También hay otro documento similar. Pero, en este caso, es una carta de renuncia. Es de un tal... Adam Glöckner.

Mi estómago se contrajo. El señor Fuchs me mostró aquella segunda misiva. Según tradujo, el profesor Glöckner firmaba su resolución de abandonar su puesto en el Institut Sankt Johann im Wald a partir del día 30 de junio de 1940 y de cara al curso 1940-1941. «Es mi falta de alineación con los métodos de esta casa lo que me obliga a cesar mi actividad docente a partir del día actual y para siempre», nos contaron sus líneas. «También la pérdida de confianza en mis aptitudes pedagógicas».

—¿Sabe quién es? —se interesó el señor Fuchs.

—Algo así..., ¿por qué?

—Aquí hay un sobre dirigido a él.

—¿Me deja verlo? —pedí, mientras tendía mi mano.

El sobre tenía una dirección anotada.

—¿Dónde está Buchberg, señor Fuchs?

—Creo que en el norte. Cerca de la frontera con Alemania —me contestó.

De su interior, saqué un papel que terminó de desconcertarme. Era un cheque por valor de treinta mil francos suizos, fechado en 1953. No pertenecía al periodo que yacía allí enterrado, por lo que me figuré que si el problema no era la cronología, quizá sí lo fuera el motivo por el que, más de diez años después de su marcha, el colegio había querido recompensar al profesor Glöckner. Apunté la dirección en mi inseparable cuaderno.

—Cada vez tengo más preguntas... —murmuré.

—Entiendo su frustración, señorita Eccleston, pero aquí no encontrará nada más. Espero que le haya servido de ayuda.

—Sí, sin duda. Le agradezco mucho que me haya mostrado este rincón, de verdad.

—No hay por qué darlas. En este colegio hay demasiados secretos. En los quince años que llevo trabajando aquí, he visto cómo se ponían por delante los billetes a los principios. No le voy a negar que me encantaría saber qué es eso que tanto miedo les da que salga a la luz para guardarlo varios metros bajo tierra. Si usted es la persona indicada para solventar el enigma que me lleva reconcomiendo las sienes durante cinco años, ¡adelante!

—Trataré de hacerlo, se lo prometo. Estoy muy harta de medias verdades. —Y, dicho esto, devolvimos todo a su lugar.

***

A las tres y cuarto, ya estaba de vuelta en el salón de los Geiger, deambulando a la espera de que la señora apareciera. Mientras tanto, reflexionaba sobre mis hallazgos de la mañana. Tenía que ir a la dirección que había encontrado, ver si el profesor Glöckner seguía viviendo allí. Decidí mantener al margen de los tentáculos de oro de la señora Geiger aquel dato y continuar explorando sola aquella nueva línea de investigación.

La señorita Müller me notificó que la señora estaba atendiendo una llamada telefónica y que, en breves instantes, haría su aparición. Después, se retiró, reclamada por obligaciones que nadie hubiera osado revelarme. Aburrida, empecé a pasear por el salón. La escasa confianza que se había generado entre la propietaria del apartamento y yo me permitió analizar con detenimiento los distintos adornos que contenía la barroca estantería que había en la sala de estar. Una colección de cucharillas de plata de distintos rincones de Europa y un reloj de hora marchita ocupaban el primer estante. También un precioso cenicero de mármol. Mis ojos alcanzaron entonces la siguiente repisa, en la que una extensa colección de libros me narró los gustos literarios del matrimonio Geiger.

Con la punta del dedo índice iba extrayendo los que me resultaron más interesantes o cuyas ediciones eran más genuinas. No obstante, mi obsesión por los clásicos decimonónicos me llevó a tomar aquel ejemplar de *Jane Eyre* que se perdía entre el resto de olvidados títulos. Recordé que la señora Geiger me había contado que la señora Wisner, la tendera de Horgen, le había conseguido ese libro de la biblioteca para que practicara inglés. También que se había demorado en una devolución que, al parecer, nunca se produjo.

—Hay que ver... hasta los ricos roban libros... —murmuré para mis adentros.

Abrí la novela. En las guardas podía verse un sello desdibujado que informaba de que era un préstamo, detalle que confirmó mi teoría. Supuse que ni siquiera aquello había disuadido a la insurrecta de Charlotte Fournier de quedárselo de forma definitiva. Pasé las páginas de aquella historia que ya había releído un par de veces. Casi en la mitad, había un marcador que detuvo mi viaje visual por la tortuosa relación de Jane y el señor Rochester. Cubriendo las letras que habían inmortalizado las ideas y ficciones de Charlotte Brönte apareció un paisaje. Tomé aquel cartoncito abrillantado, lacado. Era una postal del lago Zúrich, un recuerdo para turistas. La giré. Tenía un mensaje, con fecha del 29 de junio de 1940.

—A las nueve de la mañana en la puerta de los almacenes Jelmoli, en la esquina de Seidengasse con Sihlstrasse —leí.

Los inconfundibles pasos de la señora Geiger me alertaron y me afané en colocar todo en el sitio exacto en el que lo había encontrado. Aquel ritmo de sobresaltos iba a terminar conmigo. Acomodada en el sillón, abrí el cuaderno por la página siguiente a la que contenía la presunta dirección de Adam Glöckner.

—Disculpe de nuevo la tardanza. Negocios —me concretó.

Asentí.

—¿Por dónde íbamos? —trató de ubicarse.

—Lo último que me relató fue el encuentro entre Sara y George.

—Oh, sí. Me gusta pensar en esa fecha como punto de inflexión en esta historia. Fue el fin de nuestro refugio imaginario. A partir de ahí, todo se empezó a torcer. —Se rascó con delicadeza su nariz, capturando así sus emociones—. ¿Quiere tomar algo?

—No hace...

—Señorita Müller —me interrumpió y siguió con su petición en alemán, idioma predilecto en aquel hogar distinguido.

La señorita Müller trajo una bandeja con dos tazas de té, como en otras ocasiones. Mientras la colocaba en la mesita, opté por tomar las riendas del diálogo, antes de adentrarnos en el siguiente capítulo.

—Una duda que tengo desde que comenzamos con estas entrevistas es: ¿cómo lograban vivir con el miedo? Miedo a que las descubrieran en sus faltas, miedo a que supieran su identidad, miedo a que invadieran Suiza, a que las encontraran, a que las mataran...

—Verá, señorita Eccleston. Al miedo lo alimenta la ignorancia. Si lo analiza, lo que más nos aterra es aquello de lo que menos información tenemos. No sabemos cómo enfrentarnos a ello, cómo se comporta. Es la ausencia de datos lo que nos condena al terror. Nos pasa con insectos, de los que no controlamos impulsos ni el porqué pueden dañarnos. Nos ocurre con profecías, con la oscuridad, con las enfermedades, con los viajes en avión, con la inseguridad, con la irremediable incertidumbre. ¿Alguna vez ha reflexionado por qué el pánico más ácido y punzante es el que nos produce la muerte? Nuestra incomprensión nos lleva a un pozo, hondo, vacío, ilimitado... y dejamos de poder respirar por un segundo. Muchos lo remedian con el brebaje de la religión o el misticismo. Pero ese miedo nunca nos abandona porque, en el fondo, no entendemos el misterio de la vida. —Hizo una pausa—. Jamás comprendí lo que le ocurrió a mi padre y eso marcó con terror muchos de mis días. Por eso, en la medida de lo posible y cuando he tenido la oportunidad, siempre he ansiado saber y entender. Por eso mi obsesión con la guerra, por eso mi control de todo lo que ocurría en St. Ursula. Por eso mis recuerdos almacenados con celo. En ese aspecto, usted y yo somos iguales. Somos adictas al control, a sostener la verdad con las manos para, después, hacerla nuestra. —Volvió a detenerse, saboreando su conclusión—. Y no volver a sentir miedo.

Las reflexiones de la señora Geiger todavía me dejaban sin aliento. Aun así, reuní las fuerzas para contestar:

—Estoy de acuerdo con usted. Pero no se equivoque, señora Geiger. Para mí, la verdad es intocable.

—Cuando me lea su tesis, le demostraré que no es así —concluyó y sirvió el té.

CUANDO LA REALIDAD NOS ALCANZÓ

El mes de mayo de 1940 no comenzó del todo mal para mí. El día 4, el señor Wisner me había llevado a unos terrenos abandonados más allá de Kapfnach, al sur de Horgen, y me había dado una clase básica sobre cómo accionar un arma. Durante media hora, estuve practicando mi puntería con su rifle Flobert y unas cuantas latas de conservas que había alcanzado de la despensa, custodiadas hasta la fecha por Damian. Después, dio por finalizado nuestro acuerdo y me pidió que, bajo ningún concepto, desvelara dónde había estado aquella tarde.

Al regresar a la escuela, y después de simular que llevaba encerrada en mi cuarto estudiando toda la tarde, me topé con Sara. Nos sentamos en los sillones del hall, mientras veíamos a dos niñas de cuarto curso despedirse de sus amigas. Habían venido a recogerlas. Justo a tiempo. Llevaba días queriendo hablar tranquilamente con la española. Necesitaba abordar una cuestión importante con ella, pero, cuando estaba a punto de empezar a tantear el terreno, Liesl se sentó con nosotras. También Évanie y Joanna. Así que decidí posponer la charla.

—Una amiga mía que era alumna de la Brillantmont International School me contó que su compañera de clase Maria Riva, la hija de Marlene Dietricht, intercambiaba fotografías de su madre y de Clark Gable a cambio de comida, golosinas y colonia de lavanda —nos desveló la canadiense, en medio de nuestro rato de chismorreo.

—Una lástima que los padres de Simone Cardoso no sean tan conocidos por aquí. Podríamos hacer grandes negocios —bromeé.

—En el colegio de mi hermano Leopold, el Lyceum Alpinum Zuoz, siempre andan contando anécdotas de juventud del señor Anton Piëch, el yerno del señor Ferdinand Porsche, el ingeniero que ha diseñado el coche alemán, el Volkswagen. Mi abuelo los conoce. De hecho, fue gracias a un conocido común por lo que Leopold comenzó a estudiar allí. En el colegio saben que el hijo del señor Anton, el pequeño Ferdinand, ingresará cuando alcance la edad. Es tradición familiar. Como la familia Hermès en el Collège Alpin Beau Soleil. Según me ha escrito mi abuela, en la escuela de mi hermano también se han marchado muchos alumnos este curso.

—Sí, y en Le Rosey. Lo comentó aquel muchacho polaco apellidado Szulc cuando vinieron a St. Ursula con motivo de las olimpiadas —intervino Joanna—. ¿Sabéis que el heredero de Mónaco inició allí sus estudios este curso?

—¿De veras? —se extrañó Sara.

—Creo que la marcha de alumnos es un fenómeno general. Los del Institut auf dem Rosenberg y varias chicas del Ecolint también comentaron lo mismo —añadí.

A las seis y diez, la profesora Jacqueline Roth nos indicó que debíamos ir pasando al comedor. Fue en ese momento, ante la obligatoriedad de llevar la chaqueta del uniforme, cuando Sara se dio cuenta de que la que tenía cogida con el brazo no era la suya. Hasta entonces la había ignorado, despistada por la temperatura agradable que la había acompañado desde que se había despedido de George. Pero, al extenderla, todas nos percatamos de que en el lugar en el que debía estar bordado el escudo de la St. Ursula Internationale Schule für Damen —un óvalo dividido en tres partes en las que se podía distinguir la balanza de la justicia, la figura de nuestra patrona y la bandera del cantón de Zúrich—, se encontraba el del Institut Sankt Johann im Wald —con forma más triangular y compuesto por dos mitades: una con un león dorado sobre fondo negro y otra con la bandera de la Confederación, en honor al origen de los fundadores.

—Ay, madre mía —espeté.

—¿Qué voy a hacer? —me preguntó Sara, que había empalidecido en un segundo.

Joanna, Évanie y Liesl comprendieron rápidamente que la relación entre la española y George Barnett era bastante más compleja de lo que habían imaginado. Jo, sin pestañear, comenzó a quitarse su chaqueta.

—Ponte la mía. Diré que se me ha ensuciado. Soy a la única a la que no han castigado en todo el curso. No me dirán nada —aseguró.

Titubeamos, pero, en efecto, no había un plan mejor. Yo cogí con decisión la chaqueta de Barnett y la coloqué detrás de uno de los cojines que decoraban el sillón. Mientras entrábamos en el comedor, recé por que nadie la encontrara mientras cenábamos. Y, de paso, por que no hubiera patata en el menú.

***

—Vayamos a dar un paseo, señor Barnett —propuso Adam al chico tras la cena—. Coja su chaqueta si quiere. Hace algo de fresco.

—No, no se preocupe, profesor. Estoy bien. Soy caluroso —mintió.

George Barnett y Adam Glöckner salieron al jardín. Las lonas de las piscinas se habían retirado. En unos días, estarían listas para impartir el curso final de natación a los estudiantes. Las espesas copas de los árboles colindantes se reflejaban en el agua verdosa, a causa de las algas y metales que se habían ido acumulando durante el curso. El profesor guardó las manos en los bolsillos de su chaqueta al tiempo que admiraba la resistencia de su alumno al frío.

—No quiero robarle muchos minutos. Me consta que tienen examen con el profesor Reiher en dos días. Quería saber qué tal le va. Últimamente, lo veo mejor. Además, se ha convertido en un ayudante excelente. Creo que el profesor Hildegard está celoso por lo impecables que siempre están mis estantes y papeles. Quizá solicite su colaboración un día de estos. No acepte bajo ningún término.

George se rio.

—Gracias, profesor. Le haré caso. Lo cierto es que, en efecto, creo que todo se va arreglando. He decidido que voy a hablar con mi padre. Quiero convencerle de que estudiar Literatura no es tan mala idea. No quiero pelear más con él, pero necesito que sepa cómo me siento, qué pienso —confesó el joven.

—Buena decisión. Y mejor actitud —valoró Adam.

—Es que he llegado a la conclusión de que llevo demasiado tiempo dando rodeos. Quiero disfrutar de la vida a mi modo. Tengo ganas de salir de aquí y poder reinventarme. No quiero ser siempre George «el problemático», George «el hijo del duque inglés» ni George «el hermano de Edward y Jerome». Quiero ser solo George. Y tomar mis decisiones —soñó.

— «Solo George»… Es un reto ambicioso para un mundo diseñado por una especie a la que le encantan las etiquetas y los epítetos.

—Ya... Le escribiré cuando lo consiga, profesor —contestó el chico.

—Eso espero. —Se aclaró la voz—. Si puedo ayudarlo en algo, no dude en decírmelo. Creo que ya intuirá que si sigue por este camino, tendrá el siete en mi asignatura. Sé lo de la regla Steinmann. Se graduará.

—¿Solo un siete, profesor?

—Tome los tres puntos que no le voy a dar como un regalo a largo plazo. Es algo que aprenderá de la vida, señor Barnett. A menudo, las mieles de hoy serán la perdición del mañana. Mas si aprende a saborear la tersa piel del limón, con toda su amarga acidez, quizá, pasado mañana, se dé cuenta de que jamás necesitó la miel.

—Y eso quiere decir que...

—Que se olvide de los tres puntos por maleante e indisciplinado —respondió el maestro divertido—. Lo que me sigue resultando curioso es su progresivo cambio de actitud.

Cuando alcanzaron las canchas de deporte, comenzaron a bordear, por el interior, la verja que rodeaba el recinto del internado.

—Supongo que llegué a la conclusión de que había tocado fondo y de que si continuaba así, el único perjudicado sería yo.

—Bastante maduro para su histórico.

—No es que antes no lo pensara, pero creo que la guerra me ha hecho abrir los ojos en ese aspecto. También usted. Su intransigencia y su manera de tratarme me hizo pensar que si volvía a fastidiarla, no habría vuelta atrás. Y no podía permitirlo, no dadas las circunstancias actuales —admitió George—. Aquí encerrados no podemos hacer nada. El mundo es un lugar lejano y no siento que forme parte de él. Pensé que, si no podía mejorar la situación, como Edward o como Jerome, por lo menos, podía intentar no empeorarlo todo. Esos nazis están tomando lo que no es suyo, pretenden dominar el mundo. Su ambición no conoce fronteras ni límites. Y me siento un inútil sin poder hacer nada. Odio ser tan joven, tan inexperto. No tener ninguna habilidad que pueda servir a mi gente.

—Eso es honorable, señor Barnett, y me alegra haber influido en su decisión. Pero no se sienta excluido. Eso que está pasando más allá de las fronteras de este país no es algo en lo que un ser humano, por elección, desee participar. Ojalá su destino siempre esté entre páginas, señor Barnett. La batalla roba almas para siempre —le indicó, pensando en su padre.

George no atendió a la mueca de desaliento que se había dibujado en el rostro alargado de Adam. Estaba inmerso en aquella reflexión. Y en otra que, sin pensar, decidió compartir con su maestro.

—Por cierto, profesor. Sé que es un tema algo diferente, pero... ¿cómo sabe uno si está enamorado?

El profesor Glöckner lanzó una risa nerviosa al aire. Para aquella pregunta no le habían dado instrucciones.

—Esta no me la esperaba —confesó—. ¿De quién cree estar enamorado?

—De nadie, de nadie. Estoy teorizando.

—Ya... —respondió incrédulo Adam—. Bueno, en mi opinión, el amor romántico tiene matices grotescos acentuados por novelas románticas y películas. Pero si hablamos de un amor sincero, saludable, compensado..., diría que uno lo sabe cuando es mejor con la persona a la que cree amar. Cuando aprende y lo anima a ser la versión que más le gusta de sí mismo. Y debe ser recíproco, por supuesto. Lo sabe también cuando una conversación es el obsequio más preciado del día y una sonrisa, el combustible para no perder el juicio. Cuando, de sentirse el ser humano más peculiar y solitario del universo, pasa a saberse acompañado y comprendido en medio de la locura. Cuando las palabras se quedan cortas si existen miradas o caricias. Cuando la sola idea de compartir le produce ese hormigueo que algunos llaman felicidad.

George miraba al docente con una sonrisa.

—Vaya, profesor. Qué profundo. Lo tiene usted claro —confirmó el alumno.

Adam se percató de que acababa de dejar que su boca hablara más de la cuenta.

—¿Qué se cree? ¿Que a usted es al único al que le gusta teorizar? —respondió Adam cuando se recuperó de aquella confesión que lo había pillado por sorpresa—. Será mejor que volvamos dentro. Usted tiene que estudiar y yo tengo que preparar las clases de esta semana.

—De acuerdo —asintió George sonriente, que no dejaba de analizar el velado desconcierto de su maestro, también enamorado.

Por el camino, el chico decidió compartir con él sus últimos hallazgos sobre Lord Byron.

—Encontré una biografía suya en la biblioteca de la escuela que remite a algunos párrafos contenidos en la segunda edición del libro *Frankestein,* de Mary Shelley. Al parecer, en el verano de 1816, tanto él como los Shelley se hospedaron en una villa cerca del lago de Ginebra y de ahí surgieron la novela de terror de Mary y la de *El vampiro,* de John William Polidori, el médico personal de Lord Byron. Fue un verano muy extraño, porque llovió mucho y eso los obligó a estar encerrados en la casa muchos días... —continuó el chico—. ¿Lo sabía?

—No tenía ni la más mínima idea. Gracias por compartirlo conmigo, señor Barnett. Siga, siga contándome. Me gustan esas historias. ¿De verdad que no tiene frío? —Y siguieron avanzando hacia la puerta principal.

***

El lunes por la tarde, Sara y George tuvieron la oportunidad de intercambiarse las chaquetas. Resguardados en su cabaña, aquello se convirtió en una fruslería. Por suerte, en ambos colegios, los domingos no requerían uniforme. Durante un rato, atendieron a los apuntes. Era preciso, llegaba la época de exámenes y no había margen de error. Sin embargo, se desconcentraban con facilidad. Risas sinceras y manos que exploraban los recovecos de la frágil prudencia se hacían con el protagonismo. Se miraban, mezclando la ternura con el deseo. Se preguntaban, entre susurros, si se arrepentían de lo que estaba ocurriendo, pero jamás hubo afirmación ante aquella duda que, de pronto, afloraba entre sus besos. El tiempo en el bosque era cada vez más relevante.

Mientras tanto, yo estaba sentada en mi escritorio, mirando por la ventana. Mi subconsciente comenzó a divagar acerca de la relación entre mis dos amigos. Aquel curso estuve muy obsesionada con la guerra, pero también con la ausencia de conflicto en el universo de Sara. Incluso George parecía olvidarse de la guerra cuando estaban juntos. La española lograba vivir de una forma en la que yo no era capaz. Deseaba experimentar lo que ella, habitar al margen de la realidad. Pero era imposible. A menudo pensaba que había nacido para observar, no para sentir.

Sin embargo, pese a alegrarme por su inesperada dicha, continuaba teniendo una conversación pendiente con ella. Como ya le he comentado, señorita Eccleston, había buscado el momento idóneo durante el fin de semana, sin éxito. Así, cuando Sara apareció por la puerta con aquella sonrisa que ahora decoraba sus noches, tomé la determinación de aclarar aquella cuestión. Me puse nerviosa. Ella empezó a parlotear sobre la última broma que habían gastado los chicos al profesor Reiher, al tiempo que limpiaba sus zapatos, sentada sobre su exótica colcha. Respondí a sus dos primeros comentarios, pero, después, rebusqué en el único cajón de mi escritorio y alcancé aquella misiva que había encontrado en el baúl de Susanna Fortuyn. Sin prólogos ni rodeos, se la tendí.

—Supongo que todos tenemos nuestros secretos. No te juzgo por ello. Pero quería que supieras que lo sé todo —le indiqué, ante su asombro.

Las manos de Sara rozaron la carta, tanteando su veracidad y propiedad. Después la alcanzó y comprobó lo que concluían sus líneas.

—Si quieres ocultarlo, deberías tener más cuidado. La tenían las exploradoras en una caja en la que guardan objetos perdidos —concreté, rompiendo así la promesa de silencio que le había hecho a Susanna.

Sara, que estaba pálida, asintió.

—Gracias, Charlotte. Se me debió de caer del calcetín o del bolsillo mientras me escapaba al bosque —supuso.

Entonces, fui yo la que asentí y me dirigí, de nuevo, a mi escritorio.

—La directora Lewerenz nos recomendó que no dijéramos nada para evitar habladurías y rumores. La guerra está muy reciente y con todo lo que está ocurriendo en Europa... —decidió proseguir.

Titubeé un segundo, confusa por su determinación. Al final, respondí:

—Típico de ella. Siempre tiene un modo de facilitar la convivencia aquí. Supongo que, a fin de cuentas, en St. Ursula no somos tan tolerantes como ella vende.

Sara optó por continuar hablando. Según me desveló, las instrucciones sobre ese asunto habían sido muy claras. La directora Lewerenz había empleado unos preciados cinco minutos en desarrollar a su padre las ventajas de proceder «a su manera». Vocablos como «adaptación», «facilitar», «complicar», «discreción» habían revoloteado por el despacho, acompañados del suave movimiento de cabeza del señor Suárez. La española todavía recordaba cómo la luz de agosto alumbraba uno de los rincones de aquella oficina que olía a memoria, a excelencia y a disciplina. Y, quizá, también un poco a limón y hierbabuena. Aunque, con el paso de los meses, Sara se había dado cuenta de que era el aroma que desprendía Konstanze Lewerenz. Después de avenirse, ambos repitieron a Sara qué debía contar sobre su pasado y qué no.

Ella no dijo una sola palabra. Al final, por deferencia a su amado padre, asintió.

—Le comunicaron que formaría parte del Ministerio de Guerra en Madrid al término del conflicto. Aunque la aceptó en sus inicios, nunca le convencieron las formas de la Segunda República. Mi padre siempre ha defendido la monarquía y la tradición. Cuando se gestó, no dudó en unirse al golpe del 36. Ha demostrado un gran servicio y fidelidad en estos tres años... Hemos pasado miedo en todo este tiempo. No sabíamos si sus ideales terminarían por sentenciarnos a todos. A él el primero. Pero la balanza se inclinó a favor de sus compañeros. Y el general Francisco Franco se lo ha querido compensar en la nueva España que se está creando —musitó.

—No da la impresión de ser un general del Ejército español. Cuando os conocí en el despacho de la directora, el primer día de curso, me creí a pies juntillas que era un empresario —comenté.

—Ese era el objetivo —me miró y esbozó una débil sonrisa.

Sara me contó que su padre llevaba en el Ejército desde 1904 y que su participación en las campañas de Marruecos en su juventud le había valido un rápido ascenso en el escalafón militar. En 1915, conoció a su madre, Anne Ackermann, en una recepción en Madrid. Anne era hija de Thomas Ackermann, dueño de la multinacional Ackermann Resources S.A, dedicada a la explotación minera en todo el mundo. El abuelo de Sara era uno de los británicos que habían participado, en la segunda mitad del siglo XIX, en la explotación de las minas de Río Tinto y otros yacimientos de la península ibérica, lo que llevó a que su familia viviera en España durante varios años. Después de casarse, el matrimonio Suárez Ackermann vivió en Valencia, donde nacieron Sara y sus dos hermanos mayores.

Sin embargo, en 1925, la familia se mudó a Larache, donde el padre de Sara pasó a trabajar en la Comandancia General, como parte del Estado Mayor del Ejército. Según me indicó ella, el general Suárez siempre se había caracterizado por su mesura y prudencia en su posicionamiento político desde el Ejército. No obstante, jamás pudo ocultar sus simpatías hacia la corriente africanista, algo que se materializó a finales de los años treinta, al inicio de la guerra civil que había asolado el país de mi amiga.

—Yo... pensé que si sabíais que procedía de una familia tan vinculada al régimen franquista, extraeríais conclusiones. Sé que no todos en Europa ven con buenos ojos el cariz que han tomado los acontecimientos en España —admitió—. Por eso te pedí que alejaras de ti esa manía de condicionar tus amistades por el origen, por la guerra. En España, hay familias divididas por la política, por la barbarie y por el miedo. No quiero que eso sea la realidad aquí. Ni que nos pase a nosotras. O a George y a mí.

—Lo estoy intentando —prometí.

—Lo sé —contestó.

Desde hacía unos minutos, aquella charla me había llevado a dudar de algo. Quería hablar, pero me daba vergüenza. No supe muy bien por qué. Quizá porque, en el fondo, continuaba sin conocer a Sara al completo. Sin embargo, me sentía cómoda con ella. Había empezado a confiar. Igual que ella en mí. Así, sin permitir que acarreara con la culpa de haber ocultado su identidad sin compañía, espeté:

—Yo tampoco he sido sincera del todo. Verás, Sara..., Anabelle Travert, la profesora, es..., es, en realidad, bueno..., es mi madre.

Se levantó de un respingo.

—¿Tu madre? Pero... ¿cómo? ¿Tu madre? Pero... —balbuceaba, absorta.

—Sí, mi madre. Soy su hija.

—Pero, pero... si la detestas —exclamó—. Siempre criticas lo que hace, eres indisciplinada en sus clases...

—Sí. Pero es mi madre.

—¿Lo sabe alguien? —se interesó.

—Solo Liesl. Bueno, y la directora, la profesora Habicht, la señora Herriot...

—¿Por qué? Es decir, ¿por qué no lo saben Évanie, Joanna y las demás?

—También tuvimos una charla con la directora Lewerenz cuando contrató a mi madre para el puesto de profesora de Francés. Había que mantener las distancias y las formas para evitar chismorreos sobre un supuesto favoritismo. Mi madre se lo tomó muy en serio, volvió a utilizar su apellido de soltera y se centró en demostrar lo profesional que podía llegar a ser. Yo me acostumbré a convertirme en una simple alumna. Con el tiempo, imagino que lo he ocultado por la misma razón que tú: porque no quiero que nadie me juzgue por mi origen. Yo no soy heredera de una gran fortuna como vosotras. Soy hija de profesores. Mi padre no es un famoso escritor ni un intelectual de élite. Daba clases de filosofía en la universidad. Solo eso. Y mi madre es maestra de escuela. Las mayores riquezas que he podido ver en mi vida las he encontrado aquí, entre las pertenencias de compañeras a las que hago creer que soy como ellas. Como vosotras. Si la gente supiera que soy hija de la profesora de Francés y que, además, puedo estudiar en St. Ursula gracias a una beca que se les concede a los hijos de los docentes, mi reputación se iría al traste. Nadie me tomaría en serio. —Hice una pausa—. ¿Te imaginas? La hija de la maestra que, en un acto de valiente ridículo, se relaciona con la hija de un diplomático canadiense, de un reputado médico portugués, de un acaudalado empresario bávaro y de un alto cargo del Ejército español.

—¿Y te llevas mal con ella de verdad o es solo parte del plan para despistar?

—Eso es real. La muerte de mi padre y St. Ursula nos han distanciado. Siempre he necesitado una madre, ¿sabes, Sara? Sobre todo, cuando mi vida cambió por completo. Pero, desde que llegamos aquí, ella solo ha sido mi maestra. Y no es suficiente.

—¿Y tu actitud es tu forma de llamar su atención o de torturarla? —me cuestionó la española—. Porque me parece imposible que saques tan malas calificaciones en francés cuando eres medio francesa.

—Odio el francés. Y si eso hace que tenga que dedicar diez minutos más a corregir mis ejercicios, más lo voy a odiar. Por lo menos que emplee tiempo en mí, aunque sea por obligación —afirmé.

Sara se daba cuenta de que se había abierto la caja de Pandora.

—Quiero que sepas que no ha cambiado mi forma de verte, Charlotte. No deberías renegar de tu madre. Ella es parte de ti —me aconsejó mi amiga.

—Supongo que opino lo mismo —dije y sonreí—. Estoy cansada de estar enfadada, Sara. Solo os tengo a vosotras. Pero, si estás de acuerdo, quiero que, a partir de ahora, seamos sinceras.

La española asintió aliviada. Me acerqué con dulzura y la abracé. Después me senté a su lado.

—Supongo entonces que tu familia apoyaría una posible colaboración con Alemania...

—Bueno, Hitler ayudó al bando franquista en la guerra... así que mi padre intuye que es lo lógico. Favor por favor. Pero, en el fondo, cuando nadie nos escucha, deseamos que se acaben las disputas y el fuego de mortero. Mis padres me han dicho que Madrid está irreconocible.

—¿Lo sabe George? —curioseé.

—No, y es mejor que, de momento, quede entre nosotras. Su familia está muy involucrada en la política británica. Me lo ha comentado en varias ocasiones. Quiero dejar todo eso a un lado en nuestra relación. —Se quedó callada—. Pero se lo diré —se prometió.

Continuamos charlando. Desvelando anécdotas y opiniones que habíamos escondido por miedo a que la verdad controlara nuestra vida. Al apagar la luz, ya en la cama, le confesé una idea que llevaba atormentándome un tiempo:

—Ya casi no me acuerdo de mi padre. Solo sus notas en los márgenes. Y se están borrando también.

No sé si Sara me entendió, pero la oscuridad se tragó, por un segundo, aquel amargo temor.

***

Mi ánimo estuvo enrarecido aquella semana. Reflexioné un millar de veces acerca de la importancia que había dado, en los últimos tiempos, a los cargos, las ideologías, las razas y las nacionalidades. Aquel curso me enseñó muchas cosas, pero, sobre todo, aprendí la lección de que la verdadera amistad no conoce de colores ni de política. O no debería, al menos.

El miércoles, el profesor Plüss nos animó a hacer la tortilla perfecta. Nos batíamos con las sartenes y la pala de madera, pertrechadas con los conocimientos que habíamos ido adquiriendo durante el curso. Liesl tuvo que volver a empezar en dos ocasiones, pues el huevo se adhería sin remedio y se tornaba marrón en un santiamén. El problema de aquellas prácticas de cocina era que la técnica del profesor Plüss pasaba por hacernos comer todo lo preparado: bueno y malo.

—A cocinar también se aprende saboreando los errores —decía siempre.

Así, en la comida, en vez de deleitarnos con algún plato caliente de la señora Herriot, tuvimos el enorme placer de disfrutar de nuestra pésima maña en la cocina.

—No voy a volver a comer tortilla en la vida —aseguró Liesl.

—La mía está demasiado salada —opinó Kyla.

—¿Hay alguna religión que prohíba catar lo que uno prepara? —se preguntó Joanna.

Aquella tarde, además, me dispuse a solventar otro de los asuntos que llevaba queriendo abordar desde hacía un tiempo. Por el camino, me dio la sensación de que el aroma a chamusquina se había aferrado a mi uniforme. Deseé que el viento se llevara los restos de aquella fallida lección culinaria. Dejé la bicicleta junto a la verja del Institut Sankt Johann im Wald. Avancé hacia la puerta principal, pero, entonces, divisé al profesor Glöckner sentado en uno de los bancos que había cerca de las canchas de deporte. Era a él a quién deseaba ver, así que cambié el itinerario. Un grupo de chicos, varios años más jóvenes que yo, corrían por las pistas, uniformados con el equipo reglamentario del internado. Una brisa agradable acunaba mis pretensiones.

—¿Puedo sentarme?

Adam alzó la vista y se extrañó al verme. Miró hacia los lados.

—Eh, oh, por supuesto —balbuceó el docente.

—Espero no molestarle... por segunda vez.

—No, no, en absoluto. —Se quedó pensativo—. Solo una pregunta: ¿es común que las alumnas de St. Ursula vengan a este colegio?

—No del todo —aseguré, mientras me acomodaba a su lado—. Pero es por un buen motivo.

—Era Charlotte, ¿verdad?

—Sí, exacto. Charlotte Fournier.

—Pues dígame, señorita Fournier. ¿En qué puedo ayudarla esta vez? —Dejó a un lado el libro que estaba leyendo. Lo miré. Era *Frankestein*—. ¿Más encargos de la profesora Heidi Richter?

—No, no. Esta vez, vengo por mí —disimulé—. Verá... —vacilé un instante—. Verá, usted quizá lo desconozca, porque es recién llegado, pero aquí los rumores vuelan.

Adam Glöckner arqueó las cejas.

—No estoy interesada en nada de su persona que pueda perjudicarle... Solo quiero que ayude a un amigo. Sé que usted es austríaco y que salió de su país de forma irregular. Él también está en una situación parecida. Es traductor... y quiere llegar a los Estados Unidos. Pero necesita papeles, contactos. Si usted ha logrado ser profesor aquí, supongo que los tendrá. Así que me haría usted muy feliz si puede compartirlos con él y ayudarle a continuar con su vida.

—Señorita, señorita. Está hablando de cuestiones muy serias. Para empezar, no hay dos casos iguales... Y, para continuar, no estoy en disposición de proporcionar esa ayuda a nadie. Me encantaría, pero no es posible. —Adam se levantó.

—Es judío polaco, profesor Glöckner. No tiene muchas más opciones —le indiqué—. Sé que, probablemente, la solución que usted pueda brindarle no será la panacea, pero no conozco a nadie más que pueda hacerlo. Teme que las autoridades suizas lo internen en un campo, que lo aíslen.

El maestro de Matemáticas dio un paso adelante, buscando huir de aquella proposición. Por ese motivo, traté de retenerlo.

—Soy la hija de Anabelle, profesor Glöckner —afirmé.

Para mi propio desconcierto, era la segunda vez en la que me sinceraba aquella semana, así que esperaba que sirviera de algo. Adam se dio la vuelta para observarme con detenimiento.

—Todo esto no lo sé por ella. No nos llevamos muy bien. Como le digo, los secretos no duran en el Sihlwald. Pero sé que son buenos amigos..., quizá algo más. Le ruego que se lo piense en honor a lo que siente por ella.

El profesor Glöckner estaba capturado por el asombro que le había generado mi anuncio.

—¿Usted..., usted es la hija de la profesora Travert?

—Sí. Soy hija de Louis Fournier y Anabelle Travert.

—Vaya... —respondió—. Bueno, veo que ha heredado su tesón —dudó—. Pero, como le he dicho, no creo que pueda hacer nada.

—No le estoy pidiendo que me responda ahora. —Me levanté—. Ya me contestará. Pero sepa que Damian agradecerá lo poco que pueda hacer por él. No tiene a quién acudir.

El docente se quedó pensativo un instante.

—Le diré algo cuando lo medite, señorita Fournier. Pero no le cree esperanzas en balde.

—Y usted no le cuente nada de esto a mi madre —solicité—. Esperaré noticias suyas, profesor. ¡Gracias! —Y me marché.

Durante todo el jueves, en las clases, las comidas y los descansos, no dejé de darle vueltas a qué me diría el profesor Glöckner. Deseaba que me respondiera que sí, que iba a ayudar a Damian. Me dormí queriendo pensar que estaba más cerca de lograr que mi amigo fuera libre. No obstante, los rayos de luz de la mañana me trajeron noticias distintas.

A las cinco y treinta y cinco, la Wehrmacht cruzó las fronteras de Bélgica y Luxemburgo, dos países neutrales, observadores externos de la contienda, como nosotros. Las fuerzas aliadas, conformadas por la élite del Ejército francés y el Cuerpo Expedicionario británico, activaron su plan defensivo dos horas más tarde: frenar el avance alemán por Bélgica. Aquel movimiento recordó a muchos generales, con galones y medallas, a lo que ya había ocurrido en 1914. El fantasma de la Gran Guerra había vuelto a unas trincheras que ya no tenían nada de «drôle» ni de «phoney» ni de «broma». Sin embargo, para un Ejército como el alemán, la contienda del catorce no era, ni por asomo, un espejo en el que deseara mirarse. Así, en aquella ocasión, la estrategia fue muy distinta y es que, entre otros detalles, los germanos no se detuvieron en suelo belga, avanzaron hacia la tercera víctima no beligerante de aquel viernes 10 de mayo de 1940: los Países Bajos.

El sábado, día 11, el Ejército del Reich había rodeado Lieja, hecho que provocó el pánico general. Sin embargo, un día más tarde, llegó lo peor. Mientras las tropas británicas y francesas se dirigían al norte y cruzaban la frontera belga, siguiendo la estrategia del general Gamelin, efectivos alemanes liderados por el general Von Kleist cruzaban el bosque de las Ardenas, una puerta a Francia que los aliados no habían contemplado siquiera, dejándola al margen de su baluarte de la seguridad: la línea Maginot. Y es que, las características del terreno hacían impensable que las fuerzas acorazadas penetraran por ahí, así que aquella línea fortificada de setecientos kilómetros arrancaba en la frontera suiza y se detenía a mitad de la belga, a la altura del bosque, sin llegar hasta la costa. Esto no suponía un problema frente a un aliado como Bélgica, pero no se podían subestimar las retorcidas tácticas militares del Ejército del Reich. Pronto se percataron de que la ofensiva por el norte era una trampa para desviarlos, dejar libre el camino a Francia y atacarlos por detrás. En paralelo, los paracaidistas alemanes comenzaron a caer en suelo belga y neerlandés para controlar sus principales puentes y comunicaciones. Todo civil que pudo huir, se marchó. Aunque, como imaginará, no todos lo lograron.

Y, en medio de aquella angustia y del irrefrenable avance alemán por Francia, Bélgica y Países Bajos, el Gobierno británico también cambió de líder. No sé si sus compatriotas escogieron el mejor momento, señorita Eccleston, pero parece que algunos miembros de la Cámara Baja e incluso del propio partido conservador retiraron su confianza al señor Neville Chamberlain. Por resumir, aquello concluyó con su dimisión y el nombramiento de alguien de su entera confianza como nuevo primer ministro: el veterano Winston Churchill, al que habían nombrado primer Lord del Almirantazgo al inicio de la contienda. El lunes 13 de mayo, dio aquel discurso en el Parlamento cuya frase «sangre, esfuerzo, sudor y lágrimas» ha pasado a la Historia. Como sabrá, su país organizó un gobierno de concentración nacional, con representación de todos los partidos, para afrontar aquella amenaza.

En Suiza, la alarma se activó. Las tropas fronterizas observaban cómo los germanos avanzaban y se retiraban alternativamente, así que se dio la orden de disparar a todo atacante que osara aproximarse. Ese mismo día, se dio luz verde a otra movilización cerca de San Galo, en la línea Winkelried. En Basilea, muchos decidieron partir para alejarse de los constantes disparos entre franceses y alemanes. También de los enfrentamientos entre aviones de la Luftwaffe que violaban el espacio aéreo en el noroeste de Suiza y eran abatidos como defensa. Todas estas medidas no impidieron que, en el norte, los aviones alemanes lanzaran más de veinte bombas que, por suerte, no causaron demasiados daños. Los chismes se hicieron con el control de las lenguas de vecinos y visitantes. Algunos días después, me enteré de que también se acumulaban tropas italianas en el sur de la Confederación y de que algunos señalaban que, quizá, Mussolini sería quien invadiría Suiza por el cantón de Tesino.

Muchas familias abandonaron Zúrich y los alrededores en dirección al centro, a las montañas. Las alarmas antiaéreas sonaban con insistencia de vez en cuando y los simulacros se convirtieron en realidad. Yo sabía de buena tinta que los alemanes solían atacar de madrugada, sobre las cinco. Lo había escuchado en el programa de radio del profesor Von Salis. El día 14 por la tarde, la situación era poco optimista. Comenzaban a llegar noticias de la ofensiva por las Ardenas y se comentaban rumores de que los franceses podían estar prácticamente derrotados. Se reforzaron las fronteras y se organizó la *ortswehr,* la defensa local, temiendo que los alemanes replicaran la estrategia con Suiza a través de la Selva Negra.

—He oído decir a la profesora Gimondi que pueden caer paracaidistas —comentó Dortha Williams de camino al sótano.

Quería llevar la contraria a la irlandesa, pero no podía. Me había escapado al principio de la tarde a la tienda de los Wisner. En aquellas interminables jornadas, pensaba, una y mil veces, en qué sería del bueno de Roger Ritz. Su madre estaba desolada, aterrada. La señora Bertha me aseguró que, de cualquier modo, podíamos dar gracias al cielo por no ser Holanda. Allí, a juzgar por lo que nos contaba el transistor, se había ordenado un violento bombardeo que había destrozado la ciudad de Rotterdam. El señor Frank se había apuntado como voluntario en la *ortswehr* para vigilar aquella noche en la patrulla de Horgen. Estábamos rodeados de enemigos y si atacaban, a duras penas podríamos sobrevivir.

El teléfono de la escuela no dejó de sonar en todo el día. La profesora Travert y la directora Lewerenz trataban de tranquilizar a los padres, prometiéndoles que el refugio de St. Ursula era seguro. Esa noche, por recomendación del teniente Baasch, la directora decidió que durmiéramos en la bodega, para evitar cualquier contratiempo inesperado. Como indicaban las órdenes militares, el colegio se integró en la oscuridad del bosque: se bajaron persianas, se dejaron abiertas las ventanas, se comprobaron grifos y se aseguraron todas las puertas. Allí abajo, nos mirábamos unas a otras. Juana de Arco jugueteaba con unas niñas de quinto grado. La señora Herriot hizo sándwiches para todas. Los repartía con nervio, contrapunto de sus palabras de aliento y calma. El día anterior, habíamos tenido que meter en una bolsa nuestras pertenencias básicas para estar preparadas para la evacuación. La tensión hacía pesado el aire del sótano.

—¿Nos podemos sentar con vosotras? —pidieron Susanna y sus amigas.

—Por supuesto —respondió Liesl, sonriente.

Catherine se acomodó a su lado. Ángela entre Joanna y Sara. Susanna se colocó junto a mí y me apretó la mano con fuerza. En cuatro días, todo se había vuelto una enorme contingencia. A las nueve, las maestras nos sugirieron dormir un poco. Nos tumbamos sobre mantas en el suelo.

—Mi hermana mayor me contó en nuestra última conversación telefónica que, según dicen en la radio, los alemanes atacan siempre al amanecer —corroboraron los labios pálidos de Simone—. Quiero que vengan a buscarme.

—En el pueblo todo el mundo cree que la invasión se va a producir hoy mismo —susurré.

—Calla, Charlotte. Eso no lo sabes —me contestó Zahra.

—Al parecer, su táctica es rápida y eficaz. Si entran por la mañana, a la hora de comer estarán en la cocina de la señora Herriot —imaginó Kyla.

—Vika, ¿estás bien? —se interesó Joanna.

—Sí, sí... Voy a ir a sentarme con mi hermana pequeña —concluyó, cabizbaja.

La guerra relámpago o *blitzkrieg* consistía en dar apoyo, por el aire, a la infantería y a la nueva caballería en forma de panzers. En cuestión de días, la resistencia se evaporaba y los países daban la bienvenida a un nuevo orden, el del partido nazi. Las tropas que había visto en la frontera a principios de abril podían llegar al colegio en menos de tres horas; los *stukas,* en menos de una. Solo nos distanciaban cincuenta kilómetros del Rin. Nunca había contemplado los bombardeos como una realidad. Al cerrar los ojos, escuchaba a lo lejos el rugir de aeroplanos anónimos y la caída de explosivos que podían borrar mi identidad en un suspiro. Me aferré a la manita de Susanna Fortuyn. De pronto, una vocecilla acarició un silencio plomizo.

—*Frère Jacques, Frère Jacques...* —comenzó a cantar Évanie.

Nada.

—*Dormez-vous? Dormez-vous?* —siguió Joanna.

—*Sonnez les matines, sonnez les matines* —nos unimos Liesl y yo.

—*Ding, ding, dong* —se sumó Sara.

La quietud volvió a tragarse el escaso alivio que nos había generado escuchar aquella melodía.

—*Frère Jacques, Frère Jacques...* —reinició Dortha Williams.

Una a una, las alumnas fueron integrándose en la canción. La profesora Habicht, leí en el diario de mi madre, se emocionó. Las maestras también decidieron relajarse con la cancioncilla y, al final, un coro de voces trémulas se comió al miedo que compartían nuestros estómagos. Después, la oscuridad y la ausencia de palabras nos acunaron. Muchas lograron dormir. No fue mi caso. Vi pasar el tiempo en el reloj de mi padre. Pasé el dedo por las letras que, tras una ardua labor de artesanía, rememoraban a su verdadero propietario. La directora Lewerenz salía y entraba de tanto en tanto. Cuando regresaba, bisbiseaba datos que hubiera matado por escuchar, pero que debían quedar al margen del alumnado por el bien del sosiego. En ciertos momentos, alguna niña lloriqueaba o se asustaba cuando las alarmas antiaéreas de la zona comenzaban a sonar.

—Charlotte —dijo Susanna de pronto.

—Dime —susurré.

—¿Crees que mi familia estará bien? —preguntó, medio en sueños.

—Duerme —le aconsejé y acaricié su frente—. Seguro que sí —mentí al fin.

Cuando quedaban diez minutos para las cinco de la mañana, desperté del duermevela que me había acompañado durante una hora escasa. Me pregunté si ya sería la hora, si ya habría comenzado la invasión, si los soldados que había avistado en la frontera, un mes atrás, ya avanzaban por tierra suiza, si los puentes de Stein am Rhein habrían estallado, si el rumor de los aviones habría dejado de ser una anécdota en el firmamento. Un nudo de electricidad se adueñó de mis entrañas y subió, en forma de calor indeseado, por mi garganta. No notaba las piernas. Tenía muchas ganas de llorar. Sentía la mandíbula tensa y me faltaba el aire. La hora se expandió, se dilató hasta la demencia en las agujas de aquel recuerdo familiar. De reojo, vi cómo la profesora Travert se ausentaba, tras oír el eco de un timbre lejano. Ya eran las seis y veinte.

Anabelle Travert, con parejo desasosiego pero mayor habilidad en el disimulo, abrió la puerta principal al teniente Baasch y al soldado Légrand.

—Buenos días, profesora Travert. Venimos a informar de que ya pueden abandonar el refugio. Ha pasado el peligro. Hasta nuevo aviso —anunció Dietrich Baasch.

—Buenos días a los dos. Muchas gracias por tomarse la molestia de avisarnos. Ha sido una noche complicada para las niñas —respondió ella, agotada pero con la tensión ligeramente paliada.

—No hay por qué darlas, profesora. Es nuestro deber. Estén atentas a las alarmas. Son días complejos y es mejor ser precavido de más —añadió el teniente antes de iniciar el camino de vuelta.

El cielo se desperezaba entre nubes vaporosas y débiles rayos de sol que iluminaban aquella mañana primaveral. Anabelle iba a dejar que se marchara, pero lo siguió por el jardín.

—Teniente Baasch, aguarde —pidió.

El militar volteó su cabeza.

—Dígame. ¿Qué ocurre?

El soldado Légrand se apartó con cortesía y una pizca de la prudencia exigida en su posición.

—He leído el informe que entregó el otro día a la directora. ¿El peligro es inminente?

Dietrich Baasch analizó a aquella docente desesperada. Sus ojeras, su cabello agotado de seguir atado en aquel moño marchito, sus labios rosas de angustia y sus comisuras temblorosas por descubrir la verdad.

—Siempre lo ha sido, profesora. No sabemos cómo van a reaccionar los alemanes. Hasta hace dos días, los Países Bajos eran un país amigo de Alemania. Hace un mes, las radios alemanas aseguraban que no tenían problema con Francia ni interés en sus dominios. Hablaban de una guerra contra un gobierno británico que se había entrometido en la causa polaca. ¿Qué quiere que le diga, profesora Travert? ¿Quiere escuchar que los alemanes no van a cruzar nunca la frontera suiza? ¿Quiere que le asegure que estarán aquí a salvo, pase lo que pase?

Anabelle se acercó al teniente, masticando palabras que llevaba tragando un tiempo. Con ojos vidriosos, respondió:

—Quiero que me diga si el peligro es inminente, teniente Baasch. Y si el hecho de que St. Ursula se cierre, va a salvar alguna vida. Tengo alumnas de los países atacados a cuyos padres no consigo localizar. Quiero que me diga si corren más riesgos aquí que en Ámsterdam, Brujas, Londres, París, San Petersburgo, Varsovia o Berlín. Eso quiero que me diga.

El soldado Légrand pareció extrañarse ante la proximidad de aquellos dos adultos, enzarzados en un debate que, cada hora, cobraba más relevancia.

—Todo está en el informe, profesora Travert. Yo no tomo las decisiones. Hasta más ver. —Y se alejó hacia la verja.

***

Adam Glöckner seguía las novedades de la batalla con especial interés. Aquel día, cuando finalizó el apagón en Sankt Johann, interceptó al muchacho de Oberrieden que llevaba el periódico al internado para ser el primero en leerlo. En los cambios de clase, marchaba a la habitación del profesor Cheshire para escuchar la radio. Fue en una de esas sesiones cuando ambos descubrieron que los Países Bajos habían firmado su capitulación y que la reina Guillermina se había marchado al exilio en Gran Bretaña. Rotterdam ya era un montón de escombros. Una de tantas otras ciudades, seña de lo conseguido por tantas y tantas generaciones, eliminada para siempre del mapa de la humanidad. Los boletines de radio Beromünster y de la BBC que aquella Telefunken emitía no fueron tampoco esperanzadores con la situación en Francia. Los alemanes habían logrado penetrar por Sedan y romper el frente aliado. Cheshire estaba todavía más lívido que de costumbre. Una línea de sudor abrillantaba un bigote que no crecía. Se levantó de su cama, donde ambos estaban sentados, testigos impasibles de un porvenir de fuego. Acto seguido, dio un puñetazo lleno de ira y frustración contra la pared.

—Eh, eh. Tranquilícese, por favor —le indicó Adam—. Venga, sé lo que necesita. Todavía tenemos un par de horas antes del apagón. Sígame.

En realidad, Adam habría ido de igual modo allí. No por sentir aquel líquido dorado en su paladar, sino por regresar a la vida al ver a Anabelle. Pero, como sospechaba, no había ni rastro de la profesora en la Meier Taverne. Deseaba tanto comentar con ella las últimas noticias, saberse a salvo de la locura, que su ausencia le hizo sentir menudo en aquel local de aromas amargos. Pero mi madre estaba reunida conmigo, en nuestra cita periódica en su cuarto, confirmando que no estaba al borde de un ataque de pánico y que me encontraba bien. Así, los maestros se sentaron en la mesa que solía ocupar con ella y pidió a la señora Heida un par de cervezas. Con brevedad, la tabernera les informó de que el pueblo estaba angustiado y de que ella misma se hubiera encerrado en su casa, de no ser por lo mucho que necesitaba el dinero de su negocio para sobrevivir. Había enviado a los niños con la hermana del señor Lutz, en Oberhalbstein, en la región alpina.

—¿Brindamos? —propuso Adam, cuando la señora Meier ya atendía a otra pareja de aldeanos.

—¿Y por qué habríamos de brindar hoy? —se extrañó el profesor Cheshire.

—Por la libertad. —Y chocó su copa contra la de su compañero.

Dieron un sorbo con garbo, como queriendo absorber algo de serenidad.

—¿Le gusta? Es cerveza Feldschlösschen. Una *pilsner*. Se fabrica en la región de Aarau, hacia el oeste. Personalmente, prefiero la cerveza de trigo de Edelweiss. Es una receta de la zona de donde vengo, en el oeste de Austria. Tampoco me disgusta la Ottakringer, que es la más consumida de Viena. Las pondría en el mismo rango —parloteó Adam.

—No está mal —valoró—. Aunque, como comprenderá, soy más de *stouts* y de *porters*, señor Glöckner.

—Oh, sí, por supuesto —asintió y volvió a beber.

—¿Sabe? Me han llamado a filas. Recibí la misiva ayer. He estado intentando posponerlo todo este curso, pero me han dado dos semanas para incorporarme a Brancepeth Castle. Mi país está concentrado en el rearme y el entrenamiento después de casi dos décadas abogando por la desmilitarización parcial. ¿Quién podía pensar que las guerras habían terminado?

Por un instante, Adam iba a decir que ojalá él pudiera luchar por su país. Pero no lo sentía de verdad, así que calló y lamentó que el pobre de Finnegan Cheshire tuviera que jugarse la vida por el suyo.

—Brindemos entonces por la justicia —propuso el austríaco.

—*Prost.*

Su charla quedó suspendida por la entrada del teniente Baasch y algunos de sus chicos en la taberna. En aquella ocasión, la visita no era por placer. Debían recordar a la señora Meier que, en menos de veinte minutos, tenía que estar desalojada. Además, iniciaron una inspección por todo el local. Otro de los temores en aquellos días de mayo era la conocida como «quinta columna». Es decir, la presencia de espías o simpatizantes de alguna de las fuerzas beligerantes que pudieran proporcionar datos estratégicos, desde dentro, de cara a una ocupación. El ánimo estaba bastante crispado, pero Adam no dejó que aquello lo perturbara en demasía. Continuó bebiendo. El profesor Cheshire se ausentó para buscar un cigarrillo que llevarse a la boca, sedienta de normalidad. El teniente aprovechó la coyuntura para acercarse al maestro.

—Buenas noches, profesor Glöckner —saludó.

—Buenas noches, teniente. ¿Qué se le ofrece?

—Ronda rutinaria. Deberían regresar al colegio —apuntó.

—Dos centímetros de líquido y me voy.

—Está bien. —Dietrich Baasch hizo amago de irse, pero se detuvo—. Profesor, son tiempos sumamente arduos. Le ruego que no le complique la vida a los de su alrededor.

Adam remató su cerveza.

—Tengo noticia de que ya se está encargando de alertar a «mi alrededor» de que soy una mala compañía. Le deseo que jamás ocupen este bello país y que nunca deba marcharse como refugiado, perdiendo su pasado y aniquilando su futuro, su reputación y su dignidad. De veras, teniente. Lo deseo con toda mi alma. Me alegra profundamente que, al margen de sus avisos, «mi alrededor» siga teniendo principios propios. Si por algo se recuerda a Galileo no es por dinamitar sus creencias por miedo. Si me disculpa... —Se incorporó y se reunió con Cheshire, al que indicó que debían regresar.

El teniente Baasch se quedó allí inmóvil. A sus ojos, aquel docente probablemente estaba lejos de ser Copérnico o de tener alguna teoría por la que morir. Glöckner y Cheshire avanzaron de vuelta a la escuela, viendo cómo el lago Zúrich se apagaba por completo a medida que pasaban los minutos. En aquella noche de miedo e incertidumbre, experimentó con toda la certeza que su cuerpo le permitió lo mucho que añoraba a la profesora Travert. Deseaba verla, charlar con ella, acariciarla, amarla. Desde su conversación con George Barnett estaba seguro. Pero el Sihlwald y la actualidad los separaban sin remedio y se tragaban sus deseos.

***

Desde el día 16, pudimos volver a dormir en nuestras habitaciones. En el resto de escuelas de la región se habían suspendido las clases, pero en un internado no era buena idea tener a ochenta alumnas ociosas todo el tiempo. No obstante, se exigía el estricto cumplimiento del apagón y de todas las normas que, en pasquines, había pegadas por las paredes de la escuela. Al caer el sol, las persianas estaban cerradas a cal y canto y la oscuridad reinaba en el edificio. Sin embargo, en St. Ursula había necesidades que ni siquiera los militares podían censurar.

Aquel sábado, día 18 de mayo, nos tocó a Évanie y a mí robar la leche condensada de la cocina de la señora Herriot. Cuando llegamos al comedor, nos dimos cuenta de que la tenue iluminación de unas velas había privado al espacio del anonimato preciso en aquellos crepúsculos. Se escuchaban varias voces. A hurtadillas, me asomé. Vi a mi madre, a la profesora Habicht, a la profesora Durand, a la profesora Richter y a la señora Herriot sentadas en torno a la mesa de madera sobre la que, a diario, Florianne y Marlies dejaban boles y platos a medio preparar.

Por aquel entonces, no conocía estas reuniones clandestinas, así que me sorprendí al encontrarlas allí, bebiendo whisky en vasos de vidrio verde. Évanie quiso hablar, pero tapé su boca y le pedí silencio. La conversación llegó, con sutileza, a mis oídos.

—Los alemanes llegaron ayer a Bruselas y creo que la situación de las tropas francesas y británicas no es muy prometedora —contó la profesora Habicht.

—A mí también me han llegado rumores de retirada... —lamentó la señora Herriot—. Menos mal que mi familia es de Béziers, en el sur. No sé qué puede aguardarles...

—Confiemos en la resistencia y en que se olviden de Suiza. No todo está perdido —afirmó la profesora Travert.

—No sé, Anabelle. Creo que todas estas noticias hacen más complicado que las puertas de St. Ursula sigan abiertas. Después del informe del teniente Baasch, estoy segura de que tanto Lewerenz como De la Fontaine están planificando la evacuación de todas las niñas. Aunque quizá sea lo mejor. No podemos seguir viviendo así. Es demasiada responsabilidad —titubeó Virgine Habicht.

—No, tú no, por favor —suplicó Anabelle—. El colegio debe permanecer abierto. No importa si se quedan diez o noventa niñas. La cuestión es darles la opción.

—¿A qué precio? Estamos demasiado cerca de la frontera. Todo el mundo se está yendo a los Alpes —discutió la profesora Durand.

—El miedo os está haciendo dudar, profesoras. Estoy de acuerdo con Anabelle. Debemos aguantar lo que podamos. Ser refugio. Yo no tengo alternativa a estar aquí. Me quedaré hasta que me confirmen que no soy necesaria —indicó la profesora Richter.

—Ya somos dos —suspiró la profesora Travert.

—Tres —afirmó la señora Herriot.

—Cuatro, cuatro. Solo he flaqueado un momento —retrocedió la profesora Habicht, secundada por la profesora Durand.

Évanie y yo nos miramos fijamente. La presencia de las maestras dio al traste con nuestras pretensiones de robar una lata de leche, así que tuvimos que volver a la torre con las manos vacías. De camino, me detuve en un rincón del hall, donde se habían colgado algunas de las fotografías de aquel curso que la profesora Odermatt había revelado. No pude evitar analizarlas, con la triste sensación de que St. Ursula podía tener los días contados. Alcancé una en la que salíamos las cinco. Por detrás, habían anotado nuestros nombres, la fecha y el evento. Era del baile de otoño. Sin mediar palabra, seguí a la canadiense y nos reunimos con el resto del grupo.

Como era de esperar, a ninguna alegró la buena nueva. Sin esperanzas y sin dulce, nos sentamos en círculo, como siempre. Solo había una vela encendida, para respetar también allí las reglas. O algunas.

—¿Se sigue sin tener noticia de los padres de Vika y Olga? —se interesó Sara.

—No, nada —respondió Jo—. Vika teme lo peor. Lleva varios días sin apetito. Faltó a violín porque se quedó en su cuarto llorando. Es terrible…

—No me quiero ni imaginar lo que debe de estar pasando por su cabeza —musitó Évanie.

Nos quedamos en silencio unos segundos.

—Quiero que nos tengamos para siempre. No quiero que nos separemos o que la distancia nos convierta en desconocidas —espeté, reflexionando sobre el fin de St. Ursula.

—Yo tampoco —contestó Joanna.

—Ni yo... —dijo Liesl.

Mirando la fotografía, se me ocurrió una idea.

—Creo que deberíamos hacer un juramento. Contar cada una un secreto, que solo sabremos entre nosotras. Custodiarlo toda la vida será lo que nos una, allá dónde estemos —propuse.

Liesl asintió y miró a las demás, tratando de convencerlas.

—Después, anotaremos otro secreto en un papel y los guardaremos, junto a la fotografía, aquí —dije, mientras me incorporaba y levantaba una de las tablas de madera del suelo de la torre. La tercera desde la esquina derecha de la ventana—. Ese será el que desvelemos cuando nos reencontremos.

—¿Quién tiene papel? —se interesó Sara.

—Yo tengo aquí mi cuaderno de apuntes de Alemán —se ofreció Joanna.

—Jo, tienes que aprender a dejar de estudiar en algún momento —bromeé—. Pero nos sirve. Cogeremos una página y la romperemos en cinco partes —aseguré—. Regresaremos dentro de cinco años y los leeremos. Añadiremos nuevos y así sucesivamente. Nuestros secretos nos obligarán a vernos... Aunque cierren St. Ursula. Si alguna no acude, las demás podrán leerlo sin su presencia.

—No sé si me gusta esa norma... —opinó Joanna.

—Entonces no faltes nunca a tu cita —apostilló Évanie—. Me encantan los secretos. ¿Quién empieza?

Liesl comenzó y nos contó que, en Navidades, había estado a punto de no regresar a la escuela. Sus abuelos, apoyados por Erika y el señor Knopp, habían recomendado a nuestra amiga que se quedara en Múnich. Ella se pasó sin comer dos días para forzar a su familia a que la dejara volver. Al final, su abuela transigió. Leopold, por su parte, se había quedado en casa. Lo habían matriculado en una escuela alemana. Siguió Joanna, que nos comunicó que estaba decidida a convertirse en médico y habló de todo lo que estaba haciendo la profesora Travert por ella. Al parecer, su padre, en su última misiva, le había hablado de la posibilidad de estudiar en Norteamérica. Simulé indiferencia en lo referente a mi madre y, cuando me llegó el turno, confesé que el señor Wisner me había enseñado a disparar un arma. Jo me recomendó precaución, a lo que yo contesté que, en caso de ataque, estaba convencida de que todas valorarían mucho mi nueva habilidad. Évanie nos dijo que, varios días atrás, el soldado Légrand le había informado de que iba a ver a Heinrich Voclain próximamente y que, si quería, podía escribirle una misiva, que él le entregaría. Mi mohín de hartazgo se deshizo en una sonrisa de compromiso que buscaba potenciar mi transigencia. Después, llegó el turno de Sara, que contó a las demás que estaba enamorada de George Barnett y que se veían, a menudo, en el antiguo almacén de madera.

—¿Barnett? ¿En serio? ¡Madre mía! —Se rio Évanie.

—¿Os habéis besado? —se interesó Liesl.

—Mejor pregúntale qué no han hecho ya… —farfullé.

—¡Charlotte! —se quejó Sara.

—No habréis… —tanteó Joanna.

—No pienso decirlo —aseguró la española.

—Bueno, bueno. Vamos con los secretos escritos. No valen medias tintas, hay que ser valiente. Dentro de cinco años, los descubriremos —anuncié.

Cada una se concentró en su papel y escribió aquellas líneas. Cuando terminamos, los guardamos debajo de la tabla de madera. Évanie propuso revalidar el juramento juntando todas nuestras manos. Así lo hicimos. El aullido remoto de una alarma nos azuzó y regresamos a nuestros respectivos cuartos, al cobijo de aquellas camas prestadas que ya eran nuestras para siempre.

***

Corrían por el medio del bosque. Sara tenía la mano de George apretada, buscando no perderlo en el camino. Había sido idea de la española, según me dijo después. Bajaron por la colina de Horgen hasta el pueblo y cruzaron todas aquellas callejuelas que decoraban nuestras mañanas de domingo. Continuó con su carrera. Estoy segura de que Barnett no entendía nada, pero se dejó llevar. Al llegar al embarcadero, no se detuvo. Sus suelas chocaron contra la superficie hasta que, el límite del lago, las hizo frenar. La chica se quedó quieta, respirando hondo y cerrando los ojos. George, todavía bastante torpe en el amor, no supo cómo reaccionar.

—¿Estás bien?

—Perfectamente. Necesitaba un poco de aire fresco —le comunicó.

—Tenemos los exámenes a la vuelta de la esquina... —indicó el inglés.

—Solo un poco de aire fresco...

—Está bien. Clase de respiración —bromeó Barnett y comenzó a imitarla, exagerando.

—Lo haces fatal. —Se rio ella.

—¿Podrías dejar de actuar como profesora por un momento, *Marruecos*? Eres peor que Hildegard —respondió divertido.

Ella sonrió, pero, al momento, devolvió la mirada al lago.

—Charlotte me ha contado que la película *Lo que el viento se llevó* ha ganado muchos premios... Me gustaría verla algún día... —musitó. Después añadió—: George, ¿te has preguntado si algún día iremos a bailar o al cine?

—No. Supongo que lo haremos, ¿no? —mintió.

—Mi padre llamó ayer. Esta semana recibiré un sobre con un billete de tren a Marsella y documentos para regresar desde ahí a Madrid el día 30 de junio, seis días después del fin de curso —confesó.

Barnett analizó lo que esto significaba.

—George..., nuestros padres no... —Se giró para mirarle a los ojos—. No quiero volver a Madrid. No sé cómo volver a Madrid después de esto. Llevo días dándole vueltas y siento que... —comenzó.

George se acercó a ella.

—Seguiremos en contacto. Lo prometo. Les diré a mis padres que vengas a pasar el verano a Leclein Castle —intentó él.

Sara seguía afectada.

—¿Aceptarán?

—Tendrán que hacerlo. Y, cuando la situación se calme, nos reencontraremos en París. Siempre has querido ir, ¿no es así? —Ella asintió, algo aliviada, aunque no por completo—. Pues será allí donde vayamos. Bailaremos hasta el amanecer, iremos al cine, al zoo, visitaremos la torre Eiffel y los campos Elíseos, incluso el Moulin Rouge.

El chico cogió la mano de Sara y la puso en su hombro. Después, la tomó por la cintura y comenzó a canturrear *I've got you under my skin.* Sara no podía contener la risa ante aquella escena, pero Barnett parecía inmerso en la melodía, que buscaba sanar su angustia. Las sonrisas se fueron escondiendo. Sus zapatos oscuros de colegiales danzaban encima del embarcadero, con las últimas nubes del día flotando sobre el lago y las montañas observando una despedida que aquellos dos enamorados ansiaban olvidar. La española creyó aquella promesa con toda su alma. Sentía que las palabras de Barnett eran más poderosas que la realidad y que, en efecto, un par de años, tras un verano de ensueño, bastarían para volver a unirse. Quizá en Francia, quizá para siempre. Los aviones se escuchaban muy lejos de la cabeza de Sara. Pero George había comenzado a sentirlos en su sien y no podía hacer nada por remediarlo. ¿Pasarían el verano en Leclein Castle? ¿Volverían a verse en París después del final de curso? Con sinceridad, a duras penas podíamos afirmar que París siguiera existiendo para entonces. Pero decirlo en voz alta lo cargaba de una verdad que mitigaba el vértigo ante lo desconocido.

***

Las lecciones no se detuvieron en St. Ursula. Una vez más, el ritmo allí parecía estar condicionado por fuerzas paralelas a las del exterior. La clase de Economía Doméstica de la profesora Sienna Gimondi se me hizo especialmente larga. Ella, con aquel vestido de flores que solía llevar siempre, y con su melena oscura recogida solo en parte, nos contaba que era imperativo hacer una buena planificación de los ingresos y los gastos y controlar el nivel de deuda.

—Un hogar no debe tener nunca una deuda superior al cuarenta por ciento. Deben racionar las compras a plazos. Hace unos años, estuvieron muy en boga, sobre todo en los Estados Unidos, pero ustedes deben seleccionar. Los pagos fraccionados nos pueden dar la ilusión de ser más baratos. Pero óiganme bien: nunca sale ganando el comprador si el vendedor puede evitarlo. Apunten eso.

Hicimos caso, como si nuestras manos fueran marionetas al servicio de la boca de la profesora Gimondi. Cuando la clase terminó, recogí todas las pertenencias de mi pupitre, bañado por la luz del sol.

—Eh, Charlotte —me detuvo Sara—. ¿Tú has estado en París?

—Sí..., pero hace tiempo. Allí se conocieron mis padres —conté.

—Debe de ser hermosa —supuso—. Será ahí donde viva en el futuro.

—Es un buen sitio —respondí.

Sin embargo, el paso de tres figuras por delante de la puerta del aula número cinco me desconcentró de aquella charla. Dejé mis pertenencias en su sitio y me adelanté. Salí al pasillo y confirmé mis sospechas. Eran la directora Lewerenz, la profesora Roth y Susanna Fortuyn. La niña portaba una maleta.

—Esperen —pedí—. Esperen.

Las alcancé, a punto de comenzar a bajar las escaleras hacia el recibidor. Susanna miraba al suelo. Algo o alguien le había arrebatado la alegría.

—¿Se va? —pregunté a la directora Lewerenz, que me observó afectada.

—Sí, señorita Fournier. Están esperando abajo a la señorita Fortuyn. Pero estoy segura de que es un «hasta luego». Regresará pronto —me contestó.

—¿Vuelve a casa? Pero si allí... —comencé, pero la mirada de la profesora Roth me detuvo. Entendí.

Asentí y me arrodillé junto a Susanna. Sus ojitos redondos lloraban sin lágrimas. La cogí de la mano.

—Volverás, Susanna. Tus vacaciones comienzan antes. Eso es todo —la consolé—. Pero vendré a visitarte cuando regreses en agosto. Y te daré todos mis trucos de St. Ursula. ¿De acuerdo?

La chiquilla movió la cabeza y, sin responder, me dio un abrazo. La sujeté con fuerza, queriendo retenerla en mi mundo, pero el destino de Susanna iba a ser otro. La directora Lewerenz me pidió que la dejara marchar. Desde las escaleras, vi cómo un matrimonio la recibía con una agria mezcolanza de lástima y ternura. No parecía conocerlos en demasía, pero aquella niña era muy inteligente y supo enseguida que debía ir con ellos, sin rechistar. Cuando salió, corrí hacia la puerta principal y, desde allí, le dije adiós una última vez con la mano. Juana de Arco supo que algo no iba bien, así que empezó a sollozar, al tiempo que se aupaba sobre sus patas traseras, tratando de cazar una caricia de despedida. Susanna me correspondió desde el coche, antes de desaparecer, para siempre, en su interior. Noté una presencia a mi lado, mientras el automóvil cruzaba, a lo lejos, la verja negra que nos separaba, aunque solo fuera de forma imaginaria, de lo que ocurría allá afuera.

—Los padres de Susanna están desaparecidos. Lo último que se sabe es que intentaron huir de Ámsterdam el día 14. La prima de su madre vive en Chámbery y se ha ofrecido a hacerse cargo de ella. Tienen un pasaje para Casablanca... Creo que tienen pensado huir a México —me contó mi madre.

—Esto es una pesadilla. Odio esta guerra —espeté y salí corriendo hacia el interior de la escuela.

Subí las escaleras de dos en dos y regresé al pasillo de la segunda planta. En vez de detenerme en mi clase, donde mis compañeras ya se preparaban para la lección de la profesora Richter, continué. Entré en el corredor del pabellón Rousseau y me dirigí a la habitación de Susanna. Abrí la puerta con cuidado. No había ni rastro de sus cuadernos ni de sus libros ni de sus muñecas. Su rincón se había vuelto un espacio en blanco. Me senté en su cama. Y comencé a llorar desconsoladamente. Me tumbé, aferrándome a una almohada que había custodiado los sueños infantiles de mi amiga. Detestaba aquella sensación de pérdida, de desasosiego. No quería pensar que no volvería a verla. No podía aceptarlo. Mi universo se desintegraba por momentos, a pesar de mi lucha, a pesar de renegar, de discutir, de ignorar.

Susanna había sido la gota que había colmado el vaso. Recuerdo que estaba aterrada. No comprendía cómo funcionaba aquella nueva realidad ni qué esperar. Llevaba años imaginando el día en que mi estancia en St. Ursula se terminase. Quería dar el discurso de despedida, como representante de mi clase, y partir subida en un despampanante automóvil, junto a mis amigas. Vestida con un conjunto marfil, joyas doradas, cabello lleno de bucles perfectos, labios carmín, guantes suaves y un casquete de infarto. De fondo, se oiría *The object of my affection* de las Boswell Sisters. Nuestra primera parada sería en la playa. Quería mojar mis pies en el mar Mediterráneo. Me bebería mi primera copa de vino a bordo de un velero, quizá propiedad de los señores Sauveterre. A cambio, notaba cómo todo comenzaba a pintarse de gris y cómo aquel final sería radicalmente distinto a lo que había inventado mi mente de niña.

De pronto, recordé la caja de los tesoros. Me apresuré a mirar bajo el somier. Allí estaba, Susanna había decidido abandonarla en el colegio. La cogí y la coloqué sobre mis piernas. La abrí con cautela y exploré, una vez más, su interior. Después de revisar las nuevas adquisiciones de las exploradoras, me detuve en el tarro de horquillas. Me quité las dos que llevaba puestas y las metí. Sin titubear, fui a mi habitación y cogí todas las horquillas que tenía. No eran muchas, pues siempre se me perdían en el aseo o en clase. Las coloqué junto a las demás, en el frasco, y lo devolví a la caja. Dejé aquella colección de tesoros en su sitio. Y me quedé un rato más sentada sobre la cama de Susanna, sintiendo aquella soledad que, por primera vez, me quemaba por dentro. Quise convencerme de que era el culmen de un curso complejo..., pero lo peor estaba a punto de ocurrir.

IX

25 de octubre de 1977

Mientras conducía, seguía dándole vueltas a mis últimos hallazgos. Por un lado, el relato de la señora Geiger me había confirmado la autenticidad de los informes que el teniente Baasch había entregado a los colegios el día 12 de mayo. Por otro, las letras en la postal que había encontrado en aquel ejemplar de *Jane Eyre* daban fe de una cita con alguien. Según me había indicado el día anterior, el curso terminó el día 24 de junio. La reunión en la puerta de los almacenes Jelmoli estaba fijada para cinco días más tarde. ¿Tendría algo que ver ese mensaje con el escándalo del que me había hablado? Moví los hombros en círculos para destensar mi osamenta. Me quedaban apenas veinte kilómetros para llegar a la dirección del profesor Adam Glöckner en Buchberg. Las carreteras se convirtieron en caminos semiasfaltados rodeados de plantaciones y hierba fresca. Cuando llegué al centro de aquella aldea suiza, detuve el vehículo y pregunté a un vecino por el número seis de Sandackerstrasse. Me indicó con amabilidad y eficiencia, así que, en pocos minutos, pude aparcar en frente de la vivienda del maestro.

Salí del Renault 8 que me había conseguido la señora Schenker la semana anterior y cerré la puerta con decisión. Me recoloqué la boina y la americana, mi uniforme en aquellos días otoñales, y avancé. Era una casita humilde, que contrastaba con otras más grandes y modernas con las que compartía calle. El jardín estaba algo descuidado, aunque algunas macetas contenían plantas que contrastaban con el resto de agostada vegetación. Un par de sillas de madera y una mesita decoraban uno de los espacios del reducido jardín delantero. El camino hacia la puerta lo conformaban piedras lisas de color tofe que parecían marcar el sendero correcto a despistados y recaderos. Los muros eran blancos y el tejado, marrón, como las contraventanas. Un felpudo con el dibujo de un gato me obligó a detenerme. Sin vacilar, pulsé el botón dorado del timbre.

Había llegado hasta allí con pocas expectativas, pero ver a aquella mujer al otro lado del umbral desmontó las piezas del rompecabezas. Era una señora de unos setenta años, con cabello canoso y áspero recogido con una hebilla. Llevaba unos pantalones beige y una blusa color azul celeste que quedaba parcialmente tapada por un delantal de grandes flores amarillas. De sus orejas, deformadas por el uso de pendientes, colgaban unos aros dorados. Iba descalza. Su sonrisa amable me recibió, al tiempo que yo confirmaba por el rabillo del ojo que no me había equivocado de número. Un seis resplandeciente fijado a pocos centímetros disolvió mis últimas dudas.

—Buenos días. Siento importunarla. He venido a ver al señor Adam Glöckner. Según tengo entendido, vivió aquí. No sé si usted sabrá... —Di por hecho que tendría que dar con la dirección actual.

—Buenos días, señorita. Por supuesto.

Respiré satisfecha.

—Adam vivió aquí hasta su muerte, hace dos años —me contó para mi horror.

—¿Murió? —Quise confirmar.

—Sí, hija... Fue una terrible pérdida. ¿Por qué quería verlo?

—Quería hablar con él de la época en la que fue profesor del colegio Sankt Johann im Wald, al lado de Zúrich. Disculpe, le parecerá una estupidez. No quería molestarla. Imagino que no será agradable tener que recordar a su...

Entonces, me surgió la duda: ¿quién era aquella mujer?

—... Amigo. Es duro, sí. Pero quizá yo pueda servirle de ayuda. Vayamos a dar un paseo, señorita...

—Eccleston. Me llamo Caroline Eccleston —me presenté—. Perdone. Qué torpeza.

—Yo soy Emília Kunze. Encantada.

La señora Kunze se calzó con brío y me indicó que saliéramos del jardín. Me llevó a una zona boscosa cercana, que discurría paralela al Rin. El entorno, como tantos otros de aquel país de cuento, era precioso. Aquella sencilla y simpática mujer me contó que conoció a Adam a finales de 1942, en un campo de refugiados en el que ambos eran voluntarios. Me habló de aquellos años complejos de la guerra y de la decisión de vivir juntos para paliar su soledad. Se veía que ella había amado al profesor Glöckner. Quizá habían sido incluso amantes durante un tiempo. Pero también podía entrever, en su relato, que él nunca la quiso de ese modo.

—Adam siempre fue un hombre con un apego impresionante a sus principios, pero no dejaba espacio para casi nada más. Aprendí a vivir con eso, a entenderle. ¿Qué podía hacer si no? Siempre me dio la sensación de que, cuando lo conocí, él ya había vivido todo lo que le tocaba y solo aguardaba a que el tiempo hiciera su labor.

—¿Se refiere a sus años como profesor? —me interesé.

—No tuvo una vida fácil, pero aquel año en Sankt Johann im Wald lo obsesionaba. Nunca me contó qué había sucedido. Me decía que prefería que aquel episodio quedase fuera de nuestra relación, que era su forma de pasar página. De hecho, jamás mentó ese colegio hasta que aquella mujer comenzó a visitarlo, en 1970. Aunque gracias a eso comprendí algunos episodios de 1953. La primera vez que vino, se pasó la noche en vela. Quise ayudar a mitigar su angustia y fue entonces cuando me confesó que no había superado algo de su pasado y que ese algo tenía que ver con el internado.

—Y esa mujer... ¿Sabe quién era?

—No me dijo jamás su nombre. Comenzó a venir una vez al mes. Se sentaban en las sillas del jardín y charlaban durante horas. En ocasiones, sus conversaciones eran alegres. Otras, se teñían de un pesar que a Adam le duraba semanas. Ella era extremadamente elegante. Una mujer de la alta sociedad, sin duda. Nunca comprendí qué hacía visitándonos. Usted ya sabe..., nuestra casa no es un palacio.

Fui atando cabos.

—Creo que venía por el recuerdo, como elixir ante la amargura que le producía el pasado —opiné—. Y le produce —corregí.

La señora Geiger había venido a ver a Adam Glöckner después de la muerte de su madre. Quizá la ausencia de Anabelle los había unido. O puede que fuera algo más.

—A partir de entonces y hasta su final, Adam comenzó a escribir. Era su oxígeno en este retiro escogido. Golpeteaba las teclas de la máquina con un ansia que, a veces, me asustaba. Sus fantasmas lo devoraron lentamente...

—¿Sabe qué escribía? —me interesé.

—No, señorita Eccleston. Adam y yo tuvimos una relación basada en una confianza ciega y discreta. No éramos una pareja tradicional. Tampoco lo pretendíamos. Estábamos ahí cuando el otro lo necesitaba y corríamos en dirección contraria si la solución era alejarse. Yo conocía mi lugar en la mente de Adam. Y nunca fue ese... —Sus labios temblaron—. Cuando estaba a punto de morir, ella vino a despedirse. Le entregó las páginas taquigrafiadas con sus secretos y su alma. Falleció al día siguiente. Supongo que con su corazón en paz. Ella jamás regresó.

Me sentía en deuda con la señora Kunze, así que me lancé a narrarle quién era aquella misteriosa dama. Creo que descubrir que era la hija de la mujer de la que se había enamorado Adam aquel año en Sankt Johann im Wald le dio cierto sosiego. Hay verdades que son necesarias para sanar la frustración. Emília Kunze, a cambio, me habló de los buenos momentos con el profesor Glöckner y de la importante labor que llevó a cabo el resto de su vida en la Cruz Roja, colaborando en centros de ayuda a los refugiados. También había dado clases a los hijos de los granjeros de la zona, pese a que se resistió bastante al principio. Ya retirado, se dedicó a cuidar las plantas de su jardín, ahora mustias, y a coleccionar sellos. Cuando regresamos a su casa, agradecí a aquella entrañable mujer su tiempo y su ayuda. Me dio un abrazo como despedida.

—Fue un gran hombre, señorita Caroline. Ojalá en su tesis haya lugar para recordarlo siempre.

Asentí emocionada y me marché. Al sentarme de nuevo en el coche, respiré hondo. Mi implicación con aquellas personas era tan profunda que mi cuerpo reaccionó a la noticia de la desaparición del profesor Glöckner. Como había señalado la dulce señora Kunze, el tiempo, al fin, había hecho su labor.

***

Mi reunión con la señora Geiger era algo más tarde de lo habitual, así que pude regresar a mi alojamiento después de mi visita a Buchberg. La señora Schenker me recibió con varias notas en las que Maggie me pedía que la llamara. Agradecí que me avisara y decidí ponerme en contacto con ella aquella misma tarde. Por lo pronto, necesitaba digerir toda la información de la mañana y organizar mis apuntes. Subí a mi cuarto para dejar a buen recaudo las llaves del coche y entrar un poco en calor, pero, una vez más, un paquete anónimo dio al traste con mis planes. La intriga se había convertido en irritación. Cogí con desgana el lienzo envuelto y lo metí en mi habitación. Era el cuarto cuadro que recibía y empezaba a preocuparme que alguien fuera tan insistente. En aquella ocasión, trazos negros sobre fondo blanco daban forma a una imagen en la que una mujer parecía escapar de un peligro inminente. Sabía de quién era aquella obra. Por una vez, podía ir a la misma velocidad que la persona que estaba torturándome: era la *Femme Poursuivie* de André Masson. Junto al lienzo, una tarjeta con más espacios por completar: trece.

Regresé a la recepción e insistí a la señora Schenker que alguien estaba dejando mensajes anónimos en mi cuarto. Incluso dentro. Se comprometió a investigarlo y a reforzar la vigilancia si fuera necesario.

—No lo entiendo, señorita. No dejamos entrar a nadie que no sea del hostal —me explicó.

—Pues confirme que no hay ningún psicópata entre sus huéspedes o su personal.

—Sí, sí, por supuesto. Informaré y lo haremos —aceptó, dejando a un lado la inquina que le generaba al principio mi desconfianza.

—Muchas gracias. Volveré por la noche y espero que pueda decirme qué está pasando.

No fue ella la que me dio la información, pero esa misma velada tuve más respuestas de las que esperaba. Por lo pronto, salí al exterior y me dirigí a la cabina. Marqué el código de mi casa, deseando que la llamada no se entrecortara y que una charla con mi madre me diera algo de consuelo. Oír mi voz la llenó de alborozo. De golpe, regresé a la normalidad. Me contó las últimas novedades de Portsmouth, que no eran muchas; alguna que otra anécdota de la reunión familiar que habían organizado el fin de semana anterior y reflexiones cotidianas que me alejaron del universo de Charlotte Geiger.

—¡Ay, Carol! Espera. Espera. Mira lo que está sonando en la radio, cariño. Mira.

Imaginé a mi madre tratando de acercar el auricular del teléfono al altavoz de la radio del salón. *Sweet Caroline* sonaba algo entumecida. Desde que Neil Diamond había lanzado ese tema en 1969, Nina siempre me la cantaba o me llamaba si la ponían en la BBC Radio 2. En aquella ocasión, su voz tapaba la de Neil y transmitía la emoción que se siente con los detalles sencillos de la vida. Mientras escuchaba a mi madre tararear, sin importarle las monedas que se estaban consumiendo, recordé lo que la señora Geiger no se había permitido vivir con Anabelle. Por muy histéricas que nos pusiéramos mutuamente, yo jamás habría entendido la vida sin ella. Sin Nina Chloe Eccleston. *Where you lead,* de Carole King, se hizo chiquitita cuando mi madre dio por concluido aquel interludio musical. No pude más que reírme, con ojos vidriosos, y decir:

—Mamá, te quiero mucho.

—Y yo a ti, cariño. Y yo a ti.

Con *Annie's Song* de fondo, cerramos nuestra conversación. La melodía de John Denver me acompañó, en mi mente, hasta la vivienda de la señora Geiger, dispuesta a proseguir con el siguiente capítulo. Antes de que comenzara a hablar, analicé otro detalle que no había dejado a un lado durante el transcurso de aquellos días. Charlotte Geiger me había indicado que tenía sus fuentes y que, gracias a ellas, era capaz de narrar no solo sus vivencias de aquel curso, sino también las de tres personas más. A esas alturas, ya tenía la clave de todas ellas: sabía todo de su madre por su diario, de Sara por sus confidencias y podía contarme los pensamientos y conversaciones de Adam por aquellas páginas que él había escrito en sus últimos años de vida. La señora Kunze me había asegurado que se las había entregado a Charlotte. Decidí entonces desvelar mis averiguaciones, ante el asombro de la señora.

—¿Ha ido a Buchberg?

—Sí. He conocido a la señora Emília Kunze, la mujer con la que vivía el profesor Glöckner. Me ha contado que usted comenzó a visitarlo en 1970.

Meditó con detenimiento cómo proceder.

—Exacto. Quise reencontrarme con él. Cuando murió mi madre, tuve que ocuparme de todas sus posesiones. Encontré varias cartas con esa dirección. El remitente era el profesor Adam Glöckner, así que creí conveniente ir a verlo para comunicarle la noticia. Al margen de lo amargo del momento, creo que ambos hallamos cierto sosiego. Demasiados años sin hablar de temas proscritos... —me explicó.

—¿Tiene que ver con todo lo que me está contando? —me interesé.

—Lo sabrá a su debido tiempo, señorita Eccleston.

—Creí que el profesor Glöckner y su madre... —me aventuré.

—Lo sabrá a su debido tiempo —me repitió.

LAS PRIMERAS GOTAS DE LA TORMENTA

La semana del 20 al 26 de mayo fue complicada. Susanna fue solo una de las muchas alumnas que marcharon de St. Ursula para siempre. Yo todavía trataba de recomponerme de su partida. Sentada en una banqueta en la tienda de los Wisner, acribillaba a preguntas al señor Frank sobre las novedades en el frente. Cuando se fingía ocupado para no responderme, me gustaba escuchar los chismes que la señora Bertha compartía con las vecinas y los ancianos que acudían a su colmado para abastecerse de algunos de los productos que componían la escasa oferta, de deficiente variedad. La humildad de los tenderos, la sencillez de su rutina, me relajaba.

Era otro de los motivos por los que adoraba pasar tiempo con ellos. Podía dejar de fingir que era una señorita de alcurnia, nacida entre sábanas de seda. Supongo que ahora puede comprenderlo, señorita Eccleston.

En medio de mi fisgoneo a conversaciones ajenas, llegó Damian. Había ido a dar un paseo por el lago. Ya chapurreaba algo de alemán. Lo justo para explicar que era sobrino de la señora Bertha y evitar así problemas en sus contadas salidas de la tienda. Aproveché la concurrencia de varias clientas para escabullirme y seguirlo hacia el almacén.

—Buenas tardes, señorita —me saludó en francés al verme.

—Buenas tardes, Damian. Tengo buenas noticias.

Así era. Después de casi dos semanas de espera, el profesor Glöckner se había puesto en contacto conmigo. El domingo, en el pueblo, me había entregado una nota. En ella me decía que accedía a ayudar a mi amigo, pero nos pedía máxima discreción con ese asunto.

—¿Cómo ha podido revelar quién soy, señorita Charlotte? Quizá me ha puesto en peligro. Debería irme —se asustó.

—No, no, Damian. Es de confianza. Él es austríaco. Por eso le he pedido ayuda. Sé que no va a traicionarme. —Quise creer—. En su mensaje me indicó que en unos días me diría cómo proceder. Va a intentar activar algunos contactos de conocidos que también son refugiados. Piensa que ellos pueden tener la solución para salir del país y poder llegar a la costa atlántica.

Se quedó callado, como analizando los peligros contenidos en mis frases e ignorados por mi mente adolescente.

—¿No lo entiende, Damian? ¡Va a ir usted a los Estados Unidos! Tendrá que mandarme una postal cuando llegue a Nueva York. Quiero que me describa con todo detalle cómo es la Estatua de la Libertad. Dicen que, en realidad, no es tan grande como todos imaginan —me emocioné.

Damian sonrió. Pienso que temía imaginarse libre por si su epílogo tenía otras líneas escritas. Al final, azuzado por mi insistencia en forma de pequeños tirones a las mangas de su camisa, se permitió el lujo de soñar por una milésima de segundo. Y yo lo acompañé. Hablamos de pasear por Manhattan, de cruzar el país y llegar a California. De ir al cine en Hollywood. De tomar el sol en La Jolla al lado de Vivien Leigh, Judy Garland o Fred Astaire. De poner rumbo al norte y comprar una cabaña en el bosque canadiense, cerca de Alaska. Allí no había guerra, no se escuchaba el rugir de los aviones ni se percibía el aullido silencioso de la incertidumbre.

El domingo anterior, aparte de entregarme la nota, Adam Glöckner tuvo la oportunidad de ver a Anabelle. Fue entonces cuando le propuso volver a encontrarse, a solas, en Zúrich. Ella vaciló, condicionada por sus responsabilidades en la escuela, pero la profesora Habicht terminó por convencerla. Al fin y al cabo, a nadie le venía mal un poco de aire fresco entre tanta tensión. El encuentro no podía extenderse mucho, pero optaron por subir al Lindenhof, detenerse en el Rathausbrücke, deambular por las callejuelas cercanas al ayuntamiento y visitar el café-repostería Schober. Anabelle había conocido el «rincón dulce» de la ciudad helvética, situado desde el siglo pasado en el número cuatro de Napfgasse, de la mano de la propia Konstanze Lewerenz. Había sido un día lluvioso en el que las obligaciones burocráticas previas al inicio del curso las habían retenido allí. Konstanze le contó que, de pequeña, solía comprar pasteles en esa misma confitería con sus padres y su hermano. A la profesora Travert le pareció ver cómo a las mejillas de la directora regresaba el color.

—¿Sabe? Es uno de los cafés más antiguos de la ciudad. Si no el más —le contó al profesor Glöckner mientras abría la puerta—. Aquí sirven el mejor chocolate caliente de Zúrich.

Dos mujeres sonrientes atendían el mostrador. Pero Adam apenas reparó en ellas, estaba demasiado cautivado por las exquisiteces que, con permiso del racionamiento, todavía se podían elaborar en aquel obrador. Aún abrumado por la belleza del local, pasaron al salón de té, coronado por un arco cruzado. Otra empleada se apresuró a indicar a la pareja el velador en el que podían sentarse. Entonces, el maestro quedó extasiado por las pinturas que decoraban una de las paredes de la sala. Flores, pájaros y palmeras se fundían con los detalles de estilo *art nouveau* que componían el resto de la estancia. No obstante, cuando aún no se habían acomodado, Adam vio, para su sorpresa, a un conocido a lo lejos, sentado sin más compañía que un periódico manoseado. Alegre por aquella coincidencia, animó a Anabelle a seguirlo. La camarera se retiró, a la espera de más información para servir a sus nuevos clientes. El caballero, de pelo oscuro repeinado hacia atrás, nariz aguileña, cejas y labios gruesos, esbozó una agradable sonrisa.

—¡Adam!

—¡Leopold! ¡Qué bendición encontrarte! —dijo entusiasmado el profesor Glöckner antes de fundirse en un abrazo.

Anabelle permaneció como testigo hasta que su acompañante la presentó.

—Es la profesora Anabelle Travert. Trabaja como docente en la escuela St. Ursula —afirmó.

—Mucho gusto, profesora. —Estrechó su mano—. Mi nombre es Leopold Lindtberg. Viejo conocido del profesor Glöckner. No querría incomodar, pero ¿le parece si nos sentamos juntos un rato? No tardaré en irme.

—Por supuesto. Faltaría más —aceptó Anabelle.

La empleada los llevó hasta una mesa para tres. A través de los primeros diálogos de aquellos dos amigos, Anabelle descubrió que el señor Lindtberg también era austríaco. De hecho, se habían conocido en Viena, donde ambos frecuentaban cafés y reuniones de intelectuales. Sin embargo, Lindtberg estaba lejos de las Matemáticas y la docencia.

—Lo suyo es el cine. Narrar historias a través de la pantalla. Tiene mucho talento —señaló Adam, tras indicar qué tomaría cada uno.

—No quiero ser indiscreta, pero ¿he de suponer que usted también se marchó de Austria por los mismos motivos que el profesor Glöckner?

—No lo es, en absoluto. A no ser que sea una espía, claro está —bromeó él—. Sí, en efecto: incompatibilidades con la nueva Austria.

—Lo siento —se compadeció ella—. Y, dígame, ¿qué películas ha estrenado últimamente? Quizá conozca alguna. Aunque no prometo nada... vivir en un internado no garantiza vida social ni tiempo para el ocio.

—No se preocupe. Me hago cargo... Veamos. ¿Le suenan *Guardia Studer, El mejor día de mi vida* o *Fusilero Wipf*?

Anabelle entrecerró los ojos. Deseaba que en su mente apareciera una imagen de algún cartel, cazada al pasar por delante del cine Apollo. O quizá un comentario en alguna charla. Pero no había oído hablar de aquellas películas. Cuando llegó a la conclusión, negó con la cabeza y se volvió a disculpar.

—Hace unos meses estuvimos en la Schauspielhaus. Vimos *Lumpazivagabundus.* No es de mis preferidas pero no estuvo mal, ¿verdad? —comentó Adam—. Leopold es uno de los autores de ese teatro desde 1933.

—Sí, los alemanes no me tienen en demasiada estima por ello, dicho sea de paso, pero de alguna forma debemos resistir e intervenir en el diálogo del mundo germanohablante —contó el señor Lindtberg.

—Me parece muy interesante la posición de la creación cultural suiza en este contexto. Hacen una gran labor contrarrestando el control que ejerce el señor Goebbels en el resto de la comunicación en alemán —opinó la profesora Travert.

—Bueno, aquí también hay censura. No es que tengamos carta blanca. Pero siento una suerte de responsabilidad con la causa. Los que hemos logrado salir de las tierras del Reich tenemos que hablar. El silencio también se cobra víctimas, aunque sea del modo más sigiloso posible —confesó el cineasta.

—Me parece muy loable. Es aterrador observar cómo la visión y creencias de un solo país se ciernen sobre las de sus vecinos. Dicen que en el norte de Francia las carreteras están atestadas de refugiados, amenazados por los constantes bombardeos de los aviones alemanes.

—Sí, yo también lo he escuchado. Han llegado hasta Abbeville... Amiens y Arrás han debido de caer ya —añadió Adam.

—Ojalá me equivoque, pero no creo que logren retener la ofensiva —apuntó el señor Lindtberg.

—¿Creen que los belgas se rendirán? —dijo Anabelle.

—La clave es: ¿capitularán sus compatriotas, profesora Travert? —matizó Leopold.

Adam y Anabelle cruzaron miradas.

—Por supuesto que no —aseguró ella.

—Me alegra que una francesa contradiga a mis temores. Reaviva la llama de la esperanza —respondió en tono jocoso y remató su bebida caliente—. Bueno, debo irme. El deber aguarda. Disfruten de la tarde. No queda mucho para la oscuridad.

—Gracias, señor Lindtberg. Ha sido un placer —se despidió Anabelle.

Los dos amigos estrecharon sus manos con brío y prometieron verse pronto. No obstante, antes de volver a tomar asiento, Adam pareció recordar algo y pidió un segundo a Anabelle. Corrió al encuentro de Leopold y lo detuvo en el pequeño descansillo que separaba el café de la tienda. Una charla entre susurros, alejada así del resto de la clientela, se tejió en un momento y se deshizo en su último adiós, con aroma a mantequilla, achicoria y canela.

—¿Algo importante? —curioseó Anabelle.

—No, nada. Asuntos de Viena —mintió Adam.

—Me hubiese gustado conocerlo allí, en su ambiente. Apuesto a que fueron años interesantes.

—Bueno, no sería noble negarlo, pero también fueron tiempos de descontrol y confusión. De los veinte a los veinticinco no recuerdo tener una sola idea clara en la mente. Ahora hablo con los chicos y me sorprende su entereza en algunas situaciones —confesó Adam.

—Habla de esa época como si fuera lejana. ¿Qué edad tiene ahora? ¿Treinta? No les lleva mucha ventaja —coqueteó, sin querer.

—¿Piensa que tengo treinta? No está nada mal para un tipo como yo. Las penurias deben de ser la nueva salmuera —la correspondió él.

Anabelle se rio, dejando ver aquellos dientes alineados en una boca amplia, llena de vida.

—No nos llevamos tantos años como usted cree —añadió, más serio.

—Bueno, eso no lo sabe. ¿Cuál es mi edad?

Adam la observó. En realidad, no pensaba en los años que recubrían a aquella maravillosa criatura. Le bastaba con hablar con ella para saber que aquel detalle no le importaba en absoluto.

—¿Treinta y ocho?

—¡Ja! Una vez más, demuestra no tener ni idea, profesor Glöckner. El 10 de diciembre cumplo cuarenta y cuatro. Ya le he advertido. Soy una viuda con una hija adolescente y maestra en un internado. Me ha cundido muchísimo mi tiempo por aquí.

—No nos llevamos tanto. Yo tengo cuarenta.

—Profesor… —insistió ella.

—Está bien, está bien. Cumplo treinta y cinco el 25 de agosto.

—¿Y se cree exento de las vicisitudes de la juventud? Pobre Adam... Me da que tiene más que aprender que sus alumnos —bromeó Anabelle.

El tono de la conversación era cálido y los estaba aproximando con lentitud. Anabelle se sabía inmersa en un juego de risas y miradas que producía escalofríos en un cuerpo que pensaba olvidado. Adam había perdido el control del diálogo, respondía por instinto, al tiempo que imaginaba cómo sería besar aquellos labios rosados. Pero había una línea que ninguno de los dos osaba cruzar y que los convertía en simples compañeros para cualquiera que se lanzara a mirarlos desde el exterior.

—¿Están disfrutando de la infusión? Si necesitan cualquier cosa, díganmelo —les dijo, de pronto, un hombre que estaba sentado en otro de los veladores, revisando papeles.

—Deliciosa. Apacigua los nervios en estos días —respondió Anabelle complaciente.

—Y que lo diga. Estoy tratando de cuadrar las cuentas de mayo y no hay forma. Con todos los contratiempos y novedades, he perdido a más de la mitad de mi clientela fija —explicó ensimismado.

Entonces, reparó en que su frase precisaba de un contexto más explícito.

—Oh, perdonen. Soy el dueño del local. Mi nombre es Theodor Schober. Las de la tienda son mis hijas y a la que ven en la entrada del salón es mi mujer. Somos los encargados de mantener con vida el negocio de mi padre desde hace treinta años. Y déjenme decirles que no siempre es fácil. Especialmente en los últimos tiempos... — les contó.

—Tienen un local maravilloso —opinó Adam—. Me he quedado absolutamente embelesado con las pinturas.

—Las pintamos justo el año antes de que mi padre me cediera el testigo. También el techo es de esa época.

—Es un bonito rincón —añadió Anabelle.

—El más bonito de todo Zúrich, si me permiten. —Se rio con dulzura y una pizca de picardía—. En fin, no los entretengo más. —Miró su reloj de bolsillo, olvidado hasta entonces sobre la mesa junto a un montón de facturas—. En solo una hora tenemos que estar todos en nuestros respectivos zapateros.

Anabelle dio un respingo en su silla y comunicó al profesor Glöckner que era el inicio de la despedida. Por suerte, el Topolino los esperaba a dos manzanas. De camino, Adam compartió con ella sus buenas sensaciones en relación a George Barnett.

—Si viera la diferencia de calificaciones del chico, en comparación a otros cursos, no lo creería. Al principio, pensé que era un caso perdido, pero no. Tiene empeño, quiere labrarse una trayectoria prometedora, ser dueño de sus triunfos. Su familia tiene riquezas, pero no lo apoya. Su padre lo trata como escoria...

—En la escuela también hemos tenido alguna situación similar. Es terrible cuando pierden la fe en sí mismos antes de comenzar a caminar —opinó la profesora Travert.

—George lo logrará. Va por muy buen camino. Tengo un buen presentimiento —dijo, con la ferviente pasión que le envolvía al hablar de las consecuencias positivas de su no siempre sencillo oficio.

***

Estábamos todos sentados en el embarcadero. Victor lanzaba piedrecitas que había cogido por el camino. George y Sara rozaban sus manos sin que nadie pudiera apreciarlo. Liesl y Dilip parloteaban de un supuesto viaje a Brasil que ambos deseaban hacer al cumplir los veinte años. Yo trenzaba el cabello lacio de Évanie, al tiempo que repasábamos, con ayuda de Jo, la lista de reformas que se habían acordado en el Congreso de Viena. Teníamos examen con la profesora Durand en dos días.

—¿Qué es lo que más echáis de menos de casa? —dijo Victor.

Nos fuimos mirando unos a otros, interrumpiendo nuestras conversaciones.

—No me refiero a vuestras familias. Digo algo específico que hagáis cuando estáis allí —concretó.

—Sentarme sobre una roca y mirar al mar —dijo Sara.

—¿Y a esto cómo lo llamas, *Marruecos*? —bromeó George.

—Lago —contestó divertida—. Es un lago, mi lord. Deberías saber la diferencia. Vives en una isla.

—Muy graciosa.

Liesl, Évanie, Joanna y yo cruzamos una mirada cómplice y nos reímos, sin que los demás lo apreciaran.

—A mí me encanta recorrer el centro de la ciudad en el tranvía. Ver las torres de Frauenkirche a los lejos —intervino Liesl, disimulando.

—Yo echo de menos leer en el jardín. Aunque mis hermanas suelen ser bastante incordio cuando juegan al aire libre... —meditó Dilip.

—Montar a caballo y perderme en el bosque —participó George.

—Escuchar música en el gramófono de la sala de estar. Con mis padres sentados. No hacen ruido, pero sé que están ahí y me relaja —confesó Victor.

—Que mi madre me cepille el pelo por la noche. No, espera. ¡Ir de compras por el Vieux Montreal! —se unió Évanie.

—Los días de tormenta de verano en Lisboa. Me gusta encerrarme en el invernadero que mi padre ordenó edificar para mi madrastra en el jardín y contemplar cómo las gotas impactan contra el techo de cristal —comentó Joanna.

Silencio.

—¿Y tú, Charlotte? Solo faltas tú.

— Ir a comprar buñuelos con mi abuelo. Conoce un sitio fantástico en Lyon —afirmé—. Voy a verlos todos los veranos, así que también cuenta como mi casa —añadí para disimular.

En realidad, era mi hogar alternativo a St. Ursula, así que solo podía echar en falta aquello. De pronto, Évanie pareció ver algo que la llevó a zafarse de mi sesión de peinado. Se levantó y nos indicó que regresaría en un momento. Yo no quité mis ojos de ella y seguí su trayectoria hasta el lugar en el que se encontraba el soldado Légrand. Hablaron durante unos minutos. Sonreían. Sara, Joanna y Liesl también atendieron a aquel encuentro. Cuando regresó, Jo se interesó por el contenido de aquel diálogo.

—Nada. Me actualiza sobre la situación de Heinrich y le he dicho que ya tengo preparada la carta que quiero hacerle llegar. Eso es todo —contó y sugirió que regresáramos a la remodelación del mapa europeo de 1815.

Dos días más tarde, mientras completaba las preguntas de la prueba que la profesora Durand había preparado con celo, meditaba sobre lo irónico que era hablar de unas fronteras que, en esos días, sufrían la última de sus modificaciones. Y es que, aquel mismo martes 28, Bélgica se rindió. Había resistido quince días más que los Países Bajos, pero su sino había sido idéntico. El rey Leopoldo III inició así su etapa como prisionero en el Palacio Real de Bruselas y entregó su pueblo a los alemanes, tras una estéril resistencia que no pudo con la fuerza del moderno Ejército del Reich. Aquello contrastó con el proceder de su padre, el rey Alberto I, en la Gran Guerra, pues este mantuvo su defensa hasta las últimas consecuencias. Pero, a estas alturas, ya sabrá que, aunque siendo una extensión de la primera, la Segunda Guerra Mundial no era, ni por asomo, una copia. Tenía sus propios protagonistas, sus sinergias internas, sus intereses renovados, sus armas desarrolladas. Y, pese a que en ciertos aspectos se tropezó dos veces con la misma piedra, en otros, los derroteros del destino llevaron a países enteros hacia abismos desconocidos hasta entonces.

Sin duda, la rendición de Bélgica complicó, todavía más, la situación de los aliados. Lo que quedaba del Ejército francés y del Cuerpo Expedicionario británico luchó por retirarse hacia el oeste. No había escapatoria ni solución, así que solo quedaba tratar de salir de aquel atolladero. En este punto, y después de años leyendo sobre el tema, sé que había ciertas desavenencias en las altas esferas. Hasta el día 25, se había seguido el plan del general francés Gamelin —que, si me lo permite, no creo que nunca sea recordado por sus artes estratégicas— revalidado por su sucesor desde el día 22, el general Weygand. Este consistía en contraatacar por Cambrai y Arrás, pero como bien se figuró el profesor Glöckner en el café Schober, Arrás caía mientras bebían su infusión.

Así, se procedió a cancelar aquella maniobra absurda que solo empeoró la coyuntura de británicos y franceses. Algunos batallones se destinaron a Calais, donde se dio orden de luchar hasta la muerte para ganar tiempo y que el resto pudiera acercarse a la costa. Por entonces nadie lo sabía, pero, desde el domingo 26, ya estaba en marcha la operación Dinamo, es decir, la evacuación del Ejército aliado por la costa norte de Francia. El general Gort dio la orden y el almirante Ramsay fue el responsable de coordinar la llegada de todo tipo de embarcaciones al puerto de Dover, en la punta sureste de la isla de Gran Bretaña. ¿Sabía que apenas lo separan treinta millas de las playas de Calais? Tan próximos, pero tan distantes por aquellos tiempos. Mas Calais se había perdido, también Boulogne-sur-Mer, así que la solución estaba en el perímetro controlado de Dunquerque. A partir de la noche del día 27, la operación se desveló a la población civil y se animó a todo el que tuviera un barco a que contribuyera a llevar de regreso a casa a los soldados.

Huelga decir que de todo esto yo me enteré más tarde, solo gracias a la radio de los señores Wisner. Entretanto, me sabía ignorante de los avances y del estado real de las tropas beligerantes. En el pueblo, cada vez se veían más ancianos, jóvenes y mujeres con el distintivo del *ortswehr* en forma de banda en el brazo o de uniforme. La misma Heida Meier se había sumado a la defensa local y, desde el miércoles 29 de mayo, se le había hecho entrega de un rifle modelo 1889, excedente del Ejército. Debían prevenir saqueos y ser garantes de la seguridad en la población. Yo ya sabía disparar y moría de ganas por unirme a ese grupo que, en aquellas fechas, ya sumaba doscientos mil voluntarios. Y es que, en Suiza, la tensión no se había rebajado. Tardíamente, la señora Bertha me contó que habían temido el bombardeo de Ginebra el día 16 y que la sede de la Sociedad de Naciones se había cerrado hasta nueva orden. Los aviones de la Luftwaffe continuaban violando nuestro espacio aéreo y consulados, como el de los Estados Unidos, habían sugerido a todo ciudadano extranjero que se marchara de Suiza cuanto antes.

—Esto va a acabar muy muy mal —sentenció Dortha después de leer el ejemplar caduco de *The Irish Times* que le habían enviado.

— Yo ya dije que uno no podía fiarse de los británicos. ¿Qué han hecho todo este tiempo? Aburrirse como ostras. Y ahora que los alemanes han atacado, se van corriendo a la costa. ¡Típico! —criticó Zahra, mientras se servía un poco de leche en una taza de desayuno.

—Por fin algo que no se puede recriminar a mi país —bromeó Liesl—. En realidad, la mayoría no quiere esta guerra.

—Pues Adolf Hitler lo disimula muy bien —opinó Kyla.

—Debe de ser horrible estar en la piel de unos y otros ahora mismo. Mis hermanos combatieron en España. Y solo traían relatos grotescos de lo que veían en primera línea —contó Sara en un más que decente alemán.

—Y Polonia dividida en dos —observó Simone.

—Quizá hemos llegado a un punto en la política en la que no cabe más que ser comunista o fascista. Puede que sean los dos nuevos polos de este mundo —reflexionó Joanna.

—Si traen la paz y la prosperidad... —dejó caer Nuray.

—Bueno, tampoco generalicéis con la polarización del mundo. Los europeos sois un poco egocéntricos —se quejó Zahra.

—Mi padre me ha asegurado que Egipto se va a convertir, una vez más, en una base para el Reino Unido, Zahra. Tu ansia de independencia es muy comprensible, pero Europa es la brújula, el espejo. Y también Estados Unidos, por supuesto —indicó Kyla—. Ojalá no fuera así, pero estamos ligados a lo que ocurre aquí. De lo contrario, nuestros padres no hubieran querido que aprendiéramos francés, alemán, inglés...

—Si Egipto es un centro de operaciones británico, Filipinas lo es de los yanquis. Por lo menos, de momento, estáis a salvo de ataques. Si siguierais siendo colonia española, seguro que el general Franco ya hubiera comprometido vuestra tierra a sus amigos alemanes —opinó Zahra, y Sara dio un respingo en su silla al sentirse aludida.

—A mí no me vale una paz y una prosperidad construida a base de muertes y destrucción, Nuray —concluí, concentrada, hasta entonces, en mi tostada.

Vika ya no participaba en nuestros debates. Su hermana y ella llevaban casi tres semanas sin tener noticia de su familia, residente en Bruselas, ya bajo el manto alemán. La directora Lewerenz las había reunido en su despacho días atrás para tranquilizarlas y, sobre todo, para que las niñas proporcionaran otros contactos cercanos para facilitar la obtención de información. En silencio, las hermanas

Sokolova deseaban que su caso no se sumara al de Susanna Fortuyn.

***

Al margen de la realidad, George y Sara continuaban con aquella historia de amor que parecía retar al curso de la Historia. Tumbados en el suelo del antiguo almacén de madera, sentían como suyas aquellas mantas, único abrigo cuando se creían solos. Se contaban anécdotas mirando al techo, plagado de telas de araña olvidadas.

—Dice mi madre que me puso el nombre de George por George Knightley, el personaje de la novela *Emma,* de Jane Austen. Tiene una especie de manía por recurrir a la literatura para bautizar a hijos y mascotas.

Sara se rio.

—¿Qué más ejemplos hay de eso? —se interesó divertida.

—Su perro, un yorkshire terrier, se llama Moby Dick. Te lo presentaré cuando vengas a Leclein Castle. Es un sabueso muy orgulloso, pero seguro que le gustas —opinó George.

—Ya sueño con estar allí.

—Cuando descubras lo aburrido que es, desearás marcharte —aseguró el chico.

—No si estás conmigo —respondió ella.

—Incluso yo soy más soporífero en Leclein Castle.

—A mí me encantaría que conocieras al maestro Fadoul. Lo admiro mucho.

—Seguro que tenemos ocasión... en el futuro.

—¿Sabes qué? Aborrezco el futuro. Prefiero el presente —afirmó la española y retomó aquellos besos que había dejado a un lado por unos minutos.

Mientras George se perdía entre caricias y electricidad en el cuerpo de Sara, Victor trataba de encontrar una justificación plausible para que su amigo no se encontrara en el colegio. Ganó tiempo, afirmando que no lo había visto, pero el profesor Glöckner parecía impaciente. Cuando Stäheli vio a Barnett en el hall, con aquel brillo en la mirada que le dejaban las tardes con la española, se acercó a él y, al parecer, le informó de que Adam y el director Steinmann lo esperaban en el despacho del segundo. El inglés corrió para no retrasar más su cita. La sonrisa con la que apareció hizo suponer al profesor de Matemáticas que el chico creía que aquella reunión tenía en su sumario una palmada en la espalda por sus mejoras en el rendimiento. No obstante, el semblante taciturno de ambos pronto arrebató la alegría al joven. El director Steinmann se levantó de su silla y sugirió al muchacho que tomara asiento. Adam se quedó de pie. La puerta estaba cerrada. Los últimos rayos del día traspasaban las cortinas e iluminaban la oficina con ayuda de varios apliques de pared y una lámpara de aceite ubicada sobre el escritorio, junto a un abrecartas que parecía extraído de un castillo medieval.

—Verá, señor Barnett, no hay forma fácil de decir esto. Y siento muchísimo ser yo quien deba desvelarlo, pero... Ha llegado un telegrama de su padre. Al parecer, su hermano Jerome... No sé si está al tanto de la situación en Francia. —Tragó saliva y se aclaró una voz que sonaba sombría sin pretenderlo—. La cuestión es que su hermano Jerome... no lo ha logrado. Su división ha sufrido muchas pérdidas y él..., él cayó el pasado día 24 tratando de retener el ataque en Boulougne.

Adam aguardó a que George reaccionara. Se fijó en que tenía la vista capturada por aquel abrecartas. El chico se tomó dos segundos. No se movió, pero sus labios se iban secando. Después, empezó a negar con la cabeza.

—Jerome no. Es imposible. No puede ser..., Jerome no —repetía.

—Lo siento muchísimo —alcanzó a decir el director.

—No puede ser. —Se levantó y abandonó el despacho.

—Señor Barnett —trató de detenerlo el maestro.

El profesor Glöckner cruzó una mirada llena de comprensión y empatía con el director Steinmann. Unos golpes los desconcertaron. Adam salió de la oficina de forma inmediata y encontró a George dando puñetazos a la pared. Estaba descontrolado, lleno de ira.

—Señor Barnett, pare —le pidió—. George, para. ¡George!

—Maldito hijo de puta. No ha tenido ni el detalle de decírmelo él mismo. ¡Jerome era mi hermano! Jerome..., no puede ser. Dios mío, ¡no puede ser!

Adam se abalanzó sobre el chico y bloqueó sus movimientos. Él intentaba escabullirse, pero el maestro insistió hasta que aquella suerte de forcejeo se convirtió en un abrazo. Algunos alumnos contemplaron la escena, exentos de compasión, cegados por una curiosidad insana que todo ser humano tiene impresa en su ADN. Sin atender a lo que acaecía alrededor, George comenzó a llorar desconsoladamente. Casi gritaba de angustia. Adam lo sostenía para evitar que se cayera al suelo. El chico cogía con fuerza la chaqueta del profesor por la espalda, amarrándose así a la escasa cordura que quedaba en aquella tarde de finales mayo.

Jerome Barnett se había quedado a las puertas de la salvación. Sus compañeros de la quinta división esperaron a ser evacuados en las playas y muchos lo consiguieron. A partir del día 29, pequeñas embarcaciones comenzaron a llegar a Dunquerque. El día 31, se pusieron en funcionamiento los barcos privados. En total, participaron más de ochocientos navíos que consiguieron salvar, hasta el día 4 de junio, a más de 338.000 soldados aliados. No fue tarea sencilla, puesto que, aunque Hitler reservó a sus panzers para mejor ocasión, los ataques aéreos fueron constantes en las playas y algunos efectivos debieron destinarse a contener el avance germano hacia el perímetro acotado en aquella localidad francesa. Los que no lograron subirse a una embarcación, murieron o cayeron en manos de los nazis y, por ende, pasaron a ser cautivos en prisiones y campos de concentración.

No había que ser muy listo para darse cuenta de que la situación en Europa era cada vez más compleja, así que, cuando el profesor Glöckner me citó en el jardín de St. Ursula, a escondidas de todos, sentí alivio. Aquello solo podía significar que tenía novedades sobre la cuestión de Damian. Y así fue. Al parecer, había dado con un contacto que podía proporcionar a mi amigo transporte y una ruta segura para escapar a los Estados Unidos. Me habló de documentos. También de la obligatoriedad de que aquello se mantuviera en secreto. Su fuente le iba a proporcionar los enlaces en los próximos días. Cuando los tuviera, se pondría en contacto con Damian para darle la información. Con gran probabilidad, tras proporcionarle la ruta, no tendría más de cuatro días para llevar a cabo aquella empresa. Así, Adam Glöckner me sugirió que, a partir de ahí, me mantuviera al margen. Me pidió la localización de Damian. Tuve que decírsela, aunque sabía que aquello complicaría mi amistad con él. Entre susurros, me pidió que confiara en su palabra pero, sobre todo, me rogó no tener esperanzas. A buen seguro, el polaco tenía por delante un camino tortuoso, rodeado de tropas, asediado por enemigos que no temblarían a la hora de disparar, de delatar o de retener.

Y es que, en aquellos días, la dirección de los polacos solía ser la inversa: los que se habían sumado a la resistencia aliada trataban de ingresar en Suiza en busca de asilo. Muchos lo hacían de forma ilegal. Al detenerlos, los enviaban a campos de trabajo o internamiento. Los más afortunados, si procedían como era debido, eran enviados con familias. Pero las autoridades de inmigración no les quitaban el ojo de encima. Muchos inmigrantes llegaron a tener restringida la movilidad en el país, la entrada en cafés o compañías superiores a dos personas. Damian hacía bien en querer salir de aquí, en no fiarse de nadie. Ni siquiera de aquella delicada neutralidad helvética. Creo que, en el fondo, tampoco se fiaba de mí... y muchos menos de Adam. Mas éramos su única alternativa. Cuando ya íbamos a despedirnos, el profesor me pidió un segundo más.

—Señorita Fournier, quiero que sepa que no me hace ninguna gracia tener que ocultar información a su madre. Lo hago por el hombre polaco, para salvaguardar su seguridad, pero sé que usted está transgrediendo normas y preocupándola. Así que tome mi silencio como un favor caído de un tipo con el asfixiante deber moral de contribuir a que otro refugiado sea libre.

—Y se lo agradezco, profesor Glöckner. De veras. Yo, bueno..., los domingos en el pueblo dan para mucho —probé.

—Ya... —respondió sin creerme—. En fin, solo devuélvamelo con otro favor: dé un respiro a su madre. Sé que usted está dolida, pero... ¿no piensa que sería bueno hablar? Dialogando se entiende la gente. Y estará conmigo en que batallando no se llega muy lejos... —intentó.

Era la primera vez que una persona ajena a mi familia me aconsejaba sobre la relación con mi madre. Al principio, me ofendió que aquel hombre tuviera conocimiento de los fantasmas de la familia Fournier. Después, comprendí que solo había intentado, con gran torpeza, entrar en un juego a cuya partida no estaba convidado. Lo miré de hito en hito y respondí sosegada:

—No sé qué le ha contado ella, pero nuestra relación no es así solo por mí. Le agradezco su ayuda y silencio, de verdad, pero no meta a mi madre en esto. Prometo que, si algún día dejo de discutir con ella, le informaré, profesor —dije, enfatizando aquella última palabra—. ¿Podría avisarme cuando tenga novedades? Quiero despedirme de Damian antes de que se vaya.

Adam asintió.

—Lo haré —mintió—. Respecto a lo de su madre... No le he dicho que vaya a ser sencillo. Solo que lo intente, señorita Fournier. Hasta pronto.

Hice un mohín de rechazo al descubrirme muy lejos de controlar la situación. El docente desapareció por la verja y yo regresé al interior de la escuela. Cuando llegué a mi cuarto, encontré a mis amigas sentadas en la cama de Sara. La española estaba contando lo que se sabía de la muerte del hermano de George. La temperatura de mi cuerpo descendió de golpe. Évanie pareció tomar conciencia de los riesgos que corrían sus hermanos y se marchó, como alma que lleva el diablo, a escribir una extensa carta a Matéo y Hughes. Liesl nos dijo que su cuñado, el señor Knopp, estaba deseoso de entrar en combate y que Erika acababa de anunciar a la familia que estaba embarazada. No era el mejor momento, pero supuse que la biología no tenía el don de la oportunidad.

Sara se abstrajo de la charla, quizá creyendo que éramos unas desconsideradas por divagar sobre cuestiones personales cuando acababa de decirnos que George había perdido a su hermano. Pero ¿no es eso lo que hacemos con la tragedia? La vemos de lejos y, después, nos preguntamos si podría pasarnos a nosotros. A mí, en concreto, solo podía afectarme de un modo: mi tío Henri Savoye y mi primo Henri. Por lo pronto, sabía que seguían vivos, aunque la ausencia total de comunicación con ellos y mi superficial relación con ambos me hacía verlos como personajes lejanos, con los que, a duras penas, me sentía vinculada. Aun con todo, les deseaba la mayor de las venturas.

No obstante, el que me preocupaba de forma más vívida y directa era Roger Schütz. Desde el sábado 1 de junio, comenzaron una serie de escaramuzas en la frontera entre suizos y alemanes. Concretamente, ese día, treinta y seis bombarderos alemanes se adentraron en el espacio aéreo de la Confederación y fueron derribados a la altura de Neuchâtel. En aquellas jornadas, en medio de aquellos ataques sin sentido, el Reich anunció que abriría una investigación para dilucidar las circunstancias de los aviones alemanes que se estaban atacando en Suiza. Los señores Wisner se llevaron las manos a la cabeza. Creían que podía ser el ansiado pretexto para la invasión. Sin embargo, desde el Gobierno, el general Guisan pidió tranquilidad a la población y no escatimó en sus comunicados, recordando a los países beligerantes que Suiza continuaba siendo neutral. Yo me preguntaba hasta cuándo. El señor Frank me indicó que era nuestra única carta. Eso y nuestra defensa espiritual, nuestra unión y nuestras agallas. Pero, ¿podía un sentimiento parar una metralleta? Si los alemanes cruzaban las fronteras, no seríamos diferentes a los polacos, los noruegos, los belgas, los neerlandeses o los franceses.

Mientras tanto, el Ejército aliado se marchaba del continente poco a poco, esquivando, en lo posible, los violentos bombardeos en la playa Maló-les-bains de Dunquerque. Aquello era un desastre. La balanza se inclinaba hacia el lado que ansiaba controlar Europa a golpe de guerra relámpago.

***

—Siento muchísimo las novedades que llegan desde París, profesora Travert —dijo la directora Lewerenz.

—Muchas gracias, directora. Todavía no me creo que la Luftwaffe la haya bombardeado. ¿Cuándo se detendrá la locura?

Se habían reunido para concretar las fechas de los últimos exámenes y cómo se iba a proceder a evaluar a las alumnas que se marcharan antes. La profesora Travert se había situado junto a la ventana. Desde allí, podía verse el jardín trasero. También desde la sala del profesorado, justo al lado en esa misma planta, y desde el dormitorio de Anabelle, ubicado justo encima, en el tercer piso. Era un ángulo que no cubría la parte de la puerta secreta de la cancela, pero sí una porción importante del parterre. Como veterana, sabía que era un trecho que había que evitar en lo posible, máxime si estabas transgrediendo alguna norma.

No obstante, aquella tarde, en mi ruta habitual para salir del jardín con la bicicleta de la profesora Habicht, me topé con la profesora Richter y la profesora Odermatt parloteando, así que tuve que cambiar de trayectoria para escabullirme. No creí tener la mala suerte de que hubiera alguien asomado a la ventana en aquel momento, pero me equivoqué. Aquel lunes, mi madre contempló cómo empujaba, con sigilo, el velocípedo de su amiga. Aun extremando las precauciones, ella era la única capaz de reconocer hasta mi sombra.

Tal fue su concentración en mis movimientos que la directora Lewerenz se interesó por aquello que la docente estaba analizando tras los cristales. Pero Anabelle fue más rápida. Se separó de la ventana y disimuló para evitar que la directora me descubriera en aquella falta. Quedaban solo tres semanas para terminar el curso. No merecía la pena mandar al traste lo que quedaba de mi reputación en aquellas cuatro paredes. Me hubiera gustado saber, por entonces, que, a su modo, me protegía y que salvaguardaba mi continuidad en la escuela con excepciones que iban en contra de su propia moral. Aun así, siempre me he preguntado si lo hizo por ella o por mí.

—Mi familia vive en el sur, en Lyon. Mi hermana también se ha ido allí con sus hijos pequeños. Ella sí que vivía en París. Allí la situación es más sostenible que en el norte.

—Me alegra profundamente, profesora Travert —confesó, deteniendo sus pasos en dirección a la ventana—. Venga, siéntese un momento. Me gustaría que hablásemos con calma.

Anabelle hizo caso a su superiora y se acomodó en uno de los dos sillones que conferían un aire hogareño y cálido a la oficina de Lewerenz.

—Profesora Travert, me hago cargo de que este curso ha sido, con diferencia, uno de los más difíciles de St. Ursula. Me apena enormemente ver cómo las niñas han ido desapareciendo. Cuando, tras la muerte de mi marido, regresé al colegio, la situación era bastante similar a esta. Desde 1914 las matriculaciones cayeron en picado. Se tuvieron que paralizar las obras de ampliación tras finalizar el pabellón Rousseau. Era lógico... ¿Para qué queríamos un edificio más grande si casi no quedaban alumnas? Mi hermano Jan hizo lo que pudo. Le tocó dirigir este colegio en su época más delicada... Pero nunca titubeó. Ni siquiera en su lecho de muerte. Él me pidió que mantuviera con vida el legado de la familia Lewerenz. Me hizo jurarlo. Y eso he hecho desde entonces.

—Y lo ha logrado con excelencia, directora.

—También con paciencia, profesora —matizó—. St. Ursula siempre ha sido un centro internacional, vinculado a muchos países, pero solo en alma, nunca a nivel estratégico o político. Eso nos confiere un papel relevante en la contienda actual. Para alumnas y profesoras.

—No sé si entiendo adónde quiere ir a parar...

—Usted y la profesora De la Fontaine llevan todo el curso como el perro y el gato. Debatiendo sobre la pertinencia de cerrar o no las puertas de este colegio. Sé que el resto del profesorado ha decidido alinearse con una u otra según sus convicciones. Y también que usted no ha escatimado energías para presionar al teniente Baasch y obtener de él una bendición que no puede darnos.

—Solo he intentado luchar por lo que creo que es correcto, directora Lewerenz —se justificó la docente.

—Lo sé. Y, por suerte, es lo mismo que creo yo. El teniente Baasch no nos va a dar su beneplácito. Eso debe tenerlo claro. Pero quería decirle personalmente que no está en mi ánimo cesar la actividad de St. Ursula. Al igual que ocurrió en la Gran Guerra, será hogar de toda alumna que desee refugio hasta que nos sea posible mantener esa oferta —le desveló.

Anabelle sonrió con paz.

—¿Quiere decir que habrá curso 1940-1941?

—Exacto. Y me gustaría que usted ampliara sus competencias. No voy a ser siempre directora…, los años pasan y pesan. Ha demostrado fidelidad a la casa y una sensibilidad muy difícil de encontrar. Ya lleva diez años aquí. Creo que es momento de que vaya preparando el testigo para…

—Directora Lewerenz. Disculpe que la interrumpa, pero hay algo que quiero comunicarle.

—Por supuesto, profesora. Adelante —accedió algo confusa.

—Verá… Charlotte termina sus clases en pocas semanas. Antes del estallido de la guerra, había pensado en que este fuera mi último curso aquí. Quiero ser honesta con usted. Si St. Ursula mantiene sus puertas abiertas, me quedaré lo que se precise, hasta el momento en que usted y yo sepamos que no puedo aportar nada más. Pero lo haré en mi puesto actual. No tengo intención de ascender ni de quedarme aquí durante mucho tiempo. Me debo a mi hija. Esta casa me ha permitido tenerla cerca, pero hemos pagado un alto precio. Si sigo aquí sin fecha de cese mientras ella se marcha a otro lugar, saldré de su vida definitivamente.

—La entiendo, profesora. No se preocupe… —respondió, apenada.

—Me quedaré todo el tiempo que necesiten mientras dure la guerra. Soy consciente de mis responsabilidades.

—Profesora Travert, haga lo que tenga que hacer. El tiempo no se recupera —le aconsejó.

—Muchas gracias, directora. Pero ya he tomado mi decisión. —Anabelle miró el reloj de pared—. Debo irme. Me toca vigilar la biblioteca.

La directora Lewerenz asintió. Cuando la profesora ya había rozado el picaporte, su superiora le lanzó una última cuestión:

—Y dígame, profesora. ¿A quién recomendaría usted como futura directora de St. Ursula?

Anabelle volvió a sonreír. Se giró.

—Virgine Habicht, sin duda. Pasión, dedicación, bondad y fidelidad. Además, creo que sería una buena tradición para esta escuela que sus directoras fueran mujeres suizas, ¿no cree?

La directora asintió con lentitud.

—Una tradición magnífica. —Sonrió—. Muchas gracias, profesora Travert.

***

Un día después de aquella conversación, el primer ministro británico Winston Churchill pronunció aquel discurso en la Cámara de los Comunes del Parlamento que comunicó al mundo lo que había ocurrido en Dunquerque y dejó patente que los británicos jamás se rendirían. En radio Beromünster, al igual que en todas las emisoras, los periodistas se dedicaron a comentar un alegato que, tiempo después, muchos creyeron haber escuchado en directo. No fue así. Las palabras «llegaremos hasta el final; lucharemos en Francia; lucharemos en los mares y océanos; lucharemos con creciente confianza y creciente fuerza en el aire; defenderemos nuestra isla, cualquiera que sea el coste; lucharemos en las playas; lucharemos en los aeródromos; lucharemos en los campos y en las calles; lucharemos en las colinas; nunca nos rendiremos...» infundieron aliento a algunos y deprimieron a muchos otros.

Sin embargo, a mí me valió, por lo pronto, saber que el Ejército británico no se había marchado del continente para no volver. La evacuación era una coyuntura temporal. Regresarían más fuertes y lucharían en cada rincón para detener el avance alemán. Zahra tuvo que tragarse sus palabras frente a todas. Las alumnas francesas respiraron aliviadas.

Debo admitir que tampoco es que me fiara en exceso de los británicos, los grandes colonizadores, como decía la egipcia, pero su presencia se traducía en refuerzos y distracción si la cosa se torcía en Suiza. Mas, al tiempo que las últimas tropas aliadas desembarcaban en la isla de Gran Bretaña, Francia quedaba engullida por las hordas de refugiados, los bombardeos y la caída de las fuerzas británicas y francesas que se habían quedado en el continente defendiendo lo imposible.

El profesor Glöckner seguía todas estas novedades gracias a la única ventaja palpable de la marcha del profesor Cheshire: le había dejado su receptor de radio. Adam instaló la Telefunken en su despacho, lo que generaba que la oficina pareciera todavía más diminuta. Pero, en aquellos días, más valía información que espacio. Mientras corregía los ejercicios de sus alumnos o preparaba las últimas lecciones, escuchaba los boletines. Era tal su deseo de concentración en ambas tareas que cualquier ruido erizaba su piel y alteraba su humor. Así, cuando aquel viernes 7 de junio, oyó el barullo típico de una reyerta entre adolescentes, soltó el lápiz corrector y, airado, abrió la puerta. Cuando se asomó al pasillo, encontró lo que esperaba, pero los participantes de aquella pelea, que había llegado a las manos, le sorprendieron. O no tanto...

George Barnett y Steffen Bächi lanzaban puñetazos y patadas como autómatas. Se insultaban, luchando por no perder la capacidad de respirar y golpear en un descuido. Adam Glöckner dio un par de golpes a la puerta de la oficina del profesor Schmid, situada al lado de la suya, y corrió a separarlos. Cuando el profesor de Alemán se unió, pudieron controlar a uno y a otro.

—¿Se puede saber qué demonios pasa? ¿Qué narices hacen pegándose? ¿Tienen dos años? —Adam estaba fuera de sus casillas—. Panda de niñatos mimados...

—Fue él. ¡Él ha empezado a pegarme! —aseguró Steffen.

—Estense quietos —ordenó el profesor Schmid cuando los alumnos trataron de zafarse.

—¿Es eso cierto, George? —se interesó Adam.

Los docentes tenían cogidos a los dos chicos por los brazos: Schmid a Steffen y Adam a George. El chico no contestó.

—Muy bien. Esas tenemos, ¿no? Va a usted a ver cómo enderezamos la conducta en Austria. Schmid, yo me encargo. No se preocupe —aseguró—. Acompáñeme, señor Barnett —dijo y, agarrándole del brazo, lo forzó a seguir sus pasos.

El maestro, con nula delicadeza, instó al muchacho a bajar las escaleras con brío. Después, cruzaron el recibidor y salieron por la puerta principal. Recorrieron el camino junto al estanque y alcanzaron la verja. Una vez allí, para sorpresa de George, continuaron andando. Solo cuando estuvieron lo suficiente lejos del internado, Adam soltó al chico.

—Ahora espero que me siga sin necesidad de llevarle como a un recluso —sugirió.

El inglés no comprendía muy bien qué estaba ocurriendo, así que optó por hacer caso al docente. Aquel paseo los llevó hasta Horgen, donde tomaron un autobús que los llevó casi hasta Au, lugar en el que Anabelle y Adam habían desenterrado sus fantasmas. Sin mediar palabra, el profesor Glöckner se dirigió hacia un restaurante, el Meilibach. Una diligente camarera los acomodó en una mesa con vistas al lago. Les entregó dos menús y les indicó los platos que, por el racionamiento, ya no se servían. Adam Glöckner pidió un par de cervezas y solicitó unos minutos para decidir qué tomarían de cena. George no parecía entender el giro de los acontecimientos, así que su desconcierto lo forzó a hablar.

—¿A qué viene esto, profesor? ¿No me iba a castigar? No entiendo nada... —aseguró.

—Tengo la teoría de que un descafeinado castigo al estilo Sankt Johann es lo que usted esperaba, su modo de gritar que sigue existiendo y no creo que sea el método para solventar lo que le ocurre. Lo de antes..., ¿de veras cree que eso va a mejorar las cosas? Sé que el señor Bächi puede ser un cretino, pero no se complique la vida ahora que está tan cerca de lograr lo que quiere —dijo, al tiempo que le tendía un pañuelo para que detuviera la hemorragia de su nariz.

—¿Lo que quiero? Lo que quiero ya no tiene sentido, profesor. Llevo todo este curso creyéndome el discurso de que si te comportas correctamente, si peleas, obtendrás lo que deseas y te irá bien. Pero es una farsa. Me he esforzado para nada.

—No diga eso, señor Barnett. No ha sido para nada. Ha tenido la mala suerte de que esta guerra salpique a su gente, a su familia. Nadie está salvo de perder a seres queridos en batalla. Siento muchísimo lo de Jerome, de verdad. Pero usted sigue vivo. Pelee por él. Aproveche las oportunidades que a él se le han negado. Convierta la guerra en su fortaleza, señor Barnett. No deje que lo derrote...

—Ahora lo único que quiero es vengar su muerte, profesor. Quiero ser soldado y matar a todos los malnacidos que él no ha podido eliminar. Quiero dar sentido a su pérdida, no vivir de espaldas a ella —espetó George con sus ojos azules mojados de angustia.

—¿Sabe? Se dice que el señor Himmler también tenía ese anhelo. Quería ser soldado, a toda costa. Y mire adónde le ha llevado. ¿Medallas? Sí. ¿Un cargo de importancia? Por supuesto. Pero, ¿principios o moralidad? Ninguna. Ser soldado para matar sin más no es un objetivo que alguien como usted deba tener en mente. Le dije que las páginas debían ser sus aliadas, recuerde.

—Las páginas están bien en tiempos de paz, profesor Glöckner. Pero no ahora. No me concentro, no puedo estudiar sabiendo lo que está ocurriendo en mi país. Me siento un extraño en tierra de nadie.

—Así que ha decidido dejar que la guerra entre en su día a día... —supuso Adam—. Y pegarse con quien opina distinto a usted.

—No ha sido eso, profesor —se defendió—. El imbécil de Bächi comenzó a meterse con el Ejército británico. Los llamó gallinas. Y lameculos a los franceses. Empezamos a discutir y, cuando mencioné a Jerome, me interrumpió diciendo que él no contaba como soldado, porque no había sido capaz ni de llegar a Dunquerque.

—Entiendo... —murmuró Adam.

—No soy un salvaje, pero quiero defender a mi familia.

—Lo sé, George. Lo sé.

Las cervezas aterrizaron en la mesa. El grasiento y pesado aroma a guiso de mantenimiento se escapaba de la cocina.

—Tomaremos el plato del día. ¿Le parece, señor Barnett? —El chico asintió y la empleada tomó nota.

—¿Cómo va a explicar esto en Sankt Johann?

—Diré que es así como solucionamos los problemas de mala conducta en Ebensee.

El chico se rio y ambos dieron un sorbo a la pinta.

—¿Ha pensado en volver? —se interesó el alumno.

—¿A Ebensee? Un millar de veces. Pero no sería buena idea. No regresé cuando tuve ocasión y ahora es imposible. Volveré si se calma todo. De lo contrario, terminaré hablando con acento suizo y diciendo todas esas palabras ininteligibles que utilizan por aquí —dijo en tono jocoso.

George contempló un momento la belleza de las vistas de aquel restaurante.

—¿Por qué me ha traído justo aquí?

—Lo descubrí hace unos meses con el entrenador Junge. Pensé que si yo estuviera en su situación, sería el sitio en el que querría reflexionar y cenar en compañía de un amigo. Sé que no es el plan ideal, pero espero que, al menos, le sirva para tomar aire —se explicó Adam.

—Es perfecto, profesor. Muchas gracias, de veras —respondió George sin apartar la vista del lago.

Después de un largo silencio y tras dar la bienvenida a su cena, George, que continuaba mirando al lago, le confesó:

—¿Sabe? El miércoles mi padre por fin me llamó por teléfono. Hace unos días, estaba deseando compartir con él todos mis planes, pero cuando escuché su voz derrotada no pude hablar. Lo sentí más decepcionado conmigo que nunca. Casi como si la muerte de Jerome me hiciera peor hijo todavía. Quiere que, al terminar el curso, vaya a vivir a Sydney con uno de sus primos, el señor Raynerson, barón de Beverley. Al parecer, ya están moviendo hilos para que entre en la carrera de Finanzas. El señor Raynerson tiene muchos contactos, aparte de grandes extensiones de tierra, un rancho y siete hijos. «Solo te pido, George, que no hagas ruido. No quiero enterarme ni de que existes allí. Comienza tus estudios superiores, compórtate como es debido y no des problemas. Si la guerra se alarga y te llaman a filas, tu destino ya estará en manos de otros» —repitió él.

—Me parece un magnífico plan. Salvo por la obcecación de su padre con lo de las Finanzas. Pero seguro que, con tiempo, terminará convenciéndolo.

—Supongo que es el más cómodo para todos. Pero, como le he dicho, no quiero vivir de espaldas a la guerra ni aislado en el País de las Maravillas contando libras australianas. Usted me lo ha dicho varias veces este año. Debemos luchar por lo que creemos, aunque nadie parezca entendernos.

—Haga caso a su padre, señor Barnett. Sé lo que le he aconsejado, pero debe evitar que las palabras cobren significado a placer. En Sydney hay muchísimas formas de ser feliz, de luchar y hacer que, algún día, se sienta orgulloso. Estoy seguro.

El muchacho asintió. Adam se sintió parcialmente satisfecho, pues durante el resto de la cena, el chico parecía consolado. Cuando volvieron a la escuela, justificó ante el director Steinmann aquella excepción y, una vez más, el abolengo de George sirvió de patente de corso. Cuando Adam se acostó en la cama, odió en silencio al duque de Arrington por el modo en el que trataba a su hijo. La frialdad de no comunicarle directamente la muerte de Jerome, su intransigencia con el futuro de Barnett. Sabía que su alumno seguía ansiando tener su lugar en la familia, ser reconocido por algo admirable, pero, en secreto, Adam Glöckner sabía que ni él ni George serían nunca ese tipo de hijo para sus padres.

***

A la hora de desayunar, en nuestra mesa, volaban los chismes. Algunos tenían que ver con los soldados, otros con el pueblo y la mayoría, con la guerra. Aquellos días, las mayores informadoras éramos Dortha y yo. Nos repartíamos las novedades que nos llegaban por distintas vías ante la inquisitiva mirada de nuestras compañeras. La responsable de ir a por la comida a la cocina de la señora Herriot recibía los informes con interrupciones y repeticiones. Un verdadero suplicio. Al final, la profesora Gimondi nos chistaba y nos animaba a cambiar de tema. No obstante, desde hacía semanas, Vika Antonovna se abstraía de la charla y, en más de una ocasión, pidió sentarse con su hermana Olga.

En el intercambio de datos de aquella segunda semana de junio, se coló la noticia de la rendición de Noruega.

—Al parecer, se rumorea que las tropas aliadas se han marchado de forma definitiva de la península escandinava —murmuró Dortha, a la que le encantaba saborear sus minutos de fama inmerecida.

—También que los Estados Unidos van a apoyar, de algún modo, a franceses y británicos. Al parecer, en Londres es una certeza —comenté.

Cómo iba a contribuir Washington todavía no se sabía, pero en aquellos días ya se estaba preparando el envío de armamento a Gran Bretaña. Sin embargo, lo que causó más revuelo y nos hizo interrogar a una pobre niña de sexto llamada Pietrina Favero fue la entrada de Italia en la guerra. El cerco se iba cerrando para Suiza y, cada vez, había más posibilidades de que el temor del ataque por Tesino se llevara a término.

—Profesora Durand, ¿por qué Italia ha esperado hasta ahora para intervenir? —me interesé, antes de que diera inicio a su lección.

—Supongo que porque ha aguardado al momento idóneo. Las guerras dependen de la economía y del armamento desarrollado, señorita Fournier. Si no estás en disposición de intervenir, es mejor ser paciente —contó.

—¿Piensa que el presidente Roosevelt dará luz verde a la intervención? —espetó Kyla.

—Bueno, niñas, como vimos hace unos días, los Estados Unidos tienen una política exterior muy concreta en lo relativo a Europa. La doctrina Monroe fue desarrollada por el presidente Santiago Monroe y establece, entre otras cuestiones, que los Estados Unidos no deben formar parte de los asuntos europeos. También reza que «América es para los americanos». En la Gran Guerra, nadie pensó que fueran a tomar parte. El presidente Woodrow Wilson mantuvo la neutralidad, e hizo de ella su bandera y campaña propagandística, durante los tres primeros años de la contienda. Pero los ataques submarinos de los alemanes en el Atlántico y las conversaciones de Berlín con México, a quien propusieron tratar de recuperar los territorios que Washington les conquistó el siglo pasado, cambiaron las tornas. Los carteles del tío Sam llenaron las calles del país y, a partir del 6 de abril de 1917, la Gran Guerra tomó una nueva dimensión.

Por una vez, aunque con alguna que otra salvedad, todas atendíamos al discurso monótono de la maestra.

—Por la naturaleza de su política exterior, los Estados Unidos no participarán directamente en la guerra. Entiendo que los rumores hacen alusión a una intervención pasiva que, en ningún caso, contravendrá la postura oficial del Congreso. A no ser que alguien les dé un motivo, por supuesto —concluyó.

—¿Piensa que durará tanto como la Gran Guerra, maestra? Mi padre me ha contado horrores... Él mismo perdió a muchos conocidos —aseguró Zahra.

—La Gran Guerra fue el mayor ejemplo de devastación y deshumanización de la Historia. Desapareció casi una generación de jóvenes. Yo misma velé a cuatro de mis primos. Lucharon en el Ejército francés. Recuerdo que creímos que sería un conflicto rápido. Nos imaginábamos la guerra porque no la conocíamos. Pero fue la mayor pesadilla a la que se ha enfrentado la humanidad en el último siglo. No sé si el mundo está preparado para resistir otro envite igual sin perder su alma.

—El alma ya está perdida, profesora —dijo Sara, refiriéndose a la delicada situación de su país.

La docente asintió, admitiendo aquella valoración. Después, nos invitó a continuar con el regreso del absolutismo, la revolución industrial y el inicio de la guerra civil en los Estados Unidos. El siglo XIX aguardaba, quizá con la intención de que, gracias a él, comprendiéramos un poquito mejor lo que estaba pasando en el siglo XX.

La primera mitad de la semana pasó sin pena ni gloria, pero el jueves, Évanie apareció corriendo en el comedor. Estábamos a punto de iniciar la rutina de desayuno. La canadiense se apoyó en la mesa con las dos manos y nos informó de que la profesora Gimondi se marchaba del colegio.

—La acabo de ver tratando de bajar su baúl por las escaleras. Se va para siempre —indicó.

Como si hubiéramos coreografiado nuestros movimientos, toda la clase de noveno grado nos levantamos de la mesa y nos dirigimos al hall. Ignoramos a la directora Lewerenz, quien se disponía a entrar en el comedor desde el recibidor. Abrimos las enormes puertas de madera y salimos al jardín. Allí un taxista esperaba estoico a que la maestra, ataviada con un cloche y unos guantes, colocara todas sus pertenencias en la maleta. Sus mejillas estaban sonrosadas y parecía bastante alterada. La profesora Travert y la profesora Habicht trataban de calmarla.

—No sea impetuosa, Sienna.

—No puedo más. No soy capaz de dormir. Cada día pienso que van a venir a buscarme... Necesito irme a casa —balbuceaba.

—Nadie va a venir a por usted, por Dios —espetó Virgine.

—Virgine... —pidió Anabelle.

—Es verdad... ¿Quién se cree? ¿Matahari? —respondió, entre susurros, la profesora Habicht.

—Ustedes no lo entienden. Soy italiana de nacimiento. Mis padres me han enviado un cable para decirme que creen que una de mis tías y dos de sus hijos han muerto en el bombardeo de Milán. Si los alemanes no me confunden con una suiza, los británicos o los franceses me harán picadillo por ser italiana. Tengo que irme de aquí y buscar refugio en el sur, con mi familia.

Estaba angustiada. Las alumnas fuimos testigos de los inútiles intentos de la profesora Travert de sosegar a la maestra. Al final, se subió en el automóvil y desapareció ante nuestros ojos. Se despidió agitando la mano por la ventanilla. Cuando nos volvimos para entrar en el edificio, vi cómo la profesora De la Fontaine negaba con la cabeza y regresaba al comedor.

Sin nadie que nos chistara ni nos controlara, procedimos a desayunar. La directora Lewerenz quiso dar visos de normalidad a lo que acabábamos de presenciar las mayores, pero no surtió efecto. El resto de la jornada, muchas se preguntaron si, como había asegurado la profesora Gimondi, alguna que otra sería «picadillo» al finalizar el día. La noticia del viernes, día 14 de junio, no ayudó a apaciguar a la bestia del miedo, que había comenzado a carcomer nuestras mentes. Desde cualquier rincón del colegio, se alcanzó a escuchar la exclamación de la profesora Travert al enterarse de que París había caído. Su mal humor solo tenía un remedio posible: ir a la Meier Taverne y empapar su angustia con un poco de vino. El Topolino seguía teniendo reservado aquel sitio junto a la acera, en la Dorfplatz. Las temperaturas habían descendido de forma paulatina con el avance del día. El invierno se había enquistado en vigas y huesos. Anabelle sintió alivio al ver que el local estaba prácticamente vacío. La ausencia de comandas permitió a Heida Meier conversar brevemente con la profesora.

—¿Continúan los altercados en la frontera? —preguntó Anabelle.

—Eso parece. Lutz no quiere ser demasiado descriptivo en sus cartas, pero sé que la situación es delicada. Ahora más que nunca. Si Francia cae, estaremos completamente rodeados. No habrá ni un kilómetro de frontera que esté a salvo del avance de Hitler. ¿Qué le detendrá para ordenar la invasión?

—No lo sé, señora Meier. No lo sé. Pero confío en que mi país resista —dio un sorbo a su bebida—. ¿Cómo están los niños?

—Muy bien. Me alegra que, por lo menos, ellos puedan vivir un poco al margen —aseguró.

—Sí... ¿Ha visto los carteles que han colgado por todas partes sobre cómo reaccionar ante un ataque de soldados en paracaídas? Todavía no lo creo.

De golpe, el chirrido de las puertas dio la bienvenida a un nuevo cliente. Anabelle tardó en levantar la vista. La reciente conexión con la actualidad de Adam, gracias a la radio de Cheshire, le había permitido estar al corriente de lo de

París. Un pálpito procedente de sus más inconfesables deseos lo llevó a pensar que, quizá, la profesora Travert habría ido a la Meier Taverne a despejarse. Muchos otros días, con idénticas suposiciones, había errado y había tenido que beber en soledad. Pero aquella noche acertó. Anabelle se alegró de ver a su amigo y, sin darle opción a reaccionar, lo invitó a sentarse a su lado. Adam Glöckner pasó su mano por su cabello ondulado, con la torpeza típica de quien se exige la mejor de las apariencias en una milésima de segundo. El pueblo estaba en silencio. Llevaba un mes sumido en aquella desconcertante y maquillada paz. Mas aquellos dos profesores deseaban hablar, gritar. La falsa quietud puede ser aterradora.

Comenzaron comentando las últimas anécdotas en los internados. Anabelle le desveló los detalles de su conversación con Lewerenz y Adam le confirmó que, a mediados de mayo, ellos también habían recibido el desfavorable informe del teniente Baasch. Por lo pronto, ninguno de los dos directores estaba dispuesto a cerrar las puertas de los colegios. El profesor Glöckner recordó entonces las palabras de Virgine Habicht sobre los planes de futuro de Anabelle. La francesa aseguró que, dadas las circunstancias, no abandonaría el colegio tan pronto, pero que su firme intención era tratar de vivir cerca de mí. Al mencionar mi nombre, el maestro austríaco sintió un espasmo en su mejilla. Sin ser demasiado prolijo en sus explicaciones, le confesó a mi madre que me había conocido.

—No se parecen mucho físicamente —opinó Adam.

—Es idéntica a Louis. Y, la verdad, lo agradezco. No solo por el hecho de que, de algún modo, lo mantiene vivo, sino porque ha facilitado mucho que no nos vinculen en la escuela. Si el resto de alumnas hubiera sabido que Charlotte es mi hija, no habría sido sencillo para ella integrarse. Ahora tiene grandes amigas. Espero que las conserve. La amistad es un regalo que, en ocasiones, no sabemos valorar —aseguró Anabelle, al tiempo que hacía danzar su vasito y removía el líquido burdeos de su interior.

—Toda la razón —afirmó Adam, que continuaba convencido de guardarme el secreto del asunto de Damian para no complicar más su circunstancia.

—¿Usted se quedará el próximo curso?

—No tengo otra opción ni nada mejor que hacer. Resistiré junto a los que no pueden ser movilizados. El director Steinmann tiene pensado ofrecer las vacantes a docentes de las escuelas cercanas. La pena es que Hildegard sobrepasa la edad para marcharse lejos... —bromeó.

—St. Ursula también va a tener que hacer frente a una notable reducción de plantilla. Esther de la Fontaine, la profesora Roth, la profesora Odermatt... no creo que se queden. Yo tengo que hacerlo. Ojalá pueda hacerlo —corroboró—. Necesito sentirme útil para no ahogarme de frustración. Si puedo conseguir que sobreviva la paz y el entendimiento en este rincón del Sihlwald, por lo menos, sentiré que no todo en lo que siempre he creído se desvanece.

Adam sonrió.

—¿Sabe qué? Tengo una nueva norma para nuestras charlas. Está demostrado que la de no hablar del pasado fue un error. Pero esta es mejor. —Hizo una pausa—. Prohibido hablar de la guerra.

Anabelle se rio.

—Estamos sometiendo a mucha presión esta amistad —respondió ella divertida.

—Exacto. Pero merecerá la pena. Se lo prometo.

—¿Y de qué propone que charlemos, profesor?

—Buena pregunta —contestó él y meditó un instante—. Ya lo tengo. Nos lanzaremos cuestiones al azar. Si no quiere contestar, tendrá que beberse el contenido completo de su vaso.

—Un juego..., ya veo.

—Empecemos con algo sencillo. ¿Cuál es su libro preferido?

—*Madame Bovary*, de Gustave Flaubert. ¿El suyo?

—*Momentos estelares de la humanidad*, de Stefan Zweig.

—¿Canción preferida? —tomó el relevo Anabelle.

—*Lili Marleen*, de Norbert Schultze. Está basada en un poema de un soldado que luchó en la Gran Guerra.

—Antes escuchaba mucho a Maurice Chevalier, pero no tengo una canción predilecta —se explicó—. ¿Cuál es su comida especial? ¿Qué le gusta tomar cuando está feliz?

—Uhm... Creo que la sopa de ternera que solía hacer mi madre. Dios mío, acabo de recordar su sabor... Hacía demasiado tiempo que no me acordaba de lo mucho que la disfrutaba. A veces, en época de bonanza, le echaba pelotas de carne, albóndigas. Sencillamente delicioso.

—Tiene buena pinta. —Sonrió ella—. Yo me tengo que confesar adicta a unos buñuelos que compra mi padre en Lyon. Aunque no hay día que no sueñe con tomarme una *fondue*. Soy una francesa traidora...

Prosiguieron con la charla pasando por temas que les hicieron dar sorbos y pedir más bebida a la señora Meier. Cuando el apagón estaba lo suficientemente cerca, la tabernera les informó de que se disponía a cerrar el local. La pareja de profesores salió al exterior. Decidieron dar un paseo en coche antes de retirarse. La oscuridad podía esperar si nadie los cazaba merodeando. Al final, optaron por detener el vehículo en la misma curva en la que se habían citado el día en que, por fin, el velo del desconocimiento había caído. Desde allí, las vistas eran magníficas y Adam apenas debía andar un pequeño trecho hasta alcanzar la valla del Institut Sankt Johann im Wald. Anabelle apagó las luces para mantener su anonimato y dilatar la noche. Charlaban de lo más disparatado que habían hecho en sus vidas. Ella narró la vez en la que empleó la imprenta con la que su padre y otros vecinos daban forma a los almanaques en los que colaboraba para que un poema que había escrito saliera a la luz.

—Evidentemente, en cuanto se percataron, pararon las máquinas. Me pasé dos años sin poder pisar la imprenta. —Se rio—. Mi carrera de poetisa no tuvo buen arranque.

—Si le sirve de consuelo, yo ayudé a confiscar una imprenta en Viena para imprimir pasquines revolucionarios —admitió.

—Ha ganado usted —aseguró ella—. Indudablemente.

Cruzaron miradas en silencio. Apenas podían encontrar los ojos del otro. Aquella cortina oscura que todo lo protegía y ocultaba caía a plomo entre los dos. Las hojas de los árboles circundantes se mecían al son de una brisa que, día a día, se volvía más amable. La hierba continuaba cubriendo cada centímetro de aquel refugio. A lo lejos, el Sihlwald tomaba forma y se tragaba toda seña de humanidad. Y el lago, cristalino, reflejaba la misma luna que, kilómetros al norte, sur, este y oeste, observaban los muchachos en el frente.

—Anabelle —comenzó Adam.

—¿Sí?

—Creo que me he enamorado de usted —confesó.

La profesora Travert se sintió complacida. Después, el peso de su conciencia se hizo cargo de su respuesta.

—No puede ser, Adam.

—¿Por qué? —se extrañó él.

—Porque no tendría sentido. Usted es un hombre joven, con la vida por delante. Debe encontrar una mujer que lo ame con locura y con la que pueda formar una familia. Yo ya no tengo tiempo para romances. Me debo a mis alumnas y a mi hija.

Para Adam Glöckner lo que carecía de sentido era aquella explicación. Donde ella veía arrugas, él solo alcanzaba a admirar las cicatrices de su experiencia, de una vida que había peleado como había podido y sabido. No deseaba una familia sin ella. Quería que aquella mujer fuera su familia.

—Anabelle, la quiero a usted. ¿No ha experimentado nada durante estos meses? ¿Siente algo por mí?

Mi madre dejó pasar un par de segundos. A tientas, tomó el rostro de su compañero y colocó su frente junto a la de él.

—Más de lo que nunca imaginé. Eso no lo dude, Adam. Usted es un ser humano complejo e increíble. Pero no es posible...

—No me haga esto, Anabelle. No me diga que me ama y me inste a olvidarla. No podré con ello.

—Es por el bien de todos, Adam. No me perdonaría perderlo como amigo.

—Deje que la bese, por favor. Deje que sueñe con la felicidad...

Adam acercó sus labios a los de Anabelle, quien dejó que aquella dicha se hiciera con el control. Hacía demasiado tiempo que no sentía el deseo y el calor del cariño. Ella se apartó con delicadeza.

—No desaparezca, Adam. Se lo pido, por favor. Pero no espere que sea su enamorada. Debe ser feliz..., esto es una ilusión, no es real. Más allá de estos dominios, de los colegios, solo somos un joven profesor austríaco y una maestra francesa viuda. Nadie comprendería lo que sentimos y lo acabarían destrozando. Prefiero tenerlo de amigo para siempre que como amante durante un rato. ¿Lo entiende?

—No estoy de acuerdo, pero lo aceptaré si es lo que desea.

—Es lo que quiero, Adam —dijo con la voz entrecortada por la emoción.

El maestro asintió con la cabeza. Entendió que aquella charla había concluido y que debía partir. Tomó la mano de la profesora con cautela. Ella la acarició con dulzura, con la exquisita delicadeza del amor no correspondido. O eso, al menos, era lo que creyó escuchar en su mente, que habitaba, en aquel crepúsculo, al margen de su corazón. Adam besó los dedos de Anabelle y abrió la puerta del copiloto.

Cuando mi madre aparcó en St. Ursula, sus labios todavía sabían a los del profesor Glöckner. Aquella noche, el amor tenía sabor a vino. Los recorrió con el dedo índice, analizando lo que acababa de escuchar. Su cuerpo ansiaba volver a buscarlo, pero no era correcto. Nadie le perdonaría un giro así. Aunque, ¿era posible escuchar el latido de un corazón entre el estruendo de los cañones? Esa noche dejó mella en ambos maestros. Al día siguiente, ninguno parecía lo suficientemente concentrado. Anabelle sentía una mezcla de satisfacción, alborozo y arrepentimiento. Cada cinco minutos cambiaba de opinión. Se levantó queriendo borrar sus palabras e intenciones. En mitad de la lección, al tiempo que nosotras practicábamos el subjuntivo, me analizó en silencio y concluyó que había hecho lo más pertinente. Por la tarde, sentada en el escritorio de su dormitorio, se flageló una y mil veces entre corrección y corrección.

Para Adam Glöckner tampoco fue una jornada sencilla. En lo más profundo de su ser, guardaba esperanza. Lo más difícil era que ella sintiera lo mismo que él. Convencerla de que estar juntos no era la locura que ella se figuraba sería cuestión de tiempo. No obstante, a ratos, se preguntaba si realmente serían tan poderosos sus sentimientos o si simplemente había asentido por no herir su orgullo. La inseguridad era mala compañera de viaje, pero se asentó sobre los hombros de Adam. En sus clases, estuvo algo más distraído de lo normal. Por la tarde, cuando entró en su despacho, aparentemente vacío, se llevó un buen susto al ver surgir la cabeza de George por detrás de su escritorio.

—Dios santo, señor Barnett. ¿Qué hacía ahí agachado?

George tenía varias carpetas en sus manos que no dudó en colocar en la única estantería del habitáculo.

—Tiene demasiados papeles para esta caja de cerillas. Se caen todo el rato —explicó el chico.

El profesor Glöckner dejó el maletín en el que transportaba los documentos para las lecciones sobre el escritorio.

—Haga un escrito al director Steinmann. Tengo la teoría de que esto era un armario antes de que yo llegara —afirmó, percatándose de lo minúscula que era su oficina—. Menos mal que le tengo a usted para ordenar. Debería darle las gracias por su numerito de principios de curso.

—Muy gracioso. Que sepa que debería usted escribirme una carta de recomendación solo por lo complicado que es tener esta ratonera en condiciones.

—Usted no necesita cartas de recomendación. Aunque si me entero de algún conocido que requiera un secretario, se lo haré saber —se burló.

El chico, ya incorporado, terminaba de ordenar unos documentos sobre el escritorio.

—Por cierto, profesor Glöckner. ¿Está usted bien? Hoy le he notado algo abstraído…

—La vida, señor Barnett, la vida —contestó, al tiempo que se acomodaba en su silla—. Mi consejo del día es que nunca desista en intentar algo si cree que es lo correcto. Del «no» ya partimos…

El chico asintió y pareció sonreír.

—¿Le importa si vengo aquí después de clase a escuchar la radio, profesor? Me gustaría conocer cualquier novedad… Ya sabe… —solicitó el chico.

—Por supuesto. Cuando quiera —respondió.

El muchacho asintió.

—Debo irme. Tengo que estudiar para su examen.

Antes de que abandonara el despacho, Adam se apresuró a lanzar una opinión al aire.

—Lo veo mejor.

—Poco a poco, profesor. Poco a poco. —Y se marchó.

***

A la mañana siguiente, por los pasillos de St. Ursula, se oía el repiqueteo de las suelas de los zapatos de Vika Sokolova. La profesora Travert la seguía de cerca, con el corazón en un puño. La había avisado con toda la premura posible, interrumpiendo la sesión de estudio en la biblioteca, vigilada por la profesora Odermatt. A partir de ahí, todas dejamos de prestar atención a los libros. Me imaginé todo tipo de desenlaces para la familia de Vika. También pensé en su hermana pequeña, al margen de aquella noticia. Cuando la rusa alcanzó el auricular del teléfono del despacho de la directora Lewerenz, las piernas le flojearon. La maestra de Francés rezó un sinfín de oraciones en un segundo. Al final, escuchó «mamá», entre lágrimas de felicidad. Un mes después de la invasión de Bélgica, habían podido contactar con la escuela. Todos estaban bien.

Un día más tarde, el lunes 17 de junio, las vacuas esperanzas de mi madre acerca de la guerra se evaporaron. Francia se preparó para el armisticio. El presidente Paul Reynaud presentó su dimisión ante el estrepitoso fracaso de la actuación del Ejército en aquellos meses y la completa descomposición de su gabinete. En el seno del Gobierno francés llevaban días debatiendo si debían resistir o rendirse. Los más optimistas, liderados por Paul Reynaud, aguardaban un milagro que jamás se produjo y que se hacía, cada vez, más irrealizable ante la decisión británica de reservar la mayoría de sus recursos para la defensa de su isla. Los más belicosos, encabezados por Charles de Gaulle, apostaban por minar la fortaleza alemana a partir de guerrillas. Mas los derrotistas, con el mariscal Philippe Pétain al mando, rehusaban que Francia se convirtiera en un campo de escombros y cadáveres. Así, recomendado por un exhausto Reynaud, el mariscal Pétain, veterano de la Gran Guerra, se hizo cargo del Ejecutivo e inició los trámites de la capitulación. Una de las dos piezas del bando aliado se había rendido, Gran Bretaña se quedaba sola. Los alemanes ya habían alcanzado la frontera suiza desde Francia. Estábamos completamente rodeados y la sensación general de que la situación iba a empeorar se activó en todos los países.

X

25 octubre de 1977

Al cruzar el umbral del Dadá Herberge, Samuel casi se abalanzó sobre mí. Llevaba un buen rato esperándome. Al principio, su intensidad me sorprendió, pero después comprendí. Llevaba varias notas en la mano. Todas contenían el mismo mensaje: Maggie necesitaba hablar conmigo con urgencia. Me sentí agobiada. Ya pensaba en llamarla cuando dejara todo en mi cuarto. ¿Qué podía ser tan inaplazable? Sin dar demasiados rodeos, salí a la calle. Recorrí Ankengasse hacia Münstergasse, como siempre hacía para llegar a la cabina de teléfono. Sin embargo, de pronto, frené mis pasos. Justo enfrente, desde Münstergasse, alcancé a ver un letrero que había estado ahí durante todo ese tiempo, pero al que solo ahora daba importancia: la confitería Schober. Me acerqué con curiosidad, adentrándome así en Napfgasse. Puse mi mano sobre el cristal y espié su interior. Imaginé, tras el arco, el mural de pájaros y palmeras del que me había hablado la señora Geiger. En ocasiones, el pasado estaba tan cerca que me producía escalofríos.

Ya en la cabina, la voz de Maggie me serenó. Con un poco de suerte, no se cortaría la llamada. Tras las protocolarias preguntas sobre nuestro estado físico y mental, mi amiga se dispuso a contarme lo que había averiguado de los señores Geiger.

—El señor Anthony Geiger es de Zúrich. Estudió Químicas en la universidad de la ciudad y, después, comenzó a trabajar en diversas empresas farmacéuticas: Chempharma AG, Hoffmann-La Roche Ltd, Rotronic AG… Desde hace unos años, forma parte de Novartis, en Basilea, y da conferencias por toda Suiza. Al parecer, en 1952, lideró un equipo que dio con la fórmula para un medicamento oftalmológico de éxito.

—Nada sorprendente.

—No, eso lo intuíamos. El matrimonio Geiger mantiene su relación a distancia. Por eso no habrás visto al señor Geiger. Y te preguntarás, ¿por qué la señora Geiger no se ha trasladado con él a Basilea?

—Es fácil. Charlotte Geiger tiene un apego muy especial a Zúrich. Ella siente que es su verdadero hogar —respondí, creyéndome con el control.

—Su vinculación con la ciudad no es sentimental, Caroline. Charlotte Geiger es una de las treinta personas más ricas de Zúrich. Y no es por los ingresos de su marido. Ella es la que catapultó el apellido al estrellato —afirmó.

—¿Ella es la rica? —me extrañé—. Pero… ¿a qué se dedica?

—Según los registros que he podido consultar, Charlotte Geiger se matriculó en Finanzas en la Universidad de Zúrich en 1946. No tardó en demostrar su buen olfato para los negocios. Se metió en el mercado inmobiliario y en la compra-venta de arte. Posee más de cien locales solo en la ciudad, además de ser comisaria y promotora de algunas de las exposiciones más valiosas de la Kunsthaus. La especulación es su idioma preferido y, por lo que he descubierto, es un auténtico lince para sacar beneficios de todo lo que toca. Tiene una empresa llamada Fournier Immobilien und Ressourcen AG que cotiza en la bolsa de Zúrich.

—Vaya con Charlotte... —murmuré.

—Pero no acaba aquí. El primer local que adquirió fue el hostal en el que estás alojada, Caroline.

Los ojos casi se me salen de las órbitas.

—¿Disculpa? ¿Llevo durmiendo diez días en uno de los dominios de la señora Geiger?

—Lo siento, perdona... Me lo recomendaron en la embajada cuando conté que te estaba buscando un sitio barato para dormir en Zúrich.

—¿Quién te lo sugirió?

—Uno de los asesores del embajador.

—¿Cuál es su nombre?

—Benjamin. Benjamin Stäheli —contestó.

El calor empezaba a invadir mis extremidades y mi estómago.

—Benjamin Stäheli es el hermano pequeño de Victor Stäheli, el mejor amigo de George Barnett. Eran estudiantes del colegio vecino, del Institut Sankt Johann im Wald, y amigos de Charlotte Geiger. ¿No lo entiendes, Maggie? Lo hizo a propósito.

—Pensaría que estás loca de no ser por lo que estoy a punto de contarte.

—¿Todavía hay más?

A partir de ahí, el color del diálogo se tornó diferente. Maggie había dedicado esfuerzos e, incluso, puesto en riesgo su empleo en la embajada. Aun desconociendo la vinculación existente entre Benjamin Stäheli y Charlotte Geiger, descubrir que el Dadá Herberge era propiedad de la misteriosa mujer con la que me estaba reuniendo dio pistas a mi amiga para sospechar del asesor del embajador. Un día, aprovechando que habían salido para acudir a un evento con el Ejecutivo británico, se coló en el despacho del señor Stäheli.

Comenzó a registrar su escritorio. Forzó cajones y revisó estanterías en busca de una información más precisa sobre la conexión del matrimonio Geiger con la delegación suiza en Londres. Después de un rato de registro, temiendo que otra de las secretarias irrumpiera en la estancia, halló una carpeta con una nota: «Enviar una copia a Charlotte Geiger a su residencia de Zúrich». No hizo falta más. Maggie abrió el portadocumentos y vio una colección de fotografías en las que aparecía yo. También un informe que contaba las líneas principales de mis veintisiete años de vida.

—Estaba todo ahí, Caroline. Tu dirección, tu carta de admisión en Oxford, tu expediente, el informe de alta de tu padre en 1945, la lista de méritos de tu madre durante la guerra, la vez que saliste en el periódico de Portsmouth porque ganaste el campeonato infantil de patinaje en 1960, un perfil de Ava, Billie, Dennis y yo, el artículo sobre surrealismo e Historia de la primera mitad del siglo xx que te publicaron en el *Journal of Social History* de Oxford…

No supe qué responder. En el fondo, no me sorprendía que la señora Geiger hubiera pedido a su amigo en Londres que me investigara. Yo había hecho lo mismo con ella. Estaba comprobado que no nos fiábamos la una de la otra. Sin embargo, aquel último dato de Maggie me dio una clave importante. Ya no había duda, Charlotte Geiger era la responsable de los anónimos. Sabía de mi interés por el surrealismo y lo había empleado para volverme loca. Al principio, pensaba que era una mujer aburrida que disfrutaba torturándome. Ahora, a juzgar por sus múltiples negocios y ocupaciones, estaba convencida de que su problema era otro: estaba desequilibrada.

Volví al cuadro de la *Femme Poursuivie* de Masson. Había apuntado varias alternativas, pero ninguna tenía sentido. Así que me rendí. Sin ser consciente de ello, empecé a divagar sobre la información que me había proporcionado Maggie. La señora Geiger era rica y poderosa. Justo lo que tantas veces había soñado ser Charlotte Fournier. Recordé cómo me había indicado que le tranquilizaba la sencillez de los señores Wisner. También lo mucho que le abochornaba su origen, al confesarle la verdad a Sara. Y ahí me di cuenta de que la ocultación de la identidad de Anabelle Travert tenía un motivo más allá de lo sentimental: su propio orgullo. Parte de la legitimidad que ella se concedía venía dada por representar el tipo de mujer adinerada, elegante y culta que podía pasearse de puntillas por su vida sin sentir vergüenza. Admitir que era una intrusa en aquel universo elitista arrebataba valor a su perspectiva y le recordaba quién era, en realidad: una descendiente de la clase media trabajadora, la hija de la maestra de Francés de la prestigiosa St. Ursula Internationale Schule für Damen, una nueva rica. Y eso, en el mundo clasista que ella adoraba, no tenía cabida. Y menos frente a una extraña como yo.

En la cama, por la noche, seguí dando mil vueltas. Aquella mujer estaba absolutamente obsesionada y traumatizada por lo que había ocurrido a final del curso 1939-1940. Ya estaba muy cerca de descubrirlo, pero no entendía qué había podido pasar en apenas dos semanas. A la altura del relato por la que íbamos, ni el director Steinmann ni la directora Lewerenz estaban dispuestos a cerrar los colegios. No obstante, St. Ursula no sobrevivió a aquella primavera. De golpe, recordé a Jerome Barnett y el milagro de Dunquerque. En Portsmouth, muchos vecinos habían participado y ahora narraban a sus hijos y nietos aquella gesta imposible en aguas del canal de la Mancha. Pero el tiempo siempre solía difuminar los relatos, convirtiéndolos en pedazos de realidad e imaginación que a duras penas podían diferenciarse. Mis padres me habían contado muchas veces el suplicio que vivieron en el verano de 1940. La batalla de Inglaterra fue uno de los episodios más estremecedores que experimentó el país. La destrucción llegó a una isla que había resistido ataques e invasiones por siglos.

En medio de mis divagaciones nocturnas, abrí los ojos. Me incorporé con energía. Estaba nerviosa. Sin calzarme ni abrigarme, salí al pasillo. Ese corredor me resultaba sombrío y espeluznante por la noche. Solo unos cuantos apliques iluminaban, con debilidad, entre puerta y puerta, formando cercos anaranjados sobre el verdoso papel de pared. Pero la extrañeza que me generaba no atañía a la luz. Algo no encajaba desde el principio. Lo había postergado. Lo había meditado sin hablar. No obstante, sin entender muy bien por qué, había descubierto qué me generaba aquella ligera ofuscación. Yo, desde niña, era amiga de las líneas rectas, del control, de la lógica, del orden, de la coherencia. Sin percatarme, daba con el error en la suma, con la falta en el texto, con la descoordinación en el movimiento y con la diferencia entre una serie de iguales. Me situé delante de la puerta que tenía colocado el número tres. Después avancé hasta la que debía tener el cuatro, pero, en su lugar, hallé un cuarenta y tres. El cuarenta y tres..., el número de habitación de Charlotte y Sara en St. Ursula. Me aproximé lo suficiente como para rozar aquella numeración sinsentido. Sin embargo, la sombra de unos pies al otro lado del umbral me invitó a retroceder y, sin pestañear, regresé a mi cuarto.

26 de octubre de 1977

—No la estoy acusando de nada, pero agradecería que fuera sincera conmigo. Usted mandó que me investigaran y me ha estado enviando anónimos y cuadros surrealistas. Sé que está metida en el mercado del arte, así que me figuro que no habrá sido muy complicado para usted hacerse con réplicas —espeté, furiosa, mientras la señora Geiger me miraba, sentada en el sillón de su espléndido salón.

—Señorita Eccleston, siéntese y tranquilícese. No le voy a negar que pedí información sobre su persona. Era preciso. Estoy narrándole aspectos de mi pasado que no he compartido con muchos más. Es una auténtica desconocida y la he invitado a mi casa. Tenía que saber quién era usted. De dónde venía. Entiéndalo. Cuando una persona es poderosa, también es tremendamente vulnerable —dijo con una serenidad que me irritó.

—Supongo que tener un espía en la embajada fue una jugada maestra.

—La familia Stäheli y los Geiger estamos relacionados desde hace mucho tiempo. Anthony trabajó con Victor en su laboratorio, Chempharma AG, que heredó de su padre, en la década de los cuarenta. Benjamin prefirió la política y la diplomacia. Él me informó de que el embajador, con buenas e inocentes intenciones, le había proporcionado mi contacto a una estudiante de Oxford, amiga de una de las trabajadoras de la oficina. Lamentablemente, lo descubrí después de su primera llamada de teléfono. Benjamin se encargó de que nuestra reunión se produjera con normalidad —me contó. Después, cambió su semblante—. Aunque, ¿sabe? Me parece curioso que solo me culpe a mí de tener soplones. Su amiga, la señorita McLuhan, se ha empleado a fondo en conocerme. ¿Creía que no me enteraría, señorita Eccleston? Si eso pensaba, es que no me conoce en absoluto. Los contactos lo son todo. Te permiten tener ojos y oídos en cualquier parte.

—Como en el hostal en el que me hospedo...

—Los hermanos Schenker son discretos. Jamás osarían desvelarme cuestiones de los clientes que no fueran sensibles para el negocio o para mí. Ellos solo han controlado que todo estuviera en orden. Su familia lleva gestionando el Dadá Herberge desde antes de que yo lo comprara en 1951. No traicionarían jamás la delicada relación entre anfitrión y huésped —justificó—. Aunque he de admitir que todavía no he comprendido esa manía suya de llamar desde la cabina. Si no quería resultar sospechosa, no lo gestionó demasiado bien.

De golpe, recordé aquella noche en la que Samuel me había seguido y había espiado mi conversación.

—Por cierto, ¿cuándo pensaba contarme que sus notas no son exclusivamente académicas?

—¿Disculpe?

—Es de muy mala educación ocultar ese tipo de datos cuando alguien confía en usted —apostilló—. Creí que lo confesaría cuando se interesó por Eleanore Fitzgerald el día en que la mencioné. Que me diría que recaba información para su esposo.

—Es un buen hombre. Solo quiere saber... —respondí.

—Lo sé, lo sé. Pero hubiera sido un detalle que lo comentara en nuestra primera reunión. También pedí que lo investigaran. Sé que no debo preocuparme. De lo contrario, no habría accedido a estas entrevistas, señorita Eccleston. Confío en que sabrá qué datos proporcionarle para saciar su prestada nostalgia.

¿Por qué siempre iba un paso por detrás de aquella dama?

—No entiendo nada, pero puede estar segura de que sabré qué decir y qué callar. Aunque deje que le diga que su manía controladora es preocupante, señora Geiger. Yo pensaba que tenía un problema, pero definitivamente estoy muy lejos de usted. Lo que no alcanzo a entender es por qué me ha enviado cuadros surrealistas con notas indescifrables —respondí airada.

—Tiene usted toda la razón. Nunca me presenté ni erigí como el sumun de la clarividencia. Pero eso que comenta de los anónimos no es asunto mío. Se lo prometo. Y me preocupa... Eso quiere decir que alguien tiene interés en influir en esta conversación. —Se levantó de golpe—. ¿Sospecha de alguien? ¿Quién sabe que ha viajado hasta aquí?

Descubrir que la señora Geiger no tenía nada que ver con los envíos me pareció más pavoroso que todo lo que me había desvelado Maggie. Tener concentradas todas las amenazas me resultaba incómodo, pero podía soportarlo. En cambio, saber que, *de facto,* había una persona más que acechaba mis pasos me produjo el mayor de los desconciertos.

—Pediré a mi personal que investigue quién puede ser el responsable. ¿Los hermanos Schenker saben algo?

—Sí. Ellos también van a extremar la vigilancia.

—No entiendo por qué no me alertaron de esto... —murmuró.

—Quizá no tenga tanto control como cree, señora Geiger —sugerí.

Aquella elegante mujer se sentó de nuevo. Fruncía el ceño, concentrada.

—Señora Geiger..., hoy se acaba todo, ¿no?

La saqué de su ensimismamiento y recordó el motivo esencial de mi presencia.

—Sí, en efecto. Hemos llegado al final.

—Me parece increíble —afirmé.

—St. Ursula ya la ha hechizado, señorita Eccleston. Ahora solo vivirá este relato, una y otra vez, hasta que su mente decida expulsarlo o guardarlo en el lugar idóneo.

Asentí. La señora Geiger se masajeó los dedos de las manos, decorados con varios anillos de inimaginable valor.

—Siempre me ha interesado la figura de la elipsis. Aparece en las historias que contamos, pero también en lo que recordamos. Hay días que han desaparecido de mi memoria por vacuos o monótonos. Semanas enteras en las que nada ocurrió. Sin embargo, en unas horas, en unos minutos, en un solo segundo, puede cambiar la vida entera de una persona. ¿Nunca lo ha pensado, señorita Eccleston? Somos esclavos del tiempo y de la ruleta de la fortuna. La última parte de esta historia se centra justo en eso..., una semana, una noche, una vida.

UNA NOCHE, UNA VIDA

La última semana de curso en St. Ursula estuvo repleta de exámenes que pretendían valorar todo lo que habíamos aprendido en aquellos complejos meses. También hubo despedidas. Algunas familias, a tenor de la situación en Europa, gestionaron la marcha de las alumnas lo antes posible. Las que nos quedamos, hicimos grandes esfuerzos por aparentar normalidad. Las mayores ya no regresaríamos más que como exalumnas o de visita. Sin embargo, para algunos, el ansiado orden ya no existía.

George y Sara continuaron con sus reuniones en la cabaña. Habían estudiado juntos muchos días. Por fin Barnett tenía su último examen de Matemáticas. Repasaron todas las fórmulas. Repitieron los ejercicios que habían sido testigos de su historia. Mas en la cara de George rara vez se esbozaba una sonrisa sincera. Vivía abstraído. Los besos eran breves y las caricias, escasas. Tampoco eran habituales ya los comentarios graciosos, los ataques cruzados cargados de ironía. Sara notaba que algo no marchaba bien. Justo antes de lo de Jerome, me había confesado que quería desvelar a George la verdad sobre su familia, quería ser sincera. Sin embargo, tras la nefasta noticia de lo ocurrido en Boulougne, no encontraba el momento. Tras aquel golpe, George había confiado a Sara que no creía posible poder pasar juntos el verano en Inglaterra, como habían soñado. Le prometió que, aun así, le escribiría y que trataría de convencer a sus padres. Pero lo ocurrido con Jerome y los interrogantes de la guerra dejaban poco margen. Con el paso de las semanas, Sara también había caído en las redes de la nostalgia, la tristeza y una creciente ansiedad que se manifestaba solo algunos días. Creo que temía que la realidad los distanciara por completo. Aquel día, el inglés estaba más alicaído de lo normal.

—Te noto distante, George. ¿Te preocupa algo?

El chico pareció extrañarse.

—Ehm, no. Nada. Todavía estoy digiriendo todo lo de Jerome, las penosas noticias de la guerra y el final de curso.

—¿Cuándo regresas a Leclein Castle?

George había omitido la cuestión de Sydney en sus encuentros con Sara. Se aclaró la voz, nervioso.

—Dentro de una semana. El próximo martes —contestó.

—Será extraño no poder vernos.

—Sí..., mucho —contestó ensimismado—. Sara, pase lo que pase a partir de la semana próxima, quiero que sepas que siempre querré volver a verte en París.

La chica sonrió y se acercó.

—Lo sé. —Y le dio un beso en la mejilla.

—Malditas fórmulas estadísticas. Las odio —comentó para cambiar de tema.

—Eso es que has practicado poco —supuso ella.

—O que llevo cuatro meses distraído —confesó él y sonrió.

Sara le devolvió la sonrisa y se dispuso a recoger sus pertenencias. Debía regresar a la escuela. Antes de desaparecer, quiso decirle algo.

—George...

Sin embargo, la mirada triste del chico la convenció para callar.

—¿Te veré antes de la fiesta?

—Sí, sí. ¿El viernes?

—Estupendo —contestó ella y se marchó.

Le parecerá algo extraño o poco oportuno que hablásemos de fiestas en aquellas fechas, señorita Eccleston, pero todo tenía una explicación. St. Ursula Internationale Schule für Damen y el Institut Sankt Johann im Wald podían jactarse de organizar las fiestas de final de curso más emblemáticas del cantón. Sin embargo, aquel año se suspendieron los festejos de clausura, por motivos evidentes, y se decidió concentrar todo el regocijo que quedaba en ambas instituciones en otro de los emblemas del colegio masculino: la celebración en honor a su patrón, Sankt Johann, en la velada del 23 de junio. La idea, coordinada por la directora Lewerenz y su homólogo, tenía como objetivo congregar a los alumnos por la tolerancia, despedir a los mayores, hacer gala de la austeridad exigida y ahorrar en costes. Así, en algunas lecciones, cuando la presión de los exámenes pasó, nos dedicamos a preparar detalles decorativos para el evento, que tendría lugar en las dependencias del internado de varones.

—Me parece increíble que nuestro último final de curso se celebre en el Sankt Johann. Es antinatural —se quejó Liesl mientras terminaba uno de los lazos que combinaban los colores de ambos colegios y que embellecerían la barandilla de la escalera principal—. ¿Alguna vez lo imaginasteis así?

—Ni en mil años... Deberíamos quejarnos. Tendríamos que poder tener nuestro final de curso aquí. Y comer esos bollitos tan ricos que siempre prepara la señora Herriot para la ocasión —meditó Évanie, que daba puntadas en otro de los adornos.

—Lo único bueno es que podremos estar con Victor, Dilip y George. Creo que será una buena despedida conjunta —opinó la sabia Joanna.

—Creo que la responsable de la música es la profesora Habicht. Podemos dar por perdida la velada —susurré.

—Habrá que hacer algo al respecto —contestó Liesl y nos reímos.

—¿Tenemos que ir en uniforme o podemos vestirnos como queramos? —se interesó Sara.

—Uniforme —respondimos, al unísono, desilusionadas.

—Pues vaya fiesta —apostilló la española.

—En el Sihlwald se llama fiesta a cualquier cosa —bromeó Évanie.

La profesora Roth se acercó a nosotras para controlar el avance de nuestra tarea. A mí me instó a deshacer lo que había avanzado en los últimos minutos por estar «descuadrado y torcido». Évanie corrió con la misma suerte. Resoplamos y continuamos elucubrando sobre cómo sería aquella festividad, programada para cuatro días más tarde.

Cuando regresamos al cuarto, antes de la hora de la comida, Sara me habló del cambio de actitud de George. También de la importancia que iba a tener ese día para ellos, pues sería una suerte de despedida. Me pidió ayuda para distraer a los profesores y que pudieran escabullirse para estar un rato a solas. Acepté sin pensar. Imaginé lo angustioso que debía ser para ella imaginar que se le acababa el tiempo con él. Comprendía su insistencia y esa ansia que ya no ocultaba ante nosotras.

Aquella tarde, tenía una cita muy especial. Roger Schütz había dormido en casa, después de varios meses. No era algo definitivo, se marchaba al sur con su compañía. Los señores Wisner me habían avisado de que estaría en la tienda ese día, así que no titubeé. Cuando fui a buscar la bicicleta de la profesora Habicht, descubrí que no estaba en su sitio. Arqueé mis gruesas cejas y miré alrededor. Nadie me acechaba, pero me había quedado sin transporte. En otra ocasión, aquello me hubiera disuadido de salir de la escuela, pero ver a Roger Schütz era motivo suficiente para emprender el camino a pie. Tardaría más, pero merecía la pena.

Mientras avanzaba por el camino de tierra que me llevaría hasta Horgen, empecé a escuchar el rugido de un avión. Enseguida me alerté, mi cabeza se convirtió en un periscopio que ansiaba localizar al aeroplano. No hizo falta demasiado esfuerzo, pasó por encima de mi posición dos segundos después. Tal y como me había enseñado Roger, era un Messerschmidt BF-109 con la bandera de la Confederación Helvética. El entorno estaba en calma, al margen del bramido de los motores de aquella nave. Un impulso interior me animó a empezar a correr en su misma dirección, tratando de alcanzarlo. El cielo y el suelo eran testigos de aquella absurda carrera entre mis piernas y sus alas. Surcaba las nubes, al tiempo que yo esquivaba raíces, piedras y agujeros traicioneros en el sendero. En lo que duró nuestra afrenta, envidié su ligereza, su libertad, la incógnita de su destino. Una parte de mí quería alcanzarlo, llegar al lugar en el que planeaba aterrizar y, así, ver lo que se escondía detrás del paisaje, siempre imperturbable e inefable, que discurría en el único horizonte que se me permitía atisbar. Medité sobre su potencia y capacidad de destrucción. Según Simone había leído, de soslayo, en un periódico, la RAF había bombardeado Bremmen y Hamburgo el día anterior. Corrí con toda la energía que pude reunir. Mas el ruido metálico de su avance fue evolucionando a caricia sonora hasta volverse una mota de polvo en la inmensidad. Fui desacelerando, dejando que mis botas se volvieran opacas de arenisca. Oteé a lo lejos y me despedí de aquel avión, de su rumor, de su viaje, de su verdad.

Cuando llegué a la tienda de los señores Wisner, la señora Bertha me comunicó que Roger Schütz estaba en su casa. Al final, se había quedado allí ayudando a su madre. Me animó a hacerle una pequeña visita y eso hice. La casa de los señores Schütz estaba a un par de calles de distancia del colmado, así que no tardé en llamar a su puerta, en Wagnerweg. Al ver su rostro, algo más flacucho de lo normal, me lancé a abrazarlo. Él reaccionó con ternura y me invitó a dar un paseo por el pueblo. Acepté de buena gana. Lo primero que hice fue volver a pedirle perdón por mi momento de imprudencia en la frontera. Después, le conté cómo había solucionado todo a mi vuelta a la escuela: el plan de Liesl, mi castigo por faltar a la cena y el silencio de mis amigas. Charlamos sobre los señores Wisner y sobre lo chistoso que quedaba el señor Frank con el atuendo de la defensa local. Planeamos dar un paseo en barca por el lago cuando todo se hubiera tranquilizado.

—Quieren que estemos en las montañas, en Gotthard. No sé por qué motivo, pero están retirando a los Alpes a muchas divisiones —me contó.

—¿Crees que será más sencillo? —pregunté, mientras tiraba un guijarro que había recogido del suelo.

—Bueno, el terreno es más hostil, pero me alegro de no estar en primera línea. Estos meses en la frontera han sido escalofriantes. Se cree que Berlín ha estado enviando terroristas para atacar a los aviones suizos. El día 8, quince aviones suizos debieron enfrentarse a casi treinta de la Luftwaffe —confesó—. La sensación general era que no íbamos a sobrevivir más que un par de días. Pensábamos que se acabarían antes los hombres que la munición.

—Pero no ha sido así. Habéis resistido —señalé.

—Porque no se han movido, Charlotte. Sí, se han producido altercados, pero si los alemanes hubieran querido mover ficha, no hubiéramos tenido opción.

Roger fue quien me habló del general De Gaulle y de que, al parecer, se había postulado como el líder de la resistencia francesa, mientras su país preparaba el armisticio con Alemania. Ambos estados llevaban teniendo relaciones conflictivas desde hacía tiempo. Yo misma recordaba las historias que a mi abuelo Theodore le había contado su madre de la guerra franco-prusiana, en la que mi bisabuelo había perdido la vida. Él, a su vez, me las narraba a mí en verano. Tierras que pasaban de un lado a otro, porciones de poder que se conquistaban o se anulaban. En aquellos días, esa conversación llena de metralla y muerte había escrito un nuevo capítulo. Me pregunté si tenía sentido la figura del general De Gaulle; si, dadas las circunstancias, un francés desde Londres podría aportar algo a la desoladora situación del país.

Cuando volvimos a su casa, apremiados por el avance de la tarde y las responsabilidades, Roger me pidió que esperara fuera un segundo. Mientras aguardaba, miraba los tejados de las casas, sus ventanas, el murmullo de las conversaciones ajenas. Cuando salió de nuevo, llevaba algo envuelto en un paño. Me llevó a varios pasos de la puerta de entrada de su casa, casi al borde de Entwederstrasse, calle con la que hacía esquina la residencia de los señores Schütz, y me lo entregó.

—Úsala solo si es preciso, Charlotte. ¿Me oyes?

Con cuidado, retiré la tela y descubrí su presente: una pistola. Me aparté asustada.

—¿Sabrás usarla? —se interesó.

Asentí con la cabeza.

—El señor Wisner me dio una lección básica el mes pasado —expliqué.

—Estupendo. Entonces, es toda tuya. Te la doy porque quiero que estés a salvo siempre, Charlotte. Pero prométeme que la utilizarás solo si es un caso extremo.

—Te lo prometo —dije, asimilando lo que Roger estaba entregándome—. ¿De dónde la has sacado?

—Como te he dicho, hay armas y municiones de sobra. Cogí dos sin que nadie se diera cuenta. Una es para mi madre. Otra para ti.

—Muchas gracias, Roger. —La cubrí de nuevo con el trapo—. La emplearé con cautela.

—Lo idóneo sería que no la tuvieras que utilizar. Pero no se sabe. Se van a reducir los efectivos en el norte y, mientras estés por aquí, es mejor que vayas armada. Tiene solo dos balas. Las suficientes para zafarte de cualquier bandido británico o alemán.

Después de repetirme, una y otra vez, todas las precauciones que debía tener, nos fundimos en un último abrazo, el de la despedida. Prometimos escribirnos de vez en cuando. Me marché de allí con el sabor amargo del adiós y un escalofriante bulto bajo la chaqueta.

***

Adam Glöckner sabía que estaba nervioso. Quería transmitir serenidad, pero no estaba muy seguro de poder lograrlo. Cuando la señora Bertha lo vio, pensó que buscaba algún producto de su tienda. Nada más lejos de la realidad. Adam preguntó por Damian. La tendera no quiso hacer preguntas, comprendió que la cuestión era demasiado confidencial y sensible como para lanzar interrogaciones chismosas. Lo invitó a pasar a la trastienda, donde Damian limpiaba el polvo de los tarros de conservas almacenados. Era la primera vez que a Adam le asaltaba aquel aroma a salmuera y especias que se concentraba entre estanterías y barriles. Tardó un poco en acostumbrarse a eso y a la falta de iluminación. Se fijó en que un par de bombillas desnudas colgaban del techo. Una de ellas tintineaba, haciendo que el espacio renunciara a parte de su esclarecedor poder.

Damian se sobresaltó, pero recordó mis palabras y mi justificación al comunicarle que había tenido que desvelar su situación al profesor Glöckner. Adam todavía recordaba su francés. Alguna vez lo había refrescado con ayuda de Anabelle. Mas estaba bastante oxidado. De hecho, cuando quiso explicarse, se percató de que las palabras, las conjugaciones verbales y los pronombres tenían más capas de herrumbre de lo que había imaginado. Se aclaró la voz para ganar tiempo.

—El camino es peligroso… Lo es más…, digo, lo será más conforme pase el tiempo. Debe irse cuanto antes —le advirtió—. En estos papeles encontrará toda la información. Apréndasela de, de, de memoria. Luego, quémelos.

Damian cogió el conjunto de documentos. En ellos figuraba el código que debía marcar desde el teléfono de la Meier Taverne. También el lugar en el que, una hora más tarde, lo esperaría el vehículo que lo llevaría hasta San Juan de Luz, en la costa atlántica de Francia, cerca de la frontera española.

—Tardarán unos tres días en llegar a destino, así que el tiempo apremia. La ruta está diseñada para esquivar, en lo posible, las líneas alemanas, que avanzan sin pausa hacia el sur. Aunque en, en, en menor… medida, los británicos están llevando a cabo nuevas evacuaciones desde los puertos franceses. Las últimas. Debe aprovecharse de ello para zarpar hacia Gran Bretaña. Si la documentación que le he entregado no le sirve, deberá viajar como polizón. Desde la isla, podrá tomar otro navío que lo lleve a los Estados Unidos. Mis conocidos le han preparado una relación de puertos desde los que salen transatlánticos. ¿Tiene dinero?

—Los señores Wisner me han dado algunos francos suizos por mi trabajo aquí —explicó Damian.

—Trate de reunir todo lo que pueda. Si la suerte no lo acompaña, tendrá que comprarla. ¿Me entiende? —señaló Adam.

—Entiendo... —Damian observó, una vez más, las hojas—. ¿Me promete que es de fiar?

Adam cogió la mano de Damian.

—Se lo juro —respondió—. Tenga mucho cuidado, amigo. No va a ser sencillo salir de esta.

Damian volvió a asentir y, sin pensar, abrazó al profesor Glöckner que, algo abrumado, optó por corresponder a aquel gesto de camaradería, de agradecimiento y de humano temor. Cuando abandonó la tienda de los señores Wisner, Adam se sintió satisfecho por un segundo. Pero al pensar en los riesgos que iba a correr aquel hombre, se le heló la sangre. Tal era la temeridad que como cochero solo habían conseguido a un ruso que había desertado y que ansiaba alcanzar, con la misma intensidad que Damian, la otra orilla del océano. Aquellos contactos y recursos se los había proporcionado un buen amigo del señor Lindtberg. Al final, todos los refugiados y huidos de la justicia se terminaban conociendo por aquellos lares. El trayecto que habían diseñado para el polaco había sido empleado por otros antes de la guerra. También durante aquel invierno. Pero la capitulación de Francia y el estado de la contienda complicaban la gesta y la convertían en un sendero tortuoso hacia una muerte casi segura. No obstante, por aquellos tiempos, la vida sin libertad valía muy poco.

***

El ritmo de St. Ursula volvió a engrasarse durante aquella semana. Eran tantas las ocupaciones que teníamos que parecía que el número de alumnas se hubiera vuelto a incrementar. Por todas partes había niñas terminando adornos, niñas ensayando bailes, niñas estudiando para el último examen, niñas recogiendo sus pertenencias para ir adelantando su equipaje, niñas correteando al margen de las agujas del reloj.

La señora Herriot y el señor Plüss se habían comprometido a preparar la mitad del menú y así contribuir, en parte, a la celebración. Los gritos de sus debates se escuchaban desde el recibidor. Yo no podía evitar reírme cuando los oía. Eran tal para cual. Florianne Herriot tenía poco control sobre sus nervios, mas pretendía tenerlo sobre todo lo demás. Para más inri, en esos días, había tenido que prescindir de los servicios de Marlies, quien, en medio de la ristra de tareas que debía acometer, se había caído por las escaleras. Algunas decían que una niña de tercero había dejado olvidada su chaqueta tras haber estado sentada sobre los peldaños y que, con mala pata, la pobre Marlies la había pisado y patinado. Una pierna rota por tres lugares distintos la había confinado a la cama en el momento en que más la necesitaba la escuela.

En un instante de tranquilidad, decidimos reunirnos en el cuarto número cuarenta y tres para probarnos peinados para la fiesta. Mientras tanto, parloteábamos sobre qué días y en qué medio de transporte nos marcharíamos de allí. La primera en irse sería Joanna. Lo haría en coche a través de España. Después, Évanie y Liesl. La primera tenía un largo viaje hasta Canadá, donde viviría con sus abuelos hasta nueva orden. La segunda lo tenía más fácil, aunque desde los bombardeos a Bremmen y Hamburgo no conciliaba el sueño por las noches. Las seguiría Sara, que marcharía en tren hasta Marsella y, de ahí, tomaría un barco hasta Valencia. Ya en su país, la recogería un automóvil para que estuviera, cuanto antes, en Madrid. La última, como siempre, sería yo.

—Ay, Évanie, me estás tirando del pelo —me quejé.

—Tengo que estirarlo para hacerte el moño, Charlotte.

—Daría lo que fuera por saber cómo va a ir vestida la profesora De la Fontaine —pensó Liesl en voz alta.

—Seguro que tan estilosa como acostumbra —opiné.

—¿Recordáis aquel final de curso en el que invitaron a la señora Agatha Christie? —rememoró la alemana—. Nos leyó algunos párrafos y dio un discurso magnífico. ¿Y cuando vinieron la señora Olga Meier o la señorita Ève Curie?

—Es cierto. Era genial —dijo Joanna—. Ojalá conviden a alguien...

Varios golpes en la puerta interrumpieron nuestra conversación. La profesora Habicht se asomó y al ver que estábamos charlando tranquilamente y sin romper ninguna norma, sonrió. Después, me indicó que la profesora Travert me andaba buscando. Resoplé desganada. Al salir de la habitación, Virgine me comunicó que mi madre me estaba esperando en su dormitorio. Subí las escaleras y me adentré en el restringido pasillo de las profesoras. En aquel momento, tenía la total convicción de que mi madre tenía la capacidad de estropear mis mejores ratos.

Cuando crucé el umbral, Anabelle se tensó. Abandonó sus obligaciones y se levantó. Se aproximó a mí y me dio un beso en la frente al tiempo que me saludaba con un «buenas tardes, hija».

—Buenas tardes, mamá —contesté—. ¿Querías verme?

—Sí, en efecto. Siéntate. Estarás más cómoda. Quiero que hablemos. Con todo el asunto del final de curso, hace días que no charlamos las dos a solas —intentó.

Hice caso a sus indicaciones y me acomodé en una silla abandonada en la pared de su cuarto. Ella alcanzó la que estaba ocupando, frente a su modesto escritorio, y la colocó justo al lado. Su sonrisa me contó que aquel diálogo pretendía ahondar en cuestiones para las que todavía no estaba preparada.

—No he querido preocuparte. Has estado estudiando mucho —comenzó—. Los abuelos han abandonado Lyon. Se van a instalar en Ginebra, por lo pronto.

—¿Y la tía Madeleine y el tío Henri y los primos?

—Madeleine iba a cruzar a España con Claudette, Maurice y Odile, pero han decidido quedarse. Tienen unos conocidos en Avignon —me explicó.

—¿Y nosotras? ¿Qué vamos a hacer?

Anabelle lanzó un vistazo nervioso hacia la ventana.

—Iremos a Ginebra. Durante el próximo mes, intentaré buscaros un alojamiento digno. No creo que sea lógico que viváis en un hostal. Después, regresaré aquí —Le dediqué una furiosa mirada—. La directora Lewerenz ha decidido no cerrar la escuela. Es una buena noticia, porque eso quiere decir que St. Ursula servirá de refugio para toda niña que lo necesite. Y también que el miedo no ha masacrado el clima de tolerancia, protección y solidaridad en el que creo. El único inconveniente, si es que queremos verlo así, es que voy a quedarme un par de años más. No puedo vivir contigo, como te prometí. Pero, cuando pase ese tiempo, estoy convencida de que ya no me necesitarán aquí y podremos reunirnos en Ginebra. Estaremos todos juntos. Tú, yo, los abuelos…

Mi madre puso su mano sobre la mía, que descansaba derrotada sobre mi pierna, cubierta por la falda del uniforme.

—No quiero ir a Ginebra —contesté—. Has forzado que este sea mi hogar. Me arrastraste hasta aquí por ti. ¿Ahora me devuelves a lo que era mi casa y me abandonas?

—No te estoy abandonando, Charlotte. Estamos solas y no puedo dividirme. Necesitamos el dinero y yo no puedo separarme de mis principios. Solo te pido dos años y tú mandarás. Iremos adonde quieras. Las dos juntas —me propuso.

—Es que llevo esperando nueve, mamá. Llevo esperando nueve años a que volvamos a ser una familia. Y nunca llega. ¿Dos años más? Estupendo. Sigue sumando y nos volveremos un par de desconocidas. —Quité la mano y me levanté furiosa, dándole la espalda.

—Charlotte, hablas como si yo hubiera querido esto. Cuando murió tu padre... —Se detuvo—. De haber habido otras opciones las hubiera valorado, ¿sabes?

El agua de mis ojos brotó con vergüenza y empapó mis mejillas, coloradas de enfado.

—Jamás hubo una madre y una hija que, estando tan próximas, hayan estado tan lejos. Supongo que es nuestro destino. Tú has escrito la primera parte. Yo me encargaré de la segunda —espeté y me marché.

—¡Charlotte! ¡Charlotte, vuelve aquí!

Las exigencias de Anabelle tenían poco poder conmigo. Abandoné aquel corredor que, por mi procedencia, se me permitía penetrar. Me sequé las lágrimas de angustia y regresé a mi rol en aquella escuela. Solo le quedaban un par de funciones a aquella obra magistral que habíamos creado nueve años atrás. A partir de ahí, me prometí pensar en mí y en nadie más. Mi madre se debía a su moral y a su trabajo. Yo debía buscar mis propias metas, mi lucha.

En paralelo, ella opinaba justo lo contrario. No veía egoísmo en su actitud. De hecho, no lo había. Pero erraba al tratar de compararnos con su vínculo con St. Ursula. Siempre vi nuestra relación como una planta muerta de sed a la que apenas se le dan un par de gotas al año para subsistir. Anabelle se sentó en su cama y se echó a llorar. En realidad, estábamos más unidas de lo que creíamos. Pero no regábamos nunca. La sequía se había adueñado de las raíces de aquellos brotes puros que luchaban por no perecer.

En medio de la congoja que le generaban las discusiones conmigo, recordó los labios de Adam, la dulzura de sus gestos, la candidez de sus palabras tras un día complicado en el internado. Rememoró los ratos en la Meier Taverne, las risas y confidencias. Aquel vino compartido en la península de Au. Se preguntó en qué parte de la ecuación de su vida podía encajar el amor y el deseo que sentía por él. Concluyó que no había espacio. Pero… oh, añoraba tanto las caricias y los besos de medianoche en camas revueltas de promesas y dispensadas de realismo… Las quería con él, con Adam Glöckner. Buscaba incansable la respuesta correcta y nadie parecía darle tregua. Entre gotas saladas bañando su rostro, decidió que, por lo menos, se lanzaría a sus brazos para intentar ser feliz. Ya meditaría qué hacer con todo lo demás. Con el colegio, con sus padres, con el dinero, conmigo.

***

Por su parte, Adam no había dejado de pensar en ella ni un solo instante. Ahora que la había catado, echaba de menos su boca. Aun con todo, tenía que dar lo mejor de sí en aquella última semana de curso. Había tenido exámenes con todos los grados y, por ende, había estado esposado a la mesa de su despacho los últimos días: las correcciones no podían esperar. Se alegró al ver que toda la pandilla de Barnett había terminado el curso con buena nota. Habían acabado por resultarle simpáticos. George había vuelto a bajar su rendimiento en las últimas semanas, pero era comprensible. Dilip destacaba, brillaba. Adam estaba seguro de que llegaría muy lejos, de que conseguiría lo que se propusiera. Por su parte, Stäheli había demostrado una destreza en los números que, no obstante, no iba a la par con su dedicación al resto de asignaturas. En una charla relajada entre profesores, supo que todos los chicos de último curso se graduarían. La regla Steinmann no detendría a nadie. Sin embargo, Adam sabía que algunos muchachos no habían logrado superar la media exigida. En aquel diálogo, se enteró de que, en determinados casos, «hinchar unas décimas la nota final no hacía daño a nadie y evitaba dramas familiares y escolares». Él no estaba conforme con esos métodos. Pero aquel año había descubierto a George. Sentía que debía seguir protegiéndolo. Incluso de sus propias convicciones.

Aquel viernes 21 de junio, mientras a los transistores llegaba la noticia de la firma de la rendición de Francia en el mismo vagón de tren en el que, en 1918, se habían acordado las condiciones del armisticio alemán, George dio por finalizadas sus labores de ayudante. Adam le pidió que aguardara un momento antes de irse. Rebuscó entre las carpetas que ocupaban la superficie de su escritorio y dio con un documento en concreto.

—Supongo que, a partir de aquí, ya no soy ni tu profesor ni tu jefe —comenzó, abandonando las formalidades.

—Se te ha ido un poco la mano este curso con la ambición —bromeó el chico.

—Tampoco soy tu igual... —respondió—, hasta que no salgas por la puerta —matizó.

—Ha sido genial conocerte.

—Lo mismo digo, George. Y para tratar de que tu viaje a Sydney sea lo más provechoso posible y demostrarte que todo sirve para algo, aquí tienes tu carta de recomendación. Si algún profesor de Finanzas se pone impertinente, dile que el profesor Glöckner de la Universidad de Viena y del Institut Sankt Johann im Wald de Zúrich confía en ti. —Le tendió la hoja—. O, bueno, puedes decirle simplemente que Adam de Ebensee te apoya. A mi madre solía valerle.

El alumno se rio. No le hizo falta leer las líneas escritas. Sin vacilar, abrazó con fuerza a su maestro.

—Muchísimas gracias por todo, Adam. Yo…, me alegra haberte tenido por aquí este año. Me ha gustado hablar y aprender, de veras.

Adam se emocionó un momento. Durante aquella semana, lo habían abrazado más que en el último año. Pensó que era buena señal. Estrechó a aquel joven entre sus brazos y le deseó toda la serenidad que a él le había faltado.

—No dejes que nadie te permita salirte con la tuya, George. Puedes hacer cosas buenas. Quizá no las que se esperan, quizá algunas ni siquiera sean maravillosas. Pero serás feliz si trabajas duro para lograrlo. Ha sido un placer conocerte. Mi puerta seguirá abierta siempre que lo necesites, ¿de acuerdo?

—Gracias, profesor.

George se apartó con lentitud. Sonrió al docente y, con aire melancólico, echó un último vistazo a la minúscula oficina y se dispuso a abandonarla.

***

El domingo 23, dos días más tarde, ambos colegios se prepararon para la celebración de la velada de Sankt Johann. La marcha de Hitler por París aguó un poco nuestra fiesta, pero decidimos darnos ese margen antes de abandonar, de forma definitiva, nuestro cascarón de coníferas y ladrillo. A lo largo de la jornada, todos los alumnos debimos contribuir a preparar cada detalle. Los adornos que habíamos confeccionado se colocaron en barandillas, puertas y lámparas.

La señora Herriot y el señor Plüss transportaron la comida en el Topolino, con ayuda de la profesora Roth y la profesora Durand. El autobús del señor Feller nos llevó por turnos, en orden ascendente de menor a mayor. Por tanto, nosotras fuimos las últimas. Antes de subirnos al transporte, hubo un debate sobre si Kyla se había puesto colorete. En principio, no podíamos llevar nada, así que la filipina juró y perjuró que era el tono natural de sus pómulos aquel día. La profesora Habicht quiso creerla y zanjó la cuestión. Como solo se nos permitía innovar en nuestro peinado, cada una llevaba un recogido distinto. Parecíamos sacadas del folletín propagandístico de un salón de belleza.

Cuando las ruedas frenaron a la altura de la puerta de entrada del Institut Sankt Johann im Wald, muchas de mis compañeras se sorprendieron. Nuestros zapatos impactaron con la gravilla del camino, haciendo crujientes nuestros pasos a medida que nos aproximábamos al inmueble y bocas y ojos permanecían abiertos de asombro. Yo era de las pocas que había osado cruzar aquella verja, por lo que la mayoría se acababa de topar, por vez primera, con la magnificencia de aquel edificio neogótico de muros claros. He de admitir que las dependencias del internado masculino estaban más bellas que nunca. Las piscinas, ya descubiertas, el estanque de agua cristalina, los detalles florales en rojo, blanco, negro y azul en las farolas del jardín. El portón por el que se accedía al hall estaba abierto de par en par. Dos muchachos eran los encargados de dar la bienvenida a los asistentes y de indicarnos dónde estaba el ambigú de bebidas. Aquel recibidor en el que la madera era completa protagonista tenía una enorme chimenea con algunos trozos de leña almacenados, recuerdo del frío invierno que habíamos pasado. La imponente escalera principal, con dos alas, abrazaba la estancia, por la que ya estaban distribuidos los invitados. No habían cerrado el acceso al comedor, lo que confería una mayor amplitud y aumentaba la impresión inicial. Olía a salchichas y a agua de lavanda.

—Es mucho más bonito este colegio que St. Ursula —opinó Vika que, tras la buena nueva del contacto con su familia, había recuperado el color y el habla.

—¿Cuántas habitaciones tendrá? Apuesto a que sus clases son mucho más grandes que las nuestras —añadió Nuray.

—Deberíamos pedirles un intercambio —bromeó Liesl.

—¿Habéis visto fuera? Tienen piscinas —señaló Évanie.

La banda de música estaba compuesta por cinco alumnos. Esto generaba que ciertas piezas, quizá las más manidas, estuvieran ejecutadas con precisión, mientras otras se llenaban de errores que interrumpían el hilo musical del contubernio. No tardé en darme cuenta, dada mi propensión natural a la observación, de que, al margen de las dos escuelas, habían invitado a algunos profesores y alumnos de los colegios locales, así como a una pequeña representación del pelotón del teniente Baasch. El resto, imaginé, estaría trabajando.

—Recuerda, Charlotte, si ves a George, avísame. Tengo que reunirme con él a solas —me susurró Sara, al tiempo que avanzábamos para hacernos con un vaso de soda de naranja.

—Descuida. Así lo haré —prometí.

En el instante en que se consideró que todo el mundo estaba presente, la directora Lewerenz y el director Steinmann se subieron a una improvisada tarima para hablarnos. Comenzó el director del Institut Sankt Johann im Wald, como anfitrión. Agradeció nuestra asistencia, antes de remontarse a los inicios de la escuela en un alarde publicitario que, en aquella circunstancia, tenía poco sentido. Los logros y méritos del internado se sucedieron con parsimonia, generando que parte de la audiencia hallara más interés en analizar el techo o lo que se apreciaba tras las ventanas. Terminó dedicando unas palabras a los representantes de la municipalidad de Horgen, también entre los asistentes, así como a los militares que, al margen de banderas y uniformes, habían velado por la seguridad de los dos colegios durante aquel difícil curso. La directora Lewerenz tomó el testigo. Pero, por una vez, sus palabras se alejaron de todo protocolo.

—Poco más tengo que añadir que no haya dicho ya el señor Steinmann. Pero, en lo más profundo, sí quiero apuntar unas palabras distintas. Miro a mis alumnas de último grado y veo a las mujeres en las que siempre soñé que se convertirían. También observo a buenos hombres aquí reunidos. Su generación ha tenido la desdicha de hallar la más cruda realidad mucho antes de lo que nadie esperaba. Siento pesar al saber que no los podemos proteger más tiempo, pero me llena de orgullo pensar que son parte de la historia de estas instituciones. Que Dios los acompañe a todos. Nosotros siempre estaremos aquí para darles refugio —anunció, cruzando miradas con el teniente Baasch—. Disfruten de la celebración.

La profesora Travert arrancó un aplauso al que, al final, todo el mundo decidió unirse. Incluso la profesora De la Fontaine.

—¿Eso quiere decir que no van a cerrar St. Ursula? —murmuró Évanie.

—Sí —respondí.

—No me lo tengáis en cuenta, pero creo que, ahora mismo, daría un abrazo a la directora —aseguró Joanna.

—Joanna..., no seas zalamera —bromeó Liesl.

—Creo que tu madre ha tenido mucho que ver en esto —me susurró Sara al oído—. Deberías tenerlo en cuenta.

—Voy a pedir una canción a ese quinteto desafinado. ¿Alguien me acompaña? —cambié de tema.

El teniente Baasch se acercó a la profesora Travert con cautela. En sus ademanes se podía percibir que no quería importunarla. Anabelle accedió a que iniciara una charla con ella.

—Se ha salido con la suya, profesora —comenzó el militar.

—Buenas tardes, teniente —respondió ella.

—Buenas tardes.

—Todo tiene un precio. Yo pago el mío —dijo.

—No lo dudo. Les deseo todo lo mejor. Creo que eso no es discutible. Lo sabe, ¿verdad? – se cercioró.

—Teniente, nos hemos conocido en unas circunstancias que nos han empujado a estar en bandos contrarios en un aspecto muy concreto. Aun así, sé reconocer a un buen tipo cuando lo veo. Jamás he percibido corrupción en sus intenciones. Solo frialdad.

—Me quedo más tranquilo. Sé que no soy de trato fácil, pero puedo llegar a ser amable cuando me quito estas ropas. Pesan demasiado.

—Me figuro que así es. Y me encantaría conocer a ese Dietrich Baasch que no habla de defensas y ataques todo el tiempo —bromeó Anabelle.

—Eso está hecho —contestó él y se aproximó para contarle una confidencia—. Verá, profesora, todavía no hay nada oficial, pero nos envían al sur a principios de julio. Esta zona se va a quedar desprotegida. El general Guisan quiere reforzar la presencia de tropas en las montañas.

—Sacrificar el valle y ofrecer resistencia donde son fuertes… —adivinó ella.

—Exacto. No voy a insistirles más. Sé que la batalla está perdida, pero tengan cuidado si se quedan por aquí. Harían bien en conseguir armas por si las tropas cruzan el Rin.

Anabelle asintió. Después, se estrecharon la mano en son de paz y el teniente marchó a cumplir con su función oficial allí. El repertorio musical del Sankt Johann debió cesar para que el coro de St. Ursula cantara la melodía que tantas veces habíamos repetido en clase de la profesora Habicht. *Frère Jacques* resonó por el recibidor. Muy considerados, los invitados nos dedicaron aquellos preciados minutos. Yo detestaba cantar en público, por lo que hubiera preferido que nos ignorasen. Virgine Habicht estaba especialmente orgullosa de su trabajo con el grupo de coro, pero el resto, sin la dosis de cariño que ella nos brindaba, oía cómo nuestra falta de entonación masacraba canciones enteras. Por suerte, habíamos conseguido incluir una pieza más. Évanie era la solista de *Blue Moon,* un tema que había aparecido en la película *Enemigo público número 1.* Mientras movía los labios, simulando que aportaba algo a la representación, vi a Victor Stäheli a lo lejos hablando con Dilip. También al soldado Légrand que, nada más terminar la función, se acercó sonriente a Évanie.

Al deshacerse la coral, yo corrí con menos suerte. La profesora Odermatt se empeñó en inmortalizar a un selecto grupo de alumnos para su colección de recuerdos fotográficos. Nos tuvo media hora posando en la escalera, en las ventanas y junto a la chimenea. Después, nos pidió una naturalidad que se evaporaba con cada orden. Mientras posábamos, la profesora De la Fontaine aprovechó para unirse a un círculo que estaba a punto de desintegrarse. En él, el profesor Glöckner apuraba su bebida y bromeaba con el entrenador Junge y la profesora Richter sobre la carencia de vida social que todos los maestros internos sufrían. Los pasos firmes de la profesora de Historia del Arte envolvieron al grupo del perfume floral que había escogido para tan destacada ocasión. Ella se centró en sonreír y en pronunciar una frase que la lanzó, de lleno, al meollo del diálogo. Sin embargo, las habilidades sociales de Esther pronto permitieron que ella y Adam terminaran alejándose los centímetros exactos para dejar de intervenir en la charla de aquellos y poder intercambiar pareceres en una intimidad que no existía.

—¿Cuáles son sus planes de verano, Adam? —se interesó, acariciando el borde del vaso con sus labios.

—Pues me quedaré por aquí. Quizá me lance a escribir algún manual soporífero sobre álgebra que luego nadie leerá.

De la Fontaine le correspondió con una encantadora risotada. En realidad, Adam deseaba gritar que lo que más ansiaba era pasar aquella época estival con Anabelle. Sin relojes, sin radios, sin mapas.

—Qué maravilla. No hay nada más atractivo que un hombre consciente de sus limitaciones. Prometo leer su aburrido tomo de Matemáticas.

—Muchas gracias, Esther. Es todo un detalle —respondió él, algo incómodo por el inexplicable flirteo que mantenía aquella mujer siempre que se veían—. Verá, profesora, no sé si le he dado la impresión incorrecta, pero... —empezó.

—Adam, Adam, Adam... Sé muy bien qué hombres tengo a mi alcance y cuáles han volado lejos antes de que yo me acerque. Usted me cae bien, eso es todo. Déjeme juguetear mientras imagino que he llegado a tiempo, antes de que el acento de Lyon lo cautivara. —Se aproximó a su mejilla y le dio un cálido beso—. Además, deje que le diga que los fugitivos austríacos no terminan de ser mi tipo.

El profesor Glöckner se ruborizó, al tiempo que Esther se alejaba confiada, en busca de una nueva distracción. Se terminó, de un sorbo, el líquido contenido en aquel vasito. El sabor dulzón y las burbujas de la soda le horrorizaron, así que, con una mueca de absoluto disgusto, echó un vistazo para ver si encontraba a Anabelle y, tras identificarla riendo con la profesora Habicht y el profesor Bissette, volvió a unirse al diálogo de la profesora Richter y el entrenador Junge.

Mientras tanto, Liesl y Joanna trataban de seguir el ritmo de la melodía con los pies junto a Simone, Kyla y dos alumnos del internado anfitrión. Sara también participaba, pero estaba algo abstraída, tratando de localizar a George. La enorme afluencia no hacía sencillo encontrarse en aquel espacio. De pronto, su atención quedó monopolizada por los cuchicheos que salían de la boca de Dortha y Nuray. Lanzaban vistazos curiosos hacia la española. Al final, se decidieron a aproximarse a ella e interrumpir su danza. Yo no estaba presente, me había acercado a la amplia selección de sodas. Vi al profesor Glöckner de lejos, quien, en medio de su charla con otros maestros, me guiñó un ojo con simpatía. Sonreí. Después, regalé minutos a servirme un vaso de bebida. Pensaba en aquel verano incierto, en lo que suponía aquel evento, en lo que sería mi vida después de St. Ursula.

Dortha y Nuray no dieron demasiados rodeos. Se dirigieron a la española para confirmar un rumor que había llegado hasta ellas: era hija de un general. Sara se agobió. Liesl y Joanna, sin hacer preguntas, solicitaron a Dortha y Nuray que dejaran el interrogatorio y recordaran el principio de tolerancia que habíamos trabajado durante todo el curso. La irlandesa y la turca no se sentían amenazadas por la española, pero señalaban que había mentido durante todo el curso y que aquello era como una traición. Quizá Liesl y Jo pensaron lo mismo, pero lo disimularon.

—La identidad de mi padre no es relevante —espetó Sara.

—Bueno, si fuera pescador no lo sería, pero trabaja para el régimen del general Franco. ¿Y si eres una infiltrada? —indicó Dortha.

—No digas estupideces, Williams. Cada vez te pareces más a la profesora Gimondi —respondió Liesl.

—Es gracioso que la defiendas tú, Bachmeier —señaló Nuray.

—Bueno, dejémoslo estar. ¿Qué más da quienes sean nuestros padres? —planteó Simone.

—Solo digo que debería haber sido sincera. Eso es todo —concluyó Dortha.

—En eso estamos de acuerdo, pero ya es tarde. Así que, a partir de este momento, vamos a olvidarnos de los chismes y los secretos y vamos a disfrutar. Dentro de unos días, quizá ni siquiera nos permitan recordarnos —comentó Joanna, ante el asentimiento general.

Al parecer, la iniciadora del rumor había sido Ángela Esparza, que me había ayudado a traducir la carta del general Suárez y quien, después de meses de discreción, había olvidado guardar silencio en una de las sesiones de labor para la decoración de aquella fiesta. Sara solo pudo pensar en una cosa: tenía que encontrar a George antes de que llegara a sus oídos. Sin embargo, dos minutos después, me uní a su grupo.

—¿Alguien ha visto a Évanie? —dije, preocupada.

—Estaba con el soldado Légrand —respondió Liesl.

—Sauveterre siempre está igual —resopló Dortha.

—Me ha parecido verla salir al jardín hace un buen rato —intervino Simone.

Joanna, Liesl, Sara y yo decidimos salir en su busca por parejas, para no levantar sospechas. Mientras nos alejábamos del grupo, vimos cómo Steffen Bächi y sus amigos se acercaban a nuestras compañeras. También, desde lejos, observé el desconcertante modo con el que el teniente Baasch analizaba cada movimiento del profesor Glöckner. Sin embargo, me centré en lo importante: encontrar a Évanie.

El jardín, rodeado por tentáculos de oscuridad, se extendía por todas partes. Su tamaño era mayor al de St. Ursula, así que nos dividimos para recorrer cada rincón. Joanna y Sara revisaron las piscinas y las canchas de deporte. Liesl y yo repasamos la porción de hierba que rodeaba el colegio. Antes de comenzar la inspección, nos detuvimos ante la leve colisión entre uno de los vehículos que abandonaba el contubernio y el autobús del señor Feller.

Después de transitar por casi toda la verja, divisamos, en la parte trasera, a nuestra amiga sentada sobre la hierba, bajo un árbol que había perdido su sombra en la noche. Se enjugaba las lágrimas en soledad. Sin pensar, me acerqué a ella. Liesl me siguió.

—¿Dónde estabas? ¿Qué ha ocurrido? —se adelantó la alemana.

—Ese maldito Légrand se ha estado riendo de mí todo este tiempo —contó con rabia.

—¿Por qué? —pregunté, sintiendo una ligera satisfacción al comprobar que, por una vez en ese curso, parecía haber acertado.

—Hoy le he dado la carta para Heinrich que me prometió entregarle en cuanto tuviera ocasión. Estábamos bailando, riendo... Pero, entonces, algunos de sus compañeros han empezado a animarle a que la leyera en voz alta. He intentado evitarlo, pero la ha recitado, a carcajada limpia, mientras otros muchachos lo seguían. Al final, uno ha asegurado que si el soldado Voclain leyera esas líneas, se quedaría petrificado. Sobre todo por el hecho de que a duras penas recuerda quién soy. —Trató de sorber su angustia—. Al parecer, algunos chicos de la sección del teniente Baasch apostaron cuánto tiempo aguantaría creyéndome esa patraña de que Heinrich estaba loco por mí. Ha ganado el que afirmó que tendrían que desvelármelo cuando fuera demasiado aburrido seguir con la farsa. Un tal Crivelli. Dios mío..., qué ridículo.

Liesl y yo intercambiamos una mirada de compasión. Comencé a acariciar el cabello de la canadiense, que seguía rebuscando un ápice de orgullo en el suelo.

—Siento que te hayan mentido...

—En realidad, tú me lo advertiste, Charlotte. Pero no te quise creer porque necesitaba distraerme. Quería vivir algo genuino en este momento de horror —confesó.

—Bueno, yo digo muchas tonterías, Évanie. Tampoco me hagas caso siempre. Pero sí que creo que es mejor no fiarse de desconocidos ni ser impetuosa —reflexioné.

—De todas formas, no permitas que un par de muchachos inmaduros te fastidien, Évanie. No tienes que avergonzarte de tener sentimientos e ilusión por otras personas. Durante este curso, muchas veces te he envidiado. Has logrado vivir al margen. O, por lo menos, lo has intentado —confesó Liesl.

—Es lo que os he hecho creer... En realidad, estoy muerta de miedo. No quiero que esto se acabe ni despedirme de vosotras. Tengo..., tengo miedo a la guerra. Hay días que no puedo soportarlo —explotó.

Évanie comenzó a llorar desconsoladamente. Odiaba que aquellos chicos se hubieran entretenido a costa de mi dulce amiga. También el no poder hacer nada por combatir aquellos temores que cortaban su respiración. Liesl y yo decidimos arroparla con un abrazo. La consolamos como pudimos, con mentiras sobre próximas reuniones y armisticios a la vuelta de la esquina. Me di cuenta de que, en aquel curso, cada una habíamos afrontado la realidad de distinto modo. Después de un rato, cuando recobró la templanza, optamos por regresar a la fiesta. Liesl cogió la mano de Évanie con ternura.

—Con un par de bailes con Sara y Jo se te pasará, ya lo verás —le indiqué, mientras bordeábamos el colegio masculino.

Sin embargo, cuando nuestras suelas volvieron a unirse con la gravilla que rodeaba el estanque de la parte delantera del enorme parterre, nos percatamos de que algo no iba bien. Un coche de la policía de Oberrieden y un vehículo militar estaban estacionados junto a la puerta.

***

Al tiempo que todo lo anterior ocurría, la profesora Travert agotaba su conversación con la profesora Habicht y el profesor Bissette. Durante toda la velada, había buscado incansable los ojos marrones de Adam. Las sensaciones que había experimentado en su habitación continuaban palpitando debajo de su ropa. Deseaba comunicarle su cambio de opinión. Quería proponerle estar juntos. Empezarían por pasar unos días a solas en Zúrich. Después ella se iría a Ginebra para arreglar la situación familiar. En agosto, volverían al Sihlwald y se amarían hasta que la actualidad o la ausencia de fantasía los llamasen dementes y los instasen a separarse.

El exacto segundo en que cruzó la mirada con él fue uno de los momentos más memorables que siempre recordó mi madre. Ella le sonrió. Él, a sabiendas de lo que eso podía significar, le devolvió aquel cariñoso gesto. Adam era un hombre con bastantes experiencias a las espaldas, pero la mera ilusión de acercarse a Anabelle le producía vértigo y adrenalina a partes iguales. Conscientes de que tenían un diálogo pendiente, se hicieron una seña y empezaron a esquivar asistentes para reencontrarse. Anabelle se sentía libre, como un pájaro revoloteando por aquella exquisita escuela. Deseaba coger la mano de Adam y escaparse al bosque, como la quinceañera rebelde y curiosa que hacía tiempo había existido. Él ansiaba lo mismo, así que no puso freno a sus zancadas, que ignoraron saludos corteses de compañeros y alumnos. No obstante, cuando ya podía volver a sentir los labios de Anabelle junto a los suyos, alguien tiró de su chaqueta y detuvo su aventura hacia la felicidad.

—Profesor Glöckner, espere. Es importante.

Adam se sorprendió. Volvió a buscar los ojos de Anabelle que, comprensivos, le regalaron unos minutos para responder a sus alumnos. El maestro devolvió su atención a Victor Stäheli.

—¿Qué ocurre?

—Es George, profesor. Se ha marchado —dijo Dilip, preocupado.

—¿Cómo que se ha marchado?

—Ha desaparecido, profesor —confesó Victor, que estaba a punto de estallar al haber tenido que guardar aquel secreto tanto tiempo.

El mundo de Adam Glöckner se desmoronó como un castillo de naipes. Ya no veía la mirada de Anabelle, había desaparecido en el horizonte. Los muchachos le desvelaron que no sabían nada de él desde el día anterior. Aunque esto no lo confesaron, al principio, habían pensado que estaba con Sara. Después, que se trataba de su última broma en el colegio. Pero al despertar, se habían percatado de que la ausencia de George Barnett era real. El fin de las lecciones y el ajetreo para la preparación de la fiesta habían facilitado que su ausencia pasara desapercibida durante horas.

Con toda la rapidez que pudo, se reunió con el director Steinmann que, absorto, decidió llamar a las autoridades. El teniente Baasch, al que se informó en los minutos que siguieron, propuso avisar a algunas de sus unidades para que contribuyeran a rastrear la zona e interrogar a los alumnos del Institut Sankt Johann im Wald. En orden y sin dar explicaciones, las docentes de St. Ursula procedieron a gestionar el traslado de las alumnas de regreso al colegio. El quinteto musical dejó de tocar después de la última partitura y la señora Herriot y el señor Plüss observaron, atónitos, cómo se deshacía la celebración y los aromas y matices de sus ya caducas recetas, en un santiamén. Rumores y bisbiseos sustituyeron a las risas, a las charlas y a aquel inexperto hilo melódico.

Cuando reparamos en la presencia policial, las tres pusimos todos nuestros sentidos a funcionar. En aquella noche plateada y azul, las farolas de luz amarillenta nos mostraron a dos policías haciendo preguntas a Victor y a Dilip. También a Adam Glöckner pasándose la mano derecha por la cara, arrastrando la culpabilidad y la aflicción que recorrían sus venas. Y a la profesora Travert subiéndose con las de sexto grado en el autobús del señor Feller y despidiéndose de su amor, que se alejaba por momentos de ella para sumirse en una batalla que jamás iba a ganar.

—¿George? —preguntó Sara al viento, que observaba todo desde la puerta de la escuela.

Quiso abalanzarse sobre los amigos de Barnett para reclamarles una explicación, pero Joanna la detuvo. Sin pestañear, nos unimos. Nadie podía saber lo que había ocurrido entre ellos. Sería su perdición. Intentó que la dejáramos ir, que le diéramos permiso para cometer ese error que, después, debería defender ante su padre, el general Suárez. Mas le fue imposible. A cambio, se dejó caer, invadida por una angustia que se convirtió en llanto hasta que la profesora Odermatt, con su Voigtländer Brillant, nos vino a buscar a aquel rincón del jardín para volver a casa. A aquel hogar en el que podríamos guardar, a buen recaudo, todos nuestros fantasmas.

***

El día 24 de junio de 1940 fue el más extraño que recuerdo en St. Ursula. Aquel lunes, muchas alumnas partieron pertrechadas con sus baúles y maletas. Volvía el baile de equipajes, de automóviles y aquel caleidoscopio de fragancias. Entre las *ursulanas* que se despidieron estaba nuestra adorada Joanna. Nos abrazó una a una en el recibidor, ante la atenta mirada del cochero que había contratado el doctor Medeiros. Otras chicas se decían adiós a nuestro alrededor, pero yo solo podía vernos a nosotras. Como imaginará, señorita Eccleston, lo ocurrido la noche anterior había imprimido un gesto sombrío en nuestros rostros. Aun así, prometimos seguir en contacto. Sara era la que más pálida estaba.

—Aparecerá. Ya lo verás —le dijo Joanna, antes de salir.

La española asintió incrédula.

—Tenga cuidado con esa maleta, profesora Roth. Llevo material frágil —decía la profesora De la Fontaine con toda la brutalidad envuelta en delicadeza que acostumbraba a mostrar.

—Sí, sí.

Esther de la Fontaine había decidido abandonar St. Ursula de forma definitiva. Se había reunido con la directora Lewerenz el día anterior, antes de la fiesta. Sus posesiones más preciadas aguardaban amontonadas en la puerta. Con desparpajo, chistó al cochero que la debía llevar a la estación de tren de Zúrich. Aquella mañana, se había despedido de una buena selección de personas. Dortha Williams observaba desde las escaleras cómo partía una de sus maestras favoritas. Yo también supe que añoraría sus bucles, su dialéctica y su elegancia. Antes de desaparecer, no obstante, identificó a la profesora Travert en la puerta del comedor. Sus ojeras bien demostraban que no había pasado una noche fácil. Esther dejó en el suelo la bolsa que sostenía aquella fina mano, cubierta por un guante rojo, y se acercó a su compañera. Ambas docentes se analizaron. Acto seguido, Anabelle se aproximó y la abrazó. Cada una recorrió un trecho en la distancia que las separaba.

—Parece que los alemanes ya se han acomodado en París —inició Esther.

—No me lo recuerde —respondió la otra.

—Cuídese mucho, Anabelle —deseó la profesora De la Fontaine.

—Usted también, Esther. ¿Vuelve a casa?

—Sí. Tengo contactos en la Ecolint.

—Eso está bien —valoró la profesora Travert.

—Ojalá allí encuentre a compañeras tan difíciles de corromper como usted, Anabelle. Me hubiera gustado que fuésemos más compatibles. Hubiéramos sido las amigas perfectas.

—Todo ocurre por una razón, Esther.

La profesora De la Fontaine asintió y se retiró. Sus andares altivos y distinguidos desaparecieron al son del repiqueteo de sus tacones. Aquella mañana, también se marcharon Ángela Esparza, Kyla Lácson y Vika Antonovna. Mientras que las dos primeras podían alejarse, por lo pronto, de la compleja Europa, Vika y Olga Sokolova tenían por delante varios años de ataques, de polvo e incertidumbre en la bella Bruselas, donde sus padres habían decidido permanecer tras la rendición. Pasamos un buen rato en el recibidor recitando promesas de escribirnos por siempre jamás y juramentos de no olvidar aquellos años, de reunirnos en un futuro más próspero que el angustioso presente. Cuando no hubo más que hacer, regresamos a nuestros cuartos a continuar recogiendo todos los retazos de aquel complejo curso.

Anabelle, por su parte, deambuló como un alma perdida por los pasillos, controlando a las alumnas que todavía estábamos bajo su tutela. Buscó, una y otra vez, el momento preciso para escaparse a ver a Adam y tener aquella conversación pendiente que se repetía en silencio a sí misma. Sin embargo, la partida en cascada de alumnas y los interrogatorios con motivo de la desaparición del hijo del duque de Arrington no le dieron un respiro. Aquel anhelo fue lo último que apuntó mi madre en su diario del curso 1939-1940. Por la tarde, Sara y yo despojamos de libros y cuadernos a aquella estantería que tanta controversia había generado a principio de curso. Ahora mi amiga parecía despreciar cada objeto que llevaba de regreso a su baúl. La noche anterior había sido demasiado. Distraída con la organización de mi equipaje, perdí todo atisbo de prudencia al preguntar:

—¿Y George no te comentó nada el viernes? ¿No te habló de lo que pensaba hacer?

La mirada de exasperación de Sara me respondió.

—No entiendo. Por lo menos, se podría haber despedido —opiné—. No digo en persona, pero, no sé..., ¿una carta? ¿Un mensaje?

La española frenó de golpe sus movimientos.

—Tienes razón —respondió.

Asentí, saboreando aquella afirmación.

—Tengo que ir a la cabaña —aseguró.

Arqueé las cejas.

—¿Estás loca? ¿Cómo vas a ir al bosque? Después de lo de ayer, la directora Lewerenz y el director Steinmann habrán ordenado que se peine cada hectárea.

—Tengo que ir, Charlotte. No puedo vivir sin saber si se despidió. Quizá me espera en algún lugar o quiere que nos reunamos o... —me indicó, con lágrimas en los ojos.

Me acerqué a ella y detuve sus elucubraciones, cogiendo su mano. Asentí.

El rumor de los pequeños grupos de la policía local, la *briner* y el Ejército, encargados de rastrear el incierto destino del hijo menor del duque de Arrington, hacía más peligroso, si cabe, adentrarse en el Sihlwald. Sin embargo, seguí a Sara por el camino que siempre empleaba para encontrarse con George. En una ocasión, debimos parapetarnos detrás de un robusto pino para evitar que un desorientado efectivo de la guardia de Horgen nos descubriera. Después, continuamos, pese a que, una vez más, sentía el latir de mi corazón en las sienes. Al divisar el banco olvidado que se encontraba junto a la puerta de entrada del antiguo almacén, suspiré. Sara no se dio ni un segundo para meditar si era recomendable cruzar el umbral. La perseguí, también ansiosa por saber si Barnett había dejado alguna señal.

Cuando entré, la española ya sostenía en su mano un sobre arrugado. Sus ojos viajaron desde la esperanza hacia la desolación en diez renglones. Al terminar su lectura, dejó la misiva sobre una de las mantas y se sentó en el suelo.

—¿Qué? —me interesé.

Sara recogió la carta y me la cedió.

Querida Marruecos:

Sé que te estarás preguntando qué narices se me ha pasado por la cabeza para haber desaparecido así. La respuesta es simple: quiero hacer algo útil, bueno y valioso. No va a ser fácil y requiere hacer concesiones, como despedirme de ti, pero sé que, cuando lo logre, estarás orgullosa y yo también. Podremos, por fin, reunirnos en París. No te lo conté porque jamás me planteé ir, pero, esta semana, no debía partir a Leclein Castle sino a Australia, donde mis padres quieren que viva con mi tío. Sé que entenderás que no puedo quedarme sentado con todo lo que está pasando en Europa ni marcharme a la otra punta del mundo, como mi padre quiere, si pretendo re-

cuperar París para nosotros. Y lo haré, Sara. Te lo prometo. Formaré parte de los que devuelvan la luz a esa ciudad. Tú espérame. Descuenta horas y minutos desde ahora. Volveré a buscarte.
George.

Pd: Despídete de Charlotte, Liesl, Joanna y Évanie de mi parte. A Fournier dile que gracias y que sé que le debo una. He dejado otra carta para Victor y los chicos. Este era el lugar más seguro.

Agradecí mis básicos conocimientos de inglés para ser capaz de captar todo lo que Barnett le había dicho a Sara. Me senté junto a ella, en aquel suelo polvoriento de recuerdos. La abracé y rompió a llorar.

—Ni siquiera he podido ser sincera con él… Tengo tanto que decirle —lamentó—. ¿Cómo ha podido fastidiarse todo en una sola noche, Charlotte? —me preguntó.

Su sollozo se cargó de desesperación, llamando a mis lágrimas, que llevaban controladas desde hacía horas.

***

Al día siguiente, despedimos a Simone Cardoso. En el Institut Sankt Johann im Wald también se encadenaban las partidas. Dilip había abandonado la escuela a primera hora. Évanie y Liesl se irían pronto. También Sara. Me alegré. Su semirada lóbrega estaba empezando a resultar extraña. La señora Herriot la interrogó tras el desayuno, convencida de que algo no marchaba bien en el corazón de la española. Por suerte, intervinimos a tiempo. Liesl se comprometió a animar a Évanie y a dar apoyo a Sara, ayudándola con su equipaje. Mientras tanto, yo debía encargarme de otras cuestiones fuera de los dominios de St. Ursula.

Tenía que entregar la misiva de George a Victor y, de paso, investigar si había novedades con respecto a su paradero. Tras fingir que jugaba con Juana de Arco, pedaleé con garbo y me adentré en el bosque, sedienta de noticias, hambrienta de oxígeno. Pasé el sendero que llevaba al Institut Sankt Johann im Wald y seguí hacia el norte, hacia el estanque. Traté de sortear los caminos más amplios para evitar toparme con vehículos policiales. Frené a solo unos metros de donde estaba Victor Stäheli. Sabía que estaría allí. En el lugar en el que, en segundo grado, nos habíamos conocido. George y Victor solían escaparse a ese rincón del Sihlwald. Yo llegué un día por casualidad, después de una discusión con mi madre. Me situé junto a él, saludándolo con cautela para que no se sobresaltara. Jugueteaba con un cigarrillo.

—¿Qué haces aquí, Charlotte?

—Tengo algo para ti.

Hice entrega de la misiva. Victor, al reconocer la redondeada letra de su amigo, se lanzó a devorar sus palabras. Una diminuta sonrisa se dibujó hasta convertirse en un mohín de tristeza.

—Su padre quería enviarlo a Sydney con unos parientes sin fecha de vuelta. Hoy mismo venía a buscarle un enlace —me confirmó.

—¿Dice dónde va a ir en la carta?

—No, solo promete cuidarse y regresar. Bueno, y dice que podemos quedarnos sus libros y la cajetilla de cigarrillos que ha dejado en el segundo cajón de su mesilla.

—Veo que te has adelantado —observé, refiriéndome al pitillo que bailaba entre sus dedos.

Me quedé en silencio, pretendiendo no atosigar a mi amigo.

—¿Vas a ir a pasar unos días a una granja este verano como el año pasado? —me interesé.

—No creo. Me voy a apuntar a la defensa local. Mi hermano Benjamin también. Es la única manera que tenemos de apoyar al país hasta cumplir la edad.

—Me parece muy valiente, Victor.

—¿Y tú?

—Vuelvo a Ginebra. Pero solo será por un tiempo. Quiero formar parte del FHD, el Servicio de Auxilio Femenino —confesé.

—Haces bien. Tú también tienes agallas, Fournier. Espero tenerte cerca en el futuro.

Sonreí.

—Seguro que sí —afirmé. De pronto, me acordé de nuestros domingos en el pueblo y tuve que volver a cuestionarle sobre Barnett—. ¿No te comentó nada sospechoso?

—Lo de Jerome le ha marcado. —Se detuvo—. No nos confió ningún detalle de su plan, pero sí sé que en los últimos días encontró a alguien que había accedido a ayudarle a salir de aquí.

—Pero, ¿adónde quería ir exactamente?

—Charlotte..., George va a tratar de alistarse como voluntario. Tenía documentos falsificados en los que figura que tiene veintidós años. No me preguntes cómo los ha conseguido porque no lo sé. Solo sé que quiere volver a Gran Bretaña para regresar al continente como soldado. Y así dar sentido a la muerte de su hermano... y quizá también a su vida.

—No puede ser... —alcancé a responder.

—No se lo digas a nadie, Charlotte. Solo a Sara. Tenemos que respetar la voluntad de George. Si ha querido marcharse, si quiere luchar... —comenzó—. Ni siquiera sé lo que es mejor para mí, ¿sabes?

Asentí.

Adam Glöckner no era capaz de continuar con aquellos interrogatorios. Las preguntas se sucedían. Todas le parecían iguales. E inútiles. Sentado en su despacho, uno de los policías lo animó a repasar sus últimas conversaciones con el muchacho. El director Steinmann había indicado que profesor y alumno habían terminado por desarrollar bastante complicidad y que pensaba que el profesor Glöckner podía contribuir a hacer un retrato fidedigno de la situación emocional del chico. No es que Adam no estuviera de acuerdo con tales aseveraciones, pero se veía incapaz de adivinar qué clase de insensatez había aparecido en la mente de George. Lo odió mil veces durante esa jornada. Pero se repugnaba más a sí mismo. Se preguntó si le había dado alas sin querer. Repasó todos sus consejos para hallar en ellos el involuntario apoyo a la idea de escapar o desaparecer.

Entonces, mientras narraba los retazos de las últimas charlas que habían compartido en aquella oficina, recordó la tarde en la que había hallado a Barnett recogiendo unos papeles del suelo. Se preguntó si, en realidad, se habrían caído o si se le habrían resbalado entre los dedos al estar consultándolos. Ignorando la presencia del policía, Adam se levantó de un respingo y se puso a revisar las carpetas de su estantería. A juzgar por el contenido que se iba encontrando, no había nada del interés del chico. Sin embargo, en su mente apareció la escena por la que se culpó toda su vida. Las manos de Adam Glöckner se volvieron incapaces de sostener las carpetas que aguantaba al tiempo que rebuscaba. El agente lo analizó desconcertado.

—Maldita sea, George —murmuró—. No, no, no —clamó, dando golpes al mueble de madera de aquella oficina que lo había visto despedirse, para siempre, de George Barnett.

***

El día después de mi visita al estanque, ya se podía notar la ausencia de la mayoría de alumnas en la escuela. Catherine Adkins y Nuray Aydin se marcharon en la madrugada del día 26. Por su parte, Victor y Benjamin Stäheli abandonaron el internado masculino junto a sus padres esa misma mañana. Mi baúl estaba casi terminado. Sabía que, una vez más, mi madre y yo seríamos las últimas en marcharnos. Según me había contado, había conseguido transporte para Ginebra para el día 4 de junio. Con la idea de despedirme de los señores Wisner y de Damian, antes de que mi madre tuviera mayor capacidad de controlarme e interrogarme —ante la menor presencia de alumnas y obligaciones—, marché, por última vez, por el camino arenoso que descendía por la colina hasta las callejuelas de Horgen.

El señor Frank y la señora Bertha me abrazaron con cariño y me hicieron una pequeña cesta con algunos de los productos de la tienda. Recuerdo que la señora Bertha se empeñó en darme el último trozo de salchicha seca que les quedaba. Insistí en que no, pero creo que fue su forma de despedirse. La ausencia de ruido en el almacén me animó a preguntar por el paradero de mi amigo polaco.

—Se marchó hace días, Charlotte. Tuvo varias visitas la semana pasada. Debieron de ser relevantes, porque, cuando bajamos el sábado para abrir, ya no estaba. Dejó una nota en francés. No sabemos el idioma, así que nos figuramos que había encontrado una forma de reanudar su viaje —me explicó la señora Bertha.

Sin dejar que la conversación continuara tomando forma, se dirigió a la caja registradora y la abrió. El sonido, semejante al de un timbre, acompañó el baile del cajón. De él, sacó un papel, que me entregó. Lo leí.

—«Queridos señores Wisner y señorita Charlotte. No saben lo agradecido y bendecido que me siento al haberlos encontrado en mi camino. Espero que la vida sepa recompensar a unos seres humanos tan bondadosos. Debo continuar mi viaje, pero jamás olvidaré lo que han hecho por mí todos estos meses. Ustedes son la representación de la fe. Ojalá este largo paseo nos vuelva a unir. Ojalá sea al atardecer, sin nada que perder y todo por disfrutar. Con cariño, Zalman».

—Qué bonitas palabras —opinó ella, que cogió de nuevo la nota.

—Un muchacho muy agradable —afirmó el señor Frank—. Se le echará de menos.

Asentí, complacida, aunque triste por no haberme podido despedir en persona de Damian. Imaginé que la urgencia habría marcado su partida. Entonces, me detuve un momento.

—Disculpe, señora Bertha, pero usted ha dicho que Damian tuvo varias visitas la semana pasada. ¿Una de ellas fue de un hombre con el pelo ondulado, castaño, que hablaba con acento austríaco y que, quizá, iba con un montón de papeles?

—Sí, exacto. Así era el primero que vino a hablar con él —me confirmó.

—¿Y el otro? —me preocupé.

—Un muchacho. Más o menos de tu edad. Cabello oscuro, ojos azules. Entró apenas cinco minutos después de que el otro se marchara. Fue un día de lo más intenso para Damian. Con el chico tuvo una conversación algo más tensa, pero no quisimos entrometernos. Al final, debió de relajarse el asunto, porque salió con una sonrisa y Damian no mentó nada más.

En ese momento, confirmé lo que Adam Glöckner ya sospechaba. George y Damian se habían ido juntos hacia el Atlántico.

XI

26 de octubre de 1977

La señora Geiger abandonó el sillón momentáneamente y desapareció. Regresó con una carpeta de cuero con hojas mecanografiadas en su interior. La dejó sobre la mesa de café.

—Cuando fui a ver a Adam Glöckner a Buchberg, tras la muerte de mi madre, tuvimos la oportunidad de poner en común nuestras conjeturas. Pude desvelarle lo que Victor me había contado en el estanque. Me confesó que, después de repasar una y otra vez sus últimas conversaciones con George, comenzó a presentir que intentaba marchar al frente, pero jamás lo pudo decir en voz alta. Me contó cómo peleó para que se supiera la verdad del caso Barnett. Por entonces, Adam no sabía cuál era el destino de George, pero sí que había emprendido un peligrosísimo camino y que, quizá, todavía podía rescatarlo del infierno de la guerra, de un bombardeo en tierra francesa. Comunicó al consejo sus sospechas de lo que había pasado, pero la falta de pruebas sólidas hizo que desecharan esa vía de investigación. E, incluso, notó, por el tono con el que se dirigían a él, que algunos habían empezado a creer que el propio Adam, con su especial trato al chico, había puesto pájaros en su cabeza y alentado su propensión al escándalo. Al final, hasta Adam llegó a convencerse de esta teoría. Así, carcomido por la culpa y la frustración, se olvidó de todo, incluso de intentar ser feliz con mi madre. Creyó que, después de lo ocurrido, no lo merecía. En los últimos años de su vida, le obsesionó repasar, uno a uno, todos los encuentros con George para descifrar cómo había influido en su huida. En ese momento, frases como «es mejor pedir perdón que permiso» o «nunca desista en intentar algo si cree que es lo correcto» le debieron de parecer grotescas. Todas ellas figuran en estos papeles, en los que están todas sus memorias de sus días en el Institut Sankt Johann im Wald. Cuando me reencontré con él, fue descorazonador comprobar que seguía aguardando una explicación, una confirmación. Una redención.

La carpeta contenía lo que había estado escribiendo. La señora Kunze no me había engañado.

—En realidad, tenía sentido. Ambos deseaban salir del continente para llegar a las islas británicas —dijo, volviendo al tema de Damian—. Ambos dedujimos que George había encontrado las carpetas con los documentos que dibujaban el plan de huida de Damian en el tercer estante de aquel mueble, instalado en el despacho del profesor. Interesado en formar parte de ella, siguió a Adam y a aquellos papeles, hasta la tienda de los señores Wisner para convencer a Damian de que le permitiera viajar con él. Supusimos que George Barnett tenía el dinero necesario para invertir en una tranquilidad que al polaco le hacía falta. El resto, es historia o, mejor dicho, pura elucubración, señorita Eccleston.

Me quedé un momento en silencio, asimilando todas aquellas novedades. Después, reaccioné.

—Señora Geiger, según tengo entendido, el profesor Glöckner dimitió al final del curso 1939-1940. ¿Fue por lo de George Barnett?

—¿Eso también se lo contaron en Buchberg, señorita Eccleston? —se interesó.

—Algo así —mentí.

—Le han informado bien. Adam quedó horrorizado por el *modus operandi* del internado. Después del despliegue inicial de efectivos, se optó por llevar la cuestión con el mayor de los secretismos. De pronto, el caso Barnett empezó a tomar tintes grotescos. La marcha de George se interpretó justo como lo contrario al motivo que la incentivó. Su padre creyó con firmeza que su propio hijo había huido por rebeldía, por llamar la atención, por cobardía ante la perspectiva de instalarse en Australia. Los rumores sobre el ansia de escándalo del menor de los Barnett tomaron fuerza con facilidad, dada su compleja trayectoria. Solo los que lo conocíamos bien sabíamos que el fulgor de la batalla brillaba en sus ojos. El aura roja de la venganza, del honor. —Suspiró—. Sé de buena tinta que se pagó a los periódicos locales para que no publicaran nada del tema. Se vendió como una fórmula para proteger la privacidad de una de las familias más poderosas de Inglaterra. Sin embargo, Adam siempre vio una estrategia para salvaguardar la reputación del colegio y, así, ganar tiempo. Dados los antecedentes de George Barnett, el duque de Arrington estuvo de acuerdo con la discreción institucional. No quería un escándalo en la familia cuando todavía esperaba que repatriaran el cuerpo de su hijo mediano. Cuando Adam se enteró de que la escuela estaba sobornando para ocultarlo a la opinión pública, presentó su carta de dimisión. Aunque también lo empujó la culpa. Consideró que, dadas las circunstancias, no era el buen profesor que creía. ¿Se imagina lo duro que puede llegar a ser darse cuenta de que no sirve para lo que le apasiona?

Charlotte Geiger abrió el portadocumentos. Junto a las páginas manchadas de tinta, había una serie de recortes de periódico. Obviando que sus manos pasarían a estar grisáceas, escogió algunos de los trozos y me los mostró.

—Adam guardó estos girones de la actualidad local de Oxfordshire en los que se notifica el fallecimiento de George en septiembre de 1941 al no haber tenido noticias de él. Indicaron que había sido un accidente montando a caballo. El duque dio a su hijo por muerto. Y no digo que no lo estuviera, pero no considero que fuera él el encargado de decidirlo —se sinceró Charlotte—. Aunque lo que siempre me ha desconcertado de estas notas es este telegrama. No conozco a su emisor, pero el receptor era Adam. Data de 1972, después de que yo le confirmara que George había querido alistarse. En él, dice que alguien llamado Gordon Wollstonecraft participó en el desembarco de Normandía como parte de la 6ª División Aerotransportada Británica.

—¿Cree que se refiere a George? —pregunté, al tiempo que analizaba aquel papel.

—Bueno, a juzgar por sus escritos, la teoría de Adam era que sí. Que, quizá, al ver lo que se había publicado de él, decidió continuar con una nueva identidad. Gordon es el segundo nombre de Lord Byron y Wollstonecraft es el apellido de soltera de Mary Shelley. Pero ¿de veras no había nadie que se pudiera llamar así en 1944? El profesor Glöckner tenía fe. Me alegra que no la perdiera, pero no sé si ese tal Gordon era George... Jamás se le ha vuelto a ver —me contó la señora Geiger.

—¿Le contó por qué no regresó a Ebensee cuando terminó la guerra?

—Nunca fue muy explícito con ese asunto. Sus padres fallecieron y la empresa cerró. Creo que solo algunos de sus hermanos se quedaron por la zona. Adam prefirió ofrecer sus días a esta tierra que lo había acogido y ayudar a otros como él.

Asentí.

—¿Y el director Steinmann? ¿Qué ocurrió con él?

Mi interlocutora se percató de que tenía más información de la que se había imaginado.

—Tras la marcha de Adam, el director Steinmann quiso reunirse con él. Hablar con el maestro le hizo ver lo rocambolesca que era toda aquella situación. A principios del curso 1940-1941, se pactó con el duque de Arrington que se instalaría una placa conmemorativa para Jerome. Pienso que ese detalle fue la gota que colmó el vaso. Maximilian Steinmann empezó a preguntar, quería saber si aquel recuerdo era un pago por las molestias ocasionadas, si era una forma de mantener contenta a la familia Barnett. Terminó por hacerse incómodo tenerlo en la dirección. Steinmann planeaba hablar con la prensa en septiembre, dar una conferencia para sofocar los rumores que, aunque silenciados, habían empezado a brotar en los círculos zuriqueses. El consejo no titubeó. Lo despidió *ipso facto.*

Entonces, me acordé del cheque que me había llevado hasta la señora Kunze. La señora Geiger me contó que el propio Adam había compartido con ella ese episodio. En 1953, el profesor Glöckner conoció a un periodista inglés que estaba dispuesto a hacer un reportaje en profundidad sobre el caso Barnett. Él se ofreció a colaborar, a contar todo lo que sabía. A las semanas, le llegó ese bono, una cantidad de dinero más que suficiente para comprar su silencio. Adam lo devolvió. No así el periodista, que decidió zanjar la cuestión y dedicarse a otros menesteres. Todo encajaba casi a la perfección.

—Entonces, George Barnett fue el escándalo… —musité.

—Exactamente. Ocurrió algo extraño. El Institut Sankt Johann im Wald supo cómo capear el temporal: aceptó la dimisión del profesor Glöckner, cuyos novedosos métodos se vendieron como nefastos para eximir al colegio de cualquier complicidad con respecto a la decisión de George; rodó la cabeza del director Steinmann y permitieron al duque de Arrington cincelar su orgullo en la placa homenaje a Jerome y, así, alejar todo atisbo de culpabilidad hacia el internado. Todo esto le permitió continuar funcionando, pese a la contienda y la acuciante reducción de matriculaciones. Sin embargo, en St. Ursula habitaba la conciencia de la directora Lewerenz. También sus miedos. Lo ocurrido con George Barnett hizo que cambiara de idea con respecto a las garantías de seguridad y control que podía ofrecer su escuela. Temerosa de que se repitiera el episodio del 23, al que ya se sumaba el del 40, permitió que el teniente Baasch terminara por convencerla para no perjudicar el recuerdo de su padre, el proyecto de su vida, con una decisión arriesgada. Al fin y al cabo, se enfrentaban a un curso complejo, el año 1941 no auguraba nada bueno, con una mermada plantilla docente. Así, optó por cerrar las puertas hasta nuevo aviso, con la esperanza de poder abrirlas cuando la pesadilla de la guerra pasase —me contó—. Bien. Ahora que sé que usted no es un ave carroñera a sueldo de alguna motivación pecuniaria o sensacionalista, le diré por qué la necesito. Ha ayudado al viudo de Eleanore, ahora debe ayudarme a mí. El día en que nos conocimos, le dije que todo tenía un precio.

Asentí.

—El mío es que se lleve toda la información sobre George Barnett y que, si puede, algún día, descubra cuál fue su final. Yo no he podido hacerlo. Además, involucrarme comprometería mi reputación y podría costarme alguna que otra amistad con la nobleza inglesa. Usted, como no...

—¿Como no tengo ninguna amiga marquesa que perder? —bromeé.

Después, cogí la carpeta y accedí a continuar la búsqueda que había iniciado el profesor Glöckner. Aunque no tenía grandes esperanzas. No obstante, en los ojos soberbios de Charlotte sí parecía haber un ápice de optimismo, enturbiado a veces por su plomizo realismo, al ver todos aquellos recortes sobre mis manos, cada vez más expertas en el arte de buscar respuestas.

—Se está haciendo tarde. Será mejor que zanjemos aquí el tema. Ya no puedo hacer más por usted ni por su querido profesor Burrell. La dejo libre para que haga lo que quiera con la información que le he dado. Aunque, sin hipótesis...

—Sí tengo una hipótesis —me quejé.

—Claro que la tiene. La ha tenido desde el principio. Solo ahora lo reconoce. Más allá de contentar a ese pobre hombre, usted quiere demostrar que la guerra no hubiera ocurrido de haber dependido de los individuos que, aislados y mezclados con los de otros países, confraternizaban con los enemigos señalados por sus gobernantes. Usted quiere arrancar las normas sociológicas que hubieran evitado el conflicto, señorita Eccleston. Pero siento decirle que nada de eso es cierto. La guerra vivía en cada uno de nosotros. Mire lo que ocurrió. George no supo pararlo y optó por ir a su encuentro. El ser humano busca el enfrentamiento y la reafirmación de sus ideales a toda costa por naturaleza. Y siempre lo acaba hallando. Dese tiempo... —Se levantó, dando por concluida nuestra serie de entrevistas.

Aquella mujer había dado en el clavo. Guardé todas mis anotaciones y cogí el bolso. Me puse la americana. Como excepción a un protocolo que no había osado saltarse, me acompañó hasta la puerta, liberando así al señor Baumann de su repetitiva tarea. Una vez allí, me deseó suerte y, con un simulacro de sonrisa, me estrechó la mano.

De vuelta en las calles de Zúrich, reflexioné sobre todas y cada una de las palabras de la señora Geiger. Repasé nuestras más de nueve citas. Charlotte Geiger era una de esas personas con labia fina, cuya lengua va un paso por detrás de su mente, siempre calculadora y estratégica. Después de diez días en Suiza, me daba la sensación de que había conseguido que entrara en su juego. Una partida que tenía unas reglas que solo controlaba ella y quienquiera que me —o nos— estuviera observando. Mi hipótesis ahora me sonaba a sueño de parvulario. Todo por la forma en la que, minutos antes, la habían recitado los labios borgoña de la señora Geiger. En ese paseo tuve la impresión de que mi investigación era insignificante, absurda. Tenía más datos que nunca antes, pero me parecían insuficientes. Ansiaba saber más. Quizá porque, aunque mi entrevistada había dado todo por finalizado, había algo que no me permitía cerrar ese capítulo.

Cuando entré en el Dadá Herberge, la señora Schenker detuvo mi itinerario hacia mi habitación. Estaba algo nerviosa.

—*Fräulein* Eccleston, espere un momento —me pidió.

—¿Qué sucede?

—Verá, tanto mi hermano como yo hemos estado atentos desde que nos dio el aviso, pero... Esta tarde han dejado otro paquete junto a su cuarto. —No esperé a que terminara y empecé a subir las escaleras—. No sé cómo han logrado hacerlo. —Me siguió.

En efecto, un nuevo lienzo envuelto me esperaba en el pasillo. Rasgué con escasa delicadeza el papel y analicé el contenido. Era otro cuadro. Me resultó familiar, sabía que daría con el nombre si hacía memoria.

—¿Frida Kahlo? —se extrañó la señora Schenker.

—Exacto —aplaudí su certeza—. Frida Kahlo..., otro importante exponente del surrealismo. Pero creo que el surrealismo es solo un modo de llamar mi atención. Quiere que lea entre líneas.

—Es una niña con una máscara terrible, *fräulein* Eccleston. Parece una, una cala, calavera... ¿Qué se puede leer ahí? —colaboró.

—Quizá el triste destino de una niña. El secreto de una mujer —supuse en voz alta—. Señora Schenker, ¿quién se aloja en la habitación número cuarenta y tres?

La empleada se sobresaltó. Fijé la mirada en sus ojos claros.

—No puedo darle esa información, *fräulein.*

—De acuerdo. Quizá mañana, con una nota de su jefa, cambie de opinión. Buenas noches, señora Schenker —me despedí.

De mala gana, cogí el cuadro y lo metí en mi provisional morada. Lo coloqué junto a los demás y dejé la nota que lo acompañaba sobre el montón que había ido creando, en el escritorio, con cada nueva entrega. También aquel portadocumentos que daba vida al pasado.

27 de octubre de 1977

La cantidad de días que me había quedado en Zúrich fue mayor de lo que esperaba. Así, en la bolsa no restaba mucha ropa por usar. No había tenido tiempo de ir a la lavandería, por lo que me vi obligada a utilizar aquella minifalda color caldera que Maggie me había regalado en su visita a Oxford. Abroché la fila de botones y me miré en el espejo con bastante reparo. Aquella mañana quería zanjar la compra de mis billetes de vuelta a Inglaterra. El resto del tiempo lo emplearía en revisar notas y terminar de recorrer la ciudad. El relato de la señora Geiger se había terminado. Cuando desperté, no podía creerlo. Sus palabras eran magnéticas. Sus recuerdos, una delicia. Sobre todo para alguien como yo, con ese apego al pasado. ¿Sería suficiente para el agotado profesor Burrell conocer todo lo que había compartido aquella mujer conmigo?

Mientras me ponía las botas, sentada sobre la colcha a rombos, me zambullí en un profundo análisis sobre los cuadros. El primero de todos, *Europa después de la lluvia II*, de Max Ernst, hablaba del contexto histórico, de la Segunda Guerra Mundial y sus consecuencias más catastróficas. El caos. Sabía que el segundo, *La persistencia de la memoria*, de Salvador Dalí, se refería a la relatividad en tiempo y espacio, acuñada por Albert Einstein. Todo es relativo…, incluso el relato de la señora Geiger. El embrujo del pasado. Era el primer aviso de su imparcialidad, que se volvía a confirmar con la obra de René Magritte de *La condición humana,* como me había indicado Pierce. Sin embargo, con *Femme Poursuivie,* de André Masson, el autor de los anónimos comenzaba a poner sobre la mesa un elemento nuevo. Una mujer... ¿perseguida por sus secretos, por sus errores? *La niña con la máscara de la muerte* de Frida Kahlo me dejaba sin aliento. Di paseos por el cuarto, tratando de dar con la clave del enigma.

—Perseguir, perseguida. Acechada. —Nada parecía encajar en el cuarto mensaje.

Me senté en la cama y repasé el resto de fragmentos. De pronto, hallé un hilo conductor. Podía ser una advertencia. Cogí el tomo de Historia del Arte que había tomado prestado de la biblioteca. La obra de Masson también hablaba de la destrucción de la guerra. Databa de 1946 y, leí, suponía la reacción del propio artista al regresar al continente después de huir a Estados Unidos durante la contienda. La desolación y las ruinas habían perseguido al pintor francés a pesar del exilio y lo había representado en aquellos trazos de tinta negra.

—Espacio, el caos, el embrujo del pasado y la ilusión de las mentiras te perseguirán —dije en voz alta, como una de las opciones que me iba surgiendo. Conté las letras y ¡eureka!

Me concentré entonces en los quince huecos a rellenar en relación al cuadro de Kahlo. Descubrí que era una de las dos versiones de la misma representación que la artista mexicana había realizado en 1938. Uno de los párrafos del libro hacía alusión a la flor amarilla que la niña sostenía en las manos y destacaba que era del mismo tipo que se deja en las tumbas de los fallecidos el día de los Muertos. Un despiece sobre el significado de esa festividad en México terminó de abrirme los ojos en cuanto al lienzo. Hablaba de la muerte como una progresión de la vida, una nueva etapa por la que no hay que penar, sino celebrar.

—Más allá... de la vida —probé. Pero no funcionaba—. Más allá... de la..., de la..., ¿más allá de la muerte?

Punto final. Leí el mensaje: «... el caos, el embrujo del pasado y la ilusión de las mentiras te perseguirán más allá de la muerte». Entonces, mientras revisaba que todas las líneas estuvieran completas, me percaté de un detalle que había pasado desapercibido para mí. Me aproximé a la ventana, corrí las cortinas blancas y dejé que la iluminación me ayudara a corroborar mis sospechas. Y lo hizo. Detecté que algunas de las rayas eran más gruesas que otras. Arqueé las cejas y me detuve un instante. Mi mente empezó a funcionar a gran velocidad. Amontoné, por orden de llegada, todos los mensajes y comencé a anotar las letras de las líneas resaltadas, en función del mensaje que había descodificado. E, A, S, R, O, P, U, N, R, T, P, G, A, A, R. Pasé un buen rato aislando y uniendo, aislando y uniendo, hasta que di con el verdadero enigma de los cuadros:

—Pregunta por Sara —leí. Después, entendí—. Pregunta por Sara o el caos, el embrujo del pasado y la ilusión de las mentiras te perseguirán más allá de la muerte.

Me levanté de un brinco. ¡Era justo eso lo que no me encajaba! Sara. ¿Qué fue de ella? ¿Regresó a su casa en Madrid? ¿Olvidó a George? ¿Nunca se preguntó dónde estaría? ¿Realmente St. Ursula había cerrado por la desaparición de un alumno de otro internado o había algo más? La serendipia o los retorcidos planes de aquel integrante no convidado a mi investigación cambiaron mi orden del día. Solo había un sitio en la zona que podía tener respuestas antes de poner a la señora Geiger contra las cuerdas: St. Ursula. Terminé de vestirme e hice uso del Renault 8.

Mientras conducía, alejándome sin freno de la confusión de la ciudad, recordé la postal que contenía una cita para el día 29 de junio de 1940 en la puerta de los almacenes

Jelmoli. ¿Con quién había quedado Charlotte? No, definitivamente no habíamos terminado de hablar. La señora Geiger creía que en aquella partida solo contaban sus normas, pero yo no era mujer de ver, oír y callar. Quizá en eso sí nos parecíamos de veras. Aquel día, yo pondría nuevas condiciones. La primera sería mantener una conversación, exenta de censura y de propaganda, con la directora Bischoff. Aunque, he de admitir que, nada más aparcar el coche junto a la verja, comencé a improvisar.

Crucé las puertas de la valla. Las nubes habían borrado el sol del cielo y habían conformado una carpa gris plomiza sobre mi cabeza. Un viento, que se había ido convirtiendo en brisa gélida a lo largo de mi estancia en el país, despeinó los mechones ondulados que sobresalían por debajo de mi boina, amable protectora de mis orejas, ya frías. Me abroché la americana de pana y traté de bajar la falda, en una pretensión fallida de convertirla en otra prenda más larga que cubriera hasta mis rodillas. La presencia de un grupo de cinco chicas de unos diecisiete años charlando al lado de la florida rotonda del jardín delantero me bloqueó un instante.

A lo lejos, volví a ver merodeando a aquella empleada que me había dado la bienvenida en mi última —y única— visita a la escuela. No obstante, en aquella ocasión, tras identificarme, optó por ignorarme y marchar adentro con toda la prisa que le permitía su cojera. Supuse que habría recibido indicaciones de la dirección de no conversar conmigo después de mi tensa entrevista con Linda Bischoff. Sin embargo, mi mente volvió a despejar las incógnitas. Aceleré el paso para alcanzar a aquella mujer que, con vistazos por encima de su hombro, comprobaba si ya me había rendido. Corrí a su encuentro, dispuesta a exigir su colaboración.

—Aguarde —pedí—. ¡Espere!

No me hizo caso. Gracias a los recuerdos de la señora Geiger, supe que se dirigía al acceso de la antigua cocina de la señora Herriot. Al pabellón ahora renombrado como Elisabeth Feller. Hice un último esfuerzo y, para mi sorpresa, logré frenar con la mano la trayectoria de la puerta, que quiso cerrarse en mis narices.

—¡Espere un momento! —repetí y entré.

—No puede estar aquí, señorita —me contestó con brusquedad.

—¿Me veta la directora Bischoff o usted?

La empleada bajó la mirada.

—¿Es usted Marlies? —quise corroborar.

No alzó la vista. Continuaba perdida en los recovecos de la cocina. La señora Geiger me había hablado el día anterior de un accidente de Marlies. Un traspié por el que se había roto la pierna. Imaginé que una lesión mal curada, con el ausente reposo de una persona acostumbrada a ir de aquí para allá, hoy sería una cojera como la que presentaba aquella desconocida. No había atado cabos hasta ese instante, pero por el silencio que siguió a mi interpelación imaginé que mis conjeturas no iban desencaminadas.

—Hace tiempo que nadie me llama así.

—No le estoy preguntando cómo la llaman. Creo que sabe a qué me refiero...

—Soy la señora Hössli —continuaba desafiando a los convencionalismos, manteniendo su mirada retirada—. Marlies Hössli.

Me acerqué con sigilo.

—Mire, no quiero comprometerla. No quiero complicarle la vida. Solo necesito que me allane el camino hacia las respuestas. Usted conoció a Charlotte, Évanie, Liesl, Joanna, la profesora Travert, la profesora Gimondi, la directora Lewerenz..., a Sara. Puede sonarle egoísta porque soy una intrusa en este mundo, pero necesito saber qué pasó en junio de 1940.

—¿Usted las conoce? —se sorprendió.

Asentí.

—He estado reuniéndome con Charlotte Fournier. Ella me ha contado su versión de lo que pasó aquel año. Si la conoció, sabrá que es una mujer difícil de convencer... Creo que se ha dejado detalles. Detalles que usted puede compartir conmigo para comprender mejor. Se lo debo a alguien que también está vinculado a esta casa, aunque de forma indirecta.

—¿Ha estado con ella? —se interesó emocionada—. ¿Está bien?

—Es toda una estrella de los negocios —le desvelé.

—No me sorprende. Era una niña obstinada. Con las ideas tan claras que era complicado creer que alguien podría modificarlas algún día. Me alegra que la vida la haya mimado. Era buena —respondió—. Aquí, en St. Ursula, los vínculos son muy especiales. Somos familia de esas niñas. Y ellas son la nuestra.

Marlies suspiró. Aquel sonido combinó el alivio y la angustia.

—Cuando pude incorporarme después de mi convalecencia al caerme por las escaleras, St. Ursula ya había cerrado sus puertas. Yo no presencié nada. Florianne se puso a trabajar en un restaurante en Montreux. Me quedé sola. Me fui a una granja cerca de Baden y allí di servicio durante diez años. Hasta que me enteré de que St. Ursula había vuelto a funcionar. Vine aquí a pedir trabajo y me lo dieron. Todo el mundo se sorprendió de que fuera tan eficiente en tan poco tiempo. Ignoraban que esta fue mi casa desde los diecisiete hasta los veintitrés...

—¿Usted jamás se identificó? —me extrañé.

—Aquí no les gusta invitar al pasado. Porque traería todo lo bueno, pero también lo malo. Así que prefieren contar lo que les interesa y borrar las huellas de sus errores. Como si yo pudiera obviar mi cojera... Los fallos y las imperfecciones también son parte de lo que somos.

Ya me había acostumbrado a escuchar el inglés con acento suizo. Las esencias encapsuladas de la cocina brotaban por todas partes. Todavía se podía adivinar, al exhalar, qué se había servido en el desayuno: *porridge,* tostadas, huevo, panceta, café, *croissants* y mermelada. La profesora Travert tenía razón con lo del aroma.

—Marlies, ¿nunca se informó sobre los motivos que empujaron a la directora Lewerenz a cambiar de opinión?

—No tuve mucha opción, señorita. Cuando volví, se habían ido todas. Creí que alguien regresaría en agosto, en septiembre, pero nadie apareció. Antes de conseguir ese empleo en la granja de Baden, me encontré con la profesora Vreni Odermatt en Zúrich. Hablamos de la guerra, de mi pierna, de su nuevo trabajo en una escuela secundaria... Solo, al final, cuando ya nos despedíamos, me dijo que deseaba que nunca se hubiera vuelto a repetir algo como lo del 23 y que, dadas las circunstancias, entendía la decisión de la directora Lewerenz. No comprendí ese comentario, pero imaginé que se refería a algún asunto interno de la escuela. No quise darle más vueltas. Estaba demasiado ocupada buscando un trabajo con el que comer.

—La entiendo —respondí pensativa.

Aquello confirmaba la historia de la desaparición de George Barnett. Aun así, la fuente anónima me animaba a preguntar por Sara. Ella era la clave. Deseaba conocer los secretos de aquel grupo de amigas, descubrir sus intenciones para acercarme a la verdad. De pronto, me di cuenta de que había una forma de lograrlo. Abrí los ojos como platos y di un paso más hacia Marlies.

—Prometo que no le voy a pedir nada más y que seré lo más sigilosa que pueda, pero necesito su ayuda, Marlies. Creo que sé dónde está la respuesta que me falta —anticipé—. ¿Usted podría permitirme acceder a la torre este? Solo déjeme subir un momento y me marcharé para siempre.

Al principio, Marlies se extrañó, pero su propia curiosidad, que llevaba reconcomiéndola durante años, la empujó a rebuscar en sus bolsillos y liberar una llave del manojo que custodiaba. Nada más ponerla sobre mi palma, la intriga me abrasó la piel. Sabía cómo llegar. La señora Geiger me lo había explicado en numerosas ocasiones. Salí al jardín y, pegada al muro para no estar a la vista de cualquiera que se asomara por la ventana, recorrí todo el edificio hasta la entrada a la torre este. Las escaleras crujían y me obligaron a dar pasos ligeros y certeros hacia arriba. En lugar de la madera que, años ha, impedía el paso a las alumnas, una puerta de hierro separaba la tercera y la cuarta planta. La abrí con la llave que me había prestado Marlies y recorrí aquel último tramo. Un sinfín de baúles, cajas y trastos abandonados abarrotaban aquel espacio circular. La guarida de Charlotte y sus amigas. Donde la leche condensada era el único árbitro.

—La tercera tabla desde la esquina derecha de la ventana —rememoré.

Charlotte Geiger no se había percatado de que, de haber continuado con la tradición de reunirse cada cinco años, me había dado carta blanca para leer sus secretos. Me arrodillé. Con cuidado, hice palanca con los dedos y conseguí que la madera cediera. La levanté. Mi verdadero asombro llegó cuando comprobé que, bajo el suelo, el tiempo se había detenido. No habían cumplido su promesa. Cinco papeles amarillentos reposaban, doblados, sobre una fotografía en la que, por fin, pude descubrir los rostros de las protagonistas de aquella historia. Me estremecí al ver a aquellas amigas, sonrientes y dispuestas a acudir al baile de otoño en Horgen. Me detuve un buen rato en Charlotte. En la instantánea, su mirada todavía lucía llena de una inocencia que ya no se apreciaba. Gracias a las anotaciones de detrás, pude poner nombre a cada una. Más o menos coincidían con los rasgos que, con atrevimiento, había decidido adjudicarles. Évanie era la más risueña de todas. Liesl la más alta. Joanna la que desprendía más verdad. Y Sara era una mezcla perfecta entre dureza y dulzura. Aparté la fotografía. Sin apenas pestañear, me centré en los secretos.

Mi madre es Anabelle Travert.
Charlotte.

Había decidido desvelarlo a todas sus amigas. Sonreí.

Tengo mucho miedo por mis hermanos. Ojalá sigan vivos cuando vuelva a leer este escrito.
Evanie.

El romanticismo era una forma de sobrevivir a sus temores.

No quiero que Alemania pierda la guerra. Y, hay días, en que no me importa cómo la gane.
Liesl.

Aunque amaba a sus amigas, no podía evitar sentir pavor por los suyos.

A veces desearía que volviéramos a ser mi padre y yo. A cualquier precio.
Joanna.

La cabal Joanna añoraba tener una familia de verdad.

No puedo volver a Madrid.
Sara.

¿Por qué? Me senté en el suelo, dejando caer todo mi peso sobre las piernas, cuya movilidad estaba condicionada por la tensión de la tela de aquella incómoda minifalda. Cogí de nuevo la instantánea. Cinco amigas, cinco vidas unidas por un colegio, por los recuerdos y por un contexto histórico que no tuvo piedad con nadie. De pronto, me acordé de que ya había visto a ese grupo en otra fotografía. Pero faltaba una. Por entonces no pude descifrar quién era la ausente, pues no era capaz de identificarlas. Ahora tenía nombres y caras. Tapé el hueco con la tabla y abandoné la torre con la imagen entre mis dedos.

Cerré la cancela que mantenía aquel almacén al margen de la rutina de las alumnas y me dirigí, rompiendo mi compromiso con Marlies, al pasillo del segundo piso. Recé por no cruzarme con la directora Bischoff. Solo deseaba echar un vistazo a los cuadros colgados en el muro de aquel corredor. Ahí seguían todas aquellas memorias seleccionadas de una historia tergiversada. Me acerqué a la que había observado en mi anterior visita, la de la celebración del cincuenta aniversario. Empecé a cotejar información. Primero, me reencontré con Charlotte. Después, con una espléndida Joanna. Con una elegante Évanie. Y con una divertida Liesl. Entonces, confirmé mi teoría: faltaba Sara.

***

Al tiempo que subía las escaleras de la residencia de los señores Geiger, me asfixiaba la curiosidad. El portero me había acompañado al ascensor a regañadientes, tras una tardía orden de dejarme pasar que, pensé, habría cavilado la dueña por lo imprevisto de mi visita. Estaba convencida de que Charlotte Geiger sabía perfectamente el paradero de Sara, pero continuaba jugando conmigo. Sus triquiñuelas me cansaban. Había accedido a contarme qué había ocurrido en St. Ursula y había optado por ignorar una cuestión importante: el caso Sara Suárez. La cita en los almacenes Jelmoli volvió a mi mente. Tenía tantas preguntas que me sentía a punto de estallar.

—Buenos días, señorita Eccleston —me saludó el señor Baumann, que me esperaba, sosteniendo la puerta de entrada del apartamento.

—Buenos días.

—No se la esperaba hoy. ¿Le ocurre algo?

—Sí, necesito hablar con la señora Geiger. ¿Está disponible? Dígale que solo le robaré unos minutos —me expliqué.

—Quizá en otro momento, señorita Eccleston. Ahora mismo, la señora Geiger no se encuentra en la casa.

Resoplé, absolutamente abatida por tener que postergar aquella conversación. Sin creerme aquella excusa, usé mi as en la manga.

—Dígale a la señora que he estado en la torre este —afirmé, convencida y le tendí la foto.

El mayordomo debió de empatizar con mi angustia, así que alcanzó la instantánea, cerró la puerta y marchó a informar a su jefa. A los minutos, regresó y el recibidor de la residencia Geiger volvió a presentarse ante mí.

—Puede pasar y beber un poco de agua o tomar un café. La señora está hablando por teléfono, pero la atenderá en unos minutos.

Asentí y crucé el umbral. La soberbia decoración de la vivienda ya no me impresionaba. Se había adherido a mi piel, como una capa de superficialidad y engaño que detestaba con cada paso en falso que la señora Geiger me hacía dar. El señor Baumann me invitó a que, como siempre, aguardara en la sala de estar. Acepté su ofrecimiento de beber un vaso de agua. Me quité la boina y empecé a pasear por la estancia. Al rato, me asomé por la ventana. El despampanante automóvil de los señores Geiger estaba aparcado en la acera de Fraumünsterstrasse. El cochero bajó la ventanilla. El humo que emanaba de su cigarrillo y se escapaba hacia el exterior me informó de su entretenimiento momentáneo.

—Pensé que ayer quedó todo claro —me saludó la señora Geiger.

Volteé mi rostro y la miré a los ojos. Ahora portaba ella la imagen.

—Yo también. Pero usted sigue manipulándome. Una y otra y otra vez. No me iré de aquí hasta que no me cuente toda la verdad sobre el motivo del cierre de St. Ursula.

—Señorita Eccleston, la he dejado entrar en mi casa y en mis recuerdos, pero eso no le da derecho a pasar cuando guste. Lo sabe, ¿verdad?

—Yo le he regalado mi tiempo y mi confianza, Charlotte. Al descubrir lo de su madre, me prometió que no habría más mentiras. Sé que Sara no volvió a Madrid. ¿Dónde fue? ¿Por qué su secreto era que no podía regresar a su casa? Si no lo hace por mí, hágalo por el marido de Eleanore Fitzgerald. Ese hombre es de fiar, usted lo sabe, y espera una respuesta, necesita hallar esa explicación para vivir en paz con el recuerdo de su esposa.

—No es asunto suyo, Caroline. Ni del viudo de Eleanore —me contestó.

—Está bien. Supongo que, entonces, no le importará que filtre todo el asunto de George Barnett a la prensa y que, por supuesto, no mueva ni un dedo para averiguar qué ocurrió con él cuando se marchó del colegio. Quizá crea que es su palabra contra la mía, pero he investigado al margen de estas entrevistas y tengo más material del que se imagina contra usted —mentí—. Sin incluir su constante chantaje, su acoso al casi obligarme a estar hospedada en su hostal para tenerme vigilada o la utilización de recursos de la embajada suiza en Londres para su propio rédito. Aunque, en realidad, no creo que a nadie le importe si es verdad o no. Cualquier dato suculento sobre una de las empresarias más relevantes del país será de interés para los cuervos. La vulnerabilidad va de la mano del poder, ¿no es así?

E inicié mi recorrido hacia la salida. La señora Geiger me dejó llegar hasta la mitad del pasillo. Entonces, una exclamación me indicó que podía volver a la sala y acomodarme. Sin pestañear, solicitó a sus empleados que prepararan, como siempre, una bandeja con una tetera caliente y un par de tacitas.

—Cuando accedí a ayudarla, me prometí a mí misma proteger esta parte de la historia. Sepa que no me hace ninguna gracia tener que contársela. Pero supongo que soy responsable de haberla traído hasta este punto del relato. Solo le pido, le suplico, que esto no sea material de conjeturas —dijo, sin dejar de observar la fotografía de las cinco.

LO QUE NUNCA OSÉ CONTAR

Tras aquella última visita a la tienda de los señores Wisner, regresé a St. Ursula sin tardanza. A escondidas, dejé los productos perecederos en la cocina de la señora Herriot y me quedé con los que podía almacenar a largo plazo. Supe que me servirían de algo. Mientras subía a la habitación, continuaba preguntándome si mis sospechas serían ciertas, si George estaría con Damian, si seguirían vivos. También si volvería a verlos. O a los señores Wisner. O a Roger Schütz. El pesar de las despedidas estaba dinamitando mi buen humor. Cuando entré en el pasillo de los dormitorios, me crucé con Évanie y Liesl, que hablaban con Zahra y Dortha. Saludé y me dirigí a mi cuarto. Analicé la habitación, casi vacía, sin todas las fotografías de Hollywood que había pegado el primer día de curso. Me asomé por la ventana para contemplar el lloro chispeante de las nubes que habían teñido de gris aquel miércoles 26 de junio de 1940.

Pasaron un par de horas en las que Sara no apareció, así que opté por hacer una breve visita a las habitaciones de Liesl y Évanie para cerciorarme de que no había hecho ninguna estupidez. No habían sido momentos fáciles para la española. Tras descubrir el detalle de Australia, tuve que desvelarle todo el asunto de los papeles falsificados y de las pretensiones de Barnett de alistarse a cualquier precio, al regresar de mi conversación con Victor. Aquello había sido un golpe fatal para su ánimo, que recordaba, una y otra vez, las palabras de su último encuentro con George. Sin realmente ser consciente de ello, tomé la determinación de ocultar mis nuevas sospechas. El pesar de Sara me preocupaba, así que no deseaba empeorar la situación con la imagen del hijo del duque de Arrington evitando el avance alemán en Francia.

La negativa de ambas sobre el paradero de la española nos llevó a dedicar el resto de la tarde a buscarla por toda la escuela. Dejamos para el final el lugar más obvio, pero de más difícil acceso por el día: la torre este. Cuando terminamos de subir el último escalón, nos dimos cuenta de que olía a quemado. Aceleramos el paso. Un mohín de sorpresa se colgó de mis cejas y de mi boca. Continué caminando y vi cómo el billete de tren a Marsella y su salvoconducto para regresar a España se convertían en cenizas.

—Sara... —lamentó Évanie.

—¿Qué demonios estás haciendo, Sara? ¿Estás loca? ¡Te quedarás atrapada aquí! —exclamé.

—No voy a volver.

Me fijé mejor. Había estado llorando. Liesl se acercó a ella y trató de rescatar lo poco que quedaba del tique que el general Suárez le había enviado.

—No tienes otra opción, Sara. Tienes que volver. George aparecerá tarde o temprano. Es solo cuestión de tiempo. El duque de Arrington es el hombre más poderoso y obstinado que conozco. Lo encontrará y lo llevará de vuelta a Leclein Castle.

—Eso no es verdad, Charlotte. El duque solo ve honor en exponerse a morir. Es lo que le ha enseñado a George a la fuerza. Y lo ha convertido en alguien que no cree que su vida valga la pena si no pelea, si no marcha al frente, si no lucha por lo que murió Jerome. Su reprobación le hace infeliz. Por eso se ha marchado... Quiere que, por una vez, aplaudan su comportamiento. Aunque esté en riesgo su vida. Y el duque solo estará orgulloso de George cuando pise su tumba en un cementerio militar —me respondió, furiosa y abatida.

—Sara, George ha tomado su decisión... Él ha seguido su camino —opinó Liesl.

—No puedes quedarte aquí solo por eso —añadió Évanie.

—Sara, si él se ha marchado, es solo su problema. No el tuyo. Tú puedes seguir con tu vida. Seguro que en Madrid recuperas la ilusión.

Sara analizó los papeles carbonizados.

—No puedo. Mis padres no aceptarían lo que ha pasado con George.

—No tienen porqué enterarse, Sara.

—Sí, Charlotte. Se van a enterar —respondió con rapidez, interrumpiendo nuestras elucubraciones de azúcar.

El corazón me latió con fuerza, a sabiendas de que la situación se escapaba a mi control. Lo único que acerté a hacer fue abrazar a Sara. Comenzó a llorar desconsoladamente, aferrándose a mí como su única esperanza. Évanie y Liesl se unieron.

—Habla con ellos, Sara. Los padres pueden intimidar, a veces, pero son humanos — propuso Liesl.

—Los míos no lo admitirían. No soy capaz de imaginar su cara al descubrir que estoy embarazada, que he estado con alguien... —decía, gimoteando de miedo.

Me levanté para estirar las piernas. Quería proporcionar una solución, pero no estaba en mi mano. Yo había prometido cuidar de Sara. Lo había hecho en el despacho de la directora Lewerenz, mirando los ojos azules del general.

—Me tenéis que ayudar a escapar de aquí antes de que vengan a buscarme en cuatro días y se den cuenta de que he destruido los billetes y el salvoconducto. Antes de que averigüen la verdad —suplicó.

—¿Escapar? ¿Y adónde quieres ir? —preguntó Évanie.

—Me iré a Londres. Esperaré a George allí. Juntos decidiremos qué hacer.

La imagen de mi amigo cruzando las líneas enemigas me cortó la respiración.

—¿Londres? ¿Y cómo vas a llegar hasta Londres? Es una locura, Sara —opinó Liesl.

—Quizá Lucerna sea mejor opción. Hasta que se calme todo. Después, podrás ir a Londres —intervine, uniéndome, de improviso, al descabellado plan de la española.

Sara me miró fijamente y casi pude atisbar una ligera sonrisa en su rostro. Fue en ese momento cuando decidí ayudarla. Ella tenía razón. Si sus padres descubrían lo que había ocurrido, si sus conocidos de Madrid terminaban sabiéndolo, sería el fin. Mi mente empezó a trazar alternativas, mientras permanecimos en la torre, unidas por un cariño que no podía protegernos de todo. Cuando se calmó, conseguimos que accediera a volver a nuestra habitación. A oscuras, sin el ronroneo de la vigilancia docente de mudo testigo, comenzamos a urdir nuestro plan, que compartimos a la mañana siguiente con Liesl y Évanie. Cada una tenía claro su cometido, así que, al amanecer del día 28, lo ejecutamos.

No había tiempo que perder, a las diez en punto del día 30, llegaría el automóvil que debía llevar a Sara a la estación. A las cuatro de la mañana, nos despertamos entre tinieblas creadas por la oscuridad y la escasa luz que se colaba por la ventana. Nos valimos de la ausencia de claridad para escaparnos. Cogimos dos bicicletas y pedaleamos hasta el embarcadero de Horgen. Tomamos el primer ferry en dirección a Zúrich. El agotamiento emocional de los días previos no me pasó factura entonces. Al tiempo que la urbe se desperezaba, nos dirigimos a un hostal del barrio del ayuntamiento, el mismo en el que yo me quedaba con mi madre siempre que visitábamos Zúrich fuera del curso de St. Ursula. En el que nos habíamos hospedado cuando consiguió su empleo en la escuela. En el que ha estado durmiendo usted, señorita Eccleston. El dibujo del conejo en el cartel de latón de la entrada divisó nuestros pasos desde arriba. Pedimos una habitación y dimos un nombre falso: Laurette Chevalier. La dueña, la señora Mechtilde Schenker, no pidió más explicaciones. Registró a Sara por una noche y nos recordó que debíamos abonar la cantidad total cuando se marchase.

En el cuarto alquilado, comimos un par de *croissants* que habíamos adquirido en un horno del centro, de camino a la posada. Mientras los masticábamos, Sara me contó que había querido ser sincera con George desde que había empezado a notar cambios en su cuerpo. Al principio, no había querido creerlo. Después, cuando se convenció, temió la reacción. Y, tras la muerte de Jerome, no halló el momento. Demasiado que desvelar al benjamín del ducado de Arrington. Así, se habían despedido sin que él supiera nada del embarazo y sin que ella conociera el destino escogido por Barnett. Habían pospuesto la sinceridad y se habían quedado sin tiempo. Antes de irme, dejé a la española el único libro que tenía en inglés, *Jane Eyre*. Así se entretendría. Se me había olvidado devolverlo a la señora Wisner, pero creí que aquel gesto sería mucho más noble que cumplir con la ley de préstamo bibliotecario.

Évanie, Liesl y yo nos habíamos asegurado de tener coartada. Desde mi vuelta a la escuela, habíamos estado visibles, paseando por el jardín, sentadas en los sofás del vestíbulo. Las maestras y alumnas que todavía deambulaban por el colegio se mantenían al margen de lo que tramábamos. Continuaba la calma. A las doce del mediodía, el cochero encargado de recoger a Évanie apareció por la verja negra. De nuevo, aquel vuelco al corazón que me generaban los adioses. Liesl y yo acompañamos a la canadiense hasta el vehículo, al tiempo que su enorme colección de propiedades era almacenada en el portaequipajes. Ignorando la labor del empleado y de una de las doncellas de la escuela, nos recordamos, sin palabras, todo lo que ya sabíamos y nos dimos un último abrazo. Liesl cerró la puerta del automóvil y la dejamos ir, con la esperanza de vernos en poco tiempo, sin el eco de la contienda, sin el hedor del escándalo.

Cuando el coche desapareció, recé por que fuera capaz de llevar a cabo, sin contratiempos, la siguiente parte del plan. Évanie era la responsable de comunicar a Sara dónde me encontraría con ella al día siguiente. Yo no podía ausentarme del colegio más tiempo del debido, mi cometido era conseguir el dinero suficiente para pagar el hostal y un billete de tren a Lucerna, gracias a la caja de ahorros que mi madre guardaba en su habitación. Así que la canadiense convenció a su chófer de que hiciera una brevísima parada en Zúrich. Ya en la ciudad, mi amiga se apeó del vehículo con el pretexto de visitar una *boutique* del centro y, sin vacilar, se dirigió a Ankengasse. Sobre el mostrador, dejó una de las dos postales que yo había cogido del baúl de Susanna Fortuyn.

—Es para la señorita Laurette Chevalier —indicó a un muchacho imberbe que, momentáneamente, se estaba haciendo cargo de la recepción.

—Por supuesto. Se la daré —afirmó.

—Es importante que le diga que Évanie y Liesl la quieren y que saben que volverán a verse muy pronto. ¿Lo hará? —añadió.

—Por supuesto.

—Hasta pronto —dijo Évanie, con ojos vidriosos.

—Hasta pronto, señorita —la despidió Samuel.

El mismo día de la partida de la benjamina de los Sauveterre, la señora Eva Gorman vino a buscar a Liesl, acompañada de Leopold. Y, como el resto, desapareció por aquella valla que se había tragado, poco a poco, a todas mis amigas. Me acuerdo de la última sonrisa que intercambiamos, ante la cálida mirada de su abuela. También del abrazo y de su pañuelo ondeando por la ventanilla trasera. Respiré hondo. Dortha Williams discutía con una doncella a la que se le había caído una de sus maletas en el jardín. También ella se convirtió en recuerdo aquel día. Y supe, a mi pesar, que también la echaría de menos. Juana de Arco y yo éramos las últimas, como siempre. El san bernardo corrió a mi encuentro y, acurrucada junto a él, fui testigo de cómo el colegio se iba quedando vacío y cómo la noticia de la desaparición de Sara empezaba a tomar forma. Ganamos tiempo gracias a Liesl, que dejó indicado que había perdido una sortija de su madre. La señora Herriot y la profesora Roth se emplearon a fondo en buscarla. Sin embargo, a la hora de la cena, Anabelle Travert se percató de que algo no marchaba bien. Mi madre me interrogó cientos de veces, pero solo halló mi fingida ignorancia.

—Tampoco somos tan amigas. Lo que pasa es que me habéis obligado a pasarme todo el curso con ella. Yo ya avisé de que no era de fiar, pero nadie me hizo caso. Ahora no quieras responsabilizarme de sus locuras —espeté y me fui a dormir.

***

A las nueve de la mañana del día siguiente, sábado 29 de junio de 1940, me encontré con Sara en la puerta de los almacenes Jelmoli. Estaban muy próximos a la estación central. Pensé que así aligeraríamos el proceso y podría volver antes a la escuela. Sabía que dudaban de mis palabras y no quería poner en riesgo el plan de huida. Al despertarme, había visto a un par de policías rondar por el colegio. Salir a hurtadillas no había sido fácil y estaba convencida de que ya les habían alertado de una nueva desaparición. Cavilé si ya habrían telefoneado a la familia Suárez. Ante aquella posibilidad, animé a la española a acelerar el paso.

En mi cartera llevaba todo el dinero que había podido reunir. Mientras comprábamos su tique en la ventanilla, me contó lo amables que habían sido en la posada. Habían aceptado sin problemas que yo fuera a pagar más tarde. Aquello nos alivió a las dos. A pocos pasos de la puerta principal, la de Bahnhofstrasse, envueltas en rumores, frenos y últimas llamadas a viajeros despistados, nos despedimos. Sara debía escribirme cuando llegase a Lucerna. Tenía billetes suficientes para encontrar un alojamiento más o menos digno. Yo le informaría del momento propicio para iniciar su viaje a Reino Unido. Todo dependía del cariz que tomase el avance alemán y la defensa británica, pero, ilusa, apostaba por que el profesor Von Salis me daría buenas noticias a partir de aquel verano. Entonces, vi el miedo en los ojos de mi amiga y quise borrarlo con una sonrisa cargada de falso sosiego.

—Te quiero, amiga mía. Cuídate mucho —dije, ante su inminente partida.

—Y yo a ti, Charlotte. Escríbeme, por favor. —Y nos fundimos en un cálido abrazo lleno de esperanza, de inseguridad y de compasión.

Mientras contemplaba cómo se perdía en el interior del edificio, en busca del andén correcto, custodiada por el pesado vapor de las locomotoras, sentí que nuestra infancia se quedaría atrapada para siempre entre las cuatro paredes de nuestra habitación, la número cuarenta y tres. Garante de todas aquellas confidencias, consecuencia inesperada de una amistad en tiempos de guerra y odio. Miré el reloj de mi padre y me apresuré a regresar al hostal para zanjar la deuda. Cuando entré en la posada de la familia Schenker, empecé a notar todo lo que había reprimido durante esa semana. Me pregunté qué acababa de ocurrir, si la decisión de Sara era una locura. ¿Podía ser cierto? Estaba embarazada; George había desaparecido con Damian; Joanna, Liesl y Évanie ya no estaban; había terminado mis estudios en St. Ursula; debía volver a Ginebra; decir adiós a la escuela; a los señores Wisner, a Roger Schütz...

Recuerdo que sollocé, al tiempo que esperaba a que la hostelera me atendiera. Antes de cobrarme por el uso de la habitación de Sara, el marido de la señora Mechtilde me ofreció un poco de agua y unos minutos para recuperarme. Sus dos hijos, que eran algo más jóvenes que yo, me contemplaban anonadados. El señor Schenker les pidió discreción y me dijo que, fuera cual fuera la tragedia, seguro que terminaba cicatrizando la herida. Agradecí su desinteresado afecto. Después, saldé nuestra deuda y volví a St. Ursula.

Ya recuperada de mi momento de angustia, crucé las enormes puertas y me adentré en aquel hall en el que ya apenas quedaban un par de alumnas. Analicé la estancia y la eché de menos, como si ya hubiera perdido todo lo que había creado ahí. De pronto, alguien me chistó desde lo alto de las escaleras. Era mi madre.

—Sube.

—Per…

—¡Ahora!

Obedecí. La seguí hasta la sala del profesorado, vacía. Cerró la puerta de mala gana.

—Jamás te creí capaz de una insensatez tan grande, Charlotte. Te pregunté varias veces y no dejaste de mentir, una y otra vez.

No comprendí. O, quizá, no quise comprender.

—¿Sabes lo grave que es esto? ¿Cómo crees que se habría sentido el señor Suárez al descubrir la desaparición de su hija? ¿Es que no eres testigo de lo que está pasando con el hijo del duque de Arrington?

Retiré la mirada.

—Menos mal que reconozco tu sombra incluso cuando crees ser invisible. Si no, ¿qué piensas que habría sido de ella? —Trató de serenarse—. Esta mañana, a primera hora, la directora Lewerenz se ha puesto en contacto con la policía de Horgen para notificar la desaparición de Sara. La verdadera sorpresa ha sido descubrir que uno de sus efectivos, en la primera ronda de ayer, había visto a dos alumnas de esta escuela subir al ferry dirección Zúrich. Desde ese momento, he sabido que tenías algo que ver, así que he comprobado la caja del armario y he visto que faltaba parte del dinero. Han avisado a la *briner* para que la buscara en Zúrich. Pero yo tenía una corazonada. He pedido a uno de los agentes que aguardara en la escuela y, cuando he visto que salías al jardín, he solicitado que te siguiera. Tú misma los has llevado hasta Sara. La han interceptado antes de que subiera al tren con destino a Lucerna. Están de camino, llegarán en unos minutos. Y quiero que las dos seáis muy exhaustivas con las explicaciones.

Tragué saliva. Jamás había visto a mi madre con el rostro tan desencajado. Tal y como había previsto, Sara llegó a continuación. La directora Lewerenz nos llamó a su oficina, pero la española, abatida, dejó patente que yo no tenía nada que ver. Por una vez, no había sido la instigadora, solo el apoyo. Jamás añoré tanto una despedida como la nuestra en la estación. La profesora Travert se unió a la reunión. Yo me quedé a solas, meditando sobre el destino de mi amiga. Llegué a pensar en alternativas más efectivas para lograr que escapara. Se lo había prometido. Me senté a esperar en uno de los bancos del pasillo. No advertí el paso del tiempo hasta que la puerta se abrió con lentitud. El interrogatorio había durado cuarenta y cinco minutos. Los cabellos castaños de Sara cruzaron el umbral. Sobre sus hombros, derrotados, reposaba la mano de mi madre, que había logrado su propósito. Sin mediar palabra, la española aceleró el paso para regresar a la habitación número cuarenta y tres. Desde dentro del despacho, alcancé a escuchar: «¿Cómo ha podido ocurrir delante de nuestras narices, profesora? ¿Cómo?».

La española me confesó que la directora le había prometido olvidar su intento de huida si se sinceraba con ellas. También ayudarla en lo posible. Pero debía dejar la rebeldía a un lado y desvelar qué clase de problema la había llevado a querer desaparecer. Supongo que ni Konstanze Lewerenz ni mi madre pensaban que la respuesta de Sara sería la que fue. Después del primer impacto, ambas trataron de calmarla y la convencieron de que no podía gestionarlo sola. Ella terminó aceptando a regañadientes y se despidió de la posibilidad de evitar las consecuencias de su relación con George.

El protocolo de actuación consistió en telefonear, *ipso facto*, al general Suárez. Imagino que aquella charla se ganó un lugar junto a la que Konstanze Lewerenz tuvo en el año veintitrés con motivo de la desaparición de aquella alumna en el bosque. La primera directriz que recibieron desde Madrid fue llevar todo el asunto con la máxima discreción. Como Sara había destruido su salvoconducto a casa, su padre debió plantear una rápida solución para abordar el tema de frente. Esta pasó por viajar a Suiza. La directora Lewerenz, cuyos contactos no parecían tener límite, movió algunos hilos para que el general Suárez pudiera aterrizar en Zúrich sin inconveniente. Dadas las circunstancias, aquella mujer, supuesto orgullo de la recta educación, se lo debía.

Así, el andar marcial del general Suárez llegó a St. Ursula cuatro días más tarde, gracias a un aeroplano de Iberia, la compañía aérea de transporte española, previa autorización suiza. El rostro de Sara había ido languideciendo en el transcurso de aquella semana, pero, al ver a su padre después de tanto tiempo, pareció sonreír. No así el general, que no dudó en dejar patente su decepción en su primera conversación con su hija. Contemplé cómo ambos subían las escaleras, precedidos por la directora Lewerenz y la profesora Travert, y desaparecían en el segundo piso. La profesora Habicht se acercó a mí y trató de tranquilizarme.

—Es su padre. Encontrará el mejor modo… —probó.

Asentí y me dediqué a deambular por el colegio, preguntándome cómo podía ponerse todo patas arriba en unos cuantos días. Me enfadé con George en silencio, llamándole inconsciente, preguntándome dónde narices estaría. También recordé al profesor Glöckner, del que nos habían llegado rumores de dimisión. Al final, después de un buen rato, llegué al pasillo de la segunda planta. La puerta de la oficina de la directora estaba entreabierta. La luz y las voces se escapaban por una rendija ignorada por sus ocupantes. Sara ya no estaba. Me acerqué con sigilo, lo suficiente como para poder espiar todo lo que se estaba debatiendo.

—Exijo responsabilidades y su contribución para esclarecer todo esto. ¿Cómo han podido pasar por alto una falta de compostura de ese nivel? ¡Se supone que estaba a su cargo, maldita sea! —exclamaba el general Suárez—. ¿Quién es el chico?

—Su hija no ha dicho nada. Lo hemos intentado..., pero no quiere confesarlo —respondió la directora.

—¿Quieren que me crea que no son capaces de hacerla hablar? ¿De que no han visto nada? Ustedes deben asegurarse de que las reglas se cumplan por todos los medios posibles. No son un hogar de acogida: son un internado, un colegio para señoritas de buena familia. ¡Su trabajo es proteger los intereses de quienes mantienen, con su patrimonio, este maldito colegio! —se dirigió a la directora Lewerenz—. Hice todo lo que usted me pidió para facilitar la estancia de mi hija aquí. Me solicitó que confiara y confié. Y no fue sencillo, dada la peculiar situación en la que se encuentra Europa en este momento... —Pausa dramática—. Si no me dicen la verdad, yo mismo telefonearé a los padres de las alumnas para advertirles de que ustedes no son de fiar.

—Asumimos nuestra parte de culpa, general, pero su hija se las ingenió para ignorar las normas de esta casa. No puede pretender que acarreemos con su error —respondió Anabelle.

—Mi hija no es así. Ella jamás sería capaz... Alguien la ha engañado y ustedes no han hecho nada para evitarlo. Son una casa que admite la depravación y el ultraje —atacó.

—Usted, en esta misma oficina, me habló de un episodio desafortunado en Larache. Su hija se escapó de casa para esconderse en la de un humilde trabajador a su servicio. La rebeldía de Sara no es ajena para ninguno de los dos, así que hágame el favor de no mancillar el proyecto de mi familia para justificar la ausencia de virtud de la suya —reaccionó la directora.

—No le consiento que me hable así —respondió furioso.

—General Suárez, creo que ha llegado el momento de que se vaya. Guardaremos el secreto de su hija para proteger el honor de su apellido y colaboraremos en lo que podamos por el bien de Sara, pero no nos pida que asumamos el fallo porque no es justo. Nos hemos ganado nuestra intachable reputación a lo largo de una trayectoria llena de exigencia, rectitud y cariño hacia las alumnas —intervino la profesora Travert—. Quizá si se gana la confianza de su hija, algún día descubrirá lo que ha pasado.

Hubo un silencio en el que mi madre retó a un duelo visual a aquel hombre.

—No tienen ni idea del duro golpe que esto puede suponer para mi familia ni la angustia al descubrir que uno no conoce, en absoluto, a su propia hija —espetó, afectado.

—Se sorprendería de lo que soy capaz de comprender, general. Aquí tiene una relación de lugares y contactos que pueden ayudarle a solventar el asunto —respondió mi madre y le tendió un documento—. Suerte.

El general las observó. Se mordió la lengua y cogió el papel. Imaginé que estaría triste y desquiciado. Me escondí en la sala de profesorado cuando salió, como alma que lleva el diablo, de aquel despacho. Antes de que mi madre y la directora pudieran descubrir mi fisgoneo, me marché del pasillo y regresé a mi cuarto. Allí estaba Sara, terminando su equipaje. Me acerqué a ella decidida y la abracé.

Se fueron una hora más tarde. Pasaron una semana en Zúrich, gestionando el futuro de mi amiga. El general estaba destrozado, no quiso oír sugerencias ni justificaciones. Solo ansiaba saber la identidad del chico que había osado tocar a su niña. Pero aquella información jamás salió de los labios de Sara. El señor Fernando Suárez tomó la determinación de ocultar la verdad a todos, incluso a su mujer y al resto de sus hijos. En España, y dada su posición en el Gobierno, no admitirían la deshonra. Sus círculos en el Movimiento verían a los Suárez Ackermann como una familia sin valores ni principios. No eran tiempos para jugarse la lealtad por un amor adolescente. Así que, tras valorar sus opciones, el general escogió la abadía de Maigrauge, cerca de Friburgo, para que Sara viviera hasta el parto. Allí, rodeada de austeridad y pureza, se evaporarían sus pecados de juventud. Después, regresaría a Madrid, tras una interesante y refrescante época de estudio en la convulsa Europa. Llevaría anécdotas bajo el brazo, oh sí, pero no un bastardo. St. Ursula, en honor a su valor principal, proteger a sus alumnas, cumplió su palabra y quiso mantener la discreción.

***

Desde la tarde del 3 de julio, una relativa quietud inundó la escuela. El asunto de Sara había trastocado la agenda de clausura de curso, así que la profesora Richter, la profesora Habicht, la señora Herriot, mi madre y yo permanecimos una semana más en St. Ursula. El lunes 8, ya se habían limpiado y cerrado casi todas las habitaciones. Las maestras habían finalizado sus informes y los archivos se habían apilado en estanterías agotadas de soportar nuevas tandas de alumnas. Continuábamos sin noticias de George Barnett. Tampoco hubo novedades procedentes del Institut Sankt Johann. Solo de la guerra. Hitler había ocupado las islas de Guernsey y Jersey, en el canal de la Mancha. El pueblo alemán lo aclamaba. Todo eran victorias.

Cuando aquel vehículo se detuvo frente a la rotonda del jardín delantero, creímos que llegaba cargado de respuestas. De él salió el teniente Baasch, sin compañía. Yo jugueteaba con Juana de Arco, así que, buscando satisfacer mi curiosidad, entré a la escuela. El militar se topó con la profesora Habicht en las escaleras, que lo acompañó a la segunda planta. Subí los peldaños con la clara intención de averiguar qué estaba sucediendo. Sin embargo, en aquella ocasión, no fui la única chismosa. La profesora Habicht, la profesora Richter y la señora Herriot trataban de adivinar la conversación tras la puerta. Mi madre había podido participar. Virgine Habicht asintió y dejó que me uniera.

—Solo las estoy advirtiendo. Sé lo que dijo en la fiesta, señora Lewerenz. Pero este informe ha llegado al cuartel esta misma mañana. En él, figura la relación de llamadas y favores que pidió para que un avión español, en teoría civil, pudiera aterrizar en suelo suizo. Un avión en el que viajaba un militar del Gobierno del general Francisco Franco. También sus vínculos con algunos representantes del Gobierno alemán en Berna, ciudad que ha visitado en numerosas ocasiones durante estos meses —desveló Dietrich Baasch.

—Todo tiene una explicación loable, teniente. Nosotras intercedimos porque hubo un tema personal con una alumna. Por eso pasamos por alto el detalle de la posición del señor Suárez. Y, en lo relativo a mis viajes a Berna, no tengo nada que justificar. Tengo amistades alemanas, mi padre era berlinés. Ello no implica que mis motivaciones sean políticas. No soy frontista si se lo está preguntando.

—Una vez más, señoras, no es mi opinión la que importa aquí. El Consejo Federal ha tenido noticia de cables emitidos por espías británicos que han notificado la presencia de un representante del Ministerio de Asuntos Exteriores de España. Se teme que los aliados lleguen a pensar que el Gobierno suizo está permitiendo la negociación entre posibles apoyos al Eje. En estos días se duda de la neutralidad de la Confederación. Creen que podría ser favorable a Hitler, asfixiada por presiones comerciales. Sobre todo, en estos momentos, en los que la propaganda alemana se está encargando de reescribir el discurso del señor Pilet-Golaz del día 25 de junio para vender un supuesto giro de timón en la política suiza hacia la aproximación de posturas con Alemania.

Mientras hablaba, mi madre debió de hojear el informe, pues comentó:

—Directora Lewerenz, son todo pruebas y fotografías del general Suárez. En la escuela, en Zúrich... Reunido con otros caballeros en un hotel, hablando con nosotras en el jardín —calló un momento—. Díganos, teniente, ¿cómo podemos defendernos de las acusaciones? —se interesó mi madre, aturdida.

El teniente se aclaró la voz.

—No podrán si utilizan ambigüedades como «un asunto familiar de una alumna», profesora Travert. Se cree que el general Suárez aprovechó su estancia en el país para solventar cuestiones diplomáticas, no solo personales. La rúbrica de la señora Lewerenz está por todas partes. También el nombre de esta institución. Suiza está plagada de espías foráneos y son muchos los intereses depositados en la estabilidad de este país. No van a dejarlo estar. Van a vigilarlas, se abrirán investigaciones y van a pedirles explicaciones concretas y concesiones. Recuerden que ahora lo imperativo es velar por el bien común.

Oímos cómo las patas de la silla de la directora Lewerenz chirriaban. Se había puesto de pie. Sus pasos crujientes decoraron los dos minutos siguientes. Después, preguntó:

—¿Por qué ha venido, teniente Baasch? Reconozco cuando una reunión es algo más que una bienintencionada visita de asesoramiento. Hemos tenido unas cuantas de esas este curso.

El militar aguardó un instante.

—¿Por qué facilitaron la entrada en el país del general Fernando Suárez? —interrogó el teniente.

Anabelle lanzó una mirada a la directora que, con templanza, contestó:

—No podemos revelarle esa información.

—No soy yo quien desea saberlo, directora Lewerenz.

Konstanze Lewerenz tenía muy claro que aquello era solo la previa a lo que se avecinaba. Pero no tenía alternativa.

Era un callejón sin salida. Si decía la verdad, saldría a la luz que, en las dependencias de la prestigiosa St. Ursula Internationale Schule für Damen, una alumna se había quedado embarazada. Si callaba, cobraría protagonismo la sospecha de colaboracionismo y todas sus acciones de ese curso —sus visitas a Berna, sus peticiones al Gobierno, los permisos para que ciudadanos de países beligerantes fueran a ver a sus hijas— podrían llegar a estallarle en la cara. Aun así, estoy segura de que ella sabía que ninguna de las dos opciones iba realmente a mitigar la gravedad de su procedimiento y consecuencias.

—Si no son sinceras, aniquilarán su proyecto para siempre. Jamás habrá más cursos aquí. ¿Quieren que sea honesto? Yo sí voy a serlo con ustedes: el Consejo no va a permitir que mantengan sus puertas abiertas con este informe sobre la mesa. Lo único que pueden hacer es adelantarse para evitar que el escándalo llegue cuando tengan alumnas correteando por los pasillos. Saben, al igual que yo, que eso sería su fin definitivo. Es mejor que las censuren en la intimidad del cese. La Historia suele ser más benévola con los que no están en primera fila para recibir su envite. Quizá, si desaparecen, si recuperan la confianza del Gobierno y el tiempo atenúa sus errores, puedan ser capaces de reflotarlo. —Silencio—. Es muy grave que hayan permitido, con sus privilegios a una familia extranjera, que se facilite el intercambio de información militar o comercial. Si los informadores británicos o de la resistencia francesa se emplean en profundidad, podría llegar a ponerse en cuestión la neutralidad de Suiza. Podrían vender a la opinión pública la creencia de que la Confederación es un aliado en la sombra y justificar un ataque o una violación de nuestro territorio. Son conscientes, ¿verdad?

—Absolutamente, teniente Baasch. Y no sabe lo mucho que agradezco su franqueza. No obstante, si a algo se ha dedicado St. Ursula, desde que mi padre la fundó, es a garantizar la privacidad y el respeto a todas las familias que han confiado en nosotros. No miramos su origen ni su orientación política. A veces, ni siquiera sus galones ni sus cargos. Quizá, por ese motivo, hemos ignorado el trastorno que podía suponer nuestra intermediación con el general Suárez.

—Lo respeto, directora Lewerenz. Pero recuerde que algunos nos debemos a nuestro país —contestó el teniente—. Solo he venido a advertirlas, deseando que sirviera de ayuda. Sé lo que significa para ustedes este colegio.

Hubo un largo silencio.

—Enviaremos misivas a todas las familias. Diremos que la ausencia de seguridad ante la guerra hace inviable seguir —añadió, entonces, la directora.

—Pero, señora Lewerenz, no puede, no puede... Podemos hablar, explicar —balbuceó mi madre.

—No, profesora Travert. St. Ursula es mucho más que eso. Nos retiraremos a tiempo. No permitiré que un escándalo sea el motivo del cierre. Mancharían el trabajo de tantísimos años y menoscabarían la reputación de las alumnas. Haremos caso al teniente y rezaremos por que les sirva como correctivo a nuestra errónea conducta. Sepa, teniente, que jamás admitiría poner en riesgo a Suiza o a su neutralidad. Siento profundamente que ese sea el titular. Pero no puedo aportar otro alternativo. —Pausa—. Ahora, si no les importa, me gustaría estar un rato a solas —solicitó.

Antes de que mi madre y el teniente Baasch salieran del despacho, nos dispersamos. Yo, sin embargo, me escondí en la sala del profesorado para cazar cualquier diálogo que se tejiera entre ambos.

—No puedo creer que vaya a cerrar la escuela —decía Anabelle, desconsolada.

—Lo siento, profesora. Tenía que...

De pronto, mi madre se echó a sus brazos. Él correspondió aquel abrazo.

—Mañana mi sección marcha al sur. Pero quería ponerlas sobre aviso antes de irme. Ha sido un placer conocerlas, profesora Travert. Sobre todo a usted. Espero que puedan volver aquí cuando todo se haya calmado.

Mi madre asintió, asumiendo la derrota.

—Ojalá tenga razón, teniente. Yo... —Detuvo sus palabras—. Estas semanas han sido de locos —admitió—. ¿Hay novedades del caso Barnett? ¿Cree que también querrán cerrar el Sankt Johann?

—Me hago cargo, profesora. El Institut Sankt Johann tiene condicionada su supervivencia a su gestión del asunto del chico desaparecido. Tampoco lo tendrán fácil, pero la situación de St. Ursula es muchísimo más delicada. Máxime si no quieren contar la verdad... —Trató de presionar, sin éxito—. En cuanto a las pesquisas sobre el muchacho, solo hay pistas inconexas. La familia no está colaborando en demasía. Supongo que, viviendo a tantos kilómetros de distancia, son los que menos idea tienen de dónde ha podido ir el chico. El padre piensa que continúa en Suiza. Pero el profesor Glöckner habló con la policía de Horgen para exigir que buscaran en los puertos de Francia, en los últimos buques que zarparon para evacuar. No aportó ninguna certeza, así que, por lo pronto, y a petición del duque de Arrington, se ha desechado esa opción y se están revisando las posadas y burdeles del cantón. Al parecer, cuando Adam Glöckner supo que no le harían caso, se puso furioso. ¿Ha podido hablar con él?

Sé que a Anabelle le dio un vuelco al corazón al escuchar su nombre.

—No, no hemos tenido ocasión. ¿Sabe si está bien?

—Creo que se ha marchado del colegio. Pero desconozco su paradero. —El teniente cogió la mano de Anabelle—. No conozco a ese hombre, pero algo me dice que se pondrá en contacto con usted cuando esté preparado.

Mi madre asintió. Un último abrazo sirvió de despedida. Anabelle se sentó en uno de los bancos del pasillo.

Sostenía su frente con la mano. El esfuerzo de años y la insistencia durante aquel curso se había transformado en un sinsentido. Demasiados secretos que guardar y, por un momento, el colegio parecía pequeño para ocultarlos todos.

***

Desde al lado de la puerta del vehículo que, finalmente, nos llevó a Ginebra a finales de julio, contemplé cómo la directora Lewerenz cerraba las puertas de la que había sido mi casa durante casi diez años. Estaba derrotada. También Anabelle. La señora Herriot balbuceaba y pedía, en silencio, una explicación a tanta desgracia. Nos despedimos en orden, con el amargor del fin de una etapa aprisionando nuestras gargantas. Juana de Arco se fue con la profesora Richter, que planeaba quedarse en una casita a las afueras de Horgen por un tiempo.

Mi madre y yo nos instalamos en Ginebra, junto a mis abuelos, tal y como ella había planeado antes de que la guerra estallara. Atrás quedó Adam, cuyos besos eran ya papel mojado al servicio de una obsesión, del anhelo de expiación. Encontró trabajo en una escuela de señoritas de la ciudad. Aquello le proporcionó un cierto sosiego y terminó por ayudarle a olvidar paulatinamente todo lo que había pasado. Algunas noches, oía cómo lloraba a su almohada. Sabía que estaba frustrada. Su lucha no había servido para nada, sus principios parecían resquebrajarse con cada amanecer de pólvora y soledad. Quise correr a su lado, muchas lunas, y decirle que, a pesar de todo, yo estaba orgullosa de todo lo que había peleado. Sin embargo, una vez más, venció mi orgullo y cerré los ojos. Y es que, en lo más hondo, continuaba sintiendo la punzada del abandono, de la pérdida de mi hogar, de la traición al impedir la huida de Sara, de la angustia al recordar su rostro contándome que mi padre se había marchado para no volver. A mediados de agosto, recibimos una misiva de la directora Lewerenz. En realidad, no tenía remitente, pero supimos que era suya. Anabelle la leyó. Sin aguardar a que yo preguntara, me la tendió. Pensé que, quizá, ya me había convertido en adulta sin saberlo.

Querida profesora Travert:

Espero que Charlotte, sus padres y usted estén bien en Ginebra. Le escribo para actualizarle sobre la situación de St. Ursula. Como imaginará, no han dejado de llegar cartas de familias pidiendo más información sobre el cese. También sobre la vuelta a la vida de la que ha sido mi casa desde que nací. Lamento, desde lo más profundo de mi ser, no poder proporcionar más datos que vaguedades sobre la guerra, la seguridad y la burocracia.

Sin embargo, eso no es todo lo que me ha mantenido ocupada en estas semanas. Un investigador vino a verme a mi residencia de Zúrich: me entregó una carta que ordenaba el cierre inmediato de la escuela y una citación. Menos mal que el teniente Baasch nos avisó y hemos podido gestionarlo con margen, profesora. Al final, ese hombre ha sido de gran ayuda. No obstante, en mi visita a las dependencias del Ejército, me he percatado de que no van a contentarse con la clausura. Quieren saber más. Me han interrogado tres oficiales distintos. Ansían datos sobre nuestra supuesta colaboración con un político español. Por más que han insistido, he callado. Pero, al final, han comenzado a presionarme con ampliar la instrucción al profesorado, sobre todo a las maestras extranjeras, lo que podría poner en peligro su permanencia en el país. Me han asegurado que si no hablaba, hurgarían en el pasado, analizarían conexiones por si teníamos un topo, por si alguien formaba parte de la quinta columna. E incluso incautarían información valiosa sobre las alumnas y sus familias.

Me ha aterrado. No podía permitirlo. Así que, después de mucho cavilar, he logrado llegar a un pacto con ellos. Les he contado la verdad sobre Sara Suárez a condición de que fuera confidencial y me dejaran enterrar, con dignidad, el proyecto de mi padre. De esta forma, la reputación de la familia Suárez y de St. Ursula estará a salvo. Y podremos pagar por nuestras faltas sin el escrutinio de la opinión pública. Han aceptado, pero me han asegurado que, hasta nuevo aviso, me estarían vigilando. También todo lo relacionado con St. Ursula. Cualquier paso en falso, supondría la filtración del escándalo a la prensa. Me parece que es su forma de aleccionarnos por nuestra lealtad al alumnado, aun a riesgo de faltar a nuestra responsabilidad con el país. Como sospechaba, al margen de explicaciones, ven inadmisible nuestra forma de proceder y ya no hay vuelta atrás. No me fío de ellos, así que, en cuanto dejen de prestar atención a mis movimientos, volveré al colegio y quemaré todos los archivos que pueda.

Así, le pido, por favor, que ni usted ni Charlotte cuenten nunca nada de lo que ha ocurrido. Debemos olvidar St. Ursula, protegerla con nuestro silencio y nuestra prudencia. Solo así seguirá vivo todo por lo que hemos luchado, nuestra patria de ideas y valores sin fronteras.
Atentamente,
K.L.

Al terminar de leer las líneas de la directora, mi madre alcanzó la carta y la quemó en el hornillo de la cocina.

—No hablaremos más del tema —sentenció, enjugándose las lágrimas y se marchó a hacer recados.

***

A principios de septiembre, me apunté en el Servicio de Auxilio Femenino. Quería ser útil, pero, sobre todo, ser dueña de mi sino. Mi abuelo terminó por convencer a Anabelle de que debía dejarme ir. Tener mi delantal reglamentario y una tarjeta con mis datos para identificar mi cuerpo si me mataban me puso en el mapa de la realidad y, en especial, en el de la guerra. Durante el otoño de 1940 estuve trabajando en un centro de refugiados, ubicado cerca de la frontera con Francia. Numerosos polacos y franceses ansiaban cobijo, tras la caída del país vecino. Con la creación de la Francia de Vichy, el cerco sobre Suiza terminó de cerrarse. Estábamos rodeados de países beligerantes, satélites de la belicista Alemania de Hitler. Éramos el refugio ficticio de Europa, al que acudían huidos, desertores y civiles en busca de protección y futuro. Me acordé mil veces de Damian. Quise imaginarlo en los Estados Unidos, recorriendo la Quinta Avenida, pero mi imaginación pronto borraba aquella estampa y la convertía en una acuarela de humo negro en Aquitania. En trincheras que habían engullido a dos de mis amigos.

En octubre nos llegó el vago rumor del despido del director Steinmann a través de una de las cartas de la profesora Habicht, todavía en contacto con algunos docentes del colegio masculino. Supimos entonces que el Institut Sankt Johann im Wald había conseguido mantener sus puertas abiertas. En francés, lengua que mi madre empleaba para desahogarse, habló a mis abuelos del poder que aglutinaban las fortunas —locales y extranjeras— que componían el consejo de administración del internado: «Imagino que habrán presionado a los periódicos con retirar la publicidad de todas sus empresas si les llevan la contraria». Misivas tardías con Adam, y mis charlas con él en Buchberg, confirmaron esta sospecha. Todo lo que le conté respecto a la doble cara del colegio y la postura del duque de Arrington fue real. Vivía convencido de que la desaparición de George era un desafío de su hijo, así que no quiso escuchar teorías alternativas, se conformó con un silencio maquillado y detectives privados que recorrieron Suiza hasta que la ausencia encadenada de pistas lo llevó a decretar su fallecimiento en 1941.

En aquellos meses, me carteé con Sara sin pausa. Mi amiga había conseguido hacerse con el favor y la simpatía de una de las religiosas que se hacía cargo de ella. Yo le narraba mis experiencias como voluntaria, de las que me sentía muy orgullosa. Y de mi prometedor negocio, en el campamento, de compra-venta de productos escasos —iniciado gracias a los obsequios de los señores Wisner—, así como de remiendos y costuras —detalle que agradecía en silencio a la exigente profesora Roth—. Ella, por su parte, me contaba sus monótonos días entre paseos, cuidados, punto de cruz y rezos.

El general Suárez, demandado por obligaciones que no admitían prórrogas por asuntos personales, debió regresar a Madrid tras instalar a Sara en la abadía. Para controlar al completo la vida de su hija, aun en la distancia, dejó pautadas sus rutinas y la extrema vigilancia que debía existir. Además, dos hombres de su entera confianza se quedaron en Friburgo y visitaban a mi amiga cada tres días para confirmar que todo estaba en orden. Sara estaba bien, pero echaba de menos una libertad que nadie le había dado la oportunidad de catar. Así, a inicios de diciembre, decidí emplear los días que me habían concedido de permiso por buen rendimiento en ir a visitarla al norte.

***

Al llegar a la abadía de Maigrauge, con aquella cartera en la que había llevado los libros de la profesora Richter a Adam Glöckner —y de la que ya no me separaba—, me sorprendió la belleza del paraje. Era más grande de lo que imaginaba. Los muros eran blancos y los tejados, marrones, rojizos. No sabía si permitirían visitas, pero tenía que intentarlo. Sara me había dado el nombre de la religiosa que la ayudaba, así que me lancé a preguntar por ella a la monja que, en la entrada, controlaba el registro de idas y venidas. Al hacerlo, frunció el entrecejo, apretó sus finos y pálidos labios, y me dejó pasar. Recorrí los pasillos de aquel vetusto edificio dos pasos por detrás de esa mujer, de pocas palabras y secos modales. Cuando llegamos al claustro, me señaló a una hermana que paseaba con parsimonia. Me acerqué. Le conté que era la amiga de Sara, que yo era con la que intercambiaba misivas y que solo quería verla un momento. Así, me guio hasta el cuarto que ocupaba la española. Antes de entrar, me pidió un segundo.

—Lleva unas semanas algo débil. Ha tenido jaquecas y náuseas muy fuertes. Perdió el conocimiento en dos ocasiones hace cinco días. Creemos que el bebé viene antes de tiempo —me notificó.

Asentí asustada. La religiosa tomó el picaporte y me dio permiso para pasar. Sobre la cama, vi a una Sara que parecía desvanecerse entre las sábanas blancas. Sin pensar, me lancé a sus brazos desde uno de los lados, teniendo cuidado de no molestarla. Su vientre daba buena cuenta del avanzado estado de gestación. Lo acaricié con una ternura que nunca había dejado florecer en mí. Quizá porque era la única señal de que mi amiga continuaba respirando, a pesar de su enfermiza apariencia.

—Te he echado de menos —me dijo, llorando de alegría.

—Y yo a ti, novata. Y yo a ti —respondí, sin dejar de abrazarla—. No sabía que estabas pasando una mala época.

—No quise preocuparte. Además, son solo algunos días —me contó con un hilo de voz—. Pero tiene sus ventajas. Desde que el médico me recomendó reposo, los guardias que me ha puesto mi padre solo vienen una vez a la semana. —Sonrió.

—Me quedaré contigo hasta el parto —decidí *ipso facto.*

—No, Charlotte. No puedes. Sor Maissen es buena, pero no tonta. Avisará a mi padre si te ve por aquí. Y seguro que se enfada.

—La convenceré, Sara. No voy a dejarte sola —sentencié.

Una larga charla con sor Maissen sucedió a mi primer diálogo con Sara. Le dije que era enfermera en el Servicio de Auxilio Femenino, mostré mis credenciales y señalé la conveniencia de mis supuestos conocimientos en aquella recta final del embarazo. También apelé a su empatía, a sus sentimientos, quizá más férreos que el temor a herir la confianza de un hombre que vivía a miles de kilómetros. Tras un momento de titubeo, accedió. Me pidió discreción, máxime en las esporádicas visitas de aquel par de hombres.

A partir de ese momento, pasé a ser una sombra de Sara. Estaba todo el día observando su evolución. Una de las religiosas me confió que temían por el bebé, así que mi prioridad fue observar cualquier detalle que hiciera sospechar que algo iba mal. Durante esos días, le leía fragmentos de aquel libro de Charlotte Brönte que le había regalado meses atrás. Ayudaba a lavarla, a peinarla. Frotaba sus piernas, que se quedaban siempre frías e hinchadas. Para no complicar las cosas, me iba a dar un paseo si venían los dos vigilantes a cargo del general Suárez. Inventábamos el sino de nuestras compañeras de lecciones, ante la ausencia de misivas, y recordábamos anécdotas de Liesl, Évanie y Joanna hasta el amanecer, entre conatos de contracciones que no parecían tener fin.

—¿Recuerdas nuestra discusión en clase? Nos llenamos de tinta todo el uniforme. —Se rio.

Yo también me reí.

—Me pareciste una estirada desde el principio. ¿Cómo puede cambiar tanto la opinión que tienes de alguien? ¡Solo ha pasado un año! —dije.

—Tú eras una de esas chicas que creen que lo saben todo. Me fastidiaba tu seguridad, que creyeras que yo también iba a tener mi sitio allí. No quería tenerlo. Y, después, no quería irme.

—Supongo que esto es lo que llaman «madurar» —indiqué, mientras me incorporaba para cerrar las cortinas.

—Sí, supongo —se rio Sara—. George me confesó un día que me vio en mi primera visita al bosque. No quiso decirme nada por no parecer un entrometido. Aquel día lloré durante un buen rato. Escuché sonidos ajenos y, cuando me hablaste del guardabosque, llegué a creer que me había espiado. Pero era George. Siempre fue George... También pienso mucho en esa charla que tuvimos sobre el destino. Fui tan soberbia...

—También pienso mucho en esa charla que tuvimos sobre el destino. Fui tan soberbia de asegurar que yo lo tenía escrito. Me vi subida en un tren que ni siquiera he visto de lejos.

—Yo todavía no me he caído por ningún precipicio. Si te sirve de consuelo... —Y nos volvimos a reír.

—Imagino a las niñas que estarán ahora en clase de la profesora Habicht. ¿Seguirá impartiendo gimnasia?

Tosí, como espasmo nervioso. Sara no había recibido la noticia del cierre de St. Ursula. Yo quería contárselo todo, pero no podía. Sabía que ella no se creería el asunto de la ausencia de seguridad y no podía permitir que se sintiera responsable. No en aquellas circunstancias.

—Sí —respondí con un hilo de voz—. Seguro que sí. Oye, Sara, voy a fumarme un pitillo y ahora vengo, ¿vale?

Asintió y, con el pesar del silencio apretándome el gaznate, salí de la habitación.

En aquellas jornadas, St. Ursula se me antojaba como el más lejano de los universos existentes. También la guerra, de la que conocía noticias cada vez que visitaba la cocina o el jardín para tomar aire, fumar y charlar con sor Maissen y otras religiosas. Los chirridos de puertas y las oraciones susurradas amenizaban, de fondo, los diálogos sobre los avances alemanes y las posiciones aliadas. Desde el verano de 1940, Suiza había activado la estrategia del «reducto nacional» o «reducto alpino» que confirmó la información que el teniente Baasch le había proporcionado a Anabelle en la fiesta de Sankt Johann: el foco principal de la defensa suiza se concentró en los Alpes, territorio que los helvéticos dominábamos y un invasor, no. Se mantuvieron algunas unidades en fronteras y en el valle, pero su cometido era retrasar un avance que se vaticinaba seguro. El día 25 de julio, el general Henri Guisan había pronunciado un discurso a los soldados, admitiendo que la supervivencia de Suiza «estaba en peligro».

La congoja continuaba, se dilataba en el tiempo que, por lo pronto, se había ensañado más con los británicos, cuya traumática batalla aérea se había librado durante los meses estivales. Por su parte, Mussolini se había estrenado sin tardanza en el campo de batalla, con ofensivas en el norte de África. La guerra continuaba su expansión por los Balcanes y el este de Europa. No obstante, y pese a que aquellos momentos me conectaban con el mundo real, siempre volvía con ella, alejando de mí la angustiosa sensación de que la contienda duraría más de lo que jamás habíamos imaginado.

—¿Tienes noticia de algo relacionado con George? —me preguntó una tarde.

—No, nada. Todavía no hay novedades. Pero las habrá, estoy segura —mentí.

—¿Y el profesor Glöckner? Es muy importante para él. Quizá haya podido investigar.

—El profesor está..., bueno, no lo ha encajado del todo bien. Se puso en contacto con mi madre en octubre. Desde entonces, mi madre le ha enviado un par de cartas. Pero él solo contesta con misivas breves y párrafos repletos de culpabilidad. Creerá que pudo influir... —dije, pero frené, callando así el detalle de Damian—. Supongo que todo es cuestión de tiempo, Sara. Se llevaban bien. Cuando aparezca, todo se calmará —traté de consolarla.

—¿Prometes que me ayudarás a encontrarlo, llegado el momento?

Asentí en silencio.

—¿Sabes? Antes leía los periódicos. Imaginaba a George en ellos con alguna insignia de esas doradas y relucientes. Estoy segura de que será un gran soldado. Tiene que liberar París —me confesó.

—Estoy convencida de que lo hará, Sara. Apuesto a que sus compañeros agradecerán que siempre tenga pitillos a mano. Se hará un nombre entre ellos, sin duda —respondí divertida.

—Deseo que esto termine de una vez, esta guerra odiosa... Ya no leo los diarios porque tengo pesadillas al ver las noticias, los avances. Me imagino que han bombardeado Leclein Castle y no lo puedo soportar. ¿Quién inventó la metralla y los tanques? —lamentó y la abracé.

El día 26, tras unas Pascuas que no vivimos, Sara empezó a notar un dolor mayor a cuantos había experimentado semanas atrás. El doctor que las visitaba llegó dos horas más tarde y nos confirmó que el parto había comenzado. Por el estado de mi amiga, estaba preparada, antes de tiempo, para que aquel médico me confirmara que los riesgos eran elevados. Durante las horas que duró, pasé por todo tipo de estados de ánimo. Quise colaborar, pero Sara tenía cogida mi mano. Me pidió que no la soltara, que la apretara en todo momento. Así que seguí sus indicaciones, disculpándome ante aquel par de hermanas, que hacían las veces de matronas, y que no se permitieron respirar un solo instante. Yo estaba entre horrorizada y estupefacta.

De pronto, un último empujón acompañado de un chillido desgarrador permitió al doctor coger al bebé. No había llanto. Sara me miró preocupada. Tras cortar el cordón, el médico y las comadronas se concentraron en reanimar a aquella criatura. Me fijé en cómo la cogían, cómo la masajeaban, cómo la estimulaban. El misterio de la vida ante mis ojos. Entonces, el bebé empezó a llorar. El médico y las dos religiosas sonrieron aliviados. Yo también. Busqué la complicidad en la mirada de mi amiga, pero su mano había perdido fuerza y sus ojos, profundidad.

Avisé al doctor que, veloz, me pidió que me apartara y trató de solventar aquel enorme contratiempo. Me temblaban las manos. Había mucha sangre en la ropa de cama, en su camisón. Trató de reanimarla, de parar la hemorragia, pero Sara no reaccionaba. Cuando quise intervenir para ayudar, la comadrona que no estaba atendiendo al bebé me cogió de los brazos, buscando que no interfiriera en la estéril labor del galeno. Solo un par de minutos después, sus manos y sus conocimientos parecieron capitular.

—No se puede hacer nada. Lo siento —alcanzó a decir.

Puso su mano en mi hombro y abandonó la estancia para reconocer al bebé, que continuaba llorando en la habitación contigua. Empecé a negar con la cabeza, quise apretar sus dedos, devolverles lo que aquel niño les había arrebatado. La llamé. La abracé. Intenté reanimarla, darle aliento. Pero fue inútil. Mi grito atravesó los muros sagrados de aquel edificio dedicado a la espiritualidad. No sé si Dios me oyó. Ahí me percaté del cisma tan profundo que acababa de originarse en mi estómago y en mi corazón. No recuerdo un momento de mayor pena en mi vida. Lloré durante horas.

—Ha debido de ser por la hemorragia —supuso, sin saber, una de las religiosas, que se afanó en limpiarlo todo.

El resto de conversaciones se tejieron a años luz de mí. Yo seguía apretando la mano de mi amiga. Incluso después de que cubrieran su rostro con la sábana. Supe que no podía retenerla. Pero hay momentos en los que prefieres seguir habitando en el limbo que existe entre tu consciencia y tu deseo.

Aun con la cama vacía, yo me quedé sentada en el suelo. Al final, una de las religiosas vino a verme. Me dijo, con una inexplicable sonrisa en los labios, que el bebé era una niña y que, aunque débil, parecía luchar por mantenerse con vida. Tardé un rato en decidirme a incorporarme e ir a conocer a la hija de Sara y George. Estaba en un pequeño barreño con agua caliente con objeto de regular su temperatura. Necesitaba un hospital. Era pequeña, color rosado, de finas extremidades. La religiosa que se había encargado de vigilarla me animó a coger su manita, pero me negué. No quería lastimarla. Yo no sabía tocar bebés. Mi ropa todavía tenía sangre y sudor. Quizá nunca fueron a los que se refirió el Primer Ministro británico, pero eran los míos, los de mi amiga.

—París —susurré, al recordar la ciudad en la que George y Sara debían reencontrarse.

—¿Disculpe? —me preguntó sor Maissen.

—Sara hubiera querido que la niña se llamara París —dije.

De pronto, una estampida de pasos llegó hasta aquella sombría habitación. Eran los hombres del general Suárez, a la caza de una explicación. Ni siquiera repararon en mí. Supusieron que era una de las ayudantes del médico. Empezaron a gritar a las religiosas, a exigir motivos para no haberse enterado del parto hasta que ya era demasiado tarde. Ellas alegaron que consideraron más urgente contactar con el doctor y atender a Sara. También mencionaron el delicado estado de salud de la prematura.

—En fin, ya sabe cuál es el procedimiento si logran que sobreviva. Borren cualquier rastro con la familia Suárez y den al bebé en adopción —concretó.

—Necesitamos un nombre de referencia. Quizá el general quiera proporcionar... —intentó sor Maissen.

—Usen el que quieran. Ese bebé ya no tiene vinculación con nosotros ni con el general. Debemos irnos para tratar de solventar el tema del cuerpo de la señorita. Regresaremos mañana con instrucciones.

Antes de que abandonaran la estancia, me adelanté un paso.

—Díganle al general Suárez que tiene una nieta. Y que, aunque decida ignorarla, jamás podrá cambiar eso —espeté con rabia.

Uno de aquellos dos hombres se aproximó a mí.

—¿Qué ha dicho?

—Repudió a Sara y va a hacer lo mismo con ese pobre bebé moribundo, sangre de su sangre. Ojalá la culpa persiga a su familia siempre —dije.

El caballero esbozó una sonrisa de exasperación. Miró a los lados y, sin darme opción a reaccionar, me empujó contra el muro más cercano, ante el estupor de las dos religiosas que servían de testigo. Me tenía inmovilizada con su brazo haciendo presión en mi cuello. De pronto, sacó un arma y la colocó frente a mi sien. Se oyó un aullido azorado.

—No sé quién demonios es usted, pero lo averiguaré en solo dos llamadas. Y espero que entienda lo problemático que puede ser que nosotros sepamos su identidad. Porque si dice algo de todo esto, si intenta ponerse en contacto con el general o si alguna vez vuelve a esta abadía, la mataremos. —Metió la mano en mi bolsillo, extrajo el reloj de mi padre y leyó la inscripción—. Recuérdelo siempre, señorita Fournier. Su existencia está por debajo de la reputación de la familia Suárez, así que no nos dé motivos para borrarla del mundo. ¿De acuerdo?

Asentí. Devolvió el reloj a su lugar.

—Ahora, largo —me ordenó y me soltó.

Recuperé el aliento y la libertad. Crucé una mirada con sor Maissen y, aterrada, salí de la sala. A pesar de la amenaza, tras alcanzar mi bolsa, opté por hacer una breve visita al cuarto de mi amiga y rescatar lo poco que quedaba de ella antes de que decidieran hacerla desaparecer por completo. Cogí el libro de *Jane Eyre* y una colección de cartas que había escrito a su hija en los meses de retiro en la abadía. En ellas, le hablaba de su historia con George, de St. Ursula y de Larache. Al devorarlas sin permiso me percaté de que había dejado olvidada la figurita de madera que el hijo del duque de Arrington le había regalado el pasado invierno. Sin permitirme tiempo para coger aire, me escabullí hacia la salida, deseando no volver a toparme con aquellos hombres.

No obstante, antes de poder cruzar el umbral, la religiosa de la entrada me chistó desde un escritorio de madera.

—Señorita, señorita. Recuerde que, si se marcha definitivamente, debe firmar el libro de visitas. Por favor —solicitó.

Con el rostro bañado en lágrimas, apunté mi nombre en el casillero del día 26 de diciembre. Ese día, mi inocencia murió con Sara. También nuestras conversaciones antes del apagado de luces. Mi libertad para recordarla y narrar lo ocurrido. Y mi pubertad llena de misterios por descubrir con el tenue y pausado transcurrir del tiempo. Nuestros errores y las decisiones de otros nos habían llevado a aquella habitación, a aquella abadía lejana donde se ofrecía cobijo al que lo necesitara. Yo necesitaba muchas cosas cuando la abandoné, con las ropas y el alma todavía manchadas de sangre. Antes de tomar el autobús de vuelta a casa, volví a notar el peso de la pistola que me había dado Roger Schütz. La había llevado en la cartera durante todos aquellos meses. Solo entonces me generó un grado tan elevado de repulsión que, exenta de templanza, me alejé un par de kilómetros del camino para enterrarla en un profundo hoyo. Mientras tiraba tierra por encima, los ojos se me empañaban de dolor. Necesitaba a mi amiga, mi esperanza, mi fe. Pero decidí enterrarlas, junto a aquella arma, junto a mis recuerdos y junto al sentido de justicia que había aprendido, a escondidas, de mi padre, para no volverme loca.

—Otra vez no —lamenté, entre lágrimas.

***

Cuando me reincorporé al Servicio de Auxilio Femenino, me sorprendí al descubrir que me habían cambiado de ubicación. Me enviaron a la central estatal de ayuda al soldado, en Zúrich. Desde esta nueva localización, redacté tres extensas cartas, moteadas con mi tristeza, en las que narraba a mis amigas el desenlace de Sara. Unos meses más tarde, en diciembre de 1941, conocí a mi marido, Anthony Geiger, con quien me casé en 1943. Seguí en el Servicio hasta el final de la guerra, en 1945. Aguardaba con tanto fervor su fin que, cuando llegó, me pareció insuficiente. Mientras tanto, continuaba con mis negocios paralelos de compra-venta de productos. Comencé con alimentación. Después me pasé a los cosméticos, muy demandados en la ciudad. Todo el mundo valoraba mi capacidad para la negociación, mi olfato para las oportunidades. Así que, con el apoyo de Anthony, me matriculé en Finanzas en la Universidad de Zúrich.

Mi madre me informó, por carta, de la muerte de la directora Lewerenz, que se había jubilado y retirado a Zug durante la contienda, tras soportar una buena ristra de interrogatorios. Con el tiempo, se amansaron las aguas, pero imagino que creyó que no había vuelta atrás. Quizá se agotó de esperar o de batallar por un proyecto que, bajo su tutela, tenía demasiados interrogantes. O puede que recibiera presiones. No sé. No volvimos a hablar del tema. Yo fui la primera que supo sobre la nueva vida de St. Ursula. También de esa postura en contra del pasado que inauguraron desde 1947. No contactaron con ninguna profesora de antes del cierre. A Anabelle no le gustaron las formas. Tampoco a mí. Así que decidimos despedirnos de la que había sido nuestra casa durante diez años. Solo regresé una vez más, tras la incansable insistencia de Évanie, por el cincuenta aniversario.

Al tiempo que avanzaba en mi carrera, visitaba a mi madre y a mis abuelos, hasta que estos fallecieron. Cuando se quedó sola, Anabelle se mudó a un pueblecito de la frontera francesa, donde trabajó en la escuela local hasta que se retiró en 1960. Nos reencontrábamos cada dos meses. Al final, cada menos. Sé que la profesora Habicht, la profesora

Richter y la profesora Durand iban a verla cada año. Alguna vez, Anthony y yo coincidimos con ellas.

Mi entrada en el sector inmobiliario fue casual. Una tarde, me acordé de la posada de Ankengasse. Decidí dar un paseo y comprobar cómo estaba aquella familia. El cartel de «se vende» decoraba la puerta de entrada. Había ahorrado bastante, así que un impulso me empujó a ponerme en contacto con ellos. Les ofrecí adquirir el local, a condición de que fueran ellos los que lo continuaran regentando. Los hijos, Lydia y Samuel Schenker, aceptaron el trato. Prometí no inmiscuirme, a riesgo de que la calidad del negocio no fuera excelente, pero quería que vieran que solo pretendía mantener ese hostal familiar con vida. La noche antes de la reapertura, pinté un tres junto al número de la habitación cuatro. Fue una chiquillería, una absurdez. Pero lo hice solo por ella, por conservar un pedacito de lo que fuimos, de lo que fue St. Ursula con nosotras.

Ni un solo mes olvidé escribir a Évanie, Liesl y Joanna.

Ni un solo día me dejé de preguntar dónde estaría George Barnett.

Ni un solo momento dejé de extrañar a Sara.

Ni un solo diciembre ignoré la angustia al no saber del destino de la hija de Sara, si habría sobrevivido, ni la culpa al dejar que el miedo condicionara mi determinación de averiguarlo.

Ni un solo segundo me permití poner en peligro aquella patria de ideas y valores sin fronteras.

XII

27 de octubre de 1977

La señora Geiger estaba vencida. Dejó la fotografía en la mesita de café. No tenía más energía para hablar. Yo tampoco. No imaginaba aquel desenlace. Imaginé el duro golpe que habían supuesto las sospechas del Gobierno para la directora Lewerenz y la profesora Travert, agotadas de luchar por el proyecto de St. Ursula. También la tensión por mantener todo aquel asunto en secreto, aun en la actualidad. Y comencé a comprender el misterio, el alarmismo, el temor de la propia Charlotte a mentar esa parte de la historia. O lo de Sara, tras esa terrible amenaza en la abadía. Había querido venderme la desaparición de George como el motivo del cierre, del cese, pero el escándalo era mayor, alcanzaba las entrañas de las señas de identidad de la escuela y del país. Sentí descender la temperatura de mi cuerpo.

Observé a la señora Geiger, que ocultaba su pesar mirando hacia la ventana. Demasiados años de silencio. Yo también estaba abrumada. Al principio, había creído que el amor de Sara y George había triunfado más allá de la guerra. Pero me había equivocado.

—Tenía que mentir, señorita Eccleston. Utilizar lo de George como motivo del cierre era la única carta que podía jugar para reconciliarme con mis recuerdos, el modo exclusivo de volver allí, a lo que pasó en St. Ursula en el curso 1939-1940, sin incumplir mis forzadas promesas de silencio. Sin cruzar los límites. Como le dije, hay cuestiones que se escapan a lo que usted, el señor Burrell o yo podamos anhelar... —me explicó.

—Lo entiendo... —musité, todavía apabullada por el vendaval de información.

—Ahora tienen que mantener el silencio. Los dos. Prométamelo. Comprendo que usted ha adquirido un compromiso, más que con el viudo de Eleanore, consigo misma y su código moral, pero le suplico que solo desvele a ese hombre lo necesario, nada más. Este capítulo debe olvidarse.

De pronto, el estruendo de una bandeja al caer al suelo nos llevó de vuelta al presente. La cascada de varios cristales y porcelanas estallando. Y unos tacones corriendo, acolchados por la alfombra persa que recubría el magnífico parqué del comedor. Me levanté, sin permitir que Charlotte Geiger se recuperara y me dirigí al lugar en el que se había originado aquel impacto. Cuando me asomé por el arco que separaba ambas estancias, encontré a la señorita Müller, tratando de desaparecer por el pasillo. Veloz, se metió en la cocina y cerró la puerta. El señor Baumann arqueó las cejas y se apartó. La señora Geiger apareció por la puerta del comedor.

—¿Qué está ocurriendo? —se extrañó.

Tragué saliva y fruncí el ceño.

—¿Por qué se ha metido ahí? ¡Señorita Müller! Salga ahora mismo y recoja el desastre que ha causado —exigió su jefa.

—Espere, señora Geiger. ¿Me permite? —solicité.

Charlotte accedió con un gruñido que dejaba patente que se le estaba acabando la paciencia.

—Señorita Müller, abra la puerta, por favor. Recogeremos juntas todo lo de la bandeja. La señora Geiger no va a enfadarse. Me lo ha prometido —mentí, ante la sorpresa de la dueña de la casa.

Silencio.

—¿Señorita Müller? ¿Sigue ahí? —quise confirmar.

Silencio.

—Sí —respondió al fin un hilo de voz.

—Señorita Müller, no me responda si no quiere, pero ¿considera que tiene algo que contarnos?

No respondió.

—Esto es deleznable y una actitud de cría —susurró la señora.

—Chsss —me atreví—. Por favor.

Charlotte me concedió una nueva y última oportunidad.

—Señorita Müller, vamos a hacer algo. Voy a hacerle varias preguntas y usted solo tendrá que responder dando golpecitos en la puerta. Un golpe será negativo. Dos golpes, afirmativo. ¿De acuerdo? Así podremos clarificar la situación sin que sienta la presión de hablar. La señora Geiger se compromete a no tomar lo que diga como material para valorar su continuidad aquí —volví a mentir—. ¿Le parece bien, señorita Müller?

Silencio.

—Señor Baumann —llamó la señora Geiger.

Dos golpes. Volvía a tener el control de la situación. Asentí y me aclaré la voz.

—Creo que es importante para su historia, señora Geiger. Yo he confiado en usted, aunque no me lo ha puesto fácil. Ahora confíe usted en mí —le susurré.

A regañadientes, la orgullosa Charlotte Geiger volvió a darme permiso. Yo me coloqué junto a la puerta, reposando mis manos y mi mejilla sobre la superficie de madera.

—Señorita Müller, ¿ha estado escuchando las entrevistas que hemos tenido la señora Geiger y yo?

Dos golpes.

—¿Ha escuchado lo que me acaba de contar hoy?

Dos golpes.

—¿Su interés es dañar la reputación de la señora Geiger?

Un golpe.

—¿Algo de lo que ha escuchado le ha hecho perder el control de sus nervios y, en consecuencia, tirar la bandeja al suelo?

Silencio. Dos golpes.

—¿Es usted la persona que me ha estado enviando cuadros surrealistas desde que llegué a la ciudad? ¿La que ansiaba que preguntara por Sara?

Silencio. La señora Geiger empezaba a perderse. Dos golpes. Mis suposiciones se iban cumpliendo, así que me lancé por aquel tortuoso camino hacia la verdad que había emprendido semanas atrás.

—Señorita Müller, ¿nació usted el 26 de diciembre de 1940?

Charlotte Geiger perdió el color de sus mejillas. Me miró como si estuviera loca. ¿Será por la obcecación? No se oía nada al otro lado. Aquella elegante mujer empezó a inquietarse.

Dos golpes.

Suspiré y sonreí. Apoyé mi frente en la puerta. Después, volteé la cabeza para hallar la estupefacción de la señora Geiger que, con ojos llorosos, dio dos pasos hacia atrás y ocultó su boca tras aquellas fantásticas manos que siempre olían a loción hidratante.

—Señorita Müller, sé que no me conoce apenas, pero creo que usted y la señora Geiger tienen una conversación pendiente. Ella escuchará todo sin juzgarla, estoy convencida. Pero deben hablar. Debe decirle la verdad. Solo así podrán pasar página —me aventuré—. ¿Está dispuesta?

Un sollozo ahogado se oyó de pronto.

—No puede ser verdad, no puede ser ella —repetía la señora Geiger.

Entonces, volvieron a sonar aquellos dos golpes.

—¿Puede quedarse, señorita Eccleston? —me preguntó.

Miré a la señora Geiger, que volvió a acceder, sin poder creer lo que estaba presenciando. Cuando la puerta de la cocina se abrió, la señorita Müller tenía el rostro cubierto de lágrimas de arrepentimiento. Pienso que mi presencia la relajó, aunque tenía por delante una buena dosis de explicaciones. Charlotte Geiger la observaba como si hubiera visto un fantasma. Regresamos a aquellos sillones en los que habíamos viajado juntas en el tiempo. Esta vez, nos acompañó Sophia, quien logró encontrar las palabras entre gimoteos, después de ver en mis ojos la promesa de no dejarla sola en aquella confesión.

—¿Quién es usted? —inicié.

Aquella mujer era víctima de sus propios errores. Aun así, cogió aire y comenzó:

—Mi primer nombre fue París. Siempre he querido saber de dónde venía. La familia Müller siempre se portó bien conmigo, pero mi madre me dio aquella extraña partida de nacimiento cuando cumplí los dieciséis. Solo venía la fecha y mi nombre... Nada más. Era la única copia. Por eso, si usted me investigó, señora Geiger, solo halló el sendero hasta los Müller. Mi madre me habló de la abadía de Maigrauge, de mi proceso de adopción, lleno de secretismo y ausencia de detalles. Ella misma me animó a indagar en el futuro. Así que, a los dieciocho, decidí visitar el lugar en el que nací. Nadie tenía noticia, parecía ser todo una ensoñación, hasta que me permitieron consultar el libro de visitas. Ahí encontré el único nombre anotado aquel día: Charlotte Fournier. Entre paréntesis, figuraban las palabras «París Ackermann». Desde entonces, su nombre se convirtió en una obsesión. La busqué en registros, en periódicos. Hasta que descubrí que Charlotte Fournier era Charlotte Geiger. Me trasladé a Zúrich desde Friburgo para cursar Historia del Arte y me aseguré de conocerla en aquella exposición sobre Vermeer en la Kunsthaus. Me alegró que conectáramos, me pareció una señal. Nunca supe si nos llevamos tan bien porque yo sabía todo de usted y podía comportarme de la forma en la que usted esperaba o porque, en realidad, teníamos un vínculo especial. Cuando me ofreció trabajo, no dudé en aceptarlo. Quería saber más sobre usted, descubrir qué relación tenía con mis orígenes. Quería ganarme su confianza para que fuera sincera conmigo, llegado el momento... Siempre supe que no podía abordar el tema de forma directa. Si usted me había dejado en una abadía, todo apuntaba a que no querría saber nada de mí. Y era demasiado doloroso comprobarlo...

Charlotte Geiger estaba desvaída. Se apoyó, con disimulo, en el reposabrazos. Sobre las mejillas de Sophia continuaban rodando lágrimas.

—Hace unos años, encontré, por accidente, el diario de Anabelle Travert en su despacho. Vi el nombre de Sara Suárez Ackermann escrito. También el suyo. Y el del colegio St. Ursula. Desde entonces, supe que todo tenía relación. Intenté investigar, pero, en el internado, me dijeron que no tenían documentos de antes de la reapertura. Aunque noté la tensión que se generó cuando pregunté por el curso 1939-1940, el que correspondía a las fechas del diario... Cuando la señorita Eccleston llamó y la escuché pronunciar aquellas dos palabras, supe que era mi oportunidad para descubrir la verdad. —La vergüenza entrecortó su voz.

—¿Se aprovechó de lo que le conté en aquel momento de vulnerabilidad? —preguntó dolida Charlotte Geiger.

Al parecer, las jaquecas de la señora Geiger habían empezado a raíz de nuestra primera charla telefónica. La señorita Müller había mostrado preocupación y consiguió que su jefa le confesara que aquel tema la incomodaba desde hacía muchos años. Entonces, se propuso convencerla de hablar conmigo para, así, reconciliarse con sus recuerdos. «Usted define los límites, señora Geiger. Será como una terapia para sus dolores de cabeza, pero ayudando a otra persona. La investigaremos si se queda más tranquila», le había aconsejado. Sin embargo, al final, Charlotte Geiger había hallado una recompensa mayor por abrirme la puerta a su pasado: mi ayuda para cerrar el caso Barnett y poder conciliar el sueño.

—Tuve acceso a la información que la señora Geiger obtuvo de usted, la que mandaron desde la embajada de Londres, así que decidí empezar a enviarle réplicas de cuadros surrealistas con mensajes ocultos para llamar su atención y asegurarme de que abordaban la cuestión de Sara Suárez Ackermann. Ella era la clave.

—¿Y cómo...? —quise proseguir.

—Me hospedo allí. En la habitación cuarenta y tres. Cuando, en 1968, me quedé sin alojamiento por un problema en el contrato de alquiler, la señora Geiger me ofreció hospedarme de forma gratuita en el Dadá Herberge. La señora Lydia me dijo que aquel cuarto era especial, aunque no sabía por qué. Decidí escogerlo, seguir mi intuición. He estado sobornando al señor Samuel para tener acceso a la copia de las llaves y para que me cubriera en todo momento. Le aseguré que era por el bien de la señora... Él no tiene culpa de nada. —Tragó saliva—. Las réplicas las conseguí gracias a algunos compañeros de la universidad. Escogí las que tenían relación con el mensaje que buscaba transmitirle. Supe que lograría descifrarlo y que, hasta ese momento, llegaría a pensar que era una artimaña de la señora Geiger para confundirla, uno de sus amados rompecabezas. Y así no ataría cabos hasta el instante adecuado.

Charlotte Geiger se levantó. Anduvo hasta la estantería y rozó con su índice el lomo de aquel ejemplar de *Jane Eyre*.

—Nunca sospeché de usted, señorita Müller. Y le pedí que vigilara que nadie molestara a la señorita Eccleston en el alojamiento —añadió—. ¿Usted fue quien dejó el diario de mi madre a la vista?

—Discúlpeme, señora Geiger, de verdad. Yo no quería generar problemas, pero es que necesitaba saber la historia de mi nacimiento. Cómo llegué a este mundo. Escucharlas y consultar las notas de la señorita Eccleston era mi única vía. —Recordé entonces aquel día en que había notado mis apuntes ligeramente descolocados—. Al principio del relato, ni siquiera sabía en qué me afectaba a mí todo el asunto de St. Ursula. Vi que algo no cuadraba en la historia, que omitía su relación con Anabelle Travert y quise asegurarme de que era sincera. No quería más aplazamientos ni medias verdades. Usted es hermética. Ahora entiendo por qué, pero... yo no..., no podía más. —El llanto se mezclaba con las explicaciones.

Asentí, mostrando mi apoyo. El silencio fue el indiscutible gobernador de los segundos que siguieron a aquella frase. La señora Geiger se había colocado junto a la ventana.

—Yo no abandoné a ese bebé. Creí que había muerto. Y tampoco podía comprobarlo. Aquellos hombres me amenazaron, me lo prohibieron. Lo máximo que pude hacer fue escribir nuestros nombres en el libro de visitas, ocultando su apellido completo para evitar problemas —musitó Charlotte—. Estoy agotada de esto. No merezco haber sido engañada así. No después de todo lo que ocurrió.

El señor Baumann apareció entonces, sin comprender muy bien qué estaba sucediendo. Con un gesto, le indiqué que más tarde yo misma se lo relataría, así que se quedó en el comedor. Ante el estancamiento del diálogo, me lancé a intentar subsanar los desaciertos de la señorita Müller.

—Señora Geiger, la entiendo, de verdad. Pero no la puede culpar por ansiar esa verdad que usted siempre ha anhelado. Es la hija de Sara y George. De dos de sus mejores amigos. Logró sobrevivir. Y es su mano derecha, su amiga también. Ellos no han desaparecido, ella es un pedazo de lo que fueron. Lo último que queda de esa historia de amor entre dos jóvenes a los que la vida no les dio opción de amarse sin trabas. Quizá no ha empleado la mejor forma, pero ¿qué es lo correcto cuando no tienes manera de descubrir de dónde vienes? Usted y yo nos sentamos en el Gran Hotel Dolder, aquella mañana, creyendo que hablábamos de un pasado que no importaba más que a los nostálgicos. Y, sin saberlo, le hemos revelado a una persona la información que ansiaba poseer, sus orígenes. No desaprovechen esta oportunidad.

Pensé entonces en la señora Burrell y en la tardía explicación a sus dudas. Ellas estaban a tiempo. Sophia Müller aguardó con un temple admirable a que toda la coraza de la señora Geiger cayera al suelo. Esta se giró, le lanzó una mirada arrepentida y, al tomar conciencia de mis palabras, empezó a llorar también. La señorita Müller no lo pensó dos veces y acudió a su lado, para abrazarla con toda la honestidad que se había guardado para sí. Charlotte correspondió a aquel gesto con todo el cariño que había dejado perecer en aquella abadía lejana, una noche de diciembre.

XIII

12 de noviembre de 1977

El profesor Burrell vivía en una casita en Curbridge, a unos cincuenta minutos en autobús desde Oxford. Ya había estado allí en una ocasión, en junio, para descubrir cuáles eran sus motivos para sospechar de St. Ursula. Ahora estaba, una vez más, a punto de cruzar el umbral, con todas las respuestas almacenadas en mi cabeza y en las interminables anotaciones que llevaba en mi portafolio. El profesor Burrell, como en nuestra reunión previa, se mostró de lo más entusiasmado con el objeto de mi tesis. Vivía con su hija pequeña, aunque aquella tarde ella se encontraba trabajando. Me sirvió un poco de té, algo confuso por el motivo de mi reincidencia. Extraje de la carpeta todas mis anotaciones y una instantánea que la señora Geiger me había regalado. Había pertenecido a la profesora Travert. En ella, un grupo de niñas de unos trece años posaban con ella en el hall de la escuela. Celebraban el día de St. Ursula.

—Es mi Mandy —comentó emocionado, señalando a una jovencita con dos trenzas enrolladas a ambos lados de la cabeza.

Asentí.

—Toda la información que voy a compartir con usted es confidencial. En honor a la filosofía con la que se educó su esposa y lo que supuso esa casa para las niñas, debe prometerme que no dirá nada. Por favor.

—Tienes mi palabra. Te lo debo después de todo tu empeño por responder las preguntas de este jubilado. Lo llevaré a la tumba. Con Eleanore no hablo en voz alta. —Me guiñó un ojo.

Sonreí.

—Tengo mucho que contarle, profesor Burrell. ¿Tiene tiempo?

—¿Para mi Eli? Toda la vida, hija mía —me respondió, absorto al descubrir la sonrisa de su esposa en aquellas imágenes de su pasado en St. Ursula.

El profesor Burrell se horrorizó al descubrir todo el asunto del escándalo de final de curso. «Eleanore siempre tuvo olfato para las incoherencias. No hablaba mucho de su escuela, pero, en sus últimas semanas de vida, me trasladó su enfermiza necesidad por obtener respuestas, por descubrir qué había ocurrido en St. Ursula». Tenía sentido que Eleanore Fitzgerald sospechara algo. Fue testigo de las palabras de Lewerenz el día de la fiesta en el Sankt Johann im Wald y, un mes después, recibió aquella carta en la que se desdecía. Quizá lo que la diferenció del resto fue la perseverancia de aquel interrogante, acentuado a la vista de su despedida final. Las pinceladas de la historia de aquel grupo de amigos, cercanos a la señora Burrell, aunque no de forma directa, enternecieron al profesor. También le confié mis últimas suposiciones y averiguaciones.

—Al parecer, en 1946, con la directora Lewerenz fuera de foco y la contienda finalizada, el Consejo Federal permitió que los nuevos propietarios de St. Ursula reflotaran el proyecto educativo. Imagino que hubo condiciones de por medio. Con el paso de los años, la familia Lewerenz se ha convertido en una especie de reliquia con la que se avala la experiencia del internado, pero sin mayor detalle, por miedo a desenterrar viejos errores. Según me indicó la actual directora, Linda Bischoff, los documentos previos a la reapertura se destruyeron. Imagino que fue el último movimiento de la directora Lewerenz para evitar que la información de alumnas y profesoras cayera en manos inadecuadas. El colegio masculino, por su parte, desapareció un tiempo de la vida pública y de la prensa, se volvió invisible y ganó margen para gestionar sus irregularidades. Concretamente desde 1940 a 1942. También hizo desaparecer todo lo relativo al caso Barnett. He llegado a la conclusión de que quemaron todo papel en el que figuraba el chico, cuya presencia en la escuela se extendió desde 1930 hasta 1940, justo el lapso del que no parece haber información. Los documentos de ese periodo que debieron conservarse por burocracia y pragmatismo —facturas, despidos, renuncias, informes— se guardan en un sótano que me enseñó el secretario de dirección, el señor Erwin Fuchs. Imagino que, con el paso de los años, la administración del Sankt Johann se hizo menos cuidadosa en lo respectivo al asunto del hijo del duque de Arrington. Por eso encontré un cheque devuelto del profesor Adam Glöckner, que me dio pistas en la investigación. Supongo que, al margen de estas precauciones, el equipo fundacional ha tenido que hacer un sinfín de favores a muchas bocas hambrientas para evitar problemas y que sus trapos sucios vean la luz. Por todo esto usted no halló respuestas por más que lo intentó. Se jugaban demasiado como para abrir la boca —concluí.

Al final, cuando hubo obtenido esa explicación que su mujer le había suplicado, observó:

—Al margen de las cuestiones más personales y confidenciales, creo que tienes un material muy interesante para tu tesis, Caroline. Si consigues más versiones como la de la tal señora Geiger, podrás jugar con un abanico muy amplio de testimonios a valorar en tu investigación sobre cómo vivieron la guerra en esos colegios. Yo quise excavar, pero me pilló mayor, agotado, abatido por la pérdida de mi mujer. No supe qué teclas tocar, quizá se convirtió en algo demasiado personal. Pero tú tienes talento para la investigación. En un año has conseguido todos estos datos... así que no imagino adónde puedes llegar si continúas un par de años más.

Sonreí.

—Muchas gracias, profesor Burrell. Lo haré, sin duda. Aunque esta experiencia me ha servido para darme cuenta de que no será fácil conseguir más fuentes —opiné.

—Entonces debes encontrar un motivo lo suficientemente potente como para compensar la lucha y la frustración que se deriva de cualquier trabajo de investigación y, por supuesto, de todo aprendizaje —me contestó.

Cuando me despedí del profesor Burrell, reflexioné sobre lo que me había dicho. Podría escribir una tesis doctoral de éxito. Un artículo en el *Journal of Social History*, después. Dar un ciclo de conferencias en Oxford, más tarde. Después, miré el reloj de mi muñeca. Todavía tenía un poco de tarde por delante y estaba a medio camino entre Oxford y Burford. Decidí hacer una visita a las antiguas propiedades del ducado de Arrington. Aunque fuera un hotel, en aquellos jardines, en su imponente palacio, todavía quedaban resquicios de su glorioso pasado. Todos los relatos de Jane Austen que había leído desde pequeña se presentaron ante mí. Entonces, sentí un espasmo en mis brazos. No había olvidado la promesa que había contraído con la señora Geiger. En los ratos libres que me dejara la tesis, tenía que intentar dar con alguna pista sobre el desenlace de George Barnett.

Entré en el hotel y, sin querer, me sentí un poco absurda al interrogar al empleado por los antiguos propietarios del inmueble. Era un muchacho un poco más joven que yo. Encogió los hombros y, después de una llamada telefónica, me derivó al despacho del gerente. Este, que se sabía de memoria todos los detalles arquitectónicos del edificio, me remitió a un libro sobre la historia de Leclein Castle. Antes de irme, me contó que la duquesa había accedido a que la casa de invitados funcionara como enfermería durante la batalla de Inglaterra y que había sido de gran ayuda para curar a algunos heridos de los bombardeos. «Al fin y al cabo, Coventry está solo a cincuenta millas», remarcó el hostelero.

Después de leer, en el viaje de vuelta en el autobús, el ejemplar que me había regalado, saqué una única conclusión: el hermano mayor de George, Edward, no había sido nada ducho en los negocios. Al parecer, se había convertido en el noveno duque de Arrington a la muerte de su padre, en 1948. La señora Miranda Barnett vivió lo suficiente como para ver cómo el único hijo que no le había arrebatado la sombra de la guerra se arruinaba en poco tiempo: vendió Leclein Castle en 1958 y tuvo que ceder la colección de arte de la Fundación Yates en 1962. Ella falleció solo un año después. Así, el único Barnett vivo era Edward. O eso me figuraba. En aquel tomo no se mencionaban muchos datos más sobre el último propietario del castillo, pero algo me dijo que viviría retirado de la vida pública, lamentando el riesgo asumido con fortuna y apellido.

23 de diciembre de 1977

La Navidad siempre ponía de buen humor a los Eccleston. Por fin, nos reunimos los cuatro en Portsmouth. Robin y yo nos tomamos muchos chocolates calientes para ponernos al día con todo lo acontecido en otoño. Él me habló de una compañera interesante. Yo, previa autocensura, de mis aventuras con la misteriosa señora Geiger. Con papá y mamá fue un poco diferente. Nuestra costumbre era que yo me sentara en una de las sillas de madera clara de la cocina y que empezara a parlotear mientras mis padres seguían a lo suyo y fingían escucharme con atención. «Sigue, sigue, Carol, cariño. Te estamos haciendo caso», diría Nina. «Pues, como iba diciendo, aquel día descubrí...». «Paul, cariño, las conservas no van ahí. Perdona, Carol. Ahora sigues». Yo bebía un sorbo de té caliente y sonreía.

De tanto en tanto, cuando me quedaba sola con mis pensamientos, en mi antigua habitación, no dejaba de sobrevolar por todos los episodios que habían conformado la historia de Charlotte Fournier, Sara Suárez Ackermann, Adam Glöckner y Anabelle Travert. También de George Barnett, de Sophia Müller y todos los demás. Aquella noche, sin poder conciliar el sueño, recordé el lugar en el que papá guardaba sus antiguos álbumes de fotos. Con sigilo, entré en su oficina, repleta de libros, de muebles de madera oscura y de adornos navideños. Abrí el último cajón de su escritorio y extraje todos los recortes del pasado de Paul Eccleston. Revisé las fotografías de su niñez, de su graduación en la Universidad de Bristol, de una chica que debió de robarle el corazón antes que mamá, de su primer día vestido de militar, de sus compañeros de entrenamiento... Me detuve en aquellas imágenes. Eran grupos de jóvenes entusiasmados, ignorantes de que, en unos meses, serían los protagonistas de una de las gestas más arriesgadas de la guerra. Las fui girando para leer las anotaciones que había hecho mi padre en el reverso, por recomendación de mi madre, algo más organizada. Entonces, leí, en un susurro:

—26 de mayo de 1944. Con algunos chicos de la 6ª División Aerotransportada.

Alguien encendió la luz.

—¿Qué haces ahí, Carol? —se extrañó mi padre—. Pensaba que había entrado alguien en la casa.

Me levanté del suelo, donde llevaba sentada un rato.

—Papá, quizá te resulte extraña esta pregunta, pero ¿recuerdas algo de los muchachos que aparecen en esta fotografía?

—¿Has vuelto a sacar lo de la guerra? Carol, ya te dije que no me gusta hablar del tema —me recordó.

—Lo sé, lo sé, papá. Solo es ahora, solo esto. Intenta hacer memoria.

Mi padre, ojeroso y perezoso, cogió la instantánea y la observó con detenimiento. Repasó a todo el grupo, hallándose a sí mismo, inocente, con una sonrisa de oreja a oreja. Se aclaró la voz.

—A duras penas, cariño. Este de aquí era de Bath. Sí, de eso estoy seguro. También había estudiado en Bristol, me acuerdo por eso. Aunque era unos años mayor que yo. Este se llamaba algo así como Roger o Robert. Simpático, aunque retraído. Este otro era gracioso. Aunque contaba unos chistes pésimos.

—¿Te suena el nombre de George Barnett, papá? ¿O Gordon Wollstonecraft?

Entrecerró los ojos.

—No, hija. No me resulta familiar ninguno. Aunque mi memoria tampoco es infalible —respondió y, entonces, se fijó en mi mueca de frustración—. Tomemos un vaso de leche caliente. Nos vendrá bien a los dos —me invitó.

En la cocina, con algunas de las imágenes esparcidas por la mesa, mi padre me pidió que le explicara qué era lo que me quitaba el sueño.

—Prometí a la señora Geiger…

—¿Tu amiga suiza?

—La misma. El caso es que le prometí que encontraría a su amigo George. Desapareció en junio de 1940, tratando de llegar aquí. Nadie sabe qué le ocurrió, si logró sobrevivir. Uno de sus profesores investigó un tiempo sobre su paradero, pero solo llegó a una pista: que había sobrevivido y había participado en la operación Overlord bajo el nombre de Gordon Wollstonecraft. En la sexta división…

—Entiendo…, de ahí tu interés… —Se quedó callado—. ¿Un muchacho con ganas de morir en batalla? —intuyó Paul.

—Algo así —contesté—. No sé, papá. La señora Geiger, aun con toda su soberbia, su manipulación y su esnobismo, me abrió su corazón, me proporcionó una perspectiva única para mi tesis y me dio la posibilidad de hacer feliz al profesor Burrell, quien, por fin, ha podido hacer la visita que deseaba a la tumba de su esposa. Ella solo me ha pedido esto y, conforme pasan los días, me veo cada vez menos capaz de llegar a él.

—Carol, si después de casi cuarenta años, nadie sabe dónde está, es que ha muerto o no quiere que le encuentren. —Dio un sorbo—. Eso o no sabe cuál es el camino de vuelta a casa. No sería el único —dijo.

Comprendí. Después, observé las caducas instantáneas y me ruboricé.

—Tu amiga suiza te ha pedido algo muy difícil, Carol. No es responsabilidad tuya si no puedes encontrarlo —me indicó—. ¿Prometes que no te obsesionarás?

Asentí, nada convencida. Mi padre dio por concluida nuestra reunión y se levantó a dejar el vaso en la pila de la cocina. Me pidió que devolviera todo a su sitio. Antes de abrir la puerta, se giró:

—¿Barnett no es el apellido de un duque que se arruinó o algo así?

—Lo es —contesté.

—Ahm —asintió—. Buenas noches, Carol. Descansa. Mañana hay mucho que cocinar y comer.

—Buenas noches, papá.

2 de febrero de 1978

A pesar de que quise remover cielo y tierra para avanzar en las pesquisas sobre el destino de George Barnett, la profesora Attaway me instó a que me centrara en lo académico. «Buscar fantasmas no te hará profesora», me recordó. Así, me centré en devorar libros, en estudiar sobre los movimientos, las estrategias de la Segunda Guerra Mundial, de Suiza y de los colegios internacionales. Pasado Año Nuevo, recibí una carta de la señora Geiger. Me deseaba prosperidad y me relataba que la señorita Müller y ella habían pasado las Pascuas junto al señor Geiger en la casa que tenían en Niza. Pensé que, a su modo, Charlotte había cumplido todas sus ambiciones de juventud, pese a que la guerra, y el triste final de sus amigos, hubieran detenido el fluir de sus sueños. Supe que había entregado a Sophia las cartas que había escrito Sara en la abadía para que pudiera conocer algo de su madre, de la historia con George. También confirmé que era, gracias a ellas, por lo que Charlotte me había podido hacer partícipe del romance. Siempre había pensado que el detalle de su narración era demasiado exhaustivo como para que las simples confidencias de habitación fueran las artífices. Había algo más. Y, en efecto, Charlotte Geiger siempre, siempre, tenía sus fuentes. En eso no me había mentido.

Reflexionaba sobre el poder que tenía el pasado en el presente, de vuelta de la biblioteca Bodleian. La cartera me pesaba más de la cuenta, había cogido prestados un par de libros de más, y casi se me desestabilizó la bicicleta en un par de curvas. Llegué al número tres de Mount Street con las manos congeladas. El calor del recibidor me pareció el mejor regalo que había podido obtener.

—Te ha llamado Maggie. Dice que le devuelvas la llamada antes de esta noche. Es por algo de una prueba de un vestido —me ladró Ava.

—De acuerdo, gracias —respondí.

Maggie me había recogido al regresar de Zúrich, así que fue ella la que primero supo la versión recortada de la historia de la señora Geiger. Se lo debía. A Maggie le sorprendió cada detalle. Incluso que Charlotte Geiger supiera de su existencia. Le pareció algo grotesco. Al final, se ofreció a buscar el modo de que Benjamin Stäheli colaborara, con su testimonio, como fuente oral para mi tesis. Sin embargo, las situaciones no habían sido propicias y yo me había cansado de preguntar. Me dirigí a mi habitación y me puse cómoda. Me senté en aquella butaquita que tan poco gustaba a mi amiga y empecé a hojear uno de los tomos que había extraído del fondo bibliotecario.

Entonces, en medio de mi éxtasis intelectual, el timbre de la puerta empezó a sonar. Como era costumbre, primero di un par de gritos para pedir —o exigir— que mis compañeras de piso fueran a atender a nuestra visita. Pero, como solía ocurrir, nadie me hizo caso. Abrí la puerta de mi cuarto de mala gana. Billie estaba en la ducha, así que tenía excusa. Bajé las escaleras, dejando que mis calcetines acariciaran la moqueta malva que las recubría. Por la mirilla, confirmé que se trataba de una desconocida. Una mujer con abrigo marrón y cabello castaño, recogido en una coleta baja, aguardaba una respuesta. Entrecerré los ojos. Me resultaba familiar.

—Buenos días —saludé, mientras abría la puerta.

La mujer levantó la mirada y me observó.

—Buenos días. Estoy buscando a Caroline Eccleston. Me han dicho que vive aquí.

—Sí, en efecto. Soy yo. Encantada. ¿En qué puedo ayudarla? —me interesé.

—Oh, encantada de conocerla —dijo y me estrechó la mano—. Disculpe el atrevimiento. No quiero incordiarla. Charlotte me dijo que está trabajando en una investigación sobre los internados internacionales en Suiza que funcionaron antes y durante la Segunda Guerra Mundial. Como sabe que vivo en Londres desde hace unos años, me ha comentado que usted estaría agradecida de tener más testimonios —me confesó con una amabilidad reconfortante y un delicado acento—. Me ha contado todo lo de sus entrevistas en Zúrich.

Arqueé las cejas.

—Por supuesto. ¿Usted también fue alumna?

—Oh, sí. Disculpe que no me haya presentado. Soy Liesl Bachmeier.

Una sonrisa de emoción apareció como respuesta.

—He venido a Oxford por una conferencia, pero es a las tres y media. ¿Tiene tiempo hasta entonces de tomar un café? Si no, volveré otro día. No suelo ser tan impulsiva, comprendo que no son formas, pero se me ocurrió y quise intentarlo.

—No, no. Descuide. Deme un minuto. Voy a por el abrigo y los zapatos. Conozco un sitio perfecto para charlar.

—Estupendo. La espero.

—Me alegro muchísimo de conocerla, de verdad. Muchas gracias por venir —afirmé, cuando volví de calzarme.

—Un placer, señorita Eccleston. No fueron tiempos fáciles, pero estoy dispuesta a revivirlos si sirve de algo a las nuevas generaciones —me respondió.

Unos minutos después, ya estábamos en la calle. Con mi cuaderno, mi americana y mi bolso. Con mi lápiz. Dispuesta a volver a viajar en el tiempo. La llevé al Queen's Lane Coffee House, donde nos acomodamos, resguardadas del frío, en una de las mesas. Pedimos un par de tazas de café.

—Habrá quedado impactada con nuestras anécdotas de colegialas. Sé de buena tinta que Charlotte puede llegar a ser muy detallista en sus descripciones. Siempre lo fue. Le encantaba ser la que narraba las novedades. Sobre todo durante aquel curso. Era su manera de demostrar su valía en el colegio. Siempre tuvo una especie de complejo de inferioridad por su procedencia. Me dijo que usted descubrió lo de su madre —comentó.

—Es, sin duda, una de las relatoras más exhaustivas con las que me he topado. Algunas de sus vivencias no puedo incluirlas en mi tesis, pero su narración me ha ayudado enormemente a comprender cómo se vivió ese curso allí. Por unas semanas, me convertí en una alumna más. Gracias a ello, además, he podido dar respuestas al viudo de Eleanore Fitzgerald —asintió, dándome a entender que estaba enterada de ese asunto—. Y, bueno, lo de la señorita Müller, de..., de París, me ha conectado estrechamente con ustedes. Con su beneplácito, por supuesto —respondí.

—Lo tiene, señorita Eccleston. Yo… no hay día en que no piense en Sara y en lo injusto que puede llegar a ser el mundo. Charlotte tardó años en desvelarme qué había ocurrido a partir del día en que Évanie y yo nos marchamos. Supe que el plan de huida no había surtido efecto, también el final de Sara, pero Charlotte jamás compartía detalles, vivía atormentada por el pasado. Al descubrirlo, entendí por qué. No imagino lo que debe suponer guardar secretos ajenos durante tanto tiempo, sirviendo a causas que ya no entiendes.

—¿Cree que lo que pasó ha marcado su carácter? —me interesé.

—Charlotte nunca fue la misma… El miedo, la pérdida, la frustración y la decepción la cambiaron. Es decir, no era una chica cariñosa ni inocente. Desde que la conocí, desconfiaba de todo. Pero ese curso descubrió las manecillas que movían el destino y optó por hacerse de hierro para poder controlar el suyo.

Asentí.

—Por lo menos, ahora tienen a la señorita Müller.

Liesl sonrió, con los ojos vidriosos.

—La conocí en enero, en mi última visita a Zúrich. Es un regalo del destino que haya sobrevivido y que nos hayamos podido reunir. Volvemos a ser cinco.

—Tiene mérito que sigan teniendo vínculos tan fuertes. Se merecen una segunda oportunidad —sentencié, emocionada.

—Fueron tiempos muy convulsos. Se nos unió el conflicto interno de la pubertad con una guerra que no esperábamos. La contienda terminó alcanzando a todas y cada una de las personas que usted ha conocido a través del relato de Charlotte. Solo puedo agradecer que, aunque no de forma perfecta, aquel curso, St. Ursula, el Sihlwald y Suiza fueran nuestro oasis.

—Su oasis... Me gusta ese concepto —opiné.

—Yo solía llamarlo así. Charlotte solo lo recordó cuando usted se marchó de Zúrich. No sé..., no pudimos retenerlo. De hecho, no siempre fue el rincón más amable. Pero, cuando revivo todo lo que me ha pasado desde junio de 1940, me da la sensación de que solo el recuerdo de lo que una vez fuimos en esa escuela, de las promesas que nos hicimos, es lo que da de beber a mi desierto personal, lo que me refresca la memoria y me reencuentra con la niña alegre que solía ser. Y, a su vez, ese recuerdo me reconcilia con el presente.

Intercambiamos una sonrisa cómplice.

—En fin, ¿qué desea que le cuente, señorita Eccleston? ¿Te importa si nos tuteamos?

—En absoluto, Liesl —me aferré a mi lápiz—. Comienza desde el principio, no importa cuál sea —me detuve—. Muchas gracias por querer compartirlo.

—No, Caroline. Gracias a ti por querer escuchar.

XIV

1981

Durante dos años más, me dediqué a seguir la estela que había iniciado con Charlotte Geiger y Liesl Bachmeier aquellos meses. Con paciencia, conseguí que el polvo fuera volando lejos de las agendas y fui tejiendo una red de contactos que me proporcionó una muestra sólida para mi tesis.

En paralelo, no desistí en mi búsqueda sobre el paradero de George Barnett. La señora Geiger y yo hablábamos por teléfono cada mes. Pero eran escasas las ocasiones en las que tenía algo nuevo que comunicar. Deseaba tener la capacidad de gritar su nombre por todos los rincones del país para averiguar si seguía existiendo. Pero lo máximo que pude hacer fue hablar con un soberbio Edward Barnett que me remitió a aquel deceso practicando equitación que habían vendido a la prensa en los años cuarenta. Supongo que el primogénito del octavo duque de Arrington quiso mantener lo único que le quedaba a su expoliado linaje: la reputación. Con el paso del tiempo, mis esperanzas se fueron adormeciendo.

Así, sin más noticias sobre George, presenté las conclusiones de mi investigación ante el tribunal en septiembre de 1980. Unos meses antes, en diciembre de 1979, había logrado publicar un pequeño artículo en la revista *History Today,* seguido de una pieza firmada por Geoffrey Parker que versaba sobre el rey español Felipe II. En él, hablaba de los condicionantes que habían influido en las relaciones entre alumnos en los internados suizos en la Segunda Guerra Mundial. Creí que solo lo habían leído mis conocidos hasta que, una tarde de marzo, recibí una llamada de una periodista, la señorita Winona Greene. Había descubierto mi pequeño escrito, hojeando números pasados de aquella publicación londinense especializada en Historia. Nada más leerlo, supo que el asunto tenía potencial. Me contó que trabajaba para la BBC y que quería proponer ese tema para realizar un reportaje. También contar con mi colaboración. Al principio, titubeé. Pero su propuesta era una puerta de regreso al viaje más emocionante en el que nunca me había embarcado.

Mi primera decisión, antes de acceder, fue ponerme en contacto con la señora Geiger. Le expliqué que la señorita Greene y su equipo querían abordar el tema a través de testimonios y que, en ningún caso, buscaban centrarse en St. Ursula y Sankt Johann. Charlotte Geiger aceptó a condición de que me encargara, personalmente, de que el seguion se circunscribiera a lo genérico, sin ahondar en concretos, revanchismo o amarillismo. Al final, me había convertido en una de sus personas de confianza, por mucho que Charlotte hubiera luchado por mantenerme al margen. Prometí que protegería el legado de la directora Lewerenz y le aseguré que aquel proyecto —que se había terminado por convertir en un documental ante el interés de los directivos de la cadena— serviría, precisamente, para poner en valor todo por lo que ella peleó mientras vivió. En los meses que siguieron, también velé por que todo lo relativo a Sara y George cayera en el olvido. Así, guardé, bajo llave, todos aquellos apuntes que había tomado en Zúrich. Después, reactivé los contactos que había conseguido para mi tesis para proponerles participar en aquella cápsula del tiempo.

Comenzamos a grabar en primavera. En el plató, se distribuían muchos alumnos de varios de los internados en activo en la década de los años treinta. Incluso profesores, ya ancianos. Evidentemente, no todo el mundo quiso participar, pero logramos una buena selección, procedente de más de ocho centros. Por supuesto, entre ellos estaban St. Ursula y Sankt Johann. Liesl Bachmeier miraba a la cámara con confianza. Yo estaba al lado, junto a la señorita Greene. A mediados de 1980, cuando todavía quedaban muchos meses de trabajo preliminar, el equipo de producción había recibido misivas de la señora Bischoff y el señor Lécuyer en las que se excusaban por no poder acudir y enviaban un ejemplar de aquellos libros homenaje a los que tantas veces me habían remitido durante mis años de doctorando. Su intervención se limitó a eso, una muestra más de que su posición oficial seguía siendo renegar del pasado con una protocolaria sonrisa. No pude más que aceptarlo, pues, desde mi conversación con el profesor Burrell, yo también me había unido al silencio. Supongo que, a fin de cuentas, la verdad sí podía tocarse si estaba al servicio de un noble interés. Charlotte Geiger había errado en muchos de sus alegatos, pero no en ese. Para mi disgusto, tampoco Vicent Lécuyer había tenido un traspié el día en que nos reunimos en su oficina: no, no todo se podía reescribir.

Justamente a Sophia y a Charlotte las saludé con la cabeza, tratando de no interrumpir el recorrido de Liesl por los pasajes más recónditos de sus recuerdos. Me sonrieron. Maggie servía un café al profesor Burrell, a una de sus hijas y a Marlies, quien no dejaba de desvelar divertidas situaciones que habían vivido en el colegio con Eleanore. Sentadas en unos sofás color rojo estaban la profesora

Habicht, la profesora Roth, Rose Lennox y Vika Sokolova, ahora con otros apellidos. En un círculo, a escasos dos metros, parloteaban el profesor Cheshire, el profesor Bissette y la profesora Gimondi. Durante la jornada siguiente, se unirían Nuray Aydin, Dortha Williams, Benjamin Stäheli y Catherine Adkins. Y aquello no había hecho más que empezar. En dos semanas, esperábamos grabar las entrevistas a antiguas alumnas del Brillantmont International School. A mediados de mayo, del Lyceum Alpinum Zuoz. Y así sucesivamente.

No podía esperar a ver el resultado definitivo de aquel caleidoscopio de memorias y anécdotas. Volví a mirar a la señora Geiger. Pese a que me había abierto puertas inalcanzables para mí, se había equivocado con mi hipótesis. No era descabellada. Y, de hecho, se había convertido en aquel motivo que, según el profesor Burrell, debía insuflarme constancia y energía en mi investigación. También en la razón de mi participación en aquel proyecto audiovisual. Quizá la guerra fue inevitable, quizá el conflicto llegó a esos colegios. Pero muchos de aquellos jóvenes decidieron, por sus propios medios, que había algo más importante que la contienda, la nacionalidad, la raza, la religión, el idioma o la ideología.

Con mi colaboración en aquella cinta deseaba que, en el presente bipolar, de angustiosa Guerra Fría, aquellas confesiones nos recordaran, más que nunca, que, al mirarnos a los ojos sin prejuicios, podíamos entendernos y olvidar alinearnos con bloques y arengas. Ansiaba que lo que habían defendido Konstanze Lewerenz, Anabelle Travert, Adam Glöckner —además de muchos alumnos y profesores—, volviese a renacer. Y, quizá, aquel susurro incesante, en instantes de miedo, odio, incertidumbre o intolerancia, nos sirviera para hallar el camino de vuelta a casa desde las trincheras invisibles del presente.

Caleidoscopio de memorias

Liesl Bachmeier

LIESL BACHMEIER: St. Ursula fue mi casa durante muchos años. Pero también mi tormento. Pasaba allí diez meses de cada doce. Al principio, todo fue sencillo. Incluso cuando Adolf Hitler ganó las elecciones. Era pequeña, no entendía nada. Y, cuando comencé a percatarme de que la política era algo que generaba ampollas, me convencí de que la animosidad era común en el caso de mi país y el de las demás. Estaba en lo cierto. Hasta 1936. A partir de ahí, los debates eran cada vez más acalorados: en casa y en la escuela. Traté de mantenerme al margen, pero no podía odiar a mi familia ni podía repudiar a mis amigos. El curso 1939-1940 fue especialmente complicado. En el colegio se velaba por la tolerancia, pero los periódicos hablaban de otros sentimientos. Al final, conseguimos calmarnos, sosegarnos, y poner en valor lo único que tendríamos si Europa moría abrasada.

WYNONA GREENE: Debió de ser complejo para usted tener referencias. (...) ¿Cómo fue su vida una vez abandonó el colegio?

LIESL BACHMEIER: Después de St. Ursula, regresé a Múnich y residí allí hasta 1959. Desde la casa de mis abuelos,

los señores Gorman, vi ascender al partido nazi, vi la expansión de Alemania, así como su caída y final. También cómo mi ciudad se fue transformando con el fluir de los acontecimientos. Las banderas y las proclamas la habían hecho grande, pero los bombardeos la empequeñecieron y le arrebataron el alma. El terror se adueñó de los ciudadanos que, sin saberlo, se habían convertido en cómplices de las mismas brutalidades en urbes enemigas. Sin embargo, para mí, el peor golpe fue perder a mi hermano Leopold en diciembre de 1944. Tardé cinco años en poder visitar su tumba, en un pequeño cementerio alemán en los alrededores de la ciudad belga de Bastoña.

WYNONA GREENE: La tragedia de una generación… ¿Y el resto de su familia? ¿Qué fue de ellos?

LIESL BACHMEIER: Tampoco los visitó la fortuna. Mi *opa* fue juzgado por las vinculaciones de su empresa al entramado de las SS y condenado a más de veinte años en Spandau. El señor Wolfgang Knopp, que vivía convencido de que Hitler era la solución a todos sus problemas, se quitó la vida a finales de 1945. Así que fui la encargada de empezar a trabajar para mantener a flote a mi abuela, a mi hermana Erika y a mis sobrinos: Max y Trudi. Logré empleo en una fábrica de bebidas azucaradas, donde estuve prestando servicio en la sección de envasado durante seis años. Al fallecer mi abuela, Eva Gorman, Erika y yo heredamos todo lo que quedaba del patrimonio familiar. Decidimos liquidarlo. Erika se compró una pequeña casa en Fussen. Yo lo empleé para pagar mis estudios en Derecho.

WYNONA GREENE: Precisamente su carrera profesional fue el motivo de su traslado a Londres. ¿No es así?

LIESL BACHMEIER: Exacto. En 1957, logré un puesto como asesora jurídica en una importante empresa de alimentación. Dos años más tarde, me destinaron a su sede en Londres, donde, con los años, pude comprar una casa adosada en Hammersmith. En verano, me visitan mi hermana y, a veces, mis sobrinos y sobrinos nietos. En Navidad, voy a Fussen, tras hacer una parada en las Ardenas.

WYNONA GREENE: Y, durante todo este tiempo, ¿ha mantenido el contacto con sus amigos?

LIESL BACHMEIER: Nunca lo hemos perdido. Ellos estuvieron siempre a mi lado, incluso cuando la opinión pública hubiera juzgado nuestro cariño. Cada año, nos reunimos en un país distinto. Y volvemos a ser nosotros. Regresamos al Sihlwald.

Kristoffer Møller

WYNONA GREENE: Antes de nada, agradecerle que haya encontrado un hueco para este proyecto, señor Møller. No todos los días se entrevista al asesor económico del Partido Popular Socialista danés.

KRISTOFFER MØLLER: Es un absoluto placer estar aquí. La señorita Eccleston fue especialmente persistente. Colaboré para su tesis y no podía negarme a esto tampoco.

WYNONA GREENE: Dígame, señor Møller, ¿qué recuerda de sus años en el Institut Sankt Johann im Wald?

KRISTOFFER MØLLER: Todo *(sonríe)*. Es rara la vez en la que no me traslado allí. Creo que fueron los años en los que descubrí quién era, en los que reuní la fuerza para pelear por lo que quería *(silencio)*. Tenía un amigo, George Barnett, que era la viva imagen de la terquedad. Éramos un grupo de cuatro y, por una vez, sentía que tenía amigos, que me escuchaban. Se me ocurrían las travesuras más rebuscadas del mundo y ellos siempre confiaban en mí para llevarlas a cabo.

WYNONA GREENE: Usted abandonó el colegio en abril de 1940, así que se perdió parte de ese curso.

KRISTOFFER MØLLER: Sí. Fue desolador tener que despedirme así. Pero en 1940 el destino lo marcaban los avances de las tropas.

WYNONA GREENE: Y, si no es indiscreción, ¿cuáles fueron los pasos para llegar hasta donde está?

KRISTOFFER MØLLER: En absoluto. Verá, cuando la guerra terminó, pude matricularme en la Universidad de Copenhague. Acordé con mi padre que estudiaría Finanzas. Me sirvió para marcharme de casa y recuperar el espacio que me había otorgado Sankt Johann im Wald. Sin embargo, me guardé un as en la manga. Lejos de seguir los pasos de mi padre, me alejé del sector bancario, y me acerqué a la política.

WYNONA GREENE: ¿Quiere hablarnos de su vida personal?

KRISTOFFER MØLLER: No tengo problema *(tose)*. Conocí a mi mujer, la periodista política Judit Bjarnesen, en un desayuno de prensa. Con ella descubrí toda la libertad y la felicidad que se me había negado durante gran parte de mi niñez. Me casé con ella en 1957. Tenemos cuatro hijos: Benedikte, George, Ellinor y Jessica.

WYNONA GREENE: Su esposa se ofreció, hace unos años, a escribir un artículo sobre este mismo tema, ¿no es así?

KRISTOFFER MØLLER: Sí, correcto. Pero, por aquel entonces, no estaba preparado para abrir viejas heridas. Supongo que ahora me odiará *(risas)*.

Joanna Medeiros

JOANNA MEDEIROS: Disculpe que llegue tarde. El avión salió con retraso del JFK.

WYNONA GREENE: No se preocupe. Tenemos tiempo. Dígame, señora Medeiros, ¿qué sensaciones le generan las palabras St. Ursula?

JOANNA MEDEIROS: Demasiadas, señorita Greene *(sonríe)*. Si pregunta a mi marido, le dirá lo pesada que soy. Aunque a él le gusta que le relate mis anécdotas de adolescente y que le enseñe algunas fotografías *(silencio)*. Bueno, quizá no tanto como a mí *(ríe)*.

WYNONA GREENE: Los debates debieron de ser muy tensos en el último año…

JOANNA MEDEIROS: Algunos sí lo eran. Pero éramos novatas en un entramado lo suficientemente complejo como para ser consumidoras de chismes y medias verdades. El profesorado intentaba que tuviéramos amplitud de miras. No siempre lo consiguieron. Aunque opino que, al menos en mi caso, aprendí a tolerar opiniones diferentes a la mía a base de debatir, de reconciliarme conmigo y con las demás. Eso fue el bien más preciado que nos otorgó St. Ursula. La capacidad de querer al que piensa diferente.

WYNONA GREENE: Usted tuvo a una gran cómplice entre el profesorado. Según le dijo a la señorita Eccleston, y es algo que saco a colación con su total permiso, la profesora Travert logró cambiar la postura de su padre, el doctor Medeiros, en relación a su perspectiva profesional.

JOANNA MEDEIROS: Absolutamente cierto. Anabelle Travert era una de esas docentes con vocación, que pelean por el futuro de sus alumnas aun a riesgo de poner en tela de juicio el suyo propio. No he conocido a ninguna maestra tan cabal. Gracias a su silenciosa batalla, a cartas de recomendación, tutorías y charlas telefónicas con él, mi padre accedió a que me matriculara en la Universidad de Coimbra, en Farmacia.

WYNONA GREENE: Vivió desde allí el desarrollo de la Segunda Guerra Mundial. ¿No es así?

JOANNA MEDEIROS: Sí. La tensión en Portugal era bastante palpable. Se temía la participación de España en la contienda y el acceso de las tropas alemanas a la península. Aunque neutral, el dirigente portugués había mostrado su simpatía hacia Franco, Hitler y Mussolini antes del estallido de la contienda, pese a que sus vínculos con los británicos eran mucho más fuertes y antiguos. Al final, la balanza cedió a favor de la tradición y se mantuvo al margen en el conflicto, pese a que algunas de sus posesiones coloniales peligraron.

WYNONA GREENE: Y el final del conflicto coincidió con su marcha a los Estados Unidos...

JOANNA MEDEIROS: Bueno, fue algo después. En 1947 empecé mis estudios de Medicina en la Universidad de Nueva York. Me especialicé en Neurología.

WYNONA GREENE: Y con grandes calificaciones, si me permite decir. La comunidad profesional remarca que usted es una referencia en la diagnosis y la aplicación de tratamientos efectivos en tiempo récord. Su padre debió de estar muy orgulloso.

JOANNA MEDEIROS: La relación con mi padre mejoró con el tiempo, pero mi contacto con su segunda esposa y sus hijos siempre fue distante. Además, cuando me casé en 1951 y Federico y yo decidimos quedarnos en Nueva York, la regularidad de las visitas se redujo. Aunque, cuando tuvimos a nuestras tres hijas, tratamos de ir a Lisboa en vacaciones, para reforzar el vínculo.

WYNONA GREENE: Esa conexión no la ha perdido con sus amigos de St. Ursula y de Sankt Johann im Wald.

JOANNA MEDEIROS: Jamás. Fueron mi premio. Lo siguen siendo. Incluso los que no están.

Évanie Sauveterre

ÉVANIE SAUVETERRE: La profesora Habicht era la más graciosa de todas. Nos dio clase de gimnasia el último curso, ¿sabe? No sabía decir que no. Era incapaz. Aunque jamás olvidaré el entusiasmo de la profesora Odermatt o de la profesora Richter. Yo, como intuirá, estaba más interesada en las clases de costura de la profesora Roth.

WYNONA GREENE: Indudablemente. De hecho, cuando leí su apellido en el dossier la primera vez, enseguida me resultó familiar. Usted es la fundadora de la casa Sauveterre, especializada en bolsos, marroquinería, zapatos y complementos de lujo.

ÉVANIE SAUVETERRE: La misma *(sonríe)*.

WYNONA GREENE: ¿Quiere contarnos cómo llegó a ser una de las empresarias más exitosas del mundo de la moda?

ÉVANIE SAUVETERRE: Por supuesto. Verá, el último año en St. Ursula fue un poco extraño para mí. Siempre fui una romántica. Era tremendamente inocente. Y, con el estallido de la guerra, escogí utilizar esa inocencia como coraza para evitar darme cuenta de lo aterrada que estaba. Ese curso aprendí que no estaba a salvo, que existían seres humanos capaces de aprovecharse de la ingenuidad. Mi único problema fue tropezar dos veces con la misma piedra. En el verano de 1940, volví a Montreal, donde me instalé con mis abuelos. Un día, paseando por el Vieux Montreal, conocí a un joven que no había podido alistarse por problemas respiratorios, el señor Richard Dufour. Coincidimos en algunos eventos de conocidos comunes y, solo un año después, nos prometimos.

En 1947, por cuestiones laborales, debimos mudarnos a Toronto una temporada. Allí vivimos rodeados del dinero que generaban los múltiples y prósperos negocios del señor Dufour, heredero de una importante cadena hotelera. Algunos decían que era un hombre arrogante y prepotente, que me utilizaba, pero yo no lo advertí hasta que los rumores de infidelidad llegaron hasta mi puerta. Decidí abandonarle y regresar a Montreal.

El aburrimiento de una vida ociosa en la que las fiestas y las compras eran mis únicas distracciones, me llevó a empezar a idear los complementos idóneos para amigas, familiares y conocidas. De los arreglos con lazos y horquillas pasé a los bolsos, a los zapatos, a las gargantillas. En menos de dos años, inauguré una boutique en el centro de mi ciudad natal. En menos de diez, mis creaciones acudían a los Oscar y figuraban en las principales pasarelas de moda.

WYNONA GREENE: Impresionante. Su familia y amigos deben de estar orgullosos de usted.

ÉVANIE SAUVETERRE: Sí... Perdí a uno de mis hermanos en la guerra. A Matéo. Mi familia no lo llevó nada bien, como comprenderá. La suerte fue contar, en todo momento, con mis amigos. Los de verdad.

WYNONA GREENE: Uno de ellos hoy es su esposo.

ÉVANIE SAUVETERRE: Sí *(sonríe)*. En 1955, en una de mis visitas a París, una figura conocida se cruzó conmigo en la entrada del hotel Ritz. Enseguida lo detuve y comprobé que se trataba de Dilip Sujay Gadhavi. La madurez nos concedió entonces la lucidez que no nos había proporcionado la pubertad. Nos casamos poco tiempo después. Tuvimos a nuestros pequeños Alexandra y Dipanka, con los que vivimos en Ginebra.

WYNONA GREENE: Qué maravilla. Además, hay otro hito en su carrera muy vinculado a sus años de estudiante. En 1965, consiguió el mayor número de ventas de su empresa con el bolso *Sara,* que apareció en una sesión de fotos para *Harper's Bazaar* con Deborah Kerr en portada.

ÉVANIE SAUVETERRE: Sara fue una de mis amigas en la escuela. Era española *(silencio)*. Solo coincidimos un año, pero fue suficiente. Entre nosotras nos decíamos que éramos compatriotas ¿sabe? Y lo éramos, sin duda. Lo seguimos siendo.

Dilip Sujay Gadhavi

DILIP SUJAY GADHAVI: Cuando asistía a clases en Sankt Johann im Wald, muchos creían que estaban ante un nuevo e importante gobernador de la India. O, al menos, de Mandvi. Con ese cometido, inicié una intensa formación militar nada más regresar de Suiza. Serví al final de la guerra, pero nunca en primera línea. Al volver, continué formándome, sin embargo, la historia de la India tenía otro destino escrito para mí. Con su independencia del Imperio Británico en 1948, los maharajás debieron hacer concesiones y entregar sus «principados» al nuevo Estado. A cambio, el gobierno de Nehru les concedió los llamados *privy purse,* que eran pagos por la cesión de privilegios y poder.

WYNONA GREENE: ¿Fue en este momento en el que decidió dar un giro a su vida y estudiar Física Nuclear en Londres? Veo que se graduó con honores en 1954.

Dilip Sujay Gadhavi: Sí *(sonríe tímidamente)*. Con este nuevo mapa, consolidado a partir de 1949, Sujay Amit Gadhavi, mi padre, gobernante querido en su región y bastante más progresista que sus antecesores, decidió emplear los recursos que aún tenía para asegurar el futuro de sus hijos.

Wynona Greene: ¿Y cómo llegó a su puesto actual, en el CERN?

Dilip Sujay Gadhavi: Desde antes de terminar mis estudios, empecé a trabajar en diversos proyectos del Gobierno británico, con quien mi familia siempre había compartido simpatía y contactos. Fue en esta época en la que, en un viaje a París, me encontré con la que había sido mi amor secreto de juventud: Évanie Sauveterre. Salía de tomar un café en el hotel Ritz con mis compañeros. Ella entraba, tan elegante como siempre imaginé que sería. Al poco tiempo de casarnos, nos trasladamos a Ginebra, donde me incorporé al CERN. Fue la época dorada. Hijos, éxito en nuestras respectivas carreras... Solo hallé tinieblas en la muerte de mi padre, en 1957.

Wynona Greene: Ahí tuvo usted que tomar las riendas...

Dilip Sujay Gadhavi: Era lo propio. Me hice cargo de gestionar todos los matrimonios de mis hermanas. Decidí que mi madre se trasladara a vivir con Évanie, conmigo y los niños a Ginebra. El palacio de Guyarat, a orillas del mar Arábigo, fue puesto en venta. Puede decirse que heredé la practicidad de mi padre, pues años después, en 1971, se abolieron definitivamente los *privy purse* y los escasos privilegios que quedaban a maharajás y príncipes desaparecieron de la India.

Wynona Greene: Destino imprevisible. Aunque sus maestros siempre remarcaron que terminaría contribuyendo, de algún modo, al futuro. Lo ha hecho mediante la ciencia.

Dilip Sujay Gadhavi: Sí. El señor Hildegard estaría orgulloso, supongo... Aunque terminó por tener manía a nuestro grupo de amigos. No se lo poníamos fácil. Kris tenía las ideas, pero Victor y George las ejecutaban sin piedad *(ríe)*.

(Silencio) [Off the record] Traté de buscarle en el frente y cuando estuve viviendo en Londres, ¿sabe? Pero llegó un momento en que la perspectiva de encontrar la certeza de su muerte me pareció más insoportable que cualquier suposición.

Victor Stäheli

VICTOR STÄHELI: ¿Quiere que le diga la verdad? Tengo una relación bastante compleja con mis años en el Institut Sankt Johann im Wald. Sobre todo, con el último curso. Me cuesta hablar del tema. Pero, ya sabe, me han terminado convenciendo. Ya no tengo escapatoria. Así que pregunte antes de que me arrepienta *(sonríe)*.

WYNONA GREENE: Me hago cargo de ello. Comencemos entonces por lo que hizo cuando usted dejó la escuela. Nos servirá para romper el hielo.

VICTOR STÄHELI: Ese verano, me apunté a la defensa local hasta que, al cumplir los veinte, fui desplazado al macizo de Gotthard. Al terminar la guerra, las aguas volvieron a su cauce. Decidí seguir la tradición familiar y formarme en Química. La estudié en Zúrich, ciudad a la que también se mudó mi hermano Benjamin para hacer carrera en Relaciones Internacionales.

WYNONA GREENE: Usted se hizo cargo del negocio de su padre, ¿no es así?

VICTOR STÄHELI: Está bien informada. Cuando me gradué, volví a Basilea para hacerme cargo de los laboratorios Chempharma AG. Estuve un par de años aprendiendo todos los detalles. Después, mi padre se retiró. Mis padres se compraron una villa en el lago de Como, donde continúan viviendo. Yo tomé las riendas del negocio y, a juzgar por su actual estado, he conseguido mantenerlo a flote *(ríe)*.

WYNONA GREENE: Durante todo ese proceso, ha tenido usted una estrechísima relación con Charlotte Geiger.

VICTOR STÄHELI: Vuelve usted a estar en lo cierto. Desde mis años de estudiante, Charlotte y yo nos reuníamos para ponernos al día, para sanar viejas heridas. No hemos perdido nunca el contacto. Los dos tenemos muchos motivos para sentirnos culpables *(sonríe)*. Su marido y ella suelen venir a visitarnos a Alexis y a mí a nuestra casa en Basilea. Mi perro Rettich los adora *(ríe)*. También solemos viajar a Zúrich nosotros. O a Londres. Allí vive mi hermano y también Liesl.

WYNONA GREENE: Tendrán mucho que rememorar… *(Silencio)*. ¿Qué recuerda de aquel curso, señor Stäheli? ¿Cuál fue su relación con la guerra en aquellos meses entre 1939 y 1940?

EPÍLOGO

Aquella casita a orillas del Ródano siempre tenía las ventanas abiertas. Las cortinas bailaban al son de la brisa provenzal, dando tregua al sol, que se colaba por las rendijas hasta las entrañas de la vivienda. Algunos lugareños afirmaban que si respirabas hondo, podías oler el mar Mediterráneo o los aromáticos campos de lavanda. No era su caso. El serrín recubría el suelo de la estancia principal, donde la televisión solía estar encendida de fondo mientras trabajaba.

—No éramos inmunes a la guerra. Algunos decidieron ignorarla. Otros se obsesionaron. Pero era peligroso hacerlo, porque si te atrapaba, no te soltaba (...). El profesor Glöckner fue un gran descubrimiento aquel año. Merecía un reconocimiento que nadie le dio. Nosotros no éramos muy amigos de los profesores, fue una etapa algo conflictiva de nuestra vida, pero él sabía sacar lo mejor de cada persona.

La inconfundible voz de Victor Stäheli, que continuaba llevando sus característicos anteojos, removió su adormecido interior, su herida memoria. Él, intranquilo, cogió el mando del televisor con aquellas manos agotadas de arañar respuestas al pasado borrado de golpe y subió el volumen de ese documental subtitulado que aquellos dos ojos azules como el cielo habían ignorado durante media hora.

Y tú, ¿ya sabes cuál es tu hipótesis?

NOTA DE LA AUTORA

La imagen de dos internados separados por un bosque apareció en mi mente cuando tenía trece años. Esa idea me ha acompañado a lo largo de la última década y media. Antes incluso de terminar *Papel y tinta,* supe que debía rescatarla, que tenía que darle una forma definitiva. Casi al mismo tiempo, empecé a reflexionar sobre el contexto de la Segunda Guerra Mundial, una época de la Historia que atrapa y desconcierta a partes iguales. Sin embargo, quería hallar un enfoque diferente. No era tarea fácil, puesto que son muchas las obras que versan sobre el conflicto, pero, entonces, se me ocurrió: ¿cómo se vivió la contienda en los colegios internacionales suizos? ¿Qué estaba pasando en Suiza, ubicada casi en medio del continente europeo, mientras sus vecinos se enfrentaban en cascada?

Con estas dos interrogaciones en la cabeza, inicié mi investigación. Empecé a deconstruir ese país de ensueño, a comprender su pasado, a ser cómplice de su papel en la guerra, con aciertos y errores —como todos—. Traté de mimetizarme con sus gentes, empatizar con su lucha por la independencia, con su pluralidad cultural, religiosa y lingüística, y entender la ausencia de vínculo con estados en apariencia similares, como Alemania. Para ello, no solo devoré libros, documentos e imágenes, sino que viajé a Zúrich y sus alrededores (incluido el pueblo de Horgen[1] y el Sihlwald, localizaciones reales) para añadir calidad y credibilidad a mis averiguaciones, a mis conclusiones, a mis descripciones. Y, así, me zambullí en esa compleja situación de un país pequeño, dejado al margen en las gestas sobre la Segunda Guerra Mundial por su neutralidad, pero que vio peligrar sus fronteras en numerosas ocasiones y que debió convivir con la duda de si las tropas del III Reich cruzarían el Rin.

Después, focalicé la documentación en la realidad de los colegios internacionales suizos. Era como desmontar una *matrioska,* pues las normas que rigieron el avance del conflicto en Europa no eran aplicables a Suiza y, a su vez, las conclusiones a las que había llegado al comenzar mi investigación sobre la Confederación Helvética no servían para explicar cómo pudo vivirse en instituciones de élite con profesorado y alumnado procedentes de todos los rincones del mundo. En este punto, empecé a analizar los distintos colegios que estaban en funcionamiento en ese momento. Y aquí, como le sucede a Caroline Eccleston en la novela, me topé, en la mayoría de los casos, con la respuesta de que no se guardaban datos ni documentos de esa época. Creo que, de algún modo, decidí compartir mi frustración con ella y canalizar, a través de la propia trama, lo mucho que me estaba costando llegar a respuestas.

Por suerte, hubo dos colegios que sí me proporcionaron información adicional —sin contar lo que puede hallarse fácilmente en la red—. Fueron el Brillantmont International School y el Lyceum Alpinum Zuoz. Uno femenino, el otro

---

1 En Zúrich y Horgen se alternan los lugares reales con los ficticios. Los únicos establecimientos que no existieron fueron los colegios, la Meier Taverne, la tienda de los Wisner, el Dadá Herberge y la residencia de los señores Geiger. Aun así, sus emplazamientos responden a localizaciones exactas y verídicas (es decir, calles y plazas existentes en geografía y estética tal y como se señala en la novela).

masculino. El primero, en concreto, me facilitó el contenido de un libro que se elaboró con motivo del 120º aniversario. Gracias a muchas de las anécdotas incluidas, pude hacer un boceto realista de los colegios que quería crear. Además, con los datos del segundo y los detalles que pude cotejar del resto, dibujé el pasado, los horarios, las asignaturas, la evolución en las matriculaciones y el estilo de los castigos de las dos instituciones imaginarias que habían aparecido en mi mente varios años atrás.

Aquí es importante remarcar que, al igual que ocurre con el *Demócrata de Madrid* en *Papel y tinta*, los dos colegios —St. Ursula Internationale Schule für Damen y Institut Sankt Johann im Wald—, a pesar de responder a la realidad del momento, son ficticios. También sus alumnos y docentes. No obstante, el resto de instituciones educativas mencionadas en la novela, así como los estudiantes, son reales. He querido mezclar la realidad y la ficción para poder contar una historia con absoluta libertad y sin comprometer la reputación de personas o colegios, pero, a su vez, remitiendo a un contexto singular y verídico. Así, cualquier semejanza con la realidad de otro internado es pura coincidencia, pues no está en el ánimo de este libro hacer un juicio de valor sobre las decisiones o la política interna que se empleó en las escuelas internacionales suizas (ni en el pasado ni en el presente).

Por otro lado, a lo largo de las páginas, son numerosas las ocasiones en las que se hace mención al miedo de invasión. Ese temor fue real, así como todas las referencias históricas que se hacen en la novela, la situación crítica de mediados del mes de mayo, la movilización total de la población suiza, la cronología del conflicto fuera de las fronteras suizas, la operación Tannenbaum, que planteaba la invasión alemana de la Confederación Helvética... Sin embargo, esta nunca se llevó a cabo. Entre las posibles razones que se barajan está que, quizá, el Gobierno alemán priorizó otros objetivos y el fluir de los acontecimientos evitó que le llegara el momento a Suiza. Quizá fue porque la Confederación no incomodó los planes alemanes. O puede que, al convertirse en el banco de una Europa inestable y asolada por la guerra, beneficiase más su neutralidad y equilibrio. No obstante, los ataques fronterizos y las violaciones del espacio aéreo suizo se mantuvieron durante toda la contienda, por parte de ambos bandos. Además, este país, que confió su independencia al valor de sus soldados y a los conceptos de «defensa espiritual» y «reducto nacional», sufrió las consecuencias de algunos bombardeos accidentales. El más grave fue el de Schaffhausen, ocasionado por los Estados Unidos, que se cobró cuarenta vidas el 1 de abril de 1944.

Antes y durante la Segunda Guerra Mundial, Suiza acogió a más de 180.000[2] refugiados civiles. Se estima que alrededor de 15.000 judíos cruzaron las fronteras en busca de asilo en la Confederación. Aunque muchos pudieron quedarse, la investigación de Ruth Fivaz-Silbermann, presentada en la Universidad de Ginebra en 2017, cifró en casi 3.000[3] los que fueron devueltos, entregados a los alemanes o vieron rehusadas sus solicitudes de permanencia. Esto mejoró los datos oficiales alumbrados por la Comisión Bergier que los situaban en 25.000 judíos. Aun con todo, hubo historias de salvación, como la del jefe de policía del cantón de San Galo, Paul Grüninger, que logró que más de 3.000 judíos se quedaran en tierra suiza, pese a que su actuación hizo que lo arrestaran.

---

2 Datos extraídos de la obra *Swiss and the nazis: How the Alpine Republic Survived,* de Stephen Halbrook y de la página oficial *My Switzerland* de la Oficina de Turismo de Suiza (https://www.myswitzerland.com/en/world-war-ii.html)

3 https://www.swissinfo.ch/spa/politica/segunda-guerra-mundial_nazismo-suiza-rechaz%C3%B3-a-menos-jud%C3%ADos-de-lo-estimado/43221584 . Artículo «Nazismo: Suiza rechazó a menos judíos de lo estimado», Simon Bradley, para SWI swissinfo.ch, que es la sección internacional de la Sociedad Suiza de Radiotelevisión (SRG SSR).

Como ocurrió con muchos países, su papel en la guerra tuvo luces y sombras. Pese a que fue fiel a su neutralidad, comerció con los países beligerantes, permitió el flujo de suministros entre Italia y Alemania y sus bancos fueron cómplices silenciosos del expolio aplicado a los judíos en los años treinta y cuarenta, noticia que saltó a la prensa internacional en los años noventa. Sin embargo, dio cobijo a casi 60.000[4] niños y a franceses y polacos tras la caída de Francia y, desde el punto de vista militar, se limitó a defender su territorio. Un reto si tenemos en cuenta sus dimensiones, su total dependencia del exterior (sobre todo en materia de comunicaciones) y la crisis económica en la que estaba sumida cuando estalló la guerra. Una vez más, el cometido del libro no es poner en cuestión la política suiza, así que la mención al Consejo Federal en cuanto al futuro del colegio es ficticia y no tiene más objetivo que transmitir el mensaje de «todo tiene un precio, incluso mantenerse al margen». Sin pretensión de vincularlo con ningún acontecimiento real.

Como he dicho anteriormente, aunque las dos instituciones protagonistas no existieran, a finales de la década de 1930, en Suiza había más de ocho colegios internacionales en funcionamiento. Algunos ejemplos son el Lyceum Alpinum Zuoz, Le Rosey, Brillantmont International School, Beau Soleil, L'École Internationale de Géneve o el Institut Auf dem Rosenberg. Todos mezclaban nacionalidades diversas, procedentes de los cinco continentes. Las circunstancias políticas no eran ignoradas y, habitualmente, la presencia de estudiantes o las decisiones de estas instituciones estaban ligadas al contexto histórico. Así, al borde del estallido de la Segunda Guerra Mundial, algunos tomaron la decisión de cerrar sus puertas, como la Brillantmont International School, mientras que otros permanecieron en fun-

4 *My Switzerland* de la Oficina de Turismo de Suiza (https://www.myswitzerland.com/en/world-war-ii.html)

cionamiento, como el Lyceum Alpinum Zuoz. En cualquier caso, la guerra hizo que las matriculaciones se redujeran. Estas no remontaron al completo hasta la década de los cincuenta[5].

La presencia de un abanico tan amplio de nacionalidades en un momento tan delicado para la Historia universal hace de estos colegios un ejemplo genuino, una perspectiva única de lo vivido entre 1939-1945 y el motor principal que me llevó a hilar todas las tramas de la novela que, ojalá, hayas leído. Así, no imagino mejor forma de finalizar estas líneas que con esta frase que encontré en 2017, al inicio de este viaje, en el libro del 120º aniversario que, muy amablemente, me envió a casa el equipo de comunicación de Brillantmont International School y que recoge los recuerdos de una alumna británica llamada Brigid Somerset, estudiante del último curso antes de que se cerraran las puertas de la escuela: «Las adolescentes no estábamos al margen de la realidad del mundo. Los lazos tejidos en la escuela eran particulares, puesto que se formaron en el contexto de una guerra ideológica y justa, antes de que se avecinase lo peor»[6].

---

5 Datos extraídos de la documentación facilitada por el Brillantmont International School y el Lyceum Alpinum Zuoz.

6 Cita no literal: traducida y trasladada a estilo directo.

GUÍA DE PERSONAJES PRINCIPALES

Año 1977

- Caroline Eccleston: estudiante de doctorado de la universidad de Oxford.
- Margarett (Maggie) McLuhan: secretaria en la embajada suiza en Londres y amiga de Caroline.
- Profesor Burrell: docente propietario de la investigación inacabada sobre St. Ursula.
- Profesora Attaway: tutora de la tesis doctoral de Caroline Eccleston.
- Lydia y Samuel Schenker: regentes del hostal Dadá Herberge de Zúrich.
- Señora Geiger: antigua alumna de St. Ursula Internationale Schule für Damen.
- Señor Théophile Baumann: mayordomo de los señores Geiger.
- Emília Kunze: amiga de Adam Glöckner.
- Señorita Sophia Müller: secretaria y mano derecha de la señora Geiger.
- Directora Linda Bischoff: actual directora de St. Ursula Internationale Schule für Damen.
- Director Vicent Lécuyer: actual director del Institut Sankt Johann im Wald.
- Señor Erwin Fuchs: secretario de dirección del señor Vicent Lécuyer.
- Señora Huber: bibliotecaria y responsable de la hemeroteca de la Biblioteca Central de Zúrich.

Año 1939-1940
St. Ursula Internationale Schule für Damen

Alumnas

Clase de noveno grado

- Charlotte Fournier (Ginebra, Suiza)
- Liesl Bachmeier (Múnich, Alemania)
- Joanna Medeiros (Coimbra, Portugal)
- Évanie Sauveterre (Montreal, Canadá)
- Sara Suárez Ackermann (Valencia/Larache, España)
- Vicktoriya «Vika» Antonovna Sokolova (Bruselas, Bélgica)
- Kyla Lácson (Manila, Filipinas)
- Dortha Williams (Cork, Irlanda)
- Simone Cardoso (São Paulo, Brasil)
- Nuray Aydin (Ankara, Turquía)
- Rose Lennox (Glasgow, Reino Unido)
- Ingria Järvinen (Helsinki, Finlandia)
- Zahra El Saadawi (Alejandría, Egipto)

Otros grados

- Susanna Fortuyn (Ámsterdam, Países Bajos). Segundo grado.
- Catherine Adkins (Chicago, Estados Unidos). Segundo grado.
- Ángela Esparza (San Salvador, El Salvador). Segundo grado.
- Eleanore Fitzgerald (Bourton-on-the-Water, Reino Unido). Octavo grado.

Profesorado

- Directora Konstanze Lewerenz (Schwyz, Suiza)
- Profesora Anabelle Travert (Lyon, Francia): Francés y Geografía.
- Profesora Virgine Habicht (Aarau, Suiza): Higiene, Canto Coral y Programa de Deportes.
- Profesora Esther de la Fontaine (Lausana, Suiza): Historia del Arte.
- Profesora Sienna Gimondi (Bellagio, Italia): Economía Doméstica y Contabilidad.
- Profesor Siegfried Falkenrath (Constanza, Alemania): Alemán.
- Profesora Heidi Richter (Baden, Suiza): Aritmética y Física.
- Profesor Mathias Plüss (Lucerna, Suiza): Cocina.
- Profesora Jacqueline Roth (Zúrich, Suiza): Costura.
- Profesora Vreni Odermatt (Zug, Suiza): Química y Biología.
- Profesora Greti Durand (Vaduz, Lienchestein): Historia Bíblica e Historia.
- Profesora Varenka (Varya) Alejandrovna Filipova (Smolensk, Rusia): Piano y Violín.
- Profesora Silvia Labelle (Neuchâtel, Suiza): Pintura.
- Profesora Ella Carver (Canberra, Australia): Programa de Deportes.

Personal

- Florianne Herriot: cocinera.
- Marlies: ayudante de cocina.
- Señor Göldi: jardinero.

Institut Sankt Johann im Wald

Alumnos de noveno grado

- George Barnett (Londres, Reino Unido)
- Victor Stäheli (Basilea, Suiza)
- Dilip Sujay Gadhavi (Bhuj, India)
- Kristoffer Møller (Roskilde, Dinamarca)
- Steffen Bächi (Zúrich, Suiza)

Profesorado

- Director Maximilian Steinmann (Zúrich, Suiza)
- Profesor Adam Glöckner (Ebensee, Austria): Aritmética y Contabilidad.
- Profesor François Bissette (Ruán, Francia): Francés.
- Profesor Gustaf Schmid (Hamburgo, Alemania): Alemán.
- Profesor Patrick Hildegard (Brienz, Suiza): Física y Química.
- Profesor Finnegan Cheshire (York, Reino Unido): Inglés.
- Profesor Armin Hummel (Zúrich, Suiza): Historia del Arte.
- Profesor Elmar Reiher (San Galo, Suiza): Biología.
- Entrenador Hans-Ueli Junge (Zúrich, Suiza): Fútbol y Rugby.
- Entrenador Claude Lefurgey (Ginebra, Suiza): Atletismo y Lawn Tennis.

Vecinos de Horgen

- Frank y Bertha Wisner: dueños de la tienda de ultramarinos del pueblo.

- Lutz y Heida Meier: dueños de la taberna ubicada en Dorfplatz.
- Roger Schütz: ayudante en la tienda de los señores Wisner.

El Ejército suizo

- Teniente Dietrich Baasch (Berna, Suiza)
- Soldado Heinrich Voclain (Friburgo, Suiza)
- Soldado Zacharie Légrand (Porrentruy, Suiza)

ANOTACIONES ACLARATORIAS DEL ALEMÁN

Como licencia para ayudar a la ambientación, se han mantenido los nombres de calles, iglesias y otros lugares específicos en su denominación original en alemán. Por este motivo, a continuación, se indican algunas claves para comprender rápidamente a lo que se hace alusión:

- -brücke: puente
- -strasse/—gasse: calle
- -platz: plaza
- -hof: patio o palacio
- -münster: catedral
- -bahnhof: estación
- -wald: bosque
- -kirche: iglesia o templo
- -Herberge: albergue, hostal.
- -Taverne: taberna, bar.

AGRADECIMIENTOS

Quiero aprovechar estas líneas para dar las gracias a todas las personas que me habéis dado una oportunidad con *Papel y Tinta.* Vuestra lectura ha contribuido a hacer mi sueño realidad y ha dado vida a las páginas que componen la historia de Elisa. Dentro de ese grupo, hay 125 personas que siempre siempre tendrán un lugar en mi corazón y en la historia de mi destino. Son los/las mecenas que apostaron por esta aventura antes incluso de que fuera posible leer el manuscrito. Os dejasteis llevar por mi ilusión y me disteis una lección de generosidad sin precedentes.

Además, no puedo olvidarme (¡ni por asomo!) de la magnífica familia de Suma de Letras y Me Gusta leer. Gracias por creer en mí y por acompañarme en este camino de la mejor manera. ¡Tengo una suerte inmensa de trabajar con vosotros! También quiero agradecer a cada uno de los libreros/as que habéis cuidado de mi novela y de mí en este tiempo. Ha sido una experiencia única conoceros a algunos de vosotros y solo espero que podamos seguir cruzándonos, al amparo de las letras. Y a los/las periodistas, gracias por proporcionarme un altavoz para hablar de Elisa y de mi sueño.

También a David, por ayudarme a entender un poco mejor su país. A Sarah y Maja, encargadas de proporcionarme la información sobre los internados suizos en los que trabajan. Y, por supuesto, quiero dar las gracias a mis seres queridos, a esas personas que siempre están cerca, en las buenas y las malas, siendo testigos de cada pasito que doy y regalándome su impagable compañía.

Y, por supuesto, no me olvido de ti. Gracias por dejar que te cuente esta historia y unirte a este viaje en el tiempo, de corazón.

LOCALIZACIONES DE ZÚRICH

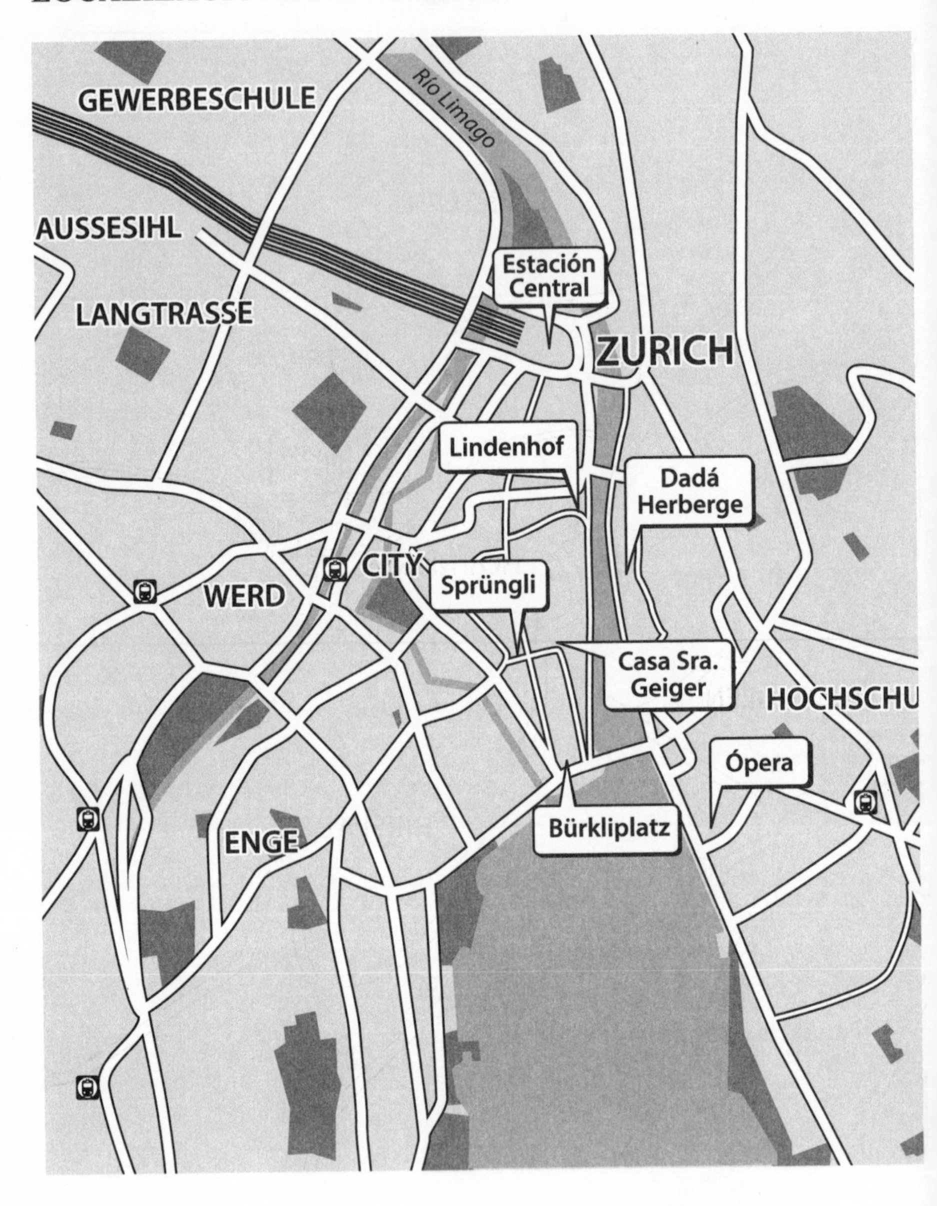

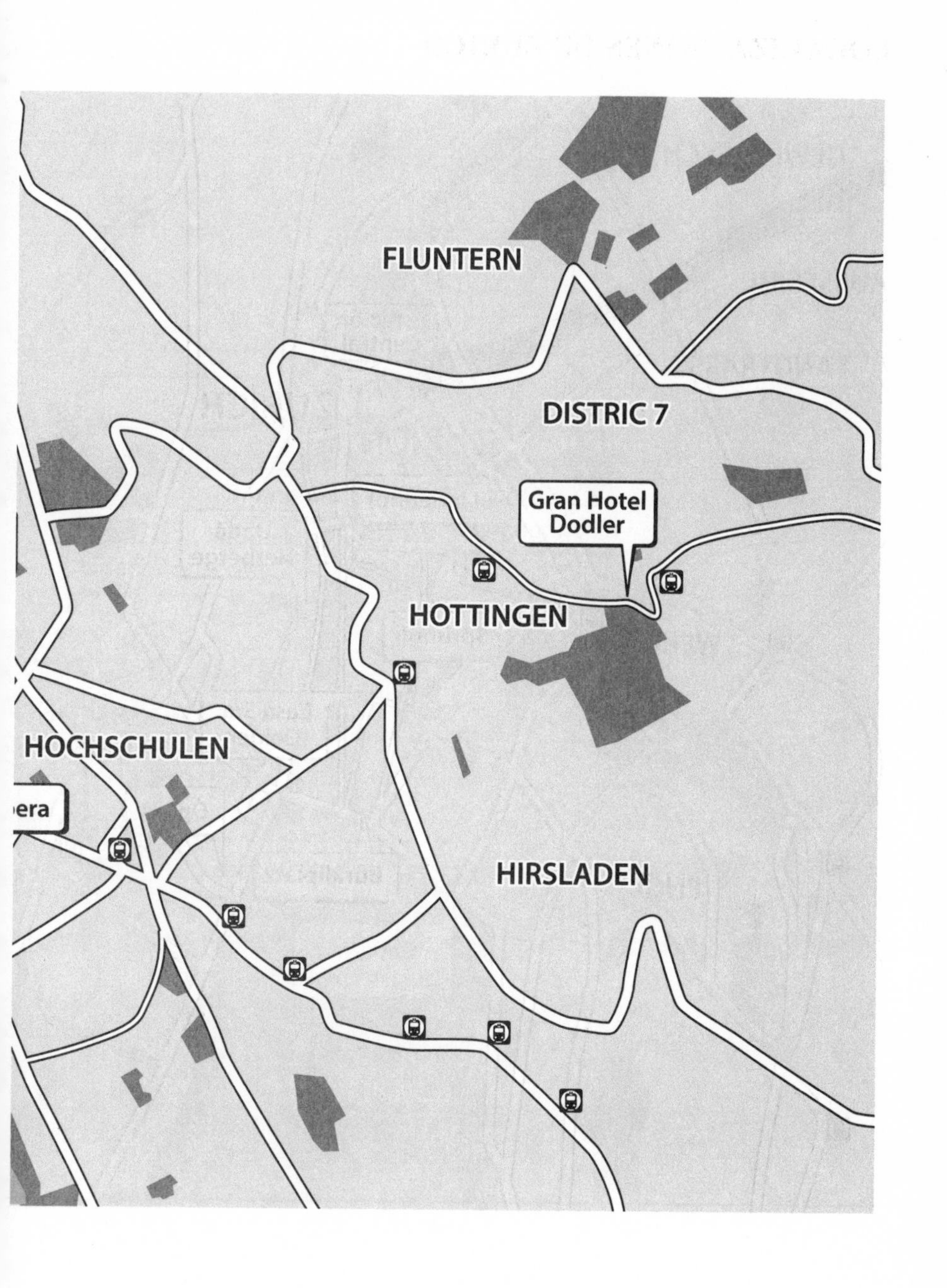
FLUNTERN
DISTRIC 7
Gran Hotel Dodler
HOTTINGEN
HOCHSCHULEN
era
HIRSLADEN

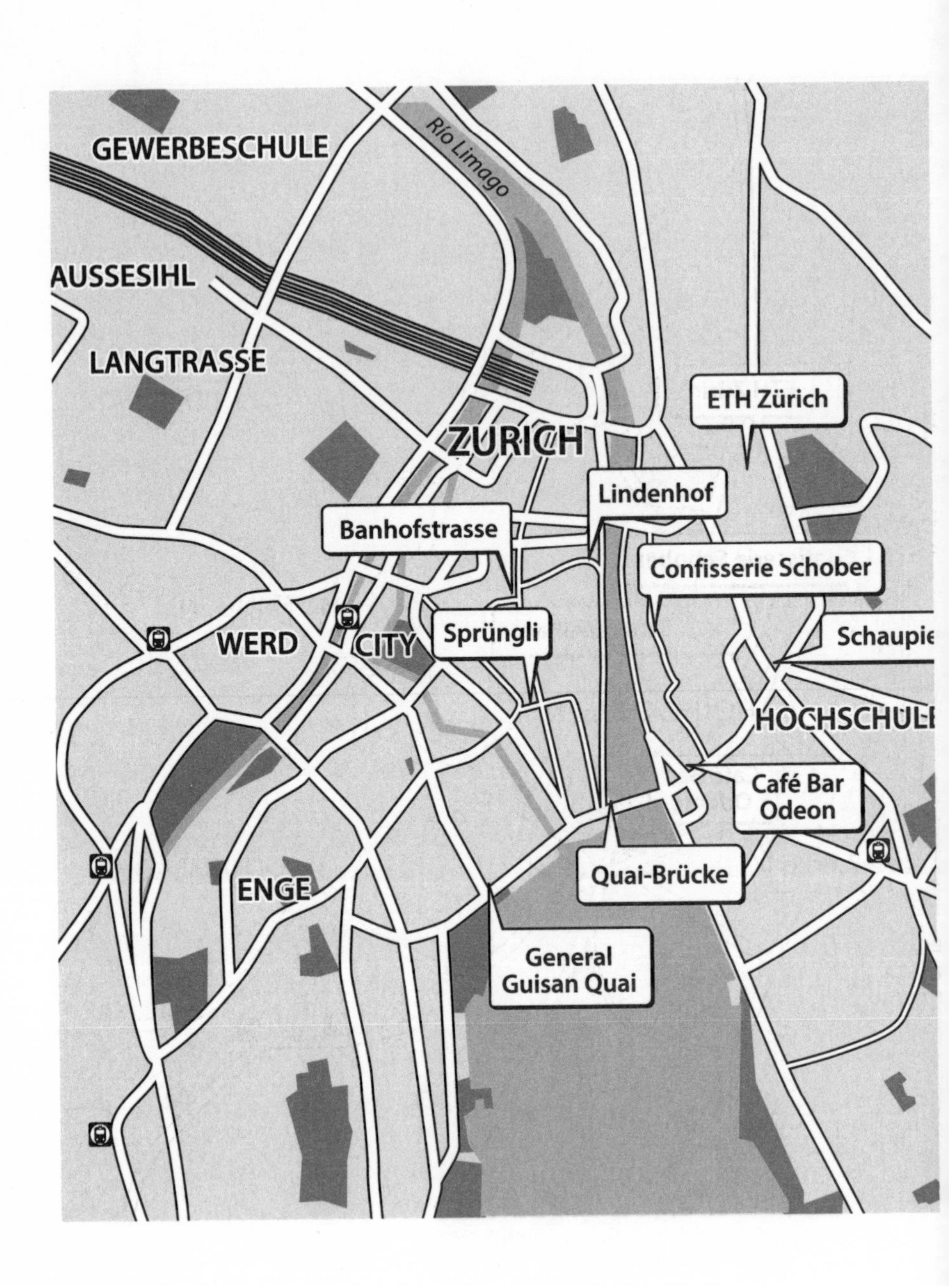

GEWERBESCHULE
Río Limago
AUSSESIHL
LANGTRASSE
ZURICH
ETH Zürich
Lindenhof
Banhofstrasse
Confisserie Schober
Schaupie
WERD
CITY
Sprüngli
HOCHSCHUL
Café Bar
Odeon
Quai-Brücke
ENGE
General
Guisan Quai

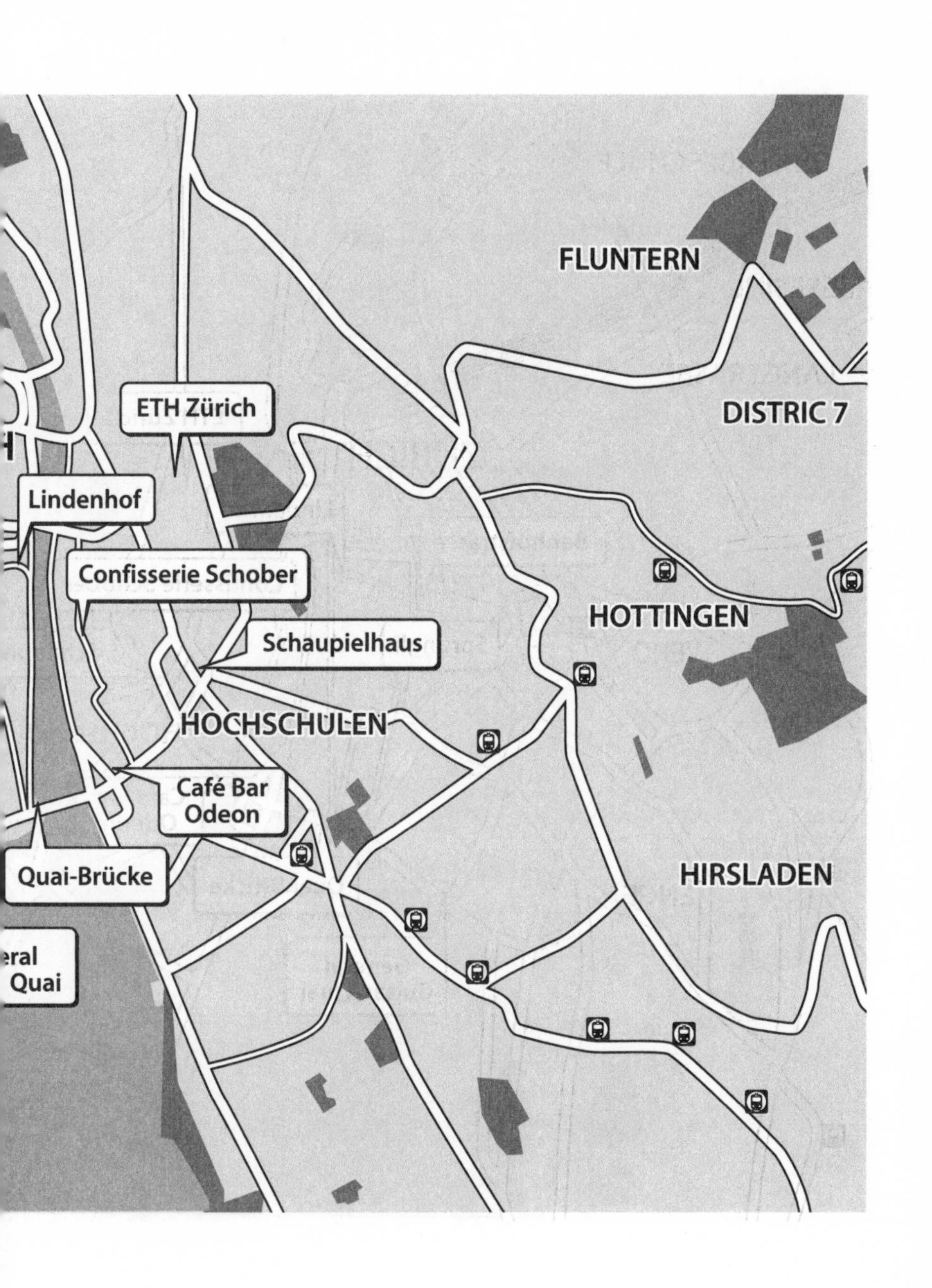
FLUNTERN
DISTRIC 7
ETH Zürich
Lindenhof
Confisserie Schober
Schaupielhaus
HOTTINGEN
HOCHSCHULEN
Café Bar
Odeon
Quai-Brücke
HIRSLADEN
eral
Quai

LOCALIZACIONES DE HORGEN Y SIHLWALD

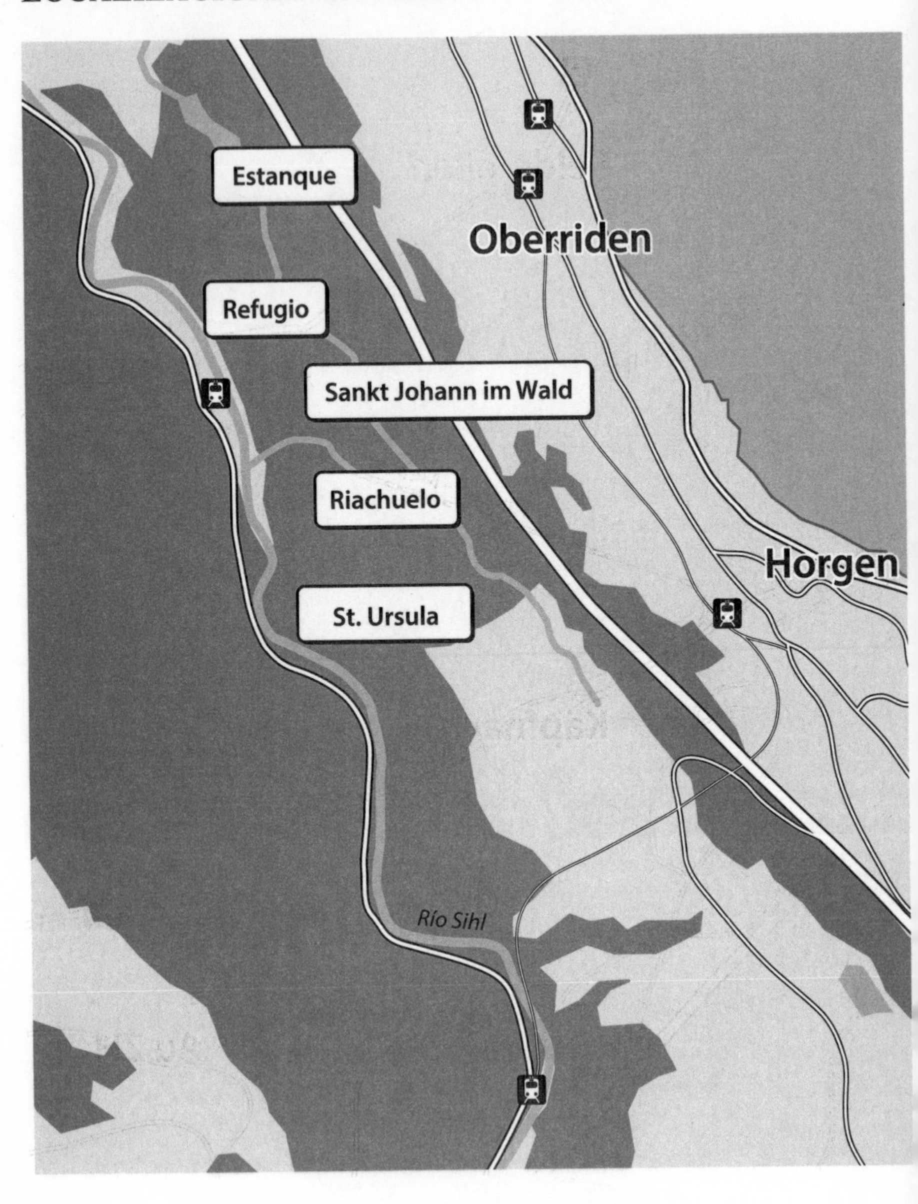